LYRAM®

DIE UNWISSENDEN
ERSTES BUCH

Elreminé

Die Ereignisse zur Zeit des Großen Krieges 3974 bis 4000

niedergeschrieben von Elreminé Kateshi Ganglion

zusammengetragen und übersetzt von Linda Pastoors

Lyram Verlag

Autorin: Linda Pastoors
Bei dem vorliegenden Werk handelt es sich um ein Werk der Phantasie.
Jeglicher Bezug zur realen Welt ist nicht beabsichtigt.

Terrassenstr. 14
04720 Döbeln
2020

https://lyram-verlag.de

Lyram® und Elreminé® sind eingetragene Marken der
Lyram Verlag UG (haftungsbeschränkt)

Covergestaltung: Laura Pastoors
mit Bildern von Lians Jadan und Annie Spratt
Druck und Bindung: Druckerei Emil Gutermuth, Grünhainichen

ISBN 978-3-96778-059-8

Erste Auflage, 2020

Inhalt

Vorwort der Übersetzerin

Diese Erzählung beschreibt das Leben und Wirken des Elreminé Kateshi Ganglion, die er in eigenen Worten und mit eigener Hand verfasste. Warum er die Beschreibung seines Lebenswerkes keinem Ator Eldirs überließ, steht zur Diskussion: insbesondere, da sich einige seiner Zeitzeugen zu Beginn des Dritten Zeitalters, den seine Geburt markiert, sehr wohl zur schriftlichen Konservierung berufen fühlten. Sicher scheint jedenfalls, dass seine Erzählung nicht als Chronik zu begreifen ist - wie sie stattdessen gelesen werden sollte, möge jeder Leser selbst entscheiden. Bevor wir damit nun beginnen können, muss ich ein paar Worte zum Titel, zu beigefügten Quellen und solche des Dankes verlieren.

Auf dem ersten Blatt des Manuskriptes steht da einzig *Die Unwissenden* [Übers.] in Kateshis Handschrift, der damit vermutlich Bezug nimmt auf die Geschehnisse, die sich in Encelados zur Jahrtausendwende ereigneten.

In einer zweiten, verwandten Handschrift, die offensichtlich später dazugesetzt wurde, sind *Die Ereignisse zur Zeit des Großen Krieges 3974 bis 4000* [Ü] und *niedergeschrieben von Elreminé Kateshi Ganglion* [Ü] zu lesen. Das stammt mit Sicherheit nicht vom Verfasser selbst, unterstreicht er doch eingangs, in seiner Erzählung nicht den Großen Krieg behandeln zu wollen. Vielmehr ist zu vermuten, dass es sich dabei um die Handschrift Tareks oder Tekus handelt, wohl eher um die Tareks - andere Schriftstücke, die sich ähnlich datieren lassen, weisen jedenfalls darauf hin. Offenbar fügte auch Tarek den letzten Zusatz *Bezwinger des Todes* [Ü] hinzu, allerdings vor dem Nachtrag *dessen Name Hohn* [Ü], der gewiss wiederum von Teku stammt. Doch dies bleiben Spekulationen, da sich die Handschriften beider beinahe gleichen.

Die Einteilung in Bücher hat Kateshi tatsächlich schon selbst vorgenommen; als Finderin und Übersetzerin habe ich mir lediglich erlaubt, sie in drei Bänden zusammenzustellen, denen ich eigene Namen gab. Ich habe mir dabei die Freiheit genommen, gebräuchliche Begriffe aus dem Altliloischen so zu benutzen, wie ich sie verstanden habe: **Elreminé** [»Der Letzte«] beschreibt, wie Kateshi zum König wurde und unter welchen Umständen er den Großen Krieg Lebenins entfesselte. Der zweite Teil, dessen Titel ich hier noch nicht enthüllen möchte, richtet den Blick auf sein Wirken und Schaffen als König und Vater. Im dritten

Teil schließlich entscheidet sich die unmittelbare Zukunft Lebenins, da die Vereinigung der Sechsundsechzig stattfindet. Der Band endet, wenn Kateshi seine Erzählung beschließt.

Der Zusatz *zusammengetragen und übersetzt von Linda Pastoors* soll mich schließlich von jeglicher Schuld freisprechen, dem Verfasser meine Worte in den Mund gelegt zu haben. Es ist und bleibt eine Übersetzung mit all den Schwierigkeiten, die sich daraus ergeben. Jegliche Anmerkungen meinerseits sind Interpretationen. Was tatsächlich geschah, das wissen nur die Sterne.

Der Verfasser streut gelegentlich Abschriften einzelner Seiten aus dem Fundus der Segona Urdu in sein Manuskript ein, die allesamt in Liloisch verfasst bzw. darin übertragen und mehr oder weniger als Quellen aufzufassen sind. Jede solche Quelle ist mit einer kurzen Notiz versehen, die ihre Herkunft und Sortierung in der Segona Urdu ausweist - kurz, leider, denn über die Wege, die diese Abschriften in die Bibliothek Lilotopiens gefunden haben, ließe sich sicherlich einiges Spannendes in Erfahrung bringen.

Als Übersetzerin habe ich jene Zwischenrufe wie das Manuskript selbst ins Deutsche übersetzt und sie damit gewissermaßen als ihm zugehörig behandelt; man möge mir diesen Eifer zulasten der Authentizität, doch zugunsten der Verständlichkeit verzeihen. Warum und warum in solchem Rhythmus der Verfasser die Abschriften zufügte, bedarf wiederum einer Deutung, die jedem Leser eigens zustehe - ich jedenfalls vermute, Kateshi war schlicht besessen vom Geist des geschriebenen Wortes.

Zuletzt möchte ich - dann können wir endlich beginnen - zwei besonderen Menschen danken, die mich vom ersten zugeflogenen liloischen Satz bis zum letzten übersetzten Wort begleiteten: meiner Mutter Kathrin Pastoors und meiner Schwester Laura Pastoors. Nur an euch beide richten sich diese letzten Zeilen meiner eigenen Worte:

Mutsch, du hast in mir diesen wertvollsten Samen gesät, den man einer Tochter nur säen kann: Kein Traum ist zu groß, als dass er nicht geträumt werden sollte. Du wusstest immer, dass ich diesen Spruch mit der Liebe und den Kartoffeln nicht vergessen kann und dass ich mich für die Kathedralen entscheide. Du hast mir diese Karte mit der Schönheit und der Zukunft geschenkt, und auch das konnte ich nicht vergessen. Du hast an mich geglaubt, obwohl ich es nicht tat, und dabei hütete ich dieses Geheimnis, den wahren Inhalt jener vielen Papiere auf meinem Schreibtisch zwischen Bleistiftminenstaub und Radiergummikrümeln vor deinen lesenden Augen bis zuletzt. Zugegeben, gegen Ende habe ich es geschickt eingefädelt: Ich gab dir die paar Seiten jener Hochzeit in Oló von Samu und Nurin zu lesen, da warst du Feuer und Flamme, und es ist wohl ein Zeichen der Lebendigkeit deiner Seele, dass dein Herz angesichts der Schönheit und des Geheiltseins der Welt höherschlägt und nicht angesichts seiner Übel. Ohne deine klaren Worte hätte ich dem Druck und den Erwartungen dieser Welt irgendwann entmutigt nachgegeben - deine Liebe allein hat mich zu derjenigen gemacht, die ich heute bin: deine Tochter.

Laura, du bist das beste Geschenk, das mir meine Eltern jemals geschenkt haben - unmittelbar vor Lissy natürlich -, und hier nun fällt es mir schwer, Worte zu finden, die dir und deinem Anteil an dieser Sache gerecht würden. Du hast mich nicht nur gut und liebevoll beraten, wann immer ich um deinen Rat bat, du hast auch nie einen Zweifel daran gelassen, dass Geschichten es wert sind, erzählt zu werden, und dass sie etwas sein können, das über ihren Anfang hinausgeht: eine Oase und eine Kraft und ein Tor in eine andere, eine mystische und fremde Dimension. Und ich hoffe, du verzeihst mir, dass ich dich beim zweiten Anlauf so lange habe warten lassen. Du hast dich als Erste und mit der Abenteuerlust einer Pionierin nach Lebenin aufgemacht, dich dort niedergelassen und eingenistet und du weißt, dass du dort - selbst wenn unsere ganze feige Welt in Trümmern liegt - immer einen Platz hast. Du hast mit Kateshi geliebt und gebangt, hast mit Eimo den salzigen Wind geschmeckt und dich mit ihm in die Fluten geworfen. Du steckst in jeder Seite dieser Übersetzung. Denk daran: Du bist die Meisterin. Ich liebe dich.

Vielleicht sind wir selbst nur Figuren einer Geschichte.

Vorrede

Aus den Tagebüchern des Talan Elias Singa, Band 12, Jahr 3084
[Reinschrift des Eintrages vom 1.2.12. | Seiten 4 bis 6]
[S.U.: Historie, Zweites Zeitalter, Aran II, Zeitzeugen, Talan Elias Singa]

Der Rat

Großer Meister, schenke
Uns deinen Rat und lenke
Das milde Herz zur Freude hin!

»Hast du vom Antwortgeben dich befreit?«,
Fragt der Meister und schaut ernst und weit
Über uns Kinder im wilden Sinn.

Söhne, Töchter, hört den Meister!
»Du fragtest mich, hier ist mein Rat:
Blätterrascheln sei dein Schild.
Stehen musst du wie der Baum,
Der sich dem Sturm entgegenbiegt.

Wir sind blind. So manche Geister
Sind selbst für deinen Blick zu zart
Und doch wirklicher als jedes Bild.
Reue nicht, dass du nur Traum.
Denn wer verliert, der fliegt.

Wie willst du eigne Wege gehn,
Wenn du den Schritten andrer folgst?
Befolge nicht dein Leben lang Befehle!
Außer die in deinem Herz.
Sei darin wie das reine Kind.

Im Schatten andrer wirst du stehn,
Der du das Schattenspenden lernen sollst.
Auch diese Stunden zähle.
Dich reifen die Liebe und der Schmerz,
Die Geschwister sind.

Eins ohne das andre wirst du nie bekommen.
Sei selbst der Meister dir,
Den du gewünscht hast.
Stark im Hoffen werde dein Wille!
Groß wirst du, wenn du verzeihst.

Großmut sei dir stets willkommen.
Und von einem Dort und Hier
Gönne dir Rast,
Da du träumst und die Stille
In deiner eignen Tiefe greifst.

Wisse um Ehre und die Furcht davor.
Und: Wisse um ihr Ende!
Achte das Grün am Wegesrand.
Von ihm lernst du mehr,
Als von jedem, der spricht.

Nicht der, der schweigt, ist der Tor.
Benutz deine Hände
Ebenso oft wie deinen Verstand.
Dein Herz aber frage stets schwer!
Der harte Bogen ist der, der bricht.

Du wirst keinen besseren Lehrer finden.
Du bist jung und gesund,
Doch das wirst du nicht bleiben.
Wisse ums Sterben und wie's
Dich hinauf ins Licht trägt.

Verzage nicht, musst du auch schwinden.
Wir beide treiben, Stund um Stund.
Nichts mehr kann ich als Worte schreiben.
So merk von ihnen dir nur dies:
Dass ein Rat nur Brücken schlägt.«

Für Libra
in all ihren Gestalten

Erstes Buch

Aufbruchsgebärden

Der Tod gewinnt immer. Und doch versuchen wir, ihm zu trotzen: ein Leben lang. Ein Leben in Recht jedoch vermag dem Tode die einzige -«

Meine Lettern verkamen zu Gekritzel. Ich hörte ihre Stimmen gedämpft durch die morsche Holztür, doch ich hörte sie. Das Scharren meines Pinsels konnte sie nicht übertönen. Je länger ich zuhörte, desto langweiliger wurde der Gesetzestext vor mir, der meiner Übersetzung harrte.

»Es hat begonnen. Er lässt nun niemanden mehr in seine Nähe.« Die Stimme kannte ich: Sie gehörte dem Jenas aus Kalaote.

»Wie viel Zeit bleibt uns noch?« Das war die Stimme meines Naru.

»Das kann keiner von uns mit Sicherheit sagen, Naru Cachil. Ihr wisst, dass die Zeiten gefährlich sind. Und sie werden nicht weniger gefährlich, wenn wir länger warten.«

Die Stimmen verstummten. Ich hielt inne. Auf meinem Papyrus bildete sich ein Tintenfleck.

Eilig wandte ich mich wieder den Symbolen vor mir zu. »- vermag dem Tode den einzigen Sinn zu geben, der uns erstrebenswert scheint.«

Die Abschrift vor mir enthielt die Gesetze Arans des Ersten - allerdings in Lebenisch. Ich wollte sie wieder ins Liloische übertragen. Viel lieber hätte ich dazu eine Abschrift des Originals vor mir liegen gehabt, doch mein Naru hatte eine solche nicht auftreiben können.

Heute freilich steht mir die größte Bibliothek Lilotopiens, die Segona Urdu offen - jene originalgetreue altliloische Abschrift der Gesetze Arans des Ersten ist dort nur eine unter vielen.

Schon immer habe ich die Zeugnisse unserer Geschichte geliebt. Dass ich sie überhaupt lesen kann, verdanke ich Naru Cachil Olibat, meinem Lehrer, Berater und Freund, der stets wie ein Vater für mich sorgte. Da er der Erste war, den ich liebte, soll er auch derjenige sein, mit dem meine Erzählung beginnt.

Naru Cachil Olibat war ein kluger Mann, ein Naru der alten Lehre: bewandert in den meisten Disziplinen, die unsere Erziehung kennt.

Nun lenkte mich seine Stimme von der Aufgabe, die ich mir aufgetragen hatte, ab. »Dennoch brauchen wir mehr Zeit, Jenas.«

»Fragt mich, wonach Euch beliebt, Naru - doch nicht nach Zeit!«

»Was schlagt Ihr also vor?«

»Lasst uns aufbrechen! Wir müssen handeln! Je länger wir warten, desto schwieriger wird es, das Vorhaben in die Tat umzusetzen, desto gravierender werden die Folgen, wenn es fehlschlägt.«

»Und was, wenn es fehlschlägt, Jenas Tilius? Was dann? Wir haben nur eine einzige Gelegenheit. Wenn wir die Vorbereitungen überstürzen -«

»Ihr wisst selbst am besten, wie gut wir vorbereitet sind.«

Die Stimmen verstummten erneut. Ich hörte Schritte; dann öffnete sich die Holztür zu meinem Zimmer. Rasch setzte ich den Pinsel wieder auf den Papyrus und tat so, als würde ich über dem Text brüten.

»Gabegi!« Ich sah auf. Mein Naru stand in der Tür.

»Naru Cachil«, antwortete ich.

»Wir haben einen Gast«, erklärte er. »Jenas Tilius Otris aus Kalaote.«

Ich erhob mich und trat vor. Die Miene des Jenas hellte sich auf, als er mich sah. Er war ein junger Mann. Seine würdevolle Haltung und seine wertvolle Kleidung ließen sofort erkennen, dass er ein Eldan war, einer der Edlen. Indes Naru Cachil weder standesgemäß wohnte, noch sich entsprechend kleidete, wirkte der Jenas geradezu einschüchternd in seinem Gebaren.

Ich verneigte mich, wie es sich gehörte, und der Jenas sprach zu mir: »Es freut mich, Euch zu sehen.«

»Ich grüße Euch, Jenas Tilius«, gab ich zurück. »Ich hoffe, Eure Reise verlief angenehm.« Der Jenas nickte lächelnd.

Er berichtete uns von den Vorkommnissen auf seinem Weg hierher und dem Unmut seines Sohnes, den Vater diesmal nicht begleiten zu dürfen. Da er eine Zäsur gefunden hatte, verneigte ich mich wieder und entschuldigte mich. Mein Naru blickte mir wohlwollend entgegen.

Ich richtete dem Jenas ein Bad her, das man kaum als solches bezeichnen konnte, und tüftelte weiter an meiner Übersetzung, während jener sich wusch.

Mein Naru unterbrach mich schließlich. »Wie steht es mit deinem Text?«, fragte er und lugte durch die Tür.

»Ich bin noch nicht fertig«, erwiderte ich angestrengt. Erst hatte ich die Gesetze heute noch ganz übertragen wollen - mittlerweile allerdings schwand mehr und mehr meine Konzentration. Etwas störte mich an der Abschrift: Ich konnte es nicht benennen.

»Setz dich zu uns und lass deine Arbeit für heute ruhen. Der Jenas hat Nachrichten aus Gelir mitgebracht«, lud mein Naru mich ein. Da konnte ich nicht widerstehen.

Ich folgte ihm in die Küche, dem dritten Raum nebst meinem Schlafzimmer und dem meines Naru, und brachte den beiden Eldan frisches Wasser, bevor ich mich zu ihnen setzte und lauschte.

»Der Jenas berichtet gerade von unserem Krieg gegen die Fingen und dem Konflikt des Nordens. Fahrt fort, Jenas Tilius, Ihr habt nun einen aufmerksamen Zuhörer mehr«, sprach mein Naru. Dieser Konflikt des Nordens, zunächst als Großer Konflikt benannt, sollte später als Großer Krieg in die Geschichte eingehen. Er würde mir alles abverlangen, womit ich je gesegnet worden war.

Diese meine Erzählung beschreibt nicht die Ereignisse des Großen Krieges, auch wenn mein Name unentwirrbar mit ihm verwoben ist, denn es ist die Aufgabe eines Chronisten, solches niederzuschreiben und für unsere Nachkommen zu erhalten - und ich bin kein Chronist, ich bin nicht einmal ein Ator, und ich war nie einer.

Ich war ein Elreminé. Diese Erzählung beschreibt mein Leben. Sie soll keine Lehre sein, keine Ansammlung von guten Ratschlägen. Sie erfüllt keinen Nutzen außer den der Erinnerung, deren kostbare Schätze ich nun zärtlich heben möchte. Trauer und Glück liegen nie so nah beieinander, wie wenn sie den Gipfel erreichen - dies möge ein jeder, der meine Erzählung liest, bedenken, und mir zugleich verzeihen, dass es Augenblicke sind, aus denen Erinnerung besteht, und dass diese nicht wie auf einer Linie ausgebreitet vor mir liegen. Ich grabe, doch ich grabe ohne scharfes Werkzeug.

Da ich den Großteil meines Lebens zur Zeit des Großen Krieges verbrachte, wird meine Erzählung zwangsläufig Bezug nehmen auf die Ereignisse des Krieges, sofern diese mein Leben beeinflussten. Als ich an jenem unscheinbaren

Abend im Jahre 3970 nach Trucan* jede Neuigkeit, die der Jenas aus Gelir mitgebracht hatte, gierig in mich aufsaugte, ahnte ich freilich nichts von alledem. Ich führte ein unscheinbares, ein glückliches Leben inmitten meiner Papiere und Studien, von denen mich nur manchmal ein Besucher ablenken konnte, wenn er unser enges Zuhause am Rande der Stadt betrat.

Jenas Tilius blieb noch einige Tage bei uns, bevor er nach Kalaote zurückkehrte. Er und mein Naru verbrachten jeden einzelnen davon in dessen Arbeitszimmer. Ich wusste nicht, was sie dort taten. Nach dem ersten Abend durfte ich kein weiteres Mal bei ihnen sein.

Ich schlief in unserer Küche, damit der Jenas wenigstens auf einer Matte nächtigen konnte, und vergrub mich tagsüber in Übersetzungen und Analysen von Gesetzestexten. Ich ersann Fälle, lotete die Grenzen der Rechtsprechung aus, führte manche wörtliche Auslegung ins Absurde - kurzum: Ich sprengte die Enge meines Zimmers mit meinem Geist, und doch sehnte ich mich bald danach, diesem auch physisch zu entkommen.

Es wurde zunehmend stickig und heiß, die trockenste Zeit des Jahres nistete in den Gassen Inkowitchs und die Stadt schien nicht genug Luft zu bekommen. Viel zu lange war ich nicht mehr draußen unterwegs gewesen. Derweil ich meiner neuesten Abhandlung die letzte Korrektur versagte und mich stattdessen einem Zahlenrätsel widmete, beschloss ich, des Nachts wieder einen heimlichen Spaziergang auf den Giebeln der Stadt zu unternehmen, sobald der Jenas uns verlassen hätte.

Naru Cachil hielt mich im Haus fest. Er verbot mir, unser Zuhause ohne Mantel und Handschuhe zu verlassen, denn meine Haut verbrannte allzu leicht in der Sonne, trotzdem hatte ich zuweilen den Eindruck, er würde mich hier verstecken wollen. Er hatte mich zu sich genommen, sich als mein Naru ganz und gar meiner Erziehung verschrieben, und dass er unter geradezu ärmlichen Verhältnissen leben musste, war meine Schuld. Ich konnte seine Fürsorge nur mit

* Kateshi bedient sich entgegen der herrschenden, liloischen Konvention in seiner gesamten Erzählung dem trucanischen Kalender, nach dem auch die Schriften der Segona Urdu aufgeschlüsselt sind. Das Jahr 3970 entspricht nahezu dem Jahr 14 n. A.III, dem 14. Jahr des Dritten Zeitalters.

meiner Dankbarkeit aufwiegen. Dennoch brach ich regelmäßig meinen Gehorsam, begab mich auf unerlaubte Streifzüge über die Häuser Inkowitchs und erschlich mir so die zarte Blume meiner heißgeliebten Freiheit.

Während ich also in dem kleinen Zimmer rechnete und grübelte, mir der Schweiß übers Gesicht rann und ich die kühlere Nacht herbeisehnte, schweiften meine Gedanken schon über die dunklen Gassen und niedrigen Dächer der Stadt.

Noch bevor ich das Zahlenrätsel lösen konnte, klopfte es an meiner Tür. Mein Naru trat ein. »Bist du noch immer in der Katastrophe der Exegese versunken?«, fragte er mit einem Augenzwinkern.

Ich schüttelte den Kopf. »Ich konnte mich ihr entwinden«, erklärte ich und wies auf einen Stapel Papyri, der nun unangetastet auf meinem Tisch lag, »und gönne mir etwas Ruhe mit Eurem Rätsel.«

»Nun, tatsächlich ist es nicht *mein* Rätsel«, korrigierte mein Naru. Ich blickte ihn fragend an; er fuhr fort: »Der Jenas wird heute Abend aufbrechen und ich möchte dich bitten, mir bei den Vorbereitungen zu helfen. Das Rätsel kann warten.«

Ich zögerte. Damals glaubte ich noch, nichts würde mich mehr wurmen als das Begonnene und Unerledigte. »Wollt Ihr mir nicht noch etwas Zeit geben, Naru, damit ich dieses Rätsel lösen kann? Denn nach Tennett«, führte ich aus, um seine aufkeimende Erwiderung zu bremsen, »nach Tennett ist es wertvoller, eine Lektion zu erhalten, als sie zu erteilen. Wie viel ist dann wohl eine Lektion, die nicht erteilt wird, wert?«

»Nach Tennett«, erwiderte mein Naru lächelnd, »folgt aus einer Lektion aber nur dann Erkenntnis, wenn sie zum Handeln anregt. Ich sehe dich jedoch nicht handeln, wenn du an deinem Tisch sitzt und rechnest, statt deinem Naru zu helfen.«

»Doch habe ich dann jemals eine Lektion von Euch erhalten, Naru Cachil? Worin besteht sonst mein Handeln, wenn nicht darin, an meinem Tisch zu sitzen und nachzudenken? Oder sollte nicht das Leben selbst mein Lehrer sein?«, entgegnete ich.

Cachil wurde ernst. »Du zitierst Tennett, wie andere ein Schwert führen, Gabegi. Doch benutze ihn nicht als Waffe! Denn er lehrt uns auch etwas über das Fragen: dass es einem Niedergestellten im Stande verboten ist, Fragen ohne

Erlaubnis zu stellen. Du jedoch stellst sie ohne Unterlass und ohne dabei um Erlaubnis zu bitten - und führst ein Schwert, das dich selbst trifft.«

Ich gab mich geschlagen. »Nun habt Ihr mich mit meinen eigenen Waffen geschlagen.«

Cachil trat näher. »Merke dir«, sprach er eindringlich. »Schild soll er sein - nicht Waffe! Und wer die Waffen des Feindes nicht kennt, kann ihn nicht besiegen.«

»Bitte vergebt mir meine Eitelkeit hierin, Naru. Ich bin ein schlechter Schüler«, antwortete ich darauf.

Cachil winkte mich zu sich und verließ den Raum. »Es gibt keine schlechten Schüler«, gab er zurück. »Nur schlechte Lehrer.«

Ich folgte ihm und widersprach: »Ihr seid kein schlechter Lehrer! Ihr seid mein Naru und ich bin Euch zu Dank verpflichtet - nicht nur weil Ihr mich ausbildet wie einen Eldan.«

»Dank sollte keine Pflicht sein«, merkte er treffend an.

»Mein Dank ist keine Pflicht!«, erwiderte ich. »Ihr seid wie ein Vater für mich. Und die einzige Pflicht, die ein Sohn gegenüber seinem Vater hat, ist, ihn nicht zu enttäuschen.«

»Während es die Pflicht des Vaters gegenüber seinem Sohn ist, ihm alles zu verzeihen. Du enttäuschst mich nicht, Gabegi.« Cachil hielt inne und legte mir seine Hand auf die Schulter. »Deine Worte ehren mich. Und doch redest du dich um Kopf und Kragen, nur um deinem Naru nicht bei der Zubereitung des Abendmahles helfen zu müssen!« Er hatte mich durchschaut.

»Was ist das überhaupt für ein Rätsel?«, wollte ich wissen. »Ihr sagtet, es wäre nicht Eures. Erlaubt Ihr mir zu fragen, wessen es dann sei?«

Cachil sah mich an: einen entrückten Ausdruck im Blick. Etwas wie Wehmut zeichnete sich in den Augen ab, die ich so gut kannte. »Ich habe dieses Rätsel von einem alten Freund. Doch es ist nicht für mich bestimmt«, erwiderte er knapp.

Wir begannen, das Abendessen und den Reiseproviant für den Jenas vorzubereiten, und mein Naru überführte unsere Unterhaltung ins Lebenische. Zu jener Zeit sprach ich neben Liloisch fünf weitere Sprachen fließend: Zwei davon hatte mein Naru mir beigebracht - darunter auch das Altliloische in Wort und Schrift -, eine weitere hatte mich die Frau des Jenas gelehrt, das Conische und Tuclinische indes hatte ich mir selbst aus Büchern aneignen können. Damit wir beide nicht aus der Übung kämen, redete mein Naru mit mir zuweilen in anderer Zunge als der unser beider Muttersprache.

»Du warst in den letzten Tagen so viel allein«, hob er an. »Wie geht es dir? Gibt es etwas, worüber du mit mir sprechen willst?«

»Es hat mir an nichts gemangelt, wie Du weißt, Naru«*, antwortete ich. »Doch ich bin neugierig, was mein Naru und der Jenas zu besprechen haben. Verzeih meine Neugier«, fügte ich hinzu, denn Naru Cachil bedachte mich mit einem strengen Blick. »Doch mich interessiert, was in der Welt geschieht und woran ihr arbeitet.«

»Zunächst keine negative Eigenschaft«, kommentierte Cachil: schon wieder ins Liloische zurückfallend. »Hingegen was sein Naru zu besprechen hat, geht den Schüler freilich nichts an. Ich hoffe also, es gibt einen Grund für deine dreiste Frage, oder muss ich deine Worte als Unverschämtheit auffassen?«

»Keine Unverschämtheit - eher ein Wunsch«, entgegnete ich ebenso. »Ich wünschte mir, dass wir wieder auf Reisen gehen könnten. Wenn wir einen Gast beherbergen, packt mich diese Sehnsucht nach einer Reise mit Euch. Unsere letzte liegt schon mehr als ein Jahr zurück.«

Cachil nahm sich Zeit mit einer Antwort. »Tatsächlich werden wir bald wieder eine Reise unternehmen, Gabegi«, versprach er mir. »Doch bis dahin gedulde dich noch ein wenig.«

»Es gibt noch etwas, worüber ich mit Euch sprechen muss, Naru. Eine Frage, die in meinem Kopf geistert«, gestand ich.

»Nun denn, stell sie: Vielleicht finden wir die Antwort gemeinsam«, forderte er mich auf.

»Ich hoffe es«, gab ich zurück. »Ich habe über die Gesetze Arans des Ersten nachgedacht.«

»Und das hoffe ich, denn sonst wäre meine lange Suche nach dieser Abschrift reichlich geschmälert«, unterbrach er mich.

»Und davon handelt meine Frage, Naru«, erklärte ich.

»Die ich noch nicht ahne, Gabegi«, bekannte er.

---

* Das Lebenische ist eine Konversationssprache, in der keine explizite Form der höflichen Anrede existiert. K. übersetzt die lebenische Anrede zwar korrekt übergreifend in die zweite Person Singular, lehnt sich mit der Großschreibung jedoch zuweilen an die höfliche Form des Liloischen an.

Ich legte Messer und Dörrobst beiseite und wandte mich ihm zu. »Ihr habt so lange nach dieser Abschrift geforscht und doch nur eine lebenische Übersetzung gefunden«, erklärte ich. »Seine Gesetze sollen die Grundlage unserer Rechtsprechung sein - und im Original verschollen? Wie kann denn ein solcher Spiegel der Wirklichkeit verblassen, wenn sich Mythen und Legenden hartnäckig halten? Ich soll glauben, dass Ana ihm das Sternenlicht verlieh - und kann die Grundfesten seiner Herrschaft nicht wissen? Warum sprechen wir dann von *Geschichte* und nicht von *Geschichten?*«

Mein Naru schmunzelte. »Nun; zum einen liegt das Original wahrscheinlich verstaubt in Eldir, zum anderen solltest du bedenken, dass die Herrschaft Arans des Ersten vier Jahrtausende her ist, mein Schüler.«

»Verwandelt also Narga* das Wissen zum Glauben?«, entgegnete ich sofort. »Oder schluckt sie gar die Wahrheit?«

»Zuweilen ist Glauben stärker als Wissen«, offenbarte mein Naru.

»Aber ist Wissen nicht wertvoller als Glauben?«, bohrte ich weiter.

Er schnaubte. »Und wer soll dir das zu deiner Zufriedenheit beantworten können«, entdeckte er mir. »Frage zehn Menschen und du erhältst zehn Antworten, die sich so wenig gleichen wie ein Mensch dem anderen.«

So schnell ließ ich nicht locker. »Wozu dann aber etwas schaffen, wenn verblasst, was wichtig ist?«

»Wer entscheidet, was wichtig ist?«, fragte mein Naru.

»Narga selbst«, antwortete ich augenblicklich - dann wurde mir die Schlussfolgerung erst bewusst.

»Du haderst«, bemerkte mein Naru scharfsinnig. Ich haderte tatsächlich.

»Nur meine Ansicht ist es. Ich kann mir nicht sicher sein«, räumte ich geständig ein. Naru Cachil lächelte warmherzig, schwieg jedoch. Ich sprach langsam weiter: »Aber wenn ich Glauben und Wissen nicht voneinander unterscheiden kann« - ich blickte zweifelnd ins Leere -, »wonach soll ich dann handeln?« Stille senkte sich über uns, die enthüllte, was mich benebelte. Noch bevor mein Naru sie durchbrach, wusste ich, womit.

»Da hast du deine Antwort gefunden, mein Schüler«, schloss er zufrieden. »Ich sehe, ich kann dir nichts mehr beibringen, was du nicht bereits weißt.«

---

* Altliloisch für: »die Zeit«. Liloische Mythen pflegen trotz und wegen des Sprachwandels altliloische Abstrakta.

Ich schaute ihn bestürzt an und erwiderte flehend: »Ihr irrt Euch! Es muss mehr geben, was Ihr mich lehren könnt! Das kann nicht alles gewesen sein!«

Sein Lachen klang ungewohnt bitter und müde. »Das sind wir: ewig Getriebene auf der Suche nach Sinn - und du suchst unentwegt. Doch ich muss dich enttäuschen: Du musst nun treiben wie ein Blatt im Wind.« Ich nahm kopfschüttelnd das Messer in die Rechte und widmete mich wieder den getrockneten Pflaumen.

Neben den Neuigkeiten brachten die Eldan noch etwas anderes mit, wenn sie Naru Cachil und mich besuchten: Edle Speisen und Getränke, die unsere ansonsten eher dürftige Kost großartig bereicherten. Das Nachdenken hatte mich hungrig gemacht und entgegen meiner ungenügenden Fähigkeiten hierin auch das Kochen, und so freute ich mich auf das Abendmahl, während sich in der Küche allmählich die feinen Gerüche ausbreiteten. Ehe mein Naru mich anweisen konnte, den Jenas zu Tisch zu bitten, hatte sich nun eine Gewissheit in meine Gedanken geschlichen, die ich seitdem nicht daraus habe vertreiben können: Der Sieger ist es, der Pergament mit Tusche färbt, und so färbe ich das Bild meines Lebens - denn ich habe gesiegt und der Sieger schreibt die *Geschichte.*

Beim Abendmahl, das nach der Sitte zum Abschied gehalten wurde, sprachen Jenas Tilius Otris und Naru Cachil Olibat sehr offen und kritisch über Elreminé Cendo Abando. Der Usurpator gehörte nicht der Linie Arans an - vielmehr hatte er sich durch den Großen Streich selbst ernannt und seine Legitimation über den abscheulichen Hinterhalt erlangt, in dessen Blut er Eldir gebadet hatte. Seine Getreuen mochten ihn preisen - bei den Eldan jedenfalls war er nicht beliebt - und entsprechend verlief der Schlagabtausch zwischen dem Jenas und meinem Naru.

Auch ich trug meine Zweifel an Elreminé Cendo Abando, doch hatte das andere, profanere Gründe als die meines Lehrers und unseres Gastes. Cendo hatte mit dem Großen Streich die Familie Elreminé Réschocs getötet und viele seiner Eldan und Ecdan dazu. Noch heute gibt es nichts, was mich mehr davon abhalten könnte, ein Geschöpf zu respektieren, denn dessen Grausamkeit.

Über jener war das Gespräch gerade zum Erliegen gekommen, da ich dem Jenas Wein nachschenkte. Er blickte auf und sprach: »Ich danke Euch. Euer

Naru spricht hoch von Euch, wenn ich ihn nach Euch frage, und ich sehe: Er untertreibt.«

Ich wusste nicht, wie ich mit einem solchen Kompliment umgehen sollte. Jenas Tilius hatte noch nie viel mit mir gesprochen, und seine offenherzigen Worte berührten mich. Es musste am Wein liegen, dachte ich und antwortete: »Vielleicht sollte ich Euch dann weniger Wein nachschenken, denn Ihr scheint mich falsch einzuschätzen, Jenas. Doch verzeiht mir meine Unachtsamkeit, anscheinend diene ich Euch zu gern.« Tilius und Cachil amüsierten sich darüber.

»Den Humor hat er nicht von Euch, Naru, so viel steht fest«, meinte der Jenas.

»Nein«, erwiderte mein Naru lachend. »Darin ist er mir überlegen!«

Ich genoss die aufkeimend ausgelassene Stimmung. Die beiden Eldan waren während der ganzen letzten Tage kaum zum Scherzen aufgelegt gewesen. Ich hatte sie nicht zu Gesicht bekommen - ihre schwelende Anspannung aber war mir nicht entgangen. »Das ist bloß der Humor der Adoleszenz«, entgegnete ich.

Der Jenas trank noch einen Schluck; ich nahm mir die nächste Portion. Mein Naru quittierte beides mit einem Lächeln. »Sie ist es auch, die dir Appetit verleiht. Und mich bringt sie zuweilen zum Haareraufen.«

»Ich glaube, Ihr hättet es schlimmer treffen können, Naru«, sprach der Jenas zu ihm, bevor er sich erneut mir zuwandte. »Euer Naru erzählte mir auch, dass Eure Ausbildung abgeschlossen sei. Das ist sehr früh. Ihr könnt darüber voller Stolz sein.«

»Mitnichten!«, protestierte ich. »Das Gleiche hat mir mein Naru auch erzählt, und ich denke, er irrt sich darin. Die Welt ist mir noch immer dunkel. Ihre Schätze liegen verborgen.«

»Da hört Ihr, wovon ich spreche«, warf Cachil ein.

Ich ließ mich nicht beirren: »Wissen ist der größte Schatz!« - wie falsch ich lag. »Und Stolz gründet auf demselben Fundament wie Hochmut: einer Überhöhung.« Darauf bekam ich keine Antwort. Naru Cachil nickte gedankenverloren; Jenas Tilius nahm einen weiteren Zug aus seinem Weinkelch und stierte vor sich hin; ich aß still, doch voller Genuss weiter.

Dann ergriff der Jenas wieder das Wort und sprach in unsere Ruhe: »Ich wäre gern dabei, wenn du ihm die Wahrheit sagst, Cachil, alter Freund.«

Mein Naru starrte den Jenas an, der zurückstarrte. Meine Sinne schärften sich. Ich ließ den Löffel sinken. »Welche Wahrheit?«, fragte ich und schaute zum Jenas. Dieser jedoch mied meinen Blick. »Welche Wahrheit?«, fragte ich noch einmal und hob die Augen zu meinem Naru.

Widerstrebend entließ er den Jenas aus seinem unausgesprochenen Tadel und musterte stattdessen mich scharf. »Was der Jenas meint, Gabegi, betrifft deine Worte von Stolz. Nicht immer ist Überhöhung sein Fundament, mitunter errichtet er sich an Hoheit - und entfacht Würde.«

»Ich verstehe kein Wort, Naru«, antwortete ich erregt. Die Fragen brannten mir auf der Zunge.

»Das ist nicht von Belang.«

»Wollt Ihr nicht deutlicher werden, damit ich Euch verstehe?«

»Nein: Das will ich nicht«, gab mein Naru zurück. »Hätte der Jenas besser auf seine Worte geachtet, wären meine nicht notwendig gewesen.«

Ich war verstimmt, nun regte sich Wut. Mein Naru behandelte mich noch immer wie ein Kind. Dass er mir Werkzeug gab, meinen Stein aufzubrechen, war ich gewohnt. Er hatte mich nie anders unterrichtet. Doch nun hatte er mir den Stein zugeworfen und keinen Meißel, sein Geheimnis freizulegen. Wie sollte ich damit umgehen?

Es hatte keinen Sinn, ihn zu bedrängen. Ich wusste darum, dass er nicht bereit war, mir noch irgendeine Erklärung zu geben. Ich wusste auch um seinen Zorn auf die Worte des Jenas. Unser Schweigen war plötzlich nicht mehr erfüllt von wohligem Gesättigtsein, sondern hing wie eine bittere Wolke im Raum.

Ich war froh, dass der Jenas sie endlich endete: »Nun: Es wird wohl Zeit für mich, aufzubrechen. Dilei* hat den Himmel verlassen und mich zieht es zurück nach Kalaote.« Er erhob sich. »Vergebt meine Gedankenlosigkeit, Naru - der Wein stieg mir tatsächlich zu Kopfe. Euer Schützling hatte das rechte Gespür.«

»Kein Schützling mehr: eher *Delii,* wie ich meine«, entgegnete Cachil.†

---

* Altliloisch für: »die Sonne«.

† Cachil deutet die Transformation bereits an: Von *Gabegi,* der wie die meisten gebräuchlichen Namen der Menschen aus dem Altliloischen kommt und übertragen »Schützling« bzw. »beschützt« bedeutet, zu *Delii,* der sowohl mit »Sonnenaufgang« als auch mit »Wissen« assoziiert ist.

Der Jenas verbeugte sich vor mir. »Es war mir eine Freude, von Euch bedient zu werden, und eine noch größere Freude, Euch zu treffen«, sprach er.

Ich verbeugte mich ebenfalls und erwiderte lächelnd: »Ich diene Euch gern, Jenas Tilius. Möge Eure Reise wiederum angenehm verlaufen.«

Der Jenas und mein Naru verschwanden aus dem Zimmer und trafen die letzten Reisevorbereitungen. Ich war damit beschäftigt, die Reste des Abschiedsmahles aufzuräumen. Währenddessen konnte ich ungestört bedenken, welche Unstimmigkeit die beiden Eldan aufspannen mochte. So viel Zeit sie in den letzten Tagen zusammen verbracht hatten, schien doch etwas zwischen ihnen zu stehen. Mein Naru verschwieg mir etwas und das hieß der Jenas nicht gut. Ich musste jenen darauf ansprechen, bevor ich den Besuch des anderen ganz durchdringen konnte.

Und dringend musste ich heute Nacht die schmutzige Luft Inkowitchs atmen.

Ich war noch dabei, die übrig gebliebenen Speisen einzulegen, da trat mein Naru ein. »Nun sind wir wieder allein, Gabegi«, sagte er.

Wir richteten schweigend die Küche her. Bleierne Müdigkeit breitete sich in mir aus: Ich musste mich wohl zuerst hinlegen, ehe ich die Nacht trinken konnte. Der Wein hatte mich schwer gemacht.

Auch meinem Naru fiel das auf. »Du siehst müde aus - geh und leg dich nieder. Doch bring mir zuvor deine letzten Arbeiten, wenn ich sie lesen soll. Ich möchte sie mir zu Gemüte führen, bevor ich zu Bett gehe.«

Ich tat, wie mir geheißen: legte ihm meinen Stapel Papyri auf den kahlen Tisch - konnte mich jedoch noch nicht in mein Zimmer verabschieden. Ich zögerte: wusste nicht, wie ich beginnen sollte.

Mein Naru kannte mich gut, so nahm er als Erster das Wort: »Ich sehe, was dir im Kopf umhergeht. Sprich: Was liegt auf deiner Zunge?« Er sah mich verständnisvoll an.

»Der Abend hat mich nachdenklich gemacht«, holte ich aus. »Ich frage mich, warum der Jenas eine solche Äußerung traf. Es schien mir, als stünde etwas zwischen Euch und ihm. Das verstehe ich nicht. Ihr wart doch während seines Besuches unablässig zusammen beschäftigt.«

Cachil nickte mir zu und pflichtete mir bei: »Deine Beobachtung entspricht der Wahrheit. Jenas Tilius ist ein fähiger Mann, obschon Unstimmigkeiten zwischen uns bestehen. Ebendeshalb saßen wir unablässig zusammen: vertieft in Streitgespräche und Erörterungen. Er half mir bei einer Problemlösung, die nun zum Abschluss gebracht ist.«

»Gelehrte kommen im Streitgespräch der Wahrheit oft näher als in der Einigkeit. Meint Ihr das damit?«, fragte ich.

»Ja«, erwiderte Cachil. »Es besteht kein persönlicher Streit zwischen uns. Tilius ist mir ein guter Freund.«

»Was bedeutete dann seine Äußerung?«

Cachil seufzte. »Ich bereue, dass er dem Wein so zugesprochen hat«, gab er zu. »Ich bin nicht bereit, dich darüber aufzuklären. Ich schulde dir nichts als Wahrheit, doch den Zeitpunkt ihrer Offenbarung bestimme ich. Es war nicht am Jenas, diesen zu wählen.«

Ich gab nicht auf. »Ihr habt von Hoheit und Würde gesprochen. Hat es etwas damit zu tun, dass Ihr« - ich suchte nach Worten -, »dass Ihr meinetwegen nicht das Leben eines Naru führen könnt?« Die Angelegenheit bedrückte mich.

Cachil schüttelte den Kopf. »Nein, nein!«, betonte er. »Ich habe dich nicht aufgrund der Treue zum Elreminé aus Eldir geborgen! Ich habe dich aus Liebe zu deinem Vater gerettet und nicht für einen Pfand - auch nicht den der Dankbarkeit!«

»Wisst Ihr etwas über meinen Vater, das Ihr mir verschweigt?«, fragte ich weiter.

Cachil sah mich vielsagend an. »Alles, was ich dir über ihn erzählt habe, ist wahr. Ich habe dich nicht angelogen. Dein Vater hat in Eldir gedient, und er starb beim Großen Streich.«

»Aber wie konntet Ihr mich retten?« Diese Frage hatte ich ihm schon unzählige Male gestellt.

»Du weißt, wie«, erwiderte Cachil.

Ich wusste, wie. »Aber wenn er den Streich geahnt hat, warum ist er dann nicht selbst geflohen? Warum hat er nichts dagegen unternommen?« Meine Worte verklangen in der kleinen Küche.

»Mahoris* Netze sind nicht zu durchtrennen«, murmelte mein Naru.

Ich gab auf. Naru Cachil glaubte nicht an Zufälle. Er sah in unserer geglückten Flucht, im Tod meines Vaters Mahoris Hand, die uns führte. Er verschwieg mir etwas - und ihn zu bedrängen war überflüssig. Er konnte streng und stur sein

* Altliloisch für: »das Schicksal«.

wie ein dickköpfiger Bulle. Seine Strafen bestanden niemals aus körperlichen Züchtigungen: Er brauchte nichts davon, um mich zu leiten. Die Aussicht auf Unwissenheit und Zweifel genügten mir, ihm zu gehorchen.

Voll von Zweifeln und in Grübeleien vertieft verabschiedete ich mich nun zur Nacht und verschwand in mein Zimmer. Hier war es noch immer so stickig wie am Tage. Ich stellte mich ans Fenster und blickte hinaus. Obwohl die Vorhänge zur Seite gezogen waren, strömte keine frische Luft herein. Die Nacht lag schwer und schwül; keine Brise regte sich. Die Lichter der Stadt unter mir sahen trüb aus: wie durch einen Nebelschleier der Hitze. Die kleinen Häuser und schiefen Hütten wirkten trostlos und still - doch ich kannte jene Stadtviertel gut, die jetzt vom Leben überliefen.

Ich zog mich aus und legte mich nieder. Ein nächtlicher Ausflug würde meinen müden Gliedern gefallen, doch fürs Erste musste ich im Schlaf Kraft tanken. Der vorzügliche Wein des Jenas war auch mir zu Kopfe gestiegen, so schlief ich trotz aller Fragen, die noch immer in ihm umherschwirrten, bald tief und fest ein.

Mitten in der Nacht erwachend fühlte ich mich endlich in der Lage, mein enges Zimmer zu verlassen. Von meinem Fenster war es ein Leichtes, das niedrige Dach zu überqueren und mit einem mutigen Sprung den Kiesweg darunter zu erreichen. Also legte ich die Hände an die Brüstung, kletterte hindurch und trat behutsamen Schrittes auf das Dach: darum bemüht, meinen Naru, der nebenan schlief, nicht zu wecken.

Am Rand des Daches hielt ich inne. Wäre meine Erzählung eine erbauliche Geschichte, würde ich nun beschreiben, wie der kühle Wind mir sanft übers Gesicht strich. Doch dem war zu meinem Bedauern nicht so. Stattdessen atmete ich den Gestank der Kanäle unter mir ein.

Inkowitch war eine unscheinbare und vor allem schmutzige Stadt. Die meisten Menschen, die hier wohnten, waren arm - aber nichts zu besitzen, das war nie eine Entschuldigung, nichts zu tun, und so pulsierte die Stadt im Takt ihrer Kinder. Aus der Not wurden Viertel geboren, in denen die Menschen den Überlebenskampf tanzten. Ich liebte diese Menschen, kannte ihre Sorgen und Nöte, gleichwohl ich mich ihnen nie zeigte. Ich verstand ihre Sprache, die sich von meiner Zunge: der Hochsprache Liloisch, der Sprache der Gebildeten und Gelehrten so unterschied. Mein Naru wusste davon freilich nichts - und das sollte auch so bleiben.

Leise und vorsichtig versuchte ich mich nun davonzustehlen, bis ich außer Sicht- und Hörweite meines Heimes wäre. Doch noch bevor ich zum entscheidenden Sprung angesetzt hatte, erschreckte mich eine Stimme.

»Ich bin überrascht.«

Ich war es ebenso. Der Schreck fuhr mir wie ein Schlag durch die Glieder: Ich zuckte zusammen und wäre beinahe vom Dach gefallen.

»Ich dachte, du hättest diese Angewohnheit verloren.«

Ich sah zum Fenster und konnte die Gestalt meines Naru erkennen, der entspannt am Rahmen lehnte. Ich antwortete nicht, bis ich sicher durch sein Fenster geklettert war.

Mein Naru ließ mich vorbei: nicht ohne meinen missglückten Ausflug zu kommentieren. »Sehr weit bist du nicht gekommen, wie ich sehe.«

Ich blickte schuldbewusst zu Boden. Anscheinend war dies nicht das erste Mal, dass er mich dabei beobachtet hatte, wie ich unser Zuhause ohne sein Einverständnis floh.

Er wirkte regelrecht vergnügt ob meiner Beschämung und dem Schrecken, den er mir bereitet hatte. »Das ist nicht das erste Mal, dass du dich ohne meine Erlaubnis davonschleichst - und auch nicht das zweite. Doch liegt eine so lange Zeit zwischen dem letzten und diesem Mal, dass ich dachte, du hättest diese schlechte Gewohnheit überwunden. Was bringt dich dazu, sie nun wieder aufzunehmen?«

Ich stammelte: »Verzeiht mir, Naru, ich wusste nicht, dass Ihr davon wisst.«

Mein Naru lachte. Er amüsierte sich wirklich, demonstrierte mir damit seine Überlegenheit nur umso deutlicher. »Scheinbar nicht. Doch du hast mir meine Frage nicht beantwortet. Das solltest du nachholen, bevor ich zornig werde.«

»Ich wollte nur -«, hob ich an. »Ich werde nervös, wenn ich tagelang keine Bewegung habe. Das erschöpft mich.«

Cachil gab sich mit meiner Antwort nicht zufrieden. »Das ist eine unzureichende Erklärung: Bewegung kannst du auch hier haben. Im Innenhof ist genug Platz für körperliche Ertüchtigung. Ein Wort von dir und du darfst dich stundenlang bewegen.«

Ich schwieg und überlegte, was ich darauf erwidern sollte.

Das übernahm mein Naru für mich. »Der wahre Grund interessiert mich, auch wenn es nun an dir liegt, dass ich ihn erfahre. Sag: Geht es um ein Mädchen? Triffst du dich mit jemandem?« Cachil lächelte mich an. Er war tatsächlich nicht wütend auf mich - nur neugierig, was ich nachts draußen trieb.

Ich konnte seine Vermutungen nicht bestätigen. Ich antwortete: »Nein, Naru: Ich treffe niemanden. Ich beobachte nur. Und ich achte darauf, dass mich niemand sieht. Es ist nur so: Ich sammle jeden Tag Wissen über das Leben - da möchte ich auch daran teilhaben. Die Menschen faszinieren mich: Ihre Leben sind so viel bunter als meines. Ich will nicht unzufrieden wirken«, fügte ich rasch hinzu. »Aber ihre Not ist anders als meine und bewegt mich.«

Cachil nickte. »Das verstehe ich. Dennoch bin ich etwas enttäuscht von dir. Du wagst zu viel.«

»Es tut mir leid«, erwiderte ich.

Cachils Tonfall wurde streng. »Du verstehst nicht, in welche Gefahr du dich begibst. Ich habe deinen Ungehorsam geduldig ertragen - doch nun verlange ich von dir, dass du dich mir respektvoll zeigst und diese Gewohnheit ablegst. Die Zeiten werden immer gefährlicher für Menschen wie dich und mich. Du warst dabei, als der Jenas uns aus Gelir berichtet hat. Ich möchte nicht, dass dir etwas zustößt. Ich verstehe deine Gründe, und ich verspreche dir, dass wir bald eine große Reise unternehmen, die uns beiden viel Neues bringen wird, doch zunächst bitte ich dich um Geduld.«

Ich nickte und war erleichtert, so glimpflich davongekommen zu sein. »Ich danke Euch, Naru. Ich werde mich daran halten. Was ist das für eine Reise? Wohin wollt Ihr mit mir ziehen?«

Cachil wies mir einen Platz an seinem Tisch zu, bevor auch er sich daran setzte. Quer über die Platte verstreut lagen viele Papyri, die er nun zu einem Haufen stapelte. »Um ehrlich zu sein: Ich beabsichtige, mit dir nach Gelir zu gehen. Was hältst du davon?«

Ich war glücklich. Ich hatte schon oft davon geträumt, die Stadt mit eigenen Augen zu sehen. Ein wenig ungläubig hakte ich nach: »Ihr wollt tatsächlich mit mir nach Gelir gehen?«

Mein Naru versicherte es mir.

»Wie schön!«, freute ich mich. »Warum jetzt? Gibt es einen Grund?«

Cachil trank einen Schluck aus dem Becher, der vor ihm stand, bevor er entgegnete: »Ich habe zu tun in Gelir - das wird also nicht ausschließlich eine

Reise des Vergnügens. Aber wir werden dennoch die Stadt erkunden.« Er gähnte. »Nun gut, Gabegi. Ich werde zu Bett gehen, und auch du solltest schlafen, damit du morgen bei Kräften bist.«

Ich erhob mich. »Morgen? Liegt morgen etwas an, von dem ich noch nichts weiß?«

Mein Naru war aufgestanden und fing an, sein Zimmer für die Nacht vorzubereiten. Er amüsierte sich schon wieder, da er mir antwortete: »Ja: Morgen werde ich damit beginnen, deine Argumente auf ihre Beständigkeit zu prüfen. Ich habe deine neuesten Texte gelesen und einiges dazu anzumerken. Sei also darauf gefasst, zärtlich zerrissen zu werden.«

Ich neigte den Kopf leicht zu einer Verbeugung und erwiderte schlagfertig:

Aber nein.

Ich wollte etwas erwidern, doch die Worte blieben mir im Hals stecken. Ich sollte sie nie aussprechen.

Denn ein Geräusch ließ Cachil und mich erstarren. Es war das Knarren einer Diele. In jenem dritten Raum, in dem wir unsere Mahlzeiten einnahmen - unserer Küche, die man zwangsläufig durchqueren musste, wollte man von der Eingangstür zum Zimmer des Naru gelangen -, bewegte sich etwas.

Mein Naru und ich sahen uns an. Furcht spiegelte sich in den Augen Cachils. Er wies mich mit einer Handbewegung an, hinter die Tür zu huschen.

Da: wieder ein Knarren.

Offensichtlich musste jemand in unser Haus eingebrochen sein. Wahrscheinlich ein armer Bettler auf der Suche nach einem geschützten Schlafplatz - dachte ich mir. Doch man konnte nicht vorsichtig genug sein. Mein Naru ging kein Risiko ein. Auch ein armer Bettler konnte in Bedrängnis ungeheure Kräfte entwickeln. Wie falsch wir lagen!

Cachil griff nach der Kerze auf dem Tisch, brachte sich in Position, legte die Hand an die Tür und öffnete sie mit einem Ruck.

Ein Moment der Stille folgte - dann ertönte die erleichterte Stimme meines Naru. »Var Tulu Aroha! Ihr könnt Euch nicht vorstellen, welchen Schrecken Ihr uns bereitet habt!«

Ich entspannte. Var Tulu Aroha war ein Freund Cachils, der uns schon lange nicht mehr besucht hatte: mindestens zwei Jahre nicht mehr.

Nun trat er eilig ins Zimmer und schloss die Tür hinter sich. Er begrüßte den Naru mit einer Verbeugung. Dann erblickte er mich und sank auf die Knie. Er atmete rasch; er war aufgeregt. Mein Naru bot ihm einen Platz bei Tisch an, doch er ging nicht darauf ein. »Ist er noch da? Ist der Jenas noch da?«

Cachil erwiderte verblüfft: »Nein, er ist vor einigen Stunden abgereist. Aber was führt Euch zu so später Stunde und in aller Heimlichkeit zu uns?«

Selbst der schwache Schein der Kerze, die mein Naru noch immer hielt, offenbarte die Erregung im Gesicht des Var. Seine flüsternde Stimme war voller Besorgnis. »Das habe ich befürchtet. Er ist - wie die ganze Sache - in großer Gefahr. Und noch schlimmer: Ihr seid in Gefahr, Naru Cachil! Ihr und Euer Schützling.«

»Umso gefährlicher, dass Ihr hier auftaucht! Habt Ihr unsere Vereinbarung vergessen? Habt Ihr nicht an die Konsequenzen gedacht?«

Der Var erhob sich wieder. »Oh doch, Naru: ebendarum. Es hat begonnen! Der *Elminé* hat vor sieben Tagen die Anordnung erteilt, die Eldan melden und überprüfen zu lassen.«

Mein Naru ließ sich noch nicht von der Aufregung des Var anstecken. »Das ist nicht das erste Mal. Die Eldan waren ihm von Anbeginn an ein Dorn im Auge.«

Der Var schüttelte den Kopf. »Es ist noch schlimmer!«, gab er zurück. »Denn zur gleichen Zeit erging ein vertraulicher Befehl, die Reihen der Eldan zu säubern. Ihr wisst wie ich, was das heißt! Der *Elminé* wird wahnsinnig: Da er die Eliten nicht kontrollieren kann, vernichtet er sie!«*

Nun wirkte auch mein Naru beunruhigt - ganz zu schweigen von mir. Ich hatte nie die Gelegenheit gehabt, meinen Mut zu finden, und nun übermannte mich die Furcht. Wenn mein Naru in Gefahr war, dann war ich es auch.

»Ihr bringt schlimme Nachricht! Dennoch erklärt das Euer Auftauchen hier kaum. Oder konntet Ihr Euch für die Säuberung Inkowitchs einteilen lassen?«

»Ihr versteht nicht, Naru Cachil.« Der Var bemühte sich um Fassung. »Nicht die Var wurden damit beauftragt, sondern Attentäter. Er hetzt keine Eldan auf

---

* *Elminé* [»Närrischer König«] Cendo Abando, wie er zunächst nur von Anhängern des Giftigen Streiches, später in den Annalen genannt wurde, widerlegt die These, ein Herrscher würde sich durch Härte beweisen. Seine Grausamkeit hielt ihn zum Narren und brachte ihm seinen Titel ein. [Anmerkung des Verfassers]

Eldan. Ich bin von Gelir aufgebrochen, sobald ich von den neuen Anordnungen gehört hatte. Ich bin also hier, um Euch zu warnen!«

Mein Naru erblasste. »Aber dann - Ihr begeht Eidbruch! Ihr nehmt den Tod in Kauf!«

Die Stimme des Var brach nicht, als er antwortete, wie ich es erwartet hatte. Sie wurde fester. Er blickte vom Naru zu mir und wieder zum Naru und erwiderte stolz: »Ich weiß, was ich tue. Mein Eid gilt der Linie Arans, nicht der Abandos oder der irgendeines anderen.«

Cachil konnten seine Worte jedoch nicht beruhigen. »Ich sehe nun, wie schlecht die Zeichen stehen. Wird gelingen, was wir planen? Die Zeit drängt. Der Jenas hatte Recht. Ich wollte das nicht wahrhaben.«

»Nun ist Zeit zu handeln, Naru. Wir sollten noch in dieser Nacht nach Gelir aufbrechen, bevor es zu spät ist!«

Mein Naru wog ab. »Trotz allem muss ich den nächsten Schritt bedenken, Var. Viel steht auf dem Spiel, was eine falsche Entscheidung, zum falschen Zeitpunkt getroffen, anrichten könnte.«

Der Var holte tief Luft. »Alles steht auf dem Spiel. Bedenkt, was Unentschlossenheit -«, mitten im Satz hielt er inne.

Sein Gesicht, das ich im Dunkeln gerade noch erkennen konnte, spiegelte Entsetzen. Er bedeutete meinem Lehrer und mir, keinen Laut zu geben. Ich hielt augenblicklich die Luft an. Meine Knie zitterten vor Furcht. Und dann hörte ich es.

Es war nicht viel mehr als ein Scharren, das vom Dach kam, wo ich selbst noch vor ein paar Minuten gehockt hatte. Var Tulu löschte mit einer raschen Bewegung die Kerze in Cachils Hand. Sein Schatten huschte an mir vorbei, stellte sich lautlos neben das Fenster, durch das mich mein Naru erschreckt hatte.

Minuten vergingen, die mir wie Stunden vorkamen. Ich rührte mich nicht, wagte nicht die leiseste Bewegung. Das Scharren stockte, setzte wieder ein und kam näher.

Plötzlich, als ich schon glaubte, meine Angst würde mich überwältigen, geschah es. Eine flinke und dabei bemerkenswert geräuschlose Bewegung am Fenster verriet, dass jemand von dort eindrang.

Der Schatten, den ich als Var Tulu vermutete, bewegte sich ebenso: verschmolz mit dem eindringenden Schatten zu einer dunklen Masse. Erstickte

Atemgeräusche, das Geräusch von Haut, die auf Haut rieb, und ein dumpfer Schlag, der die angstdurchtränkte Stille wie ein Blatt entzweiriss, folgten aufeinander.

Der Var sprach: »Entzündet ein Licht.« Ich traute mich noch nicht, zu atmen. Nachdem mein Naru die Kerze neu entzündet hatte und ihr Licht auf den Körper am Boden fiel, blieb jeder Odem meiner Brust fern.

Dort vor dem Fenster lag ein Mensch, ganz in Schwarz gehüllt, leblos. Ich war erschüttert.

Der Var beugte sich zu ihm herunter; man konnte nicht erkennen, ob es ein Mann oder eine Frau war. Außer Händen, Nase und Augen war jedes Stück Haut mit Stoff bedeckt. Der Var drehte den Kopf der Gestalt hin und her und richtete sich schließlich wieder auf.

»Ein Attentäter. Ich bin nicht zu früh gekommen. Das sollte Euch genügen, Naru.«

Mein Naru stellte die Kerze auf den Tisch. Er sah blass aus, stellte Tulu die Frage, die meine Gedanken beherrschte: »Habt Ihr ihn getötet, Var?«

Die Augen des Var glommen. »Nein, doch tot ist er - oder sie. Kein Attentäter schreckt vor dem Freitod zurück, wenn er in Bedrängnis gerät, und dieser hier war wahrhaftig in Bedrängnis. Fest steht, dass er Euretwegen herkam und dass sein Versuch, Euch zu töten, gescheitert ist.

Sein Auftauchen birgt Gewissheit und Gefahr. Wir müssen hoffen, dass er den Weg hierher unbemerkt gefunden hat und dass ihn so schnell niemand vermissen wird. Darin liegen unsere Hoffnung und unser Verhängnis. Denn früher oder später wird man ihn finden und dann wird es ein Leichtes sein, uns zu überführen. Bis dahin müssen wir so viele Meilen wie möglich zwischen uns und diesen Ort gebracht haben. Naru Cachil Olibat: Der Zeitpunkt ist gekommen! Der Aufbruch duldet keinen Aufschub mehr!«

Mir wurde übel. Ich hatte noch nie einen toten Menschen gesehen. Hier - wenige Schritte von mir entfernt - lag ein lebloser Körper, der noch vor wenigen Minuten beseelt gewesen war. Ich hatte diesen Menschen nicht gekannt, doch Mitgefühl ergriff mich, da ich meinen Blick nicht von ihm wenden konnte. Er hatte einen Befehl erhalten und, als er seinem Scheitern gewahr geworden war, den Tod gewählt. Welche Mutter würde um ihn weinen? Und wer ihn begraben?

So ich meinen Blick endlich abwenden und meinen Naru ansehen konnte, verkniff ich mir jede Frage danach. In diesem Moment, da die Wirklichkeit nach mir griff, glaubte ich, in ihr sei kein Platz für eine Frage nach Würde. Tatsächlich sollte diese Frage nach Würde meine Bestimmung werden.

Cachil wiederholte: »Der Zeitpunkt ist gekommen.« Er wandte sich mir zu. »Wir haben zu sprechen.«

Er wies mit der Hand auf die Tür, die noch immer offen stand, und ich trat hinaus und folgte meinem Naru in mein eigenes Zimmer. Ich war froh, den Raum verlassen zu können, in dem der Attentäter lag.

Mein Naru schloss die Tür. Er setzte sich neben mich auf die Matte und verschränkte die Beine. Ich konnte kaum still sitzen - mein Naru war voller Ruhe. Seine Nähe schenkte mir Sicherheit.

»Wir haben nicht viel Zeit«, begann er. »Lange habe ich diesen Moment hinausgeschoben. Auch jetzt noch bin ich schwerlich nur bereit, dir zuzumuten, was du tragen sollst.«

Er legte eine Pause ein. »Ich habe dir nie viel über deine Mutter erzählt«, murmelte er. Ich fragte mich, was mit dem Attentäter im Zimmer nebenan nun geschehen würde.

»Erinnerst du dich an ihren Namen?«, fragte mein Naru.

»Natürlich«, erwiderte ich sofort. Er wollte mir nicht einfallen. Wo wollte Var Tulu den Körper begraben?

»Erinnere dich!«, forderte Cachil sanft.

»Karu«, antwortete ich schließlich. »Der Name meiner Mutter war Karu.«

Cachil nickte. »Wir haben oft über die Politik Eventins gesprochen«, fuhr er fort. »Über seine Fürsten und den Adel, dem sie entstammen.« Warum erzählte er mir davon? Ich hatte geglaubt, wir würden unverzüglich nach Gelir aufbrechen - und nun sprach mein Naru mir von Eventin und seinem Adel. War es recht gewesen, diesen Menschen nicht an seinem Tod zu hindern?

»Die Familie der Kaliz«, sprach Cachil. Er war genauso durcheinander wie ich. »Die Schwester Zennons, des Fürsten des Erlenthales.«

»Sollten wir nicht sofort aufbrechen?«, brach es aus mir hervor.

»Der Name seiner Schwester lautete auch Karu.«

»Naru, sollten wir nicht sofort aufbrechen? Was passiert nun mit dem Attentäter?«

»Wir können noch nicht aufbrechen. Ich versuche dir etwas zu sagen. Sie tragen nicht zufällig denselben Namen.«

»Was versucht Ihr mir zu sagen?«, entgegnete ich aufgebracht.

Endlich blickte er mich an. In seinen Augen lagen das Wissen und der Schmerz eines Weisen. Ich beobachtete ihn unverwandt. Dieser milde Blick - die Güte und Weitsicht, die von ihm ausgingen: So hatte er mich immer angeschaut. In den Ausdruck seiner Augen mischte sich eine stille Aufforderung. Wie zur Antwort regte sich mein Geist, wendete sich seinen Worten zu.

»Die Schwester Zennons, des Fürsten des Erlenthales«, sprach ich ihm nach. Warum sollte man meinen lieben Naru umbringen wollen?

Dessen Augen blitzten mich an. Ich musste plötzlich tief Luft holen.

»Sie tragen nicht zufällig denselben Namen?«, wiederholte ich: nun um Fassung ringend.

Mein Naru legte seine Hand auf meine Schulter, mich zu beruhigen, doch es half nichts. Er nickte. »Ja, jetzt verstehst du. Deine Mutter war Karu: die Schwester Zennons, des Fürsten des Erlenthales. In deinen Adern fließt das Blut eines Fingen.«

Stille.

»Was?« Ich konnte es nicht glauben. »Wovon sprecht Ihr?«, fragte ich.

»Du hast richtig gehört. Du gehörst zur Kaliz. In deinen Adern fließt Fingenblut.«

»Nein!«, entgegnete ich aufgeregt. »Ich habe nie etwas davon gespürt! Ich hätte es doch spüren müssen, wenn ich zugleich Fing und Mensch sein sollte. Ihr irrt Euch!«

Cachil lächelte nicht. Er sah besorgt aus. Offenbar fürchtete er um meinen Geisteszustand. »Ich irre mich nicht. Du kannst mir glauben.«

»Ich glaube Euch nicht!«, insistierte ich energisch. »Entweder Ihr lügt mich an - dann verstehe ich nicht, was Ihr damit bezweckt - oder Ihr glaubt die Lügen selbst, die Ihr mir erzählt. Dann seid Ihr zu bedauern!« Ich sprang auf.

Es hatte in der Vergangenheit genug Gelegenheiten gegeben, mich über meine eigene aufzuklären, die mir dunkel lag, doch mein Naru hatte sich nie dazu herabgelassen. Er hatte offensichtlich jede verstreichen lassen. Und nun, in einem Moment, da sich die Ereignisse überschlugen und unsere schlimmsten Ängste wahr werden sollten, konfrontierte er mich mit der haarsträubenden Vorstellung, ich sei zugleich Mensch und Fing. Lächerlich.

Mein Naru war bestürzt ob meines impulsiven Gebarens. »Ich bedaure, dass du die Wahrheit jetzt erfahren musst. Aber wir haben keine Wahl.«

»Keine Wahl? Ihr sagt selbst, man habe stets die Wahl! Warum erzählt Ihr mir solchen Unfug? Bereitet es Euch Vergnügen, mich zu quälen?« Meine Stimme schwoll an. Etwas Unbekanntes, Wildes ergriff Besitz von mir. Ich konnte mich nicht beherrschen.

Statt mich hinzusetzen, zuzuhören und zu verstehen zu suchen, herrschte ich meinen Naru auf eine Weise an, die mir heute die Schamesröte ins Gesicht treibt. Doch ich muss ehrlich sein hierbei: Mein selten und heftig aufbrausendes Gemüt, das meinem Naru und mir damals schwer zu schaffen machte, ist eine große meiner unzähligen Schwächen.

»Ich verstehe das nicht. Ihr seid ein Eldan, doch Ihr benehmt Euch keinesfalls wie einer. Ihr werft mir einen Brocken hin, an dem ich mich aufreiben soll. Ihr erzählt mir von einer Familie, in die ich nicht gehören kann. Ihr spielt mit mir, als wäre ich nicht mehr als eine Figur auf dem Brett. Wie fehlgeleitet meine Dankbarkeit doch war! Nun sehe ich, was uns unterscheidet! Ihr behandelt mich wie ein Kind, Ihr sperrt mich ein und verbietet mir die einzige Freude, die ich habe. Ihr denkt Euch als Naru: als *mein* Naru. Ich denke, ich habe Euch nichts zu verdanken - nichts außer der quälenden Ungewissheit, mit der Ihr mich niederhaltet. Und jetzt reicht es mir! Meine Dankbarkeit hat sich in Wut verwandelt! Und das zu Recht, wie ich feststellen muss!«

Natürlich nahmen sich meine Worte völlig unangemessen aus. Mein Verstand war klar darin, jedoch stand er auf einmal im Widerstreit mit meinem Gefühl, dessen berauschende Tiefen mich überwältigt hatten.

Aber mein Naru kannte mich. Er wusste, wie mit mir umzugehen war. Während meiner Tirade war er nicht - wie vielleicht zu erwarten gewesen wäre - aufgesprungen. Er war ruhig sitzen geblieben und hatte das Ende meines Monologes abgewartet.

Nun, da ich mich in meiner Wut verloren hatte, wirkte er - gefasst und ruhig - meinen Arcan*. »Dass du nicht verstehst, sehe und höre ich. Wenn du mir die Möglichkeit gibst, dir zu erklären, was du nicht verstehst, wirst du verstehen. Du weißt, dass ich den Zeitpunkt meiner Worte nicht leichtfertig wähle. Nun wurden wir von einem Ereignis eingeholt, auf das wir uns kaum

---

* Altliloisch für: »das Gegenteil«. *Arcan* ist im liloischen Mythos das Numen des Spiegels.

vorbereiten konnten. Der Elminé trachtet uns nach dem Leben und wir müssen fliehen. Ich verlange von dir, dass du dich zügelst! Die Zeit ist knapp - je weniger du sie mit deinen unbedachten Worten verschwendest, desto mehr bleibt für Erklärungen.

Ich vergebe dir all deine Worte, die du zu mir im Zorn gesprochen hast, doch ich weise dich darauf hin, wie verletzend sie waren und noch immer sind. Jedes einzelne schmerzt mich. Ich achte dich hoch und schätze deinen edlen Charakter - doch dein mangelnder Respekt straft mich Lügen.

Dass sich kindlicher Gehorsam zuweilen in jugendlichen Trotz ergießt, ist das Nebenprodukt der Adoleszenz. Dass du mein Durchsetzungsvermögen zuweilen auf die Probe stellst, nehme ich hin. Doch soeben hast du dich selbst herabgesetzt. Und ich warne dich: Wenn du noch einmal die Beherrschung verlierst, werde ich dir deutlich zeigen, wie tief.«

Ich atmete gewaltig aus. Mein Naru hatte Recht. Plötzlich schämte ich mich ob meiner Respektlosigkeit. Ich musste einsehen, dass sein Wort höher als meines stand. Konnte ich meine ungesagt machen? »Ich bin voller Scham, nun, da sich mein hitziges Gemüt abkühlt. Vergebt mir, mein Naru. Ich bin ein eitler Schüler.«

Cachil nickte. »Das bist du. Und ich vergebe dir, doch vergessen werde ich nicht. Setz dich.«

Ich setzte mich. »Bitte, Naru, meine Worte waren unbedacht und kindisch und vor allem unwahr. Bitte glaubt mir. Ich wollte verletzen. Nun verstehe ich nicht mehr, warum.«

»Du hattest Erfolg. Deine Worte haben mich getroffen.«

Ich bereute die Impulsivität meines Wesens. Ich liebte meinen Naru und war nun umso wütender auf mich selbst. Er ruhte in sich wie stilles Wasser in einem Teich - ich hingegen wurde getrieben wie im Wind das Blatt, das plötzlich ein Sturm erfasst. »Glaubt mir, dass ich voller Reue bin. Mein Respekt gebührt Euch immer, auch wenn ich manchmal ungeduldig und aufbrausend bin. Dabei ist mir Euer Sanftmut ein Vorbild. Ich wäre gern ein solcher Naru wie Ihr.«

Cachil schüttelte bedächtig den Kopf. »Ein Naru muss sich oft in Geduld üben. Du wirst niemals einer werden, wenn du diese Eigenschaft nicht besitzt. Dir ist anderes beschieden, denn du besitzt andere Tugenden als Geduld. Doch genug der Schmeicheleien. Sie werden deine Worte nicht ungesagt machen.«

Ich senkte den Kopf. »Vergebt mir; ich möchte Euch nicht enttäuschen. Ich gebe mein Bestes.«

»Enttäuscht hast du mich und dein Bestes gibst du nicht, und genug davon. Schweig jetzt. Es ist keine Zeit für eine Lektion über Respekt.

Deine Mutter Karu war Fing. Ob du mir glaubst oder nicht, ändert nichts an der Wahrheit. Doch dein Glauben bestimmt die Zukunft! Denn Folgendes habe ich beschlossen: Ich werde nach Gelir gehen, weil ich dort einen lange gehegten Plan in die Tat umsetzen muss - du aber bist an keinen Ort gebunden. Solange du mit mir kommst, ist es überall gefährlich für dich. Nun trifft es sich, dass in deinen Adern das Blut eines Fingen fließt. Denn es gibt einen Ort in Lumina, da dir dieser Wink Mahoris zu einem unschätzbaren Vorteil gereicht: Du wirst nicht mit mir nach Gelir kommen. Du wirst nach Oló gehen.«

Ich atmete hektisch. »Was?« Es war wie eine Repetition der letzten Minuten.

Naru Cachil sagte nichts.

»Ist das etwa Euer Ernst?«

Sein Blick traf und erschütterte mich bis auf die Knochen. Es war sein Ernst. Seine zornig funkelnden Augen ließen keinen Zweifel zu. »Natürlich ist das mein Ernst, Gabegi.«

Nun war es so weit. Mein Naru war verrückt geworden. Er wollte mich nach Oló schicken - zu jenem mystischen Ort, den angeblich kein Mensch betreten konnte.

Man sagte, Oló wäre als Fluch des Wilden Meeres aus selbigem aufgestiegen, um Seefahrer daran zu hindern, die Küste zu befahren. Heute noch wird das Gebiet um Oló großzügig umschifft, um den Zorn des Wilden Meeres nicht heraufzubeschwören. Man sagte, donnergrollende Sturmentfacher lebten dort, die zu Neujahrsbeginn junge Frauen verspeisten: Man sagte, Fingen lebten dort.

Letzteres ist gewiss. Nur ein *Phing** kann Oló betreten, kein Mensch hatte es je getan. So wusste auch kein Mensch, wie Oló zu betreten wäre - meine Zweifel an der geistigen Gesundheit meines Naru waren also berechtigt.

Entsetzt reagierte ich auf seine Offenbarung. »Ihr könnt mich unmöglich nach Oló schicken! Das grenzt an Wahnsinn und Ihr wisst das!«

---

* Eventi und Lebenisch für: »Fing« und »Fingen«, Selbstbezeichnung der Fingen.

Mein Naru erwiderte unverzüglich: »Zügele dein Temperament, Gabegi. Du lässt deine Worte wieder frei wie Fische in den Weiten des Ozeans.«

Doch ich konnte mich nicht beruhigen. Was immer mein Naru plante - es konnte für mich nicht gefährlicher sein, als mich mutterseelenallein nach Oló zu schicken.

Natürlich täuschte ich mich darin. Cachil traf die richtige Entscheidung. Nicht auszudenken, welche Folgen es gehabt hätte, wäre er meiner Sturheit nachgekommen.

»Du sorgst dich - das verstehe ich. Glaubst du, mir geht es anders? Ich habe nichts als dein Wohl im Sinn! Doch sieh: Der Elminé spricht kein Recht, die Willkür beherrscht seinen Verstand. Der sicherste Ort ist folglich der, den er nicht erreichen kann. Oló ist ein solcher Ort: wahrscheinlich der einzige in ganz Lilotopien. Und du bist ein Fing. Wenn es überhaupt einen Weg hinein gibt, kannst du ihn finden. Vergiss nicht: Was wir Schreckliches über Oló wissen, entbehrt jeder Empirie! Über Zuverlässigkeit und Wahrheitsgehalt eines Mythos muss ich dich hoffentlich nicht belehren.«

Ich fiel ihm ins Wort: »Sicher - aber das ist nicht das Einzige, was mich erschüttert. Ihr würdet Euch von mir trennen! Und noch diese Nacht, wie ich das sehe, denn Oló liegt gewiss nicht auf dem Weg nach Gelir. Noch nie war ich von Euch getrennt! Ich habe mich nach einer Reise mit Euch gesehnt, nicht nach einem Abenteuer! Können wir nicht gemeinsam einen Ort finden, an dem wir uns verstecken können?«

»Du denkst nicht weit genug, Gabegi. Der Elminé wird ganz Lilotopien nach Eldan durchsuchen lassen. Vielleicht dauert es noch einige Jahre, bis er jeden Ort unseres Landes gesäubert hat, doch eines Tages würden wir uns Mahori stellen müssen. Oló bleibt der einzig sichere Ort. Und ich muss nach Gelir gehen: Dort liegt meine Bestimmung.«

»Eure Bestimmung? Wie meint Ihr das?«

Sein strenger Blick wies mich an, die Neugierde im Zaum zu halten. »Darüber kann ich dir keine Auskunft geben.«

»Ihr müsst! Ihr könnt mich nicht von Euch schicken, ohne mich aufzuklären!«

»Doch: Natürlich kann ich, Gabegi. Achte auf deine Worte.«

»Bitte! Ich leide unter der Vorstellung, Euch in Gefahr zu wissen. Ihr müsst mir meine Angst nehmen, sonst kann ich nicht tun, was Ihr von mir verlangt!«

Mein Naru seufzte. »Ich kann dir deine Angst nicht nehmen. Doch ich kenne viele, die auf mich aufpassen werden, falls dich das beruhigt. Ich selbst lege meinen Titel ab. Weder Naru noch Eldan werde ich sein. Denn höre: Nur Tyrannen fürchten Tyrannenmord! Und der Verräter fürchtet am meisten den Verrat.«

Ich füllte meine Lungen in Vorbereitung auf all die Worte, die aus meinem Mund sprudeln wollten, doch Cachil war schneller. »Halte dich zurück! Ich warne dich! Viel zu laut und unbedacht hast du schon gesprochen in dieser Nacht. Errege nicht meinen Zorn!«

Ich kann mich noch gut an die Erregung erinnern, die mich bei den Worten meines Naru erfasste. Vielleicht lag es am trüben Kerzenschein, in dem es mir leichterfiel, all die düsteren Gedanken, die durch meinen Kopf waberten, auszusprechen. Vielleicht lag es an meiner Jugend, die mir die Zunge lockerte.

»Ihr erregt meinen Zorn, Cachil. Wie lange plant Ihr das schon? Warum habt Ihr mich aus Euren Gedanken ausgeschlossen? Ihr gaukelt mir vor, mir zu vertrauen, doch nun muss ich sehen, wie wenig Euch an mir liegt. Ich fasse zusammen: Ihr verbannt mich - Euren Schüler - an einen Ort, dessen Existenz umstritten ist. Ihr habt mich aufgezogen und lasst mich nun - da ich Euch im Weg stehe - fallen wie ein Paar schmutziger Schuhe. Und Ihr selbst vergreift Euch an der Legitimation von Herrschaft.«

»Das genügt, Gabegi. Du solltest nun schweigen.« Die Stimme meines Lehrers war noch immer ruhig.

Nicht so meine. »Ich schweige nicht! Ihr könnt mir das Wort nicht verbieten, Cachil! Was Ihr tun wollt, ist Blasphemie!«, rief ich wutentbrannt.

»Mehr noch als das«, gab er gelassen zurück. »Häresie.«

Ich konnte nicht glauben, was ich hörte. »Ich glaube das nicht. Ich weiß nicht, was ich dazu sagen soll.«

»Das wird Zeit. Doch voller Zorn bin ich nun. Du hast erreicht, wovor ich dich warnte.«

Ich war fassungslos. »Ihr lasst mich im Stich! Wie könnt Ihr von mir verlangen, dass ich das hinnehme? Ich bin Euer Schüler! Ihr könnt mich nicht verlassen!«

»Sehr wohl«, entgegnete Cachil sofort. Seine Augen schimmerten dunkel. Ich hatte ihn erzürnt wie selten zuvor. »Denn eine Lektion, die du noch nicht gelernt hast, ist die des Respektes! Ich sehe nun, dass ich irrte. Dir fehlt Erziehung.«

Seine bitteren Worte konnten das Feuer in meiner Brust nicht löschen. »Dann müsst Ihr ein schlechter Lehrer sein.«

»Schweig still!« Seine Stimme klang hart, enttäuscht.

Meine Hände zitterten. Was auch immer gerade geschah: Es zerriss mich. Einen solchen Streit hatten Cachil und ich schon sehr lange nicht mehr gehabt - falls wir jemals einen solchen gehabt hatten.

»Du enttäuschst mich. Du kannst die algebraischen Durchbrüche der letzten drei Jahrhunderte herleiten - und die einfachsten Umgangsregeln sind dir fremd. Muss ich dich zur Demut zwingen?«

Ich antwortete nicht. Die Wut, die sich meiner bemächtigt hatte, siedete noch immer. Meine Augen funkelten ihn trotzig an, seine funkelten entschieden zurück.

Er sprach erneut: »Was lehrt uns Tennett über den Respekt?«

Ich schwieg noch immer.

»Antworte mir! Auch wenn wir in dieser Nacht voneinander scheiden, schuldest du mir deinen Gehorsam!«

Ich wandte den Blick nicht von ihm, holte tief Luft und erwiderte mit vor Wut bebender Stimme: »Respekt ist keine Tugend. Respekt ist die Grundregel im Umgang mit jedwedem Ereignis. Wer Respekt sät, wird Achtung ernten. Wo Respekt herrscht, können Rechte wachsen. Mangelnder Respekt ist eine Folge mangelnden Verständnisses. Wer respektlos handelt, wird demütig auf die Knie fallen.«*

Tennetts eherne Worte hallten in mir nach. Das Gefühl, verloren zu haben, packte mich und grub sich tief in meinen Sinn. Ich fürchtete den Ausgang dieses Streites.

Ich hatte meinen Lehrer selten so wütend erlebt. Er schrie nicht, er zeigte keine äußere Regung als Spiegel seiner inneren. Doch in seinem Blick lag eine Bitterkeit, die mich erzittern ließ. Ich hatte mein Spiel zu weit getrieben.

»Was lehrt uns Tennett über die Demut?«

---

* Vgl. Tennett, Ernes 3515. *Etikette. Respekt.* Segona Urdu, Eldir. [AV]

Nun senkte ich den Blick. »Die Demut ist die reinste und weiseste aller Tugenden, wenn sie vom Herzen selbst kommt. Darin ist sie verwandt mit der Ehrfurcht. Demut ist die unausweichlichste Tatsache. Je länger das Zögern, in Demut zu treten, desto größer die Demut, wenn sie übermannt. In wahre Demut Treten heißt Schweigen. Tritt ein Niedergestellter im Stande fehl, so tritt er in Demut.«*

Wir schwiegen. Ich wagte nicht, meinem Naru in die Augen zu sehen.

Warum mussten wir uns gerade jetzt streiten? Reue und Angst mischten sich in mir und nahmen mich in Besitz. »Es tut mir leid, mein Naru.«

Cachil erwiderte nichts.

»Ich bin voller Angst. Ich habe Angst, Euch verlassen zu müssen, und ich habe Angst vor dem Ziel meiner Reise. Und ich habe Angst um Euch. Ihr begebt Euch in den Bau der Tücke. Und überhaupt. Wie soll ich den Weg finden? Und was ist mit Var Tulu? Ihr könnt das nicht von mir verlangen. Ich werde scheitern.«

Cachil fasste meine Schultern. Seine Stimme zitterte nun, als er mir antwortete. »Auch ich habe Angst: große Angst. Ich will dich nicht verlassen. Doch ich habe keinen besseren Vorschlag. Zuweilen müssen wir etwas wagen, um überleben zu können. Und ich glaube an Mahori. Unser Leben ist mehr als eine Ansammlung von glücklichen und unglücklichen Zufällen. Ich vertraue auf unser Glück.«

Ich nickte. »Ich vertraue unserem Glück nicht. Doch ich vertraue Euch. Wenn es einen Weg gibt, nach Oló zu gelangen, werde ich ihn finden. Bitte nehmt das als meine Entschuldigung an.«

Die Erleichterung war meinem Naru anzuhören. »Das werde ich. Dass du deine Meinung geändert hast, löst uns die Last, im Streit auseinanderzugehen.«

»Sie konnte ich ändern«, murmelte ich. Ich sah ihn an. »Doch Ihr müsst mir versprechen, dass wir uns wiedersehen.«

Er umarmte mich. »Das werden wir«, versprach er.

---

* Vgl. Tennett, Ernes 3515. *Etikette. Demut.* Segona Urdu, Eldir. [AV]

Dann ließ er mich los. »Und nun sollten wir über die Reise sprechen. Du wirst Jenas Tilius nicht einholen können, dennoch solltest du den Weg nach Kalaote einschlagen.«

»Ich werde ihn warnen. Und Kalaote liegt auf dem Weg nach Oló.«

Mein Naru pflichtete bei. »Du wirst ihn dort treffen. Wir haben ihn schon so oft in Kalaote besucht: Diesen Weg findest du gewiss.«

Ich bezweifelte das. »Ihr wisst, wie verloren ich sein werde ohne Euch. Ich fürchte, ich werde mich verirren.« Ich sollte Recht behalten.

Mein Naru war zuversichtlich. »Du wirst den Weg finden! Und wenn du erst in Kalaote bist, wird es leichter werden. Der Jenas wird dich nach Oló begleiten, wenn du ihn darum bittest. Ich denke, das solltest du tun. Er muss ohnehin aus Kalaote fliehen: so wie die Dinge jetzt stehen.« Diese Aussicht erleichterte mich. Es würde weniger schlimm werden, den Weg nach Oló mit einem Gefährten anzutreten.

»Und dann? Nehmen wir an, ich erreiche Oló unbeschadet und finde einen Weg hinein. Nehmen wir an, ich habe Glück und die Fingen, die angeblich dort leben, nehmen mich in ihre Gemeinschaft auf. Was dann? Wann und wo treffen wir uns wieder?«, fragte ich.

Naru Cachil erhob sich. Er sprach: »Natürlich werden wir in Verbindung bleiben. Ich finde eine Möglichkeit, dir eine Nachricht zu schicken. Ich zeige dir, was ich meine - entschuldige mich. Und fang an zu packen.« Er ging hinaus.

Ich konnte nicht aufstehen. Die Angst lähmte mich. Diese Nacht war eine Schicksalsnacht und ich in ihr gefangen. Wie sehnte ich mich zurück in den Tag! Wie viele Stunden blieben uns noch, bis wir uns trennen mussten? Und wie sollte ich erst ohne meinen Naru zurechtkommen?

Als er wieder in mein Zimmer trat, saß ich noch immer auf der Matte.

»Du packst nicht«, stellte er besorgt fest.

»Nein«, erwiderte ich tonlos.

Cachil rückte dicht an mich heran. Seine Nähe konnte mich nicht trösten. Was vor uns lag, beschattete unser beider Herzen.

Er hielt ein Blatt Papyrus in der Hand: beschrieben mit wohlgeformten Lettern seiner ebenmäßigen Handschrift. Er zeigte es mir und erklärte: »Schau: Einer meiner Freunde wird dir eine Nachricht von mir bringen, sobald ich dir schreiben kann. Bis dahin solltest du nicht versuchen, Verbindung zu mir aufzunehmen. Du würdest uns beide gefährden - mehr, als du dir vorstellen kannst.

Hiermit können wir unsere Nachrichten verschlüsseln. Und wenn alles gut geht, treffen wir uns in Gelir wieder.« Ich nahm das Blatt.

Darauf hatte mein Naru jedem Buchstaben eine Zahl zugeordnet: Jedes Wort entsprach der Summe, eine weitere Ziffer der Anzahl der Buchstaben - der Schlüssel schien mir sicher genug. Ich prägte ihn mir geschwind ein.

»Nur Altliloisch, zur Vorsicht«, fügte er hinzu.

Er hielt unseren Schlüssel in die Kerzenflamme. Der entzündete sich und verbrannte; der Schein erhellte unser beider Gesichter. Ich sah die Sorgenfalten im Gesicht meines Naru. Er musste in der letzten Stunde um Jahre gealtert sein.

Er seufzte. »Reise ausschließlich nachts. Unsere Hoffnung liegt in Heimlichkeit begründet. Vermeide es, gesehen zu werden, und sprich mit niemandem. Und denk an deinen Mantel. Denk an deine Kapuze«, mahnte er.

Ich schaute ihn flehend an.

»Dem musst du dich fügen«, beharrte er eisern.

Ich wollte antworten, da klopfte es. Var Tulu trat ein und verbeugte sich vor uns. »Ich störe Euch ungern - doch es ist höchste Zeit. Die Nacht wird alt.« Cachil erhob sich. Ich folgte.

Tulu hatte während unserer Auseinandersetzung den toten Attentäter beseitigt; nun half er meinem Naru und mir beim Packen. Wir hatten so viel Zeit an den Streit verloren, dass nun wenig blieb, den Proviant gewissenhaft abzuwägen. Viele Dinge vergaß ich in Inkowitch, die ich nie wiedersehen würde.

Da mein Naru mit mir den Weg nach Kalaote besprach, den ich zu gehen hatte, mischte sich der Var ein, der sich bis dahin mit seiner Meinung über unsere Pläne zurückgehalten hatte. »Ihr schickt ihn fort? Er kommt nicht mit nach Gelir?«, fragte er meinen Naru ungläubig.

»Ja«, antwortete dieser. »Er wird einen Weg nach Oló finden.«

Der Var legte seine Stirn in Falten. »Ihr vertraut auf eine Legende?«

»Ich vertraue auf das Blut seiner Mutter«, entgegnete Cachil. Scheinbar wussten dessen Freunde mehr über mich, als ich selbst.

»Es ist Euer Streich, Naru«, gab der Var widerwillig zurück. Wahrhaftig: Cachil Olibat würde den *Giftigen Streich* verüben.

Endlich waren wir so weit. Mein Naru verlangte von mir, als Erster aufzubrechen. Er selbst wollte unser Heim herrichten, als wäre es geplündert worden, bevor er sich mit Var Tulu Aroha auf den Weg nach Gelir begeben würde. Es sollte so aussehen, als hätten die Schergen des Elminé ihr Werk hier vollbracht.

Schließlich war der Moment der Verabschiedung gekommen. Ich stand mit meinem Gepäck ausgerüstet drinnen an der Haustür. Cachil richtete letzte Worte an mich. »Gabegi, zwei letzte Ratschläge möchte ich dir geben, bevor wir uns trennen.«

Meine Knie zitterten. Die Angst schnürte mir die Kehle zu. Würden wir uns je wiedersehen? Oder waren das die letzten Worte, die mein Naru zu mir sprechen sollte?

»Der erste betrifft deine Reise. Was immer du tust: Trink die Oase! Du wirst ohne mich zurechtkommen. Der zweite ist nur für dich bestimmt; er betrifft deinen aporetischen Sinn: Du bist ein empfindsames Wesen voller Zweifel, ob du Wahrheit fühlst, doch gräme dich nicht. Das Leben hält den Sonnenschein bereit!«

Ich blickte zu Boden; Cachil hob erneut an: »*Éta atta Gabegi, ono. Gid elí Gabegi. Etí Delii, git ëis Delii.*[*] Verabschiede dich nun.«

Meine Worte wogen schwer, da ich sie sprach: »Ich will mich nicht von Euch verabschieden.«

Mein Naru legte mir seine Hände auf die Schultern. »Dieser Abschied zerreißt unser beider Herzen. Doch ich verspreche dir, dass es nicht der letzte sein wird. Ich schwöre dir bei Áslep, dass das nicht unser letzter Abschied ist!«

Ich hielt den Kopf noch immer gesenkt. Der Kummer drückte mich nieder. »Ich habe Angst vor dem Alleinsein.«

Cachil wählte seine Worte mit Bedacht. »Du wirst alles sein und eines sein in dir und nur in dir alles und ganz werden, aber einsam sein wirst du nicht: nicht auf dieser Reise.«

Ich sah ihn an. »Aber es ist so schwer, Euch zu verlassen. Ich kann den ersten Schritt nicht gehen.«

Der Schmerz in seinen Augen spiegelte meinen Sinn. »Bis hierhin habe ich dich geführt. Von jetzt an musst du selbst gehen. Ich vertraue auf deine Zuversicht!«

---

[*] Altliloisch für: »Du bist kein Beschützter mehr. Du warst einer - nun bist du ein Wissender - nun wirst du wissend werden.« Die kommissive Form *ëis* des Verbes *e* (»sein«) umschreibt ein Versprechen: *Dein Wissendsein ist versprochen.*

»*Húl gató git*«[*], erwiderte ich mit belegter Stimme. »Ich danke Euch für alles. Für Eure Güte und Nachsicht und für Eure Führung und ich flehe zu Mahori, sie möge uns wieder zusammenführen.«

Cachil umarmte mich lange, bevor er weitersprach: »Eine letzte Weisung von deinem Naru: Gib dein Bestes! Alles in deiner Macht Stehende sollst du tun, um Oló zu erreichen, und nicht verzweifeln! Du darfst nicht aufgeben, nicht bis der letzte Odem deiner Brust entwichen ist! Versprich es mir!« Seine eindringlichen Worte sollten tatsächlich meinen Lebensmut retten.

Ich erwiderte: »Das werde ich. Ich verspreche es. Versprecht Ihr mir, dass wir uns wiedersehen!«

»Das tu ich und ich halte daran fest. Und nun geh! Zögere den Abschied nicht hinaus, da er doch kommen muss.«

Meine Beine wollten sich nicht bewegen. »Ich kann nicht«, flehte ich ein letztes Mal.

Naru Cachil blickte mir tief in die Augen. Ich prägte mir sein Gesicht genau ein: jede Falte, jeden Zug, die Milde seines Blickes.

»Du musst«, sprach er mit fester Stimme. »Geh!«

Ich musste gehorchen. Meine letzten Worte klammerten sich verzweifelt hoffnungsvoll an die Zukunft: »Auf ein Wiedersehen, mein Naru. *Vid ëis Delii.*[†]«

»*Git ëis Delii.*[‡] Möge Áslep dich leiten.«

---

[*] Altliloisch für: »Ich danke Euch.«
[†] Altliloisch für: »Ich werde wissend werden.«
[‡] Altliloisch für: »Du wirst wissend werden.«

Aus Tennetts *Etikette*
[Originalgetreue Abschrift der Seiten 4 und 5]
[S.U.: Literatur, Sachliteratur, Anstandsliteratur]

Die Zwölf Eldan

Von den dargelegten Standen ist derjenige der Eldan der höchste und höchst verlangende; er wird nicht durch Heirat oder Erbe übertragen, er muss allein durch Prüfung erworben werden.

Ist eine solche bestanden und vom Rat der Eldan die Empfehlung ausgesprochen, schwört der Aspirant während der Ernennungszeremonie den Eid auf die Linie Arans und erwirkt vom Elreminé das Recht, den Titel des Eldan zu tragen.

Der Stand der Eldan ist der älteste und erhabenste; seine zwölf Titel gehen auf die zwölf Diener des Aran zurück. Ihre Titel entsprechen den Namen dieser Diener, und so ist es nicht recht, sie als Vornamen für Söhne zu gebrauchen.

Duis gibt dem Elreminé Rat; Naru lehrt seine Söhne; Jenas heilt seine Wunden; Talan spricht ihm von den Göttern; Anit spricht in seinem Namen; Jedo verwaltet seine Tyr; Biego baut ihm ein Heim; Degas spricht sein Recht; Lut mehrt seine Fülle; Andruen beendet seinen Kampf; Var schützt ihn; Ator verleiht ihm Unsterblichkeit.

Die Zeichen der Eldan

Jeder Titel der Eldan ist mit einem einzigartigen Zeichen versehen, das dem Titelträger und nur dem Titelträger auf Kleidern und Bannern zu tragen erlaubt, nicht geboten ist.

Nions Blumen

Ich ging rasch. Inkowitch kannte ich gut; und viel Zeit bis Sonnenaufgang blieb mir nicht, möglichst viele Wegstunden zwischen mich und mein Zuhause zu bringen. Ich wählte meinen Weg durch die zwielichtigen Viertel meiner Stadt und achtete darauf, dass mich niemand sah. Noch war das leicht unter dem dunklen Himmel.

Trotz meines scharfen Tempos hatte ich Inkowitch gerade so hinter mir gelassen, als die Nacht alt wurde. Ich suchte mir im Dickicht des Waldes, durch den die Straße ins nächste Dorf führte, einen geeigneten Schlafplatz. Er lag weit ab vom Weg inmitten dichten Gestrüppes, das sich wie eine dornige Decke um mich schmiegte. Nach gewiss keiner halben Nacht holte ich mir nun die ersten Kratzer. Ich hüllte mich fest in meinen Mantel - nicht der Kälte, sondern fehlender Geborgenheit wegen - und wartete auf Dileis Ankunft. Es wurde bald hell um mich. Ich beobachtete einen Skorpion, der sich müde an meinen Füßen vorbeischleppte und im nächsten Dornbusch verschwand.

Meine Gedanken überschlugen sich. Nun war ich also allein und auf mich gestellt: zum ersten Mal in meinem Leben, wie ich mir ängstlich eingestand. Cachil würde hoffentlich schon weit weg von Inkowitch sein. Reiste auch er des Nachts und ruhte am Tage? Oder wanderte er noch immer müde dahin?

Ich war weder müde noch hungrig oder durstig. Ich konnte kaum ruhig sitzen. Lieber hätte ich vor der ersten Rast noch mehr Meilen hinter mich gebracht, doch ich musste meinem Versprechen gehorchen und hielt diese erzwungene Pause ein.

Der Tag verging schleppend. Einige Tiere kreuzten meinen Rastplatz, während sie ihre Tagesgeschäfte verrichteten. Drei kleine Echsen, zwei schwarze Spinnen - so groß wie meine Handflächen - und eine junge Schlange zählte ich.

Sie alle duldeten mich. Wir versuchten die Hitze zu überstehen und sehnten die leidlich kühlere Nacht herbei.

Da ich nicht schlafen konnte, hatte mein Geist viel Zeit zum Kreiseln und Wirbeln. Sorgen quälten mich dann und wann und nahmen wechselnde Gestalt an, und vor ihnen allen beschäftigte mich eines: dass ich ein Fing sein sollte. Was auch immer ich vermutet hatte, das Cachil mir verschwieg - damit hatte ich nicht gerechnet. Nun kannte ich die Wahrheit und musste mich selbst in ihr finden, ehe ich sie annehmen konnte.

Warum hatte ich nichts davon gespürt? Auch wenn Menschen den Fingen angeblich ähnlicher waren als den Zehn, so gab es zwischen ihnen doch beträchtliche Unterschiede.

Indessen ich darüber nachdachte, worin diese bestanden, merkte ich, dass ich tatsächlich kaum etwas Brauchbares über sie wusste. Ich hatte niemals einen Fing kennengelernt und kannte sie nur aus den alten Geschichten und Legenden, die Cachil mir versorgt hatte. Diese widersprachen sich allerdings nicht selten oder schienen schlichtweg nicht stimmen zu können. Und nahezu eine jede war zu vage formuliert, wenn es um die eigenartigen Fähigkeiten der Fingen ging.

So heißt es in der Legende zur Entstehung der Zwölf, mit der die Kinder Luminas heute vornehmlich die Geographie Lebenins lernen: »Westlich von Lilotopien liegt Eventin, wo das Geschlecht der Fingen lebt. Dieses Volk hat sich eine Sache zu eigen gemacht, die wir *Energie* nennen. Sie verstehen die Sprache der Gedanken und die Sprache der Seelen, weiterhin die Sprache des Feuers, des Wassers, der Erde und der Luft.«[*]

Im *Kanon* des Atvan - und zwar in jenem Text, der von der Beziehung zwischen Menschen und Fingen handelt - schreibt jener das Verständnis einer »Sprache der Gedanken und Seelen« - oder was darunter zu begreifen ist - den Menschen zu.[†] Ich hatte in Inkowitch eine Übersetzung davon verfasst, die nun gewiss verloren ist - für den Korpus liloischen Schriftgutes kein Verlust: an der Qualität meiner Arbeit ließe sich erkennen, wie jung ich war, als ich sie schrieb - für das Verständnis meiner tiefen Verwirrung allerdings.

---

[*] Andras, Mand und Nam 2847. *Die Entstehung der Menschheit.* Segona Urdu, Eldir. Dem Liloischen angeglichen von D.F.A. [AV]

[†] Vgl. Atvan, Bort 3214. *Kanon*. Segona Urdu, Eldir. [AV]

Der Tag, an dem ich meine Fassung aufzeichnete, konnte von dem Tag, da ich im dornigen Gestrüpp saß, nicht weit zurückliegen. Dieser erste Tag des Wissens nun versagte mir jede Erkenntnis. Aus Gabegi war Delii geworden - und ihm nützte sein Wissen nichts.

Ich fand keine Ruhe und begann bald, nach irgendeiner Fingenart in mir zu forschen. Ich starrte den Busch vor mir an und versuchte, ihn kraft meiner Gedanken zu wässern. Ich fixierte die vorbeischleichenden Tiere und mühte mich, ihre Sprache zu verstehen. Ich strengte mich auch an, irgendeine Art Energie wahrzunehmen, doch all diese Versuche blieben erfolglos. Ich war enttäuscht und erleichtert zugleich. Vielleicht hatte Cachil sich geirrt? Doch wie sollte ich dann nach Oló kommen?

Mittlerweile habe ich erfahren, dass sämtliche Fähigkeiten, die ein Geschöpf besitzen kann, in einer Form ausgebildet werden müssen. Der Alse *lernt* das Fliegen, der Alas das Schwimmen - und die Menschlichkeit der Menschen muss gepflegt werden, damit sie blüht. In dieser Hinsicht unterscheiden wir uns überhaupt nicht von den Elf.

Kurz vor Sonnenuntergang aß und trank ich und bereitete mich auf die Weiterreise vor. Ich hatte den ganzen Tag nicht schlafen können und begrüßte die heraufziehende Nacht, die mich endlich von meiner Starre befreien konnte.

Schnell war der Weg, den ich morgens verlassen hatte, wiedergefunden; und ich folgte ihm zügigen Schrittes weiter Richtung Kalaote. Diese Gegend war mir noch einigermaßen vertraut: Ich kannte die Inkowitch umliegenden Dörfer ebenso gut wie die Stadt selbst und kam schnell voran. Ich nahm die abseitigen Wege, schlug weite Bögen um menschliche Siedlungen und achtete selbst darauf, keine Tiere aufzuschrecken. Und ich hatte Glück. Ich begegnete niemandem.

Furcht und Aufregung trieben mich diese zweite Nacht. Ich legte nur zwei kurze Pausen ein, um meinen müden Füßen etwas Ruhe zu gönnen - sie danach aber umso härter vorwärts zu drängen. Ich aß und trank im Gehen.

Als sich der Tag ankündigte, suchte ich mir wieder einen abgelegenen Schlafplatz und sank nieder. Noch bevor die Sonne ganz aufgegangen war, fielen mir die Augen zu; und noch bevor sie untergegangen war, schlug ich sie wieder auf.

Wie diese Nacht und die nächsten vergingen - oder vielmehr welchen Verlauf meine Reise darin nahm - entzieht sich meiner Erinnerung. Ich weiß noch, dass ich mich unermüdlich vorkämpfte, und dass ich mich noch einige Nächte auf dem rechten Weg befunden haben musste - oder das zumindest glaubte.

Zu Fuß von Dorf zu Dorf über die ebene Straße in gemessener Geschwindigkeit benötigt ein Mensch ungefähr sieben Tage von Inkowitch nach Kalaote. Cachil und ich hatten diesen Weg schon einige Male beschritten und dabei nie länger gebraucht. Bei dem eiligen Tempo, um das ich mich mühte, hätte ich auf der Straße vermutlich weniger als die Hälfte der Zeit bedurft. Zwar lief ich nachts und hielt mich von ausgebauten Pfaden fern - hätte somit dennoch nicht mehr als sieben Tage unterwegs sein müssen. Doch es waren keine sieben Tage: Es waren sechzehn.

Ich habe es einer Reihe unglücklicher Umstände zu verdanken, dass ich mehr als doppelt so lange für die Reise benötigte, obwohl ich mehr als doppelt so viele Wegstunden zurücklegte. Ein erheblicher Grund ist meine Orientierungsschwäche. Ich muss mich bereits in der dritten oder vierten Nacht verlaufen haben, ohne es zu bemerken.

Kalaote liegt südwestlich von Inkowitch: mitten in der Wüste Nion. Die Straße - die schnellste und sicherste Weise hinein - führt durch das Nordtor der Wüstenstadt, da auf diesem Weg in die Stadt kaum ein Tag durch die Nion gereist werden muss. Ich jedoch gelangte am Südtor an. Ich habe keinen blassen Schimmer, wie ich dort hinkam. Ich weiß nur, dass ich allein sieben Tage durch die Nion irrte, bevor ich Kalaote erreichte - doch der Reihe nach erzählt.

Ich verlief mich also in der dritten oder vierten Nacht und bemerkte davon zunächst nichts. In der fünften Nacht stellte ich fest, dass mir die Gegend keineswegs mehr vertraut vorkam, aber noch verzweifelte ich nicht. Mangelnde Ortskenntnis war mir nicht neu. Ich hatte mich stets an Naru Cachil gehalten, der sich seinerseits auch in unbekannten Gegenden gut zurechtfinden konnte. Nun - allein - durfte ich vor allem nicht in Panik geraten.

In der sechsten Nacht war ich mir sicher, mich verirrt zu haben - und geriet in Panik. Ich hatte keine Ahnung, wo ich war: Ich hatte jeden Weg verloren. Ich hielt nicht an. Ich lief wieder zurück in jene Richtung, aus der ich hergekommen war - oder es zumindest glaubte -, und wollte im nächsten Dorf, das mir begegnen würde, nach Kalaote fragen. Nach Stunden des Umherirrens zog ich auch dieses Vorhaben in Zweifel. Ich musste mich schon so weit von der Straße entfernt haben, dass die Nion mir näher lag als jede Siedlung.

Da in der siebenten Nacht immer noch keine Spur von der Straße nach Kalaote zu finden war, begann ich, mir Sorgen über meine Vorräte zu machen. Cachil hatte mir Wegzehrung für zehn Tage mitgegeben. Die letzten sieben hatte ich gut gegessen und getrunken und wusste, dass ich nun kurztreten musste, wenn ich überleben wollte. Also beschied ich mich und teilte mir am siebenten Tag während der Rast meinen Proviant so ein, dass ich davon weitere acht Nächte durchhalten konnte. An diesem Tag fand ich wieder keinen Schlaf. Die ganze Reise über hatte ich kaum zu schlafen vermocht, doch jene sich endlos in die Länge ziehenden Stunden, die mir trotz Erschöpfung keine Ruhe zugestanden, härmten mich besonders.

Mein Rastplatz war weniger geschützt als die Tage zuvor. Die Savanne hatte sich verändert: Die Wälder waren verschwunden, bis sich selbst vereinzelte Bäume verloren hatten. Ich versteckte mich zwischen hüfthohen Gräsern, meinen Mantel zu einem schattigen Zelt aufgespannt - dennoch bretterte Dilei herab. Es war so heiß. Ich roch übel, hatte mich seit Tagen nicht gewaschen und war ständig durstig. Immerhin kündigte sich in der Landschaft die Nion bereits an. Ich konnte also nicht vollkommen falsch sein - doch das hier war definitiv nicht der richtige Weg.

Ich hatte Cachil gewarnt, ich würde mich verlaufen! Und nun war genau das eingetreten. Was er wohl sagen würde, wenn er hier wäre? Er würde nicht aufgeben. Allerdings: Wenn er hier wäre, dann wäre ich es nicht, denn dann hätten wir beide längst Kalaote erreicht - gestand ich mir matt ein.

Und der Jenas: Würde ich rechtzeitig nach Kalaote gelangen, ihm die Gefahr zu entdecken? Ich würde es nicht, aber noch hoffte ich es. Und ich hoffte inständig, er würde sich mit mir auf die Suche nach Oló begeben. Ohne ihn wäre ich völlig hilflos: Ich würde niemals auch nur in die Nähe jenes Ortes kommen. Ich seufzte schwer. So viele Fährnisse ungewissen Ausganges, die mir lauerten.

Und dann - in Oló? Cachil konnte unmöglich Recht haben. Er musste sich irren. Ich war ein Mensch und kein Fing. Bis auf die Farbe meiner Haut und meines Haares unterschied mich nichts von den Menschen, die ich kannte. Sollte das etwa ein Merkmal der Fingen sein?

Und wenn Cachil sich wahrhaftig nicht irrte, war ich nicht nur ein Fing, sondern auch der Neffe eines Fürsten. Was würde mit mir geschehen? Würde man mich ins Erlenthal rufen? Soweit ich wusste, hatte Zennon der Kaliz selbst keine Kinder. Ich war tatsächlich sein einziger lebender Erbe, musste ich kopfschüttelnd feststellen.

Allein: Wer würde schon glauben, ich wäre Sohn von Karu - Karu der Kaliz und ihr Mann Hota hatten sich zur Zeit des Großen Streiches in Eldir aufgehalten und waren ebendort von Menschenhand getötet worden, die Kriegserklärung der Fingen die völkerrechtliche Konsequenz: ein Schauplatz unserer Zeit.

Selbst wenn ich als Überlebender des Streiches Sohn von Karu sein und der Kaliz angehören sollte, war der Adel des Erlenthales nicht auf meine Existenz angewiesen. Es gab genug Familien, die sich um das Erbe Fürst Zennons streiten konnten; und ich wollte mich keinesfalls in die Angelegenheiten derjenigen reineren Blutes einmischen. Selbst wenn Cachil Recht behalten und ich einen Weg nach Oló finden sollte, musste ich meine Verwandtschaft zu Zennon verschweigen.

Mein Magen knurrte. Wenn ich doch schlafen könnte! Oder die Nacht endlich hereinbräche! Stunden zogen widerwillig dahin, bis mein Wunsch sich erfüllte.

In der Dämmerung aß ich ein wenig; dann schulterte ich mein Gepäck und brach wieder auf. Ich hatte beschlossen, von nun an meinem Glück zu vertrauen. Jeder Versuch, meinen Standort zu bestimmen, verwirrte mich nur noch mehr. Ich würde einfach in die Richtung marschieren, die sich wüstenähnlicher anfühlte.

Gewiss lief ich geradewegs der Nion entgegen, allerdings war ich mittlerweile so weit nach Süden abgedriftet, dass ich mich ihr von Südosten statt von Norden her näherte.

Die folgenden beiden Nächte geschah nicht viel. Die Landschaft änderte sich nur langsam, auch wenn ich in jeder Nacht viele Meilen zurücklegte. Mein Proviant ging trotz aller strengen Entbehrung allmählich zur Neige. Noch litt ich keinen Durst, doch ich litt Hunger. Wenn ich nicht bald nach Kalaote gelangte, musste ich mich entscheiden, *wie* ich verhungern wollte.

Es war keine leichte Wahl, die ich zu treffen hatte: Ich hätte meine karge Ration beibehalten können in der Hoffnung, die letzten Nächte dann mein Ziel zu fassen - stattdessen sparte ich mir immerzu noch etwas auf; das war ein Fehler. Meine Gedanken drehten sich unablässig um meine Vorräte.

Am neunten Tag, da sich immer noch nicht abzeichnete, wann ich nach Kalaote kommen würde, war ich fast am Verzweifeln. Der süßliche Geschmack in meinem Mund, der vom Hunger rührte, beherrschte mich. Dennoch gehorchte ich jenem mir selbst auferlegten Verzicht.

Ich dunkelte in einem Wachschlaf dahin und hielt mich an die Dichtungen Singas, meines Lieblingsphilosophen. Talan Elias Singa fragte in jedem seiner Texte nach dem Sinn; seine Tagebücher sind voll von Gedankenfragmenten und disruptiven Einschüben. Er war Aporetiker und darin mein Vorbild. Indessen ich seine Dichtungen mir selbst rezitierte, füllte ich diesen sinnentleerten Tag mit etwas anderem als dem quälenden Hunger.

Und die Zweifel sind zwei.
Und in Verantwortung steckt Antwort.
Gott - du hast mir eine Frage gestellt,
und ich habe mit meinem Leben geantwortet.
Deskription war noch nie meine Stärke.
Ich frage um des Fragens Willen.
Und das Fragen bleibt absurd.

Und mein Geist wird frei.
Ich ergreife deine Hand dort.
Gott - du hast mir deine Hand gereicht,
die doch keine ist.
So schön sind deine Werke.
Ich fühle sie im Stillen.
*Bis zu meiner Geburt.**

Welchen Gott meinte er wohl? Es gibt ganze Abhandlungen zu dieser Frage und ich habe sie alle gelesen und bin der Antwort kein Stück näher gekommen.

Ich habe diese Angewohnheit bis heute übrigens beibehalten. Wenn ich eine Strapaze hinnehmen muss, halte ich mich an seinem Wort fest. Obwohl sein Leben schon vor Jahrhunderten vorüberzog, fühle ich mich ihm zuweilen verbundener als so manchem meiner Zeitgenossen. Nun - in der kargen Ödnis zwischen zu wenig Schlaf und zu wenig Nahrung gestrandet - klammerte ich mich an seine Worte wie an ein früheres Leben, das ich nicht aufgeben wollte.

---

* Talan Singa, Elias 3076. *Und die Zweifel.* Band 4. Segona Urdu, Eldir. Seite 36. [AV]

Erst, als ich es nicht mehr aushielt, aß und trank ich. Was ich mir genehmigte, linderte nicht, doch es ließ mich klarer denken. Die Sonne würde bald untergehen.

Ein Doppelfüßer krabbelte an mir vorbei: so dick wie mein Zeige- und Mittelfinger und länger noch. Ich betrachtete ihn still und erwog, ihn zu verspeisen - eine törichte Idee. Er war giftig. Ich hätte ihn rösten können, aber dafür ein Feuer in dieser Gegend zu entzünden, wäre dem Freitod gleichgekommen: Die Brandgefahr zu Garutá* war ohnehin schon viel zu hoch. Immerhin fasste ich ins Auge, vielleicht doch nicht verhungern zu müssen, selbst wenn mir die Wegzehrung ausgehen sollte. Ich bedachte nicht, noch nie ein Feuer entfacht zu haben.

Ich rappelte mich auf und lief dem rasch dunkler werdenden Horizont entgegen. Kaum zwei Stunden später wurde das Gras merklich lichter. Ich blickte voraus. Nion begann. Endlich. Ich dankte Mahori und schritt beherzt aus. Bald hätte ich diesen Irrweg hinter mich gebracht. Selten freut sich ein Reisender über eine Wüste vor seiner Nase - ich schöpfte Hoffnung. Bald hätte ich Kalaote erreicht.

Dennoch war diese zehnte Nacht seit meinem Aufbruch aus Inkowitch gewiss nicht mehr jung, als ich die Nion endgültig betrat. Ein Feigenkaktus hieß meinen Besuch willkommen. Er streckte die Arme wie Girlanden aus und wachte einsam über ihren Rand. Ich blieb stehen.

Würde ich *einen* Schritt nach ihm tun - so kam es mir vor -, würde ich auch nur *einen* Schritt nach ihm tun, so hätte mich die Wüste verschluckt. Vor ihm ragten noch ein paar Büschel Gras aus dem Boden - hinter ihm lag nichts als körniger Sand. Ich betrachtete ihn nachdenklich: Er war das Abbild meiner Betroffenheit.

Seine Finger richteten sich rot und gelb in die Höhe: Selbst im Licht von Mond und Sternen wurde ich ihren Farben gewahr. Mein Herz hüpfte vor Freude. Ich ließ den Beutel fallen und kramte ein Messer daraus hervor.

Ich musste mich gehörig auf die Zehenspitzen stellen, an seine Feigen heranzureichen. Mit der Spitze des Messers schnitt ich sie gerade so herunter: eine nach der anderen. Ich legte sie euphorisch und sehr behutsam auf den Grund

---

* *Garutá* entspricht der Trockenzeit in Lilotopien und bezeichnet sowohl die Jahreszeit, als auch den Hauch, der diese bringt. Ihre Schwester findet sich in *Má*, der Regenzeit. Beide gelten nach liloischem Mythos als göttliche Schwestern des Aran.

und zählte eine jede dabei - mit der sechsten nicht mehr stumm - in Überschwang und Unfassbarkeit. Es waren vierzehn.

Die erste aß ich gleich an Ort und Stelle, schnitt sie auseinander und genoss ihr Fleisch, lutschte auch die Schalen aus, bis sie ledrig und müde waren. Ihr Saft rann über mein Kinn; ich leckte ihn von meinen Fingern. Ich stöhnte vor Vergnügen. Ich aß auch die zweite, schlang ebenso gierig.

Wieder betrachtete ich den Feigenkaktus - diesmal voller Dankbarkeit. Wusste er, dass er meinen Mut gerettet hatte und auch meinen Willen? Er musste es wissen.

Ich stand auf und legte die Handfläche an seine dornige Haut. »Ich danke dir«, sprach ich zu ihm und hielt inne, bevor ich die übrigen Kaktusfeigen sanft meiner Habe einverleibte. Zuletzt verneigte ich mich vor dem Gruß der Nion und trat frohgemut in sie ein.

Der Weg wurde beschwerlich; erschöpft und glücklich suchte ich mir wenige Stunden später einen Schlafplatz; ich wusste, ich würde keinen Schutz vor Sonne und Wind finden. Ich entdeckte eine Senke und richtete mein Schlaflager dort gründlich her. Mein Mantel war geschwind zum Zelt gebreitet und spendete mir Schatten, wenn ich auch nicht viel mehr als Kopf und Schultern darin bergen konnte.

Bevor der Morgen graute, hielt ich ein Festmahl ab: Mein Schmatzen blieb ohne Echo in der Stille der Wüste.

Ich vergrub mein Gepäck im Sand; dann legte ich mich nieder: erfüllt von Zuversicht. Darin gebettet schlief ich fest ein.

Noch als ich wieder erwachte, war ich satt - nun auch frisch und munter. Die Sonne war schon im Versinken begriffen: Die elfte Nacht seit meiner Abreise aus Inkowitch begann. Ich hatte viele Stunden, beinahe den ganzen Tag geschlafen und reckte mich.

Mein erster Gedanke galt meiner täglichen Ration; ich schälte mich aus dem winzigen Zelt. Mein Blick fiel auf die Stelle, an der mein Gepäck gelagert hatte. Sie war leer.

Ich wusste sofort, was das bedeutete. Jemand hatte mir mein Hab und Gut gestohlen. Doch ich wollte das nicht gleich glauben.

Vielleicht war es am Tag durch einen der üblichen Stürme unter einem Haufen Sand begraben worden. Auch mein Mantel war voller Staub: seine schwarze

Farbe kaum noch zu erkennen. Ich untersuchte die Stelle, an der das Gepäck gelegen hatte.

Nichts.

Meine Händen gruben sich tief in den Sand, doch von meinem Beutel keine Spur. Wo konnte er sein? Meine Hände gruben schneller. Während ich so kniete - nun bald selbst im Sand eingegraben - und wie wild nach meinem Beutel suchte, begann auch mein Herz zu rasen. Was, wenn er fort war? Aber nein. Er musste hier irgendwo zu finden sein.

Ich änderte meine Position - vielleicht irrte ich mich in der Stelle, wo ich ihn abgelegt hatte? Ich wühlte im körnigen Staub, verzweifelte. Hielt inne.

Da hatte ich genächtigt und da - der Wind musste von dort gekommen sein.

Ich blickte in die entgegengesetzte Richtung und sah zu, wie die Sonne vom Horizont verschluckt wurde. Dann lief ich eilig - das letzte Licht des Tages nutzend - auf der Suche nach einer Spur meines Gepäckes. Vielleicht hatte es der Wind weggeweht? Ich bestritt hoffnungsvoll, was ich über das Gewicht meines Beutels und die Stärke des Windes wissen konnte. Viel Sand war nicht auf meinem Mantel - nur fein verteilt. Kein Sturm hatte mich geweckt. Mein Beutel konnte nicht fortgeweht worden sein. Als es fast dunkel war, kehrte ich um. Ich durfte nicht auch noch meinen Mantel verlieren.

Im schwächer werdenden Licht fand ich die Stelle wieder, an der ich vor nicht einer Stunde noch friedlich geschlummert hatte, hockte mich nieder, wendete den Blick ab vom violettblauen Himmel, verbarg den Kopf in den staubigen Händen.

Und ließ den Gedanken doch nicht zu, dass all meine Vorräte an Wasser, Nahrung, Kleidung und Werkzeugen verschwunden sein sollten. Ich raffte mich wieder auf und grub umso ungestümer danach, bis der Boden um mein Zelt durchwühlt war. Dann sprang ich auf, fluchte - jeden Gedanken an Heimlichkeit vergessend - und lief wie von Sinnen um mein Schlaflager herum. Doch was ich auch tat: Ich konnte mein Gepäck nicht finden - es war verschwunden.

Nachdem ich mir noch vor ein paar Stunden etwas Hoffnung gegönnt hatte, musste ich nun umso härter um mein Überleben bangen. Wie sollte ich ohne meine Vorräte an Wasser und Nahrung, ohne irgendein Werkzeug zum Überleben die Nion durchqueren und Kalaote erreichen, bevor ich verhungerte oder verdurstete oder was auch immer? Es war zum Verzweifeln - und das tat ich nun auch. Ich lief zu meinem Mantel zurück - dem Einzigen, was ich noch besaß -, setzte mich nieder, vergrub mein staubiges Gesicht in den Händen und weinte.

Ich konnte diese Aufgabe nicht bestehen; ich musste scheitern: orientierungslos in der Wüste gestrandet. Mein Magen knurrte wieder; und mein Mund war trocken. Selbst wenn ich mich von Oase zu Oase schleppen konnte, hatte ich doch nichts, um das Blaue Gold zu transportieren. Und ohne Wasser war ich hier verloren.

Meine Tränen fielen wie heiße Tropfen in meine Hände, benetzten sie mit dem kostbaren Gut und führten mir wahrhaftig vor Augen, welche Not mir bevorstand. Ich konnte mich nicht erinnern, wann ich sie zuletzt gesehen hatte - und war verblüfft ob der Anstrengung, die sie mich kosteten. Als würde ich meine Kräfte für nichts Besseres gebrauchen können! Die Tränen versiegten. Ich musste meine Kraft sammeln, um den Durst zu ertragen - und ihn nicht mit der Verschwendung meiner Tränen mehren! Dennoch bereute ich keine einzige von ihnen. Sie hatten mich gereinigt.

Ich straffte mich, wusch mit meinen feuchten Händen das staubbedeckte Gesicht, klopfte sodann meine Reisekleider ab, um den verfluchten Sand loszuwerden. Wenigstens nicht schmutzig wollte ich sterben. Der Gedanke zauberte mir ein grimmiges Lächeln in das von Sorgen durchfurchte Gesicht. Für Verzweiflung war ich nicht geboren. Selbst wenn die Nion am Ende mein Leben forderte, so würde ich ihr doch trotzen bis zu meinem letzten verzweifelten Atemzug. Und außerdem hatte ich mich an ein Versprechen zu halten: dass ich mein Bestes geben würde - so hatte es mein Naru von mir gefordert. Und genau das hatte ich nun vor.

Ich bedachte nach dem Vorbild meines Naru die nächsten Schritte: wog mein Durchhaltevermögen, die Verteilung der Oasen in der Nion und die verbleibende Strecke nach Kalaote gegeneinander ab und fasste nach reiflicher Überlegung einen Entschluss: Ganz ohne Proviant würde ich kaum zwei Tage überleben, fürchtete ich. So musste ich zunächst so weit zurückgehen, bis ich am Feigenkaktus angelangt wäre, und in seiner Nähe nach seinen Brüdern und Schwestern Ausschau halten, die noch ein paar Kaktusfeigen trugen, und mir so viele von ihnen mitnehmen, wie ich nur tragen konnte, um den Weg durch die Nion erneut anzutreten.

Kaum war der Gedanke in mir gereift, befiel mich Eile. Der nachtblaue Himmel spottete meiner Trödelei. Ich legte mir den Mantel um die Schultern und brach auf. Der Mond beschien meinen Weg aus der Wüste heraus. Das Sternenlicht blickte auf mich hernieder - und selbst Duru[*] konnte nichts anderes tun als das, während Mahori ihre Fäden webte.

Immerhin hielt meine veränderte Lage einen Vorteil bereit: Ich kam ohne Gepäck viel schneller voran als mit ihm. So erreichte ich nach wenigen Stunden der Wanderschaft schon den Feigenkaktus, dessen Arme sich nun nackt emporreckten. Ich hielt mich nicht daran auf, ihn betreten zu betrachten, sondern suchte in seiner Nähe nach einem weiteren seiner Art. Tatsächlich fand ich einen: einen kleineren. Seine scharfen Dornen glitzerten im blassen Mondlicht. Er trug wenige, rotviolette Feigen.

Sie ganz ohne Werkzeug seinen Armen zu entreißen, verlangte mehr von mir, als ich erwartet hatte. Ich knickte vorsichtig die dicksten Dornen ab, wickelte mir den Stoff des Mantels über die Hände und packte fest zu, dem fleischigen Gewächs die wertvollen Früchte zu entlocken. Es gab sie nur zögernd frei. Schließlich musste ich neben Kraft, Schweiß und Zeit auch mit Blut für sie bezahlen.

So viele mitzunehmen, wie ich tragen konnte, war ein ehrgeiziges und kühnes Vorhaben gewesen - wie ich mir nun eingestehen musste. Meine Hände bluteten und meine Arme waren müde, da ich alle Feigen in meiner Obhut wusste. Mein Mantel diente mir als provisorischer Beutel, in dem ich sie transportieren konnte. Es vergingen Stunden, bevor ich wieder aufbrach.

Ich rang darum, voll Mut zu sein, doch diese Nacht zwang meinen Körper in die Knie. Meine wunden Hände sprangen bei jeder Bewegung auf und schwollen an. Ich kaute ausgezehrt auf den harten Samen der Feigen herum, die weder meinen Hunger noch meinen Durst stillen konnten, und versuchte vergeblich, ihre winzigen Dornen aus meiner Haut zu ziehen. Ich betrat die Nion erneut - und meine Hoffnung versiegte, als ich die endlose Weite des Sandes vor mir hatte. Ich begriff endlich, dass ich mich Kalaote von Süden her näherte.

Während die Nion im Norden und Osten aus Geröll und Gestein besteht, erstrecken sich in ihrem Süden und Westen weite Sanddünen. Das Vorwärtskommen ist dort viel mühseliger; und das Wandern im Sand kostete mich viel Kraft.

---

[*] Altliloisch für: »der Mond«.

Doch auch wenn ich meine Zuversicht verloren hatte, lief ich weiter und weiter. Ich hielt nicht an: in der Befürchtung, dann nicht wieder aufstehen zu wollen - oder zu können. Die Stunden flossen dahin wie Wasser.

Auch wenn ich nur wenige davon in der Nion gewandert war, sank ich noch vor Sonnenaufgang nieder. Meine Füße wollten keinen Schritt mehr tun; mein schmerzender Kopf ihnen dies nicht befehlen. Ich lag die letzte Stunde der Dunkelheit still und nickte ein.

Die brütende Hitze am Tag gab mir schließlich den Rest. Ich verfluchte Dilei unter dem Mantel und klammerte mich an die Feigen, die stetig an Saft verloren. Mein Schlaf war unruhig und von üblen Träumen durchzogen. Teiche, die versiegten; Cachil, der tot unter seinem Fenster lag; ich, der ich in einer Wüste gestrandet war.

Es war noch immer hell, da mein Geist sich seiner Dämmerung entwand, und so verbrachte ich die letzten Stunden bis Sonnenuntergang damit, die schrumpeligen Früchte zu genießen. Ihr Saft benetzte meinen trockenen Mund; er schenkte mir keine Kraft, dennoch beruhigte das beständige Kauen mein sorgenvolles Gemüt. Auch während des Gehens kaute ich weiter. Der quälende Hunger der letzten Tage war hinter dem noch qualvolleren Durst zurückgetreten.

Das erste Drittel der Nacht war noch nicht vorbei, als ich im kalten Mondlicht eine Gestalt erkennen konnte. Zunächst glaubte ich, es wäre eine Illusion - doch je näher ich kam, desto deutlicher erkannte ich den anmutigen Leoparden, dessen Revier ich unbemerkt betreten haben musste. Natürlich: Diese edlen Tiere waren in einer solch dünn besiedelten Gegend, wie ich sie durchstreifte, zu Hause. Die ganze Reise über war ich erstaunlich wenigen Tieren begegnet. Nun sollte ich bald einer der Großen Katzen gegenüberstehen. Sie mieden Menschen meist. Hoffentlich wirkte ich nicht so entkräftet, dass der gefleckte Panther mich fälschlicherweise als Beute identifizierte.

Glücklicherweise kam es zu keiner Konfrontation zwischen uns. Der Leopard musste mich gerochen und befunden haben, mein Fleisch wäre für ihn nicht gut genug. Noch bevor ich das Muster seiner schönen Flecken erkennen konnte, war er aus meinem Blickfeld entschwunden.

Ich gebe zu: Ich war etwas betrübt. Sicher hätte ich weder die Kraft noch den Mut für eine Auseinandersetzung gefunden, doch ganz ohne ein anderes Lebewesen fühlte ich mich in der lebensfernen Sandwüste verloren und einsam. Wieder zitierte ich im Geist Singa.

Schwarz wie die Nacht deine Flecken
Auf dem Gold deines Fells.
Schimmernd im Sonnenglanz.
Schlafend im Baume.
Den Kleinen harrend, die für dich bestimmt.

Mit den Tatzen wirst du sie necken:
Krallen versenken in ihrem Pelz.
Du schlägst - da zittert der Schwanz,
Wie der Liebsten Kleides Saume
*Schillernd flimmert von Wind.**

Und während ich so sinnierend dahinstapfte, drängte sich mir die Frage auf, was ein so anmutiges Tier, das doch Nahrung und Wasser wie ein Mensch zum Leben brauchte, hier verloren hätte. Dann kam mir ein Gedanke: *Wasser!* Vielleicht führten mich die Spuren des Leoparden zu einer Oase!

Ich beschleunigte meine Schritte zunächst, fiel aber aufgrund der Entkräftung meines Leibes bald wieder in den alten Trott zurück. Dennoch erreichte ich beizeiten eine Fährte des Panthers. Ich folgte den Spuren seiner Tatzen in die Richtung, aus der sie kamen. So tief in die Nion konnte ihn nur eine Wasserquelle gezogen haben.

Während des Marsches schwankte ich zwischen Hoffnung und Verzweiflung. Wenn ich eine Oase fände, würde ich nicht so bald sterben! Doch wie groß musste mein Glück sein, eine zu finden? Wenn erst das Wasser meine Kehle hinunterrann - wie frisch es über meine Hände gleiten würde - wie samten - wie nass! Oder lief ich in die Irre: geradewegs meinem Verderben entgegen?

Stunden musste mein Gemüt noch wanken, bevor ich Gewissheit haben sollte. Die Hälfte der Nacht war vergangen und mein Schicksal erfüllte sich. Ich fand eine Oase. Ein kleiner Teich: umsäumt von Gräsern und niedrigen

* Talan Singa, Elias 3073. *Der Leopard.* Band 1. Segona Urdu, Eldir. Seite 1. [AV]

Sträuchern, dessen Grün mich zu Tränen gerührt hätte, wären diese nicht längst versiegt gewesen.

Die letzten Schritte, da ich das kühle Nass schon fast auf der Haut und im Mund spüren konnte, rannte ich fast, warf den Mantel beiseite und stürzte mich ins Wasser. Es war nicht tief: Es reichte mir kaum bis zur Hüfte. Es war schmutzig braun von Sand und Staub und nicht so kühl, wie ich gehofft hatte; es war ein Geschenk.

Ich badete darin, tauchte den Kopf ein und trank gierig. Das herrliche Wasser füllte meinen leeren Magen, kühlte meinen heißen Leib und wusch alle Ängste aus meinem Geist. Nachdem ich meinen Durst ausgiebig gestillt hatte, zog ich mich schließlich aus, wusch mich und die Sachen gründlich, die ich noch am Leib getragen hatte: das erste Mal seit meinem Aufbruch in die Wildnis. Dann genoss ich eine Weile das herrliche Wasser, fühlte, wie es meinen Körper streichelte und sanft umspielte. Selten zuvor hatte ich eine solche Lust an der Erfüllung der Bedürfnisse meines Leibes verspürt. Auch der Schmerz in meinen Wunden ließ nach, bis selbst meine Hände nicht mehr pochten und die Schwellungen zurückgingen.

Dennoch kam der Moment, da ich weiterziehen musste. Die zerrissenen Kleider waren noch feucht, als ich sie wieder anzog. Sie klebten auf meiner Haut. Ich versuchte, meinen Mantel so zu knüpfen, dass ich darin etwas Wasser mitnehmen konnte, doch es misslang. Seine Fasern konnten es nicht halten - und so verabschiedete ich mich trübsinnig von dem kleinen Teich und zog ohne das Blaue Gold weiter. Kaum eine Stunde Unbeschwertheit hatte es mir geschenkt.

Und kaum eine Stunde mühseligen Dahinstapfens später traf ich wieder auf eine Spur: keine Spur eines Parders oder anderen Tieres, sondern auf die Spur eines Menschen. Es waren zwei - um genau zu sein. Zwei Fußspuren nebeneinander, die sich mit meinen kreuzten. Ich überlegte nicht lange, was ich tun sollte. Ich folgte ihnen.

Vielleicht hätte mein Naru mir davon abgeraten. Er hatte gewollt, dass ich mich der Heimlichkeit verschrieb - und ich ihm dies versprochen. Doch weder er noch ich hatten geahnt, wie gründlich ich mich verirren würde. Wenn auch nur die geringste Hoffnung bestand, einen Weg wiederzufinden, so musste ich ihr nachgehen. Also änderte ich die Laufrichtung und folgte den Spuren. Wohin sie mich tatsächlich führten - das konnte ich gewiss nicht wissen.

Nur wenige Stunden später - die Nacht war noch immer nicht um - fand ich es heraus. In der Dunkelheit vor mir war eine am Boden liegende Gestalt zu erkennen. Als ich näher kam und die Umrisse deutlicher ausmachen konnte, beschlich mich eine ungute Vorahnung. Ich verlangsamte meinen Schritt und blickte unsicher voraus. Gegen den dunklen Sand zeichnete sich ein noch dunklerer Schatten ab. Bald begriff ich, dass dieser Schatten nur ein Mensch sein konnte.

Bei ihm angelangt, sah ich sofort, dass es sich um einen Eldan handelte. Er lag zusammengekrümmt im Sand und regte sich nicht mehr, um ihn herum eine Lache getrockneten Blutes, das aus seiner Leibesmitte geströmt sein musste. Trotz der Offensichtlichkeit seines Todes ließ ich mich vor ihm fallen und rüttelte ihn an der Schulter. Er wachte nicht auf. Ich hielt inne, schob ihm das dunkle Haar aus dem Gesicht und musterte es.

Er war nicht alt gewesen: so alt wie Jenas Tilius höchstens. Seine einst feine Kleidung hing in Fetzen an ihm herab. Sie war - so wie seine kalte Haut - ganz mit einer feinen Schicht Staub bedeckt. Ich fasste mir ein Herz und meinen Mut und barg seinen Kopf in meinem Schoß, ihn zu säubern. Für eine Zeit vergaß ich Hunger, Durst und Schmerz.

Er erinnerte mich an die Nacht in Inkowitch. Schon der zweite Mensch, dessen Odem verweht war. Mehr als vierzehn Jahre war ich vom Tod verschont geblieben - nun blickte ich ihm zum zweiten Mal in einer Mondzeit ins Angesicht.

Das Antlitz des Eldan blieb unbewegt, während ich es still betrachtete. Ich überlegte, was nun zu tun sei. Um ihn herum waren neben weiteren Fuß- auch die Hufspuren dreier oder vierer Pferde zu sehen. Es sah so aus, als hätte es einen Kampf gegeben.

Da ich mich umblickte, wurde ich auch der Habseligkeiten des Eldan gewahr, die wild verstreut um ihn herumlagen - und fuhr zusammen, als ich meinen Beutel entdeckte. Ich stürzte mich sofort auf ihn. Er war in noch schlechterem Zustand, als ich ihn in Erinnerung hatte: innen und außen voller Sand und hier und da zerrissen. Ich kramte darin herum und begutachtete alles genau, was mir von meiner Habe noch geblieben war.

Von den vielen Wasserschläuchen war nur einer noch da, zudem leer. Auch alles an Wert war verschwunden: der Geldbeutel samt diverser Kleinigkeiten, die ich nicht in Inkowitch hatte zurücklassen wollen. Meine Kleider hingegen lagen zusammengeknüllt darin: scheinbar unberührt. Nur ein Sacr[*] war noch übrig, den ich sogleich hinunterschlang. Das trockene Brot füllte meinen Mund wie die köstlichste Speise der Götter. Das war alles, was mir an Gepäck noch geblieben war.

Ich sammelte die umliegenden Sachen des Eldan auf und prüfte, ob ich sie gebrauchen konnte. Das meiste davon erwies sich als unnütz in meiner Lage - nur einen zerkratzten Hohlspiegel eignete ich mir an: solch einen hatte ich in Inkowitch vergessen. Ebenso sein Spieß und mein Wasserschlauch fanden in meinen Beutel; um schneller oder überhaupt noch voranzukommen, durfte ich nur so wenig Gepäck wie nötig mit mir tragen. Außerdem entschied ich, noch einmal zur Oase zurückzukehren.

Als alles dies bedacht war, fiel mein Blick wieder auf den Eldan. Nein - auch wenn die Nacht voranschritt und der Faden, an dem mein Leben hing, immer dünner wurde - ich konnte den Menschen nicht so zurücklassen. Ich musste etwas tun. Ihn zu begraben war mir nicht möglich, doch eine Grabstätte sollte er haben.

Ich überwand meine Scheu, ihn zu bewegen, drehte ihn auf den Rücken, legte ihm die Hände auf die Brust, rückte seinen Kopf zurecht, strich ihm das Haar aus der Stirn und klopfte behutsam den Sand von seiner Kleidung. Dann legte ich seinen Besitz um ihn herum und bedeckte ihn mit den Kleidern, die ich hierlassen würde. Das getrocknete Blut verstrich ich im Sand.

Schließlich war es vollbracht. Ich kniete an seinen Füßen nieder, sprach ein Gebet und beschwor Indu[†], ihm ein Grab zu sein, bevor ich - so schnell ich konnte - zur Oase zurücklief.

Trotz der Eile, um die ich mich mühte, kam ich erst spät in der Nacht am kleinen Teich an. Es war die letzte Stunde vor Morgengrauen, da ich mein Schlaflager ein Stück entfernt von der Wasserstelle aufschlug.

Alles in allem war diese Nacht ein Geschenk Mahoris gewesen. Ich hatte meinen Durst stillen können und einen Teil meines Gepäckes wiedergefunden. Während die Sonne ihre ersten Strahlen auf die Reise schickte, blickte ich dankend gen Himmel.

---

[*] *Sacr* bezeichnet jenen auf Stein gebackenen Getreidebrei, der in Lilotopien zu jedem Essen gereicht wird und meist als Teller dient. Größe und Geschmack variieren.

[†] Altliloisch für: »der Wind«.

Meinen Beutel hatte ich zwischen die Knie geklemmt und meinen Mantel zu einem Zelt gespannt. Bevor mir die Augen zufielen, barg ich Kopf und Schultern darin und drehte mich zur Seite. Im Zelt eingeschlossen - direkt vor meinen Augen - stand eine kleine blaue Wüstenblume. Ich lächelte und spürte, wie mein Gesicht aufbrach, als wäre es eine Maske. Was immer auch kommen mochte: Dies sollte ein Moment der Hoffnung sein. Der schöne Name dieser Blume kam mir noch in den Sinn, bevor Schlaf mich übermannte: *Lia.*

Ja, schöne Tochter - wenn du das liest, weißt du, woher dein Name kommt.

In der Mitte des Tages wurde ich von einem Sturm geweckt. Er blies mir trotz meines Mantels den Sand ins Gesicht. Ich wickelte ihn straff um mich, krümmte mich zusammen, klammerte den Kopf zwischen die Hände und meine Habe noch fester zwischen die Beine und wartete.

Obwohl das Tosen kaum eine halbe Stunde andauerte, war ich danach so gründlich mit Sand bedeckt, dass ich baden gehen musste. Der feine Staub haftete in jeder winzigen Falte meiner Haut: Auch das schmutzige Wasser konnte mich kaum reinigen.

Als ich wieder zu meinem Schlafplatz zurückkehrte, wurde mir klar, wie hungrig ich war. Der Durst hatte für eine Zeit lang den Hunger überlagert - nun kehrte dieser in aller Deutlichkeit zurück. Von den Kaktusfeigen war keine einzige mehr übrig.

Aber jene Welle aus Glück, die mich in der letzten Nacht erfasst hatte, sollte mich noch immer tragen! Denn während ich so dasaß - die Beine angewinkelt, müde vor mich hin starrend -, sah ich zu meinen Füßen zwei kämpfende Skorpione. Sie hatten ihre Schwänze drohend erhoben: ineinander verkeilt, ruckartig vor- und zurückweichend. Ich beobachtete sie eine Weile stumm - dann obsiegte mein Hunger.

Der Hohlspiegel fühlte sich warm an, als ich ihn hervorholte. Ich legte ihn in den Sand. Der Spieß wog schwer in meiner Hand. Ich umschloss ihn fest und durchstach mit seiner Spitze den Panzer des einen Skorpions. Er zappelte geschwind und mühte sich, seinen Stachel zu versenken. Der andere trappelte davon - doch ich wusste mit ihm umzugehen.

Die Sonne konnte kaum heiß genug herunterbrennen: Schon lief mir das Wasser im Mund zusammen. Ich erinnere mich an viele Bankette, an denen ich im Laufe meines Lebens teilgenommen habe - dieses Festmahl jedoch, dass aus zwei notdürftig gerösteten und äußerst knusprigen Skorpionen bestand, sticht aus allen hervor. Wer den Hunger kennt, wird mich verstehen.

Beinahe satt und sehr zufrieden legte ich mich die letzten Stunden vor Sonnenuntergang wieder schlafen. Vor meinem Aufbruch füllte ich schließlich den Wasserschlauch und nahm erneut Abschied von der Oase.

Der Sturm hatte alle Spuren verweht. Ich hatte zunächst mit dem Gedanken gespielt, den Eldan mit einigen der Wüstenblumen zu bedecken, doch ich fand ihn nicht wieder. Erst, als ich dieses Vorhaben aufgab, gestand ich mir wieder ein, wie orientierungslos ich war. Ich hätte den Spuren der Reiter folgen können, doch dies war nun unmöglich.

In dieser Nacht sank mein Mut wieder: Schon nach wenigen Stunden sehnte ich mich zur Oase zurück. Das Wasser, das ich mit mir trug, reichte kaum für einen Tag, dennoch zügelte ich meinen Durst. Mehr als einen Schluck während der Wanderschaft und einen vor dem Schlafen konnte ich mir nicht erlauben. Auch der Tag hielt keine Linderung bereit. Ich wälzte mich unruhig hin und her: brütend in der Hitze. In meinem Geist sah ich Wasser. Die Wunden an meinen Händen begannen wieder zu schmerzen; auch spürte ich einen tiefen Schmerz in der Brust.

Naru Cachil kam mir in den Sinn: Ich träumte wirr von ihm. An diesem Tag starb Var Tulu Aroha. So wie meines hing auch Cachils Leben an einem seidenen Faden. Wessen Schwert würde ihn durchschneiden? Ich wusste nichts von beiden, doch mein Lehrer stand an diesem Tag an einem Scheideweg. Der Gedanke rührt mich, wie viel Leid der Größenwahn eines einzelnen Mannes anrichten kann; und ich vermag meine Dankbarkeit darüber schwerlich in Worte zu fassen, welchen Mut mein Naru aufbrachte, diesem Wahn ein Ende zu setzen. Möge er - so wie Var Tulu Aroha, den ich kaum kannte und der doch seine Treue mit dem Leben bezahlte - in Frieden ruhen.

Während die Sonne verschwand und die Schwärze der Nacht den azurblauen Himmel überzog, aß ich die blauen Blumen. Auch in der vierzehnten Nacht hatte ich nur die Weite der Wüste vor Augen. Ich wurde langsamer; trübsinnige Gedanken schwirrten in meinem Kopf. Der Tag floss schlaflos dahin. Trotz aller Zurückhaltung war mein Wasservorrat erschöpft. Durst: nichts als Durst.

Die fünfzehnte Nacht brach an und all meine Schmerzen nahmen mit der Dunkelheit zu. Es ging bergab mit mir; mein Kopf dröhnte und ich begann zu zittern wie ein alter Mann. Letztendlich sollte die Nion mich doch in die Knie zwingen. Die letzten Stunden kroch ich nur noch.

Als der Tag sich ankündigte, war ich nicht mehr imstande, den Mantel zum Zelt zu spannen - oder ihn mir wenigstens anständig überzuziehen. Ich lag da und blickte in den Himmel, der so blau wie eine Quelle war. Wie grausam die Schönheit der Natur doch ist! Dilei schaute unbarmherzig herab - sein Blick verglühte alles Leben in mir. Es wuchs nichts, nichts mehr in mir. Nur die staubige Hitze: bis zum Horizont ein schwindender Traum von Wasser.

Ich weiß nicht, wie viele Stunden vergingen, bevor die Räuber kamen: ihre Gesichter wie dunkle Masken im schmerzhaften Licht. Sie nahmen mir alles, was ich noch besaß, bis ich ganz nackt war. Ich konnte mich nicht wehren: meiner Kräfte beraubt - nun entblößt der Dürre geweiht. Wenn ich versuche, mich an diese letzten Tage und Nächte zu erinnern, sehe ich nichts als Dunkelheit.

Mit nichts als mir selbst in der nackten Ewigkeit des Sandes verschwammen Nacht und Tag ineinander. Mein Körper war am Ende. Ich kroch auf allen Vieren voran: kämpfend im Schleier des Wüstendunstes: wollte nicht aufgeben: nur noch mit meiner bleichen Haut den brennenden Strahlen trotzend. Doch als diese meine Haut zu glühen begann, ergab ich mich in den Tod, keine zwei Stunden zu Fuß von Kalaote entfernt. Selbst wenn ich gewusst hätte, wie nah ich meinem Ziel war - ich hätte nicht wieder aufstehen können.

Das letzte Aufbäumen mündete in die völlige Erschöpfung. Der Sand empfing mich wie ein riesiges Grab. Ich spürte mein Herz rasen, als wollte es Abschied nehmen.

Endlich wurde alles schwarz. Nion hatte gesiegt.

Zacharias

Ich muss einschieben: Ich bin kein Abenteurer. Mir fehlt die Lust dazu. Ich habe das beschauliche Leben zumeist dem abenteuerlichen vorgezogen - ganz anders als meine Söhne, die diese Lust wohl in sich tragen. Ich bin kein Abenteurer: gleichwohl erlebte ich manches, was einem solchen das Herz hoch in der Brust schlagen ließe. Dieses mein erstes Abenteuer brachte mir fast den Tod. Fast - ich schreibe *fast* -, denn nun erscheint endlich wieder Jenas Tilius Otris aus Kalaote auf den Seiten meiner Geschichte.

Tilius war schon längst wieder in Kalaote angekommen, als ich in der Nion entkräftet zusammenbrach. Seine edle Stute hatte ihn ohne Umwege die Straße von Inkowitch entlanggetragen: So kam er keine drei Tage nach seiner Abreise am Nordtor an.

Während ich auf meinem Weg mehr und mehr in die Irre glitt, empfing ihn dort am Tor ein Junge, der von oben bis unten mit Staub bedeckt war und Blumen verkaufte. Tilius, der den Jungen kannte und dem die Idee gefiel, seiner Frau einen schönen Strauß mitzubringen, hielt an und saß ab: seiner Stute schon etwas Ruhe so nah an zu Hause gönnend.

»Teo«, sprach er - denn so hieß der Junge -, »dass wir uns hier begegnen, muss Mahoris Wunsch sein! Was hast du für mich? Du weißt: Eine schöne Frau verdient schöne Blumen!«

Teo teilte Tilius' gute Laune nicht. Er verneigte sich vor dem Jenas, trat näher an ihn heran und erwiderte leise: »Ja - vielleicht Mahoris Wunsch, Herr Jenas. Die Blumen sind heute nur Tarnung. Ich warne jeden Eldan, der an mir vorüber nach Kalaote kommt. Und Folgendes soll ich berichten - auch wenn ich es nicht verstehe: *Emin erhebt sich.*«

Er atmete sichtlich erleichtert aus, bevor er wieder sprach: »Ich hoffe, Ihr könnt etwas damit anfangen, Herr Jenas - ich kann es nämlich nicht. Mein Vater hat mir erzählt, ich soll mich hier aufstellen und das jedem Eldan sagen, den ich kenne. Ich hätte Euch also auch so angehalten, Herr Jenas, wenn Ihr nicht von selbst zu mir gekommen wärt. Nun aber denke ich, es wäre nicht schlecht, wenn Ihr trotzdem ein paar Blumen bei mir kaufen würdet.«

Tilius hörte nicht mehr zu. Er verstand die Botschaft, die ihm der Junge brachte, sofort - und sie beunruhigte ihn. Es war nun so weit. Er blickte durch das Tor hinaus und überlegte, ob er zurückreiten sollte, um Cachil zu warnen. Doch würde er rechtzeitig ankommen? Wohl kaum. Zunächst musste er sich um seine eigene Familie kümmern.

Der Junge sprach noch immer, als Tilius' Gedanken zu diesem Schluss gekommen waren. Er unterbrach Teo, dankte ihm, kaufte den erstbesten Strauß, den dieser ihm anbot, und ritt durch die gepflasterten Gassen schleunigst zum Haus des Geta Ocin, der ein angesehener Händler in Kalaote und guter Freund von Tilius war.

Kalaote - die Stadt der Gelehrten, in der viele Eldan lebten - hatte keinesfalls die Schergen des Elminé still abgewartet und sich seinen tastenden Fingern ergeben. Schon lange war sie auf einen Tag wie diesen vorbereitet gewesen, an dem die Jagd auf die Eldan beginnen sollte. Die Wüstenstadt, in der das Leben des einen von dem des anderen abhing, wehrte sich durch reichlich Courage gegen die Übergriffe des fernen Königs. Mochten seine Arme auch lang sein - die Solidarität dieser Menschen füreinander konnte er nicht bezwingen. Während die Var des Elminé die Häuser der Eldan stürmten, verbargen sich in dunklen Kellern, winzigen Laderäumen und gefüllten Speichern bereits ebenjene Familien, die das Anrecht des Ecdan auf seinem Thron in Eldir anzweifelten.

So hatte auch die Familie des Jenas Otris einen Unterschlupf bei einer anderen Familie gefunden: nämlich der des Händlers Geta. Auf dem dämmrigen Dachboden angekommen schloss Tilius seine Frau und seinen Sohn fest in die Arme, bevor er sich berichten ließ, was sich während seiner Abwesenheit alles zugetragen hatte.

An jenem Morgen nun, da ich dem Tod geweiht im Sand lag, befand er sich auf ebenjenem Dachboden und lauschte den Neuigkeiten, die die redseligen Reisenden dem **Händler für Haushaltsbedarf** erzählten. Getas tiefe Stimme drang nur selten durch den darunterliegenden Verkaufsraum zu Tilius hinauf - dafür schilderte er Tilius jeden Abend so ausführlich, wie er nur konnte, alles, was sich im Laufe des Tages ereignet hatte.

In der winzigen Bleibe, mit der Familie Otris nun Vorlieb nehmen musste, war nicht viel mehr zu tun denn zu lauschen und zu warten. Faš - die schöne Frau Tilius' - sortierte zum fünften Mal an diesem Morgen ihre Skizzen und Filius - der gemeinsame Sohn - beobachtete seine Mutter und überlegte, wann es wohl die nächste Mahlzeit geben würde, als Tilius den Fetzen eines Gespräches aufschnappte, der ihn aufhorchen ließ. Darin stritten sich zwei Reisende um den angemessenen Preis ihrer Habseligkeiten.

»Ich sag: Wir verkaufen den nicht!«, polterte eine barsche Stimme. »Egal, wie viel wir dafür bekommen - das Geld ist die Mühe nicht wert, sag ich dir.«

»Ach - sei still«, erwiderte eine andere: ebenso angriffslustige. »Du hast keine Ahnung vom Verkauf. Du beschaffst und ich verhandle: so wie immer.«

Tilius' Gedanken schweiften wieder ab. Er wusste nicht mehr, warum er überhaupt zugehört hatte. Er blickte zu seinem Sohn, der gelangweilt gähnte. Er winkte ihn zu sich. Filius kroch leise zu seinem Vater.

»Was siehst du da unten?«, fragte dieser ihn flüsternd.

Filius blickte durch die Decke aus Stein und Holz in den Raum darunter und mühte sich, zu sehen. Es gelang ihm noch nicht besonders gut, seinen Blick zu beherrschen.

»Ich sehe etwas wie eine kleine Schale«, gab er flüsternd zurück.

Sein Vater lächelte. »Gut! Beschreib sie mir.«

Filius kniff die Augen zusammen. »Ähm -« Seine Stirn legte sich in Falten. »Sie ist klein. Nein - es ist keine Schale. Es ist ein Spiegel, nur wie eine Schale geformt. Es ist ein Hohlspiegel!« Er schaute seinen Vater zweifelnd von der Seite an. »Ich bin nicht besonders gut, Vater - und hier in der stickigen Luft kann ich mich nicht gut konzentrieren.«

Tilius legte seinen Arm um seinen Sohn und versuchte, ihn aufzumuntern: »Ah Filius! Du bist ein toller Ahelbas und wirst einmal sehen können wie kein Zweiter! Deine Mutter hat mit neun Jahren auch nicht mehr gesehen!«

Faš blitzte ihren Mann an. »Doch jetzt sieht sie alles - selbst das, was sie nicht sehen will«, murmelte sie.

»Schh!«, erwiderte Tilius. »Wovon wird da unten gesprochen?« Er schaute nach unten, so als könnte er wie ein Ahelbas durch den Stein sehen.

»- liegt da ganz in der Nähe: nicht weit vom Südtor. Man sollte es wenigstens beiseiteschaffen. So lockt es doch nur die Geier an - wenn du verstehst, was ich meine.«

Tilius kannte die Stimmen. Das waren keine fremden Reisenden, sondern treue Kunden seines Freundes.

»Aber was das sein soll? Wie ein Mensch sah es aus - aber so weiß wie der Mond. Gegruselt hat es mich bei dem Anblick.«

Tilius hielt die Luft an.

»Naja - jedenfalls ist es nicht besonders nett, es so liegen zu lassen - gleich, wie es aussieht. Wenn du mich fragst, Geta, ist da jemand mit dem Spaß zu weit gegangen.«

»Freilich«, erwiderte Geta bedächtig. »Wenn es überhaupt ein Spaß war.«

Die anderen Stimmen entfernten sich, bis sie kaum noch zu hören waren. Tilius legte das Ohr an den Boden.

»Mich hat es gegruselt. Als wäre ein Stern vom Himmel gefallen.«

Der Jenas hob ruckartig den Kopf. In seinen Augen stand das blanke Entsetzen. Filius sah seinen Vater ängstlich an. »*Er* ist hier!«, flüsterte dieser.

Kaum war ich erwacht, wünschte ich mir, wieder in die Dunkelheit zu sinken. Ich spürte jede Faser meines Körpers so deutlich wie nie zuvor. Meine Hände, meine Füße, mein Kopf schmerzten - doch nichts tat mir so weh wie meine Haut. Sie brannte wie Feuer. Ich war mit irgendeinem leichten Stoff umwickelt, dessen Gewicht sie wund scheuern musste. Trotz der Hitze, die von ihr ausging, fror und zitterte ich vor Kälte. Ich dachte, dass ebendieses Zittern mich geweckt hatte - dann wurde ich dem vertrauten Gesicht gewahr, das sich über mich gebeugt hatte.

Tilius stellte die Schale Wasser, die er in Händen hielt, beiseite und sank auf die Knie. Seine Augen leuchteten mich unentwegt an, während er Sca* dankte. Seine Frau und sein Sohn, die neben ihm standen, taten es ihm gleich. Ich konnte mir keinen Reim darauf machen, wo ich mich befand und was geschehen war. Noch bevor ich ein Wort zu sagen oder auch nur einen klaren Gedanken zu fassen vermochte, hob der Jenas die Schale an meine Lippen und befahl mir, zu trinken. Ich leerte sie in einem Zug und fiel sofort in tiefen Schlaf.

Da ich die Augen wieder aufschlug, stand Tilius immer noch bei mir. Er hielt die gleiche Schale wie zuvor in seinen Händen. Seine Frau und seinen Sohn

---

* *Sca* ist im liloischen Mythos einer der wichtigsten Heilsbringer.

konnte ich nicht sehen. Dafür wurde ich mit zunehmender geistiger Klarheit auch nach und nach meiner Umgebung gewahr.

Es war - verglichen mit der schmerzhaften Helligkeit der Nion - dunkel um mich. Ein paar Kerzen brannten. In ihrem spärlichen Licht konnte ich gerade so die Umrisse des Dachbodens erkennen: vollgestellt mit Möbeln und Kisten.

Ich lag auf einem richtigen Bett mit einer weichen Matratze, schloss kurz die Augen und genoss das Gefühl. Es war schon eine Weile her, dass ich in einem Bett geschlafen hatte. Zu Hause hatte ich nur mit einer flachen Spreumatte Vorlieb nehmen müssen, da dort kaum Platz für ein Bett gewesen war, aber auf unseren Reisen hatten die Freunde Cachils uns stets mit diesen herrlich bequemen Schlafplätzen aufgewartet.

Tilius sah so aus, als hätte er es redlich verdient, wieder in einem solchen Bett zu liegen. Er wirkte sehr erschöpft, wog die Schale in seinen Händen und rieb sich die Stirn.

Wie er entdeckte, dass ich wach war und ihn still beobachtete, straffte er sich und richtete sein Wort an mich. Er sprach leise. Ich konnte seiner Stimme die Besorgnis anhören, die ein Arzt für einen lange gehegten Patienten empfindet, wenn dieser dem Tode nahe ist. »Willkommen zurück. Wie fühlt Ihr Euch?« Er versuchte zu lächeln, doch es gelang ihm nicht.

Ich hatte Mühe, meine Stimme zu finden. »Besser«, konnte ich schließlich antworten. »Ich bin sehr durstig.«

Tilius reichte mir die Schale und ich trank. Er betrachtete mich; und ich blickte ihn an. Er hatte dunkle Ringe unter den Augen - so als hätte er nicht geschlafen -, doch er wirkte erleichtert.

»Ich danke Euch, Jenas. Ich dachte schon, ich wäre tot.«

»Auch ich habe das gefürchtet«, erwiderte er bestürzt.

Ich fügte hinzu: »Aber wenn man tot ist, hat man wohl keine Schmerzen.«

Er nickte still, setzte die leere Schale auf den Boden und nahm meine Hände in seine. »Beschreibt sie mir«, forderte er mich sanft auf.

Ich tat es. Neben den nun allmählich verheilenden Wunden, die mir die Dornen zugefügt hatten, dem Kopfweh und der Schwäche vom Durst war es vor allem meine Haut, die mir zu schaffen machte. Sie glühte überall dort, wo Dilei sie versengt hatte. Ich konnte mich nicht erinnern, jemals so von seinem Blick verzehrt worden zu sein; und ich habe es seither gründlich vermieden, das erneut zu erleben.

Der Jenas hörte aufmerksam zu und seufzte schließlich: »Ich behandle Euch schon seit ein paar Tagen - aber es wird wohl noch eine Weile dauern, bis Ihr wieder ganz genesen seid. Ihr werdet Narben zurückbehalten, wo Dilei Euch verbrannte. Friert Ihr noch?«

»Mir ist kalt und heiß zugleich«, antwortete ich.

Tilius nahm die Schale, füllte sie erneut und reichte sie mir. Ich dankte ihm und trank. Ich fragte mich, ob ich den Geschmack reinen Wassers schon vergessen hätte; und der Jenas erklärte mir, es wäre ein Wasser gegen die Schmerzen.

Dann seufzte er wieder und fragte beklommen: »Was ist Euch geschehen? Warum seid Ihr hier?«

»Das wüsste ich auch gern«, erwiderte ich müde.

Tilius nickte. »Schlaft noch etwas«, riet er mir. »Und wenn Ihr Euch in der Lage fühlt, fügen wir die Ereignisse zu einem Bild zusammen. Ich wache über Euch.«

Ich schloss dankbar die Augen. »Ich weiß, Jenas Tilius«, sprach ich noch, ehe Schlaf mich übermannte, »dass Ihr mir das Leben gerettet habt.« Tilius flüsterte etwas, das ich schon nicht mehr hören konnte.

Beim nächsten Aufwachen war es hell. Durch das kleine Fenster des Dachbodens flutete Sonnenlicht herein. Familie Otris saß um mich herum; Faš unterhielt sich leise mit ihrem Sohn, bis Tilius bemerkte, dass ich die Augen aufgeschlagen hatte. Er fragte mich nach meinem Befinden und gab mir gleich Wasser zu trinken.

Ich fühlte mich viel besser und durfte aufstehen und Tilius zu einem notdürftigen Abort folgen. Ich war noch etwas wackelig auf den Beinen, doch dafür wieder richtig wach und klar im Kopf.

Zurück bei Faš und ihrem Sohn wurde gefrühstückt. Das erste anständige Mahl nach so langer Zeit konnte ich jedoch kaum würdigen: Schon nach wenigen Bissen war ich satt. Tilius erklärte mir, dass ich mich erst langsam wieder an feste Nahrung gewöhnen musste.

Während des Frühstücks erzählte ich ihm alles, was er wissen wollte. Ich berichtete ihm ausführlich von Var Tulu und den Neuigkeiten, die dieser aus Eldir mitgebracht hatte, dem Beschluss Cachils, mich nach Oló zu schicken, und meiner irrigen Reise. Faš und Filius waren still: beide folgten mir aufmerksam.

Auch Tilius hörte gespannt zu, fragte oft nach und gab hier und da seine Einschätzung ab.

Als ich zu jenem Teil kam, da Nion mich besiegt und ich ohne einen Fetzen am Leib die Besinnung verloren hatte, seufzte er tief und legte seine Hand an die Brust. »Ihr wart dem Tode wahrlich nah, als ich Euch fand.«

Dann trug er seinen Teil der Geschichte bei: schilderte mir, wie er das Gespräch zweier Kunden belauscht hatte und voll Angst losgeritten war, um mich zu suchen, wie er mich schließlich gefunden, gepflegt und gebetet hatte.

Wir schwiegen eine Weile, bevor ich wieder sprach. »Ihr habt mir das Leben gerettet, Jenas Tilius. Kein Dank, den ich aussprechen kann, ist groß genug. Ihr habt mir das Leben gerettet - nun gehört es Euch.«

Tilius sah mich verblüfft an. »Nein«, erwiderte er. »Euer Leben gehört keinem außer Euch selbst oder den Göttern, wenn Ihr an sie glaubt. Ich habe nur meine Pflicht als Jenas getan. Doch wenn Euch diese Sitte am Herzen liegt - und ich sehe, dass viel in Eurem Herzen liegt -, dann beherzigt den Rat Eures Jenas: Schont Euch! Kommt zu Kräften! Und achtet das nächste Mal besser auf Euch! So viel stand auf dem Spiel.« Er schüttelte den Kopf. »Cachil ist ein großes Wagnis eingegangen, Euch zu mir zu schicken.«

»Ich wollte Euch warnen«, verteidigte ich meinen Naru. »Wir hatten gehofft, ich würde vor den Var ankommen.«

»Nun: Das ist missglückt«, entgegnete Tilius. »Und wenn ich recht überlege, war das ein Glück. Wenn Ihr bis zu meinem Haus gekommen wäret, hätten die Var Euch sicher zur Rede gestellt. Doch sprechen wir nicht mehr davon. Ich habe genug von dem Schrecken, der uns hätte ereilen können. Ihr seid hier und Ihr seid am Leben.«

Filius flüsterte seiner Mutter etwas zu. Ich konnte nicht hören, was er sagte - aber ich wusste, dass es um den Verband gehen musste, der um meinen Leib gewickelt war. Sein Blick hatte ihn verraten.

Tatsächlich meinte Faš gleich darauf zu Tilius: »Du solltest dir den Verband ansehen.«

Tilius lächelte seinen Sohn an: »Was siehst du, Filius?«

Filius lief rot an, als er meinen Blick spürte. Hätte man mir damals angekündigt, dass dieser schüchterne, unablässig an sich selbst zweifelnde Junge mein fähigster Leibarzt und einer meiner besten Freunde werden sollte - ich hätte es nicht geglaubt.

Tilius schob einen Vorhang vor das Bett, während Faš die restlichen Speisen nach unten zu Geta brachte. Heute war Ruhetag und Familie Otris konnte sich im Haus des Händlers freier bewegen als sonst.

Der Jenas bat mich zu sich und fragte, ob es mich stören würde, wenn Filius bei der Untersuchung zusah. »Er will zwar kein Jenas werden, doch er geht mir gern zur Hand und kann gut mit Kranken umgehen.«

Ich dachte an die schöne Faš und war froh, dass sie nicht auch noch dabei sein wollte. Mit Filius' Anwesenheit hingegen war ich sofort einverstanden. Ich mochte ihn. Vor ein paar Jahren noch, als ich mit Cachil regelmäßig in Kalaote zu Besuch gewesen war, hatten wir oft zusammen gespielt und gelacht.

Nun beobachtete er seinen Vater genau, indessen dieser sich jede meiner Verletzungen eingehend besah. Die meisten verheilten gut - lediglich die Schnitte an meinen Händen schlossen sich nur langsam. Tilius wickelte frische Leinenstreifen straff um sie.

Meine rote Haut war übersät mit münzgroßen Brandblasen: allesamt hochempfindlich. Tilius bestrich sie vorsichtig mit einer Salbe, die kühlte und den Schmerz lindern sollte. Ich fröstelte wieder und bekam eine Gänsehaut.

Dann verband er mich erneut und kleidete mich in edle Stoffe in den Farben seiner Familie. Ich dankte ihm für seine Großzügigkeit, doch er winkte nur ab.

»Hört endlich auf, mir zu danken. Trinkt genug und schlaft viel, dann ist jede Schuld, die Ihr Euch einbilden mögt, getilgt.« Mit diesen Worten stellte er viel Wasser für mich und seinen Sohn bereit und verabschiedete sich nach unten, um mit Geta zu sprechen.

Filius und ich waren nun allein. Wir setzten uns auf das weiche Bett und tranken etwas.

»Und, Filius: Wie geht es dir? Ich musste ja immer nur von mir reden - dabei hast du doch sicher auch einiges zu erzählen.«

Filius schüttelte den Kopf: »Nein: eigentlich nicht. Es ist ziemlich langweilig hier, seit die Var gekommen sind. Ich habe nicht viel zu tun und frage mich, wann wir wohl wieder in unser Haus zurückkehren können. Aber ich will nicht jammern. Wenn ich höre, was Euch alles passiert ist, bin ich froh, hier in Sicherheit zu sein.«

»Seit wann sprichst du so höflich mit mir? Das kränkt mich! Hast du vergessen, wer ich bin?«, entgegnete ich.

Filius grinste. »Nein, hab ich nicht. Aber: Du bist älter als ich und Vater hat mir erzählt, dass du schon einen Titel tragen könntest.«

Ich lachte. »Ja - doch selbst wenn das stimmt, bin ich derselbe, mit dem du früher durch Kalaote gestromert bist.«

Filius lachte ebenfalls. Seine Schüchternheit war verflogen.

»Was ist eigentlich mit euren Pferden - nun, da ihr hier seid?«, fragte ich ihn. Familie Otris züchtete in alter Familientradition Wüstenpferde, die in Kalaote wertvoller waren als alles Gold. Ich konnte zwar nicht gut reiten, hatte aber immer gern Zeit mit Filius und den Pferden verbracht, die er verstand wie kein anderer. Die Pferdezucht lag den Otris im Blut.

»Unser Pferdehändler kümmert sich um sie«, erwiderte Filius traurig. »Senius Vial - du erinnerst dich bestimmt an ihn. Wir sind mal bei ihm eingebrochen und haben sämtliche Granatäpfel gestohlen.«

»Ja: Das weiß ich noch«, gab ich lachend zurück. »Naru Cachil hat all meine Bücher aus meinem Zimmer verbannt und mich einen Aufsatz über das Stehlen schreiben lassen.«

»Und mir hat Vater eine ganze halbe Mondzeit lang verboten, Zor zu reiten. Und dieser Senius kümmert sich nun um sie. Ich hoffe, gut genug«, schloss Filius nachdenklich. Zor war seine Lieblingsstute.

»Bestimmt«, erwiderte ich aufmunternd. »Er kennt sich doch gut aus mit Pferden.«

»Und - erinnerst du dich noch an das Fohlen, das Zor bekommen hat? Es war ihr erstes und wir haben ihn Zacharias genannt!«, warf Filius aufgeregt ein.

Ich nickte.

»Er ist jetzt zwei Jahre alt; und Vater sagt, ich darf ihn bald einreiten! Aber«, fügte er gedankenverloren hinzu, »ich glaube, er wird sich nicht reiten lassen. Er ist sehr scheu und wild. Als würde er keine Menschen mögen.«

Ich klopfte ihm auf den Rücken. »Von dir wird er sich bestimmt reiten lassen.«

Filius schaute mich zweifelnd an und zuckte mit den Schultern. »Vielleicht bist du noch hier, wenn ich es versuche. Wie lange bleibst du bei uns?«

Ich seufzte schwer, bevor ich antwortete: »Lange kann ich nicht bleiben. Mein Naru hat mir aufgetragen, nach Oló zu gehen. Ich habe ihm das versprochen; und ich will mich daran halten. Sobald dein Vater es erlaubt, werde ich aufbrechen.«

Filius nickte trübsinnig. »Schade. Seit du da bist, ist es nicht mehr so langweilig. Aber du hast wohl Recht.«

Er blickte mir in die Augen. Ich sah, dass ihm etwas auf der Zunge lag - er jedoch nicht wusste, wie er es aussprechen sollte.

Schließlich meinte er: »Ich weiß, dass du die Wahrheit erzählt hast. Aber bist du wirklich ein Fing?«

Ich richtete den Blick ins Leere und erwiderte langsam: »Ich weiß es nicht. Naru Cachil glaubt es jedenfalls.«

»Spürst du davon denn etwas?«, fragte Filius neugierig.

»Nein«, entgegnete ich. »Ich wäre nie von selbst auf den Gedanken gekommen. Wie war das bei dir? Meinst du, dir wäre etwas aufgefallen, wenn du nicht Bescheid wüsstest?« Faš - Filius' Mutter - war Ahelbas und Filius also auch: Er besaß *Baš* und *Bonoc*. Er sah anders aus als seine Freunde: Er hatte die grünen Augen seiner Mutter und ihre ebenmäßigen Züge geerbt. Er war oft Opfer von Hänseleien gewesen - ich allerdings hatte mich immer glänzend mit ihm verstanden. Er hatte sich nie an meiner weißen Haut gestört.

Nun antwortete Filius zögernd auf meine Frage: »Ich weiß nicht so recht.« Er sah plötzlich traurig aus. »Ich weiß überhaupt nicht, ob ich froh sein soll, es zu wissen. Ich fühle mich, als wäre ich weder ein richtiger Mensch noch ein richtiger Ahelbas. Ich bin nicht so gut wie meine Mutter. Ich sehe schlecht und nur mit Mühe. Dafür kann ich manchmal meinen Blick nicht kontrollieren. Manchmal schaue ich einen Menschen an und sehe ihn nackt - oder sehe alles *in* ihm: sein Blut, seine Muskeln, seine Eingeweide. Das ist nicht besonders angenehm, wenn du vor deiner Klasse stehst und ein Gedicht vortragen musst - und plötzlich siehst du das Herz deines Naru schlagen!«

Ich wollte mich beherrschen, um Filius nicht zu verletzen - doch es gelang mir nicht und ich prustete los. »Tut mir leid«, presste ich hervor, »aber ich kann mir gut vorstellen, dass das nicht besonders angenehm ist.«

Auch Filius lachte. Ich wusste, dass es ihm viel bedeutete, dass ich ihn nicht für merkwürdig hielt. Es musste für ihn eine gute Nachricht sein, dass es mehr solcher Menschen wie ihn gab, deren Blut mit dem einer der Elf vermischt war.

Während wir vergnügt weiter plauderten und die Stunden wie im Fluge dahinzogen, achtete ich darauf, viel zu trinken. Filius holte bald aus seinem Geheimversteck einen Geheimvorrat an gezuckerten Ananas, über die wir uns fröhlich hermachten.

Die Sonne war schon weit durch das Zimmer gewandert, als Tilius wieder nach oben kam. Er freute sich darüber, dass wir uns so gut verstanden, scheuchte Filius aber bald nach unten zu seiner Mutter und zog die Vorhänge zu, damit ich schlafen konnte. Es dauerte nicht lange - und meine Augen fielen zu.

Die nächsten Tage verbrachte ich vor allem damit, zu schlafen, zu essen und mit Filius zu scherzen. Er kümmerte sich von nun an um mich; und ich zog ihn bei jeder Gelegenheit damit auf, welch guten Jenas er abgeben würde - wenn er sich nur dazu durchringen könnte, einer zu werden. Er ging sehr sanft und zugleich sicher mit mir um; und unter seinen Anweisungen schritt meine Genesung rasch voran. Seine Eltern sahen es mit Freuden.

Mit Faš sprach ich nur wenig. Ihre Schönheit blendete mich - und etwas wie Begierde regte sich in mir, wenn sie an ihren Mann und ihren Sohn Zärtlichkeiten verschenkte. Ich bemühte mich, meine Gedanken zu beherrschen, dennoch fiel mir jedes Mal ein Stein vom Herzen, wenn ich ihre Anwesenheit nicht ertragen musste.

Tilius diskutierte oft mit mir zu diesem und jenem Thema, während Filius still dabeisaß und das Streitgespräch gebannt verfolgte. Er empfand neben seiner Verbundenheit mit mir auch den tiefen Respekt des jüngeren Bruders. So fiel mir jedes Mal nach einem Wortgefecht zwischen mir und seinem Vater die Unsicherheit auf, mit der er mir begegnete. Die fünf Jahre, die uns trennten, waren keine Kleinigkeit, und ich gab mir Mühe, sie mit Freundlichkeit und Heiterkeit zu überbrücken, gleichwohl mir dies nicht immer gelang.

Sein Vater Tilius schätzte meine Meinung und behandelte mich nicht nur wie einen Erwachsenen, sondern auch wie einen der Edlen. Ich war ihm für alles, was er für mich tat, so dankbar - vermied es aber, diese Dankbarkeit in Worte zu fassen. Ich spürte, dass er sie aus einem mir unerfindlichen Grund nicht für angebracht hielt.

Wir sprachen auch über die Reise nach Oló und Tilius erklärte sich sofort bereit, mich zu begleiten. Glücklicherweise war diesmal etwas mehr Zeit, die Reise sorgfältig zu planen. Keiner von uns wusste, wo Oló genau lag - die ungefähre Richtung immerhin schien klar.

Geta schickte seinen kleinen Sohn los, um einige Schriftstücke aus dem Haus des Jenas zu holen. *Seine* Erfahrungen im Stehlen zahlten sich aus, sodass er unbemerkt hinein- und wieder hinauskam. Tilius schenkte ihm zum Dank das Taschengeld einer ganzen Mondzeit.

Mit den Schriftstücken bewaffnet planten wir die Route gewissenhaft. Oló musste in Lumina an der Westküste zum Wilden Meer liegen: zu Pferd wahrscheinlich zehn Tage von Kalaote in südwestlicher Richtung entfernt. Wir wollten aufbrechen, sobald ich wieder ganz genesen und jeder der fremden Var in die nächste Stadt gezogen wäre.

»Wir müssen die Pferde nehmen, Delii. Denn es ist zu gefährlich, durch das Nordtor aus Kalaote zu verschwinden. Auf jedem anderen Weg lässt es sich jedoch nicht vermeiden, einige Tage in der Nion zu verbringen. Ich möchte nichts riskieren, auch wenn ich mich hier besser auskenne als Ihr. Die Nion sollte man niemals unterschätzen. Auf Pferden kommen wir schneller voran«, erklärte Tilius mir.

»Ihr wisst, dass ich nicht gut reiten kann«, gab ich zu bedenken.

Tilius nickte langsam; Filius warf aufgeregt dazwischen: »Ich kann dir helfen, besser zu werden!«

Sein Vater fuhr ihm lächelnd durch das Haar, bevor er ihn aufforderte, uns Wein zu bringen. Dann schickte er ihn zu seiner Mutter.

»Filius langweilt sich, da der Unterricht ausgesetzt ist. Es wird Zeit, dass die Var weiterziehen.« Wir tranken. Der Wein schmeckte köstlich: kühl und erfrischend. »Er ist traurig, dass Ihr gehen müsst«, fügte Tilius hinzu. »Ich glaube, er wünscht sich, er könnte uns begleiten.«

»Ich weiß darum«, antwortete ich. »Doch es genügt schon, wenn sein Vater sich für mich in Gefahr bringt. Ich weiß zu schätzen, was Ihr für mich tut, Jenas - was Eure ganze Familie für mich tut.«

Tilius verneigte sich vor mir. »Es freut mich, wenn ich helfen kann. Und Ihr fallt uns nicht zur Last, falls Ihr das befürchtet. Es war eine gute Idee von Cachil, dass ich Euch nach Oló begleiten soll. Zu zweit wird diese Reise viel sicherer und angenehmer sein als allein. Und wenn ich ehrlich bin, freue ich mich sogar darauf. Kein Mensch hat Oló je betreten - heißt es. Vielleicht werden wir die Ersten sein, die das Geheimnis lüften?« Tilius lächelte.

Ich blieb ernst. »Dennoch lasst Ihr meinetwegen Euren Sohn und Eure Frau zurück.«

Der Jenas antwortete nicht, doch er hob zustimmend seine Hand.

Der Wein lockerte meine Zunge. »Es ist ein solches Geschenk, eine Familie zu haben. Ich wünschte, ich hätte eine Mutter.«

Tilius warf mir einen durchdringenden Blick zu. »Jeder hat eine Mutter: Auch Ihr hattet eine. Cachil kannte sie.«

»Ja - doch ich wünschte, Cachil hätte mir eher von ihr erzählt.« Ich seufzte. »Er hat mir so vieles verschwiegen und ich verstehe nicht, warum.«

»Er wollte Euch schützen«, entgegnete Tilius bedächtig. »Eines Tages wird er Euch alles erzählen.«

»Eines Tages - Ihr meint, wenn ich je wieder die Gelegenheit bekommen sollte, ihn zu fragen«, gab ich bedrückt zurück.

»Das werdet Ihr!«, erwiderte Tilius entschlossen. »Cachil ist ein kluger, ein umsichtiger Mann. Er weiß auf sich aufzupassen.«

Wir schwiegen. Ich überlegte, ob ich dem Jenas von der dunklen Voraussage meines Naru erzählen sollte. Cachil musste Tilius viel anvertraut haben: dessen war ich mir sicher. Der Jenas war überhaupt nicht überrascht gewesen, als ich ihm von Cachils Offenbarung, meine Mutter wäre Fing gewesen, berichtet hatte. Wahrscheinlich wusste er mehr von Cachil, als ich jemals von meinem Naru erfahren würde.

Ich überwand mich und sprach: »Er hat Andeutungen gemacht in unserer letzten Nacht in Inkowitch. Er sagte, er lege seinen Titel ab: weder Naru noch Eldan werde er sein. Und er sagte -«, ich zögerte und fuhr dann flüsternd fort, »- er sagte: *Nur Tyrannen fürchten Tyrannenmord. Und der Verräter fürchtet am meisten den Verrat.* Ich weiß, was das bedeutet. So gut kenne ich meinen Naru, dass ich weiß, worauf sich seine Worte beziehen.«

»Ja: Er wird etwas tun in Eldir«, gab der Jenas sofort zurück. Ich hatte also mit meiner Vermutung richtig gelegen. Tilius wusste von Cachils Plänen besser Bescheid als ich. »Da seht Ihr doch, wie sehr er Euch vertraut, wenn er Euch so deutlich sagt, was er vorhat!«, schalt er mich sanft.

»Aber dennoch durchsteige ich seine Pläne nicht«, erwiderte ich unbeirrt. »Was, wenn nicht gelingt, was er plant? Ich liebe ihn wie einen Vater. Wenn ihm etwas zustößt - ich will nicht darüber nachdenken. Ich vermisse ihn schon jetzt nach dieser kurzen Zeit sehr. Nie war ich länger von ihm getrennt.« Ich schwieg.

Tilius suchte nach Worten, doch er fand keine.

Ich sprach erneut: »Und was passiert, wenn gelingt, was er plant? Was *soll* passieren? Oder sollte ich eher fragen: *Wer* soll passieren?«

Die Miene des Jenas verriet mir sein Ringen darum, ob er die Pläne meines Naru preisgeben sollte oder nicht. Er entschied sich dagegen - doch sein Blick sagte mir, wie gern er sich mir geöffnet hätte. »Ihr stellt kluge Fragen, doch dazu kann ich Euch nichts sagen. Wenn Cachil nicht mehr über seine Pläne mit Euch geteilt hat, steht es mir nicht zu. Bitte versteht das.«

Ich nickte enttäuscht: »Ich verstehe Euch - nicht aber ihn. Ich dachte, ich wäre für ihn wie ein Sohn. Und ist ein Vater zu seinem Sohn nicht ehrlich und offen?«

»Ihr seid für ihn wie ein Sohn - glaubt mir. Und dass Väter und Söhne voreinander Geheimnisse haben, wisst Ihr so gut wie ich.« Tilius goss mir Wein nach.

Mein letzter Streit mit Cachil flammte wieder in meinem Herzen auf. Ich musste Tilius davon erzählen. »Wir haben uns gestritten in der letzten Nacht: arg gestritten. Ich bereue jedes Wort so sehr, das ich im Zorn zu ihm sprach. Und ich bin voller Angst, ihn nie wieder um Vergebung bitten zu können.«

Tilius legte mir seine Hand auf die Schulter. »Habt Mut. Ihr werdet nach Oló kommen und Ihr werdet Cachil wiedersehen. Ich werde alles dafür tun, Euch zu helfen.«

Ich blickte zu ihm auf. Die Entschlossenheit in seinen Augen war ansteckend: Sie entzündete meinen Mut. »Ich danke Euch von Herzen, Tilius. Ich wünschte, ich könnte Euch je zurückgeben, was Ihr für mich tut.«

»Das könnt Ihr«, erwiderte er fest. »Der Kuss eines Gottes ist eine Bürde, die wir tragen müssen. Glaubt an Euch - gleich, was noch geschehen mag. Ihr habt die Möglichkeit, ein großer Mann zu werden. Nutzt sie - und meine Hilfe war nicht umsonst.«

Wenige Tage nach unserem Gespräch zogen die Var endlich ab. Sie hatten trotz der Vorsichtsmaßnahmen in der Stadt einige Eldan aufgespürt und registriert: nicht ohne ihre Befugnis dafür zu überschreiten. Drei Eldan - darunter ein Var des Elminé - waren auf unerklärliche Weise ums Leben gekommen. Die Var verschwanden daraufhin so geschwind aus Kalaote, wie sie gekommen waren; und sie versprachen, die Wüstenstadt nicht zu vergessen.

Im Laufe des nächsten Jahres flohen oder starben beinahe alle Eldan aus Kalaote. Die Übrigen waren in Pás den Grauen der Folter ausgeliefert. Die Grausamkeit des Elminé Cendo Abando kannte keine Gnade.

Vorerst hatte die Stadt der Gelehrten nur zwei ihrer Edlen zu beklagen. Die bloße Zahl erschütterte sie angesichts ihrer Größe und Dichte gewiss nicht - die Ungerechtigkeit und Sinnlosigkeit des Verlustes zweier ihrer redlichsten Bürger indes stürzte Kalaote in eine Krise, die ihr Treiben noch für einige Zeit zum Erlahmen bringen sollte.

Der Jedo, der die Stadt verwaltete und sich vor den Var nicht verborgen hatte, sprach bei den Bestattungsriten aus, was alle dachten: dass keine Despotie mit Gewalt den Willen ihres Volkes brechen durfte. Mutig, wie er war, nahm er sogar das Wort der Tyrannei in den Mund. Er musste nicht einmal ein Jahr darauf für seinen Mut mit dem Leben bezahlen.

An den Bestattungsriten nahm die ganze Stadt teil. Ein einziger Zug bunten Tuches - angeführt von den Familienbannern der Dahingeschiedenen - bewegte sich durch die Gassen der Stadt. Tränen wurden vergossen: Tränen der Trauer und Tränen der Wut - und Kalaote war eine Quelle in der Wüste.

Die ganze Stadt nahm teil - die ganze Stadt außer mir und Filius. Sein Vater hatte mir verboten, am Ritus teilzunehmen. »Als Euer Jenas wünsche ich, dass Ihr hierbleibt. Die Wunden, die Euch Dileis Blick schlug, sind noch nicht ganz verheilt, und Ihr solltet nichts riskieren.«

Ich wollte mich damit nicht zufriedengeben. »Meint Ihr nicht, ich könnte Euch begleiten, wenn ich mich gut genug verhüllen würde? Es zieht mich hinaus ins Licht.«

Der Jenas schüttelte unbeirrt den Kopf. »Nein: Ich empfehle Euch das Gegenteil. Bleibt hier.«

»Ich bleibe auch hier!«, meinte Filius, um mich aufzumuntern. »Wenn du es erlaubst, Vater«, fügte er fragend hinzu.

Tilius lächelte und zeigte sich einverstanden.

»Ich möchte ohnehin nicht dabei sein«, eröffnete Filius mir später, als wir allein waren. Er ging mit mir in sein geräumiges Zimmer, bot mir einen Stuhl an und ließ sich selbst auf einem nieder. »Ich habe Angst, meinen Blick nicht beherrschen zu können. Ich möchte nicht sehen.«

Wir waren aus dem Haus des Geta Ocin wieder in das Haus der Familie Otris umgezogen. Die Stadt nahm allmählich ihre üblichen Geschäfte auf. Am folgenden Tag sollte auch endlich der Unterricht für Filius wieder beginnen, daher war er schon den ganzen Tag nervös gewesen. Ich versuchte ihn zu beruhigen - tatsächlich beneidete ich ihn um die Möglichkeit, bei Sonnenlicht das Haus zu verlassen. Filius entging das nicht.

»Vater hat gelogen«, brachte er langsam hervor. »Er will aus einem anderen Grund, dass du hierbleibst. Doch ich weiß nicht, welcher das ist.«

»Bist du dir sicher?«, fragte ich verblüfft.

Filius nickte. »Ganz sicher. Ich durchschaue niemanden so gut wie meinen Vater«, grinste er.

»Aber warum sollte er lügen?«, gab ich zu bedenken.

»Keine Ahnung.« Filius zuckte mit den Schultern. »Aber das heißt vielleicht, dass du bald nach draußen darfst. Ich muss dich schließlich noch ein wenig das Reiten lehren!«

Ich lachte. »Ob das eine gute Idee ist, weiß ich nicht. Du weißt: Ich habe kein Talent dazu!«

Am Tag darauf ging ich mit Tilius und seinem Sohn zu den Stallungen der Familie. Indessen Filius den Morgen mit Unterricht zugebracht und Tilius einige Patienten behandelt hatte, war ich Faš beim Aufräumen zur Hand gegangen. Sie hatte an meinem Brekisch gefeilt, was ihre Muttersprache war, mir ein paar neue Wörter beigebracht und einige Zungenbrecher gestellt. Meine Scheu war bezwungen.

Zur siebenten Stunde des Tages kehrte Filius hungrig zurück und ergoss sich während des Mittagessens in Beschreibungen seiner letzten Lektionen. Schließlich stellte Tilius seinen Sohn vor die Wahl, eine Stunde zu ruhen oder uns zu den Pferden zu begleiten. Seine Entscheidung war uns allen von vornherein klar.

Familie Otris besaß zu jener Zeit, die ich als Gast in Kalaote verbrachte, neunzehn Wüstenpferde, von denen eines edler war als das andere. Sie weideten auf einem großzügigen Stück Land, das die Familie im Laufe der Jahrzehnte stetig vergrößert hatte. Zur Unterhaltung der Tiere hatte Tilius viele Burschen eingestellt, die sie pflegten und regelmäßig ritten. Da der Jenas den Hauptverdienst der Familie aus den Pferden bezog, konnte er es sich leisten, Menschen geringeren Standes kostenlos zu behandeln - nicht nur darum freilich war er in Kalaote ein beliebter und hochgeschätzter Mann.

Als wir nun zu den Stallungen kamen, war keiner der Burschen zugegen: genau so, wie Tilius es veranlasst hatte. Er versuchte - wie auch Naru Cachil vor ihm - mich zu schützen. Ich spürte das - verstand jedoch nicht, warum. Gewiss: Ich sollte mich in jenem Land, das gegen die Fingen Krieg führte, nicht als einer von ihnen offenbaren - aber wer hätte mir mein Fingsein schon angesehen? Mich hätte ohnehin niemand erkannt, da ich ganz in dunkles Tuch gehüllt war. Dileis Kuss sollte mich nicht wieder so gründlich versengen.

»Wir haben für jeden ein Pferd, Delii: Für dicke Menschen haben wir dicke Pferde, für kluge Menschen kluge Pferde und für Menschen, die nicht gern reiten, haben wir welche, die nicht gern geritten werden!«, scherzte Filius vergnügt. Tilius stimmte in sein Lachen ein, doch ich war zu nervös, um auf den Spaß etwas Gleichwertiges zu erwidern.

Am Weidezaun angekommen stellte Tilius missmutig fest, dass die Burschen vergessen hatten, die Tiere heute in ihre Ställe zu führen. Er wies uns an, am Zaun zu bleiben, und lief selbst auf die Weide, um ein Pferd für mich zu holen.

Sobald die Tiere Filius sahen, kamen einige zu ihm und beschnüffelten ihn freudig: in der Hoffnung, den ein oder anderen Apfel zu wittern. Ich stand unsicher daneben und fragte mich nicht zum ersten Mal, wie ich auf ein solch großes Tier aufsteigen sollte.

Zor kam angetrabt und drängte sich ganz dicht an Filius heran. Die Stute senkte den Kopf und ließ sich von ihm kraulen. Sie blickte zufrieden drein.

Filius sprach mit ihr: »Ja! Eine prachtvolle Zor bist du! Aber ich habe heute keine Leckerei für dich.«

Die anderen Pferde verloren schnell das Interesse, als sie begriffen, dass sich Filius ganz um seine Lieblingsstute kümmerte. Sie schüttelten ihre Mähnen und galoppierten zu ihrer Wasserstelle in der Mitte der Weide. Im Hintergrund war die Gestalt des Jenas zu erkennen, der laut mit den Zähnen pfiff und einige Tiere rief.

Filius sprach noch immer liebevoll mit seiner Stute: »Ging es dir gut bei dem Pferdemann? Hat er dich gut behandelt? Hast du mich vermisst? Wo ist denn dein schöner Sohn?«

Kaum hatte Filius seine Worte gesprochen, hörten wir ein lautes Wiehern. Gleich darauf bebte die Erde vom Hufschlag eines Pferdes. Von ferne war nur ein schwarzer Fleck zu sehen, der immer größer und deutlicher wurde.

Als hätte Zacharias die Worte seines Herren vernommen und wollte ihm Antwort auf seine Frage geben, preschte der so genannte Hengst heran. Ich stand wie angewurzelt da, während das windschnelle Tier heranjagte und abrupt vor mir zum Stehen kam. Zacharias wieherte und bäumte sich auf; ich wich ängstlich zurück.

Seine majestätische Schönheit verschlug mir den Atem. Er war zweifelsohne ein prachtvolles Pferd - das erkannte selbst ich, der ich von Pferden nichts verstand. Sein Fell war schwarz wie die Nacht: Kein einziger Sprenkel von Farbe unterbrach das seidige Dunkel. Mähne und Schweif schillerten glänzend wie ein Fluss in der Sonne. Selbst seine kleinen, harten Hufe schimmerten dunkelgrau; und seine ausdrucksvollen Augen blickten so tiefschwarz, dass ich das Gefühl nicht los wurde, bis in seine Seele schauen zu können.

Stolz warf er den Kopf zurück, da er bemerkte, wie ich ihn beobachtete, und blickte mich misstrauisch an. Zacharias war in seiner Erhabenheit und Schönheit so unberechenbar wie kein Zweiter. Ich schaute zu Filius, dessen Augen leuchteten, und fragte mich, welche leichte Lust ihn packen sollte, damit er diesen Hengst bestieg. Der Sohn der Nacht würde sich nicht bezwingen lassen.

Filius funkelte mich freudestrahlend an: »Siehst du, wie feurig er ist? Und dabei so sanft! Man sieht es ihm nicht an - aber er könnte keiner Fliege etwas zuleide tun!« Er löste sich von Zor und reichte Zacharias seine kleine Hand, damit er diese beschnuppern konnte. Der Hengst schnaubte verächtlich und wich vor Filius zurück. Mein Mut sank.

»Keine Sorge - nicht all unsere Pferde sind so ungestüm wie dieses«, beruhigte mich Tilius, der inzwischen wieder bei uns angelangt war. Er hatte eine kleine, zahme Stute dabei, die er an einem Halfter heranführte. Sie rieb sich unablässig an seiner Schulter auf der Suche nach einem Zuckerstück. Tilius holte eines aus seiner Tasche und gab es ihr lächelnd. Dann fuhr er ihr über den Kopf und klopfte auf ihren Hals.

Zacharias schnaubte erneut und trabte davon.

Tilius bat mich, zu ihm auf die Weide zu kommen; und Filius fasste mich bei der Hand und stieg mit mir unter dem Zaun durch. Ich trat unsicher an die Stute heran, die Tilius noch immer festhielt und streichelte.

»Ihr Name ist Cor. Sie ist sehr ruhig und liebevoll. Ein wunderbares Pferd für Euch«, sagte er.

Ich hob meine Hand und streichelte Cor wie Tilius an Kopf und Hals.

»Es ist gut, wenn ihr Vertrauen zueinander fasst. Filius, du solltest sie halten, während ich Sattel und Zaumzeug hole.« Filius ließ von Zor ab und tat, wie ihm geheißen. Tilius verschwand in die Stallungen.

Ich spürte die Wärme Cors unter meiner Hand und erkannte die Friedsamkeit ihres Wesens. Sie schaute mich aufmerksam an; ich entspannte mich.

Filius erzählte mir wiederum aufgeregt, wie schön es sei, sein Leben auf dem Rücken eines Pferdes zu verbringen. »Es ist herrlich! Die Liebe zu einem Pferd hält ein ganzes Leben!«, schwärmte er.

Plötzlich stupste mich etwas am Ellbogen an. Ich drehte mich um. Es war Zacharias, der sich unbemerkt angeschlichen hatte und mich nun sanft aufforderte, ihn zu streicheln. Filius lachte. Zacharias stand ganz ruhig, blähte die Nüstern weit auf und beäugte nervös die beiden Menschen vor sich. Ich hob vorsichtig die Hand: Er schmiegte seinen Kopf an sie.

Filius hörte auf zu lachen und beobachtete uns fasziniert. »Er mag dich!«, sprach er.

Ich hatte das unerklärliche Gefühl, als bestünde zwischen dem Hengst und mir eine Verbindung. Ich konnte ihn gewissermaßen erfühlen. Ich streckte die Hand aus und legte sie an seinen Hals. Zacharias senkte den Kopf und schnupperte an meinen Fesseln. Ich streichelte ihn sacht.

Es kam mir so vor, als spürte ich seinen Willen. Ich hörte keine Stimme und sah keine Bilder in meinem Kopf - doch ich wusste, dass der Hengst gerade dabei war, mich auszusuchen. Er wollte mich haben.

Ich drängte dieses Wissen energisch zurück. Niemand konnte es für eine gute Idee halten, einen unerfahrenen Reiter und ein unerfahrenes Pferd zusammenzubringen; außerdem war er viel zu wild für mich.

Je deutlicher jener verneinende Gedanke in mir Gestalt annahm, desto stärker wurde die Kraft, die dagegenhielt. Zacharias *wollte* - und er war es nicht gewohnt, seinen Willen hintenan zu stellen.

Kaum, dass ich bemerkt hatte, worüber ich da gerade nachdachte, schalt ich mich selbst. Konnte ein Tier überhaupt etwas wollen wie ein Mensch? Hatte es einen freien Willen wie eine sinnfragende Kreatur?

Wie zur Antwort auf meine Frage wurde der Druck auf meine Weigerung größer, bis ich schließlich zurückweichen musste, um an ihm nicht zu brechen. Sofort gewann mein gesunder Verstand die Oberhand.

Zacharias zog sich zurück; das blitzgescheite Pferd preschte davon, kehrte gleich darauf wieder und blieb vor mir stehen. Er schnaubte und senkte demütig den Kopf. Ich war vollends verwirrt. Ich verstand nicht, was passierte und was es zu bedeuten hatte. Der Rappe näherte sich mir langsam: fast zaghaft. Ich stand ganz ruhig da und wartete ab. Zacharias legte seinen Kopf auf meine Schulter. Ich tätschelte ihn vorsichtig.

Wieder nahm sein Wille in mir Form an - diesmal jedoch war ich besser darauf vorbereitet. Ich stellte mich gegen ihn: wie ein Baum einen Sturm aushält. Die Energie, die hinter seinem Drängen stand, zwang meinen eigenen Willen beinahe in die Knie - aber ich gewann den Kampf.

Zacharias wandte sich ab und hielt den Kopf nah am Boden. Er war ganz sanft. Er ließ sich nieder, wälzte sich und blieb mit erhobenem Kopf liegen. Für einen kurzen Moment entließ mich sein Blick. Ich atmete auf, als hätte mich ein Zwang gefangen gehalten, und wandte mich zu Filius und Cor um.

Filius stand mit offenem Mund da. Tilius, der wieder zu uns gekommen war, hatte den Sattel fallen lassen und sah aus, als könnte er nicht glauben, was er gesehen hatte. Vater und Sohn warteten darauf, dass ich etwas sagte. Sie waren offenbar gerade erst verstummt.

Ich fühlte mich so ausgelaugt wie nach einem langen Marsch - doch es war nicht mein Körper, der ermüdet war. Auch mein rationales Denken funktionierte so gut wie eh und je. Ich konnte nicht benennen, was mich so erschöpft hatte. Es war wie ein Sinn, von dem ich erst jetzt, da ich ihn zu stark beansprucht hatte, wusste. Ich war auf ihn angewiesen. Ich atmete schnell und stütze mich auf meine Knie.

Tilius überwand seine Starre und kam auf mich zugeeilt. Er hielt mich und fragte: »Was ist da gerade passiert?«

»Ich weiß nicht«, keuchte ich. »Aber es hat etwas in mir erschöpft.« Ich sank auf die Wiese.

»Hol etwas Wasser, Filius!«, wies der Jenas seinen Sohn an. Dieser ließ das Halfter der Stute los, das er die ganze Zeit gehalten hatte, und rannte zum Haus.

Ich fühlte mich benommen, als hätte ich zu viel Wein getrunken.

»Hier: Esst das!« Tilius reichte mir ein Stück Zucker. Ich nahm und aß.

Filius kam zurück und brachte eine bis zum Rand gefüllte Wasserblase mit. Er japste nach Luft. Ich trank.

Es dauerte nicht lange und in mir hielt wieder Ruhe Einzug. Der Fokus kehrte zurück. Ich schloss die Augen und konzentrierte mich. Allmählich wich die Erschöpfung einem Gefühl von Zufriedenheit. Ich hatte etwas in mir entdeckt, dessen Existenz mir nie bewusst gewesen war.

Ich öffnete die Augen und sprach: »Es geht mir besser, Jenas Tilius. Macht Euch keine Sorgen um mich.« Er schaute besorgter drein denn je. Ich lächelte ihn an. »Ich glaube wohl, Cachil hatte Recht.« Seinen dunklen Augen konnte ich die Verwirrung ablesen. »Ich bin ein Fing.«

Filius klatschte in die Hände. Er grinste mich breit an.

Sein Vater jedoch konnte sich nicht so schnell von seinem Schrecken erholen. Er schüttelte den Kopf. »Was ist da gerade geschehen?«, fragte er wiederum.

Ich holte tief Luft. »Ich kann es nicht gut erklären, fürchte ich. Ich habe das Gefühl, als könnte ich hören, was er empfindet - aber ich höre nichts, keine Stimme. Ich fühle, was er fühlt - oder was er fühlen *will*. Ich glaube, unsere Sprache kennt dafür keine Worte. Es ist, als könnte ich seinen Willen spüren und meinen dagegenhalten - allerdings ist seiner sehr stark. Er ist wie Wucht in meinem Kopf - nicht wirklich in meinem Kopf: Es ist nicht ortbar.

Jedenfalls scheint es mir wie ein Sinn - nur bin ich mir nicht sicher, ob ich etwas wahrnehme. Es fühlt sich zwar nicht so an, als würde ich es phantasieren, doch es scheint mir auch nicht von außen zu kommen. Wie hört sich das für Euch an?«, schloss ich mit Blick auf die verwirrte Miene des Jenas.

Er zögerte mit seiner Antwort. »Nun: Es hört sich tatsächlich so an, als könntet Ihr es nicht erklären. Und ich verstehe nicht viel von dem, was Ihr sagt. Es klingt für mich so, als würdet Ihr im Fieber sprechen. Was sagst du, Filius?«, fragte Tilius und wandte sich an seinen Sohn.

Filius schaute mich an; ich brach am Blick seiner Augen. Sein Bonoc durchleuchtete mich wie einen flüchtigen Schatten. »Ich verstehe deine Worte nicht gut - doch ich sehe, dass du die Wahrheit sprechen willst. Unsere Sprache kennt dafür keine Worte, wie sie für meinen Blick kein gutes Wort hat. Alles, was du gesagt hast, entspricht dem, was du erfahren hast: In deinen Worten ist so wenig Lüge wie in den Worten des Baumes, der zum Vogel spricht.«

Tilius und ich starrten den Jungen eine Weile schweigend an. Er löste seinen Blick von mir und sah zu seinem Vater.

Dieser nickte. »Ich glaube Euch. Es fällt mir schwer - doch ich glaube Euch«, sagte Tilius zu mir.

»Was wollte Zacharias?«, fragte Filius nun aufgeregt.

»Was?«, entgegnete sein Vater verständnislos.

»Was wollte Zacharias?«, wiederholte Filius eindringlich.

Ich schluckte und erwiderte langsam: »Er wollte mich tragen.« Tilius und Filius saßen da wie vom Donner gerührt.

»Das will er anscheinend immer noch!«, rief Filius und deutete auf Zacharias. Der Hengst hatte die ganze Zeit ruhig im Gras gelegen und uns beobachtet.

»Das kommt nicht in Frage! Dein Spaß vorhin sollte kein Wahrspruch sein!«, gab Tilius entschieden zurück.

»Aber sieh doch, wie er wartet, Vater!«, rief Filius.

»Man setzt einen Reiter, der keiner ist, nicht auf ein Pferd, das nicht eingeritten ist. Und vor allem nicht auf dieses!«, sagte Tilius.

»Zacharias wird ganz vorsichtig sein! Und Delii wird ihn fühlen!«, erwiderte Filius.

»Wolltest du selbst Zacharias nicht einreiten, Filius?«, warf sein Vater ein.

»Ja: Das wollte ich, Vater. Aber wenn Zacharias von Delii geritten werden will, sollten wir das versuchen! Siehst du: Wir können zum ersten Mal eines unserer Pferde wirklich verstehen! Was soll schon passieren?«

Tilius schüttelte den Kopf und blitzte seinen Sohn an. »Du weißt genau, was passieren kann! Ich möchte unseren Gast nicht wegen eines Sturzes behandeln müssen, den er wegen der Narrheiten seiner Gastgeber erleiden musste!«

»Bitte, Vater - wir sind doch hier. Wir können Zacharias *beide* führen!«

»Genug!«, meinte der Jenas streng. »Kein Wort mehr davon, Filius! Schlag dir deine Ideen aus dem Kopf! Ich will nichts mehr davon hören!«

»Ja, gut, Vater«, antwortete Filius kleinlaut und senkte den Kopf. »Aber erlaube mir, noch ein letztes Mal dazu zu sprechen, bevor ich schweige. Zacharias ist wild und unberechenbar. Selbst für einen erfahrenen Reiter ist es eine große Aufgabe, ihn zu zähmen. Doch warum ihn *zähmen?* Warum seinen Willen brechen?

Wenn wir wüssten, was unsere Pferde wollen, würden wir unsere Zeit nicht mehr damit verschwenden, ihnen beizubringen, nur das zu tun, was *wir* wollen.

Wir würden uns von ihnen tragen lassen. Und nun wissen wir um den Willen eines unserer Tiere. Warum ihm nicht nachgeben? Würde Zacharias nicht alles dafür tun, Delii sanft zu tragen? Oder warum sollte ein Pferd, dessen Willen darin liegt, einen Menschen zu tragen, ebendiesen Menschen abwerfen? Ich vertraue Delii und ich vertraue Zacharias«, schloss er und schwieg.

Tilius seufzte tief: sehr tief. »Wie deine Mutter - der kann ich auch keinen Wunsch abschlagen«, murmelte er. Filius strahlte mich an.

Ich fragte mich, wann wohl Tilius oder Filius oder Zacharias auf den Gedanken kämen, nach *meinem* Willen zu fragen. Offenbar gingen Vater und Sohn davon aus, ich würde gern auf den Rücken eines Pferdes steigen und mich von ihm tragen lassen. Das entsprach jedoch überhaupt nicht der Wahrheit. Mir wäre es am liebsten gewesen, Tilius und ich hätten zu Fuß nach Oló aufbrechen können.

Filius' Worte allerdings hatten auch bei mir ihre Wirkung nicht verfehlt. Es steckte viel Wahrheit in ihnen - wie ich mir beifällig eingestehen musste. So feurig der Hengst war, so sanftmütig schien er zugleich. Wenn ich seinen Willen mit meinem verbinden könnte, würde er mich bestimmt nicht abwerfen. Und wenn ich schon auf einem Pferd reiten musste, so doch auf einem, das mich nicht abwerfen wollte.

Das alles änderte jedoch nichts daran, dass ich kein Talent zum Reiten hatte und Zacharias noch nie geritten worden war. Zwei blutige Anfänger aneinander lernen zu lassen: Das schien mir - wie der Jenas wohl angemerkt hatte - keine gute Idee zu sein.

Während ich all dies im Stillen bedachte, betrachtete ich den nachtschwarzen Hengst. Seine Augen glitzerten in der Sonne. In ihnen mochten sich all meine Zweifel und Möglichkeiten spiegeln.

Der Jenas räusperte sich und sprach: »Was meint Ihr, Delii? Ihr seid so still. Was auch immer mein Sohn und ich diskutieren - bei Euch allein liegt jede Entscheidung.«

»Ich bin kein Reiter«, antwortete ich. »Ich kenne mich nicht mit Pferden aus, wie Ihr es tut. Und ich bin nicht besonders mutig. Ich bin weder erpicht darauf, zu stürzen, noch darauf, einen Hengst zu besteigen, der noch nie geritten wurde. Aber die Worte von Filius gehen nicht spurlos an mir vorüber. Zacharias würde wohl nichts daran liegen, mich abzuwerfen - wenn ich mich nicht irren sollte. Darauf jedoch vertraue ich nicht: nicht heute. Ich brauche Zeit.«

Ich erntete Zustimmung für meine Worte. Wir beschlossen, heute keine Reitstunde mehr zu erzwingen - weder mit Cor noch mit Zacharias -, und erhoben uns.

Ich fasste mir ein Herz und trat vorsichtig an den Rappen heran, der immer noch ruhig am Boden lag. Seine Augen verfolgten mich wachsam, derweil ich näher kam. Ich streichelte ihn am Kopf und spürte sogleich wieder die Stärke in seinem Sinn. Ich versuchte ihm zu verstehen zu geben, dass er mich nicht tragen würde - nicht heute.

Einige Minuten herber Anstrengung später löste sich der Drang in meinem Inneren und ich fühlte, als hätte er verstanden. Er wälzte sich und richtete sich auf, bevor er davonschnellte.

Den ganzen Abend über konnte ich keinen klaren Gedanken fassen. Ich wusste nicht, was ich tun sollte. Ich hatte Angst - und wollte mir diese Gelegenheit, jenen gerade entdeckten Zug meines Wesens zu erproben, nicht entgehen lassen. Woher sollte ich wissen, wann eine solche wiederkehrte? Zugleich fürchtete ich die eigene Vermessenheit. Ich wollte nicht, dass Jenas Tilius mich für hochmütig oder leichtsinnig hielt, und ich wollte Filius nicht die Gelegenheit rauben, den Sohn seiner geliebten Stute einzureiten.

Beim Abendmahl war ich sehr still und in meine Grübelei vertieft. Tilius erzählte Faš alles, was sich am Weidezaun ereignet hatte; und wir sprachen darüber bis in die Nacht hinein: auch als Filius schon längst zu Bett gegangen war. Schließlich teilte ich meine Ängste mit Tilius und seiner Frau.

Faš sprach mir Mut zu, nicht an der Realität meiner Erfahrung zu zweifeln. Ich sollte ihr vertrauen, sie nicht negieren oder ignorieren. Sie kannte zwar selbst keinen Fing und verstand aus meinen mühseligen Beschreibungen heraus ebenso wenig wie Tilius und Filius, was ich empfunden hatte - doch sie verglich meine Verwirrung mit der ihres Sohnes, der noch immer darum kämpfen musste, seine Eigenart zu respektieren.

Die Nacht war kurz; und am nächsten Vormittag half ich Faš bei dieser und jener leichten Arbeit. Ich tat mein Bestes, mich abzulenken. Nach dem Mittagessen hielten wir eine Stunde Ruhe ein, da Filius sehr müde vom Unterricht gekommen war. Ich konnte gar schlafen und war deshalb einigermaßen ausgeruht, als wir vier - denn diesmal wollte Faš uns begleiten - zur Weide gingen.

Heute hatten die Burschen die Tiere in ihre Ställe gebracht. Als mich Zacharias in seinem Verschlag erblickte, wieherte er freudig und bäumte sich auf. Tilius öffnete die Türe und wollte dem Hengst ein Halfter umlegen, doch dieser wich energisch zurück. Die Ställe schlossen sich direkt an die Weide an - Zacharias konnte nicht ausbüxen -, und so gab der Jenas seine Bemühungen auf und lockte den Rappen nach draußen.

Kaum hatte er bemerkt, dass die Weide ihm ganz allein gehörte, preschte er davon und tobte sich übermütig aus. Sowie er zu uns zurückkehrte, glänzte schon der Schweiß auf seinem seidigen Fell. Er galoppierte wild die Mähne zurückwerfend heran und war sich offensichtlich bewusst, im Zentrum der Aufmerksamkeit zu stehen.

Familie Otris hatte sich zurückgezogen und ein Stück weit hinter mir aufgestellt. Wir hatten besprochen, dass ich zunächst versuchen sollte, zu Zacharias wieder eine Verbindung herzustellen.

Ich hatte ihn noch nicht berührt, da überkam mich schon das eigenartige Gespür wie am Tag zuvor. Zacharias trabte zu mir und beschnupperte mich aufgeregt; er stupste mich mit dem Kopf an und verlangte, gekrault zu werden. Ich erfüllte ihm diesen Wunsch. Sein starker Wille offenbarte sich mir. Noch bevor er sich vor mir niederließ und angespannt auf meine Antwort wartete, wusste ich, dass er mich ausgewählt hatte und keinen Widerspruch duldete.

Ich drehte mich nicht zu Familie Otris um, die das Schauspiel gebannt verfolgte: jederzeit bereit, einzugreifen. Ich ging festen Schrittes zum schwarzen Hengst, kniete bei seinem Kopf nieder und begann, mit ihm zu kommunizieren. Ich wollte, dass er nun meinen Willen wahrnahm und respektierte. Es dauerte nicht lange, da breitete sich in mir die Gewissheit aus, verstanden zu werden. Wir beide waren so unerfahren wie junge Blütenknospen und mussten zusammenarbeiten. Mit diesem Anliegen im Sinn tätschelte ich seinen Hals. Er genoss offensichtlich meine Berührung, wie das Gras der Weide es genießt, vom Wind gestreichelt zu werden.

Mein Verstand verschwand. Plötzlich war klar, was ich zu tun hatte. Das freudige Erwarten in seinen schönen dunklen Augen lesend überwand ich meine Scheu und berührte sacht seinen Rücken, streichelte ihn: vergrub bald eine, bald beide Hände in seinem glänzenden Fell. Zacharias schlug mit dem Schweif, doch er atmete ganz ruhig.

Ich dachte an Tilius' Worte, den jungen Hengst unbedingt behutsam an meine Last und das neue Gefühl von einem Menschen auf seinem Rücken zu gewöhnen - und stützte mich zaghaft auf ihn. Filius hatte sich in seiner Sanftmütigkeit nicht geirrt. Wenige Augenblicke später saß ich auf dem Rücken des Rappen und legte die Hände an seinen Hals. Wir wussten beide, was als Nächstes geschehen würde.

Zacharias richtete sich schnell und unbeholfen auf; er schwankte; ich krallte mich in seiner Mähne fest und starrte nach unten. Ich hatte keine Höhenangst, aber die Angst vor dem Fallen packte mich. Der Hengst indes war so schnell aufgestanden, dass ich gar keine Zeit zum Fallen gehabt hätte. Nun blickte ich von meinem dunklen Thron auf das Gras nieder und konnte mein Glück kaum fassen. Ich hatte es tatsächlich geschafft! Ich saß auf ihm und er trug mich!

Das wäre nun genug für den Anfang - dachte ich - und sogleich hielt ein Wille mit Nachdruck dagegen. Ich ahnte, worauf das hinauslaufen würde.

Meine Finger fuhren durch seine Mähne. Meine Schenkel fühlten die Wärme seines Leibes. Ich spürte seinen Herzschlag, hörte sein ruhiges Atmen, beugte den Rücken, klammerte mich an seinen mächtigen Hals, schloss die Augen und gab nach.

Sofort blies mir der warme Wind entgegen. Zacharias galoppierte aus dem Stand an, warf seine Mähne beiseite und jagte wie ein Pfeil davon. Ich hielt mich auf ihm, öffnete die Augen und sah, wie wir der Sonne entgegenflogen. Sein weicher, geschmeidiger Gang glich darin dem Wind - und er war ebenso schnell.

Hatte ich gerade noch darum gekämpft, die Oberhand zu gewinnen, gab ich es nun auf. Das stürmische Wesen meines Hengstes war endgültig entfacht. Mit jedem seiner Hufschläge entflammte er meine Liebe und Leidenschaft. Er wollte mir seine Schnelligkeit unter Beweis stellen - und es gelang ihm.

Der Wind, mit dem Zacharias sich ein halsbrecherisches Wettrennen lieferte, wehte mir durch das Haar und ließ meine Augen tränen. Die Weide floss in einem einzigen Farbrausch dahin: Ihr saftiges Grün war wie ein Sprungbrett zum Himmel. Zacharias' Ziel schien der Horizont - und ich glaubte ihm, dass er diesen erreichen würde.

Verschmolzen zu einem einzigen Wesen flogen wir über die Ebene; Freude flutete durch meine Adern und fegte jeden Zweifel aus meinem Sinn. Zacharias tat alles dafür, unseren ersten Ritt so berauschend wie möglich zu bereiten.

Sein Feuer entzündete mein Herz: Seine pure, unverfälschte Lebensfreude sprang auf mich über. Wir konnten bis zum Himmel fliegen. Fliegen! Ein Menschheitstraum: so uralt wie der Himmel selbst. Und hier flog ich über das Gras: getragen von einem Wesen, dessen Geist sich mit meinem verband.

Kaum hatte ich mich auf seine Sehnsucht eingelassen, wurde ich vom Freiheitsdrang gepackt und mitgerissen und niemals wieder losgelassen. Ich begriff, wie ich ihn führen konnte, wie er meinen Wünschen folgte; und es ging mir in Fleisch und Blut über, seine Stärke zu unser beider Triumph in Bahnen zu lenken; und ich nutzte meine Macht. Sein Hufschlag sickerte in die Grundfesten der Erde und gab Lusai* einen neuen Takt. Mein größter Schatz ist die Freiheit! Wie hatte ich leben können, ohne das zu wissen?

Zacharias spürte und respektierte meinen Willen nun ebenso wie ich seinen. Ich wusste, dass Zügel und Sättel für uns beide vollkommen überflüssig waren. Ich konnte ihn führen in seinen Gedanken.

Als ich ihn zum Halten brachte, schwitzte er stark und atmete rasch. Seine Schnelligkeit hatte uns beiden den Atem geraubt. Seine Ausdauer war enorm - und er bestand darauf, sie mir eines Tages ganz zu zeigen. Ich zweifelte nicht an seinem Hochmut und seinem Anrecht auf ihn. Dennoch schwang ich mein Bein um ihn und ließ mich langsam von ihm gleiten. Meine Beine zitterten; und der Schweiß rann mir über Gesicht und Hände. Ich stand nur wenige Schritte von der Stelle entfernt, wo Zacharias losgaloppiert war.

Familie Otris kam zu mir gerannt: Filius vorweg. Er sprang jubelnd auf mich zu. Ich grinste und konnte kein Wort sagen, da ich noch immer ganz außer Atem war. Tilius und Faš stürzten dazu. Sie sprachen gleichzeitig und durcheinander, bekundeten ihren Beifall und ihre Verwunderung.

Filius sah mich mit glänzenden Augen an: »Und du sagtest, du hättest kein Talent zum Reiten! Ich hab so etwas noch nie gesehen.«

»Er hat mir keine Wahl gelassen«, sagte ich, als ich wieder in der Lage war, zu sprechen.

Meine Hand strich fest über sein prächtiges, schweißnasses Fell. Er bebte; und in meinem Kopf entzündete sich ein anderes, ein bergendes Gefühl: Dankbarkeit.

---

* Altliloisch für: »die Freiheit«.

Das Blatt hatte sich gewendet. Nun war ich versessen darauf, von ihm getragen zu werden. Zacharias hatte mich das Reiten gelehrt. Und Filius behielt Recht: Die Liebe zu einem Pferd hält ein ganzes Leben.

Etiin vom Ettenstein

Damit ist das, was sich in Kalaote ereignete und für den weiteren Verlauf meiner Erzählung bedeutsam erscheint, erzählt.

Die Abreise rückte heran: Das ferne Ziel Oló lockte Jenas Tilius Otris und mich. In den folgenden Tagen, nachdem der Grundstein für die tiefe Freundschaft zwischen Zacharias und mir gelegt war, schlossen Tilius und ich die Vorbereitungen unserer gemeinsamen Reise ab. Ich übte mit Filius' Hilfe das Reiten, verzichtete weiterhin auf Sattel und Zaumzeug und lernte, Zacharias genau zu verstehen und zu lenken. Wir beide waren wie füreinander geschaffen.

So kam es, dass wir bereits am 11.1.11. - nur vier Tage nach meinem ersten Ritt - das Abschiedsmahl hielten. Die letzte kräftige Mahlzeit vor dem Aufbruch war ein Genuss. Ich schlug mir den Bauch voll und scherzte den ganzen Abend vergnügt mit Filius und seiner Familie, bis es schließlich an der Zeit war, den ersten Hufschlag zu tun.

Die Nacht war noch jung, als wir Zacharias und Zor, die es beide kaum erwarten konnten, aus den Ställen holten und herrichteten. Tilius hatte diese Arbeit nicht den Burschen überlassen, da er nicht wollte, dass sein Verschwinden in der Stadt allzu bekannt wurde. Seine Reisegewänder verrieten seinen Stand nicht: Er trug weder das Zeichen der Jenas noch das seiner Familie. Trotz der scheinheiligen Sicherheit, in der Kalaote sich nun wiegte, wollte er kein Risiko eingehen und sich auf Reisen nicht als Eldan offenbaren.

Wie auf meinem Weg von Inkowitch hatten wir vor, ausschließlich nachts zu reisen und so wenigen Menschen wie möglich zu begegnen. Leider gelang uns dies nicht so gut, wie es mir bisher geglückt war - doch ich greife vor.

Der Abschied war herangenaht. Der Jenas und ich wollten über die Weide der Familie zum Westtor reiten; Faš und Filius standen am Weidezaun. Der dunkle

Himmel war mit Sternen übersät: Es war eine herrliche Nacht, eine solche Unternehmung wie die unsrige zu beginnen. Ein lauer Wind wehte: die Ankündigung Más, die endlich Fülle bringen sollte.

Es war nicht abzusehen, wann ich Filius und Faš wiedersehen würde, und so herrschte gedrückte Stimmung, der uns beim Abendmahl noch zu entgehen gelungen war. Filius kämpfte mit den Tränen.

»Eines Tages werden wir wieder - du auf Zacharias, ich auf Zor - über die Weiden preschen«, sagte er. Er umarmte mich und Faš gab mir einen Kuss auf die Wange. Mir blieb jedes Wort im Hals stecken.

Tilius versprach seiner Frau, bald zurückzukommen, und küsste seine Familie. Seinen Sohn hielt er an, gut auf seine Mutter aufzupassen und ihr zu gehorchen. »Bis ich wiederkomme, bist du der Mann im Haus, Filius. Sei mutig, aber nicht leichtsinnig. Sei tapfer, aber nicht tollkühn!«

Vor seiner Frau blieb er lange stehen. Sie murmelten sich etwas zu und küssten sich innig. Ich schaute irritiert zur Seite und Filius grinste mir - schniefend - zu.

Dann schließlich bestiegen wir die Pferde und trieben sie an. Tilius winkte ungestüm, ließ Zor aufbäumen und drehte sie herum, damit er noch einen Blick auf seine Familie werfen konnte. Es sollte sein letzter bleiben.

Zacharias und Zor schritten voll Eifer aus. Wir mussten sie zurückhalten, damit sie ihre ganze Kraft nicht schon während der ersten Nacht verbrauchten, ließen das Westtor Kalaotes hinter uns und erreichten die Nion, ohne bemerkt zu werden. Zwei Stunden im straffen Galopp von der Wüstenstadt in westlicher Richtung entfernt zügelten wir die Pferde und ließen sie im Schritt gehen. Es fühlte sich fast so an, als wären wir auf einer Vergnügungsreise: Eine kühle Brise strich uns um die Nase; der malerische Sternenhimmel goss seine Schönheit über uns Nachtwanderer; und frisch und ausgeruht, wie wir waren, kamen wir zügiger voran, als wir geplant hatten.

Tilius und ich besprachen, wie lange wir in dieser Nacht noch reiten wollten, da es ratsam schien, den Elan des Aufbruches so lange wie möglich zu erhalten. Noch bevor die dunkelste Stunde vor Sonnenaufgang anbrach, hatten wir unser Lager in der Nähe einer kleinen Quelle aufgeschlagen und uns zur Ruhe gelegt; Tilius übernahm die erste Wache. Die Pferde grasten geräuschvoll das spärliche Grün am Quellrand ab; und das Schnauben meines Hengstes wiegte mich in den Schlaf. Als es Mittag und die Hitze unerträglich wurde, aßen wir und brachen anschließend wieder auf.

Die erste Etappe der Reise - die Durchquerung der Nion - überstanden wir an diesem und den darauffolgenden drei Tagen ohne besondere Schwierigkeiten. Tilius kannte sich gut aus und fand einen Weg von Quelle zu Quelle, der selten benutzt wurde. Wir schliefen am Tage und ritten in der Nacht und begegneten niemandem.

In diesem Teil der Nion gab es keinen Sand. Der Pfad, zu dessen Seiten sich die trockenerdige Ebene in Falten riss, war noch zu Zeiten angelegt worden, da hier keine Wüste geherrscht hatte. Tilius erzählte mir allerlei Wissenswertes über die Entstehung und die Struktur der Nion und ich saugte es gierig in mich auf. Ich vermisste die Fürsorge meines Naru, der sich stets um meine Gelehrsamkeit gesorgt hatte. Kein anderer verstand es besser als er, selbst den langweiligsten Fußmarsch in eine spannende Erfahrung zu verwandeln. Tilius hatte diese Qualitäten nicht - dennoch konnte ich viel von ihm lernen. Da dies allerdings nicht die rechte Stelle ist, sich über die Arten und Gründe der Wüstenbildung auszulassen, möchte ich mit meiner Erzählung auch nicht länger in der Wüste verweilen: Denn kaum hatten wir die Nion hinter uns gelassen, begann der gefährliche Teil unserer Reise.

Wir ritten durch die weiten, unbewohnten Graslandschaften nördlich des Ettensteines - jenes Gebirgszuges, dessen scharfkantige Zacken wie Dolche in den Himmel stachen. Es war unsere zweite Nacht im Grasland und eine herrlich kühle und klare. Ich hatte Kapuze und Handschuhe abgelegt und ließ mir von Más zarter Vorbotin das Haar streicheln. Meine helle Haut schimmerte im Sternenlicht; das dunkle Fell des Hengstes unter mir glänzte seidig.

Tilius lachte gerade über seine Bockigkeit. Zacharias buckelte, warf immer wieder spöttisch die Mähne hin und her und drohte, mich abzuwerfen. Er nahm mir übel, dass ich ihn während des letzten Galopps - zumindest nach seinem Empfinden - zu sehr zurückgehalten hatte. Ich diskutierte mit ihm - falls man das so nennen kann - und mühte mich, auf ihm sitzen zu bleiben.

Tilius konnte seine Belustigung nicht verbergen. »Wenn Ihr so fortfahrt, ist es nur noch eine Frage der Zeit, bis er Euch abwirft.«

»Ich würde wenigstens weich fallen«, gab ich zurück.

»Unterschätzt die harte Erde nicht!«, sagte Tilius. Zacharias wieherte.

»Vielleicht sollten wir eine Pause einlegen«, schlug ich vor.

Wir hielten und saßen ab. Kaum war ich von seinem Rücken geglitten, bäumte Zacharias sich auf und tat ein paar Sprünge: befreit von seiner Last. Ich setzte mich missmutig ins Gras. Der Machtkampf mit dem störrischen Gaul hatte meinen Willen erschöpft - und mehr noch: Vom nächtelangen Reiten brannten meine Muskeln.

Tilius stand bei Zor und blickte staunend in den sternenschweren Himmel. »Seht nur, wie schön er ist!«, sinnierte er. »Ich frage mich jedes Mal, wie viele Sterne am Himmel stehen. Es müssen tausende sein!«

Auch ich blickte nach oben. Heute Nacht waren sie besonders gut zu sehen. Der Himmel funkelte nur so von ihrer Schönheit.

»Ana leistet ganze Arbeit«, meinte ich.

Der Jenas warf mir einen scheuen Blick zu. »Die Legende, die sich um ihr Licht rankt, ist meine liebste«, sprach er.

Ich lächelte. »Und meine - obwohl ich mich vor dem Jammer Urus Fluches immer gefürchtet habe: Wie Uru* Ana vom Himmel verbannte und damit alles Sternenlicht erlosch -«

»Und wie sie es an Aran den Ersten gab«, warf Tilius ein. Er setzte sich zu mir ins Gras. »Ihr seid bestimmt eher bewandert in den alten Mythen als ich. Cachil hat mir erst bei meinem letzten Besuch erzählt, Ihr würdet selbst schreiben: den alten Geschichten eine neue Form geben«, sagte er.

»Cachil hat Recht«, antwortete ich. »Aber es lohnt nicht, darüber viele Worte zu verlieren. Ich schreibe für mich - nicht, um darin Ruhm zu erlangen.«

»Ihr könnt doch sicher etwas vortragen! Ich würde gern etwas hören!«, wandte Tilius ein.

Ich zögerte. »Tatsächlich kann ich keinen meiner eigenen Verse aus dem Gedächtnis aufsagen. Doch ich kann Euch ein paar Verse Singas vortragen, wenn Ihr sie hören wollt.«

Tilius bedeutete mir mit einer Handbewegung, zu beginnen. Ich hob an.

---

* *Uru, der Weltenspalter* ist im liloischen Mythos das Numen der Zerstörung. *Uru* hält *Ato,* das Wort, und verbirgt sich in *Duru,* dem Mond.

Uru sprach und Ana fiel:
Himmel schwarz, schwarz die Nacht.
Duru leuchtet nun allein.
Welch Wunde ein Wort schlagen kann!
Das Licht erlischt; Ana bricht.

Erst, wenn des Urus Fluches Ziel
Die Sternengöttin hat vollbracht,
Steigt sie - geheilt von jeder Pein -
Vom fernen Farnost auf; sodann
*Der Himmel strahlt von Sternenlicht.**

Schweigen folgte, in dem Tilius offenbar die Worte des Philosophen auf sich wirken ließ.

»Ihr habt Talent darin, vorzutragen!«, sagte er dann. »Wenn Ihr nun auch noch Talent darin habt, Verse zu verfassen, so könnt Ihr Euch selbst Talan nennen.« Ich verneigte mich artig für das Kompliment.

»Glaubt Ihr an diese Legenden?«, fragte ich ihn.

Seine dunklen Augen ließen keinen Zweifel zu. »Gewiss«, erwiderte er. »Wenn ich Euch so betrachte, scheint auch Ihr das Sternenlicht zu haben.«

Ich lachte. »Ich wünschte, dem wäre nicht so. Immerzu muss ich mich vor der Sonne verstecken.«

Tilius lächelte. »Wie Aran, den Uru verfluchte.«

»Euch beliebt zu scherzen, Jenas«, erwiderte ich vergnügt. »Ich vermute, das könnte eine weitere Eigenart der Fingen sein: die helle Haut. Lasst uns weiterreiten! Zacharias sieht aus, als würde er mich wieder tragen wollen.«

Jenas Tilius starrte mich unverwandt an. »Vielleicht - ja: Wir haben noch ein gutes Stück Weg vor uns«, gab er zurück. Er richtete sich auf und ließ den Blick zum Ettenstein streifen.

Plötzlich schrak er zusammen. Er rief: »Seht da!«

Aus der Richtung, in die er zeigte, sah ich eine Horde Reiter kommen: zwar noch weit entfernt, doch in beachtlichem Tempo geradewegs auf uns zu. Sie beunruhigten mich ebenso wie meinen Gefährten.

»Ob sie uns entdeckt haben?«, fragte ich aufgeregt.

»Ich hoffe nicht!«, erwiderte Tilius heftig atmend.

---

* Talan Singa, Elias 3101. *Der Fluch*. Band 29. Segona Urdu, Eldir. Seite 44. [AV]

Mit einem Mal kroch mir Angst die Kehle hoch. »Wer sind diese Reiter? Doch keine Var des Elminé?«

»Ich hoffe nicht!«, wiederholte Tilius. »Doch ich bin nicht erpicht darauf, das herauszufinden. Lasst uns schleunigst hier verschwinden! Nun darf Zacharias zeigen, wie schnell er sein kann!«

Wir bestiegen hastig die Pferde und jagten auf ihnen davon. Die Reiter, vor denen wir flohen, waren keine Var des Elminé. Sie hatten uns nicht entdeckt. Die Pferde des Jenas Otris waren Kinder der Wüste edlen Blutes, mit denen es die Tiere der fremden Reiter nicht aufnehmen konnten: Wir verschwanden so schnell wie Schatten der Nacht bei Sonnenaufgang. Einzig die Abdrücke im Gras blieben zurück.

Eine ganze Stunde galoppierten wir in nordwestlicher Richtung: weg vom Gebirge. Kein Reiter war mehr am Horizont zu sehen, als der Jenas und ich die Pferde wieder zügelten. Zacharias und Zor blähten die Nüstern weit auf, doch wir wollten ihnen im Augenblick keine Pause gönnen. Zu tief saß der Schrecken noch in den Gliedern.

»Wir müssen besser Acht geben!«, ermahnte Tilius uns beide. Er schüttelte den Kopf. »Cachil wäre bestürzt ob meiner Unachtsamkeit«, murmelte er zu sich selbst.

»Wie reiten wir nun weiter?«, fragte ich ihn. »Wir sind weit nach Norden abgedriftet, wie mir scheint.«

»Ihr habt Recht. Wir müssen uns bald wieder nach Süden halten: doch erst, wenn wir den Ettenstein hinter uns gelassen haben«, antwortete Tilius. Er drehte sich grimmig zum Gebirge um. »Kommt: Wir reiten auch weiterhin nach Nordwest. Ich habe die Befürchtung, vom Ettenstein droht uns mehr Gefahr als von den Dörfern im Norden.«

Wir trabten an und hielten das Tempo die restliche Nacht. Allmählich wandelte das Land sein Gesicht. Einzelne Bäume warfen ihre Schatten ins Gras: Je weiter wir nach Norden kamen, desto dichter standen sie.

Als die Dämmerung sich ankündigte, hielten wir Ausschau nach einem geeigneten Schlafplatz. Im dunstigen Licht vor uns sahen wir die schattenhaften Umrisse eines Dorfes. Es war die erste Siedlung, auf die wir seit unserem Aufbruch von Kalaote trafen.

»Wenn wir dieses Tempo halten können, verlieren wir keine zwei Tage auf unserem Umweg«, meinte Tilius zu mir. »Doch näher sollten wir uns nicht an das Dorf trauen.«

Ich stimmte ihm zu, und so schlugen wir unser Lager im Schatten eines großen Baumes auf, der so weit von der Siedlung entfernt stand, dass wir gerade so die vagen Silhouetten ihrer Häuser erkennen konnten. Im ersten Licht des Tages hielten wir ein passables Frühstück ab. Speis und Trank milderten den Schrecken des Ettensteines, bis mir sogar allmählich der Schlaf in die Glieder kroch.

Je heller es wurde, desto deutlicher konnte ich erkennen, dass von einigen Häusern des Dorfes vor uns schwarzer Rauch aufstieg. Ich wies meinen Gefährten darauf hin.

Der Jenas legte die Stirn in Falten. »Das kann nichts Gutes bedeuten. Ich hoffe, es hat nichts mit der Horde Reiter zu tun, vor der wir geflohen sind.«

Ich schüttelte den Kopf. »Sie können unmöglich schneller gewesen sein als wir. Vielleicht hat der Rauch auch gar nichts zu bedeuten! Menschen neigen schließlich dazu, Gefahren zu sehen, wenn sie welche befürchten«, wandte ich ein.

»Vielleicht habt Ihr Recht«, meinte der Jenas hoffnungsvoll - allerdings irrtümlich: denn ich lag falsch.

Tilius legte sich nieder. Ich kauerte mich an den Stamm des Baumes, an dem wir rasteten, da ich die erste Wache übernehmen wollte. Den Kapuzenmantel fest um mich geschlungen beobachtete ich das Dorf durch die herabhängenden, blätterbewachsenen Äste genau, doch mir fiel nichts Ungewöhnliches auf.

Der ganze Tag verstrich ohne weitere bemerkenswerte Vorkommnisse: Weder ich noch Tilius erspähten auch nur eine Menschenseele. Gegen Mittag ging ein leichter Schauer nieder, der den heißen Boden mit Dampfschwaden überzog und den schwarzen Rauch der kleinen Häuser fast erstickte. Er ließ uns ruhiger schlafen, denn er milderte die drückende Hitze, sodass wir mit dem Sonnenuntergang erfrischt weiterziehen konnten.

Die Siedlung zur Rechten und die fernen Berge zur Linken wandten wir uns nun nach Westen, um den Ettenstein schließlich in einem ausladenden Bogen nach Süden zu umreiten. In der folgenden Nacht kamen wir an weiteren Dörfern vorbei, die wie ein breiter Gürtel die Akazienwälder im Norden begrenzten. Von jedem einzelnen stieg schwarzer Rauch auf.

Als wir das sechste Dorf passierten, hielten wir die Ungewissheit nicht mehr aus und näherten uns wider aller Vernunft den lehmigen Hütten. Schon aus einigen Pferdelängen Entfernung konnte ich erkennen, dass die meisten von ihnen zerstört sein mussten. Gewissheit traf mich, da uns der Geruch verkohlten Obdaches entgegenschlug. Tatsächlich war das halbe Dorf verbrannt - doch kein Mensch oder Tier zu sehen: weder tot noch lebendig. Es sah so aus, als wäre es vor der Zerstörung verlassen worden.

»Lasst uns wieder verschwinden. Ich habe genug gesehen«, sagte Tilius. »Für unsere Sache können wir hier nichts in Erfahrung bringen.« Er wendete Zor.

Ich zögerte. »Wovor diese Menschen wohl geflohen sind?«, fragte ich und wendete Zacharias ebenfalls, um dem Jenas zu folgen.

Aus dem Augenwinkel nahm ich eine Bewegung im Schatten wahr. Am niedrigen Eingang der großen Hütte - keine zehn Pferdelängen entfernt - regte sich etwas und richtete sich auf.

Sofort spannten sich meine Muskeln in Ahnung einer Gefahr. Einen eiligen Blick über die Schulter werfend ergriff mich glühende Panik.

»Rasch! Rasch!«, rief ich dem Jenas zu und preschte davon. Ich versuchte, meine Stimme zu dämpfen, doch es gelang mir nicht. Ich hatte einen Mann gesehen, dessen weißes Zeichen auf seinem schattigen Gewand mir einen Schauder über den gebeugten Rücken jagte.

Mein hektischer Warnruf hatte unsere Anwesenheit verraten. Ich hörte die lauten Befehle der Var, die sich plötzlich wie Ameisen aus den Schlupflöchern der Siedlung erhoben und ihre Verfolgung begannen. Was immer der Grund für die zerstörten Dörfer sein mochte - wir hatten ihn offensichtlich gefunden.

Meine Angst schwoll an: Sie übertrug sich auf mein Pferd.

Nach einem kurzen Augenblick der Verwirrtheit wurde ich Tilius neben mir gewahr, der trotz der Gefahr seinen kühlen Verstand behielt und Richtung und Tempo vorgab.

Wir stürmten nach Westen - doch kaum, dass die Pferde den halsbrecherischen Rhythmus ihres Renngalopps gefunden hatten, mussten wir sie wieder herumreißen: Es war, als hätten wir in einen Bienenkorb gestochen. Immer mehr Var erschienen vor uns, neben uns, hinter uns. Wir hatten Mühe, ihnen auszuweichen. Sie strömten aus den umliegenden Dörfern: erst acht, dann zwölf - zwanzig Eldan waren uns auf den Fersen.

Die Kapuze rutschte mir vom Kopf, als ich ihn vor Schreck dem Mann zuwandte, der soeben neben mir aufgetaucht war. Seine vor Entsetzen geweiteten Augen stachen in meine. Er schrie auf und fiel zurück; ich blickte wieder nach vorn: dem schwarzen Horizont entgegen - keinen Gedanken daran verschwendend, welcher Umstand mich soeben gerettet hatte.

Tilius schrie: »Nach Süden!«, und Zacharias folgte augenblicklich, noch bevor ich selbst ihn dazu anhalten konnte. Er streckte sich und warf sich mit aller Kraft der Nacht entgegen. Jeder Hufschlag brachte mich näher ans Entrinnen.

Ich feuerte ihn in Gedanken an: »Los! Los! Flieh!«

Tilius und Zor neben uns konnten kaum mithalten - die Var hinter uns überhaupt nicht. Ihre Pferde - noch müde von den Strapazen des Tages - fielen zurück. Die Schläge ihrer Hufe wurden leiser und leiser, bis sie verklangen.

Tilius und ich zügelten das Tempo nicht: Zacharias und Zor hätten wahrscheinlich ohnehin nicht gefolgt. Erst als Tilius mich aufforderte, die Kapuze wieder aufzuziehen, wurde Zacharias langsamer, damit ich mich auf ihm halten konnte.

Ich riskierte einen Blick zurück und sah die kleiner werdenden Gestalten der Var. »Wir entkommen!«, rief ich dem Jenas zu.

Tilius war außer sich. »Kommt! Weiter!«, antwortete er nur und gönnte seiner Stute keine Verschnaufpause.

Die Ausdauer der Otrispferde verblüffte mich. Sie hielten ihr hohes Tempo zwei, drei Stunden durch, wobei sie immer wieder in einen schnelleren Rhythmus verfielen.

Als Tilius Zor endlich so weit zügelte, dass sie im Schritt gehen konnte, war ich vollends mit Schweiß bedeckt und außer Atem. Zacharias schnaubte und schüttelte den Kopf. Ich tätschelte seinen Hals und dankte ihm.

»Wir sind so knapp entronnen!«, schimpfte Tilius. »Und was ist mit Euch geschehen? Seid ihr verletzt?«, fragte er zutiefst beunruhigt und musterte mich eingehend.

»Nein - mir geht es gut«, gab ich keuchend zurück. »Abgesehen von dem Schrecken, der mir noch immer in den Gliedern sitzt.«

»Ihr habt Eure Kapuze verloren! Ist der Var deshalb zurückgefallen?«, fragte Tilius.

»Ich glaube schon«, antwortete ich.

Der Jenas schüttelte den Kopf. »Das ist eine schwarze Nacht.« Er ließ die Zügel fahren und blickte zum Himmel. »Welcher Funke unseres unverschämten Glückes wird uns das nächste Mal retten?«, rief er zu den Wolken empor, die die Sterne verhüllten.

»Es ist mir ein Rätsel, Tilius«, gab ich derweil zu bedenken. »Warum sollten die Var diese Dörfer niederbrennen? Was haben sie mit Dorfbewohnern zu schaffen? Dort lebten doch keine Eldan!«

»Ich weiß es nicht«, gab der Jenas müde zurück. Ein leichter Nieselregen kündigte sich an. »Kommt, wir rasten nun«, beschloss Tilius. »Zwar sollten wir in dieser Nacht noch ein paar Wegstunden mehr zurücklegen - doch ich bin zu müde. Und Zor braucht eine Pause.« Er streichelte seine Stute. »Gönnen wir uns etwas Erholung«, schloss er. Wir saßen ab.

Ich hielt die Pferde, während Tilius ein akzeptables Nachtmahl aus dem Gepäck wühlte. Vom bedeckten Himmel fielen die ersten kleinen Tropfen auf meine Schultern. Ich schaute hinauf und ließ sie mir auf das heiße Gesicht rieseln.

In unserer Flucht waren wir geradewegs nach Süden gehetzt und nordwestlich des Ettensteines gelandet, dessen flache Ausläufer in der dunklen, unbekannten Gegend keiner von uns bemerkt hatte. Ich ahnte nicht, wie nahe wir dem Gebirge waren. Zu nahe.

»Zwei Reiter auf weiter Flur. Und zwei prachtvolle Pferde!«, dröhnte plötzlich eine dunkle Stimme aus dem Schatten hinter mir.

Ich fuhr zusammen.

»Was habt ihr hier zu suchen? Das ist mein Land!« Die Stimme gehörte einem riesigen Mann auf einem ebenso riesigen Pferd, der Tilius und mich - von zehn oder zwölf Reitern umringt - abschätzig musterte.

Tilius ging um Zor herum und trat vor mich. »Das bezweifle ich. Ihr seht aus wie ein Räuber - nicht wie ein Jedo«, gab er schlagfertig zurück.

Ich, der ich immer noch die beiden Otrispferde hielt, brachte keinen Ton heraus.

»Komm mir nicht frech, Bursche!«, polterte der Mann barsch, der in seiner Gestalt tatsächlich vielmehr einem Räuber denn einem Eldan glich. Sein langes, schwarzes Haar hing ihm wirr von den Schultern, die von einem breiten, doch ebenso schmutzigen Mantel umsäumt waren.

»Achtet Ihr auf Eure Worte! Ihr wisst nicht, wen Ihr vor Euch habt!«, erwiderte Tilius, ohne zu zögern.

Die anderen Männer warfen dem Jenas wüste Beschimpfungen entgegen, bis der Anführer die Hand hob und wieder sprach: »Nein: Das weiß ich nicht. Und du scheinst nicht zu wissen, wen *du* vor dir hast.«

Ich betete zum Himmel, der Jenas würde die Situation nicht mit seinen energischen Worten zum Eskalieren bringen - doch meine Gebete wurden nicht erhört.

»Lasst uns ziehen und Ihr müsst keine Konsequenzen befürchten!«, sagte er voller Überzeugung mit dem Selbstbewusstsein eines Mannes, der sein ganzes Leben nichts anderes als ein Eldan gewesen war.

Er erntete Gelächter für die fadenscheinige Selbstsicherheit, mit der er diesen Männern begegnete, die in ihrem eigenen Land zwei unbewaffneten Reisenden gegenüberstanden. Es stand sechs gegen einen.

»Konsequenzen?«, lachte der Anführer. Er zog sein breites Schwert. Die Männer verstummten augenblicklich und richteten ihre Speere auf uns.

Tilius wich nicht zurück, doch er schwieg. Ich krallte mich an der Mähne meines Pferdes fest, als wäre sie eine Waffe.

»Ganz recht, Bursche. Sei brav und halt die Klappe!«, drohte der riesige Mann meinem Freund.

Dieser gab nicht auf. »Das verbitte ich mir!«, gab er zurück - und setzte noch hinzu: »Haltet Ihr Euer loses Mundwerk im Zaum!«

Einige der Männer schrien auf und kamen mit ihren spitzen Speeren ganz nahe heran. Der Anführer sah aus, als hätte man ihm ins Gesicht geschlagen.

Bevor mein Freund die Stimmung der Räuber mit einer weiteren seiner angriffslustigen Bemerkungen zum Sieden bringen konnte, nahm ich die Sache in die Hand. Vielleicht war es mein Mut, den das blanke Schwert des Anführers entfacht hatte. Ich ließ die Pferde los und trat neben Tilius, der unverzüglich seine Hand austreckte, um mich zurückzuhalten.

Statt die wütenden Männer ebenfalls mit meinen Worten zu erzürnen, verneigte ich mich tief und hielt den Kopf gesenkt, während ich sprach: »Vergebt ihm, Herr. Mein Freund spricht wirr. Er ist müde von der Reise. Von Kalaote reiten wir: fliehen vor den Var. Wir haben uns verirrt. Es war niemals unsere Absicht, Euer Land zu betreten oder Euch zu erzürnen. Bitte vergebt uns. Wir werden so schnell verschwinden, wie wir gekommen sind.« Ich konnte hören, wie die Waffen klapperten, wie das große Schwert des Anführers in die Scheide sauste, und wagte den Blick zu heben.

»Zu spät, Bursche. Diese Karte habt ihr verspielt«, antwortete der große Mann grimmig. »Ihr seid in meinem Land: Hier gelten meine Regeln. Nehmt sie fest!«, forderte er seine Männer auf.

Augenblicklich ergriffen sie uns. Tilius versuchte mich zu schützen, doch sie schlugen ihn und schnürten ihm die Hände auf dem Rücken fest. Ich wehrte mich nicht, dennoch behandelten sie mich fast ebenso grob. Ich bekam zwar keinen Schlag in die Magengrube wie mein Freund, doch auch meine Hände wurden gefesselt.

Sie warfen schwere Seile um die Otrispferde und banden sie an ihre eigenen. Zacharias wehrte sich und bockte, doch er konnte sich nicht loswinden. Ich setzte alles daran, ihn zu beruhigen; und schließlich ergab er sich seinem Schicksal.

Ich wusste, dass es keinen Zweck hatte, sich mit diesen Menschen anzulegen. Sie konnten keine Var sein, was immerhin nach einem Hoffnungsschimmer aussah. Vielleicht vermochten wir einen Tauschhandel einzugehen, damit sie uns freiließen? Wenn sie wirklich bloß Räuber waren, würden wir sie irgendwie überlisten können.

Ich wurde hinter einen der Männer auf sein Pferd geschnallt, Tilius hinter den Anführer. Ich suchte seinen Blick, doch sein schmerzverzerrtes Gesicht verriet mir, dass er sich noch nicht von den Schlägen der ungeschlachten Männer erholt hatte.

»Auf nach Hause!«, rief der Anführer. »Wir haben Beute nach Hause zu bringen!«

Seine Männer stimmten einen Chor von Jubelrufen an. »Der Ettenstein wird euch das Fürchten lehren!«

So wurden wir an den Ort verschleppt, den wir zu fliehen gedacht hatten.

Wie wir zum Gebirge vordrangen, wurde der Regen stärker. Bald prasselte er geradezu hernieder und gab der Dunkelheit eine eigene Melodie. Mein Mantel klebte an mir wie eine lästige zweite Haut, aber immerhin kühlte er mich in der warmen Luft. Der Geruch von nassem Gras begleitete uns die Nacht hindurch.

Nach wenigen Stunden müden Dahinreitens, das die Männer mit allerlei rauen Gesängen zu überbrücken suchten, ließ er schließlich nach.

Männer: Kommt, hört meine Stimme!
Höret, was ich für euch singe!
Durch die Nacht: Wir reiten geschwind,
auf dass der Pfad nach Hause uns bringe.

Wir halten uns fest an diesem Lied, das uns nach Hause ruft.
Kommt, Männer, stimmt ein: Wir reiten heim.
Heim zum Ettenstein.

Nachts, da streifen wir wie Tiere
durch die Heimat: wildes Land –
auf der Suche nach reicher Beute,
das Herz so heiß, den Speer in der Hand.

Wir halten uns fest an diesem Lied, das uns nach Hause ruft.
Kommt, Männer, stimmt ein: Wir reiten heim.
Heim zum Ettenstein.

Fort, hinfort des Tages Werk,
wie unsre Jugend bald vergeh'.
Müde sind wir vom Reiten und Wachen:
Die Beine sind schwer, die Bäuche leer.

Wir halten uns fest an diesem Lied, das uns nach Hause ruft.
Kommt, Männer, stimmt ein: Wir reiten heim.
Heim zum Ettenstein.

Daheim, da rufen Feuer und Weib:
daheim, daheim im Ettenstein.
Etiin, Etiin: Bring uns heim!
Bring uns heim zum Ettenstein!

Wir halten uns fest an diesem Lied, das uns nach Hause ruft.
Kommt, Männer, stimmt ein: Wir reiten heim.
Heim zum Ettenstein. *

---

* Jedo vom Ettenstein, Elsa 4003. Brief über das *Ettensteinlied* und *Dem Ettenstein.* [AV]

Der Morgen kündigte sich an und wusch alle Wolken vom Himmel; die Sonne stieg rasch auf und brachte das feuchte Land zum Dampfen.

Mit dem Sonnenaufgang stießen einige Banden zu uns: ähnlich der unsrigen. Die jeweiligen Anführer erstatteten dem Mann mit dem breiten Schwert Meldung. Sein Mantel sah bei Tageslicht weder besser noch sauberer aus, doch ich merkte bald, dass er einen höheren Posten einnehmen musste als die übrigen Bandenführer. Seine Männer waren die einzigen, die Speere trugen.

Die meisten anderen hingegen waren mit Waffen ausgerüstet, die ursprünglich nicht für den Zweck des Kampfes ausersehen waren: Von der Mistgabel bis zur Spitzhacke war beinahe alles vertreten. So kam es also, dass ich das Gebirge zum ersten Mal aus der Nähe inmitten eines Pulkes raubeiniger Halunken erblickte.

Die drohenden Berge zeichneten sich dunkel gegen den blauen Himmel ab. Besorgnis und Angst in mir wuchsen, je näher wir kamen.

Die südwestlichen Ausläufer passierten wir ohne Mühe, umritten die ersten Brocken und gelangten schließlich auf ein breites Steinplateau, von dem wir einen beeindruckenden Blick über das Gebirge hatten. Der Ettenstein ragte vor uns auf wie ein Heer gezogener Schwerter. Das Gelände stieg nicht langsam an: Das Grasland ging sofort über in ein steiniges Labyrinth, das sich auf krummen und steilen Wegen in die Höhe schraubte.

Bevor wir gezwungen wurden, den Aufstieg anzutreten, nahmen sie uns die Fesseln ab. Tilius sah erschöpft aus, doch das Feuer in seinen Augen ließ mir keinen Zweifel, dass seine grimmige Entschlossenheit zurückgekehrt war.

Der Anführer richtete das Wort an uns: »Wenn ihr versucht zu fliehen, Burschen, seid ihr tot. Und wenn ihr flieht und entkommt, wird euch der Ettenstein erledigen.«

»Ich sterbe lieber durch Hunger und Durst als durch Eure Hand!«, entgegnete der Jenas.

»Das kannst du haben!«, polterte der Mann zurück.

Die Wanderung zum Unterschlupf der Räuber gestaltete sich sehr mühselig; sie kostete mich viel Kraft. Von meinem Gefährten getrennt - Dutzende Männer vor mir und Dutzende im Rücken - schleppte ich mich voran: jeden Schritt des Mannes direkt vor mir nachahmend. Der steile Weg war zumeist so eng, dass nur einer nach dem anderen auf ihm gehen konnte.

Nach einer Stunde setzte der Regen wieder ein und verwandelte den Stein in eine nasse Rutschbahn. Ich klammerte mich mit den Händen an den nackten Fels, doch das konnte nicht verhindern, dass meine Füße ein paar Male den Halt verloren.

Der beträchtliche Höhenunterschied, den wir in kurzer Zeit zu überwinden hatten, machte mir zu schaffen. Ich keuchte und schwitzte. Die Luft war zu warm, als dass der Regen eine Erleichterung hätte sein können. Die Anstrengung ermüdete mich - und ich verdammte wiederum Dileis Blick, vor dem ich mich schützen musste. Wie gern hätte ich mir die Kapuze vom Kopf gerissen, um etwas frischere Luft zu atmen! So behinderte sie nur meine Sicht.

Tatsächlich traten meine Füße wieder fehl. Ich schlitterte über den Stein und stürzte zu Boden. Der Mann hinter mir eilte herbei und half mir auf. Seine festen Arme riefen mir das eigene Zittern ins Bewusstsein. Er brüllte dem Mann vor mir, der schon ein ganzes Stück entfernt ging, etwas zu und gönnte mir eine Pause. Die Männer hinter uns berieten sich mit ihm und kehrten um, damit sie einen anderen Weg nehmen konnten. Wir blockierten den schmalen Pfad zwischen baumhohen Felsen: Hier kam keiner am anderen vorbei.

»Es ist nicht mehr weit, Junge. Du warst noch nie in Ettenstein, nicht wahr?«, sagte der Mann zu mir. Sein freundliches Gesicht ermutigte mich. Er sah so gar nicht aus wie ein Räuber.

»Nein, Herr«, antwortete ich müde.

Er lachte. »Ich bin kein Herr«, sagte er. »Wo kommst du her, Junge?«

»Aus Inkowitch«, antwortete ich.

»Das muss weit von hier sein«, sagte er. »Zumindest so weit, dass ich es nicht kenne.«

Ich nickte. »Es liegt hinter Kalaote im Nordosten«, erklärte ich.

»Und was verschlägt dich dann hierher: so weit weg von deiner Heimat?«

Ich hatte keine Kraft, mir eine Lüge auszudenken. »Die Var. Ich fliehe zusammen mit meinem Freund, der ein Eldan ist, an die Küste«, sagte ich.

Der Mann machte große Augen. »Die Var! Ja: Wir hören hier ab und an von ihnen. Oft kommen Eldan zum Ettenstein, um vor ihnen zu fliehen«, meinte er nachdenklich.

»Sie kommen freiwillig her?«, fragte ich ungläubig.

»Ja: freilich«, gab der Mann entrüstet zurück. Wenn genug Platz auf dem engen Pfad gewesen wäre, hätte er sicher die Hände in die Seiten gestemmt.

»Was glaubst du denn, warum sie sonst herkommen? Der Ettenstein mag rau sein - aber die Stadt Ettenstein sucht ihresgleichen!«, fügte er hinzu.

»Nun: Mein Freund und ich sind Gefangene. Wir sind nicht freiwillig hier«, wandte ich ein.

Der Mann lachte. »Ach nein: Das denkst du nur. Warte ab, bis du in die Stadt kommst! Wer war es denn, der euch *gefangen genommen* hat? Bestimmt Atir: Der macht sich gern mal einen Spaß mit denen, die zum Ettenstein kommen«, sagte er fröhlich.

Ich war irritiert. »Ich kenne seinen Namen nicht, doch er trug ein breites Schwert. Und er sagte, das hier wäre sein Land«, erwiderte ich.

»Ein Schwert? Dann seid ihr wohl Etiin begegnet: unserem Anführer. Er ist ein großer Mann! Sein Schwert hat sogar einen Namen, sagt man«, sprach er ehrfürchtig.

»Ist er ein Jedo?«, fragte ich neugierig.

»Eine gute Frage, Junge. Ich glaube nicht. Aber er ist ein großer Mann!«, wiederholte er.

»Darf ich auch Euren Namen wissen?«, fragte ich ihn.

»Bulcur ist mein Name«, sagte der Mann.

»Ich danke Euch dafür, dass Ihr mir geholfen habt, Bulcur!«, entgegnete ich höflich und deutete eine Verbeugung an.

Bulcur klopfte mir auf die Schulter und erwiderte lachend: »Das ist hier im Ettenstein selbstverständlich. Wir helfen einander - sonst zwingt uns das Gebirge in die Knie. Und nun: Bist du bereit für den letzten Marsch?«

Ich nickte. »Sehr wohl!«

»Dann pass auf, wenn du die Stadt erst siehst! Da wirst du Augen machen!«, sagte Bulcur.

Damit liefen wir wieder los. Meine Stimmung hatte sich mit dem Gespräch schlagartig gebessert. Der Regen hatte aufgehört; der Himmel war aufgebrochen und strahlte im reinsten Blau. Mir gefiel es viel besser, nun einen freundlich gesinnten Gesprächspartner zu haben.

Bulcur erzählte mir allerlei Geschichten vom Ettenstein. Er fragte mich nach meinem Namen, wollte ansonsten aber kaum etwas von mir wissen. Offenbar ging er davon aus, dass ich den Ettenstein wirklich freiwillig besuchen wollte, und nun versuchte er mich zur Einsicht zu bringen, dass man nirgendwo besser als in Stadt Ettenstein leben könnte. Er malte mir ihre Schönheit in allen Farben aus, die er kannte. Ich hörte ihm aufmerksam zu - auch wenn ich ihm kaum ein Wort glauben konnte. Seine Schwärmereien indes sollten nicht an die wahre Schönheit der legendären Stadt heranreichen.

Wir waren noch keine zwei Stunden seit der kurzen Rast gewandert, als Bulcur, der mittlerweile vor mir lief, plötzlich anhielt und ankündigte, nun könne ich mich endlich mit eigenen Augen davon überzeugen, welch gute Wahl ich getroffen hätte. Dann trat er beiseite und gab den Blick frei. Mir gingen die Augen über.

Vor uns erstreckte sich ein kreisförmiges Tal, das wie ein Kissen in den Stein gebettet war und von den gewaltigsten Zacken des Gebirges majestätisch begrenzt wurde. In diesem Tal stand die Stadt Ettenstein, reichte bis zu seinem Rand und ergoss sich strandend über scharfkantige Felsen. Es sah so aus, als hätte jemand eine riesige Krone mit einer ganzen Stadt verziert.

Dabei beherbergte sie kein einziges Haus. Unzählige geschickte Hände hatten in unzähligen Jahren nach und nach aus dem Gestein riesige burgenartige Gebilde und berghohe Hallen geschlagen, sie poliert und in Kalkstein von der nahe gelegenen Südküste Luminas gekleidet. Im dunklen Ettenstein glitzerten lichtdurchflutete Behausungen, deren Pracht kein Edelstein hätte mehren können. Lediglich die Spitze des höchsten Gebäudes war mit Blattgold gekrönt und ragte wie ein Stachel in den blauen Himmel.

Die gewaltige Größe allein verschlug mir schon die Sprache - ganz zu schweigen von der Majestät. Ich glaube, Stadt Ettenstein war zu jener Zeit die zweitgrößte Stadt Luminas nach Gelir.

Bulcur lachte und klatschte in die Hände. »Ja: Da staunst du - was, Junge?«, sprach er stolz. »Und da denkst du, du bist gefangen! Dabei verlässt niemand hier den Ettenstein gern, wenn er ihn einmal gesehen hat!«

Mit diesen Worten stieg er mit mir die Treppe hinab, die aus dem Felsen führte. Anfangs zählte ich noch die Stufen, verhaspelte mich aber bald und gab es auf.

Unten angekommen traten wir auf einen breiten Weg, der wie ein Ring um die Stadt lief und in zahllose Treppen zerfloss, die aus der Stadt hinaus und in den Berg führten: wie diejenige, die wir gerade heruntergekommen waren. Menschen strömten in Scharen von ihnen zur ehrwürdigen Stadt.

Bulcur brachte mich in die *Halle des Ettensteines* - in jenes höchste Bauwerk, dessen Zipfel golden glänzte. Ich lief ihm staunend hinterher und konnte mich nicht sattsehen an dem naturbelassenen, dunklen Gestein einerseits und seinem weißpolierten Bruder. Nicht alles Gestein der Stadt war in Kalk gekleidet: Der reine Ettenstein in seinen verschiedenen Grauschattierungen ergab einen herrlichen Kontrast zum staubigen Weiß, das im Licht leuchtete.

Die Halle des Ettensteines war das Forum der Stadt: Hier wurden Neuigkeiten ausgetauscht; hier wurde Horat gefeiert; hier wurde getagt. Bulcur konnte sich hier eine Arbeit für die kommende Mondzeit aussuchen, seine Waffen abgeben und seinen Lohn abholen; und jeder Einwohner der Stadt hätte jeden Neuankömmling in ebendiese Halle geschickt.

In ihrem Inneren ergötzte ich mich an den meisterhaften Verzierungen, während Bulcur mit mir in einer der Schlangen wartete. Die Decke der Halle war so weit vom Boden entfernt, dass ich den Kopf in den Nacken legen musste, um sie zu sehen. Überall aus den mächtigen Wänden ragten Figuren von meißelnden Menschen und ihren Werkzeugen.

Die größte thronte an der Längsseite, auf die die Wartenden blickten: Es war die überlebensgroße Figur eines Mannes, dessen Hände und Beine in Fels übergingen. Auf seinem Kopf trug er eine Krone, die wie ein gewaltiger Zacken des Gebirges geformt war, dessen Spitze die Decke berührte.

Es war der personifizierte Ettenstein: der Schutzpatron der Stadt. Seine stechenden Augen durchmaßen die Halle; er schwebte über uns wie ein Heiliger. Seine gewaltigen Beine wuchsen aus dem Boden; und man hätte drei Männer übereinanderstellen müssen, um an seine Wade zu reichen. Ich starrte mit offenem Mund zu ihm empor.

Neben seiner mächtigen Gestalt waren Verse in den grauen Stein geschlagen und weiß poliert. Sie strahlten im Licht der gegenüberliegenden riesigen Fenster, sodass ich sie gut lesen konnte.

In der Klarheit schönstem Reigen
Stimme du klare erschalle
Ettenstein vor dir verneigen
Sich die Väter dieser Halle
Als wir deinen Stein bezogen
Ergoss sich jedes Herz in Wogen
Und der Choere reinste Lieder

HALLTEN IN ALLEN HALLEN WIDER
WUNDERSAMER LICHTERGLANZ
LEICHTBESCHWINGTER LICHTERTANZ
EINSAMKEIT SCHWAND
SIE SANGEN IHR
DIE ALLES VERBAND
HEIMAT
AUS VOLLSTER KEHL
DIR ZU
HEIMAT
DAS KOSTBARSTE JUWEL
BIST DU*

Ich hatte kaum zu Ende gelesen, da wurde ich von hinten an den Schultern gepackt. Ich versuchte mich zu entwinden, doch die Hände griffen nur umso fester zu. Sie gehörten einem der Männer, die Tilius und mich gefangen genommen hatten.

»Du hast ihn hergebracht?«, fragte er Bulcur grimmig.

»Ja«, antwortete Bulcur verdutzt.

»Gut. Ich danke dir. Der kommt mit mir«, sprach der Mann düster und führte mich fort. »Wehr dich nicht, Junge, und dir wird nichts geschehen«, riet er mir.

Ich schaute zurück in die verwirrte Miene Bulcurs und winkte ihm zu, der wie ein begossener Hund dastand.

»Ich bringe dich zu deinem Freund«, erklärte mir der finstere Mann. »Und ich rate dir, nicht so unhöflich zu sein wie er.«

Ich erwiderte nichts. Meine gehobene Stimmung war schlagartig verflogen. Was hatten sie mit Tilius angestellt? Und was würde mit mir geschehen? Ich verfluchte diese Reise, die mich von einer Gefahr zur nächsten hetzte, ohne mir einen Moment der Einkehr zu gönnen. Wann würde sich das Blatt wieder zu unseren Gunsten wenden? Gerade fühlte ich mich selbst wie ein Blatt, das von Hand zu Hand gereicht wurde.

---

* Jedo vom Ettenstein, Elsa 4003. Brief über das *Ettensteinlied* und *Dem Ettenstein.* [AV]

Ich vermisste die ruhigen Tage in Inkowitch. Sie waren zwar in einer zuweilen schläfrigen Sicherheit gewiegt worden - doch dafür hatte ich immer selbstbestimmt entscheiden können, was ich tun und lassen wollte. Nun entschied ich mich dafür, ruhig zu bleiben und dem düsteren Mann keinen Grund zu geben, mir irgendetwas anzutun.

Er führte mich aus der Halle hinaus und ein Stück durch die Stadt. Schneller, als mir lieb sein konnte, erreichten wir einen hohen grauen Turm, um den sich eine Treppe wand. Sie war schmal und hatte ein niedriges Geländer. Beim Aufstieg spürte ich, wie müde an Leib und Geist ich war. Jeder Schritt kostete mich Mühe.

Der grimmige Mann trieb mich an: »Weiter, weiter! Hier kannst du nicht schlafen!«

Endlich ließ er mich in eine der Plattformen zur Linken einbiegen und schlug mit dem metallenen Klopfer an die gewaltige Tür, die nahtlos in den Stein gebettet war. Fast augenblicklich darauf öffnete ein anderer Mann die Steintür, den ich ebenfalls als einen der Männer Etiins erkannte.

Die Kammer dahinter hatte keine Fenster. Nachdem sich meine Augen an das Kerzenlicht gewöhnt hatten, erblickte ich Jenas Tilius und stürzte zu ihm. Er sah wesentlich besser aus, als ich befürchtet hatte. Tatsächlich fehlte ihm nichts bis auf etwas Schlaf und handfeste Kost nach einer anstrengenden Etappe.

Er sprang auf und schloss mich in die Arme, da er mich sah. »Ich hatte schon das Schlimmste befürchtet! Aber Ihr seid wohlauf, wie ich sehe!«, sagte er leise.

»Und Ihr ebenso, Herr Jenas?«, erwiderte ich.

Die Männer, die sich ihrerseits begrüßt hatten, ließen uns keine Zeit für Wiedersehensfreude - noch nicht.

»Etiin, Oberster der Stadt Ettenstein, dem die Stadt, das Gebirge und das ganze Land darum gehört«, begann einer von ihnen in scharfem Ton mit Blick auf den Jenas, »hat angeordnet, dass euch eine Mahlzeit und ein Schlafplatz gestellt werden.«

Ehe wir etwas erwidern konnten, packten uns die Hände der Männer erneut und führten uns in die nächste, kleinere Kammer, wo auf dem Boden einige Speisen ausgebreitet lagen. In den Fels der gegenüberliegenden Wand waren Nischen geschlagen, die man mit Decken zu Betten bereitet hatte.

»Schlaf und Nahrung sollten dir die Unhöflichkeit austreiben!«, sprach einer der Männer barsch zu Tilius, bevor er aus der Kammer verschwand. »Nur ein Narr schlägt die Hand, die ihn füttert!« Damit verriegelte er die schwere Tür und ließ uns allein. Wir saßen in der Falle.

»Lasst mich erst prüfen, ob auch kein Gift beigemischt ist«, meinte der Jenas zu mir.

Ich wollte protestieren - da hatte er schon den ersten Bissen genommen, kostete vorsichtig jede einzelne Speise und befand sie für essbar. Ich warf Mantel und Handschuhe ab und setzte mich zu Tilius auf den Boden.

Das Mahl war anständiger, als ich erwartet hatte. Statt Sacr lagen heiße Scheiben aus Stein unter dem Fleisch und hielten es warm. Der Sacr hingegen stapelte sich auf einem eigenen Steinteller und schmeckte milder als der aus Kalaote. Er bildete eine gute Ergänzung zum würzigen Fleisch. Es gab kein Gemüse, dafür blaue Trauben: eine hervorragende Mahlzeit, die keinesfalls die eines Gefangenen sein konnte und selbst für unsere ausgehungerten Mägen zu reichlich blieb.

Während wir aßen, erzählte ich Tilius von Bulcurs Worten, einige Eldan würden sich vor den Var zur Stadt Ettenstein retten.

Mein Freund reagierte verlegen. »Es ist wohl meine Schuld, dass wir wie Gefangene behandelt wurden. Doch als diese Männer uns überraschten, konnte ich nicht anders, als sie für Räuber zu halten.«

»Ich dachte auch, es wären Räuber«, pflichtete ich ihm bei. »Doch auch mit Räubern sollte man nicht so sprechen, wie Ihr es getan habt - wenn Ihr mir die Anmerkung erlaubt.« Tilius starrte mich an, erwiderte jedoch nichts.

Da wir nichts tun konnten, um uns aus unserer misslichen Lage zu befreien, nutzten wir die Gelegenheit und legten uns nieder. Obwohl es in der Felsnische weder behaglich noch bequem war, sank ich sofort in einen traumlosen Schlaf.

Tilius war es, der mich wieder weckte. Er hatte sich über mich gebeugt. »Kommt, steht auf! Dieser Ettensteinmann will uns sehen.« Er deutete auf eine kleine Wanne, die mit Wasser gefüllt war. »Ihr solltet Euch den Schmutz der Reise abwaschen, solange wir die Möglichkeit dazu haben.«

Ich erhob und streckte mich und stellte fest, dass ich gut ausgeruht war. Das Wasser der Wanne war noch unberührt. »Wollt Ihr Euch nicht zuerst waschen, Tilius?«, fragte ich. Dieser schüttelte energisch den Kopf.

Er erzählte mir, dass zwei der Männer Etiins die Wanne hereingeschafft und angekündigt hatten, sie würden uns gleich zu ihm bringen.

Kaum waren wir gesäubert und angezogen, erfüllten sich ihre Worte. Sie holten uns ab, führten uns wieder auf die Treppe, die um den Turm lief, und geleiteten uns hinauf. Ganz oben - auf einem großen Plateau, das von einem hüfthohen Felskranz umsäumt war - saßen viele Männer, Frauen und Kinder um steinerne Tische: aßen, lachten und sangen.

Am Rand stand ein kleiner Tisch, an dem Etiin saß und aß - ihm gegenüber zwei Steinhocker, die offenbar für uns bestimmt waren. Der Mond schien auf sein wirres Haar herab; und er war in einen grauen Mantel gehüllt, der ganz und gar nicht verschlissen wirkte. Auf seiner Brust prangte - in Silberfäden gewirkt - das Zeichen der Jedo: ein Kreis, durchzogen von drei geschwungenen Linien. Ich verneigte mich vor ihm, als er mich sah. Tilius folgte nach kurzem Zögern.

»Wir danken Euch für Eure Gastfreundlichkeit, Etiin: Jedo des Ettensteines«, begrüßte ich ihn höflich. Tilius und ich hatten vereinbart, dass ich diesmal das Reden übernehmen sollte.

Etiin bot uns die beiden Plätze an. Wir setzten uns.

»Esst. Ihr müsst hungrig sein«, murmelte er und deutete auf die Speisen vor sich. Ich hatte nach dem Schläfchen tatsächlich schon wieder Hunger und nahm das Angebot dankbar an. Auch Tilius griff zu - doch er hielt sich in jeder Hinsicht zurück. Keiner sprach.

Nachdem das Mahl beendet war, räumten einige Gastmädchen den Tisch frei und brachten Getränke für uns.

Etiin räusperte sich. »Nun: Mich wundert, dass du so still bist, Bursche. Hat dir der Anblick des Gebirges die Sprache verschlagen?«, fragte er an den Jenas gewandt.

Der Blick, den wir hier in schwindelerregender Höhe über das Gebirge hatten, war tatsächlich atemberaubend. Die Felsen glühten vom Widerschein der Fackeln, die überall auf den Hallen der Stadt brannten. Diese hier war bei Weitem nicht die einzige Plattform - doch eine der höchsten. Der Mond schimmerte verhangen durch die Wolken hindurch.

Der Jenas antwortete nach einer kurzen Pause: »Ich bitte Euch um Entschuldigung. Ich hielt Euch für einen Räuber, der uns nichts Gutes will. Doch ich habe unbedacht gesprochen.«

Ich spürte die Anspannung meines Freundes. Es kostete ihn Mühe, sich vor diesem Mann demütig zu zeigen, der ihn seinerseits wie einen Geringen behandelte. Doch woher sollte er auch wissen, dass er einen Jenas vor sich hatte? Die schmutzigen Reisegewänder trugen nicht das Zeichen seines Standes - nicht einmal das Symbol der Familie Otris.

»Ihr wisst nun, wer ich bin. Doch ich weiß nicht, wer ihr seid!«, sprach Etiin.

Ich hielt die Wahrheit für angebracht. »Wir sind Reisende: unbedeutende in diesen Tagen«, antwortete ich ihm. »Das ist Jenas Tilius Otris aus Kalaote; ich bin sein Gefährte und mein Name ist Delii Olibat. Wir brachen vor acht Tagen von Kalaote auf, um die Westküste zu erreichen.«

Etiin lachte laut. »Ein *Jenas!*«, rief er. »Dann habe ich mich ebenfalls geirrt, Bruder! Ich hielt *Euch* für einen Räuber, der Ihr ohne Euer Zeichen mit zwei der edelsten Pferde, die ich in meinem Leben jemals gesehen habe, in meinen Landen unterwegs wart! Ich dachte mir: Die müssen gestohlen sein!«

Tilius entspannte sich ein wenig und neigte den Kopf. »Ich danke Euch für das Kompliment. Die Pferde stammen aus eigener Zucht. Es sind Otrispferde: Kinder der Wüste.«

Etiin brummte. »Und was habt Ihr dann zu schaffen? Warum eine solche Reise in diesen gefährlichen Zeiten?«

Ich zögerte. »Erlaubt Ihr mir zu fragen, ob Ihr von den Var gehört habt, die die Eldan aufsuchen?«, fragte ich vorsichtig.

»Natürlich! Doch das ist nichts Ungewöhnliches heutzutage«, gab der Jedo zurück.

»Und nur die halbe Wahrheit, Jedo«, warf der Jenas ein. »Nun streifen auch Attentäter durch die Städte und dezimieren unsere Reihen. Unser König hat offenbar etwas gegen uns.«

Etiin starrte Tilius an; dann schüttelte er den Kopf. Er glaubte diese Neuigkeit sofort - und sie erregte ihn. »Wollt Ihr nicht hierbleiben?«, fragte er schließlich. »Es gibt keinen Ort, der besser geschützt ist in Lumina - glaubt mir. Und ich könnte einen guten Jenas hier gebrauchen. Und für dich finden wir auch einen Platz!« Er schlug mit der Faust auf den Tisch, doch das war kein Zeichen der Wut. »Ich mag es nicht, deine Augen nicht sehen zu können, wenn ich mit dir spreche, Junge!«, rief er.

»Verzeiht, Jedo«, gab ich zurück.

Tilius streckte die Hand aus, um mich zurückzuhalten - da hatte ich die Kapuze schon vom Kopf gestreift.

Etiin sprang auf und stieß seinen Becher um. »Bei Aró!«, rief er. Um uns herum wurde es augenblicklich still.

Ich fragte mich, welcher Lapsus mir wohl gerade gelungen war.

»Da schlag mich doch einer! Einer, der das Sternenlicht trägt!«, schrie der große Mann. Er stierte mich aus seinen dunklen Augen an.

Mahoris Streich

Köpfe wandten sich uns zu. Auf dem Plateau hätte man eine Nadel fallen hören können.

Tilius ließ für einen Moment das Gesicht bestürzt in die Hände sinken, nahm sich ebenso eilig zusammen und stand auf, um mich vor den neugierigen Blicken der Leute zu verbergen. »Zieht die Kapuze wieder über«, flüsterte er mir zu. »Die Menschen hier haben offenbar noch niemals einen Fing gesehen!«

Ich befolgte seinen Rat - die aufgebrachten Worte Etiins aber blieben an mir haften. *Einer, der das Sternenlicht trägt.* Verglich er mich etwa mit Aran, der das Sternenlicht besaß: Aran, dem Sohn Anas?

»Wenn ich das nur früher gewusst hätte!«, murmelte der Jedo und setzte sich wieder. »Jetzt verstehe ich, wer hier wen begleitet und wovor Ihr flieht. Und ich rate Euch umso dringender, die Stadt nicht zu verlassen. Wir heißen Euch willkommen! Ihr werdet keinen Ort finden, an dem Ihr sicherer seid! Lasst Euch hier nieder - und wenn die Zeit gekommen ist, stehen wir an Eurer Seite!« Er sprach seine Worte nur zum Jenas. Mir warf er keinen einzigen scheuen Blick zu.

Ich war mir sicher: Er musste mich für einen Aran halten. *Aran den Dritten.* Ich lachte in mich hinein. Welch amüsante Verwechslung! Und pure Ironie, dass ich etwa tausend Tage später ebendiesen Namen verliehen bekam. Welche Fäden Mahori doch spann!

Tilius schaute mich an. Er zögerte - und verstand, dass ich das großzügige Angebot Etiins - mochte es auch noch so verlockend erscheinen - nicht annehmen konnte. Mein Versprechen band mich. Ich konnte die letzte Anweisung meines Naru nicht einfach in den Wind schlagen.

Schließlich richtete Tilius den Blick wieder auf sein Gegenüber und sagte: »Wir danken Euch für Euer großzügiges Angebot, Jedo Etiin - doch wir müssen es leider ausschlagen. Wir hatten bereits andere Pläne, als wir hierherkamen, und denen müssen wir den Vorrang lassen.«

»Darf ich fragen, welche Pläne das sind?«, gab Etiin zurück.

Tilius neigte den Kopf, während er sprach: »Nun: Fragen dürft Ihr freilich, doch erwartet keine Antwort von mir. Es ist für unsere Sache am besten, wenn so wenige Menschen wie möglich von uns und unseren Plänen wissen. Das soll mitnichten eine Beleidigung sein, Herr Jedo! Wir schätzen Eure Hilfsbereitschaft sehr. Sie ist keinesfalls selbstverständlich für uns!«

Etiin nickte. »Das glaube ich Euch. Und ich verstehe. Solltet Ihr je das Bedürfnis verspüren, zum Ettenstein zu kommen, seid Ihr hier herzlich willkommen. Solange ich in dieser Stadt Jedo genannt werde, sei Euch unsere Hilfe gewiss.« Tilius senkte das Haupt als Zeichen des Dankes, Etiin seines als Zeichen der Großmut. Ich tat es beiden gleich.

»Da wir uns nun so gut verstehen, Jedo, muss ich Euch sagen, dass wir Eure Stadt bald verlassen müssen: so schnell wie möglich, um ehrlich zu sein«, fügte mein Freund an.

Etiin seufzte. »Das habe ich befürchtet, Jenas. Wann gedenkt Ihr, uns zu verlassen?«, fragte er.

»Morgen schon. Je länger wir hier verweilen, desto größer wird die Gefahr, der wir zu entrinnen versuchen«, erwiderte Tilius fest.

Etiin nickte und ließ den Blick gedankenverloren über das Gebirge streifen. Die Fackeln ringsum waren weniger geworden, der Mond inzwischen ein ganzes Stück gewandert. Der Jedo unterdrückte ein Gähnen.

»Was soll ich diesen Menschen erzählen, wenn sie mich nach Euch fragen? Ich habe schließlich keinen Hehl aus meiner Überraschung gemacht«, wandte er sich schließlich wieder an Tilius.

»Sagt Ihnen, Ihr hättet Euch geirrt«, gab dieser zurück.

»Habe ich mich denn geirrt, Jenas?«, meinte Etiin leise.

»Natürlich nicht«, erwiderte Tilius ebenso leise. »Doch manche Sterne müssen verborgen bleiben, bis sie gereift sind.« Mein Freund räusperte sich. »Verzeiht, wenn ich Euch wieder kränke, Herr Jedo, doch es ist nun Zeit für uns, Schlaf nachzuholen.«

»Gewiss«, antwortete Etiin unverzüglich und erhob sich. »Ich führe Euch persönlich zu Euren Gemächern.«

Wir folgten ihm zur Mitte der Plattform, wo er eine in den Boden gelassene Tür öffnete. Darunter verbarg sich eine Treppe. Er führte uns hinunter und bog in einen langen Gang ein, der in ein großes Tor mündete. Hier hielt er an und nestelte am Schloss.

Ich hatte die ganze Zeit dem Gespräch der beiden Eldan auf dem Plateau gelauscht und war mittlerweile felsenfest davon überzeugt, dass Etiin mich für einen Aran hielt. Seine plötzliche Demut, seine vielen Andeutungen wiesen darauf hin. Nun jedoch, da er die Tür zu unseren Schlafgemächern öffnete, konnte es keinen Zweifel mehr geben, dass er uns längst nicht mehr als seine Gefangenen, sondern als edle Gäste ansah.

Hinter dem Tor verbarg sich ein weitläufiges Zimmer, durch dessen Fenster das helle Mondlicht schien. Mein Blick fiel auf das riesige Bett, das in der Mitte thronte. Es war so groß, dass zwei Menschen bequem darin Platz finden konnten. Ich erinnerte mich nicht, jemals in einem solchen Bett geschlafen zu haben. Eine Sitzecke aus Stein links vom Bett, die reichlich mit Kissen belegt war, rundete das Schlafgemach ab.

Etiin entschuldigte sich: »Wir haben leider nur dieses eine Bett hier, Herr Jenas. Das nächste befindet sich ein paar Hallen weiter; wenn Ihr wünscht, führe ich Euch gern dorthin.«

Tilius schüttelte den Kopf und machte eine Verbeugung. »Dieses hier genügt völlig, Jedo Etiin. Wir hatten nicht damit gerechnet, auf dieser Reise überhaupt in einem Bett schlafen zu können. Vielen Dank für Eure Mühe.«

Auch ich verneigte mich vor Etiin und stimmte meinem Freund zu: »Eure Großzügigkeit ehrt uns, Jedo.«

Als er das Zimmer verlassen hatte, konnte ich nicht mehr an mich halten und stellte die Frage, die mir schon die ganze Zeit auf der Zunge brannte: »Hält dieser Mann mich für einen -«

Tilius wich meinem Blick aus. »Vermutlich«, gab er gedämpft zurück.

Ich lachte. »Warum?«, fragte ich ungläubig.

Tilius vermied es immer noch sorgsam, mir ins Gesicht zu sehen.

»Nur wegen meiner hellen Haut?«

Mein Freund antwortete nicht. Er zog sich aus und streifte sich die Kleider über, die hier auf Gäste wie uns warteten. Sie waren weich und leicht. Auch ich zog mich um.

»Warum habt Ihr ihn angelogen?«, fragte ich.

Tilius setzte sich auf das breite Bett und legte den Kopf schief. »Wir haben jedenfalls keine Nachteile davon«, wich er aus.

Ich setzte mich zu ihm und starrte ihn an. »Warum seid Ihr nicht ehrlich zu mir?«

»Ich bin ehrlich zu Euch - so ehrlich, wie ich sein kann!«, brachte er wütend hervor. »Etiin hält Euch für einen, der das Sternenlicht trägt - das habt Ihr selbst gehört -, und er ist sicher nicht der einzige Mensch, dem es so ergehen könnte. Und warum sollten wir ihn nicht in diesem Glauben lassen? Wir werden besser behandelt und können schon morgen diesen Ort verlassen.«

Ich bereute die Vermessenheit, mit der ich den Jenas offenbar erzürnt hatte. »Vergebt mir, Jenas Tilius. Es ist nur so, dass ich nicht einmal ein Eldan bin - und mich dennoch wie selbstverständlich in solcher Gesellschaft aufhalte. Ich danke Euch, dass Ihr mir ein so guter Gefährte seid auf dieser Reise«, erwiderte ich. Tilius winkte ab und legte sich nieder. Auch ich ließ mich in die Kissen sinken.

»Sie wird uns noch einiges abverlangen, denke ich. Wir haben immerhin noch ein Geheimnis zu lüften!«, erwiderte er. Sein Ton war wieder milder.

Ich schwieg und genoss das Gefühl, mit gefülltem Bauch in einem Bett zu liegen.

»So falsch lag der Jedo gar nicht«, sagte Tilius schließlich langsam. »Tatsache bleibt, dass Ihr der Neffe eines Fürsten seid - auch wenn dieser Fürst kein Mensch ist.«

Ich schaute ihn an. »Wenn Ihr etwas über meine Mutter wisst - erzählt Ihr es mir, Jenas?«

Tilius seufzte. »Diesen Wunsch kann ich Euch wohl kaum abschlagen.«

Ich stimmte ihm zu.

»Ich habe Eure Mutter nicht gekannt - doch ich weiß, dass Cachil sie kannte«, begann er. »Er war zu dieser Zeit als Naru in Eldir tätig. Zennon der Kaliz selbst hatte sie zu Elreminé Réschoc geschickt: so wie auch der Elreminé zuweilen Verwandte nach Eventin schickte, um das Band zwischen Fingen und Menschen zu erhalten.« Tilius drehte sich zu mir auf die Seite. »Aber als Karu mit ihrem Mann in Eldir wohnte, verliebte sich Euer Vater in sie. Und als sie Euch gebar, bat der Elreminé, Cachil möge das Kind fortschaffen.«

»Das klingt grausam. Warum sollte es den Elreminé überhaupt interessieren, dass einer seiner Gäste ein Kind von einem anderen als ihrem Mann bekäme?

Und wie hat er es überhaupt herausgefunden? Hätte Karu nicht einfach verheimlichen können, von wem das Kind stammt?«

Tilius lachte. »Nun: Es war nicht irgendein Gast, sondern die Schwester eines Fürsten der Elf. Und Ihr wart Eurem Vater von Geburt an sehr ähnlich - so erzählte es mir Cachil -, jedenfalls ganz und gar nicht dem Mann Eurer Mutter ähnlich. Elreminé Réschoc musste damit rechnen, dass es Zennon arg erzürnen würde, wenn seine Schwester einen Menschensohn gebar.« Er legte eine Pause ein. »Und Ihr seht, wie leicht Fingen zu erzürnen sind. Als Karu der Kaliz beim Großen Streich starb, reagierte das Erlenthal mit Krieg.«

Ich schwieg und dachte über die Worte des Jenas nach. Es verblüffte mich, wie viel er wusste. »Jetzt verstehe ich auch, warum mir Cachil nie gesagt hat, dass ich ein Fing bin. Es muss für Fingen und Menschen gleichermaßen eine Beleidigung sein, dass ich überlebt habe«, stellte ich fest.

»Niemals!«, erwiderte Tilius aufgebracht.

»Ich meine natürlich nicht, dass ich bereue, zu leben«, wandte ich zur Erklärung ein. »Aber unabhängig davon ist es doch eher ungünstig, das Produkt zweier Wesen zu sein, deren Völker sich bekriegen.«

»Ihr vergesst, dass Eure Eltern sich geliebt haben. Zum Zeitpunkt Eurer Geburt bestand kein Groll zwischen Menschen und Fingen«, gab Tilius zu bedenken. »Und außerdem steckt darin auch eine Hoffnung auf Einheit und Versöhnung. Ihr könnt Euch zu zwei Völkern dazugehörig fühlen.«

»Oder zu keinem«, antwortete ich. »Ich bin jedenfalls gespannt darauf, ob die Fingen in Oló mich aufnehmen werden - falls es sie überhaupt dort gibt.«

Tilius gähnte. »Ich ebenso! Ich kann es kaum erwarten, am Ziel der Reise anzukommen!«

Ich nickte. »Lasst uns morgen weitersprechen, Tilius. Ihr seid müde - und ich bin es auch.«

Tilius gähnte wieder. »Sehr wohl, Delii. Schlaft gut«, sagte er.

Trotz des weichen Bettes dauerte es noch eine halbe Ewigkeit, bis mir die Augen zufielen. In meinem Kopf schwirrten die Gespräche des Tages umher und ließen mich nicht zur Ruhe kommen. Wenn ich alles so bedachte, konnte ich Cachil ein wenig verstehen, der nicht an Zufälle glaubte. Er hatte mich gerettet, indem er den Befehl eines Königs ausführte, der sich um die Freundschaft zu einem benachbarten Volk sorgte. Wenn sich doch nur ein Einziger der Linie Arans zu dieser Zeit bei den Fingen aufgehalten hätte! Vielleicht wäre es dann nie zum Krieg gekommen. Cendo Abando hätte jeden Anspruch auf die Königswürde, die er sich einbilden mochte, vergessen können.

Ich musste plötzlich grinsen bei dem Gedanken an meinen Vater. Welch ein Mann musste er gewesen sein, der die Schwester eines Fingenfürsten geliebt hatte? Ob etwas von ihm, von seinem Stolz auch in mir steckte? Er hatte meine Mutter geliebt: Das war der Kern der Geschichte. Er hatte sie geliebt - und jede Widrigkeit war bedeutungslos geworden. Ich war als Kind der Liebe geboren worden.

Tilius war es wieder, der mich weckte. Die Sonne war bereits aufgegangen: Sie schien durch eines der großen Fenster. Ich fühlte mich, als hätte ich kaum eine Stunde geschlafen. Mein Kopf brummte - doch ich war glücklich.

Diesmal hatte man uns zwei Wannen bereitgestellt und außerdem ein reichhaltiges Frühstück. Während Tilius und ich uns wuschen, aßen und für den Aufbruch vorbereiteten, besprachen wir den Weg, den wir nun nehmen wollten. Wir hatten vor, uns nach Südwesten zu halten, um die kleinen Dörfer nahe der Küste auf schnellstem Wege zu erreichen. Damit wir eine Spur Olós finden konnten, mussten wir wohl oder übel diejenigen Menschen danach fragen, die Oló am nächsten wohnten.

Nach einer Weile holten uns zwei der Männer Etiins ab. Sie sagten uns, wir würden Etiin außerhalb der Stadt treffen, wo man unsere Pferde untergebracht hatte - sprachen ansonsten aber kaum.

Die Stadt hatte schon ihr übliches Treiben aufgenommen, als wir aus dem Turm heraus ins Sonnenlicht traten. Keine zwei Minuten in der Hitze: und mein Mantel war durchgeschwitzt. Es schien, als würde das Wetter uns einen besonders prächtigen Abschied bereiten wollen.

Oben an einer der langen Treppen angekommen, die aus der Stadt hinaus und ins Gebirge führten, drehte ich mich noch einmal um und bewunderte den Anblick des Tales. Die riesigen Hallen und Türme glänzten in der Sonne. Sie schwitzten wie ich. Etwas wehmütig nahm ich ihr Bild auf: bedauerte, Stadt Ettenstein schon verlassen zu müssen - nicht ahnend, das dies nicht das letzte Mal bleiben sollte, da ich die herrliche Stadt aus Stein sehen durfte.

Der Weg aus dem Gebirge heraus gestaltete sich ebenso schwierig wie der Weg hinein, nur dass es diesmal nicht regnete und Tilius bei mir war. Ihm bereitete die Kletterei offensichtlich nicht das geringste Vergnügen - ganz im

Gegensatz zu mir. Es war gefährlich und erforderte Geschick: reizend für einen Jungen, der noch vor wenigen Mondzeiten über Dächer spaziert war. Dennoch war ich erleichtert, als wir nach ein paar Stunden wieder Erde unter den Füßen hatten.

Man führte uns zu einem kleinen Tal, das inmitten der letzten Ausläufer des Gebirges lag. Hier war der Boden mit dichtem, hohen Gras übersät. Unter einem schattigen Dach aus Stein empfing uns Etiin. Er hatte ein Abschiedsmahl vorbereiten lassen, wie es die Sitte der Gastlichkeit gebot. Mittag war schon lange vorüber, da wir uns zum Speisen niederließen.

»Wir befinden uns hier südöstlich von der Regensenke: von dort, wo wir Euch aufgelesen haben«, erklärte er während des Essens. »Ab hier ist es ungefährlich, des Nachts zu reisen, falls Ihr das vorhabt. Ansonsten seid Ihr herzlich eingeladen, auf dieser Lichtung zu übernachten und mit dem Morgen weiterzuziehen.«

Tilius verbeugte sich vor ihm. »Vielen Dank für Eure Gastfreundschaft, Jedo Etiin - doch wir wollen sie nicht länger strapazieren. Wir müssen diese Nacht noch aufbrechen, damit wir unser Ziel bald erreichen.«

»Wie Ihr wünscht«, antwortete der Jedo höflich.

Das Mahl war prächtig. Es gab allerlei Leckereien, von denen ich jede einzelne probieren musste. Als wir geendet hatten, glaubte ich, ich würde platzen. Mittlerweile war der Tag in den Abend übergegangen.

Etiin fragte uns, welche Richtung wir nun einschlagen wollten. Er beugte sich über die Karte, die vor ihm ausgebreitet auf dem Stein lag, und zeigte uns den Ort, an dem wir uns befanden. Wir waren so weit nach Süden gekommen, dass wir uns nun strikt nach Westen halten mussten. Der Jedo erklärte uns den schnellsten, sichersten Weg.

»Ich werde Euch persönlich das letzte Stück aus dem Ettenstein heraus begleiten, bevor ich selbst meinen Geschäften nachgehe«, sagte er.

Anschließend rüstete er uns mit so viel Proviant aus, wie wir nur tragen konnten, und ließ unsere Pferde bringen. Zacharias und Zor galoppierten heran: Da ging die Sonne gerade unter. Zacharias, der sich von niemandem führen ließ, ermutigte Zor darin, sich auf dem letzten Stück über das Gras ihres Führers zu entledigen. So kamen die beiden zu uns: immer schneller werdend, bevor sie uns erreichten - und ihre menschliche Begleitung konnte nur hinterherhecheln.

Zacharias wieherte und beschnupperte mich. Ich legte meine Hand an sein weiches Maul und wusste um seine Freude, mich zu sehen. Er sprühte vor seiner unbändigen Lust, endlich wieder mit mir übers Gras zu fliegen. Ich ahnte, dass es diese Nacht sehr schwer werden würde, ihn zurückzuhalten.

Da alles bereit für den Aufbruch war, verließen wir die Lichtung. Etiin hatte seine feine Kleidung wieder gegen den zerschlissenen Mantel und die schmutzigen Reiterstiefel ausgetauscht und wurde von seinen speerbewaffneten Männern begleitet, die wie üblich nach einem Pack ungeschliffener Schurken aussahen.

Er ritt mit uns voran und erklärte, dass er in diesem Aufzug am besten sein Land kontrollieren konnte. Jeder, der dem Ettenstein nicht wohlgesonnen war, sollte ihn gern für einen Räuber halten: vor allem die Var und Andruen des Elreminé. Der Jedo war zwar verpflichtet, den Tribut seines Tyrs zu gewährleisten, doch von Treue zu einem König, den er noch nie gesehen hatte - vielmehr noch: auf dessen Linie er seinen Eid nie geschworen hatte -, hielt er nicht besonders viel. Außerdem war es sein heiliges Anliegen, keine Andruen zur Musterung seiner Stadtbewohner zum Ettenstein vordringen zu lassen.

»Im Norden haben sie alle Häuser niedergebrannt, weil sich die Dorfbewohner dort geweigert haben, ihnen zu folgen. Var Tobet - das ist ein alter Freund von mir - hat es mir erzählt. Er und seine Leute haben nur noch verlassene Hütten vorgefunden, als sie dort ankamen«, erzählte uns der Jedo kopfschüttelnd.

»Ja - wir haben die Siedlungen gesehen«, gab Tilius zurück. »Doch wir glaubten, es wären die Var gewesen, die das angerichtet haben.«

Etiin reagierte entsetzt. »Die Var? Nein - zumindest nicht die Truppe von Var Eltet Tobet. Die suchen nach Eldan - freilich -, doch sie zerstören keine Häuser.«

»Aber warum sollten Andruen Siedlungen niederbrennen?«, fragte Tilius. »Das ergibt ebenso wenig Sinn, Jedo.«

Etiin zog die Schultern hoch und entgegnete: »Gewiss, Jenas. Keine Erklärung dafür ergibt Sinn. Aber glücklicherweise gehören die Dörfer im Norden nicht zum Tyr des Ettensteines.« Tilius erwiderte nichts darauf.

Schließlich ließ Etiin anhalten. »Hier trennen sich unsere Wege. Ich wünsche Euch eine gute Weiterreise. Möget Ihr an Euer Ziel gelangen. Ich hoffe, wir begegnen uns eines Tages wieder.« Tilius und ich neigten die Köpfe.

»Wir danken Euch für Eure Gastfreundschaft, Jedo Etiin vom Ettenstein«, sagte ich und amüsierte mich insgeheim über die Miene des Mannes, die plötzlich sein Gesicht zeichnete.

»Ich schließe mich diesen Worten an, Jedo. Mögen wir in glücklicheren Tagen wieder aufeinandertreffen, wenn weniger Misstrauen zwischen den Menschen herrscht.«

Etiin verbeugte sich ebenfalls, nachdem er sich wieder gefangen hatte. Wir trieben die Pferde an. Etiin und seine Männer schlugen eine andere Richtung ein.

»Möge Áslep Euch leiten!«, rief er uns hinterher, bevor er in die Nacht davonjagte.

Ich bin ohne Namen, denn die, die meinen Namen kennen, kennen nicht mich - und die, die mich kennen, kennen meinen Namen nicht - sprach er einst zu mir: er, der mir droht. So viele Jahre sind seitdem vergangen - und doch sind wir mit meiner Erzählung noch nicht dort angekommen, wo er zu mir sprechen wird. Da, wo wir uns jetzt gerade befinden, steht er unmittelbar vor mir - aber noch erkenne ich ihn nicht. Denn ich kannte ihn nicht. Ich wusste nicht viel von ihm, verschwendete keinen einzigen Gedanken an ihn, während Jenas Tilius Otris aus Kalaote, der mir ein guter Gefährte und inzwischen ein ebenso guter Freund geworden war, mit mir durch die Nacht ritt.

Der Himmel hatte sich im Laufe des vergangenen Tages wieder mit Wolken zugezogen: Má war nun endlich gekommen. Es war die dritte Nacht seit unserem Abschied von Etiin und es war eine schwüle. Ich ritt ohne Mantel und Handschuhe.

Tilius und ich schlugen unser Lager auf, bevor der Morgen graute, denn wir waren bisher gut vorangekommen und nun zu müde, um weiterzureiten. Das Grasland, das den Ettenstein umsäumte, hatten wir mittlerweile weit hinter uns gelassen. Wir befanden uns im Waldland, einem Landstrich, der die letzten südlichen Wälder Luminas beherbergte und sich einer reichen Artenvielfalt erfreute. Nur mit Mühe waren wir den Siedlungen ausgewichen, die sich wie Inseln aneinanderreihten. Je weiter wir nach Westen vordrangen, desto enger lagen sie beieinander.

»Wir werden bald Erkundigungen einholen müssen, Jenas Tilius«, sagte ich zu meinem Gefährten, während wir eine Mahlzeit abhielten. In wenigen Tagen würden wir die Westküste erreichen - bis dahin mussten wir wenigstens einen brauchbaren Anhaltspunkt haben, der uns zum Ziel führen konnte.

Tilius nickte. »Sicher: Das lässt sich nicht vermeiden. Ich frage mich nur, wie wir das anstellen wollen«, meinte er zu mir.

»Nun: Ich würde sagen, wir suchen uns eines der Dörfer auf dem Weg aus und fragen auf gut Glück die Dorfbewohner. Wir gehen zu ihnen und sagen, wir seien Fremde und suchen ein Dorf namens Oló. Wenn wir uns nur dumm genug anstellen, werden sie uns sicher einen Ratschlag geben. Oder ein Gerücht erzählen«, sagte ich.

Tilius schaute mich abschätzig an und erwiderte: »Das klingt tatsächlich vernünftig. Ich frage mich nur, ob es klug ist, wenn Ihr Euch ihnen zeigt. Versteht mich nicht falsch - aber dass Etiin uns so wohlgesonnen war, müssen wir als Glücksfall deuten. Nicht alle Menschen, die Euch für einen Aran halten könnten, werden Euch schützen oder im besten Fall ignorieren. Ich kann mir vorstellen, dass einige sich nur liebend gern ein paar Münzen dazuverdienen würden, indem sie Euch verraten.« Er seufzte.

»Ihr habt wohl Recht«, sprach ich. »Ein Var wäre sicherlich ein Glückspilz vor dem Thron des Elminé, wenn er seinem Herren einen Sternengeborenen brächte. Bei solchen Aussichten würde ich mich vermutlich selbst verraten, wenn ich nicht wüsste, dass ich keiner bin.«

»Das würdet Ihr nicht«, antwortete Tilius sofort.

Ich lachte. »Warum tut Ihr es nicht, Jenas?«, fragte ich.

»Scherzt nicht darüber!«, gab er scharf zurück. »Ich würde Euch niemals verraten. Niemals. Ich bin ein Eldan!«

Er richtete sich auf und verneigte sich stolz und ernst. Ich sah die Erhabenheit seines Standes unter seinen schmutzigen Kleidern hervorblitzen. Nein: Tilius würde lieber sterben, bevor er mich verriet.

»Ich würde lieber sterben, als einen Freund zu verraten. Und ich diene Euch. Ich werde alles dafür tun, dass Ihr sicher nach Oló kommt - wie Cachil es uns aufgetragen hat.« Seine Augen funkelten mich an: Sie strahlten nur so vor Strenge und Kühnheit.

Ich straffte die Schultern und entschuldigte mich: »Ich wollte Euch nicht beleidigen, Jenas.«

Tilius sank in sich zusammen.

»Aber das ist der Grund, weshalb mein Naru mich vor anderen Menschen verborgen hielt, nicht wahr?«, stellte ich fest. »Er hatte Angst, irgendjemand könnte mich für etwas verraten, das ich nicht bin.«

Tilius nickte stumm.

»Ich verstehe«, sagte ich. »Ich lerne auf dieser Reise einiges verstehen, was mir bisher verborgen blieb. *Vid ëis Delii.*« Ich lachte - und fügte gleich an: »Mein Naru tat gut daran, mir diesen Namen zu geben. *Vid ëis Delii.**«

Tilius gähnte und bereitete sich für den Schlaf vor. Auch ich legte mich nieder und verschränkte die Arme hinter dem Kopf.

»Aber wo ist das Ende?«, fragte ich leise die Sterne, die von den Wolken verhüllt wurden. »Gibt es überhaupt ein Ende? Oder fließt alles dahin: im Fluss der Zeit? Doch ein Fluss strömt zum Meer und das Meer endet an der Küste. Endest du, Zeit? Endet ihr, Sterne? Wie viel kann ein Mensch wissen? Wie viel kann *ich* wissen?« Meine Stimme war zu einem Murmeln verkommen.

»Ihr philosophiert wieder, Delii«, unterbrach mich Tilius gähnend.

»Verzeiht, Jenas: Ich habe laut gedacht«, gab ich zurück.

»Ich höre gern zu«, erwiderte mein Freund, »- doch solltet Ihr morgen laut weiterdenken: Mir zieht es die Augen zu bei Euren geistreichen Fragen.«

»Der Morgen graut schon«, gab ich zur Antwort. »Schlaft nur, Tilius - ich wache über uns.«

»Weckt mich, wenn Ihr des Denkens müde seid«, gähnte der Jenas.

Ich ergötzte meine Seele am Aufgang der Sonne. Wo ist das Ende dieser Welt - fragte ich im Stillen. Und wer ist größer: sie oder mein Geist, der sie über ihre Grenzen hinausdenken will? Was kommt nach den Sternen? Und woher kommt das Licht? Gehöre ich in diese Welt - oder hat sie gar ein Ende? Mein Nichtwissen wuchs - ewig an mein Wissen gebunden - und jede Antwort, die ich fand, schenkte mir zwei neue Fragen.

Als Jenas Tilius Otris aus Kalaote die zweite Wache übernahm, schlief ich augenblicklich ein.

Die nächste Nacht verging nicht ganz so wie die vorigen, denn wir bereiteten uns darauf vor, unseren Rhythmus von Schlafen und Wachen wieder dem sesshafter Menschen anzugleichen. Am folgenden Tag sollte Tilius die ersten

---

* Altliloisch für: »Ich werde wissend werden.«

Erkundigungen einholen - also richteten wir uns schon nach der Hälfte der Nacht ein Schlaflager her, aßen und schwatzten und legten uns nieder, bevor die Sonne aufging.

In der Mittagshitze des nächsten Tages hielten wir schließlich ein Frühstück ab. Während des reichlichen Essens sprachen wir darüber, wie es für Tilius und mich weitergehen sollte, wenn wir unser Ziel erreicht hätten.

»Was habt Ihr vor zu tun, wenn wir Oló gefunden haben, Jenas?«, fragte ich meinen Gefährten.

»Nun - so wie ich davon ausgehe, dass wir Oló finden, gehe ich ebenso davon aus, dass ich entweder nicht hineinkommen oder nicht dort verweilen kann. Sobald ich Euch in Sicherheit weiß, werde ich zurück nach Kalaote reiten«, antwortete er. Ich nickte.

»Hoffentlich geht alles gut«, sagte ich leise. »Hoffentlich werde ich nicht abgewiesen. Und hoffentlich lassen sie Euch gehen - nehmen nicht Euch oder mich oder uns beide als Geisel.« Tilius sah besorgt aus. Augenscheinlich hatte er sich über ebendiese Befürchtungen schon den Kopf zerbrochen.

Doch nicht minder schnell, wie die Furcht vor einer unbekannten Gefahr über sein Gesicht gehuscht war, zeichnete sich nun wieder die bekannte Entschlossenheit in seinen Augen ab. »Wir lassen uns jedenfalls nicht unterkriegen«, sagte er. »Höflichkeit habt Ihr mich schließlich mittlerweile gelehrt!« Er lachte.

»Was sollen wir tun, wenn wir Oló nicht finden?«, gab ich zurück. Diese Frage beschäftigte mich unablässig, seit Cachil mich fortgeschickt hatte.

»Darüber können wir nachdenken, wenn es so weit ist«, meinte Tilius. Es schien, als wäre ich der Einzige, der an seinem Glück zweifelte.

»Wir haben es nicht gefunden«, erwiderte ich daher mit Nachdruck.

»Wir haben auch noch nicht danach gesucht«, sagte Tilius.

Er musterte mich. Ich konnte meine Zweifel nicht verbergen.

»Es gibt viele gute Gründe, sich zu fürchten«, meinte er schließlich. »Für Euch und für mich. Doch Mut besteht nicht darin, sich nicht zu fürchten - sondern trotz seiner Furcht etwas zu wagen.« Seine Worte kamen mir hohl vor, obwohl ich wusste, dass sie stimmten.

»Ihr haltet mich bestimmt für einen Feigling«, antwortete ich auf seinen hoffnungsvollen Ratschlag. »Ich bin wirklich nicht besonders mutig. Wenn Ihr nicht bei mir wärt und mein Versprechen mich nicht binden würde, wäre ich wohl schon längst umgekehrt oder hätte mich zum Sterben in eine Ecke gelegt.«

Tilius lachte ob meiner ernst gemeinten Worte. »Ich glaube nicht, dass das Euer Schicksal ist!«, gab er zur Antwort.

Ich schwieg. Tilius mochte ein kluger, entschlossener Mann sein, doch seine schier unerschütterliche Zuversicht und sein unerschrockenes Gemüt gaben ihm eine Leichtigkeit, die ich nicht verstehen konnte. Er war ganz anders als mein Naru, der jedwede Möglichkeit in Betracht zog, bevor er handelte. Ich wünschte ihn mir sehnlichst herbei. Was würde er mir raten?

Ich seufzte. Was auch immer er für einen Plan gehegt hatte - er hatte ihn mit Sicherheit gut durchdacht. Vermutlich so gut durchdacht, wie man einen Plan nur durchdenken konnte. Ein Teil dieses Planes sah vor, mich nach Oló zu schicken - und mir Jenas Tilius an die Seite zu stellen. Naru Cachil kannte ihn. Er musste gewusst haben, dass mein Gefährte mir die nötige Entschlossenheit verleihen würde.

Ich sah ihn an und spiegelte seine kühne Miene. »Gut - dann lasst uns endlich mit der Suche beginnen!«

Wir zögerten nicht länger, packten unsere Sachen und zogen weiter: in die Nähe des Dorfes, das Tilius zuerst besuchen wollte.

»Wenn ich bis Sonnenaufgang nicht zurück bin, sucht Ihr allein weiter!«, befahl er mir, fügte jedoch mit Blick auf meinen entgeisterten Gesichtsausdruck sehr viel milder hinzu: »Mir wird nichts geschehen. Ihr werdet sehen: Ich bin bald zurück!«

Meine Ängste waren unbegründet. Tilius kehrte schon wieder, noch ehe die Sonne untergegangen war. Seinem enttäuschten Gesicht nach zu urteilen war er nicht besonders erfolgreich gewesen.

»Das Dorf hatte kein Wirtshaus, in dem ich mich hätte umhören können«, erklärte er mir, bevor er sich niederließ. Ich begann sofort, ein Abendmahl für uns vorzubereiten. »Das Wenige, das mir die Bewohner erzählen konnten, wissen wir selbst«, fuhr er fort. »In der nächsten Siedlung muss ich mehr Glück haben.«

Früh am Morgen des kommenden Tages brachen wir wieder auf und durchstreiften die Gegend nach einem Ort mit anständigem Wirtshaus. Die Siedlung durfte nicht zu groß sein: Es sollten keine Eldan in ihr wohnen, die Var und Schlimmeres anlocken könnten.

»Auch diesmal: Sollte ich bis Sonnenaufgang nicht zurück sein, reitet Ihr fort von hier!«, hielt mich der Jenas an, bevor er sich auf den Weg machte. Es war kurz nach Mittag.

Zacharias und Zor langweilten sich; sie standen zwischen den Bäumen und schnaubten. Um mir die Zeit zu vertreiben, versuchte ich, auch mit Zor eine Verbindung aufzubauen. Als Fing musste ich doch zu jeder Kreatur eine Beziehung herstellen können. Doch ehe ich irgendwelche Fortschritte in der Ausbildung meiner Fähigkeiten erreichen konnte, hörte ich die Schritte meines Gefährten. Der Abend war schon angebrochen.

Die Miene von Tilius verriet mir nicht viel. Er ächzte. »Nichts herausbekommen, das uns weiterhelfen könnte«, sagte er. »Aber immerhin weiß ich nun besser, wie wir vorgehen sollten. Es hat wenig Sinn, den Menschen bei ihrer Arbeit aufzulauern. Nur eine alte Frau wollte mir Auskunft geben - konnte es aber nicht. Sie sagte, sie hätte noch nie etwas von einem Dorf namens Oló gehört. Aber ich solle mich im Wirtshaus von Wit bei einem Aido Acin melden, der wohl allerlei alte Geschichten kennt.«

»Das klingt doch gut!«, sagte ich. »Hat sie Euch auch erzählt, wo Wit liegt?« Mein Freund nickte und zeigte mir die Richtung.

»Keine zwei Stunden«, sagte er. Wir aßen. »Ich denke, wir sollten heute noch dahin ziehen. In zwei Stunden wird das besagte Wirtshaus voll sein.« Ich pflichtete ihm bei.

Die Nacht war hereingebrochen, als wir Wit erreichten. Ich legte mich in Sichtweite des Dorfes in der Dunkelheit auf die Lauer, derweil Tilius sich auf den Weg hinein begab. Lichter glühten in der Ferne; und ich sehnte mich das erste Mal seit unserem Abschied von Etiin nach menschlicher Gesellschaft: nach ein paar unbekannten Gesichtern und fremden Stimmen. In Inkowitch hatte ich zu gern die Leute beobachtet, während ich in der Dunkelheit unbemerkt über die Dächer geklettert war.

Die Nacht zog vorüber; und die Lichter erloschen nach und nach. Mit jeder Stunde wuchs meine Unruhe. Tilius hatte mich wie die Male zuvor dazu angehalten, bis zum Morgengrauen auf ihn zu warten. Danach sollte ich mein Glück allein versuchen. Ich konnte mir nicht vorstellen, dass ihm etwas zugestoßen sein könnte - doch er tauchte nicht auf.

Irgendwann hielt ich es nicht mehr aus und stieg auf einen Baum in der Nähe. Die Pferde unten schauten verwirrt zu mir herauf. Von oben konnte ich die Häuser von Wit besser erkennen. In einigen - darunter auch in jenem, welches das Wirtshaus sein musste - brannte noch Licht. Alle anderen Häuser lagen im Schatten.

Ich lauschte, ob nicht fernes Gelächter zu mir herüberwehte, doch es blieb alles still. Ich vernahm auch keinen Schrei. Ein gutes Zeichen. Vielleicht hatten sie meinem Freund eine Übernachtung im Wirtshaus ans Herz gelegt? Doch ich konnte mir auch nicht vorstellen, dass Tilius mich vergessen oder mit meiner Sorge um ihn leichtfertig umgehen würde.

Dann hörte ich plötzlich ein Knacken. Es kam ganz aus der Nähe - gleich darauf Schritte und ein Keuchen. Ich verhielt mich still und bewegte keinen Finger auf dem wackeligen Baum.

»Heda!«, rief jemand unten gedämpft. Es war die Stimme des Jenas.

»Tilius!«, rief ich zurück und kletterte so rasch wie möglich vom Baum.

Der Jenas schaute mich verdutzt an, als er mich erblickte. »Warum seid Ihr«, fing er an. Er stützte sich an einem Baum ab und schien offensichtlich betrunken zu sein. Ich half ihm, sich zu setzen.

»Und? Was habt Ihr herausgefunden?«, fragte ich neugierig.

Er winkte ab und legte sich auf den Boden. Er war wirklich ziemlich betrunken.

Ich beeilte mich, uns ein Lager aufzuschlagen. Da ich damit fertig war, schlief mein Freund schon längst tief und fest: den Kopf auf eine Wurzel gebettet. Ich wälzte mich noch eine ganze Weile unruhig hin und her, bis auch mir die Augen zufielen.

Als ich wieder erwachte, war es hell. Tilius schnarchte geräuschvoll. Ich lachte in mich hinein. Er würde bestimmt arges Kopfweh haben, wenn er erst aufwachte. So leise, wie ich konnte, bereitete ich uns ein Frühstück zu und wartete darauf, dass mein Freund die Augen aufschlug. Mittag war noch nicht vorüber, da er dies tat. Er sah müde aus und stöhnte, indessen er sich erhob und mich erblickte.

Während des Frühstücks ließ ich meiner Neugier freien Lauf. »Was habt Ihr also herausbekommen, Jenas? Ich hoffe doch, dass Euer Kopfweh sich gelohnt hat!« Tilius warf mir einen finsteren Blick zu. Ich grinste.

»Das diente nur der Recherche«, antwortete er. »Ich habe besagten Aido gefunden; und er hat mir die ganze Nacht Geschichten von legendären Orten erzählt - ob ich sie hören wollte oder nicht. Seiner geselligen Art musste ich es gleichtun. Aber davon genug: Der Wein war vorzüglich.«

Ich bedauerte, nicht dabei gewesen zu sein. Ich liebte es, solchen Geschichten zu lauschen - mochten sie nun wahr sein oder nicht.

Tilius holte tief Luft, bevor er weiter sprach: »Jedenfalls hat Aido mir erklärt, dass er eine Frau kenne, die mit den Meeresgeistern spricht und sogar mit ihnen Handel treibt.«

»Meeresgeister?«, fragte ich sofort.

Tilius schmunzelte. »Ja - so habe ich ebenfalls reagiert. Er erzählte mir, Oló sei ein Ort voller Meeresgeister, die sich vor den Menschen verstecken. Nur ein Mal im Jahr zeigen sie, dass sie da seien und die Westküste ihr Reich sei. Dann werde der Nachthimmel taghell erleuchtet und ihre Stimmen schallen wie Donnerschläge über das Land. Jeden, der sie zu finden versuche, führen sie in die Irre, bis er verrückt werde.

Eine alte Frau aber, deren Familie einst aus Fischern bestand, kenne den Eingang zu ihrer Bleibe. Sie sage selbst, sie könne mit den Geistern sprechen, weil sie das Meer mehr liebe als die Erde. Sie bringe Münzen, Blumen und Netze dar, um die Geister milde zu stimmen - und erhalte dafür einen besonderen Fisch, den kein Mensch je fangen könne. Und sie danke ihnen für den Regen, den sie bringen: ihre Tränen, die die Erde benetzen.«

Ich schluckte. »Meeresgeister?«, wiederholte ich tonlos. »Das klingt -« Ich suchte nach dem richtigen Wort, fand jedoch kein passendes.

Tilius nickte und lachte, verzog das Gesicht vor Schmerz und hielt sich den Kopf. »Ich hätte wirklich nicht so viel trinken sollen«, murmelte er.

Ich überlegte, ob die Geschichte eine gute oder schlechte Neuigkeit für unser Unterfangen darstellte. »Und hat dieser Aido Euch auch verraten, wie wir diese Frau finden?«, fragte ich.

Tilius brummte. »Ja«, gab er zögernd zurück. »Ihr Name ist Tomi Catano.« Er kaute missmutig auf einem trockenen Stück Sacr herum. »Und sie wohnt in Capul«, schloss er. Ich schluckte erneut.

Capul war die größte Stadt hier in der Nähe: vergleichbar mit Kalaote. Sie lag weniger als eine Tagesreise zu Pferd von uns entfernt - und wir hatten die ganze Zeit versucht, sie zu umreiten. Händler und andere Reisende kamen durch die Stadt auf dem Weg von der südlichen Küste zu den Dörfern im Norden und weiter in Richtung des Flusses Nutria: der Lebensader Luminas. Der ansässige Jedo hatte mit der Einführung eines geringeren Zolles als desjenigen seines Vorgängers Capul zu Blüte verholfen. Doch nicht alle Bewohner profitierten vom Reichtum der Stadt. Am Rand gab es Viertel, in denen viele arme Menschen und Bettler lebten. Im Stadtkern hingegen lebten viele Eldan, die das reiche Warenangebot der fahrenden Händler schätzten.

Ich hatte Capul ein Mal mit Cachil besucht und war bestürzt gewesen ob des großen sozialen Unterschiedes, der sich mir geboten hatte. Da gab es zum einen jene, die keine Kraft und Möglichkeiten mehr hatten, sich aus ihrem Elend zu befreien - und zum anderen die ehernen Familien, die sich in ihrem Reichtum wälzten. Die Klassen unserer Gesellschaft waren in Capul durch kreisförmige Stadtmauern voneinander getrennt. Sie verband nichts mehr als der Name der Heimat.

Der andauernde Krieg immerhin gab den Hoffnungslosesten etwas Hoffnung: Andruen zogen durch die Elendsviertel auf der Suche nach jungen Männern, die für den König kämpfen sollten. Für diejenigen, die ausgewählt wurden, begann eine sehr viel bessere Zukunft als jede, die sie sich aus eigener Kraft aufzubauen vermocht hätten.

In unserer Lage jedoch hielt eine Stadt wie Capul mehr Gefahren denn Möglichkeiten bereit. Zumindest bis jetzt.

»Dann stehen wir nun vor der Entscheidung: Gehen wir das Risiko ein - geht Ihr das Risiko ein, eine Stadt aufzusuchen, in der es nur von Var wimmeln wird, um eine Frau zu finden, die uns vielleicht nach Oló bringen kann - oder suchen wir mit den neuen Informationen, die Ihr sammeln konntet, allein danach«, stellte ich die alles entscheidende Frage.

Wir schwiegen beide und dachten nach. Hier galt es abzuwägen.

Schließlich - nach einer langen Pause - sprach Tilius aus, was ich dachte: »Meine Kleidung verrät mich nicht. Ich bin schmutzig und trage nichts von Wert bei mir. Wer sollte mich für einen Eldan halten? Wenn ich einem Var begegne, benehme ich mich jedenfalls nicht wie einer von ihnen: Diese Lektion habe ich gelernt. Wenn ich diese Frau finde und sie uns tatsächlich nach Oló führen kann, sind wir einen unfassbaren Schritt weiter. Selbst wenn wir uns jetzt auf die Suche begeben, haben wir doch kaum einen Anhaltspunkt, wo das

Tor nach Oló liege oder welcher Art es sei. Ich schlage daher vor, wir gehen nach Capul.«

Ich nickte. Tilius schien sichtlich erleichtert, keine weitere Überzeugungsarbeit leisten zu müssen.

»Ich sehe es ebenso wie Ihr, Jenas Tilius, und spreche mich dafür aus. Dennoch nehmt Ihr den größten Teil der Gefahr auf Euch. Wenn Ihr so entscheiden wollt, bewundere ich ein weiteres Mal Eure Zielstrebigkeit!«, sagte ich und verneigte mich vor meinem Freund.

Tilius streckte sich. »Was wäre das Leben ohne ein wenig Risiko?«, erwiderte er. »Was wäre unsere Reise ohne einen Hauch von Abenteuer? Ich muss schließlich etwas vorweisen können, wenn ich meinem Sohn davon erzähle, wie wir Oló fanden.«

Ich lächelte. »Er wartet sicher schon begierig auf Euch und Eure Geschichte«, meinte ich und stellte mir Filius vor, der in Kalaote jeden Tag die Schulbank drücken musste.

»Sicher«, lachte Tilius. »Auch ich freue mich darauf, ihn wiederzusehen. Und Faš.« Er schaute geistesabwesend auf den Stamm eines Baumes, der nicht weit von ihm stand. Um seine Lippen spielte ein geheimnisvolles Lächeln. Ich sah die Liebe in seinem Blick. Mir wurde wiederum bewusst, was er auf sich nahm, um Cachils Plan zu erfüllen.

Ich hatte zu dieser Zeit kaum einen blassen Schimmer, was Sehnsucht bedeutete, denn ich hatte sie selbst noch nicht erlebt. Doch ich kannte die Menschen und ahnte schon, dass Sehnsucht etwas mit Schmerz zu tun haben musste. Denn so hatte es Talan Cundo Nal einst formuliert: »Sehnsucht muss ein Kind der Liebe sein, das Freiheit ihr raubt. Und Sehnsucht sucht nach ihrer Mutter - doch kennt sie ihren Vater? O weh, Bruder Schmerz!«*

Nachdem der Entschluss gefasst war, Capul aufzusuchen, legten wir uns nieder, denn wir wollten erst im Schutze der Nacht aufbrechen. Die letzten Tage war es unerträglich gewesen, in der Hitze zu reisen - außerdem war es sinnvoller, Capul bei Tag zu besuchen. So konnten wir noch etwas ruhen und das Kopfweh meines Freundes hatte Zeit zu verfliegen.

---

* Talan Nal, Cundo 3094. *Deinen Augen bin ich vergessen.* Segona Urdu, Eldir. Seite 220. [AV]

Nachmittags begann ein leichter, warmer Nieselregen, dessen sanftes Plätschern auf die Blätterdächer der uns umgebenden Bäume wie ein Schlaflied klang. Selbst die Pferde wurden davon müde. Als die Sonne vom Himmel verschwand und wir uns auf den Weg begaben, regnete es noch immer. Das Rieseln dämpfte die Hufschläge unserer Pferde die ganze Nacht hindurch.

Wir hielten geradewegs auf Capul zu, orientierten uns am Sternenzelt und mieden die Straße, die in die Stadt führte. Wir kamen langsam voran, denn es war mühselig, die Pferde in der Dunkelheit durch die immer dichter stehenden Bäume zu geleiten. Zudem war der Boden mittlerweile völlig durchnässt: ebenso wie wir. Schlammbespritzt und erschöpft erreichten wir schließlich unser Ziel bei Sonnenaufgang.

Tilius und ich schlugen unser Lager zwischen den Bäumen auf, von denen wir die Straße, die von Süden nach Capul führte, gut im Blick hatten. Wir verbargen uns hinter ihren herabhängenden Ästen und lugten zwischen ihren gewaltigen Stämmen hervor. Tilius wollte noch etwas schlafen, bevor er sich nach Capul hineinwagte; und auch ich war müde. Ich beobachtete noch eine Weile das geschäftige Treiben, bevor ich einschlief.

Wieder war es die Mittagshitze, die uns weckte. Der Regen hatte aufgehört. Tilius und ich nahmen rasch etwas zu uns. Wir waren beide angespannt und wollten so schnell wie möglich die alte Frau finden.

»Es kann gut sein, dass ich ihr heute nicht begegne«, offenbarte mir mein Gefährte. »Dann komme ich bis Sonnenuntergang zurück und versuche mein Glück morgen erneut.«

Ich nickte und wünschte ihm dieses; dann verließ er unser Versteck und betrat die Straße, die von Menschen überlief. Er verschwand in der Menge, die keine Notiz davon nahm, woher der neue Reisende gekommen war. Ich verfolgte meinen Gefährten mit den Augen, soweit ich konnte, bis er das Stadttor passiert und Capul ihn geschluckt hatte. Nun konnte ich nur noch warten. Geduld hatte noch nie zu meinen Stärken gehört. Ich lag auf der Lauer und hielt die Straße im Blick.

Mittag verstrich: doch kein Zeichen von Tilius. Sicher würde er erst bei Sonnenuntergang wiederkehren. Es war beinahe unmöglich, an einem einzigen Tag eine bestimmte Person in einer Stadt wie dieser zu finden - versuchte ich mich zu beruhigen.

Dennoch ließ mich der Gedanke an die Var nicht los. Schweiß rann mir unter der Kapuze über das Gesicht, der nur zum Teil von der Hitze rührte. Ich überlegte schon, ob ich sie kurz abstreifen sollte - hielt das jedoch angesichts der Menschentraube auf der Straße für keine gute Idee. Menschen liefen hinein; und Menschen kamen heraus; und die Sonne wanderte nach Westen. Die Zeit schleppte sich dahin.

Ich konnte den Blick nicht von der Straße wenden, suchte die Menge mit den Augen nervös nach Var und meinem Freund ab. Es geschah nichts, was mich beunruhigen konnte - bis ich zwei Eldan auf der Straße entdeckte, die von anderen Männern begleitet wurden. Sie trugen Kleidung und Waffen der Soldaten.

Ich kniff die Augen zusammen, um die Zeichen der Eldan auf ihren Gewändern zu erkennen. Auch aus dieser Entfernung konnte ich sehen, dass es die der Andruen sein mussten: ein Kreis mit einem Kreuz in der Mitte, das zwei sich überschneidende Klingen darstellte. Die Gruppe bewegte sich langsam auf die Stadt zu.

Plötzlich wieherte Zor laut. Sie hatte Tilius gesehen, der am Tor erschienen war. Ich sprang auf und versuchte sie zu beruhigen, damit sie keine Aufmerksamkeit erregte - doch da war es bereits zu spät.

Zor riss sich von mir los und meine Kapuze rutschte mir vom Kopf, während einige Augenpaare die Bäume nach der Ursache der Unruhe absuchten. Eilig bedeckte ich das verräterische Schimmern meiner weißen Haut, aber man hatte mich schon gesehen.

Ich hörte Rufe und das Hufgetrappel einiger Pferde. Die Soldaten waren zuerst bei mir - allesamt auf Pferden - und scheuchten alle übrigen Schaulustigen zurück.

Ich stand unsicher neben Zacharias und beobachtete, wie Tilius auf mich zu rannte. Er war blass. Mein Herz trommelte. Nun, da ich wusste, wofür man mich halten konnte, war es voller Furcht, als ich den bewaffneten Männern gegenüberstand.

Einer der Andruen stieg von seinem Pferd und trat auf mich zu. Ich konnte das Schwert an seiner Seite deutlich erkennen. Es war eine edle Klinge - und er wusste mit Sicherheit damit umzugehen.

»Wer seid Ihr?«, fragte er beinahe höflich.

Gerade als ich antworten wollte, schlitterte Tilius herbei und blieb vor mir stehen. Er keuchte und war aufgeregt. Er ergriff das Wort. »Einen schönen guten Tag, meine Herren. Das ist mein Neffe: Er ist leider stumm. Steig auf, mein Junge - wir reiten gleich weiter!

Ich bin Tilius Otris. Und wie ist Euer Name, mein Herr? Wenn dieser Junge Euch belästigt haben sollte, bitte ich aufrichtig um Vergebung. Er ist stumm und dazu noch etwas schwachsinnig. Nun steig schon auf, Junge!« Er fuchtelte herum - und meine verwirrte Miene konnte die Geschichte meines Gefährten nur glaubhafter klingen lassen.

Zacharias ließ mich aufsteigen. Der Andruen kam einen Schritt auf Tilius zu. Ich sah die Bestürzung in seiner Miene, die keiner seiner Männer sehen konnte, und wie mein Freund hinter dem Rücken vor Anspannung die Hände verkrampfte.

»Ich bin Andruen Gizmo Avis«, sagte der Fremde.

Plötzlich erkannte ich, dass Tilius mir mit seinen Handbewegungen etwas mitzuteilen versuchte. Ich sollte Abstand nehmen. Zacharias wich ein paar Schritte zurück, doch die Bäume machten es mir unmöglich, mich weiter zu entfernen, ohne das Schauspiel aus den Augen zu verlieren.

»Zeig uns dein Gesicht!«, rief einer der Soldaten auf seinem Pferd und deutete auf mich.

Ich tat nichts dergleichen.

»Ich hab gesehen, dass es ein Sternengeborener ist!«, rief der Mann. »Ich habe ganz deutlich seine weiße Haut leuchten sehen!«

Der Andruen fixierte den Jenas und bewegte stumm seine Lippen. »Zeig uns dein Gesicht, Junge!«, rief er dann.

Ich verzichtete darauf.

Die Handbewegungen des Jenas wurden energischer. Ich entfernte mich vorsichtig noch ein Stück - doch die Blicke der Soldaten folgten mir so feindselig, dass ich wieder anhielt. Wenn ich mich davonmachen würde, wäre das mein Todesurteil.

Tilius fing an zu lachen. Es klang nicht natürlich: Ich hörte die Anspannung und Furcht in seiner Stimme.

Der Andruen sprach erneut zu ihm: »Bittet Euren Neffen, uns sein Gesicht zu zeigen!« Er bewegte wieder stumm die Lippen. Es sah flehend aus.

Tilius fuchtelte hektisch mit den Händen. Zor wieherte. Mein Freund lachte noch immer. *»Duru ist nah!«*, rief er.

Der Andruen schaute zu mir und formte mit den Lippen ein Wort, das ich nicht verstehen konnte.

Dann zog er sein Schwert. Ich sah, wie die Klinge aus dem Rücken meines Freundes hervorbrach, der in die Knie ging.

In ebendiesem Moment ging Zacharias durch. Er galoppierte an den Soldaten vorbei auf die Straße zu. Ich versuchte, ihn anzuhalten, doch es war zwecklos. Nichts als Todesangst floss durch seine Adern. Die Soldaten hefteten sich an seine Fersen und mühten sich, uns einzuholen.

Beides - Zacharias' Flucht und die Verfolgung - wich hinter dem Bild zurück, das sich in meinen Kopf brannte. Ich schaute, so lange ich konnte, auf Tilius und den Andruen. Mein treuer Gefährte lag vornübergebeugt: den Rücken voller Blut. Er war fort.

Der Andruen, der sich für edel hielt, hatte meinen Freund getötet. Ich wollte zurück: wollte diesen Mann zur Rechenschaft ziehen. Tränen behinderten meine Sicht, doch es waren keine Tränen des Schmerzes, sondern Tränen des Zornes. Ich verstand nicht, warum dieser Andruen das getan hatte. Und ich prägte mir seinen Namen ein: Andruen Gizmo Avis.

Als ich Tilius nicht mehr sehen konnte, begriff ich, dass ich fort von ihm ritt und dass ich nicht mehr zu ihm zurückkonnte. Ich begriff nicht, dass ich nun auf mich allein gestellt war. Ich begriff auch nicht, dass ich ihn nicht wiedersehen würde. Ich wollte zu ihm zurück. Jenas Tilius Otris hatte mein Leben gerettet, da ich vor den Stadtmauern von Kalaote gelegen hatte - und nun musste ich seines retten, da er vor den Stadtmauern von Capul lag.

Ich riss Zacharias herum; und weil das nichts half, schrie ich ihn an, er solle umkehren: zu seinem Besitzer. Doch er folgte nicht. Zacharias, der ein Geschöpf Indūs war, hielt nicht an. Er trug mich fort von Tilius, bis seine Kraft ihn verließ.

Laena erzählte mir einst, dass ein Wildpferd zwölf Stunden ohne Pause galoppieren könne. Ich habe niemals an ihren Worten gezweifelt.

Zacharias trug mich fort von der Gefahr: nach Süden. Er hängte die Verfolger ab und folgte seinem Instinkt. Die ersten Stunden auf seinem Rücken verfluchte ich ihn, denn mir stand nur das Bild meines Freundes vor Augen.

Als die Nacht ganz aufgezogen und die Sterne gewandert waren, wurde mir bewusst, dass ich ihn nicht mehr retten konnte. Selbst, wenn ich jetzt noch umkehrte, konnte Tilius nicht mehr am Leben sein. Und umso sehnlicher stieg der Wunsch in mir auf, zu ihm zurückzukehren. Ich musste ihn mitnehmen. Ich musste ihn seiner Familie bringen.

Wie mir Filius und Faš in den Sinn kamen, flossen meine Tränen. Dunkelheit legte sich um mich; und ich beweinte den Schmerz, den seine Familie würde tragen müssen.

Bei Sonnenaufgang versiegten sie. Ich war durstig. Alles Gepäck war noch in unserem Lager - ich hatte nichts mehr als die Kleider, die ich am Leib trug. Doch das zählte nun nichts mehr.

Zacharias, den ich nicht führte, lief zwischen die Bäume und hielt an. Er schwitzte und schnaubte. Ich war in einer Starre gefangen. Dämmernd, gedankenlos stieg ich von ihm ab und schlug mir den Kopf an einem der Stämme auf. Mein Körper sank zu Boden.

Der dröhnende Schmerz in meinem Kopf nahm zu, je länger ich dalag. Es wurde hell und in mir alles dunkel. Ich verlor die Besinnung. Doch das zählte nun nichts mehr: Ich war allein. Jenas Tilius Otris hatte mich verlassen.

Der Tod gewinnt immer. Und doch versuchen wir, ihm zu trotzen: ein Leben lang.

Aus E.K.G.s *Das Lentische als sekundäre Sprachvarietät Olós*
[Originalgetreue Abschrift der Seiten 227 und 228]
[S.U.: Literatur, Fachliteratur, Linguistik,
Kontrastive Linguistik, Monographien]

[... Eine Analyse,]
die sich mit solchem Werkzeug rein auf die formale Verwandtschaft des Satzbaus bezieht respektive dessen Grad, brachte als systematisch exemplifizierte Komparation folgende Erkenntnisse hervor:

Überall dort, wo Lexeme hoher semantischer Relation auftauchen, werden wie generell im Liloischen Partikel zur thematischen Eingrenzung benutzt, bspw. *ne* für *du* oder *ich, ni* für *die anderen* im weitesten Sinne oder *nojo* für *Lebewesen.* Insbesondere bei der Akkumulation von Referenzidentitäten können so regelrechte Partikelschwärme die Satzstruktur durchdringen und dieselbe narrativ aufladen.

Sämtliche Zählpartikel, die sich im Eventi an die Zahl anschließen, sind im Lentischen eingegrenzt oder verkümmert, hingegen bezieht sich der euphonische Wandel der Zahl nun direkt auf die morphologische Bauweise des nachfolgend Gezählten und nicht auf seinen Partikel.

Zeitformen werden im Lentischen wie im Eventi über das Prädikat, genauer über dessen Konjugation vermittelt - hier fehlen die Tempuspartikel des Liloischen völlig.

Deklarationen werden nach liloischem Vorbild gebaut (Subjekt, Prädikat, Objekt) statt nach dem des Eventi (Subjekt, Objekt, Prädikat).

Die Frage ist eine Hybridform: Hier wird das Prädikat zwar wie im Eventi in der Frageform konjugiert - in der Aussprache allerdings zunehmend verwaschen - die Satzstellung aber folgt liloischem Muster (Prädikat, Subjekt, Objekt). Die üblichen Fragepartikel des Eventi werden teilweise noch benutzt, erleben allerdings einen Bedeutungswandel über eine (semantisch tote) Verstärkung bis zum Ausdruck des (semantisch lebendigen) Sarkasmus.

Anakoluthe werden durch den Partikel *aja* mit dem nächsten (vollständigen) Satz verbunden - *aja* als ein [erstes Partizip im Eventi meint tatsächlich eine Verabschiedung mit dem Versprechen der Rückkehr, ähnlich einem *Bis gleich* im Liloischen. ...]

Weltentür

Etwas rief mich aus dem Schlaf: sanft zunächst, doch mit zunehmendem Erwachen drängender. Ich schlug die Augen auf. Um mich war alles in weiches Licht getaucht. Vor mir stand ein Wesen, dessen Umrisse nur verschwommen in mein Bewusstsein stiegen. Diesmal wusste ich, dass ich nicht tot sein konnte - doch ich wünschte es mir. Unerträgliche Kopfschmerzen ließen mich nur schwer erkennen und erhören, was gerade geschah. Das Wesen vor mir hatte langes, gelocktes Haar wie das eines Mädchens. Es sprach Worte, die ich nicht verstand; und aus dem traumähnlichen Zustand, in den ich gehoben war, fiel ich bald wieder zurück in Schlaf.

Das nächste Erwachen gestaltete sich weniger schmerzhaft, doch ebenso phantastisch. Ich fühlte - noch bevor ich die Augen öffnete - dass ich auf eine weiche Matratze gebettet war. Allein dieses Schweben wirkte Balsam meinem geschundenen Körper, der tagelang auf harter Erde gelegen haben musste. Der Stoff, auf dem meine Hände ruhten, berührte sie sanft. Es war warm: nicht heiß.

Schließlich öffnete ich die Augen. Das Bett unter mir war mit weißen Laken bedeckt und schimmerte in den Strahlen des durch das Fenster gegenüber hereinfallenden Lichtes. Gleich rechts an diesem herrlichen Bett stand eine dunkle Gestalt. Es war dasselbe Mädchen wie zuvor.

Sie war sehr schön. Ich schaute sie an und sah nichts als ihre saphirblauen Augen. In ihnen lagen die milde Freude und geduldige Neugier der ersten Knospe. Ich konnte den Blick nicht von ihnen wenden: so sah ich auch nicht, wie sich ihre Lippen bewegten, als sie lächelte. Sie sprach - mir noch immer fremd; und ich starrte unverwandt in ihre Augen. Ich hatte noch nie zuvor solche Augen gesehen. Das Mädchen umgab eine Aura, die mich nicht an einen Menschen erinnerte. Mein Geist regte sich. Vielleicht war sie kein Mensch?

Bevor meine Gedanken mich zu den Fingen, zu Oló und schließlich zu Tilius tragen konnten, wurde ich abgelenkt. Die Stimme des Wesens - was auch immer es war - klang durch den kleinen Raum. Sie rief nach jemandem, der unmittelbar darauf hereinstürzte: eine Frau, deren Augen nicht blau, sondern braun waren.

Sie kam an mein Bett, redete auf mich ein und legte die Hand auf meine Stirn. Ich verstand kein Wort und schüttelte den Kopf. Offenbar schien sie mir immer wieder die gleiche Frage zu stellen.

»Es tut mir leid - ich verstehe nicht«, sprach ich hilflos. Sie verstummte. In den blauen Augen spiegelte sich Erkennen. Die beiden Frauen warfen einander ein paar Worte zu; dann trat die ältere der beiden zurück und das Mädchen kam näher.

»Wie fühlst du dich?«, fragte sie und schaute mich an. Ihre blauen Augen durchbohrten mich. Ich antwortete nicht. Sie sprach meine Sprache - sie sprach *Liloisch*. Ihr Akzent mutete meinen Ohren zwar nicht vertraut an, doch den Sinn ihrer Worte begriff ich sofort. »Wie geht es dir?«, wiederholte sie, fasste ihre Frage in andere Worte: die Stimme sanft und freundlich, doch bestimmt.

»Ich bin müde«, antwortete ich atemlos. Mein Schädel brummte bei jedem Wort.

Das Mädchen lächelte erleichtert und nickte. Sie wechselte mit der anderen Frau einige schnelle Sätze.

»Was ist passiert?«, fragte ich meinerseits. »Wo bin ich; wer seid Ihr? Ich kann mich an nichts erinnern.« Meine Stimme versagte.

Das Mädchen schaute besorgt und überließ der Älteren ihren Platz. Diese fühlte mein Gesicht, legte mir ein frisches Kissen unter den Kopf und gab mir zu trinken. Offenbar war ich an einen Ort gelangt, an dem man sich um mich kümmerte.

»Ich habe dich hierhergebracht. Du bist jetzt sicher. Wo hast du Schmerzen?«, sprach das Mädchen wieder mit mir. Ich schloss die Augen. Ihre Worte hallten in meinem Kopf nach, doch das Sprechen fiel mir zu schwer. Ich schüttelte ihn. Sie verstand. »Kopfschmerzen?« Ich nickte. Sie murmelte Worte in ihrer eigenen Sprache. »Ist dir übel?« Ich schüttelte den Kopf. »Schwindel?« Ihre Stimme wurde leiser.

»Wach auf!«, hörte ich sie plötzlich klar in mir. Ich hob die Lider.

Ich musste einige Stunden weggetreten gewesen sein. Die Sonne war gewandert; sie schien nicht mehr in das Zimmer. Das Mädchen saß allein auf einem Schemel an meinem Bett.

»Du musst trinken.« Sie reichte mir einen Becher. Ich setzte mich auf und merkte, dass mein Kopf nur noch ein wenig pochte. Ich trug fremde, leichte Kleider. Der weiße Stoff klebte nicht an mir, doch ich spürte, dass ich dringend ein Bad brauchte.

»Es geht besser - danke«, sagte ich, während das Mädchen mir half, mich wieder hinzulegen. »Magst du mir jetzt erzählen, wo ich bin? Und wem ich für die Gastfreundschaft danken kann?«, fragte ich.

Sie schaute mich an und runzelte die Stirn. Sie verstand nicht, was ich sagte. Ich wiederholte meine Fragen, formulierte sie einfach und bemühte mich, deutlicher zu sprechen.

»Ich bin Laena«, antwortete sie schließlich fröhlich. Ihr Name klang wie aus einer anderen Welt. »Ich habe dich draußen gefunden. Dein Pferd hat mit mir gesprochen.«

»Ist Zacharias hier?«, fragte ich.

»Ah - *Zacharias!*« Ihr Lächeln wurde breiter. »Ich habe ihn nicht aussprechen können. Ja: Er ist hier.«

Ich seufzte.

»Wie kommst du dorthin? Du bist nicht von hier - aber wie kommt ein Phing dann ins Land der Menschen? Ist es der Krieg? Wolltest du herkommen?«, fragte sie.

In meinem Kopf wirbelte es. Mit einem Mal fühlte ich mich unwohl in dem freundlichen Zimmer: mit diesem freundlichen Mädchen, das so viele Fragen stellte. »Warum denkst du, dass ich ein Fing bin?«, fragte ich nervös.

Sie stutze und lachte. Die klaren Laute schwangen durch den Raum wie Glockenschläge und tilgten meine düsteren Gedanken. »Weil du in Oló bist!«, sagte sie. »Weil ich Phing bin! Weil es hier keinen gibt, der nicht Phing ist! Weil das unser Zuhause ist im Land der Menschen!«

Sie brach ab und musterte mein Gesicht aufmerksam.

»Warum denkst du, dass du kein Phing bist?«, fragte sie zögernd.

Ich schloss die Augen.

Sie missdeutete meine Mimik. »Was ist das Letzte, woran du dich erinnerst?«, fragte sie mit Nachdruck: beinahe fordernd. Gleich darauf fühlte ich ihre Hand an meiner Wange. Sie war kühl und fest und zarter als der erste Hauch Más.

Ich lächelte und schüttelte den Kopf. »Nein - es ist nicht, wie du denkst«, meinte ich erleichtert und öffnete die Augen wieder.

Ihr Gesicht war dem meinen näher gekommen. Ein Ausdruck der Freude lag in ihrem Blick: die Art von Freude, die ein Kind herausschreit, wenn es das erste kühlende Bad des Jahres nimmt. Ihre Hand verweilte nicht länger auf meiner Haut. Laena setzte sich gerade auf und wartete.

»Ich wollte hierherkommen«, sagte ich. »Doch ich wusste nicht, wie.«

Kaum hatte ich die Worte ausgesprochen, drang ein Bild in mein Bewusstsein, das ich nicht sehen wollte. *Tilius.* Ich hatte ihn zurückgelassen.

Laena spürte sofort, dass meine Gedanken den Raum verlassen hatten. »Was ist dir passiert?«, fragte sie vorsichtig.

Ich vermied es, sie anzuschauen. Ich wollte nicht darüber sprechen. Die Stadtmauern von Capul - der Andruen - Tilius. Mein Sturz und Oló. Ich war am Ziel der Reise angelangt - doch zu welchem Preis.

In den darauffolgenden Tagen besserte sich mein Zustand ungewöhnlich schnell. Bald konnte ich aufstehen, essen, umherlaufen, Laena Unmengen von Fragen stellen - und ebenso viele beantworten.

Laena war älter, als ich zuerst angenommen hatte - und je näher ich sie kennenlernte, desto älter schien sie zu werden. Wenn ich sie danach fragte, ließ sie mich ihr Alter schätzen und lachte - verriet es mir aber nicht.

Sie hatte einen jüngeren Bruder: Timo, der mich anfangs schmerzlich an Filius erinnerte. Beizeiten erkannte ich jedoch, dass die beiden nicht viel mehr als das junge Alter verband. Ich konnte nicht mit Timo sprechen, da er kein Liloisch verstand, doch schon nach wenigen Tagen den liebenswerten Raufbold durchschauen, der sich hinter seinem hübschen Gesicht versteckte.

Die ältere Frau, die sich um mich gekümmert hatte, war Laenas Mutter Mandai; und ihr Mann war Zidan: Laenas Vater. Ich durfte im Haus der Familie wohnen, bei ihr essen und schlafen und zu früherer Kraft zurückfinden. Sie kleideten mich und nahmen mich in ihrer Gastfreundschaft auf, dass ich mich geborgen und sicher fühlte.

Laena und ich stießen schnell an die Grenzen unserer Kommunikation. Sie sprach nicht viel Liloisch und ich kein Lentisch, wie ihre Muttersprache hieß. Wir nutzten häufiger Hände und Füße als Worte: und lachten dabei mehr, als ich zuvor mit einem Menschen jemals gelacht hatte.

Ich fragte Laena bald wieder nach Zacharias und durchstieg ihre Antwort nicht. Er war der Einzige, den ich von Capul hatte retten können, und neben den zerfetzten Reisekleidern das Einzige, was mich noch mit meiner Reise verband. Ich musste ihn sehen.

Schließlich - da Laena klar wurde, dass ich mich arg um ihn sorgte - holte sie für mich die Erlaubnis ihrer Mutter ein, nach draußen zu gehen. »Wir dürfen ihn suchen, aber nicht reiten«, kam Laena mit der Antwort und einer Banane in der Hand zurück.

»Ihn suchen?«, fragte ich verwirrt, doch sie winkte ab.

Ich warf mir den alten Kapuzenmantel über, bevor wir nach draußen gingen, und setzte die Handschuhe auf. Laena schaute mich verdutzt an, doch jeder Versuch einer Erklärung meinerseits blieb zwecklos.

Es war später Nachmittag, da ich das Haus der Familie zum ersten Mal mit wachem Verstand verließ. Die Hütte stand inmitten einer Wiese. Sonnenlicht umschmeichelte das prächtige Grün. Ich beneidete Laena, die mit nackten Zehen über das Gras lief.

Ich folgte ihr atemlos, während sie vorangaloppierte. Nach dem Sturz hatte sich mein Körper noch nicht ganz erholt. Laena bemerkte, wie weit ich zurückgefallen war, lief zurück und zügelte ihr Tempo beträchtlich. Wir schlenderten in der Sonne nebeneinanderher.

Ich spürte sofort, dass es in Oló kühler war als in Inkowitch oder gar Kalaote. Zwar schwitzte ich unter dem Mantel - doch wehte mir zuweilen eine frische Brise um die Nase, dass ich sie schmeckte. Bei diesem ersten Ausflug jedoch konnte ich die Schönheit und Einzigartigkeit Olós kaum würdigen. Zu sehr war ich in Gedanken damit beschäftigt, wie es meinem Pferd ergangen sein mochte.

Ich hatte geglaubt, die Familie besäße einen Stall oder hätte Zacharias in einem solchen untergebracht. Umso erstaunter war ich, als Laena plötzlich innehielt und meine Hand fasste. »Du kannst ihn jetzt rufen«, sagte sie und drückte fest zu.

Ich hatte keinen blassen Schimmer, wovon sie sprach. Sie schaute mich an und wartete auf eine Reaktion. Ich zuckte mit den Schultern. »Ich weiß nicht, was du meinst«, gab ich zu. Sie runzelte die Stirn.

»Ich rufe ihn«, schloss sie darauf. Ihre Hand ließ meine los. Dann rief sie ihn. Sie kniff weder die Augen zusammen, noch konzentrierte sie sich auf den Wind, das Gras oder die Luft: Laena rief Zacharias, weil sie es konnte. Sie stand eine Weile stumm auf der Wiese und setzte sich schließlich mit den Worten: »Er kommt ja gleich.« Ich setzte mich in meiner Verwirrung neben sie.

Wir schwiegen einige Atemzüge; dann schaute sie mir in die Augen und sagte: »*Delii* ist kein schöner Name.«

Ich lächelte. »*Laena* ist ein schöner Name«, erwiderte ich.

»Wenn du ihn richtig aussprichst«, neckte sie mich.

»Das tut mir leid«, gab ich zurück. »Eure Sprache klingt ganz fremd in meinen Ohren.«

»Ich mag es, wie du ihn aussprichst«, meinte sie und grinste. Auch ich grinste. Ihre Augen funkelten mich an. Ihr sonnenfarbenes Kleid lag um sie ausgebreitet und umspielte ihre weibliche Figur. Sie war kein Mädchen mehr. Wie konnte ich das nicht gesehen haben? Etwas an ihr blendete mich. Mir schien, als würde ich ihre wahre Gestalt nicht sehen können.

»Warum sprichst du meine Sprache?«, fragte ich. »Wer hat sie dich gelehrt?«

»Me Nebe lehrt uns«, antwortete sie. »Der Al-Perpet lehrt uns - aber deine Sprache spreche ich ein bisschen, weil Frowin sie spricht.«

»Wer ist das? Und warum spricht er Liloisch?«

Sie lachte. »Du stellst viele Fragen!«

»Du auch!«, gab ich unvermittelt zurück.

»Frowin ist mein Freund«, antwortete sie. »Er will Anit werden.« Ich stutzte - doch nicht, weil ein Fing Anit werden wollte.

Ehe ich ihr die nächste Frage zurückgeben konnte, sprang sie auf und schaute in die Ferne. Ich erhob mich mühselig und schaute in die gleiche Richtung, ohne etwas zu sehen. Dann plötzlich ertönte aus ebendieser Richtung ein Wiehern. Es war Zacharias' Stimme.

Ich achtete nicht mehr auf die Schwerfälligkeit meines Leibes und rannte los: ihm entgegen. Noch bevor ich ihn berührte, floss seine ungezügelte Freude, mich wiederzusehen, durch meine Adern. Diese kurze Zeit der Trennung, die gemeinsame Flucht, Erschöpfung und anschließende Erholung hatte uns stärker verbunden, als ein Stall neben meinem Schlafplatz es je hätte tun können.

Zacharias wurde sehr ruhig, da er in meine Nähe kam: als wollte er mich nicht überfordern. Er schnaubte nur ein Mal; dann legte er sein Maul vorsichtig an meine Hand und atmete geräuschvoll aus. Ich kraulte ihn und dankte ihm immer wieder. Ich wusste, dass er mir das Leben gerettet hatte.

Laena berührte mich an der Schulter. Sie streckte mir die Banane entgegen, und ich nahm sie dankend an mich. Einmal geschält verputzte Zacharias sie, so schnell er konnte. Auf dem Heimweg folgte er uns ein gutes Stück, bis er wie zum Abschied den Kopf hob, stehen blieb und schließlich davontrabte.

»Das musst du mir noch erklären«, keuchte ich atemlos, während wir in die Küche traten. Der kurze Marsch hatte an meinen Kräften gezehrt. Es roch nach Abendessen, aber Mandai scheuchte mich ins Bett. Laena brachte mir eine Schüssel, saß bei mir und sorgte dafür, dass ich genug aß und trank. Ehe ich ihr danken konnte, versank ich in Schlaf.

»Heute zeige ich dir mehr von Oló«, eröffnete sie mir am nächsten Morgen beim Frühstück. »Wir können Frowin besuchen. Dann kannst du mit jemand anderem sprechen als nur mit mir.«

»Ich spreche gern mit dir«, gab ich leise zurück. Ich wusste noch nicht, was ich von der Idee halten sollte.

»Und ich zeige dir den Platz, wo wir feiern!«, fuhr sie fort. »Aber - oh - *marph* können wir heute noch nicht sehen. Und auch den Wald nicht.«

»Wie groß ist Oló denn?«, fragte ich.

»Groß«, antwortete sie nur und lachte.

Bevor wir uns auf den Weg zu Frowin begaben, wollte ich meinen Mantel anziehen - und bemerkte, dass frische, unberührte Kleider auf meinem Bett lagen. Laena hatte mir noch am Abend einen neuen Mantel und Handschuhe aus dem gleichen Material genäht, aus dem auch meine übrigen Kleider bestanden. Der Stoff war weiß und fließend.

Sie deutete auf mein Gesicht, während sie mit der Hand darüber strich. »Die Farbe passt besser zu dir«, lächelte sie.

Ich hatte nicht mit einem solchen Geschenk gerechnet und dankte ihr wortreich, nachdem meine Verblüffung verflogen war - ungeachtet ihrer belustigten Miene, da sie kaum ein Wort verstand. Draußen in der Vormittagssonne schätzte ich es umso mehr. Es schützte meine Haut vollkommen vor Dileis Stich, ließ mich aber dennoch seine Kraft genießen.

Laena lief mit mir in eine ganz andere Richtung als den Tag zuvor. Wir kamen an vielen Häusern vorbei: ähnlich dem, das ihre Familie bewohnte. Sie standen nicht wie in Inkowitch gedrängt oder wie in Kalaote in geometrischer Vollendung nebeneinander, sondern lose in die Landschaft gesetzt, als wären sie nach und nach dahingepflanzt worden. Jedes war einzigartig und an seinem Platz vollkommen in die Natur eingebettet. Manche lehnten sich an Bäume oder wurden von dicken Ästen getragen. Dächer waren hier mit glitzernden Kieseln, dort mit Blättern gedeckt. Ein Haus war gar so in einen augenscheinlich natürlichen Erdhügel gepflanzt, dass es fast darin verschwand.

Laena winkte vielen Fingen zu, die ihre Tagesgeschäfte verrichteten. Manches Mal rannte sie zu einem hin, sprach kurz mit ihm, bis er in Lachen ausbrach, und kehrte dann freudestrahlend zu mir zurück. Ich wurde allseits kritisch beäugt, doch in Begleitung Laenas schien jeder mit dem Anblick des Fremden in dem merkwürdigen Aufzug zurechtzukommen. Sie versuchte mir nebenbei zu erklären, wer hier wo wohnte, wer mit ihr verwandt oder befreundet war, mit wem sie als Kind oft gespielt und wen sie gemieden hatte. Es dauerte nicht lang und mir schwirrte der Kopf von Namen und Verwandtschaftsgraden.

»Sind wir bald da?«, fragte ich schließlich zögernd. Mein Kopf fing wieder an zu hämmern und ich war durstig.

Laena warf mir einen kurzen Blick zu und nickte. »Setz dich und warte hier«, sagte sie dann bestimmt und verschwand.

Ich ließ mich auf die Erde nieder und genoss die kurze Rast, ohne daran zu denken, was diese zu bedeuten hatte. Hier war es wenigstens schattig. Ich kroch zum nächsten Baum und lehnte mich an den dicken, hell gefleckten Stamm.

Wenige Minuten vergingen, bis Laena wiederkam - doch ich war in der kurzen Zeit schon wieder eingenickt. Sie weckte mich sanft und hielt mir ein breites Blatt entgegen, das mit einer klaren Flüssigkeit gefüllt war. Ich konnte die Erfrischung gut gebrauchen.

Den letzten Schluck trank sie - und ich beobachtete, wie einige Tropfen an ihrem Hals hinab rannen. Es war, als würde ich hinter einen Schleier blicken können, mit dem sie sich sonst sorgsam vor mir verhüllte. Ihre Augen schauten mich herausfordernd an, nachdem sie das Blatt gesenkt hatte.

Ich grinste und überspielte meine Verlegenheit. »Du kannst nicht richtig trinken«, hob ich zur Erklärung an.

»Und du nicht richtig sehen«, gab sie sofort zurück. Ich wich ihrem Blick nicht aus. »Komm«, sagte sie schließlich und half mir auf. »Wir sind gleich bei Frowin. Dann können wir sprechen.«

Wir liefen noch ein paar Schritte im Schatten weiter, wo die Platanen dichter und breiter wurden, bis Laena anhielt und nach oben sah. Dann pfiff sie laut und wartete. Ich blickte in die Äste und fragte mich, worauf - als es zu knacken und rascheln begann. Ein Fing kam von der Seite auf uns zu.

Laena runzelte die Stirn und wechselte viele flinke Worte in ihrer Sprache mit ihm; dann umarmte sie ihn und führte ihn zu mir. »Delii: Das ist Frowin. Frowin: Das ist Delii.« Sie fügte noch einige lentische Worte mehr hinzu.

Frowins Miene - zunächst zurückhaltend in jedwedem Ausdruck - hellte sich auf, je mehr Laena sprach, bis er mir schließlich ein herzliches Lachen schenkte und sich verneigte. Einer vertrauten Konvention - so lästig sie auch zuweilen sein mochte - an diesem Ort voll fremder Merkwürdigkeiten zu begegnen, ließ mich gleich Vertrauen zu Frowin fassen.

»Dann lasst uns ein Plätzchen suchen, wo wir ungestört plaudern und trinken können!«, sprach er in nahezu perfektem Liloisch. Er ging bedächtig voran und führte uns noch tiefer in den Wald.

Laena schaute mich aufgeregt an und lächelte aufmunternd. »Kannst du klettern?«, fragte sie.

Ich zögerte. »Kommt darauf an, was du damit meinst. Ich klettere gerne auf Dächer.«

Sie strahlte über das ganze Gesicht. »Dann kannst du auch auf Baumdächer klettern!«, lachte sie und folgte Frowin. Ich wusste nicht, ob ich verstanden, was sie gemeint hatte, doch als die beiden Fingen stehen blieben und nach oben sahen, konnte es keinen Zweifel geben.

Frowin stieg zuerst auf die kleine Leiter, die nach oben in den Baum führte. Laena ließ mir den Vortritt. Die Leiter zu erklimmen war leichter, als es aussah, und ehe ich aus der Puste kommen konnte, erreichte ich ein kleines Plateau.

Hier saß Frowin bereits auf einem Schemel, füllte drei Becher und winkte mich zu sich. Laena hinter mir war ebenfalls oben angekommen.

»Es gibt noch viel höhere«, erklärte Frowin auf mein beeindrucktes Schweigen. »Gefällt es dir?«, fragte er mich zögernd. »Wenn du die Höhe nicht magst, können wir auch woanders hingehen.«

Ich schüttelte energisch den Kopf. »Es ist großartig! Ich kann es nur noch nicht ganz glauben, dass das alles wirklich ist«, gab ich zurück.

Frowin schaute auf seine Hände. »Es ist gut, dass du hier bist. Trauer kann zwar kein Phing heilen - doch die Vögel in Oló singen von Freiheit.« Ich blickte ihn an und blieb stumm.

Laena musterte mich von der Seite, dann legte sie ihre Hand auf meine Schulter und wies mir einen Schemel zu. Da wir drei beieinander saßen, klatschte sie in die Hände.

Frowin sprach: »Nun könnt ihr beiden euch unterhalten. Ich übersetze für euch. Wer will anfangen?« Noch bevor ich Luft holen konnte, sprudelte Laena los. Frowin hörte aufmerksam zu, stoppte sie schließlich und hob lächelnd an: »Du bist nicht bei Phing aufgewachsen, stimmt's?«

»Merkt man mir das so deutlich an?«, fragte ich zögernd.

»Sie schon!«, gab Frowin zurück. »Aber das ist nicht schlimm. Und du bist nicht nur ein Phing, habe ich Recht? Du bist auch ein Mensch!«

Ich schluckte und nickte.

Laena lachte.

»Sie soll aufhören zu lachen!«, sagte ich zu Frowin, der mit Laena sprach.

Er wiegelte ab: »Mach dir darüber keine Sorgen. Es ist schön, wenn es wahr ist. Schön für mich.« Sein Blick traf meinen. »Auch ich bin mehr als ein Phing - und bisher der Einzige in Oló.«

»Auch du bist ein Mensch?«, hakte ich verblüfft nach.

»Nein - ich bin ein Willar!«, erwiderte Frowin.

»Du bist ein Fing und ein Willar und willst ein Anit der Menschen werden?«

»Ja: So ist es«, nickte er.

Meine Verblüffung verwandelte sich in Neugier. Mensch - Ahelbas - Fing - und nun ein Willar vor mir!

Ich dachte an die Legende der Zwölf, die ich in Inkowitch gelesen hatte. Darin heißt es nämlich auch: »Südlich von Tirecs liegt Times, wo die Willar leben.

Sie sind in Gestalt den Draesenterecs ähnlich, doch ihre Sache ist die des *Mutes.*«*

Frowin unterschied sich äußerlich kaum von mir oder Laena - zumindest nicht so stark, wie der Text es vermuten ließ. Allerdings hatte ich auch noch keinen Draesenterecs gesehen und konnte daher nicht beurteilen, inwieweit die Legende zutreffen mochte. Dennoch musste ich feststellen: »Ich habe geglaubt, Willar würden wie Draesenterecs aussehen.«

»Du hast schon einmal einen Draesenterecs getroffen?«, fragte Frowin neugierig.

Ich schüttelte den Kopf.

»Aber du weißt etwas über die Zwölf?«, fuhr er gebannt fort. »Ihr Aussehen, ihre Geschichte? Was sie unterscheidet?«

Ich nickte. »Ich habe darüber gelesen - aber ich kenne nur zwei Ahelbas und die Menschen, bei denen ich aufgewachsen bin.« Den einen Menschen vor allem: Naru Cachil Olibat - jenen Mann, dessentwegen ich hier war. Den einen Ahelbas vor allem: Filius Otris, dessen Vater nicht mehr zurückkehren würde. Laena und Frowin schauten mich erwartungsvoll an.

»Woher weißt du das über die Zwölf?«, fragte Frowin weiter.

»Ich habe die Geschichten gelesen, die mir mein Lehrer gebracht hat«, antwortete ich. »Darin stand auch, Willar wären mutig. Bist du es? Bist du mutiger als wir?«

Frowin grinste. »Nun - ich weiß nicht, wie mutig du bist«, sagte er. »Aber ich habe weniger Angst als die meisten. Ich weiß nicht, ob das daran liegt, dass ich ein Willar bin.« Laena warf ein paar lentische Sätze dazwischen und Frowin lachte. »Sie sagt, ich würde keine Angst kennen«, erklärte er auf meine fragende Miene.

»Wer aus deiner Familie ist Willar? Dein Vater oder deine Mutter?«

»Mein Vater«, erwiderte Frowin. Er wurde ernst. »Aber ich kenne ihn nicht.«

Wir schwiegen.

Ich rang mit mir, einzuwerfen, dass es mir ganz ähnlich ging. Vielleicht würde es ihm helfen. Offenbar hatte ich - ohne es zu wissen - einen wunden Punkt getroffen. »Mein Vater war Mensch, meine Mutter Fing. Aber ich kenne beide nicht und dachte bis vor Kurzem noch, ich wäre nichts als ein Mensch.«

---

* Andras, Mand und Nam 2847. *Die Entstehung der Menschheit*. Segona Urdu, Eldir. Dem Liloischen angeglichen von D.F.A. [AV]

Frowin nickte. »Man merkt gar nichts davon, wenn man es nicht weiß«, sprach er.

»Ich wäre nie auf den Gedanken gekommen«, pflichtete ich ihm bei.

Er lächelte mich an. »*Sie* hätte es dir sofort angesehen.« Er deutete auf Laena. »Und was unterscheidet einen Menschen von einem Phing?«

Ich dachte an Zacharias und daran, wie Laena ihn gerufen hatte. Auch wenn ich noch immer nicht ergründet hatte, was da vor sich gegangen war, wusste ich, dass kein Mensch so etwas vermochte. »Menschen rufen keine Tiere«, hob ich an. »Und sie können scheinbar auch nicht sehen«, fügte ich mit einem Blick auf Laena hinzu.

»Jetzt hast du gesagt, was Menschen *nicht* können. Aber was können sie denn? Was *sind* sie?«

Bevor ich auf Frowins Frage eine passable Antwort finden konnte, fiel Laena dazwischen: »Ihr könnt doch später darüber sprechen. Ich will noch etwas wissen!«

Ich schüttelte den Kopf. »Jetzt bin ich an der Reihe, Fragen zu stellen«, stellte ich fest.

Frowin stimmte mir zu.

Die Frage, die mir auf der Zunge lag - und die die wichtigste meiner Fragen war - verstand Laena auch ohne ihn. »Wer bist du?«, fragte ich sie und fixierte ihre blauen Augen.

Frowin stutzte zuerst, sah dann Laena an und begriff.

Sie lächelte, doch verbot ihm offensichtlich, meine Frage zu beantworten. »Wenn ein Delii nicht sehen kann«, sprach sie sacht und schwieg.

Frowin lachte und schüttelte empört den Kopf. »Aber warum lässt du ihn denn nicht sehen?«, fragte er aufgebracht.

Doch ich war keineswegs unzufrieden. Wenn sie mir nicht verraten wollte, wer sie war - oder es mich nicht sehen ließ - so musste ich es herausfinden. »Gut. Wie hast du mich gefunden?«

»Ich wusste, dass du kommst.«

»Wie hast du Zacharias gerufen?«

»Wie ich auch dich rufe.«

»Woher wusstest du, dass ich ein Fing bin?«

»Ich habe dich gesehen.«

»Warum hast du mich hierhergebracht?«

»Weil du hierher wolltest.«

»Woher wusstest du, was ich wollte?«

»Ich fühle dich.«

»Warum weißt du dann nicht, wer ich bin?«

Die nächste Frage, die sie nicht beantworten wollte - und ihr Lächeln wurde breiter. »Gut«, gab sie zu. »Du bist gut.«

Frowin verschränkte die Arme und schaute zwischen mir und ihr hin und her. Er schien den Schlagabtausch zu genießen.

»Du sagst: Du kannst mich fühlen. Wie du die Erde fühlst?«

»Ja.«

»Wie du Frowin fühlst?«

Sie beugte sich zu ihm und gab ihm einen Kuss auf die Wange. »Ja«, grinste sie.

Frowins Miene feuerte mich stumm an. Doch meine Gedanken schweiften wieder ab. Das letzte Mal, dass ich einen Kuss gesehen hatte, war in Kalaote gewesen. Ich holte tief Luft und überlegte, was ich noch fragen könnte. »Das finde ich noch heraus«, sprach ich zu ihr.

»Da bin ich mir sicher«, sagte Frowin.

Laena lächelte nur und widersprach ihm nicht.

Während unseres Gespräches war Mittag längst herangeschritten. Wir verließen unser schattiges Plätzchen und legten uns auf einer Lichtung in der Nähe in die Sonne. Frowin hatte aus dem Haus seiner Großmutter so viel Obst und Nusskuchen mitgenommen, wie wir nur essen konnten. Als Laena fortging, um Wasser zu holen, breitete er die Schätze auf dem Gras aus.

»Das ist ein Test«, sagte er zu mir.

»Ich weiß«, antwortete ich.

Er schüttelte grinsend den Kopf. »Sie testet dich, weil sie mit dir spielen will - und du bist nicht der Erste, den sie testet.«

»Ich werde ihn bestehen!«, gab ich zurück.

»Da bin ich mir sicher«, erwiderte er. »Aber was passiert dann? Denkst du, ein Rätsel zu lösen, schafft kein größeres neues?«

Nach dem Essen schlief ich ein und wachte erst wieder auf, als die Sonne im Westen stand.

»Geht es dir gut?«, fragte Laena und legte den Handrücken an meine Wange. »Du hast lange geschlafen. Frowin musste schon gehen.« Ich seufzte und streckte mich.

»Du darfst mit mir nicht mehr in meiner Sprache sprechen. Ich will deine lernen!«, sprach ich zu ihr.

Sie zog die Hand zurück und schaute mich überrascht an. In ihren Augen blitzte der Schalk auf. »Wirklich?«, fragte sie.

»Ja«, nickte ich. »Lass sie mich lernen.«

Laena stand rasch auf - doch ihre Verlegenheit konnte mir nicht entgehen. So sehr ich das Gefühl hatte, sie könnte mein Verhalten, meine Gedanken ahnen, bevor ich selbst von ihnen wusste, so spürte ich jetzt, dass sie damit nicht gerechnet hatte.

Ich erhob mich mühselig. »Komm!«, forderte ich. »Du wolltest mir noch etwas zeigen: den Platz, wo ihr feiert.« Sie strahlte wieder.

Sie lief mit mir tiefer in den Wald hinein. Die Bäume hier standen dichter; jeder der dicken Stämme war mit Leitern verziert. Als ich nach oben sah, erkannte ich, dass sich die Plateaus nun über ganze Baumreihen erstreckten. »Wohnen da oben auch Fingen?«, fragte ich.

»Ja. Es gibt Häuser in den Bäumen«, erklärte mir Laena auf Liloisch.

Ich hielt sie fest und blieb stehen. »Du sprichst meine Sprache. Deine klingt schöner.«

Sie sah mich an und wiederholte ihre Worte auf Lentisch.

»Deine Stimme klingt schön, wenn du so sprichst«, schloss ich.

Im Zentrum des Waldes endeten die dichten Baumreihen plötzlich. Die letzten Stämme gaben den Blick auf eine riesige Lichtung frei. Unzählige Baumstümpfe - in Tische und Schemel gewandelt - durchmaßen den dämmrigen Platz, der von Feuerstellen übersät und mit großzügigen Flächen hart getrampelter Erde gespickt war.

Dem ersten Anschein nach wirkte die Lichtung nicht besonders einladend, doch Laena erzählte gleich aufgeregt von den Festen, die hier gefeiert wurden, und nach einem strengen Blick von mir fügte sie einige Sätze mehr hinzu, deren Sinn mir verborgen blieb.

Auf dem Rückweg jedoch war sie sehr still. Derweil wir durch den Wald nach Hause liefen, wurde es rasch dunkel. Lichter entzündeten sich nach und nach in den Wipfeln und tauchten unseren Weg in goldigen Schimmer. Ich spürte

Laenas Anwesenheit so deutlich wie nie zuvor. Das Geräusch ihres Atems, das gleichmäßige Rascheln ihrer Füße auf dem trockenen Boden, ihre schattige Silhouette nahmen mich ein. Sie schien so viel von mir zu ahnen, indessen ich scheinbar nichts über sie wusste. Spielte sie mit mir? War sie mir wohlgesonnen? Ich konnte mir nicht vorstellen, dass sie mir ihr Wesen aus Böswilligkeit vorenthielt. Was auch immer sie vor mir verbarg - ihre Sanftmut hatte mir nicht entgehen können.

Ich dachte gerade darüber nach, ob diese Sanftmut eher mit Wasser oder Wind zu vergleichen war, als über unseren Köpfen die Musik begann. Ich hielt inne und sah staunend nach oben. Eine klare Frauenstimme sang zu einem Instrument, das ich noch nie gehört hatte.

Laena blieb stehen und musterte meine erstaunte Miene.

Die Melodie war einfach und schön - und auch wenn ich den Text nicht verstand, so berührte das Lied meine Seele. Es klang traurig und zart.

Laena forderte mich auf, mit ihr zu kommen, doch ich schüttelte flehend den Kopf. »Ich muss zuhören«, wandte ich zur Erklärung ein.

Sie fasste mich an der Hand, doch ich rührte mich nicht von der Stelle. Es war, als würden die Töne meine Beine fesseln.

»Bitte«, flüsterte ich. »Lass uns nur kurz noch hier warten.«

»Wir müssen heim. Du musst schlafen«, gab sie zurück.

Die Melodie schwoll an.

Laena seufzte, dann begann sie - zögernd und zunächst sehr leise - einzustimmen. Ihre Stimme lenkte meine Aufmerksamkeit von der Musik über mir ab. Ich schaute sie an, doch sie vermied es, mir in die Augen zu blicken. Sie zog mich mit sich: und mit jedem Schritt, den ich ihr folgte, wurde ihre Stimme lauter.

Dann ließ sie meine Hand los und sang ihr Lied bis zum letzten Vers. Es war das erste Mal, dass jemand für mich sang. Ihre Stimme drang in meine Seele, stach in mein Herz, sickerte in mein Blut.

Und plötzlich musste ich sie nicht mehr anschauen, um zu sehen, wer sie war. Es fühlte sich an, als hätte sie mir eine Tür geöffnet. Trauer überflutete meinen Verstand. Denn ich sah Wehmut und Sehnsucht und meinen eigenen Schmerz im Klang ihrer Weise gespiegelt.

»Worum geht es in deinem Lied?«, fragte ich sie. Es war gut, meiner Stimme eine Aufgabe zu geben, bevor sie brechen mochte.

»Um einen -«, hob sie an - doch ich schüttelte den Kopf. Ihre folgenden lentischen Worte konnte ich nicht verstehen - wusste auch ohne eine Erklärung, dass es nur um eines gehen konnte.

»Du singst so schön.«

Sie schlug die blauen Augen nieder und hüllte sich wieder in ihr Geheimnis.

Bis nach Hause konnte ich meine Tränen verbergen, doch als ich wenig später im Bett lag, tränkten sie die weichen Kissen. Am nächsten Morgen waren sie getrocknet.

Sowie ich die Augen aufschlug, hatte ich nur einen Gedanken: Ich musste ihre Sprache lernen. Sie war der Schlüssel.

Mandai weckte mich, überprüfte gewissenhaft mein Befinden und entließ mich mit einem Lächeln zum Frühstück. Timo und Zidan saßen bereits am Tisch; Laena stürmte mit wehendem Haar herein, erblickte mich und nahm neben mir Platz. Ich verfolgte aufmerksam jedes Gespräch und versuchte den Klang der Worte in mich aufzunehmen.

Es ist nicht schwer, eine Sprache zu lernen, die man fast ununterbrochen hört - und so brauchte ich kaum eine halbe Mondzeit, bis ich sie beherrschte. Es dauerte einen halben Tag, da erkannte ich, wie ähnlich sie zumeist dem Liloischen war. Mochten die Laute in meinen Ohren noch so fremd klingen - die Syntax lieh sich das Lentische eindeutig von meiner Muttersprache. Fünf Tage später verstand ich die meisten Gespräche, doch der für meine Zunge ungewohnten Aussprache wegen benötigte ich weitere sieben, um eigene Sätze formulieren zu können. Einen Namen für die Sprache Olós hatte ich zu dieser Zeit noch nicht; und es geht auf meine eigenen Analysen zurück, dass ich sie heute als *Lentisch* bezeichne - und das ist hier nicht weiter von Belang. Anfangs nannte ich sie still *ihre Sprache.*

Je mehr ich also die Sprache Laenas verstand, desto mehr verstand ich sie. Es fiel ihr zunehmend schwerer, sich vor mir zu verbergen; und ich tat mein Möglichstes, um sie aus der Fassung zu bringen. Immerhin zierte sie sich nicht mehr, mit mir kein Liloisch zu sprechen: Offenbar schmeichelte ihr mein Lerneifer sogar. Auch wenn meine ersten Sprechversuche uns beide in Gelächter ausbrechen ließen, so entgingen mir die Blicke, mit denen sie mich mehr und mehr bedachte, nicht. Die Befangenheit war einer stillen Bewunderung gewichen.

Ich hingegen genoss zwar die Zeit, die ich mit ihr verbringen durfte, wurde allerdings immer verlegener, je deutlicher ich sie sehen konnte. Sie war in jeder Hinsicht besonders: schön, klug, sanft und stark. Ein jeder, den wir trafen, schien sie hoch zu schätzen oder zumindest aus der Ferne zu beneiden. Ihre Gaben mussten selbst unter den Fingen außergewöhnlich sein.

So rief sie Ruijan - die Stute, die sie am liebsten hatte - und Zacharias herbei, ohne dass ich davon etwas merkte, während wir zwischen duftenden Blumen im Gras saßen. Ich hatte gerade einige neue Wörter von ihr lernen dürfen, verstand mittlerweile die meisten Gespräche und konnte mich selbst ganz gut verständigen - wenngleich meine Sprechkünste ausbaufähig blieben.

»Ich habe Mandai gefragt: Du darfst wieder reiten. Heute kann ich dir endlich *marph* zeigen«, erklärte sie freudestrahlend.

Laena hatte mir nach und nach ihre Heimat gezeigt; sie war mit mir durch die tiefsten Winkel der Wälder und die letzten Ausläufer der Wiesen gestreift.

Oló quoll über vor Wundern und Merkwürdigkeiten, die mich immer wieder zum Staunen brachten. Laena zeigte sich sehr geduldig mit der geradezu kindlichen Naivität, in der ich das Dorf betrachtete. Sie erklärte mir alles, was ich wissen wollte - bis auf sich selbst. Und je mehr ich von Oló sah, desto mehr verwuchs meine Natur mit dem Atem dieses Ortes, der in seiner Weitläufigkeit mit keinem Menschendorf zu vergleichen war.

Dennoch sprach sie immerzu von *marph,* das sie mir zeigen wollte - und für dessen Wort ich noch keine liloische Entsprechung gefunden hatte.

»Was ist *marph?*«, fragte ich auch jetzt wieder, wurde jedoch von den beiden herantrabenden Pferden abgelenkt.

Zacharias sah prächtig aus. Man konnte ihm ansehen, dass er sich in Oló sehr wohl fühlte. Die Herde hatte ihn in ihre Reihen aufgenommen; und das wilde Leben ließ seine Lebendigkeit und Kraft erstrahlen.

Das andere Pferd - eine Stute - war kleiner und hatte braunes Fell. Laena sprang auf und rannte ihr entgegen, da sie die Freie sah. Ich tat es ihr gleich.

»Ist das deine Stute?«, fragte ich sie und beobachtete, wie ihre Hand den Hals des Pferdes streichelte.

Sie lachte laut los. »Du bist so lustig, Delii: wie dein Name!«, stieß sie hervor. Ihr Lachen steckte an. Ich versuchte sie zu fangen, doch sie wich aus.

Dann schwang sie sich auf den Rücken der Stute. »Komm!«, rief sie mit glockenheller Stimme. »Du wirst lieben, was ich dir zeige!« Auch ich bestieg mein Pferd - doch sah das bei mir längst nicht so grazil aus wie bei ihr.

Derweil wir nebeneinanderher ritten, konnten wir die Augen nicht voneinander lassen. Laena verfolgte meine Reitkünste mit gerunzelter Stirn - ich ihre mit nicht minder verwunderter Miene. Offenbar war die Kunst zu reiten ein weiterer Unterschied zwischen Menschen und Fingen. Laena benutzte wie ich weder Sattel noch Zaumzeug, doch während ich stets versucht hatte, die Bewegungen von Tilius oder Filius nachzuahmen, hatte Laena das Reiten ohne Zubehör von klein auf gelernt.

»Bringst du mir das bei?«, fragte ich sie begierig. »Mir hat niemand beigebracht, so zu reiten.«

Ihre blauen Augen durchstachen meine. »*Alles* willst du lernen - *alles* willst du wissen. Aber was darf ich von *dir* lernen?«

»Verzeih mir, Laena - ich weiß nicht, was du von mir lernen kannst«, antwortete ich aufrichtig.

Sie schnalzte missbilligend mit der Zunge. »Du lügst«, sagte sie und trieb ihre Stute an. Für einen kurzen Moment dachte ich darüber nach, ob in ihren Adern auch Ahelbasblut floss - dann gab ich Zacharias frei und holte rasch auf.

Laena grinste schon wieder, da ich näher kam, und feuerte Ruijan weiter an. Sie wollte sich offensichtlich ein Wettrennen mit mir liefern. »Wenn du schneller bist als ich, lernst du von mir, was du willst!«, rief sie mir zu.

Natürlich gewann ich. Zacharias war ein Otrispferd.

»Das ist mein Name. Mein Name ist schuld. Er bedeutet *wissend*«, wandte ich zur Erklärung ein.

Laena schüttelte mit dem Kopf. »Er passt nicht zu dir«, sagte sie leise.

»Meinst du? Den hat mir mein Lehrer gegeben«, erwiderte ich.

Sie schüttelte erneut den Kopf. »Nein. Er passt nicht zu dir. Du kannst mehr sein als das.«

»Wie würdest du mich denn nennen?«, fragte ich.

»Das weiß ich noch nicht. Aber bald«, gab sie zurück. »Dein Lehrer - du hast ihn sehr gern. Magst du mir nicht von ihm erzählen?«

Ich seufzte. Ich vermisste Cachil.

»Sieh: Ich zeige dir Oló. Ich lasse dich sprechen lernen. Ich lasse dich manchmal sehen. Bitte erzähle mir von ihm!«, setzte sie nach.

Ich seufzte erneut. Vielleicht war es ganz gut, endlich meine Sorgen mit jemandem zu teilen.

Ein paar Stunden später hatten wir uns im Grünen niedergelassen. Die Pferde grasten zur Linken; Schweigen war eingekehrt. Ich hatte ihr meine Geschichte erzählt: Ich hatte ihr von Inkowitch und Cachil, von Kalaote, Tilius und der Reise hierher erzählt. Laena war eine gute Zuhörerin. Sie hatte wenige, dafür die richtigen Fragen gestellt, um mich aus der Reserve zu locken. Nun, da das meiste gesagt war, fühlte ich mich weder bloßgestellt noch allein, wie ich befürchtet hatte. Im Gegenteil: Das, was uns trennte, schmolz.

»Dass du unsere Sprache lernst - heißt das, du willst hierbleiben?«, fragte sie mich und warf mir einen scheuen Blick zu.

Ich zögerte mit einer Antwort. Ich musste hierbleiben, bis ich Cachil wiedersehen konnte - und ich wollte es. Doch ihre Frage warf meine eigene auf, ob ich hier solange willkommen war. »Ich würde gern eine Weile hierbleiben«, antwortete ich schließlich.

Laena seufzte erleichtert. »Gut. Ich habe nämlich schon vielen erzählt, dass du hierbleibst.«

»Du hast erzählt, dass ich bleibe?«, hakte ich überrascht nach. »Hatte denn niemand etwas dagegen?«

Sie zuckte mit den Schultern. »Meine Familie freut sich, wenn du hierbleibst«, erklärte sie. »Meine Mutter hätte dich ohnehin nicht gehen lassen, bis du wieder ganz gesund und munter bist; und mein Vater ist froh darüber, dass ich eine Aufgabe habe. Timo freut sich über einen großen Bruder.« Sie legte eine Pause ein.

»Und du?«, fragte ich. »Freust du dich über einen großen Bruder?«

Sie schüttelte energisch den Kopf und lachte. »Ich will keinen großen Bruder!«, rief sie. Dann ergriff sie meine Hand. »Ich freue mich, wenn du hierbleibst. Ich habe dir noch viel zu zeigen. Und ich glaube: Auch du hast mir noch viel zu zeigen!« Mit diesen Worten erhob sie sich und setzte sich auf Ruijans Rücken.

»Was meint denn dein Vater, wenn er froh ist, dass du eine Aufgabe hast?«, fragte ich sie, während wir wieder gemütlich über die Wiesen trabten.

»Ich langweile mich manchmal«, gab sie zurück. »Ich suche mir zwar etwas zu tun - doch im Grunde warte ich darauf, nach *Evandeyn*[*] fahren zu können. Aber wenn du jetzt da bist und hierbleibst, kann ich dich füllen, wenn du mich lässt. Ich kann dich unsere Eigenart lehren. Ich sehe, dass du darauf brennst!«, schloss sie mit einem verschmitzten Grinsen.

Ich konnte mein Glück kaum fassen. »Du willst mich lehren, Phing zu sein?«, gab ich begeistert zurück.

Sie hob die Hand zum Einwand. »Aber ich verlange auch eine Gegenleistung!«, erklärte sie mit hochgezogenen Brauen. »Du sollst mir dafür zeigen, wer *du* bist. Ich werde nicht alles verstehen und lernen können - aber auch du musst mein Lehrer sein!«

Ich zögerte. Sicher gab es einiges an Wissen, das ich weitergeben konnte, doch in dieser fremden Welt schien das nicht von Bedeutung zu sein.

Als könnte sie meine Gedanken lesen, fügte sie an: »Du irrst, wenn du glaubst, dass du nichts nach Oló gebracht hast, was ich brauche.«

»Aber dazu musst du mich auch sehen lassen, was du von mir willst. Und das sehe ich nur, wenn ich *dich* sehe«, hielt ich dagegen.

Sie schaute mich an. Es sah so aus, als könnte sie sich nicht entscheiden, ob sie nicken oder den Kopf schütteln sollte.

Dies schien der richtige Zeitpunkt zu sein, ihr für die Bereitschaft, sich meiner anzunehmen, zu danken. »Deine Worte überraschen mich - und sie freuen mich. Sie lindern meine Sorgen. Ich hatte nicht erwartet, was in Oló auf mich wartet.«

In ihren Augen blitzte Freude auf. »Du hast nicht erwartet, dass *ich* auf dich warte«, sprach sie leise. »Aber ich muss auch ehrlich sein zu dir: Ich weiß nicht, ob ich dich alles lehren kann, was du lernen willst.«

Ich grinste. »Du wirst viel Arbeit haben mit mir.«

»Nein.« Jetzt schüttelte sie den Kopf. »Das meine ich nicht. Ich bin vielleicht keine gute Lehrerin.« Sie schaute zum Himmel. In ihrer Stimme lag eine Sehnsucht, die ich nur zu gut kannte. »Wie lehrt ein Vogel seine Kinder das Fliegen?«, fragte sie: den Blick gen Horizont gerichtet.

---

[*] Eventi für: »Eventin«.

Obwohl ich wusste, dass sie keine Antwort erwartete, musste ich die Vorlage nutzen. Ich erwiderte: »Indem er sie aus ihrem Nest wirft!«

Laena wandte sich ungläubig zu mir, sah mein Grinsen und fing an zu lachen. Dann ließ sie Ruijan galoppieren. »Komm!«, rief sie mir zu: klar wie die Morgenfrühe. »Wir sind jetzt fast da!« Ihre Augen leuchteten.

Noch bevor ich *marph* sehen konnte, hörte ich es: ein mächtiges, polyphones Rauschen, das nach und nach jedes andere Geräusch verschluckte. Meine Spannung wuchs. Zacharias und ich wollten noch schneller vorpreschen, doch Laena hielt uns zurück.

»Wir sehen es jetzt so, wie jeder es zum ersten Mal sehen sollte. Schau!« Sie deutete auf den Horizont. »Es ist schon Abend! Bald kannst du deinen Mantel ablegen und ich darf dich anschauen!« Sie griff meine Hand und hielt sie fest. Die Pferde waren gezwungen, dichter nebeneinander zu laufen. »Schließ deine Augen!«, befahl sie mir.

Ich konnte nicht anders, als ihr zu gehorchen. Mit geschlossenen Augen bestand meine Welt nur noch aus den gleichmäßigen Bewegungen Zacharias', dem immer lauter werdenden Rauschen und Laenas Hand. Sie war viel kleiner als meine.

»Jetzt darfst du sie öffnen!«, rief sie schließlich und ließ meine Hand nicht los. Ich öffnete meine Augen und traute ihnen nicht. Das Rauschen rührte von den rhythmischen Bewegungen riesiger Wassermassen, die an die Felsen unter uns schlugen, sich nach links und rechts weiter streckten, als ich sehen konnte, und schließlich bis an den Horizont reichten.

»*Marph* heißt Meer!«, rief ich: in meine Muttersprache zurückfallend. »Es *ist* das Meer!«

Seine dunkle Farbe spiegelte den Himmel und verlieh ihm das zürnend irdische Funkeln der Tiefe. Es war das erste Mal, dass ich diesen Begleiter der Urzeiten und Urgrund so vieler Legenden mit eigenen Augen sah. Es stand seinen Beschreibungen in nichts nach. Von machtvollen Kräften hin- und hergeschlagen eroberte es immer wieder den Strand aus Stein, nur um gleich danach zurückzufallen und Felsengrund freizugeben.

Ein Schrei riss mich vom Grund los und zog meinen Blick zum Himmel.

»Ein *Sha-En*«, sagte Laena - gerade laut genug, dass ich sie verstehen konnte - »ein Wasservogel.«

Der Vogel kreiste in großer Höhe über dem Wasser und schrie erneut, um dann plötzlich in die Fluten hinabzutauchen. Wie er aus den Wellen hervorschoss, trug er etwas im Schnabel.

Laena strahlte von einem Ohr zum anderen. Sie hatte mich die ganze Zeit beobachtet und hielt meine Hand noch immer fest umschlossen.

»Jetzt sehe ich deine Augen funkeln!«, sagte sie.

Doch das Funkeln ihrer Augen konnte nichts übertreffen. Sie rutschte von Ruijan und entließ beide Pferde hinaus in den Abend.

Dann stieg sie mit mir die Felsen hinab, die wie eine Treppe angeordnet waren. Wieder nahm sie meine Hand und führte mich nahe ans Wasser heran. Sie hockte sich an den Fels und tauchte die andere Hand hinein.

»Koste!«, befahl sie. »Es schmeckt -«

»- salzig«, vervollständigte ich ihren Satz.

Das kühle Nass benetzte meine Lippen.

»Wie nennt man das?«, fragte ich, um das lentische Wort zu lernen. Aus ihrem Mund klang es so, wie es schmeckte.

Sie lief am steinernen Ufer entlang und führte mich zu einem geschützten Plätzchen zwischen größeren Felsen. In einer Nische stapelte sich trockenes Geäst.

»Bist du hungrig? Ich bin es«, sprach sie. »Wenn wir uns beeilen, können wir ein Feuer entzünden, bevor die Sonne geht. Dann stören wir den Mond nicht.«

»Hast du ein Abendessen für uns mitgenommen?«, fragte ich. Sie lächelte und deutete aufs Meer.

Eine Stunde später saßen wir an den Fels gelehnt: vor uns ein kleines, prasselndes Feuer, das langsam erlosch, über uns der dunkle Himmel. Ich hatte meinen ersten Fisch gegessen, den Laena für mich gefangen und der - gebraten über den Flammen - ein köstliches Abendmahl abgegeben hatte. Ich genoss den Klang des Meeres, der sich mit dem Zischen der letzten winzigen Flammenzungen vermischte. Meine Augen ruhten auf der dunklen Oberfläche, die keinen einzigen der silbrigen Sterne des Himmels spiegeln konnte. Ich wusste nun, dass das Wilde Meer seinen Namen verdiente.

Laena saß neben mir. Selbst durch die Geräusche der Nacht hindurch glaubte ich ihren ruhigen Atem hören, aus den Augenwinkeln die beinahe unsichtbaren Bewegungen ihres Brustkorbes sehen zu können. Keines Wesens Präsenz hatte ich jemals so deutlich gefühlt wie ihre.

»Ich danke dir, dass du mir das Meer gezeigt hast«, durchbrach ich das Schweigen. »Es ist sehr schön und kraftvoll.«

Sie vermied es, mich anzuschauen. »Du bist auch schön«, erwiderte sie leise. »Du hast Sternenlicht im Haar und das Meer im Blick. Doch schöner noch ist deine Seele.«

Dann begann sie zu singen. Melodie und Rhythmus fügten sich ihren Vorbildern: den treibenden und getriebenen Fluten der Wellen. Ich verstand im Sog ihrer Stimme jedes gesungene Wort.

Gleich dem Wasser,
das wogt und bricht,
liebe ich dich.
Ich bin kein Fels,
dessen Fuß nicht schwankt in der Flut.
Mein Herz ist voll.
Kannst mich nicht füllen -
kannst dich betrinken.

Gleich dem Wind,
der schweigt und spricht,
liebe ich dich.
Ich bin kein Baum,
dessen Krone in den Himmel reicht.
Mein Herz ist weit.
Kannst mich nicht stillen -
*kannst in mich sinken.**

Mein Herz nahm ihre Worte auf und bewahrte sie tief. Wie betäubt saß ich am Fels und wagte kaum zu atmen. Ich wollte die Magie ihres Liedes so lange wie möglich erhalten.

Doch sie selbst fand als Erste zur Sprache zurück. »Bist du satt und zufrieden?«, fragte sie freundlich.

»Ja - zufriedener könnte ich nur sein, wenn du noch etwas singst«, antwortete ich.

* Von Oló, Laena 3971. *Blätter im Wind. Gleich dem Wasser.* Seite 11. Aus dem Lentischen übertragen von E.K.G. [AV]

Sie wand sich. »Ich schlafe nur ab und zu hier: Es ist auf die Dauer unbequem«, wich sie aus und räkelte sich am Fels. Ich gähnte.

Wir zogen uns tiefer in die Felshöhle zurück und legten uns nieder. Es war hart und herrlich. Laena hatte sich neben mir zusammengerollt; ich konnte ihr Haar riechen und jedes Flüstern hören.

»Wenn du morgen aufwachst, siehst du zuerst das Meer«, wisperte sie.

Und dich - fügte ich in Gedanken hinzu. Ich breitete meinen Mantel über uns.

»Laena?«, flüsterte ich und bekam ein Summen als Antwort. »Singst du noch ein Lied?«

Sie seufzte. »Und was bekomme ich dafür?«, schnurrte sie.

»Ich lasse dich unter meinem Mantel schlafen!«, erwiderte ich.

»Das muss ich wohl gelten lassen«, willigte sie in den Handel ein.

So - nun schlafe ein, mein Freund:
selig, wer die Nacht verträumt.
Aus der Ferne wieg ich dich:
Fern seist du von Leides Stich,
fern von Angst und Tod.

Da schon winkt aus dunklem Boot
die Nymphe, die ein Lied dir singt,
dich rudernd in den Schlafe bringt.
Schau hin - denn sie trägt mein Gesicht.
*Hör zu, was sie im Traume spricht.**

Laenas Stimme ganz nah an meinem Ohr - wir beide schlafend unter einem Mantel - und klares Glück in meinem Herzen. Kein Ort der Welt, an dem ich lieber gewesen wäre. Wellenrauschen wiegte mich in Schlaf.

In dieser Nacht träumte ich den ersten unkeuschen, wenngleich harmlosen Traum von Laena, in dem ich sie küsste. Beim Aufwachen spürte ich noch

* Von Oló, Laena 3971. *Blätter im Wind. Schlafenszeit.* Seite 21. Aus dem Lentischen übertragen von E.K.G. [Offensichtlich teilen die Phing Olós mit den Menschen die Vorstellung der Nymphen als Flussmädchen, was insofern interessant ist, da deren liloischer Ursprung auf die Horatlegende zurückgeht, während der Traumgeist Horat in Oló gänzlich unbekannt ist.] [AV]

deutlich ihre Lippen auf meinen - umso froher war ich, als ich feststellen durfte, dass mir kein Missgeschick passiert war.

Das abrupte Ende des Traumes hatte mich plötzlich aus dem Schlaf gerissen: so war ich kurz orientierungslos. Es musste kurz vor Sonnenaufgang sein: Noch lag ein Schleier nächtlicher Dunkelheit über dem Meer, die nur langsam wich. Laena neben mir schlief noch, und ich hatte endlich die Gelegenheit, sie ausgiebig zu betrachten. An Schlaf war jetzt nicht mehr zu denken.

Sie musste sich in der Nacht meines Mantels entledigt haben; er lag zusammengeknüllt zu ihren Füßen. Sie hatte sich eingerollt wie ein Kätzchen; die Hände dienten ihr als Kissen. Ich drehte mich zu ihr: so vorsichtig ich konnte, um sie nicht zu wecken.

Ihre Lider, unter denen sich die blauen Augen verbargen, flatterten. Das schmale Gesicht - ruhig und ebenmäßig geformt - war von einer natürlichen Schönheit, die ich sehr schätzte. Kein Schmuck konnte sie mehren. Zwar umspielte ihre Lippen ein milder Ausdruck der Freude, doch konnte ich mich des Eindruckes nicht erwehren, dass hinter dem unberührbaren Lebensdurst eine Melancholie lag, die meine Tiefe nicht erfassen konnte. Dieses Mädchen war kein Mädchen mehr - und sie war noch keine Frau - und doch schien sie so alt zu sein wie der Fels, auf dem ich lag. Sie wusste von Dingen, die ich niemals verstehen würde.

Mein Blick huschte weiter an ihrem Körper entlang. Sie war kleiner als ich und zierlicher, doch keinesfalls schwach. Oft hatte ich Träume wie diesen gehabt: viel explizitere und exquisitere - doch stets ungerichtet: nicht an eine Person gebunden - schon gar nicht an eine, die ich kannte. Das nun erwachende Begehren verunsicherte mich; und ich schob es beiseite.

Laena regte sich und seufzte. Ich schloss rasch die Augen. Sie würde gleich aufwachen und sollte nicht sehen, dass ich sie beobachtete. Dann spürte ich auf einmal ihre Hand auf meinem Gesicht. Es war eine zärtliche Geste. Ich schlug die Augen auf.

»Deine Haut ist so weiß«, flüsterte sie verwundert. »Das habe ich noch nie zuvor gesehen!«

Ich lächelte. »Das ist eine merkwürdige Begrüßung«, erwiderte ich gleich. »Ist das das Erste, was dir einfällt, wenn du morgens aufwachst?«

Sie zog die Hand zurück und gähnte genüsslich. »Es ist früh am Morgen und Delii stellt gleich wieder eine Frage.« Sie streckte sich. Ich versuchte, nicht hinzusehen.

Wir verließen das felsige Nest; ich zog den Mantel über und Laena rief die Pferde. Sie erzählte mir von einem prächtigen Ort für unser Frühstück, den wir gut zu Fuß erreichen könnten.

»Es dauert ohnehin, bis Ruijan und Zacharias kommen. Sie sind weit weg«, erklärte sie. Ich grinste ob der Weise, in der sie den Namen meines Hengstes aussprach.

Dann verabschiedete ich mich von den glitzernden Wellen. Sonnenlicht überzog sie mit goldenem Schimmer, von dem mich Laena mühsam fortziehen musste.

»Das ist doch nicht das letzte Mal, dass du es siehst!«, versprach sie mir.

Nach kaum einer Stunde erreichten wir besagtes Plätzchen. Inmitten eines kleinen Wäldchens, durch den ein Bach führte, ließen wir uns auf einem umgestürzten Stamm nieder, umgeben von schattigem Moos.

Die Bäume hier waren mir fremd - nur die Form ihrer Blätter erinnerte mich ein wenig an unsere Akazien an der Nutria. Ich fragte Laena nach ihren Namen und bekam *Nashnena* als Antwort: Silberregen.

»Mein Vater macht manchmal aus diesen Bäumen ganz besondere Dinge.« Zidan war Tischler. »Ihr Holz ist hart und beständig, aber dennoch biegsam. Es ist sehr wertvoll.« Sie begann, am Bachlauf nach Wurzeln zu graben. »Und edel. Denn Nashnena wächst immer dort zuerst, wo ein Wald gestorben ist. Es kommt nach einem Brand und geht, wenn andere gekommen sind.« Sie hatte eine Wurzel gefunden.

Ich schaute zu den weißen Blüten empor und betrachtete den prächtigen Silberregen.

»Da!« Laena streckte mir die gewaschene, weiße Knolle entgegen. Sie schmeckte nussig und war gewiss nahrhaft.

Wir stillten unseren Hunger an den Wurzeln, unseren Durst am Wasser des Baches und badeten in dessen kühlen Lauf. Zum Nachtisch gab es ein paar rote und schwarze Beeren, die an Sträuchern in der Nähe wuchsen. Da die Pferde noch immer nicht gekommen waren, suchten wir zwischen dem moosigen Grund nach Pilzen, die wir Mandai mitbringen wollten.

Laena erklärte mir währenddessen, dass ich in den nächsten Tagen auf mich allein gestellt wäre. »Ich will noch etwas schreiben für Ruijan und bin dafür gerne allein«, sprach sie verstimmt: so als würde sie selbst nicht damit einverstanden sein.

»Du schreibst für Ruijan: deine Stute?«, fragte ich verblüfft nach.

Sie lachte. »Nein! Für Ruijan: das Fest. Ich habe dir noch nicht davon erzählt, weil ich selbst noch nicht daran denken wollte. Wir feiern Ruijan, wenn ein neues Jahr beginnt und das alte verabschiedet wird. Und sie ist nicht *meine* Stute!«, fügte sie wiederum lachend an.

»Du schreibst?«, fragte ich wieder. »Was schreibst du dafür?«

Laena schüttelte grinsend den Kopf und schnalzte mit der Zunge.

»Das verrätst du mir nicht, richtig?«, stellte ich enttäuscht fest.

»Aber du kannst meiner Mutter oder meinem Vater helfen; du kannst mit Timo spielen oder mit Frowin zusammen sein. Oder du kannst machen, was immer du willst - ich will dir nicht sagen, was du tun sollst, sondern nur, was du tun könntest«, sprach sie.

Und so geschah es. Nachdem wir im Haus der Familie angekommen waren, die schmutzigen Kleider gewechselt und pünktlich zum Mittagessen bei Tisch Platz genommen hatten, verschwand Laena und kehrte erst nach drei Tagen und drei Nächten zurück.

Ich verbrachte den restlichen Tag bei Zidan, der mir bereitwillig sein Handwerk zeigte und mich unterwies. Leider stellte sich bald heraus, dass ich keinerlei Begabung für die praktische Seite der Tischlerei und Zimmerei aufweisen konnte - wohl aber für die theoretische. Am nächsten Tag, als immer noch keine Spur von Laena zu sehen war, fertigte ich einige Zeichnungen und die dazugehörigen Berechnungen für ihn an.

Auch wenn ich bisher Laenas Lebenswandel gefolgt war, so verwunderte es mich doch, wie gelassen es ihre Familie aufnahm, wenn sie Tage und Nächte nicht nach Hause kam.

Vielleicht konnte man mir meine Gedanken vom Gesicht lesen - dennoch überraschten mich Zidans Worte: »Machst du dir Sorgen um sie, Junge?«, fragte er mich: weder den Fluss seiner geschickten Hände unterbrechend, noch den Blick von der kunstvollen Truhe, der er gerade den letzten Schliff verpasste, abwendend.

»Nein«, antwortete ich zögernd. Ich beobachtete die flinke Kunstfertigkeit seiner von feinem Staub bedeckten Hände. Alles in seiner Werkstatt war von Holzstaub überzogen. »Weißt du, wo sie ist?«, fragte ich.

Zidan schüttelte den Kopf. »Hier und da«, sagte er. Ich gab mir alle Mühe, seine Gelassenheit zu kopieren, doch es gelang mir nicht. Zidan entging das nicht, obwohl er mir keinen einzigen Blick zuwarf. »Laena ist zur Freiheit geboren.« Er hustete. »Genauso war ich auch, bis ich meinen Platz gefunden habe.« Er betrachtete die fertige Arbeit. Ein zufriedenes Lächeln breitete sich auf seinem Gesicht aus.

Ich durfte die kleine Truhe hochnehmen und ansehen. Sie war ein Meisterwerk. Verschiedene Reliefs zierten ihr Äußeres - und indessen ich sie mir genauer anschaute, erkannte ich die vielen Schätze Olós. Nur eines konnte ich nicht recht verstehen: Über dem Platz im Platanenwald, auf dem Olós große Feste gefeiert wurden, standen viele kleine Sonnen am Himmel. Ich fragte Zidan danach.

»Das ist Feuer«, gab er zurück.

»Feuer am Himmel?«, hakte ich nach, doch es klopfte an der Tür und er blieb mir die Antwort schuldig.

Timo trat in die Werkstatt und erklärte uns, die Gäste seien auf dem Weg. Dann rannte er davon - offensichtlich ihnen entgegen - bevor ihn irgendjemand aufhalten konnte.

Zidan und ich wuschen uns und legten frische Kleider an. Zum Abendessen sollten uns seine Geschwister besuchen. Ich half Mandai bei den letzten Vorbereitungen, deckte die Tafel auf dem Vorbau des Hauses und hoffte insgeheim, dass auch Laena zum Essen erscheinen würde. Doch sie kam nicht.

In Oló teilten die Familien oft das Abendmahl mit anderen, feierten und lachten bis in die Nachtstunden hinein und wärmten alte Geschichten auf. Ich hatte in der kurzen Zeit, die ich bisher im Fingendorf lebte, schon großen Gefallen an diesen Abenden gefunden. Es war köstlich, den Gesprächen zu lauschen und mich nun, da ich das Lentische sicher genug beherrschte, selbst einbringen zu können. Diese unbeschwerten Stunden erinnerten mich an die Nächte in Inkowitch - nur dass ich diesmal nicht auf einem Dach saß und beobachtete, sondern *inmitten* der ausgelassenen Gesellschaft. Dennoch: Als ich schließlich im Bett lag, musste ich mir eingestehen, wie lang ein ganzer Tag sein konnte, wenn man auf jemanden wartete.

Am nächsten Morgen nach dem Frühstück brachen Mandai, Timo und ich zu Frowins Urgroßmutter auf. Die alte Dame litt an starken Hüftschmerzen und war zudem erblindet. Mandai, die sich auf die Heilkunst verstand, besuchte sie regelmäßig, brachte ihr schmerzlindernde Arzneien und nahm stets den kleinen Timo mit. Dieser vermochte es wunderbar, die alte Dame zum Lachen zu bringen.

Ich begleitete die beiden und trug die von Zidan angefertigte schöne Holztruhe, denn Frowins Urgroßmutter hatte erst vor wenigen Tagen ihr dreiundsiebzigstes Lebensjahr vollendet. In Oló war es üblich, den Tag der Geburt zu feiern - auch wenn er sich jährte - und zu diesem Anlass den Jubilar zu beschenken. Die Greisin befühlte die Truhe auf ihrem Schoß und fing an zu weinen, als ihre Finger die geliebte Heimat erkannten.

Auf dem Rückweg fragte ich Mandai über ihre Profession aus. Ihre Leidenschaft blühte in meinem regen Interesse auf; sie erklärte mir die besonderen Eigenschaften der Pflanzen, die unseren Weg nach Hause kreuzten, und versprach, mir die Aufzeichnungen zu zeigen, die ihre Familie in alter Tradition über Heilmittel sammelte.

Ich verbrachte den Rest des Tages auf einer schattigen Bank ihres Kräutergartens: fasziniert von den umfangreichen Abhandlungen voll fremder Lettern und detaillierter Zeichnungen. Zidan hatte die losen Blätter mit dem wertvollen Erfahrungsschatz zu einzelnen Bänden gebunden; und da Mandai sich außerdem sehr gut auf das Schöpfen von Papier verstand, warteten nun einige leere Bücher mehr darauf, gefüllt zu werden.

Ich hätte am liebsten auf der Stelle jeden einzelnen Band abgeschrieben - wenn ich ihrer Schrift nur mächtig gewesen wäre - denn es waren nichts anderes als die wohlgehüteten Papyrusrollen in meinem Zuhause gewesen, die ich am meisten beklagt hatte, nachdem ich Inkowitch hatte verlassen müssen.

Ich ging früh zu Bett, da ich mich am nächsten Tag mit Frowin zum Fischen verabredet hatte, und träumte von einer riesigen Bibliothek, in der sich die Bücher regaleweise bis an die Decke stapelten und die so hoch war wie die Halle des Ettensteines. Im Traum gehörten sie und alle Bücher darin mir allein. Ihre kristallblauen Wände hatten die Farbe von Laenas Augen - die selbstredend noch immer nicht zurückgekehrt war.

Ich traf mich mit Frowin kurz vor Sonnenaufgang und folgte ihm zu einer Bucht des Meeres, in der man das Angeln besonders leicht lernen konnte. Sobald ich die Grundlagen verstanden hatte und also die Angelruten ihre Arbeit im Meerwasser verrichteten, genehmigten wir uns die ersten Honigwaffeln zum Frühstück. Die Sonne war mittlerweile aufgegangen und glitzerte auf den wilden Wassern, als wollte sie das nächtliche Sternenfunkeln übertrumpfen. Laena hatte Recht gehabt: Ich würde das Meer wohl noch so oft sehen können, wie ich wollte.

Frowin und ich nutzten die Ruhe, um einander die Sprachkenntnisse zu verfeinern. Er war mir in der kurzen Zeit bereits ein guter Freund geworden. Sein Verständnis für jedermanns Belange und seine direkte Art zeichneten seinen Charakter als den eines Heranwachsenden aus, der an der Schwelle zum Mann stand. Frowin war drei Jahre älter als ich und mir unter allen Jungen des Dorfes der beste Gesprächspartner. Ich musste ihm Rede und Antwort stehen, denn er interessierte sich fast mehr für Lilotopien als für die Anzahl der Fische, die er fing. Am späten Nachmittag verließen wir die kleine Bucht und verabschiedeten uns.

Timos Augen leuchteten, sowie er die vielen Fische sah, die dicht gedrängt in meinem Eimer herumschwammen. Er aß nichts lieber als frischen Fisch - am besten gemütlich über einem großen Lagerfeuer gebraten. Tatsächlich hatte ich längst nicht so viele selbst geangelt - wie ich ihn gleich aufklärte - doch Frowin seinen Fang kameradschaftlich mit meinem geteilt. Zidan half mir schließlich, ein Feuer zu entfachen; und so saßen wir vier noch um die brennenden Scheite, indessen die Dunkelheit hereinbrach.

Oló gründete seinen Wohlstand auf den Handel mit Fingen und - zu einem geringen Teil - auch mit Menschen. Ein Mal im Jahr kamen Schiffe von Beyn-En Doph*, tauschten Waren aus und brachten ab und zu Fingen aus Oló nach Eventin.

Es war weder der besondere Honig Olós noch die außergewöhnlichen Stoffe oder das handwerkliche Geschick in der Verarbeitung verschiedenster Materialien - es war der einzigartige Fisch, der den Löwenanteil unter den Handelsgütern einnahm. Der sogenannte *Oropphu* - Goldnase - wurde nach beliebig

* Die Stadt *Beyn-En Doph*, im Lebenischen *Renminder*, ist der Sitz des Fürsten des Erlenthales und bedeutet wörtlich übersetzt *Perlenküste*.

verfeinerbarer Rezeptur eingelegt und haltbar gemacht. Das konkrete Verfahren ist ein zu Recht gehütetes Geheimnis Olós und es hier zu notieren würde einem Verrat gleichkommen. Ich beschränke mich daher darauf, festzustellen, dass die Fingen des Dorfes ihrer Kreativität bei der Verarbeitung ihres geliebten Oropphu immerzu freien Lauf ließen. Und bei Aró - was würde ich heute für eine Fischsuppe geben, wie sie Mandai zuzubereiten pflegte!

Der Handel mit Menschen gestaltete sich schwieriger, da die vorherrschende Meinung, Oló sei ein Ort des Schreckens, den direkten Umgang erschwerte.

Wenn ich nun von *Wohlstand* schreibe, meine ich damit nicht *Reichtum*. Denn der Reichtum Olós lag in der einzigartigen Schönheit seiner Landschaft und den Fingen, die diese pflegten. Das Leben hier war einfach und anstrengend, da es jegliche Zivilisation nur aus sich selbst schöpfen konnte - und zugleich unendlich schützenswert. Sofort würde ich auf alle Gemächer Eldirs verzichten, wenn ich die Zeit nur für eine Stunde zurückdrehen und diese wieder in Oló als vierzehnjähriger Junge verbringen könnte! Doch ich werde sentimental - lasst uns zurückkehren zu jenem Lagerfeuer vor einunddreißig Jahren.

Die Dunkelheit war hereingebrochen. Ich hatte gerade Mantel und Handschuhe abgelegt und überlegte, zu Bett zu gehen, als Laena wiederkam. Sie pfiff eine traurige Melodie, legte den Kasten, den sie bei sich getragen hatte, beiseite und umarmte jeden von uns freudestrahlend.

»Dass du so glücklich aussiehst, heißt, wir dürfen uns auf Ruijan freuen?«, fragte Mandai und reichte ihr einen gebratenen Fisch, den sie dankend annahm.

Sie nickte. Ihre Augen leuchteten. »Ich habe etwas zustande gebracht, Mu!«, beteuerte sie ihrer Mutter.

Ich wusste nicht, wo ich hinsehen sollte. Ich hatte vergessen, wie schön sie war. Ihre Locken waren feucht vom Baden und ihre Augen blauer, als ich sie in Erinnerung hatte. Während ich sie dabei beobachtete, wie sie den Fisch aß, den ich gefangen hatte, ertappte ich mich bei dem Wunsch, ebendieser Fisch zu sein.

»Die Weise der Lyne«, riss Laena mich aus meinen Gedanken.

»Oh!«, rief Mandai dankbar. »Wie schön - du hast endlich die Muse gefunden?« Sie strich ihrer Tochter eine Strähne aus dem Gesicht. Laena nickte.

Zidan räusperte sich. »Schön, dass du wieder da bist, Mädchen«, sagte er liebevoll und gähnte. »Guter Fang, Junge«, wandte er sich zu mir und klopfte mir freundschaftlich aufs Knie.

Dann erhob er sich. »Ich muss mich leider zur Nacht verabschieden«, gähnte er erneut. Er hob Timo, der sich vor dem Feuer zusammengekauert hatte und schlief, vom Gras auf und trug ihn ins Haus. Auch Mandai streckte sich und folgte ihrem Mann.

»Den hast du gefangen?«, fragte Laena mich leise.

Ich nickte. »Aber Frowin hat das meiste davon geangelt«, stellte ich richtig.

Laena aß noch zwei weitere Fische, bevor sie sich müde den Bauch hielt. »Ich habe die letzten Tage nicht ans Essen gedacht«, erklärte sie mir.

Ich fasste mir ein Herz. »Bist du immer so lange fort, wenn du schreiben musst?«, fragte ich und versuchte, meiner Stimme einen unbekümmerten Ton zu geben.

Sie hob den Blick zu mir. »Nicht immer«, gestand sie. »Ich habe gar nicht daran gedacht, dir Bescheid zu geben.«

Ich sah ihr an, dass sie noch etwas zu sagen hatte, doch nicht wusste, wie sie es sagen sollte. Wollte sie sich etwa entschuldigen? »Du bist mir doch keine Rechenschaft schuldig. Aber es ist schön, dass du wieder da bist«, kam ich ihr zuvor.

Sie lächelte erleichtert. »Meinst du?«, sprach sie und schaute mich erwartungsvoll an. Dann fuhr sie etwas leiser fort: »Aber das ist nicht schön. Ich komme und du hast mir ein gutes Abendessen gefangen - und ich habe nichts für dich.« Sie dachte nach.

»Ich hätte da schon eine Idee -«, hob ich an und hatte ihre klare Stimme im Sinn und den Kasten, den sie mit sich getragen hatte. Ich ahnte, was sich darin verbarg - und was es mit dem Schreiben auf sich hatte.

Doch sie unterbrach mich: »Ich weiß etwas!«, rief sie triumphierend. »Ich gehe mit dir in den Wald!« Ihre Augen funkelten. »Den Wald der Erkenntnis«, flüsterte sie, »- *ihn* hast du noch nicht gesehen - dabei ist er das Herz unserer Heimat.« Ich nickte energisch. »Welche Idee hattest du?«, fragte sie.

»Du könntest etwas für mich singen!«, erwiderte ich sogleich. »Ein Lied für jeden Fisch, den du gegessen hast!«

Sie lachte und seufzte schließlich. »Na gut - aber ich muss leise singen! Ich möchte die anderen nicht wecken.«

Dann holte sie Luft und sang - beinahe flüsternd - ganze drei Lieder für mich allein.

In dieser Nacht schlief ich endlich wieder ruhig - wenn ich von dem Traum absehe, der mich gegen Morgen heimsuchte. Natürlich passierte mir diesmal das Missgeschick, das ich gefürchtet hatte.

Laena und ich machten uns nicht gleich nach dem Aufstehen auf den Weg, denn vorher wollte sie ihrer Mutter beim Wäschewaschen helfen.

Ich verzog mich derweil in Zidans Werkstatt und arbeitete an der Zeichnung weiter, die ich begonnen hatte. Zidan war nicht da: Er begutachtete die Schemel und Tische auf dem Platz, wo Ruijan gefeiert werden sollte.

Lange währte meine Ruhe nicht: Timo trabte heran und bettelte um meine Aufmerksamkeit. Er langweilte sich, weil sein bester Freund krank das Bett hüten musste. Er war vor einigen Tagen beim Reiten vom Pferd gefallen, erbrach sich immer noch und klagte über Kopfweh, dass seine Mutter den lieb gemeinten, doch unruhigen Krankenbesuch fortgeschickt hatte. Ich spielte eine Weile mit ihm Verstecken, bis Mandai kam und ihn bestimmt daran erinnerte, dass sein Zimmer sich nicht von allein kehrte.

Laena brach mit mir zum Wald auf. Wir liefen zu Fuß. Mein Körper hatte sich nicht nur erholt - er war hier stärker geworden als je zuvor. Die reichliche Bewegung und das gute Essen gingen nicht spurlos an mir vorüber. Inzwischen konnte ich Laenas Tempo und Ausdauer ohne Anstrengung halten.

Während ich zu meiner Verabredung mit Frowin gelaufen war, hatte ich einige Fingen bei Leibesübungen beobachten können, die mir ganz fremd vorgekommen waren. Die scheinbar immer gleichen, langsamen Bewegungen in der letzten Stunde vor Sonnenaufgang hatten mir Respekt eingeflößt und die konzentriert gelösten Gesichter der Fingen meine Neugierde geweckt. Jetzt war endlich Gelegenheit, Laena danach zu fragen.

»Das ist das *Ren*«, erwiderte sie mit ruhiger Stimme. »Wir lernen es vom Al-Perpet. Es ist gut. Es stärkt Körper und Seele. Wenn du den Fokus verloren hast - oder ihn überhaupt erst finden willst - hilft es dir.« Sie schaute mich nachdenklich an. »Es ist gut, dass du danach fragst. Ich glaube, du solltest versuchen, es zu lernen. Es wird dir helfen, Phing zu sein.«

»Wann können wir damit anfangen? Jetzt gleich?«, fragte ich sofort.

Laena schüttelte lachend den Kopf. »Nein - das kann ich dir nicht beibringen! Das kann nur der Al-Perpet. Du solltest ihn danach fragen, wenn Ruijan vorüber ist«, sprach sie.

Ich seufzte enttäuscht.

»Aber ich kann dir mehr darüber erzählen, wenn du willst«, bot sie mir an.

Meine energische Zustimmung ließ ihr keine Wahl.

Ihr Blick verfing sich in der Ferne. »Ren ist in allem, was lebt«, sprach sie langsam. »Es ist wie eine Kraft. Es ist die einzige Kraft. Ein Meister des Ren zu sein bedeutet, lebendig zu sein. Die Übungen sind nur ein kleiner Teil davon: ein sehr kleiner Teil. Es ist eine lebenslange Aufgabe, das Ren zu studieren.«

»Das klingt phantastisch«, sprach ich dazwischen.

»Nein!«, erwiderte sie entschieden und blieb stehen. »Es ist kein Wissen - es ist Weisheit. Du kannst es nicht lernen aus Büchern oder von einem Lehrer. Du musst es erfahren!« Ihre Stimme hatte einen drängenden Ton angenommen.

Sie stellte sich mir gegenüber, schloss die Augen und atmete langsam. Dann hob sie die Hand und drückte sie gegen meine Brust. Obwohl ich doch größer war als sie, stieß sie mich ohne die geringste Anstrengung ins Gras. Ich fiel auf harte Erde. Sie lief weiter, ohne sich nach mir umzusehen.

Ich war verstimmt. Vielleicht war ich dumm und vielleicht mehr Mensch als Fing - aber gab ich mir nicht alle Mühe, zu verstehen, zu achten, mich zu gedulden? Laena spürte, dass sie mich mit ihrer Demonstration verletzt hatte. Erneut hatte ich sie so gesehen, wie sie war - doch dieses Mal hatte es mich erschreckt.

Statt sich mit Worten zu entschuldigen oder zu erklären, statt mich an meine Vernunft zu erinnern, nahm sie plötzlich meinen Kopf in ihre Hände und drückte mir einen Kuss auf die Wange. Sie kicherte und wich mir aus, da ich versuchte, sie zu packen. Wir brachen in Lachen aus, während ich sie über die Wiese jagte, bis wir vor Lachen nicht mehr laufen konnten.

Dann schaute sie mir ernst in die Augen. »Verzeih mir«, sprach sie. »Ich bin keine gute Lehrerin. Ich bin genauso ungeduldig wie du.« Ich winkte ab. »Doch«, sagte sie leise. »Ich möchte dir nicht wehtun und werde es doch tun. Und du wirst mir wehtun. Du wirst dich an mir verbrennen und ich mich an meiner eigenen Flamme. Willst du das denn? Es ist nicht gut, etwas zu wollen, das zerstören kann.«

Nun fasste ich ihre Hände - beide. »Das stimmt - aber ich will es. Ich will keinen Schritt zurück gehen, sondern weiter nach vorn! Ich habe Schwächen und du hast Schwächen - aber ich habe keine Angst vor einem Streit mit dir.«

Sie zögerte. »Wir gehen gleich in den Wald«, hob sie an. »Viele meiden ihn. Manche setzen nie einen Fuß in ihn.«

»Ich vertraue dir«, unterbrach ich sie.

Sie schluckte. »Ich glaube, du weißt nicht, was du da zu mir sagst«, erwiderte sie leise.

Ich ließ mich nicht beirren. »Je mehr ich von dir sehe, desto mehr vertraue ich dir. Ich mag dir zuweilen dumm erscheinen - doch ich bin nicht so dumm, es nicht zu erkennen. Alles, was du mir bisher gesagt hast, tat mir gut: auch wenn mir deine Worte oft Rätsel sind. Und wenn dir meine nun ein Rätsel aufgeben, dann nimm es an dich, wie ich deine an mich nehme. Ich vertraue dir.« Gewiss: Ich konnte auf eine Weise hartnäckig sein, die an Schamlosigkeit grenzte.

Laena wich meinem Blick aus. Ein rötlicher Schimmer hatte während meiner beharrlichen Worte ihre Wangen überzogen. »Du bist nicht dumm«, antwortete sie nun darauf. »Du bist sehr klug. Aber du bist mehr als das: mehr als dein Name - und das weißt du noch nicht. Und das stört mich.«

»Zeig mir, was ich noch bin«, schloss ich.

Sie nickte und holte wiederum tief Luft. »Dann gehen wir jetzt in den Wald«, sagte sie, als würde sie einen Einspruch von mir erhoffen. Aber ich schwieg.

Wir liefen weiter. Ich hielt ihre Hand.

Ich schlug einen weniger ernsten Ton an: »Sprich, Laena: Hast du etwa Angst?« Sie schüttelte empört den Kopf, dass ihr Haar wehte. Um ihre Lippen spielte ein Lächeln.

»Natürlich nicht!«, gab sie zurück - doch es klang weniger bestimmt als beabsichtigt.

Da wir ihn schließlich betraten, verstand ich, was sie meinte. Denn im Wald der Erkenntnis lagen Stimmen in der Luft.

Meeresgeister

Gleich, als ich den ersten Fuß in den Wald setzte, spürte ich eine Präsenz, die meine Sinne einzunehmen drohte. Laena hielt meine Hand sehr fest, doch das konnte keinesfalls verhindern, dass die Luft plötzlich zum Schneiden dick wurde.

Festen Schrittes führte sie mich einen schmalen Pfad entlang. Ich versuchte mich auf die Bewegungen meines eigenen Körpers zu konzentrieren, auf mein eigenes Bewusstsein, mein Selbst und Sein, doch es misslang. Es war, als würde mich ein größeres Bewusstsein einnehmen: ein Wille, der stärker war als meiner und mich doch nicht zerstörte. Jene Macht floss ziellos umher: keinem Sinn oder Gedanken folgend. Sie pulsierte in den Stämmen, durchfuhr Blätter und umschloss alles Leben dieses Waldes.

Laena hingegen schien am Ziel zu sein. Sie setzte sich mit mir auf den Boden, schaute mir tief in die Augen und fragte mit ruhiger Stimme, ob es mir gut ginge. Ich bejahte. Sie war erleichtert, dass ich meine Stimme gefunden hatte.

Ich schloss die Augen: nicht um das Äußere auszublenden, sondern die Kraft dieses Ortes in mich aufzunehmen. Klar wie der Himmel, dass ich sie nicht mit meinem Verstand verstehen, sondern nur fühlen konnte - und dass dieses Fühlen größer war. Ich teilte meine Gedanken mit ihr. Sie gab mir Recht.

Wir legten uns auf die Erde; das grüne Blätterdach über mir wurde von blauen Flecken Himmel unterbrochen. Ich atmete ruhig. Je länger wir hier waren, desto wohler fühlte ich mich. Es war kein leidiges Gefühl - im Gegenteil: nur ein intensives. Ich musste mich erst daran gewöhnen.

»Wessen Stimme ist das?«, fragte ich Laena.

»Es ist *Mosha*«, antwortete sie. »Mehr weiß ich nicht. Nur seinen Namen kenne ich.«

Ich musste lächeln. Freude floss durch meine Adern: eine pulsierende Energie, die mich auffüllte.

»Laena - ich fühle mich großartig. Ich bin dir so dankbar, dass du dich überwunden hast, diesen Ort mit mir zu besuchen«, sagte ich.

Sie drehte sich um und stützte sich auf den Ellbogen ab, damit sie mich anschauen konnte. Ihr Gesicht überzog ein breites Lächeln. Erleichterung, Freude und - das Dritte konnte ich nicht lesen.

»Das heißt, du bist hier willkommen«, erwiderte sie. »Das ist so schön.« Ihr Lächeln erstarb. Die blauen Augen fuhren über mein Gesicht. Ich überlegte immer noch, was das Dritte sein sollte.

»Komm«, sagte ich dann und streckte den Arm aus, damit sie sich hineinlegen konnte. »Ich muss dir noch etwas erzählen. Eine Entdeckung, die ich gemacht habe.«

Sie legte ihren Kopf auf meinen Arm. So konnten wir uns anschauen und sie lag doch bequem. Neugier schimmerte in ihrem Blick.

»Ich verstehe jetzt«, begann ich. »Du zeigst mir erst deine Seele. Weil du mich tiefer sehen lässt, verbirgst du dich vor mir.«

Sie schluckte. »Doch das ist nicht nur meine Entscheidung«, erwiderte sie.

Ich nickte. »Wie hast du mich gefunden?«, fragte ich nach einer Pause.

Sie rang nach Worten. »Ich wusste, dass ich dich finde«, antwortete sie zögernd.

»Aber woher?«, hakte ich nach.

Sie zuckte mit den Schultern. Ein Schleier legte sich vor ihre Augen.

»Ich weiß es nicht«, sagte sie. »Manche Dinge weiß ich.« Sie schluckte erneut. Sie war im Begriff, mir ein großes ihrer Geheimnisse anzuvertrauen.

»Ich sehe«, sprach sie leise. Das Brett vor meinem Kopf löste sich in Luft auf.

»Du hast das Zweite Gesicht«, stellte ich fest.

»Ja«, antwortete sie.

Ich atmete geräuschvoll aus.

»Ist das etwas, das nur Phing haben?«, fragte ich.

»Keine Ahnung«, gab sie zurück. Ihre Stimme klang immer noch angespannt.

Ich umschloss ihre Hand, die sie vorsichtig auf meiner Seite abgelegt hatte. »Ich glaube, das ist eine schwere Bürde«, sprach ich leise.

Sie nickte.

Dann lächelte ich. Es war nicht zu verhindern. »Wenn du sie nicht tragen müsstest, wäre ich nicht hier«, sprach ich. »Ich wäre zugrunde gegangen, wenn du mich nicht in deine Heimat gebracht hättest.«

»Das lässt sich wohl nicht leugnen«, erwiderte sie freundlich. Jetzt lächelte sie erleichtert.

»Dachtest du, ich würde dir nicht glauben?«, fragte ich.

»Ich hatte Angst davor«, antwortete sie.

Ich drückte ihre Hand fester. »Nur weil ich alles wissen will, heißt das nicht, dass ich nicht glauben kann«, gab ich zurück.

Sie nickte langsam - und schaute plötzlich aus, als würde sie mich zum ersten Mal sehen. *»Kateshi«*, sagte sie. »Jetzt weiß ich endlich deinen Namen.«

»Kateshi?«, wiederholte ich und war mit ihrer Wahl zufrieden. Es fühlte sich richtig an. »Was bedeutet er?«

Sie wand sich. »Wenn ich dir das sage, lachst du über mich!«, sprach sie lachend.

Meine Neugier wuchs. »Nein - wie kommst du darauf? Warum sollte ich über dich lachen?«

Sie drehte sich aus meinem Arm, stand auf und zog mich hoch. Ihre Wangen waren rot.

Ich fing an zu raten: »Der Leichtgläubige. Der alles wissen will. Der nicht richtig sehen kann. Der Laena gleich zum Lachen bringt!« Ich schnappte sie mir und begann, sie durchzukitzeln. Ihr Lachen schallte durch den ganzen Wald.

»Nein, nein, nein - hör auf!«, rief sie und konnte sich vor Lachen kaum halten. »Ich verrate es dir nicht!«

Den ganzen Weg zurück nach Hause lag ich ihr in den Ohren, versuchte mit jeder möglichen Strategie, die mir einfiel, die Bedeutung meines Namens aus ihr herauszukitzeln. Doch genauso wenig wie meine Kitzelei half, brachten sie meine Worte dazu, es mir zu verraten. Ich wusste immerhin, dass es kein Lentisch sein konnte. »Verrate mir wenigstens, welche Sprache das sein soll!«, flehte ich sie an.

»Das ist *Evendi*[*]«, sagte sie. »Aber mehr verrate ich nicht. Später vielleicht.«

»Und wann ist später?«

Sie drehte sich um und lief rückwärts weiter. »Vielleicht« - sie hob die Hände - »nie?«

---

[*] Eventi für: »Eventi«.

Ich fing sie mir wieder und kitzelte sie, bis sie keine Luft mehr bekam. Dass mein Körper stärker war als ihrer, gereichte mir zu einem phantastischen Vorteil, den ich gnadenlos auskostete.

Beim Abendessen gab ich mir die größte Mühe, sie mit meinem stechenden Blick zur Aufgabe zu zwingen. Mandais Onkel war mit seiner Familie zu Besuch, weshalb meine Versuche meist im regen Treiben untergingen. Dennoch taxierte ich sie die ganze Zeit. Jedes Mal, wenn ihr Blick den meinen kreuzte, musste sie sich unter größter Anstrengung ihr Lachen verkneifen.

Als sie hinausging, folgte ich ihr nach ein paar Minuten und fing sie ab, bevor sie an den Tisch zurückkehren konnte.

»Du kannst ja so hartnäckig sein, wenn man dich in Ungewissheit lässt!«, lachte sie und verschränkte die Arme vor der Brust. »Phantastisch, dass ich deine Schwäche nun kenne: Ich werde sie gut zu nutzen wissen!« Noch bevor ich etwas erwidern konnte, schritt sie mit wehendem Haar an mir vorbei zurück zur Tafel.

Der Hintergrund meiner Gebärden liegt natürlich auf der Hand. Einerseits war ich arg geschmeichelt und wollte dieses Gefühl durch Empörung über ihre mangelnde Kooperationsbereitschaft überdecken, da es mich auch mit Scham erfüllte. Andererseits bot mir das neu entstandene Machtgefälle zwischen uns die perfekte Gelegenheit, ihr nahezukommen. Alles in mir zog mich zu ihr.

Nachts im Bett gestand ich mir schließlich mit klopfendem Herzen ein, wie gerne ich sie küssen würde.

Am nächsten Morgen jedoch war alles anders. Laena wagte kaum, mich anzusehen; und ich wusste nicht mehr, wie ich mich in ihrer Gegenwart verhalten sollte. Es fühlte sich fast so an, als würde ich wieder den ersten Tag in Oló sein und wir beide uns kaum kennen.

Ich suchte unter einem Vorwand Frowin auf: allein. Dabei wollte ich nicht mit ihm über Laena sprechen - er war bloß der beste Freund, den ich neben ihr hatte.

Aber Frowin merkte gleich, dass etwas nicht stimmte. »Warum bist du denn nicht mit Laena unterwegs?«, fragte er geradeheraus.

Ich zuckte mit den Schultern. »Ich wollte lieber allein sein«, gab ich zur Antwort.

»Habt ihr euch etwa gestritten?«, fragte er besorgt.

Ich schüttelte energisch den Kopf. »Nein - das ist es nicht. Es gibt keinen besonderen Grund«, erwiderte ich.

Frowin schaute mich stirnrunzelnd an. »Du bist des Rätsels Lösung nahe, mein Freund!«, stellte er fest und verzog das Gesicht zu einem schiefen Lächeln.

Ich zuckte mit den Schultern. »Vielleicht«, sagte ich tonlos.

Er stieß mich an. »Sprich mit ihr!«, ermutigte er mich. »Lange wird sie nicht mehr durchhalten, sich zu verstecken!«

Zurück im Haus ihrer Eltern erfuhr ich, dass Laena schon wieder verschwunden war. »Morgen feiern wir Ruijan: deshalb ist sie fort. Aber heute Abend ist sie zurück«, erklärte mir Mandai.

Der nächtliche Schatten hatte sich längst über den Himmel gebreitet, als Laena endlich auftauchte. Ich lag auf der Wiese hinter dem Haus und beobachtete die Sterne: Da hörte ich ihre Schritte. Jetzt galt es.

»Laena«, rief ich und lief ihr entgegen. »Darf ich mit dir reden? Oder möchtest du lieber schlafen?«

»Nein - wir können reden«, erwiderte sie und fuhr sich durchs Haar. Sie machte einen verwirrten Eindruck. Wir setzten uns auf die Schemel auf dem Vorbau. »Worüber willst du mit mir sprechen?«, fragte sie nervös.

Ich räusperte mich. Ich war mindestens genauso nervös wie sie. »Ich wollte dich fragen, ob alles in Ordnung ist - oder ob etwas zwischen uns steht«, sagte ich.

Ihr Blick trübte sich. »Nein - es ist alles in Ordnung«, meinte sie. »Ich bin nur aufgeregt wegen morgen.«

Ich nickte. »Ich dachte bloß - vielleicht habe ich es gestern übertrieben. Wenn dem so ist, will ich mich entschuldigen«, gab ich zurück.

Sie schüttelte den Kopf. »Es ist alles gut. Mach dir keine Sorgen. Ich bin wirklich aufgeregt wegen morgen«, sprach sie und nestelte an dem Verschluss des Kastens, den sie noch immer bei sich trug.

»Erzähl mir doch davon. Vielleicht geht es dir dann besser«, schlug ich vor.

Sie holte tief Luft. »Ja: gut. Vielleicht kannst du mir helfen«, hob sie an. »Ich singe und spiele Lyra. So auch morgen. Nun habe ich für morgen ein Stück geschrieben, das ich schon lange schreiben wollte. Es geht um eine alte Weise, die jedem bekannt ist. Jetzt habe ich Sorge, dass die anderen es mögen werden«, schloss sie.

»Hm«, machte ich. »Du bist aufgeregt - das ist verständlich. Hast du es schon jemandem vorgespielt?« Sie schüttelte den Kopf. »Vielleicht solltest du das tun. Eine Probe kann nicht schaden. Du bist bestimmt weniger aufgeregt, wenn du es schon einmal vor einem kleinen Publikum gespielt hast«, merkte ich an.

Sie schaute mir zweifelnd entgegen. »Aber - das habe ich noch nie gemacht!« Ihr Ausweichmanöver war schwach. Ich blickte erwartungsvoll drein. Ich wartete auf eine Entscheidung.

Schließlich schmolz ihr Widerstand. Sie öffnete den Kasten und holte ein kleines Instrument heraus, das mich an eine Harfe erinnerte. Mein Herz sprang vor Freude. Die ersten Töne schlug sie an, um die Lyra zu stimmen.

Dann wollte sie beginnen - brach aber noch vor dem ersten gesungenen Wort ab. »Nein: Verzeih mir - aber ich kann das nicht. Vor dir allein bin ich noch aufgeregter als vor allen anderen«, sagte sie.

Ich hatte Mühe, meine Enttäuschung zu verbergen. »Na gut«, lenkte ich ein. »Das ist nicht schlimm. Aber morgen, wenn wir auf dem Platz sind und du deine Lyra in die Hand nimmst und die Aufregung dir die Kehle zuschnürt, dann schaust du mich an. Du weißt doch, dass ich Musik liebe. Und ich liebe deine Stimme. Selbst wenn du dich verspielst und versingst, werde ich dein Stück lieben!« Sie lachte auf.

»Ist das so?«, fragte sie entzückt. »Dann muss ich mir ja wirklich keine Sorgen machen.« Erleichtert packte sie das Instrument weg, das ich sehnsüchtig anstarrte. Sie strich mit der Hand liebevoll über den Kasten.

»Gestern«, hob sie an, »- sei mir nicht böse. Es war nicht richtig von mir, dir deinen Namen ohne seine Bedeutung zu geben. Aber ich kann das noch nicht. Verstehst du das?«

»Natürlich!«, gab ich gelassen zurück. »Ich habe mir nur einen Spaß daraus gemacht!« Sie zögerte und griff schließlich nach meiner Hand. Dann küsste sie sie. Ich hielt inne, doch mein Körper war wie gelähmt. Er war zu nichts mehr imstande, als ihre Hand zu halten. »Es ist wohl Zeit, schlafen zu gehen«, sprach ich. Laena nickte, griff ihre Lyra und ließ mich los.

Die weiche Matratze erschien mir diesmal so hart wie nie zuvor.

Der nächste Tag stand bis zu Beginn des Festes ganz im Zeichen der Vorbereitungen. Zidan zog gleich nach dem Frühstück mit seinem Werkzeug und Timo los, um den Platz mit einigen anderen Phing herzurichten. Ich half Mandai bei der Zubereitung der Speisen, die sie mitnehmen wollte, und Laena sprang aufgeregt zwischen uns hin und her, da sie nicht die Ruhe fand, noch einmal zu üben. Sie schwärmte unablässig von den Freuden der kommenden Nacht und befeuerte die allgemeine Hochstimmung.

Nach einem kleinen Mittagessen, zu dem Zidan und Timo etwas verspätet erschienen, legten wir uns für ein paar Stunden nieder. Am späten Nachmittag schließlich traten wir den Weg zum Platz an, wo Ruijan von alters her gefeiert wurde.

Wir waren nicht die einzige Familie, die zur Stunde losging. In Scharen strömten die Phing Olós der Lichtung zu: Keiner blieb heute daheim. Die Alten und Kranken wurden getragen, während Jungen und Mädchen mit Blumengirlanden im Haar und strahlend bunten Kleidern tanzend nebenherliefen.

Auch wir hatten uns herausgeputzt. Mandai hatte sich in ein sonnenfarbenes Kleid gewickelt, das ihre dunkle Haut gut zur Geltung brachte. Timo hatte unbedingt die gleiche Garnitur wie sein Vater tragen wollen: Beide liefen in den Farben der Gräser zum Fest. Laena trug ein rotes Kleid. In ihrem Haar steckten weiße Blüten. Ich war der Einzige weit und breit, der Ruijan ganz in Weiß feiern würde. Laena hatte darauf bestanden, weil es die Farbe meiner Haut so schön unterstreichen würde - immerhin hatte sie dafür den weißen Mantel mit vielen kleinen blauen Blumen bestickt.

Timo diskutierte bereits mit seiner Mutter, wie lange er heute aufbleiben dürfte. Zidan zog einen Handwagen voll leckerer Köstlichkeiten, über die ich mich am liebsten schon bei der Zubereitung hergemacht hätte. Er summte munter vor sich hin und pflichtete ab und an seiner Frau bei, wenn er es für angebracht hielt.

Laena hingegen war sehr still. Sie trug ihre Lyra und schaute auf den Boden, als könnte sie dort den Text ihrer Lieder lesen. Vermutlich ging sie im Kopf all das durch, was sie heute aufführen würde. Ich störte sie nicht, gleichwohl ich die Spannung kaum ertrug, sie heute Nacht endlich spielen zu hören.

Am Platz angekommen war ihre Nachdenklichkeit verflogen. Sie schaute mich freudestrahlend an, ergriff meine Hand und rannte mit mir zu Frowin und den anderen.

Frowins Blick fiel zuerst auf unsere Hände, die sich umeinander geschlossen hatten; dann nickte er mir zu und nahm mich beiseite. »Alles gut?«, fragte er und fing meinen Blick auf. Ich nickte lächelnd. Er klopfte mir auf die Schulter.

»Was hast du heute für uns?«, fragte Laena ihn und rieb sich die Hände.

Frowin antwortete mit einem Lachen. »Dasselbe könnte ich dich fragen und würde dieselbe Antwort bekommen -« Er hob die Handflächen und schüttelte sie. »Überraschung!« Laena grinste.

Bis das ganze Dorf auf dem Platz versammelt war, unterhielten wir uns aufgeregt darüber, was das neue Jahr uns bringen sollte. Die meisten Jungen und Mädchen meines Alters konnten in der Gruppe nette Gesprächspartner sein, auch wenn sie mich allein eher langweilten. Fast alle sehnten sich danach, den Unterricht bei Me Nebe endgültig hinter sich zu bringen, freuten sich oder murrten über den Zuwachs ihrer Familien und hofften darauf, die präferierten Berufe ergreifen zu können und sich darin zu profilieren.

Bei dem Geplauder über all die Hoffnungen und Wünsche trat ein jeder von uns nervös von einem Fuß auf den anderen. Timo und seine Freunde spurteten schon über die Lichtung und stießen hier und da in ihrer Überschwänglichkeit einige Erwachsene um.

Je länger wir da standen und schwatzten - mittlerweile mit Getränken bewaffnet - desto mehr füllte sich der Platz. Meine Augen wurden immer größer, als ich sah, wie viele Phing tatsächlich in Oló lebten.

Laena zog mich mit sich und begrüßte viele, die sie kannte. Wieder hielt sie meine Hand. Es war die Aufregung, die ihr zu schaffen machte. »Steht unsere Vereinbarung noch, Kateshi?«, fragte sie schließlich flüsternd, damit nur ich sie hören konnte.

»Natürlich«, erwiderte ich mit einem Augenzwinkern - überrascht von der Ernsthaftigkeit, mit der sie ihre Worte bedachte. Sie schaute zu mir auf. In ihren blauen Augen glitzerten die letzten Strahlen der Sonne.

»Ich bin froh, dass du hier bist!«, sprach sie glücklich.

Die Sonne ging rasch unter. Überall wurden Fackeln entzündet; der Duft von Feuer und heißen Speisen stieg in die Luft; und alle Köpfe wandten sich dem Podest am Ende der Lichtung zu, wo ein weißbärtiger Mann mit einem großen Krug in der Hand stand.

»Das ist Gereon«, flüsterte Laena mir zu. »Er sagt immer ein paar Worte, bevor es losgeht.«

»Wie jedes Jahr haben wir uns versammelt«, hob Gereon an - seine Stimme war laut und kräftig; sie schallte über den Platz, dass jeder sie hören konnte - »um ein Jahr zu verabschieden und ein neues zu begrüßen. Welche glücklichen Augenblicke hat uns das letzte gebracht? Welche wird uns das zukünftige bringen? Welche Hoffnungen, Träume, Taten werden uns leiten? Wer werden wir sein? Ich wünsche uns allen alles Gute, ein berauschendes Ruijan und die feurigste Tanzmusik, die Oló je gehört hat!« Das ganze Dorf erhob die Becher und Krüge.

»Das sagt er immer«, erklärte Laena mir und verkniff sich ein Lachen. »Und wenn er etwas mehr getrunken hat, tanzt er selbst, als hörte er die feurigste Tanzmusik!«

Tatsächlich begann gleich nach Gereons Ansprache eine herrliche Musik. Einige Phing saßen in der Mitte des Platzes - um sie herum eine große Freifläche ohne Tische und Schemel - und spielten auf verschiedenen Instrumenten ein Lied nach dem anderen, das geradezu zum Tanzen aufforderte. Es dauerte nicht lang und die ersten Phing bewegten sich im Takt der Musik, als hätten sie ihr Leben mit nichts anderem verbracht.

»Möchtest du tanzen?«, fragte Laena mich mit funkelnden Augen.

Ich beschloss, dass es noch zu früh am Abend wäre, mich so gründlich zu blamieren. »Später vielleicht. Ich muss jetzt erstmal etwas essen.«

Laena nickte amüsiert. »Du hast Recht: Du hattest bestimmt schon zwei, drei Stunden nichts mehr«, gab sie zurück. Ich versuchte sie zu fangen, doch sie war schneller als ich. »Aber später hast du keine Ausrede mehr!«, warnte sie mich kichernd.

Während ich mich ausgiebig an den warmen und kalten Köstlichkeiten, die es zu genießen galt, gütlich tat, verschwand sie zwischen gut gelaunten, zum Scherzen und Lachen aufgelegten Männern und Frauen, bis ich sie in der Menge nicht mehr ausmachen konnte. Vollends beschäftigt mit der Abwägung von Angebot und Sättigungsgrad pendelte ich zwischen meinem Tisch und den Essensständen hin und her.

Da ich endlich ermattet auf einem Schemel eine Pause einlegen musste, gesellte sich Frowin zu mir: selbst beladen mit Tellern und Spießen. »Die gibt es nicht in Lilotopien, nicht wahr?«, fragte er und deutete auf seine Teller.

Ich schüttelte den Kopf. »Nur in besonders wasserreichen oder wohlhabenden Gegenden - aber zur Tradition gehören sie nicht«, erwiderte ich. Er nickte nachdenklich.

»Nun sag schon«, forderte er mich auf. »Was war los?«

Ich erzählte ihm von dem Gespräch mit Laena am Abend zuvor. Er hörte aufmerksam zu.

»Ich glaube, sie mag dich wirklich. Etwas an dir macht sie sehr glücklich«, sagte er und lächelte verträumt.

Ich räusperte mich. »An wen denkst du gerade?«, fragte ich. Frowin schaute mich überrascht an. Offenbar fühlte er sich ertappt.

Dann seufzte er. »Du kannst es dir bestimmt schon denken«, gab er zu. Ich hatte tatsächlich einen Verdacht. Er beugte sich zu mir. *»Mina«,* flüsterte er.

Mina war ein hübsches Mädchen: still und liebenswert. Sie wohnte mit ihren Eltern und Geschwistern in einem der Platanenhäuser, pflegte jedes kranke Tier gesund und passte gern auf die jüngeren Kinder auf.

»Sie ist viel jünger als du«, stellte ich zögernd fest.

Frowin nickte gequält, als hätte er sich darüber schon oft den Kopf zerbrochen.

»Wie - wie lange schon?«, fragte ich.

Er seufzte wieder. »Zu lange«, gab er zur Antwort. »Seit ich denken kann. Als Kind habe ich viel mit ihren großen Brüdern unternommen. Sie war fast immer dabei.« Er schüttelte den Kopf, wie um seine Gedanken zu vertreiben. »Laena kann schüchtern sein«, sagte er. »Und so zurückhaltend hab ich sie noch nie erlebt. Zögere nicht zu lange.«

Bevor ich etwas darauf erwidern konnte, hörte die Musik auf; und vom Podest erklangen laute Trommelschläge. Viele Kinder hatten sich dort versammelt und begannen nun - da ihnen die Aufmerksamkeit ganz Olós sicher war - mit ihrem eigens für diesen Tag einstudierten Programm. Sie sangen Lieder, spielten Instrumente und sagten Gedichte an, führten Kunststücke und Sketche vor und erzählten Witze.

Während der Aufführung tauchte Laena wieder zwischen der Menge auf und schlich sich zu mir. Als sie neben mir Platz nahm, bekam sie strenge Blicke von einigen umstehenden Erwachsenen ob ihres unruhestiftenden Verhaltens. Ich straffte mich und legte meinen Arm besitzergreifend um sie. Erst als die

Vorführung beendet war und jedes Kind mit hochroten Wangen seinen Applaus und viele Jubelrufe geerntet hatte, ließ ich von ihr.

»Hast du genug gegessen?«, fragte Laena fröhlich.

»Erstmal schon - doch der Abend ist noch jung«, erwiderte ich und klopfte mir auf den Bauch, was ich gleich darauf bereute. »Wo hast du denn deine Lyra gelassen?«

»Da vorne bei den Musikern«, sie deutete auf die Mitte der Tanzfläche. »Ich bin auch gleich dran«, fügte sie noch hinzu.

»Du spielst? Jetzt?«, fragte ich aufgeregt.

»Ich löse Lothu ab«, erklärte sie mir. »Das andere spiele ich erst, wenn das alte Jahr gegangen ist.« Ich rieb mir dennoch die Hände in Vorfreude. Laena warf mir einen koketten Blick zu. »Ich möchte dich tanzen sehen!«, sprach sie bestimmt. Frowin lachte.

»Ich kann überhaupt nicht tanzen!«, wandte ich ebenso bestimmt ein.

»Darum geht es nicht«, gab sie unbeirrt zurück. »Es geht darum, dass wir -« Der letzte Teil ihres Satzes ging in den Rufen derjenigen unter, die nach ihr verlangten. Ohne mir einen Blick oder eine Erklärung zurückzulassen, sprang sie davon und nahm ihren Platz zwischen ihresgleichen ein.

Ich drehte mich zu Frowin. »Was wollte sie damit sagen?«, fragte ich ihn.

Er lächelte, zuckte mit den Schultern und erhob sich. »Das findest du schon noch heraus«, sagte er und klopfte mir freundschaftlich auf die Schulter.

Ehe ich darüber nachdenken konnte, begann die Musik wieder, deren Feuer mich magisch anzog. Ich bahnte mir einen Weg durch die Menge und setzte mich den Musikern so nah wie möglich auf einen Baumstumpf, sodass ich Laena gut im Blick hatte.

Ich hörte ihr Instrument am deutlichsten unter allen heraus, beobachtete staunend die Leichtigkeit ihrer Finger und bemerkte voller Wehmut, wie schön sie aussah, wenn sie spielte. Obwohl ich sie zwischen den Tanzenden bald nicht mehr so gut erkennen konnte, erkannte ich doch, welche Leidenschaft in und aus ihr pulsierte.

Nach ein, zwei Liedern hoben sich die Stimmen der Phing zum Himmel. Gesänge - leicht zu lernen und doch herrlich anzuhören - erschallten über den ganzen Platz, dass ich glaubte, die Sterne müssten uns hören. Die Anzahl der Musiker verdoppelte, verdreifachte sich indes, da ihre Instrumente gegen die lauten Stimmen der tanzenden Phing kaum noch ankamen. Ich klatschte begeistert mit und versuchte einzustimmen, sobald ich die Struktur eines Liedes verstanden hatte. In der Polyphonie ging meine Stimme ohnehin unter: Die reine Freude am Singen und Tanzen stand über jeglichem Können: So musste ich mich nur anstecken lassen.

Die Tanzfläche wurde immer voller und voller, bis ich schließlich aufsprang und meine Füße freiließ. Laena war wie die anderen Musiker längst nicht mehr zu sehen: Zu viele Körper schoben sich im Takt aneinander vorbei.

Bei einigen Liedern bildeten sie Ketten und Kreise; Schulter an Schulter bewegte sich ein jeder auf die gleiche Art, schmiss die Beine in die Luft und klatschte zur selben Zeit in die Hände. Nicht selten kam es vor, dass sich jemand aus dem Kreis löste und eine besonders schnelle, virtuose oder verrückte Tanzeinlage darbot. Nur unterbrochen von Jubelrufen, Klatschen und Stampfen lösten die Phing sich ohne Einhalt ab.

Zwischen den Liedern gab es keine Pausen mehr: Die Musiker spielten ohne Unterlass. Ein Lied ging über ins nächste; jedes folgende löste noch größere Begeisterungsstürme aus als das vorige; und keiner wollte sich eine Pause gönnen.

Da ich das Tempo etwas verlangsamte, um nach der letzten rasenden Weise wieder zu Atem zu kommen, schweifte mein Blick über die von Fackeln und Feuern erleuchtete Lichtung. An jeder Stelle, die ich einsehen konnte, tanzten Phing miteinander, allein, auf den Schemeln, den Tischen, mit ihren Kindern auf Armen und Schultern, als wäre es das letzte Mal. Ältere und kranke Phing klatschten und sangen mit, so gut sie konnten, schauten zuweilen wehmütig auf die tanzenden und ließen sich von ihnen in die Mitte nehmen.

Ich schaute zum Himmel. Die Sterne funkelten schöner als der reinste Edelstein; Schweiß rann an meinem Gesicht, selbst an meinen Händen hinab; meine Füße bewegten sich wie von selbst. War ich jemals so glücklich gewesen, so frei?

Meine Gedanken flogen zu Cachil und wurden mit Dankbarkeit geflutet; meine Gedanken flogen zu Tilius und mein Herz schwoll an vor Trauer. Hier, an diesem herrlichen Ort, in diesem herrlichen Augenblick empfand ich zum ersten Mal die wundersame, alle Sinne beherrschende Zusammenkunft von Freude und Schmerz: ein Gefühl, das mich noch oft heimsuchen sollte und mich fühlen ließ, dass Leben durch jede meiner Fasern strömte.

Die Gesänge wurden lauter, die Musik heißer, die Tänze schneller, bis alles in einem orgiastischen Finale detonierte, dessen Ende von einem plötzlichen, ohrenbetäubenden *Knall* begleitet wurde.

In ebendiesem Augenblick erstrahlte der Himmel taghell. Unter Zischen und Krachen ging die schwarze Nacht über unseren Köpfen in Flammen auf. Alle Farben des Regenbogens, alle Formen der Blüten standen plötzlich zwischen den Bäumen.

Die Musik hatte aufgehört; verschwitzte, keuchende Körper drängten sich dicht beieinander; Köpfe hatten sich dem Himmel zugewandt und folgten ehrfürchtig den feurigen Zeichen.

Ich stand mit offenem Mund da und konnte kaum fassen, was ich da sah. Feuer am Himmel! Jedes neuerliche Krachen ließ mich zusammenfahren - und mit einem Schlag wurde mir klar, wessen Stimme sich die Meeresgeister bedienten. Das dumpfe, donnergleiche Grollen musste weit über die Grenzen Olós hinaus zu hören sein.

Als der letzte Lichtblitz erlosch, herrschte Stille.

Dann brach ein Applaus und Jubel los, der sich in rhythmischen Tanzschritten fortsetzte. Die Musik begann wieder und das neue Jahr wurde ebenso feurig willkommen geheißen, wie wir das alte verabschiedet hatten.

Meine Füße bewegten sich weiter und schneller; und ich vergaß alles um mich. Ich dachte nicht an Laena oder die Zeit, meine Zukunft oder meine Vergangenheit - es gab nichts als das Moment pulsierender Energie.

Irgendwann wurde die Musik ruhiger und leiser; die Gesänge verstummten und immer mehr Phing ließen sich erschöpft auf die Stühle sinken. Auch ich setzte mich auf einen Baumstumpf und gönnte meinen müden, heißen Beinen eine Pause.

Plötzlich tauchte Laena neben mir auf und drückte mich an sich. »Und? Und? Ist das nicht herrlich?«, fragte sie aufgeregt und schaute mich erwartungsvoll an.

Ich holte tief Luft, um mich zu sammeln. »Beim ersten Knall habe ich mich zu Tode erschreckt«, lachte ich. »Und ich habe die ganze Zeit getanzt!«

Laena kicherte. »Ich wäre gern dabei gewesen«, sagte sie.

»Wurdest du nun wieder abgelöst?«, fragte ich.

Sie nickte und lockerte ihre Finger. »Ich bin dann gleich dran: Bis dahin darf ich mich ausruhen«, erklärte sie mir.

»Bist du aufgeregt?« Ich erforschte ihr Gesicht.

Sie schüttelte den Kopf.

Auf einmal wurde es laut. Hinter uns hatte sich ein Tumult gebildet. Zwei junge Männer stritten sich heftig, umzingelt von einigen anderen, die eine Schlägerei zu verhindern suchten.

»Was geht denn da vor sich?«, sprach ich.

Laena seufzte. »Komm, wir setzen uns woanders hin - das wird bestimmt noch eine Weile so gehen«, meinte sie und zog mich mit sich.

Wir holten uns frische Getränke und plauderten mit Laenas Onkel, der in der Nähe stand.

Nachdem wir uns schließlich einen Sitzplatz gesucht hatten, flüsterte Laena mir zu: »Jetzt werde ich langsam aufgeregt.«

Ich drückte ihre Hand. »Du schaffst das. Und danach tanzen wir zusammen«, versprach ich ihr. Sie nickte geistesabwesend.

Dann leerte sie ihren Becher in einem Zug und murmelte: »Ich muss los.«

Ich folgte ihr an einen Schemel vor dem Podest, auf dem sie ihr neuestes Lied aufführen würde.

Mittlerweile war auf dem Platz eine besinnlichere Stimmung eingekehrt. Die meisten Kinder schliefen schon am Rande der Lichtung, unter Tischen oder auf den Armen ihrer Eltern; und auch viele ältere Phing wischten sich die Augen und gähnten. Andere tanzten noch immer, doch die Lieder waren nur noch auf der Tanzfläche um die Musiker gut zu hören.

Gereon, der scheinbar die ganze Zeit seinen Krug in der Hand behalten hatte, hob die Stimme und kündigte Laena an, die bereit saß. Sie wischte sich die Hände an ihrem Kleid trocken und legte sie an die Saiten. Stille kehrte ein. »Liebe Frauen und Männer, Kinder, Tänzer, Sänger und alle, die bereits schlafen - ich verliere keine Worte mehr, außer diese: für Herz und Seele von unserer einzigartigen Laena die lang ersehnte, oft gewünschte, endlich komponierte *Weise der Lyne*«, sprach er und nahm neben dem Podest Platz.

Laena warf mir einen letzten Blick zu, schlug die ersten Saiten an und begann.

Oh Jammertal!
Lyn mein Name
und dies ist meine Weise,
wie ich sie sang vor Ory,
dem Dunklen Herrn:

Meinem Bardin war ich,
bevor sie kamen: die Drei Räuber.
An Phars mein Haus stand,
das ich bewohnte,
inmitten eines Felds von Ladan:
der schönen Blume.
Die Sonne leuchtete an jenem Tag
in ihren gold'nen Blüten:
an jenem Tag.

In ihnen saß ich:
webend den Kranz,
zupfend die Leier,
die mein Bardin mir gewirkt.

Denn Bardin war der Erste, der sang.
So schön sang er –
so schön nur die ersten Strahlen der Morgensonne
in der jungen Welt wie Regenperlen
auf die neue Erde fallen.
Von Tau sein Mund bedeckt,
singt er mich aus dem Schlaf –
wie keiner je gesungen.
Und schön waren seine Lieder,
klar die Stimme:
erschallend voll Wonne.

So sang auch ich frohen Herzens
inmitten meines Blumenbettes,
als die Räuber kamen
und mich nahmen.

Myx, Mad, Se – ihre Namen:
Myx und Mad und Se.
Und Bardin sah's,
als sie mich forttrugen.
Und seine Stimme,
die so oft gesungen,
schrie nur: Räuber! Räuber!
Myx o! Mad o! Se!
Doch ich schwand.

Die Drei Räuber raubten mich dem Bardin,
brachten mich vor Ory:
den Dunklen Herrn.
Vor seinem Dunklen Thron
kniete ich nieder
und vergoss Tränen.

Und mein Bardin folgte ihnen nach,
verließ den Phars,
durchschritt die Sieben Tore:
Kamopa, Kira, Ka, Kand, Kemi, Kelo, Kurand –
durchschritt die Sieben Tore.
Myx o! Mad o! Se! schrie er –
seine Lungen füllend
mit Dunklem Atem des Ory.
Vor ihn trat er, mich erblickend, stürzend –
nur Spott der Räuber erntend.
Vor Ory trat er: Höre meine Stimme! und sang,
so kein Gesang je gehört
seit aller Zeiten Anbeginn.
Und Tränen flossen: seine, meine;
und Ory auf Dunklem Thron
im Dunklen Land rührte.
Sprach: Nimm und geh! und ließ mich los.

Den Räubern aber nur der Labdan blieb:
Trank meiner Blumen,
Abbild meiner Tiefe.

Und Bardin – mich küssend –
fiel durch jedes der Sieben Tore,
während ich keins durchschritt.
Und der Bann des Ory hielt mich fest –
Bardin ließ er ziehen.

Stirb nicht, Bardin! rief ich
und auf mein Blumenbett am Phars
regneten meine Tränen.
Keine, die die Räuber raubten,
kehrte je zurück.

Nur der Labdan meinem Bardin blieb:
Trank meiner Blumen,
Abbild meiner Tiefe.

Und wenn Tag und Nacht sich einen,
werde ich ihm erscheinen.
Denn so befahl der Ory –
mich verwandelnd in den Luchs:
Die Dämmerfarbe meines Pelzes
soll Bardin erkennen, so er singt.
Und wird er singen,
so darf ich ihm erscheinen.

Ory: Dunkler Herr,
der du die Dunklen Lande beherrschst –
den Bann der Sieben
du nicht brechen kannst.
Und groß deine Güte,
wie dunkel dein Land.

Kein Tag,
an dem Lyn ihren Bardin nicht misst –
gefangen im Jammertal.
Kein Tag,
*an dem Lyn ihren Bardin nicht liebt.**

* Von Oló, Laena 3971. *Blätter im Wind. Die Weise der Lyne.* Seite 13. Aus dem Lentischen übertragen von E.K.G. [AV]

Nachdem die letzten Töne verklungen waren, herrschte Stille. Laena blickte auf und schaute mich fragend an.

Vereinzeltes, zögerndes Klatschen wuchs schließlich zu einem mächtigen Applaus an. Die Phing, deren Beine sie noch trugen, erhoben sich. Laena wurde rot - konnte ihre Erleichterung jedoch nicht verbergen.

Ich war einer der Ersten, die aufgesprungen waren und wild klatschten. Kein Rufen oder Pfeifen ertönte: Vielmehr zollten wir einer Meisterin ihrer Kunst in unserer Mitte den Tribut.

Laena stand auf und verbeugte sich mit hochrotem Kopf. Sie wollte schon vom Podest springen, als nach mehr verlangt wurde. Also setzte sie sich wieder, hob die zitternden Hände an die Saiten und spielte ein weiteres ihrer Lieder: ebenso schön und tiefsinnig wie *Die Weise der Lyne.*

Ich verstand nicht viel, da sich die lyrisch anmutende Sprache, die sie benutzte, kaum ein Wort mit der Umgangssprache teilte. Dennoch erreichte mich die Herrlichkeit ihrer Verse, ganz zu schweigen von der Musik, die sie dazu spielte - oder ihrer Stimme.

Als das Publikum sie schließlich entließ, stürzte sie zu mir. Ihre Augen strahlten. Ich schüttelte ungläubig den Kopf auf der Suche nach den passenden Worten.

»Du warst *großartig*«, sprach ich endlich mit Nachdruck: und ärgerte mich darüber, keine härteren lentischen Wörter zu kennen.

Laena grinste verlegen. Sie zitterte immer noch.

Ich erhob mich und baute mich vor ihr auf.

»Danke«, gab sie leise zurück.

»Du weißt, was das bedeutet?«, fragte ich ernst und verschränkte die Arme vor der Brust. »Du wirst von nun an sehr, sehr oft für mich spielen müssen!«

Sie schaute kichernd zu Boden.

»Und ich möchte jedes neue Stück vor allen anderen hören!«, fügte ich hinzu, während Laena zu einem Einwand anhob. »Und auch die unfertigen möchte ich hören! Und alle, die du jemals geschrieben hast!«

Laena lachte und schüttelte den Kopf. »Niemals!«, erwiderte sie und sprang mit ihrer Lyra in der Hand davon.

Ich folgte ihr zu den Musikern, wo sie ihr Instrument abstellte: darauf bedacht, Abstand zu halten.

Sie sprach mit ihresgleichen, ergriff meine Hände und fing an zu tanzen.

»Ich habe mir ein besonderes Lied für dich gewünscht!«, rief sie, ließ mich los und bewegte die Füße in schnellen, kleinen Schritten, die perfekt zum Rhythmus passten.

Das Lied klang mir fremder als alles, was ich bisher in Oló gehört und gesehen hatte, und schien für Laena selbst geschrieben worden zu sein. Sie ging ganz auf in der Musik, hob die Arme, drehte sich und warf ihr Haar hin und her. Ich war hin- und hergerissen, mich von ihrer Leidenschaft mitreißen zu lassen, oder sie einfach nur fasziniert zu beobachten.

Das Lied wurde immer schneller und schneller, bis mich endlich die Erleuchtung traf und ich sehen konnte, *wer sie war*. Alle Masken fielen von ihr ab. Die Musik, die Nacht, die Wärme Olós waren in ihr und durch sie und was mein Herz festhielt, war nichts als sie.

Ihr Lächeln aus fiebrigen Augen traf mich wie ein Schlag, da sie fühlte, dass es keinen Raum mehr zwischen uns gab. Und als die Musik plötzlich endete und sie atemlos zum Stehen kam, nahm ich ihr Gesicht zwischen meine Hände und küsste sie.

Laenas Lyra

Sie wehrte sich nicht. Brennend und kühlend zugleich lagen ihre Lippen auf meinen: ein keuscher, zarter Kuss. Ihre Augen schauten verwirrt und geradezu befreit zu mir auf, als ich von ihr ließ.

»Ich sehe dich«, sprach ich leise, dass nur sie es hören konnte. Von uns beiden schien ohnehin niemand Notiz zu nehmen. Sie schluckte.

»Lass uns gehen«, sagte sie, nachdem sie ihre Stimme wiedergefunden hatte. »Ich habe dir noch etwas zu zeigen - nun, da du mich siehst.« Sie fasste mich an der Hand und verließ mit mir den Platz, wo die Phing noch immer Ruijan feierten. Ich folgte ihr ohne ein Zögern.

Die Dunkelheit schluckte unsere aufgeheizten, vom Tanzen verschwitzten Körper und spie sie erst wieder aus, da wir den Wald von Platanen hinter uns gelassen hatten. Sie verschnürte meine Kehle fest; und erst, als ich die Sterne wieder sehen konnte, lockerte sich meine Zunge. »Wohin führst du mich nun?«, fragte ich leise.

Sie drückte meine Hand. »Ich zeige dir meinen geheimen Ort«, antwortete sie.

Meine Neugier war geweckt. »Einen geheimen Ort?«, wiederholte ich. »Heißt das, dass ihn niemand kennt außer dir? Hast du schon einmal jemanden dahin geführt?«

Sie holte tief Luft. »Nein. Das ist der Ort, an dem *ich* bin. Es ist da, wo ich schreibe und nachdenke.«

Wir schwiegen und lauschten in die Nacht. Grillen zirpten grell. Ihre Musik dämpfte unsere Schritte, als wären wir Schatten. Laena fror. Die Nacht wurde kälter und dunkler: Sie hatte ihren Zenit erreicht. Ich zog meinen Mantel aus und legte ihn ihr um die Schultern. Sie lächelte dankbar.

Der Marsch stellte meine Geduld auf eine harte Probe. Mein Geist war nicht müde, doch meine Beine schwer. Da Laenas Füße endlich langsamer wurden, war die letzte Stunde vor Sonnenaufgang bereits angebrochen.

»Wir sind gleich da. Hinter diesem Hügel«, sagte sie und zeigte nach vorn. Ein letzter Anstieg, der sich länger und anstrengender anfühlte, als er aussah, führte uns auf eine sanfte, weitläufige Kuppe.

Unter ihr lag ein silberner See, der im Mondlicht glitzerte. Sein Ufer säumten Gruppen von Weiden, deren herabhängende Äste den Boden berührten. Schilf wucherte ungestüm. Es war der schönste Ort Olós, den ich bisher kennengelernt hatte und je kennenlernte, denn er war wie verzaubert. Soweit ich es im schwachen Licht überblicken konnte, lag der See eingebettet in ein Tal, begrenzt von einem Rand aus grasbewachsenen Hügeln. Er war geformt wie ein Kreis; die Oberfläche spiegelte den Himmel als ein vollkommenes Abbild: von keiner Bewegung gekräuselt. Laena ließ mir einen Moment Zeit, ihr Geheimnis auf mich wirken zu lassen.

»Ich sitze meist da unter den Weiden«, sagte sie und deutete auf die Bäume. »Und oft schwimme ich im See. Er ist sehr kühl. Und ein wenig zu essen habe ich immer da - denn meist kann ich nicht aufhören, wenn ich einmal angefangen habe, Musik zu machen. Das Wasser vom See kann man trinken: Es ist sehr klar. Kannst du schwimmen?«, fragte sie schließlich. Ich schüttelte stumm den Kopf. »Dann bringe ich es dir bei!«, erklärte sie.

Wir liefen zu den Bäumen, unter denen sie meistens saß. Die Blätter und Zweige bildeten einen weiten, schützenden Kreis, fast wie die Wände eines Raumes aus Weiden. *Trauerweiden* wurden sie genannt - wie Laena mir erzählte - da die Blätter wie Tränen aussahen, die im Fallen ausharrten.

Sie fragte mich, ob ich Hunger hätte, und reichte mir eine Handvoll Feigen, die sie in einem hübsch verzierten Holzkörbchen aufbewahrt hatte. Ich dankte und nahm eine.

Sie wirkte unruhig. Ich konnte mir vorstellen, dass sie sich von mir eine Reaktion erhoffte, doch noch waren meine Sinne zu sehr damit beschäftigt, diesen fremden Ort aufzunehmen. Etwas war anders hier. Ich spürte eine Präsenz. Sie war nicht so stark wie im Wald der Erkenntnis, doch sie verzauberte mich.

Ich räusperte mich und schaute Laena an, die mich erwartungsvoll musterte. »Dein Geheimnis verzaubert mich«, stellte ich unverblümt fest. Das Gefühl war nur zu genießen. »Etwas ist hier, das anders ist«, fügte ich unbeholfen hinzu.

Laena lächelte. Ihre Augen funkelten mich neckisch an. Sie griff meinen Arm. *»Ich bin hier«,* sagte sie. *»Ich bin hier.«*

Ich wandte den Blick nicht von ihr, blieb jedoch stumm.

»Fürchtest du dich?«, fragte sie. »Bin ich zu viel?«

In ihr Gesicht stahl sich der Schmerz der Einsamkeit. Sie war allein: ganz allein mit ihrem Gespür für das, was nicht sichtbar war, ihrem tiefen Sein, der reinen Glückseligkeit und der höchsten Traurigkeit. Sie war allein, wie ich allein war mit der Sehnsucht, den Kern aller Dinge zu berühren, dem Wunsch nach Milde und dem Wissen um die Grausamkeit des Todes.

Ich rutschte näher zu ihr, dass unsere Nasenspitzen sich hätten berühren können. »Nein«, erwiderte ich eindringlich. »Du bist anders als ich und ich verstehe dich nicht. Und ich liebe dich. Alles an dir ist schön. Du hättest dich nicht vor mir verbergen müssen, damit ich dich erkenne.« Ich strich ihr über die Schulter und fasste ihre Hände.

Sie atmete erleichtert auf. »Auch ich liebe dich, Kateshi«, sprach sie. »Denn das bist du: ein *Katuro e Roshi** - ein großer in meinem Herzen.«

Wir legten uns bald darauf ins Gras und schliefen ein. Die Sonne war inzwischen aufgegangen, doch die Bäume hüllten uns in ihren Schatten und ließen uns ruhen.

Laena lag nahe bei mir, als ich erwachte. Sie musste im Schlaf nach einem Kissen gesucht haben und hatte meinen Arm gefunden. Ich dachte an die letzte Nacht: an das, was wir gesprochen und getan hatten, an den Kuss, ihre Unsicherheit, Dankbarkeit und die Wagnisse, die sie eingegangen war, seit sie mich vom Waldland mitgenommen hatte. Würde ich ihr sein können, wen sie verdiente? Während ich über die Antwort grübelte, schlief ich wieder ein.

Laena weckte mich am frühen Nachmittag. »Kateshi«, murmelte sie leise und streichelte meine Schulter. »Kateshi!«

Ich öffnete müde die Augen. Ihr freundliches Gesicht - von nassen Locken umrahmt - hatte sie tief über mich gebeugt.

»Du hast im Schlaf gesprochen und gejammert«, wandte sie zur Erklärung ein.

---

* Eventi für: »König des Herzens«, auch »König im Herzen«.

Ich streckte mich. »Bist du schon lange wach?«, fragte ich sie.

Laena legte den Kopf schief und reichte mir ein paar Honigwaffeln. Mein Bauch grummelte vor Freude. »Ich war schon baden!«, sagte sie.

Ich schaute sehnsüchtig auf den blauen Spiegel. Laena fing meinen Blick auf.

»Ich bringe es dir bald bei«, versprach sie. »Doch nicht heute. Ich muss meine Lyra noch holen!« Sie hatte in der gestrigen Aufregung ihr Instrument am Platz, wo Ruijan gefeiert wurde, vergessen.

Ich nickte. »Ich möchte so bald wie möglich zum Al-Perpet gehen und das Ren lernen. Schließlich ist Ruijan nun vorüber.«

Laena sah zweifelnd zu mir. »Morgen beginnt der Unterricht bei Me Nebe wieder. Du könntest zuerst dahin mitkommen«, entgegnete sie.

»Was lernt ihr bei ihm?«, fragte ich neugierig.

»Evendi«, gab sie zurück. »Und damit auch, Phing zu sein.«

Ich sprang auf.

Laena lachte und winkte ab. »Vielleicht wirst du dich wundern über Me Nebe«, gab sie zu bedenken. »Er ist stolz.«

Ich zuckte unbekümmert mit den Schultern. »Das stört mich nicht«, erwiderte ich.

Inmitten der Schar mehr oder weniger lernbereiter, junger Phing, die auf Schemeln in den Baumwipfeln des Platanenwaldes Platz genommen hatten, erkannte ich prompt, wie sehr es mich störte. Die erste Stunde Eventi verging in Langeweile, denn ich verstand nichts - trotz meiner Mühe. Me Nebe indes mühte sich nicht, mich in seinen Unterricht zu integrieren.

Laenas Versuch, mir die fremden Worte zu übersetzen, unterband er bald, indem er uns voneinander trennte. Dann strafte er sie für ihr Getuschel und verwickelte sie in ein Streitgespräch. Zwar blieb mir dessen Inhalt ein Rätsel, doch an Laenas rotem Gesicht sah ich, wie wenig es ihr gefiel. Von mir nahm der Me keine Notiz.

Pausen hielt er strikt ein, sodass ich die Gelegenheit hatte, mich des Unwillens meiner Mitschüler zu versichern, den Lektionen des Lehrers zu folgen.

»Möchtest du nicht lieber gehen?«, fragte Laena. Aus ihren Augen konnte ich das Verlangen ablesen, selbst zu verschwinden. Ihre Ohren hatten die rote Farbe noch nicht abgestreift.

Ich schüttelte den Kopf.

»Aber er wird nicht aufhören, dich zu ignorieren«, flüsterte Laena mir zu, dass der Me es nicht hören konnte. Die anderen pflichteten ihr still bei.

Doch ich schüttelte erneut den Kopf. Der Klang Eventis hatte mich bereits eingenommen; und in meinem Leib wohnten zu viel Stolz und Wissbegier, als dass ich nach einer Stunde einem fremden Mentor hätte den Rücken kehren können. Also blieb ich geduldig, saß auch die nächste Stunde ab und begann inzwischen, Eventis Seele nachzuspüren.

Als es vorüber war und sich alle Schüler bis auf Laena verabschiedet hatten, trat ich zu ihm und brachte mein Anliegen vor: »Me Nebe, ich trete mit einer Bitte vor. Mein Name ist Delii und ich komme von Inkowitch. Ich möchte Euch bitten, mich Evendi zu lehren!«

Me Nebe schaute mich prüfend an. Er wirkte nicht unfreundlich, vielmehr forsch. Sein strenger Blick maß mich von Kopf bis Fuß, während er die Tasche mit seinen Unterlagen schloss. »Hast du irgendwelche Grundkenntnisse?«, fragte er dann. Ich verneinte. »So solltest du den Anfängerkurs besuchen«, erwiderte er und verschwand ohne ein weiteres Wort. Ich schaute ihm verdutzt hinterher.

»Den Anfängerkurs?«, fragte ich Laena erstaunt, als Me Nebe außer Hörweite war.

Sie erklärte, was es damit auf sich hatte. »Es gibt zwei Kurse Evendi«, sagte sie. »Einen für die, die es schon fließend sprechen. Und einen für die, die es noch gar nicht sprechen.«

»Und das sagst du mir erst jetzt?«, fragte ich stirnrunzelnd.

Wir hatten das Plateau verlassen und schlenderten zwischen den Stämmen umher.

Laena zuckte mit den Schultern. »Im Kurs für Anfänger sind nur Kinder. Und da du so schnell sprechen gelernt hast, meinte ich, das wäre besser.«

Ich dachte über ihre Worte nach, bis wir zwei Mädchen erreichten, die am vereinbarten Treffpunkt auf Laena gewartet hatten, um mit ihr den Nachmittag zu verbringen. So ging ich allein und in Gedanken vertieft nach Hause.

Mandai verzweifelte gerade an ihrem Sohn. Timo hatte trotz der Verbote seiner Mutter auch deren Vorratskammer zum Versteckspielen genutzt und dabei einige wertvolle Tinkturen zerschlagen. Die heilbringenden Kräuter schwammen nun in einer Lache vergorener Säfte, die sich nach und nach vermischten.

Es stank grässlich. Mit vereinten Kräften gelang es der wütenden Heilerin, ihrem kleinlauten Sohn und mir zwar, das Chaos zu beseitigen - die monatelange Arbeit samt der kostbaren Medizin konnte unser Einsatz jedoch nicht ersetzen.

Während unserer Wischanstrengungen hatte ein gewaltiges Klopfen und Hämmern begonnen, das aus dem Zimmer schallte, in dem Timo zu schlafen pflegte. Wie ich mich hineinstahl, erkannte Zidan sofort - gleichwohl er mit dem Rücken zu mir arbeitete - dass ich es war, der ihn störte. »Du atmest einfach zu laut«, rief er, den Kopf meinem verdutzten Gesicht zuwendend.

»Ich wollte dich nur fragen, ob ich helfen kann«, äußerte ich zu meiner Verteidigung. Zidan unterbrach seine Arbeit und winkte mich zu sich. Ich kniete mich neben ihn auf den Boden.

»Weißt du, was das wird?«, fragte er mich augenzwinkernd.

Ich schaute auf das breite Holzgestell. »Ein Bett?«, fragte ich zögernd.

Zidan schüttelte den Kopf. »Nicht irgendein Bett!«, antwortete er. *»Dein Bett!«*

Mein erstes eigenes Bett. Ich war sprachlos.

Die nächsten Stunden, da ich ihm beim Zusammensetzen der Holzbalken half und staunend beobachtete, wie er sie mit *phuld-Hara:* dem *Spruch der Ruhe* gravierte, freute er sich über die geglückte Überraschung.

Mandai kam zwischenzeitlich zu uns, berichtete verzweifelt, wie lange es dauern würde, die verlorene Medizin erneut herzustellen, und erklärte, dass es im Besonderen ihr selbst ein Anliegen gewesen war, dass ich ein eigenes Bett bekäme. »Dann ist das Krankenbett endlich wieder frei«, schloss sie.

Laena schlich sich zu uns, als es dämmerte und Zidan mit den letzten Handgriffen beschäftigt war. Ich sah ihm aufmerksam zu und bemerkte nichts, bis sie mir die Handflächen auf die Augen legte. Den Geruch ihrer Haut erkannte ich sofort.

»Laena«, sagte ich und zog sie zu mir auf den Boden. »Schau mal!«

Laena staunte nicht schlecht. Sie umarmte mich vor Freude. »Freust du dich?«, fragte sie mit glänzenden Augen. Ich nickte.

Es war nicht nur dieses mein eigenes Bett, das mir die Sprache raubte, sondern vielmehr das, wofür es stand. Mandais und Zidans Gastfreundschaft löste sich darin auf: Ich war nun kein Gast mehr, sondern ein Sohn der Familie, kein Störenfried - eine Bereicherung.

Ich wünschte mir, während ich dort auf dem Boden saß, Laenas Arm auf der Schulter und Zidans Hände beobachtend, die erste Ahnung eines guten Abendbrotes in der Nase, das Mandai mit ihrem noch immer unablässig schuldbewusst dreinblickenden Sohn zubereitete - ich wünschte mir, ich hätte in die Vergangenheit reisen, meinem früheren, verzweifelten Ich in Inkowitch einen kleinen Ausblick in die Zukunft gewähren können. Meinen Naru nicht zur Weißglut treiben, die ersten Schritte der Reise mit weniger Angst im Nacken gehen müssen. Wie ich Cachil vermisste und dieses Vermissen so tief in mir vergrub!

Ich rückte näher an Laena heran, die gleich verstand, dass mich ein Schleier von Traurigkeit umfangen hatte. Ihr Arm schloss sich fester um meine Schulter. Hoffentlich würde Cachil mir bald eine Nachricht senden, dass er heil angekommen wäre und es ihm gut ginge.

Nach dem Abendessen saßen Laena und ich noch eine Weile auf dem Dach des Hauses, auf das wir ungezogenerweise geklettert waren. Am bedeckten Himmel funkelte kaum ein Stern; selbst der Mond war nur durch einen faden Wolkenschleier zu erkennen. Die Nacht hüllte uns in Dunkelheit.

Ich erzählte Laena leise von Cachil und meinem Leben in Inkowitch, von den Büchern, dem Schmutz der Stadt und erwähnte auch, dass dies nicht das erste Mal war, dass ich auf einem Dach saß. Laena lachte hinter vorgehaltener Hand, als ich eifrig berichtete, wie mein Lehrer mich erwischt hatte.

»Er ist ganz anders als euer Me«, erklärte ich schließlich seufzend. »Er war mein Mentor: mein Naru.«

Laena streichelte meinen Rücken. »Als wäre er dein Vater, liebst du ihn«, sprach sie leise.

Ich nickte.

Sie rutschte zu mir und flüsterte mir ins Ohr: »Ich habe einmal ein Lied über das Vermissen geschrieben - soll ich es dir vorspielen?«

»Ich bestehe darauf!«, antwortete ich rasch. Ich hätte sie früher oder später sowieso darum gebeten, mir ein Lied zu spielen.

Sie kletterte vom Dach und holte ihre Lyra.

Die Aussicht auf Laenas Musik und die Tatsache, dass sie mir von selbst angeboten hatte, für mich zu spielen, hob meine Stimmung ein wenig. Auch wenn ich meinen Naru vermisste - es war gut, hier bei Laena zu sein. Sie schenkte mir Geborgenheit, wenngleich sich diese anders anfühlte als das, was ich bisher darunter verstanden hatte: ruheloser und drängender, als wäre ich noch nicht angekommen, wohin ich sollte. Eine aufregende Geborgenheit vielleicht.

Laena legte die Finger an die Saiten und meine Gedanken verstummten.

Ein Flimmern von Unendlichkeit
und eine nachtschwarze Dunkelheit,
ein weißglühender Mond,
ein Pfad aus Azur
und zwischen all diesen Dingen
ich -
allein in meiner Liebe,
auf meiner Zunge
den bittersüßen Schmerz
der Sehnsucht,
des Vermissens,
des Verzichts.

Ich werde traurig von Klängen
und Kronen aus Schatten
*schmücken den Horizont.**

Ich wagte nicht, Atem zu holen, als sie geendet hatte.

Laena sprach aus, was ich dachte. »Na gut - da geht es um ein anderes Vermissen als deines«, sagte sie.

Ich schluckte. »Hast du schon einmal jemanden so vermisst?«, fragte ich sie geradeheraus.

Just in diesem Moment zischte von unten eine Stimme: »Es ist Nacht und ihr beiden seid so laut wie am Tag!« Zidan war es, der uns zurechtwies. »Runter vom Dach ihr beiden und still jetzt: Ich möchte schlafen.« Er schlurfte grummelnd zurück ins Haus.

Mich hatte seine Stimme erschreckt, doch Laena kicherte verhalten. »Ich glaube, Ma hat sich zu viel vom Honigwein gegönnt«, flüsterte sie, so leise sie konnte.

---

* Von Oló, Laena 3971. *Blätter im Wind. Abend.* Seite 1. Aus dem Lentischen übertragen von E.K.G. [AV]

Wir stiegen vorsichtig hinab und rutschten mit den nackten Zehen auf das feuchte Gras. Laena gähnte. »Ich wünsche dir eine gute Nacht in deinem neuen Bett!«, wisperte sie und umarmte mich.

Dort angekommen, wälzte ich mich von einer Seite auf die andere, ohne einschlafen zu können. Die Sorgen um Cachil ließen mich nicht los. Ständig hatte ich sein Bild vor Augen, seine leblose Miene: ein stummer Hilfeschrei aus weit aufgerissenen Augen. Das Stroh unter mir raschelte immer wieder, doch Timos Atem blieb gleichmäßig. Er schien fest zu schlafen.

Plötzlich öffnete sich die Tür. Ich versuchte zu erkennen, wer dort stand, konnte jedoch nichts als einen schattenhaften Umriss ausmachen. Mein Herz klopfte. Lautlose Schritte bewegten sich auf mich zu.

Es war Laena, die sich vorsichtig auf mein Bett setzte und ihre Hand an mein Gesicht legte. Sie fand Tränen und legte sich nach einer stillen Geste des Zögerns zu mir. Ich hüllte sie in meine Decke. Sie nahm meinen Kopf in ihre Arme und streichelte ihn. Ich weinte stumm und lag still.

Als Mandai mich bei Sonnenaufgang weckte, war sie verschwunden.

»Wie hast du geschlafen: die erste Nacht im neuen Bett?«, fragte sie strahlend.

»Gut«, erwiderte ich müde.

Timo und ich zogen gemeinsam zum Wald von Platanen, nachdem wir gefrühstückt hatten, und sprachen uns gegenseitig Mut für die Stunde bei Me Nebe zu. Timo war noch aufgeregter als ich, da er von den älteren Jungen so viele Gruselgeschichten über den strengen Lehrer gehört hatte. »Es heißt sogar, er schlägt uns, wenn wir nicht artig sind!«, rief er aufgebracht.

»Ach - das halte ich für Unsinn«, beteuerte ich und erzählte ihm, dass manche Jugendliche den Jüngeren gerne grausame Geschichten auftischten, um mutiger und älter zu wirken.

Timo dachte länger als sonst über meine Worte nach und entgegnete schließlich: »Warum du nicht, Kateshi?«

Ich stutzte. »Warum nennst du mich jetzt *Kateshi?*«, fragte ich den Kleinen.

»Weil Laena gesagt hat, sie nennt dich so«, antwortete dieser sofort.

Nun dachte ich länger als sonst über seine Worte nach. *Laena.* In all meinen trübsinnigen Gedanken von Heimweh war mir kaum bewusst geworden, dass Laena und ich diese Nacht unter ein und derselben Decke verbracht hatten. Da mir dies schlagartig klar wurde, erhellte sich mein Gemüt, als wäre ein Sonnenstrahl hineingefahren. Meine Familie kümmerte sich liebevoll um mich.

»Wenn der Me versucht, dich zu schlagen, beschütze ich dich!«, sagte ich grimmig zu Timo.

Er schaute mich neugierig an; dann nickte er energisch und rannte los. »Er kann uns nichts tun! Er kann uns nichts tun!«, rief er immer wieder und winkte mir zu, ich solle schneller laufen.

Trotzdem kamen wir zu spät. Viele Jungen und Mädchen in Timos Alter saßen bereits auf den Schemeln des Plateaus und hörten gespannt zu, während wir beide keuchend die Leitern hinaufstiegen. Me Nebe beachtete uns nicht, als wir geräuschvoll Platz nahmen, bis er mit seinen Ausführungen eine Zäsur gefunden hatte.

»Pünktlichkeit ist keine Zier!«, rief er barsch und funkelte uns an. Timo neben mir schrumpfte in sich zusammen. »Doch das Stichwort für eine wichtige Regel: Drei Mal im Jahr dürft ihr zu spät kommen. Wer sich häufiger verspätet, wird für das Jahr vom Unterricht ausgeschlossen«, erklärte Me Nebe finster und starrte in die Runde.

Die ganze Unterrichtsstunde kam mir vor wie ein schlechter Scherz, in dem ich mich hilflos gefangen sah. Die Kleinen arbeiteten zweifelsohne fleißig mit, doch die Geschwindigkeit, mit der sie lernten, war eine Katastrophe. Nach der Hälfte der Stunde sank ich in einen festen Schlummer, aus dem Me Nebe mich unsanft weckte. Er versuchte, mich bloßzustellen: leerte seinen Becher über meinem Kopf, der in der Tischplatte ein passables Kissen gefunden hatte. Die Kinder lachten, als ich erschrocken zu mir kam.

Me Nebe missbilligte ihr Gelächter. »Schlafen im Unterricht ist ein schweres Vergehen«, sprach er zur Klasse, »und wird mit Nachsitzen bestraft!«

Ich horchte auf. Natürlich sollte das Nachsitzen eine Strafe darstellen, doch mir würde es womöglich die Gelegenheit eröffnen, wirklich etwas zu lernen.

Ich klopfte mir in Gedanken auf die Schulter, weil ich es bis zum Ende der Stunde schaffte, nicht wieder einzuschlafen, und stand sogleich vor dem Tisch des Me, um die zusätzliche Zeit abzusitzen. Glücklicherweise umfasste der Anfängerkurs nur eine Stunde pro Tag.

»Was willst du?«, fragte der Me, ohne mich eines Blickes zu würdigen.

»Fragen, wann ich zum Nachsitzen erscheinen soll«, erwiderte ich überrascht.

Me Nebe holte tief Luft. »Es gibt kein Nachsitzen für dich!«, sagte er drohend. »Entweder du ordnest dich in die Klasse ein - oder du musst dem Unterricht fernbleiben.«

Ich machte wortlos kehrt und stieg wütend die Leiter hinab. Von Weitem hörte ich bereits die älteren Schüler und verschwand rasch in die andere Richtung. Die Hände zu Fäusten geballt, stapfte ich zwischen den Platanen entlang und belegte Me Nebe ebenso tonlos wie missmutig mit ausgesuchten liloischen Schimpfwörtern.

Welche Laus war ihm wohl über die Leber gelaufen, dass er mich derart unfreundlich behandelte? Was störte ihn an mir? Überhaupt konnte ich mich des Eindruckes nicht erwehren, er hätte sich der völlig falschen Profession verschrieben. Wie er Laena vor dem gesamten Kurs zerpflückt hatte! Und wie er selbst mit den jüngeren Schülern sprach, als hätten diese ein Verbrechen begangen!

»Heda!«, rief ein Phing mir plötzlich zu.

Ich hielt an, suchte ihn mit den Augen und fand ihn im Nu. Es war ein Mann - ungefähr so alt wie Me Nebe - der in einem Häuslein weitab der anderen wohnte. Ich hatte gar nicht bemerkt, wie weit ich vor dem Unterrichtsplateau davongelaufen war.

»Lass das Gras leben«, rief der Mann. In meinen Händen hielt ich einige Stängel Grün, die ich dem Boden wütend entrissen haben musste.

Ich ließ es jäh fallen und winkte. »Kommt nicht wieder vor«, rief ich und trottete gedankenverloren den Weg zurück, der mich hierhergeführt hatte.

Dann musste ich erneut stehen bleiben. Ich hatte es versäumt, Laena nach dem Wohnsitz des Al-Perpet zu fragen, den ich nun aufsuchen wollte, und da ich nicht wusste, wo ich hier dem nächsten Phing begegnen würde, trabte ich kurzerhand zu dem Häuslein am Waldrand zurück.

Die Tür gab ein hohles Geräusch von sich, dieweil ich behutsam klopfte. Der Mann von eben öffnete sogleich.

Er stutzte, als er mich erblickte. »Wo fehlt es denn?«, fragte er.

»Ich kenne mich nicht gut aus«, erklärte ich. »Ich suche den Al-Perpet. Würdet Ihr mir sagen, wo ich ihn finde?«

Der Mann fixierte mich. Es kam mir so vor, als würde er mich durchleuchten.

»Bist du Kateshi: der Junge von draußen?«, hakte er nach. Ich fragte mich, wie Laena meinen neuen Namen so schnell hatte verbreiten können.

Ich nickte.
»Weswegen willst du zu ihm?«, fragte der Mann weiter.
»Ich möchte das Ren lernen«, erwiderte ich.
Er runzelte die Stirn. »Tut mir leid - da kann ich dir nicht helfen«, sagte er und war im Begriff, die Tür zu schließen.
»Könnt Ihr mir nicht sagen, wo er ist?«, fragte ich eilig. Ging denn heute alles schief?
Der Mann öffnete die Tür wieder. »Er wohnt *hier*«, sagte er. »Aber du kannst ihn nicht sehen: Er meditiert.«
»Kann ich morgen wiederkommen?«, entgegnete ich hoffnungsvoll.
Der Mann schüttelte den Kopf. »Er nimmt keine Schüler an. Tut mir leid.«
Wieder wollte er die Tür schließen, doch ich war schneller. »Darf ich fragen, wer Ihr seid?«, sprach ich höflich.
»Perpet Laren bin ich«, gab er zurück.
»Könnt Ihr mich nicht lehren?«, startete ich den nächsten Versuch.
Perpet Laren schüttelte erneut den Kopf. »Ich bin kein Lehrer. Tut mir leid.« Er schloss endgültig die Tür.
Ich stand noch eine Weile ratlos davor - dann trottete ich mit hängenden Schultern nach Hause.

Dort angekommen, sprang mir Timo gleich entgegen, kaum dass ich die Tür geöffnet hatte. »Und? Musstest du Nachsitzen?«, fragte er ganz aufgelöst.
»Nein«, antwortete ich.
Timo atmete erleichtert aus. »Dann ist ja alles noch mal gut gegangen«, kommentierte er und hörte sich an wie seine Mutter.
Ich verkroch mich zu Zidan in die Werkstatt und bat um die Erlaubnis, ihm bei der Arbeit zuzusehen.
»Freilich«, nickte er. »Du musst auch nicht Nachsitzen, wenn du einschläfst.« Ich stöhnte. »Kein guter Tag heute?«, fragte er, ohne zu mir hinüberzusehen.
Ich stöhnte erneut. »Kein guter Tag«, bekräftigte ich.
»Ach: Mach dir nichts draus«, gab Zidan kopfschüttelnd zurück. »Du müsstest dir eher Sorgen machen, wenn du bei ihm nicht eingeschlafen wärst.« Ich lachte bitter auf und stimmte zu.

Zidan arbeitete still weiter: Er fertigte eine kleine Tierfamilie aus Holz. Eine seiner Kusinen hatte ihr erstes Kind geboren; und neben der neuen Kommode, die bereits verziert in einer Ecke der Werkstatt wartete, sollte das Kleine noch ein besonderes Geschenk erhalten.

Ich beneidete Zidan. Er schuf etwas. Ich hingegen wartete nur darauf, wieder etwas schaffen zu können. Seit Mondzeiten hatte ich keinen Pinsel mehr in die Hand genommen, keine Gesetzestexte übersetzt oder mathematische Begebenheiten bewiesen. Mein Verstand verkümmerte langsam - und ich sah ihm beim Sterben zu. Ich seufzte.

»Nun nimm dir schon ein Blatt Papier und fang an zu zeichnen«, meinte Zidan plötzlich.

Ich erhob mich zögernd und tat wie mir geheißen. Doch keine Muse wollte mich küssen. Die nächste halbe Stunde starrte ich nur zwischen dem weißen Blatt vor mir und Zidans kunstfertiger Hand hin und her. Selbst das Klopfen an der Werkstatttür konnte mich nicht aus der Düsternis meiner Gedanken reißen.

Laena lugte durch den Spalt. Sie erblickte mich, trat rasch ein, schloss die Tür, huschte zu ihrem Vater, hauchte diesem einen Kuss auf die Wange, kam zu mir und hielt inne. Ihr schönes Gesicht war von sanftem Purpur überzogen. Sie nahm meine Hand und bedeutete mir mit stiller Geste, ihr zu folgen.

Wir verließen die Werkstatt und verzogen uns in ihr Zimmer. Laena war ganz aufgeheizt von der Sonne und verschwitzt.

»Ich bin, so schnell ich konnte, hergekommen«, erklärte sie sogleich. »Nun erzähl!«, forderte sie mich auf.

Ich verzog das Gesicht. »Kein guter Tag«, erwiderte ich und schmiss mich rücklings auf ihr Bett. »Me Nebe ist ein unangenehmer Zeitgenosse und den Al-Perpet habe ich nicht einmal zu Gesicht bekommen.« Laena seufzte.

Bevor ich ihr im Detail erzählen konnte, welch unangenehmer Zeitgenosse der Me war und warum ich den Al-Perpet nicht zu Gesicht bekommen hatte, stürzte Timo atemlos herein.

»Klopfen!«, wies Laena ihn zurecht.

Mandai hatte ihn geschickt, nach Hilfe für die Vorbereitung des heutigen Abendessens zu fragen. Gleich mehrere befreundete und verwandte Familien sollten zu Besuch kommen, mit uns gemeinsam feiern und das neue Jahr im kleinen Kreis begrüßen.

So verbrachten Laena und ich den Nachmittag damit, der herumwuselnden Mandai zur Hand zu gehen. Als es Abend wurde und die Gäste eintrafen, musste sich um unser Häuslein eine Wolke köstlicher Düfte gebildet haben - bei all den Leckereien, die die Hausherrin aufgefahren hatte. Mandai war eine vorzügliche Köchin, wie ihr an diesem Abend jeder bescheinigte.

Auch Frowin war mit seiner Familie zu Gast. Laena, er und ich saßen mit den übrigen Gästen unseres Alters nach dem Abendessen am Lagerfeuer und werteten den Kursbeginn bei Me Nebe gemeinsam aus. Dass niemand ihn mochte, tröstete mich ungemein. Mit meiner Geschichte, gefangen zwischen Kindern im Unterricht eingeschlafen zu sein, erntete ich viel Gelächter und allseitige Zustimmung. Jeder konnte eine Anekdote beisteuern, die immer neue negative Facetten des Lehrers offenbarte - nur Laena hielt sich zurück.

Nachdem die anderen sich verabschiedet hatten, scheuchte Zidan uns ins Bett und verbot sich weitere Gespräche. Ich hörte, wie Timos Atemzüge tiefer wurden, und fand selbst keine Ruhe. Die Enttäuschung, Laena heute kaum für mich allein gehabt zu haben, ließ mich nicht einschlafen.

Den ganzen Abend über hatte ich mich an ihrer Schönheit ergötzt, doch war sie so ungewöhnlich still gewesen. Ob sie etwas bekümmerte? Am Nachmittag hatte ich nur die eigenen Sorgen im Kopf gehabt; nun sehnte ich mich nach ihrer Nähe. Wäre ich nach dem Unterricht nicht sofort wütend davongestürmt, hätte ich sicherlich ein paar Minuten mit ihr allein sprechen können.

Während ich mich auf der Strohmatratze unruhig hin und her wälzte, öffnete sich fast unmerklich die Tür. Ich lag still und lauschte. Konnte das Laena sein?

Mein Herz tat einen Sprung. Sie war es.

Sie huschte heran, beugte sich zu mir und fragte flüsternd: »Kannst du nicht schlafen?«

»Ja«, antwortete ich, so leise ich konnte. »Tut mir leid, wenn ich dich geweckt habe.«

Ihr entwischte ein ersticktes Lachen. »Nein: Ich kann auch nicht schlafen. Hast du Lust, mit mir zum See zu gehen?«, erwiderte sie. Ich erhob mich zur Antwort, griff meinen Mantel und folgte ihr aus dem Fenster.

Draußen im Mondschein strich ein frischer Luftzug an uns vorbei: genau das, was ich jetzt brauchte. Ich atmete mehrmals tief ein, da wir uns auf den Weg zum See begaben.

Als das Haus in der Ferne verschwunden war, mussten wir nicht mehr flüstern. Laena trug den Kasten, in dem sie ihre Lyra aufbewahrte.

»Soll ich dir deine Lyra tragen?«, fragte ich sie. Sie lächelte und reichte mir die hölzerne Tasche. Ich ergriff auch ihre Hand. »Bedrückt dich etwas?«, fragte ich besorgt. »Du warst so still heute Abend.«

Laena wand sich. »Alles ist gut«, antwortete sie schließlich. Sie strahlte und ich bohrte nicht weiter.

Bis wir am See angelangt waren, sprachen wir kein Wort mehr. Hatte ich mich in meinem Bett noch nach einem Gespräch mit ihr unter vier Augen gesehnt, wurde die Luft nun mit jeder Minute unseres Schweigens schwerer und schwerer. Es war, als würden wir zum ersten Mal allein sein. Ich vertraute ihr - und doch band mir eine Verlegenheit die Zunge, die ich nicht besiegen konnte.

Am Hügel vor dem Tal blieben wir stehen. Der See lag glitzernd auf der Erde: die Weiden wie dunkle Wächter an seinem Rand.

Laena ließ meine Hand los und rannte nach unten; ich folgte ihr, legte die Lyra ab und mich neben sie aufs Gras. Ihre Augen schimmerten, da ich sie still betrachtete.

»Spielst du für mich?«, fragte ich leise.

Sie nahm das Instrument und spielte für mich: ein Lied, ein zweites, viele weitere folgten - ich lauschte allen. Bei den traurigen Liedern rutschte ich näher an sie, betrachtete nicht den prächtigen Sternenhimmel über mir, sondern sie. Meine Tränen rannen lautlos über die Halme.

»Du spielst so schön«, sprach ich zwischen zwei Liedern und sie küsste meine Stirn.

Irgendwann seufzte sie und schloss ihre Lyra wieder ein.

»Wenn du heute schon nicht gelernt hast, was du wolltest -«, hob sie zögernd an, »- soll ich dir jetzt beibringen zu schwimmen?«

Ich packte sie unwillkürlich und nickte heftig. Sie lachte und schüttelte mich ab.

Dann stand sie auf und zog mich mit sich. »Gut, gut. Dann mal schauen, ob ich das kann.« Sie wischte die Hände an ihrem Kleid ab, bevor ihr Gesicht einen ernsten Ausdruck annahm. »Also zuerst die Armbewegungen.«

Laena ruderte eine Weile mit den Armen und wartete dann, dass ich ihre Bewegungen imitierte.

Ich konnte nicht anders als grinsen. Ihre konzentrierte Miene und die unbeholfenen Fuchteleien gaben eine lächerliche Kombination ab.

»Ich versuche!«, rief ich in gewichtigem Ton und verwandelte ihre Nervosität in Belustigung.

Sie stieg gleich auf mein Spiel ein. »Einen Moment!«, rief sie herrisch, hob den Zeigefinger und korrigierte die Stellungen meiner Arme. »Noch einmal, bitte!«

Die akkuraten Gebärden meiner oberen Extremitäten genügten ihr nicht.

»Noch einmal, bitte!«, rief sie erneut und erhielt ein »Jawohl, Herrin!« als Antwort.

Indessen wir uns bei den Schwimmübungen für die Arme noch im Zaum halten konnten, musste unser Gelächter weit über den See schallen, als Laena sich auf den Bauch legte und begann, wie ein sterbender Fisch zu zappeln. Die Trockenübungen im Gras waren anstrengender, als sie aussahen, und Laena so erbarmungslos in ihren Anweisungen, dass mir schließlich nichts anderes übrig blieb, als sie zu mir zu ziehen und zu kitzeln, bis sie um Gnade flehte. Das war genau die Art der Konversation, die ich heute brauchte. Als gütiger Mensch gewährte ich ihr Gnade.

»Na los: jetzt ab ins Wasser!«, meinte sie, nachdem sie wieder zu Atem gekommen war, und rannte los. Ich schaute ihr verdutzt hinterher. Es war das eine, im Gras zu liegen und Schwimmbewegungen nachzuahmen - doch etwas ganz anderes, sich in tiefes Wasser zu trauen.

Laenas Gestalt vor mir leuchtete im Sternenlicht. Sie trug heute ein weißes Kleid. Während ich ihr zum Ufer des Sees folgte, betete ich darum, sie würde es anbehalten. Mein Gebet wurde erhört.

Sie lief lautlos ins Wasser, tauchte unter und schüttelte sich, als ihr Kopf wieder durch den dunklen Spiegel stieß. »Ist das kalt!«, rief sie mir zu. »Und es wird sehr schnell tief - doch bis hierhin kannst du stehen!«

Ich entledigte mich bis auf die Hose meiner Kleider. Schon da ich mit dem ersten Zeh das kühle Nass berührte, lief mir ein Schauer den Rücken entlang. Es dauerte eine Weile, bis ich ganz im Wasser stand. Laena planschte schon vergnügt umher und lachte ob meiner Scheu. Ich zahlte es ihr heim, als ich nahe genug bei ihr war.

»Werd nicht leichtsinnig!«, prustete sie nach Luft schnappend. »Ich rette dich nicht, wenn du untergehst!«

»Ich bin kein Idiot!«, erwiderte ich und blitzte sie an. Das Wasser reichte mir bis zum Hals. Laena musste schon auf Zehenspitzen stehen und dennoch ragte ihre Nase kaum heraus - dabei waren wir kaum zehn Schritte vom Ufer entfernt. »Nun zeig mir mal, wie du schwimmst«, forderte ich sie auf und versuchte ihre zierlichen Bewegungen im Wasser auszumachen.

Ihr Kleid waberte um ihren Körper und verstellte jede Sicht. Sie schwamm ein paar Meter zur Mitte des Sees, machte kehrt und stand wieder neben mir. »Jetzt du.«

Dieweil ich mich bemühte, mit den Füßen nicht den Boden zu berühren, hielt Laena mich an der Hüfte fest. Meine ersten Schwimmversuche gestalteten sich trotzdem katastrophal. Bevor wir uns endlich keuchend und kichernd ins nackte Grün unter eine der Weiden schmissen, hatte ich eine Menge Wasser geschluckt.

Laena legte sich rasch auf den Bauch: Ihr Kleid klebte an ihrer nassen Haut. Ich bedeckte sie mit meinem trockenen Mantel, dennoch sie zitterte vor Kälte.

»Zieh dein Kleid doch aus«, schlug ich vor. Sie kniff die Augen zusammen und taxierte mich. Dann stand sie ohne ein Wort auf, zog sich aus und breitete das tropfende Stück auf dem Boden aus. Ich schaute nicht auf, bis sie sich in meinen Mantel eingerollt hatte. Er bedeckte ihre nackte Haut und bannte die Gefahr, mir den Verstand zu rauben.

Wir legten uns nieder, wie wir es schon im Wald der Erkenntnis getan hatten: ich auf dem Rücken und sie in meinem Arm.

»Frierst du gar nicht?«, fragte sie und ich schüttelte den Kopf. Selbst wenn ich vor Kälte gebibbert hätte - das Gefühl ihrer Hände auf meiner bloßen Brust wäre es wert gewesen.

Die Weide legte ihre Äste um uns.

»Dank dir ist dieser Tag heute doch noch schön geworden«, sprach ich.

Sie streichelte mein Gesicht. »Du musst nicht zu Me Nebe gehen«, meinte sie schließlich seufzend.

»Ich will aber«, erwiderte ich stur. »Und ich versuche es auch noch mal bei Perpet Laren.« Sie schwieg. »Ich will dazugehören«, erklärte ich ihr. Ihre Hand fühlte sich so gut an auf meiner Wange. »Ich will hierbleiben. Ich treffe Cachil irgendwann und dann komme ich wieder her.«

Sie lächelte. »Ich habe mir gewünscht, dass du das sagst«, erwiderte sie leise.

Ich drückte sie fester an mich.

»Wir können morgen nachsehen - wenn du willst - ob dein Cachil dir schon geschrieben hat«, bot sie an.

Ich seufzte und nickte. »Ich denke nicht, dass er mir schon geschrieben hat.« Ich kuschelte mich traurig an sie. »Er hat sich in große Gefahr begeben.«

Wir schwiegen.

Ich zweifelte daran, ob Cachil es überhaupt bis nach Gelir geschafft hatte. Und selbst wenn ihm das gelungen sein sollte, wollte ich mir erst gar nicht ausmalen, mit welchen Grausamkeiten Cendo ihn bestrafen könnte, würde er seinem Vorhaben auf die Schliche kommen.

»Wenn es dir so wichtig ist«, hob Laena an und riss mich aus meinen Gedanken, »Evendi und auch das Ren zu lernen, dann helfe ich dir dabei.«

Ich schaute dankbar zu ihr herab. Ihre blauen Augen erwiderten meinen Blick. Dann küsste ich sie zaghaft. Ihre Lippen erwiderten meinen Kuss. Ihr Atem schmeckte süß und geheimnisvoll. Ich hielt mich zurück. Laenas Atem ging rasch.

»Ich habe eine große Sehnsucht in mir, Kateshi«, flüsterte sie. »Ich möchte einmal übers Meer fahren. Ich möchte die Küste besuchen, wo meine Vorfahren geboren sind. Ich möchte zum Erlenthal reisen.«

Ich wusste nicht, was ich darauf antworten sollte. Zwei Wesen können ihre Körper zu einem verbinden und einander doch nicht so nahe sein, wie wir beide es uns in diesem Moment waren. Schließlich antwortete ich mit dem einzigen Satz, der ihm gerecht wurde: »Ich folge dir: egal, wohin.«

Sie legte den Kopf auf meiner Brust ab und sagte nichts mehr.

Das Ren

Schon am Tag darauf wurde mir endgültig bewusst, dass ich auf Laenas Hilfe dringend angewiesen war, wollte ich als vollwertiger Phing in Oló leben.

Laena und ich hatten die Nacht kein Auge zugetan und waren erst die letzte Stunde vor Sonnenaufgang zurück in unsere Betten gehastet - gerade so rechtzeitig, bevor Mandai kam und uns weckte. So ließ es sich nicht vermeiden, dass ich den zweiten Tag in Folge während des Unterrichtes bei Me Nebe einschlief. Der seinen eigenen Prinzipien geradezu hörige Lehrer verwies mich daraufhin von meinem Platz und schloss mich für das gerade angebrochene Jahr vom Kurs aus.

Dieser erneute, herbe Schlag verstärkte in mir nur das grimmige Verlangen, zu triumphieren und ihn eines Besseren zu belehren. Um das zu erreichen, brauchte ich neben Laena eine weitere Figur im Feld, der ich vertrauen konnte. Also beschloss ich, Frowin zu suchen. Er hatte sich seinerseits gerade auf den Weg zum Me begeben, da ich ihn traf. Mein Problem war rasch erklärt und Frowin willigte ein, mit mir Eventi zu üben, wann immer er Zeit dafür finden würde.

Ich begleitete ihn zum Plateau und sprach kurz mit Laena. »Er hat mich rausgeschmissen«, erzählte ich ihr und suhlte mich in meiner neu gewonnenen Unbekümmertheit. Sie hingegen reagierte schockiert und versprach empört, mir zu helfen. Dennoch rutschte ihr kein Wort des Unmutes über diesen Me von den Lippen.

Auf dem Weg zu Perpet Laren erkannte ich erst, wie wütend ich war: Nur Perverse empfinden Spaß an der Demütigung anderer! Ich fühlte mich von Nebe derart ungerecht behandelt, dass meine Sturheit mich dazu leitete, ihn als Feind zu betrachten. Statt ihm aus dem Weg zu gehen, wollte ich ihn besiegen.

Am Haus des Al-Perpet angekommen sammelte ich die Gedanken und atmete tief durch. Es war nicht zu erwarten, dass ich diesmal Erfolg haben würde. Ich klopfte dennoch an seine Tür.

Es dauerte, bis der Perpet öffnete; und er schaute mich an, als hätte er mich erwartet. Er lächelte. »Wie kann ich dir helfen, Kateshi?«, fragte er.

»Ich bin hier, um das Ren zu lernen«, sprach ich.

Er schüttelte den Kopf. »Dann kann ich dir nicht helfen«, entgegnete er - schloss aber nicht gleich die Tür.

»Ich bitte Euch, Perpet. Ich komme von draußen und habe keine Ahnung davon. Doch ich muss es lernen. Oló ist nun meine Heimat! Und wer sollte es mich sonst lehren?«

Der Perpet seufzte. »Oló ist nicht deine Heimat«, sagte er.

Ich schluckte. Seine Worte stachen.

»Kein Ort kann deine Heimat sein. Was in deinem Herzen liegt, ist deine Heimat«, fuhr er fort und schüttelte erneut den Kopf. »Ich kann dir nicht helfen. Hier wirst du nicht finden, was du suchst.« Er schloss die Tür.

Ich stand da wie erstarrt. Enttäuschung durchflutete mich bis in meine Fingerspitzen. Sie verwandelte sich in Wut. Ich klopfte wieder.

Laren öffnete sofort.

»Könnt Ihr mir sagen, warum? Und was ich stattdessen tun kann?«, fragte ich ihn. Er zögerte. Es sah so aus, als lägen ihm tausend Gründe auf der Zunge, warum er mir meinen Wunsch nicht erfüllen konnte.

»Es gibt unzählige Gründe« - ich lag also richtig. »Du bist zu alt, um damit zu beginnen. Außerdem fehlt dir Ruhe. Und du bist sehr wütend. Damit kannst du das Ren nicht lernen. Und ich bin kein Lehrer - ich lehre nicht. Der Al-Perpet nimmt keine Schüler und du bist nicht bereit.« Laren hielt inne. Es fiel mir nicht leicht, seine Worte anzunehmen. »Ich wünsche dir noch einen schönen Tag«, schloss er freundlich.

Ich verneigte mich. Die Offenherzigkeit und Schärfe seiner Worte ließen mich in jenes Muster zurückfallen, das mir Sicherheit verlieh. »Das wünsche ich Euch ebenso. Und danke Euch für Eure ehrlichen Worte«, erwiderte ich kleinlaut und sah zu, wie sich seine Tür vor mir wieder verschloss.

Am Nachmittag zogen Laena und ich in den Wald der Erkenntnis. Sie meinte, wenn es irgendwo einen Ort gäbe, das Ren zu lernen: dann dort. Moshas Präsenz schnitt mir die Luft ab, als wir seinen Wald betraten. Es würde nicht leicht sein, mich hier zu konzentrieren. Ich wiederholte ihr jedes Wort, das der Perpet zu mir gesagt hatte; und Laena nickte traurig.

»Du bist wirklich alt«, erklärte sie mir. »Das heißt, du bist vielleicht schon zu lange am Leben, um es zu lernen. Wir wachsen damit auf und fühlen es, bevor wir sprechen lernen.«

Ich seufzte. »Aber ich möchte nicht wieder gehen«, sagte ich. »Es gibt nur diesen einen Weg für mich.«

Laena schaute zuversichtlich zu mir. »Das wird schon. Dass der Perpet dir heute die Tür geöffnet hat, heißt, er wusste, dass du wiederkommst. Das ist gut.«

Bis zum Anbruch der Dunkelheit übte Laena mit mir in Moshas Wald. Sie zeigte mir immer wieder die fließenden Bewegungen, die ich bei den Phing vor Tagesanbruch beobachtet hatte, und ließ sie mich wiederholen. Außerdem erläuterte sie, wie diese mit geistigen Bewegungen verbunden waren. »Sie spiegeln einander«, betonte sie.

Wenn das Ren mir einen Fokus geben sollte, so bewirkten die Übungen in mir eher das Gegenteil. Meine Konzentration verebbte, kaum das wir begonnen hatten; und Laena kletterte mit mir auf einen der Bäume und unterrichtete mich in Eventi. Darin erzielte ich wesentlich schneller Fortschritte.

Eventi ist wie Lentisch und Liloisch eine Buchstabenschrift, die einzelne Laute in einzelnen Zeichen kodiert, welche beliebig aneinandergesetzt werden können. Die Schrift besteht aus zwei mal fünfzehn Schriftzeichen, die als *Erstes* und *Zweites Hegi* bezeichnet werden, aus weiteren sechs phonetischen Zeichen, die zusammen mit den Schriftzeichen des Zweiten Hegi Phonogramme bilden, sowie aus einer Reihe von Determinativen. Letztere erwähnte Laena zunächst nur nebenbei, obwohl sie eine semantisch tragende Rolle spielen.

Sie malte mir die Zeichen des Ersten Hegi auf und ließ sie mich kopieren. Die wohlgeformten Graphe ergaben auf dem Papier ein Gemälde aus Worten und der Schwung ihrer Hand tat sein Übriges. Laena schrieb - anders als ich - mit der linken Hand.

Mein Gekritzel hingegen brachte uns zum Lachen. Nach einigen amüsanten Schreibversuchen stiegen wir wieder hinab und versuchten, meine Muskeln an die Herausforderungen des Ren zu gewöhnen, bis mir die Kontrolle über meinen Körper erneut entglitt und die zweite Lektion Eventi anstand.

So verbrachten wir die Zeit, bis es dämmerte und Laena sich müde die Augen wischte. »Genug für heute«, sagte sie und gähnte. »Du hast heute wenigstens schon geschlafen - aber ich bin schon viel zu lange wach.« Also legten wir uns nieder und schliefen an Ort und Stelle, bis der Morgen durch die Bäume drang.

Das Frühstück in Moshas Wald war köstlich. Laena schien jeden Strauch, jeden Busch zu kennen, der die leckersten Beeren bereithielt.

Danach begab sie sich auf direktem Weg zum Unterricht, während ich nach Hause lief. Nachdem ich so viele Stunden im Wald verbracht hatte, fehlte mir etwas, da ich ihn verließ. Als hätte ich einen meiner Sinne am Waldesrand abgestreift - so kam es mir vor.

Zu Hause fasste ich ein zweites Frühstück ab, wusch mich und mit Mandai eine Ladung Wäsche und verabschiedete mich. Ich wollte den Perpet noch einmal aufsuchen und ihn fragen, was ich tun könnte, um bereit zu werden. Die ersten Versuche mit Laena hatten mir gezeigt, dass das Ren mich vor die bisher größte Herausforderung stellte. Ich wollte sie nicht aufgeben - und den Rat des Perpet einzuholen, würde meinen vernebelten Blick vielleicht etwas aufhellen.

Bevor ich die Hand zum Klopfen hob, versuchte ich mich auf die bevorstehende Wahrheit vorzubereiten. Das dritte Mal stand ich nun vor seiner Tür; und mein Verlangen danach war wie mein Respekt davor gewachsen.

Das Geräusch meiner Knöchel auf dem Holz klang hart - ganz anders als die Stimme Larens, der mir die Tür öffnete. »Lass mich raten: Du bist hier, um das Ren zu lernen«, sprach er.

»Ja: doch nicht, um Euch darum zu bitten, es mich zu lehren«, erwiderte ich und versuchte, meine Aufregung unter Kontrolle zu bringen.

Er stutzte. »Was kann ich dann für dich tun?«, fragte er. Ich las in seinen Augen, dass ich sein Interesse geweckt hatte.

»Ich habe nur eine Frage. Was kann ich tun, um bereit zu werden?«, fragte ich.

Er lächelte. »Den Kelch austrinken. In ein volles Gefäß kann man nichts füllen«, erwiderte er. Ich nickte, gleichwohl ich seine Worte nicht verstand.

»Und - was - was meint Ihr damit genau?«, fragte ich; und der Perpet lachte.

»*Eine* Frage«, wiederholte er. »*Eine* Frage, *eine* Antwort. Das ist alles, was ich dir geben kann. Grüß Laena von mir.« Er blitzte mich vielsagend an und schloss die Tür.

Ich stand da wie vom Donner gerührt, betrachtete eine Weile die alte Holztür vor meiner Nase und begab mich auf den Heimweg.

Auch Laena konnte nichts damit anfangen, als ich ihr von seinem Rat berichtete. Sie flocht sich das Haar, denn wir waren mit einigen Freunden zum Abendessen im Nuns verabredet.

»Er weiß also, dass ich dir helfe«, murmelte sie geistesabwesend und schaute nach, ob ihre Lyra sicher in ihrem hölzernen Kasten verstaut war.

Das Nuns war ein beliebter Treffpunkt. Phing jeden Alters kamen hier allabendlich zusammen, genossen die Gastfreundschaft der Hausherrin und die Kochkünste des Hausherren. Es war fast mit einem liloischen Wirtshaus zu vergleichen, nur dass die Wirtsleute nicht mit Geld, sondern mit Gefälligkeiten entlohnt wurden - wie es in Oló üblich war.

Laena spielte beinahe den ganzen Abend Lyra und unterhielt zusammen mit zwei anderen Musikern, die zufällig zugegen waren, die ausgelassene Runde. Manche Phing tanzten.

Ich schlug mir den Bauch voll und diskutierte mit Frowin das optimale Alter, die Prüfung zum Anit abzulegen. Er brannte darauf, endlich nach Gelir zu ziehen und ein Leben als Botschafter des Elreminé zu beginnen.

»Mein Großvater kann nicht mehr reisen«, rief er durch das Stimmengewirr hindurch. »Seit mehr als zwanzig Jahren schon gibt es keinen Eldan in Oló, der dem König dienen kann. Dabei sollte es hier mindestens zwei Anit geben.« Er hob zur Bekräftigung Zeige- und Mittelfinger.

»Die Sterne dafür stehen ganz schlecht zur Zeit«, erwiderte ich eindringlich. »Glaub mir: Du solltest unbedingt warten, bis du Oló verlässt. Der Elreminé will die Eldan loswerden.«

Frowin zog die Stirn kraus und schüttelte den Kopf. »Das ist unlogisch!«, rief er.

»Ich weiß«, gab ich zurück.

Ich beobachtete die Musiker. Luk, der größte von ihnen, stampfte im Takt mit dem Fuß auf den Boden. Lothu hingegen, dessen Haar bereits ergraut war, nickte mit dem Kopf. Laenas Wangen glühten. Man sah ihr an, dass sie dazu bestimmt war, zu musizieren.

»Kommst du morgen mit zu den Klippen?«, fragte Frowin und grinste mich an, als ich ihm das Gesicht zuwandte.

»Klar!«, erwiderte ich knapp.

Auf dem Nachhauseweg trug ich Laenas Instrument und fasste sie bei der Hand. Sie gähnte ausgiebig. Die Nacht war bereits weit vorangeschritten. Sie hatte so lange Musik gespielt, bis auch die letzten Gäste verschwunden waren.

»Das war ein herrlicher Abend«, raunte ich leise in die Dunkelheit, um die Phing nicht zu stören, an deren Häusern wir vorbeiliefen.

»Fand ich auch«, gab Laena zurück. Sie torkelte schon vor Müdigkeit. »Oh je - ich glaube, ich hab es übertrieben!«, meinte sie dann und klammerte sich an meinen Arm. Dabei hatte sie nicht getrunken: Die Musik allein wirkte wie eine Droge.

»Der Rausch war es wert«, wandte ich ein und konnte mir ein Grinsen nicht verkneifen. Sie stimmte mir ausdrücklich zu. Ich begleitete sie in ihr Zimmer und verabschiedete mich, da ich sie sicher im Bett wusste.

»Geh noch nicht!«, sprach sie und lüftete die Decke zum Zeichen, dass ich zu ihr schlüpfen sollte. Tatsächlich hüpfte mein Herz vor Freude, obgleich die Vernunft drohend den Finger hob. Ich legte mich zu ihr, schloss ihren Kopf in meine Arme und lauschte, wie ihr Atem augenblicklich einen tieferen, gleichmäßigen Rhythmus fand.

Als ich erwachte, lagen wir immer noch so beieinander. Mandai stand in der Tür: die Brauen angehoben. »Ist wohl gestern spät geworden«, stellte sie fest, zog die Vorhänge beiseite und ließ die morgendlichen Sonnenstrahlen unser verschlafenes Nest durchfluten.

»Sehr spät, Mu«, antwortete Laena gähnend und streckte sich.

Mandai verließ das Zimmer und Laena machte keine Anstalten, aufzustehen. Gerade dachte ich schon, sie wäre wieder eingenickt, da richtete sie sich gemächlich auf und bedachte mich mit einem verschlafenen Lächeln.

»Ist wohl gestern spät geworden«, wiederholte ich grinsend. Laenas Haar stand wild zu allen Seiten und in den Furchen unter ihren Augen hatte sich die Erinnerung an die gestrige Nacht eingenistet. Bei ihrem Anblick - schlaftrunken, traumverloren - hätte ich sie am liebsten geküsst.

»Du bist anscheinend wach und frisch«, gab sie frech zurück. Wir schälten uns schwermütig aus der Decke. »Jedenfalls kriegt mich heute keiner dazu, zu springen«, murmelte sie dann und hielt sich den Kopf.

Während wir fünf gemeinsam frühstückten, zog sich der Himmel zu und es begann zu gewittern. Timo saß mit hängenden Schultern auf seinem Schemel und kaute missmutig an seiner Waffel herum. Das regnerische Wetter schien seine Laune zu spiegeln. »Ich mag heute nicht zum Unterricht gehen, Mu!«, flehte er seine Mutter an. »Ich hasse den Unterricht!«

Mandai strich ihrem Sohn über den Kopf. Zidan warf seiner Frau einen besorgten Blick zu.

»Aber du wirst auch morgen nicht gern zum Unterricht gehen«, brachte diese an.

Timo sog hörbar die Luft ein und schürzte die Lippen. »Ohne Kateshi ist es noch schlimmer!«, beharrte er.

»Es wird bestimmt bald besser werden«, erwiderte Mandai. »Schau: Du hast doch erst damit begonnen. Aller Anfang ist schwer.«

Wir lauschten noch eine Weile den Argumenten Timos, der mit jedem Satz nicht wütender, sondern noch niedergeschlagener wurde, bis Zidan seine Meinung beigab. »Wenn du dich anstrengst und fleißig lernst, wirst du es mehr mögen. Dann wird auch der Me nicht mehr so streng sein«, sagte er.

Laena war ebenfalls auf ihrem Platz in sich zusammengesunken - obgleich aus einem anderen Grund. »Ich kann den Unterricht auch nicht besonders leiden, Bruder«, sprach sie mit trockener Stimme. Timo schaute dankbar zu ihr herüber.

Nachdem er das Frühstück so lange wie möglich ausgedehnt hatte, lief er schleunigst zum Kurs. Laena und ich machten uns kurze Zeit später auf den Weg.

Es regnete noch immer in Strömen. Wir trotteten gemächlich zum Platanenwald und unterhielten uns derweil über den gestrigen Abend, den schlechten Ruf Nebes und die kommenden Tage.

Ich erzählte ihr, was mir durch den Kopf gegangen war, da ich sie inmitten der Musiker beobachtet hatte. »Man sieht dir an: Du gehst ganz darin auf. Du müsstest dich sehen! Ich glaube, Musik ist dein Element«, erklärte ich mit Nachdruck.

Laena lächelte verträumt. »Mein Element«, wiederholte sie. »Das hört sich schön an.«

Ich verabschiedete mich von ihr und den anderen, die unter dem Plateau darauf warteten, dass der erste Kurs endete. Es fühlte sich noch immer rebellisch und gut an, als Einziger einen weiten Bogen um den Unterricht zu schlagen.

Während ich zu Perpet Laren lief, plätscherten die Tropfen auf das Blätterdach des Waldes. Über Lumina war endlich die regenreichste Zeit des Jahres gekommen. Ich sah im Geiste die liloischen Bauern, deren wettergegerbte Gesichter sich erleichtert gen Himmel wandten, da Garutá überstanden war. Der Regen wurde stärker und ich lief schneller.

Ich freute mich darauf, mit dem Perpet zu sprechen. Ich wusste, welche Frage ich ihm heute stellen würde - und erkannte auch das Privileg, von ihm eine Antwort erhalten zu dürfen.

Mein Klopfen klang gedämpft. Laren öffnete die Tür und begrüßte mich, kaum dass er mich sah: »Was kann ich heute für dich tun, Kateshi? Und das ist eine Freude, dass ich etwas für dich tun kann, denn der Al-Perpet ist weise - weiser als ich - und er befindet deine Fragen und meine Antworten für gut!« Er nickte nachdenklich und fixierte mich mit stechendem Blick.

Ich senkte meinen und verneigte mich kurz. »Dafür danke ich dem Al-Perpet und Euch!«, erwiderte ich und musste tief Luft holen. Obwohl zwischen dem Perpet und mir einige Schritte lagen, fühlte es sich so an, als wäre er mir sehr nahe gekommen. Es war kein angenehmes Gefühl: Es ließ mir meine Unsicherheit bewusst werden.

Laren schaute mich erwartungsvoll an und lächelte.

Ich hob an: »Was meint Ihr damit - wie kann ich den Kelch austrinken?«

Sein Lächeln wurde breiter und er verschwand im Haus. Ich wartete. Als er wiederkam, hielt er einen Becher in der Hand, den er mir wortlos reichte. Ich trank ihn zögernd leer, gab ihm den Becher zurück und sah zu, wie er die Tür verschloss.

Als ich auf dem Rückweg unter dem Plateau vorbeikam, wo der Unterricht abgehalten wurde, verschwanden die Schüler gerade in alle Himmelsrichtungen.

Laena holte mich aus meinen Gedanken. »Was habt ihr die ganze Zeit gemacht? Lernst du jetzt das Ren?«, fragte sie freudestrahlend. Ich schüttelte den Kopf.

»Ich hab auf dem Rückweg nur getrödelt«, erwiderte ich nachdenklich.

»Warum? Ist was passiert? Erzähl schon!«, bohrte sie weiter.

Gleich konnte ich ihre Neugier nicht stillen, denn wir mussten uns mit den anderen beraten, ob wir den gemeinsamen Ausflug zu den Klippen wegen des Regens nicht verschieben sollten. Die Mehrheit sehnte sich tatsächlich nur nach Hause ins Trockene. Einzig Frowin brannte darauf, dem einmal gefassten Plan zu folgen.

Laena und ich begleiteten ihn. Mir machte der Regen nichts aus und Laena schien ihn gar zu genießen. Sie tänzelte auf dem Gras voran: die Augen der Sonne zugewandt.

Es war ein gutes Stück Weg zu den Klippen, sodass wir drei genügend Zeit hatten, die Neuigkeiten der letzten Tage zu bereden. Frowin und Laena versuchten sogar, mir ein wenig Eventi beizubringen, doch sie scheiterten allein an ihrer Uneinigkeit, mit welcher Klasse von Verben welche Klasse von Substantiven zu verknüpfen war.

Ich berichtete Frowin auch von meinen Gesprächen mit Laren; und er pfiff. »Das ist echt gut!«, kommentierte er.

Wir berieten, welche Frage die nächste sein sollte, die ich ihm stellte - als Laena plötzlich stehen blieb.

»Schaut!«, rief sie und deutete nach vorn.

Der Himmel hatte sich aufgeklärt: Er leuchtete jetzt in strahlendem Blau - direkt vor uns geziert von einem prächtigen Regenbogen und je einem kleineren darüber und darunter.

Ich warf einen Blick darauf und beobachtete dann Laena, in deren großen Augen das Meer lag. Es war wieder einer dieser Momente, in denen ich in die Tiefen ihrer Seele blicken konnte. Alles andere verblasste. Wie schön sie war! Und wie traurig.

Frowin räusperte sich. »Übrigens gratuliere ich dir, dass du sie erkennst, und dir, dass du ihn gefunden hast!«, sagte er.

Laena kicherte verlegen.

»Ihr könnt euch wirklich glücklich schätzen«, fügte er ein wenig griesgrämig hinzu.

Laena drängelte sich zwischen uns und nahm Frowins Arm. »Oh mein lieber, unglücklich verliebter Frowin«, säuselte sie. »Ich sehe eine glänzende Zukunft für dich voraus!«

Wir feierten ihre Worte.

»Sprich weiter!«, forderte Frowin sie auf.

»Du wirst viele Kinder haben - oder zumindest vieles, worüber du dich freuen kannst!«, erwiderte Laena. Dann wurde sie ernst.

»Meinst du wirklich?«, vergewisserte sich Frowin.

»Aber ja«, gab sie zurück. Sie schaute auf ihre Füße und hakte sich auch bei mir ein.

Wir stapften über das trocknende Grün und schwiegen.

Wie wir am späten Nachmittag an besagten Klippen angekommen waren, hatte Dilei die Spuren des morgendlichen Gewitters bereits von deren Antlitz getilgt. Die dunklen Riesen ragten steil in die Höhe; unter ihnen schlug tosend das Wilde Meer an den unnachgiebigen Fels. Der größte von ihnen musste mindestens dreißig Meter über den Wellen aufragen.

Laena und ich ließen uns auf einer steinernen Bank nieder und beobachteten Frowin, der sich im Dehnen und Strecken aufwärmte.

Er grinste. »Kannst du schwimmen?«, fragte er mich.

Ich schüttelte den Kopf.

»Nein?«, wiederholte er ungläubig. »Wie blöd! Du solltest nicht springen, bevor du nicht schwimmen kannst. Tut mir leid.« Mir tat es nicht leid.

»Ich bin schon dabei, es ihm beizubringen!«, warf Laena ein.

Frowin zog die Augenbrauen hoch und durchbohrte uns mit seinen Blicken.

Ich griff nach Laenas Hand. Sie zierte sich ein wenig. »Sie ist sehr professionell, falls du das meinst«, merkte ich an und verkniff mir ein Lachen. Frowin gluckste. Laena wurde rot.

»Du wirst ja plötzlich so rot«, neckte Frowin sie.

Laena verschränkte die Arme vor der Brust. »Ihr zwei macht mich fertig«, murmelte sie kopfschüttelnd.

Wir krochen an den Felsrand und schauten Frowin zu, der nach unten kletterte und sich einen geeigneten Vorsprung aussuchte. Derweil versuchte ich sie zu besänftigen, legte meinen Arm um sie und seufzte: »Es ist so schade, dass du deine Lyra nicht mitgenommen hast.«

Frowin zog sich nackt aus, ging in Position und sprang. Ich hielt den Atem an, bis sein Kopf durch die unruhige Wasserdecke stieß. Wir klatschten und schrien ihm zu. Er winkte zurück. Ein paar Mal noch kletterte er auf den Vorsprung und sprang. Dann schlang er sich seine Kleider um die Schultern und wählte einen Fels weiter oben.

Je höher er kam, desto länger dauerte der Rhythmus aus Klettern und Springen, bis er schließlich ganz nach oben zu uns gekraxelt war. Er keuchte und schwitzte, warf seine Kleider achtlos zu Boden und kündigte seinen letzten, gefährlichsten Sprung an. Ich wusste nun, warum man sagte, dass Willar keine Angst kennen würden. Frowins Augen leuchteten und er schien nicht im Mindesten daran zu denken, dass er nackt vor uns stand.

Laena flehte: »Bitte, Frowin - jedes Mal jagst du mir einen solchen Schrecken ein, wenn du von hier oben springst! Muss das denn sein?«

Frowin wischte ihre Worte mit einer lässigen Bewegung fort. »Komm schon - ich komm dir entgegen, wie ich es nur kann: Ich wärme mich auf; ich steigere die Höhe langsam; ich warte eine günstige Strömung ab und höre auf, wenn ich nicht mehr kann. Was willst du mehr?«, gab er unbekümmert zurück. Er wirkte wie im Fieber.

Ich betete, dass es auch diesmal gut gehen würde. Er stellte sich an den Rand des Felsens, der am weitesten über das Wilde Meer ragte, und schloss die Augen.

Laena barg den Kopf in den Händen. »Bitte sag mir, wenn es vorbei ist«, flüsterte sie.

Frowin sprang, drehte sich mit einer fließenden Bewegung in der Luft und landete im Wasser. Kaum, dass ich den kleinen dunklen Punkt, der sein Kopf war, auf der Wasseroberfläche erkennen konnte, schallte ein lautes Jauchzen von unten.

»Du bist ein Idiot!«, schrie Laena ihm zu, doch sie strahlte.

Frowins Schnaufen kündigte an, dass er fast wieder bei uns war. »Gleich noch mal«, keuchte er und ignorierte erfolgreich Laenas Protest.

Noch zwei Mal sprang er neben uns in die Tiefe - dann dauerte es eine Weile, bis er die Felsen wieder erklommen hatte.

»Ist denn schon mal was passiert?«, fragte ich Laena währenddessen.

»Ja!«, erwiderte sie mit Nachdruck. »Viele Verletzungen: leichte und schwere. Viele haben sich die Beine gebrochen - es gab sogar ein paar Phing, die nie wieder gehen konnten! Und drei haben sich gar in den Tod gestürzt.« Ich war froh, dies nicht vor den waghalsigen Klippensprüngen meines Freundes gewusst zu haben.

»Und bist du schon einmal gesprungen?«, fragte ich ungläubig. Laena nickte.

»Aber nicht von so weit oben!«, erstickte sie meine Empörung im Keim.

Frowin legte sich keuchend und schniefend nieder und ließ sich die Sonne auf den Bauch scheinen. Ich hatte ihn noch nie so glücklich erlebt. »Herrlich«, murmelte er immer wieder.

Laena hingegen streckte sich und schaute zweifelnd gen Horizont. »Wir sollten uns jetzt ein geschütztes Plätzchen suchen. Es wird bald wieder anfangen zu regnen«, sagte sie.

Ein paar Minuten zu Fuß weiter gab es eine kleine Bucht, die von der gewaltigen Strömung unbehelligt in der Sonne glitzerte. Viele wohlschmeckende Fische schwammen hier und Phing brachten ihren Kindern eben hier das Schwimmen bei. Heute jedoch hatten wir die kleine Bucht für uns alleine. Das rauschende Meer schlug darin nicht an Felsen, sondern eroberte sich gemächlich Sand.

Wir entzündeten rasch ein Feuer, fingen ein paar Fische und brieten sie zusammen mit Krebsen und Muscheln zum Abendessen. Mittlerweile war der Nachmittag vorangeschritten und in den Abend übergangen. Da die Dunkelheit sich über den Ozean und das Land ausbreitete, begann der Regen von Neuem: diesmal ein feiner, leichter Nieselregen.

»Das ist lieb von dir«, schmatzte Frowin Laena zu und deutete auf den Himmel.

»Mehr kann ich nicht zurückhalten«, erwiderte diese müde. Ich war selbst zu sehr mit Essen beschäftigt, als dass ich verstanden hätte, worüber die beiden da redeten.

Laena gähnte und lehnte sich an mich. Während Frowin und ich uns gemütlich zum Platzen vollschlugen, schlief sie ein: die Wange an meine Schulter gepresst.

Wir setzten uns bequemer hin. Es war eine wunderschöne Nacht. Laena lag mit dem Kopf in meinem Schoß und schlief. Ich streichelte behutsam über ihr Haar und redete leise mit Frowin: unterbrochen nur von wechselseitigem Gähnen.

An den breiten Sandstrand der Bucht schlossen sich viele kleine Felsnischen an, die zum Ausruhen und Übernachten geradezu einluden. Frowin hatte in derjenigen, die wir belagerten, noch ein Fass des delikatesten Getränkes aufbewahrt, das ich bis dahin je getrunken hatte. Es schmeckte würzig und prickelte, stieg mir jedoch nicht so schnell zu Kopf wie der Wein aus Kalaote. Wir gönnten uns abwechselnd ein paar tiefe Züge.

»Das ist noch von letztem Jahr«, erklärte Frowin flüsternd. »Vom letzten Mal, als die Schiffe da waren.« Laena seufzte im Schlaf. »Wenn der Regen vorüber ist, kommen die Schiffe wieder - dann ist diese kleine Bucht hier brechend voll mit Phing aus Evandeyn und Phing aus Oló. Und die ganze Küste ist mit Blumen geschmückt!« Er deutete mit der Hand eine ausladende Kreisbewegung an.

Der Regen wurde stärker, übertönte jedes Gespräch. Mir fielen die Augen zu.

Eine solch herrliche Nacht konnte nur der Auftakt eines herrlichen Tages sein - und so geschah es.

Frowins Stimme weckte mich: »Laena! Kateshi! Schlaft ihr immer so lang?«

Zögernde Sonnenstrahlen tasteten sich ins Innere der Felsnische: Es musste noch früh am Morgen sein. Ich streckte mich vorsichtig; Laena hatte ihren Kopf auf meiner Schulter abgelegt. Sie seufzte.

»So schön es hier auch am Abend sein mag - so unbequem ist die Nacht«, murmelte ich zu Frowin. Meine Schulter war taub und mein Rücken wurde des harten Steines gewahr.

»Das liegt nicht an unserem Schlafplatz, sondern an der Person, die mit dir das Bett teilt! Keiner fragt ein Kissen, ob es bequem liegt«, antwortete Frowin.

Er war - wie ich plötzlich feststellte - schon wieder nackt. Von seinem Haar tropfte Meerwasser.

»Ich höre jedes Wort!«, sprach Laena. Frowin lachte.

»Was ist nun?«, fragte er. »Noch haben wir Zeit, im Meer zu baden, bevor wir zum Unterricht müssen.«

Laena ging nicht auf ihn ein. Sie erhob sich schwankend und starrte ihn finster an.

»Ist sie morgens immer so drauf?«, fragte er an mich gewandt.

Ich zog Mantel und Handschuhe über und nickte. Frowin lachte wieder.

»Dann ist das aber erst so, seit sie dich kennt!«, rief er.

»Erstens«, sprach Laena nun bestimmt, »teilen wir nicht das Bett; und zweitens hängt meine Laune am Morgen von der Art und Weise ab, wie ich geweckt werde!«

»Aha!«, erwiderte Frowin, kaum dass sie ihren Satz beendet hatte. »Daran liegt es also.« Er grinste und ich verschwand eilig aus der Felsnische.

Es war das erste Mal, dass ich im Meer badete - und es war herrlich. Das salzige Wasser schmeckte zwar scheußlich, war jedoch nicht so tief und wärmer als das unseres Sees. Es hatte auch eine andere Farbe: Durch die türkisblauen Fluten konnte ich bis auf den sandigen Grund sehen. Und gleichwohl die Wogen in der ruhigen Bucht nur sacht hin- und hergetrieben wurden, ließ mich ihre Kraft erahnen, warum das Wilde Meer als so gefährlich galt.

Wir drei planschten wild und genossen die kühle Luft. Der nächtliche Regen hatte Himmel und Erde rein gewaschen.

Frowin und Laena diskutierten, während ich mich im Schwimmen versuchte. Ich konnte nicht hören, was sie sprachen, doch sehen, dass Frowin sie zu beschwichtigen suchte. Er hatte offensichtlich Erfolg damit, denn bald strahlte sie wieder.

Schließlich aßen wir in unserer Nische die Reste des gestrigen Abendessens und tranken das Fass leer. Dann rief Laena die Pferde und ritt mit Frowin geschwind zum Wald von Platanen. Ich schwang mich derweil auf Zacharias und trabte nach Hause.

Die kleine Bucht lag viel näher an meinem Heim als jene, die Laena mir zuerst gezeigt hatte, sodass ich noch am Vormittag ankam und ein zweites Frühstück abfassen konnte. Ich vermisste das gewohnte Klopfen und Hämmern aus Zidans Werkstatt: Er reparierte in Oló diejenigen Dächer, die der starke Regen als undicht ausgewiesen hatte.

Mandai leistete mir Gesellschaft. Wir sprachen über die letzten und die kommenden Tage. Sie riet mir, wieder den Kurs für Fortgeschrittene bei Me Nebe zu besuchen, denn aus diesem hatte er mich schließlich nicht verbannt. Ich wog ab und befand ihren Rat für gut. Ich versuchte ihr zu erklären, wie sehr ich darunter litt, ausgeschlossen zu sein, weder das Ren noch Eventi zu beherrschen und meine eigenen Studien ohne die geliebten Bücher ruhen lassen zu müssen.

Sie zeigte sich mitfühlend und wusste auch hier Rat: »Schreib sie doch neu«, meinte sie. »Das heißt: falls du Zeit dafür findest. Wenn der Perpet dich erst lehrt, wird das Schreiben müßig. Aber bis es so weit ist, haben wir noch genug gebundenes Papier mit leeren Blättern.«

Ich konnte meine Dankbarkeit kaum in Worte fassen: Ich wusste, wie wertvoll jenes gebundene Papier war.

Mandai lächelte. »Wenn du willst, bringe ich dir gern bei, wie du es schöpfst. Da fällt mir ein -«

Sie erhob sich und verschwand in den Raum, in dem sie ihre Aufzeichnungen aufbewahrte und Medizin herstellte.

Als sie zurückkehrte, hielt sie einen schmutzigen Fetzen Pergament in der Hand. Augenblicklich trabte mein Puls. Noch bevor mein Kopf verstehen konnte, worum es sich handelte, ahnte es mein Herz bereits.

»Das hat Zidan gestern Abend von draußen mitgebracht«, erklärte Mandai.

Zidan hatte am Abend zuvor jene Höhle außerhalb des Dorfes aufgesucht, die als Handelsplatz zwischen den Menschen ringsum und den Phing Olós diente. Jedes Jahr nach Beginn der ersten Regenfälle sammelte sich die Höhle mit Handelsgütern der Menschen, die sie gegen den Fisch der Phing tauschen wollten - so zumindest glaubten es die Bewohner Olós. Die Menschen indes reichten ihre Gaben als Dank für den Regen.

»Vielleicht ist das die Nachricht deines Cachils, auf die du gehofft hast?«, fügte Mandai an. Ich nahm den Zettel entgegen und sprang auf.

Unter verkrusteter Erde und getrockneten Regenflecken erkannte ich ganz deutlich die Zeichen meines Lehrers - kleiner zwar als üblich und offenbar mit zitternder Hand geschrieben - doch es konnte keinen Zweifel geben: Dies war die Nachricht von Naru Cachil Olibat, die er mir versprochen hatte. Dreiunddreißig Ziffern, zu Zahlen gefügt, dicht aneinander gedrängt, bei deren Anblick ich mein Blut scharf pochen fühlte.

10:3 262:5 202:6
171:4 21:3 19:5
171:4 614:3 275:4

Jene Nacht, in der ich mir ihren Schlüssel hatte eingeprägt, schien fern: dennoch erinnerte ich mich genau. Die altliloischen Sätze waren knapp und drangen in mich ein.

Eda Gelir kanaló.
Anol gid gabed.
*Anol vid arod.**

Ich starrte unverwandt auf den Fetzen.

Mandai legte ihre Hand an meinen Arm. »Ist alles in Ordnung?«, fragte sie besorgt. »Was steht da? Geht es deinem Cachil gut?«

Ich nickte. »Mein Cachil ist sicher«, sprach ich und konnte es selbst kaum fassen.

Mandai umarmte mich.

»Ich muss ihm gleich zurückschreiben. Der Bote - wer auch immer es sein mag - wartet bestimmt in der Nähe auf meine Antwort.«

Mandai holte mir rasch ein frisches Blatt Papier und einen Stift. Ich schaute mir das fremde Schreibgerät in meiner Hand genau an und überlegte, wie ich formulieren sollte, was mir im Kopf umherging. Es fiel mir nicht leicht, meine Gedanken zu ordnen. Während ich - zunächst in Altliloisch - die wenigen Sätze formulierte, umfing mich Dunkelheit. Sollte ich Cachil schreiben, dass Jenas Tilius Otris mich verlassen hatte? Ich schüttelte den Kopf.

Als die Nachricht in Ziffern übersetzt war, blickte ich durch einen Tränenschleier auf Cachils vertraute Handschrift. Einmal dem Schmerz nachgegeben, flutete alles auf mich ein: Die Trauer um Tilius mischte sich mit den Bildern seines Abschiedes, die ich nicht sehen wollte, und zum ersten Mal wurde mir meine innere Zerrissenheit ganz bewusst: Ich wollte Cachil wiedersehen, ich wollte ihn in der Nähe wissen - und ich wollte die Phing Olós nie mehr verlassen müssen. Die Vorstellung, Laena auch nur eine halbe Mondzeit nicht sehen zu können, schnürte mir die Kehle zu. Und wenn ich Naru Cachils Handschrift

---

* Altliloisch für: »Ich bin in Gelir angekommen. Achte auf dich. Schreib mir.«

anschaute, ihm durch all den Raum hinweg nahe war, so wusste ich, ich würde niemals endgültig Lebewohl sagen können.

Mandai tröstete mich. Sie sprach nicht. Mein Herz blutete in Gedanken an die Stadtmauern Capuls.

»Ich bringe deine Nachricht gleich nach draußen«, versprach sie. Ich reichte ihr das kleine Blatt. Ich musste ihr nicht sagen, wie wertvoll dieses Stück Papier war.

»Ich sollte dich begleiten«, sprach ich, doch Mandai schüttelte zögernd den Kopf.

»Ich glaube, du brauchst jetzt Halt und Beständigkeit. Der Weg nach draußen bietet weder das eine noch das andere. Er führt durch den Wald der Erkenntnis«, sagte sie. Ich lenkte ein.

»Ich danke dir, dass du das für mich tust«, erwiderte ich.

Sie strich tröstend über meinen Arm. »Ich weiß, dass es wichtig ist. Und ich möchte, dass es dir gut geht«, gab sie zurück. »Außerdem ist die Lücke in meinem Bestand noch immer viel zu groß seit Timos Unfug. Ich muss wandern, um ihn zu füllen.«

»Ich hoffe, du findest, was du brauchst!«, meinte ich. »Und was soll ich jetzt tun?«, fragte ich nach einer Weile. »Soll ich zum Perpet gehen?«

Mandai nickte. »Er ist nicht ohne Grund ein Perpet«, murmelte sie.

Der Weg zu ihm bot mir tatsächlich jenen Halt, den ich laut Mandai nötig hatte; und sie lag richtig darin. Denn während ich einen Fuß vor den anderen setzte, den Sonnenschein bewunderte und dem Gesang der Vögel lauschte, erkannte ich endlich, welch glückreiche Botschaft sich hinter der Nachricht von Cachil verbarg.

Ich holte das Pergament erneut hervor und betrachtete es. Es ging ihm gut. Er war sicher in Gelir angekommen. Er hatte einen Weg gefunden, mir zu schreiben.

Jenes Gefühl, das mich in der Nacht von Ruijan während des Tanzens so festgehalten hatte - nämlich eine solche Heirat von Kummer und Freude, die mich zum Horizont hob - nahm auch nun wieder Platz in mir. Meine eigene Lebendigkeit wurde mir atemraubend bewusst: die Zerbrechlichkeit meines Daseins. Welch unfassbares Geschenk, zu leben und sterblich zu sein!

Und wer nun im Geiste meiner Sterblichkeit widerspricht, den möchte ich an jene Zeilen erinnern, die Aran der Erste einst an seine Frau schrieb, bevor er ins Aluja ging.*

Laena begegnete mir auf dem Weg. Sie sah mir sofort an, dass etwas geschehen war. Ich erzählte ihr alles. Sie nahm meine Hand und begleitete mich ein Stück zum Perpet.

»Wollen wir den Nachmittag am See verbringen?«, fragte sie. Ich blickte in ihre ozeanfarbenen Augen und nickte dankbar.

»Begleitest du mich zum Perpet?«, fragte ich.

Sie wartete geduldig ein wenig abseits, als ich an die Tür Larens klopfte. Er öffnete sie sofort.

»Du bist spät«, murmelte er wie in Gedanken, erblickte Laena und grüßte sie. Dann schaute er mir eindringlich in die Augen. Ein Lächeln umspielte seine Züge. »Nun - Kateshi - du bist voller Fragen! Welche davon möchtest du heute stellen?«, fragte er gespannt.

Seine Worte ließen mich zweifeln, obgleich ich meine Frage bereits gewählt hatte. »Wo finde ich, was ich suche?«, stellte ich sie.

Laren schloss für einen Moment die Augen und nickte bedächtig. »Es liegt auf dem Weg«, antwortete er schlicht. Der Anblick meiner verdutzten Miene brachte ihn zum Lachen, doch er riss ihn auch zu einer Erklärung hin: »Es liegt auf deinem Weg, dort musst du hingehen. Ihn musst du suchen. Denn suchst du die Karte - findest du den Schatz!«

Ich schwieg. Heute fiel es mir besonders schwer, seine Antwort aufzunehmen.

»Hab keine Sorge: Nicht jeden Tag kannst du verstehen«, antwortete er meinem Schweigen. »Und verstehen, das Fühlen zu lernen, ist wie im Nebel zu wandern. Doch entschieden hast du - und das ist gut.«

Ich starrte ihn verwirrt an.

Der Perpet lächelte und nickte verständnisvoll. »Lass dich heute von Laena entwirren«, schloss er freundlich, winkte ihr zu und verschwand nach drinnen.

---

* So schrieb er ihr: »Sie sagen, Liebste, uns trennt einst der Tod. Ich sage, Liebste, Aluja bricht an. Sie sagen, Liebste, uns trennt einst der Tod. Ich sage, Liebste, ich warte auf dich.« (Aus dem Altliloischen: »Imanitas, Libra, pikinta patí huvim. Vanitó, Libra, kantaluja. Imanitas, Libra, pikinta patí huvim. Vanitó, Libra, hemotó agid.« - Aran 16.)

Laena hatte jedes Wort verstanden, was wir gesprochen hatten; und sie nahm ihre Aufgabe, mich zu entwirren, sehr ernst. Wir liefen nach Hause, wo weder Mandai noch Zidan noch Timo auf uns warteten, zogen uns frische Kleider an, aßen und wanderten zum See.

Als die Weiden hinter dem Hügel auftauchten, war Mittag schon vorüber. Der See lag ruhig; die Luft sog sich mit jeder Stunde mehr und mehr voll drohenden Regens. Am Schilf fuhr ein lauer Wind entlang.

Laena schaute prüfend gen Himmel, bevor wir uns unter den Weiden niederließen. »Heute Nacht wird es wieder regnen!«, meinte sie.

Wir lehnten uns an den massigen Stamm, rückten dicht aneinander und fassten uns bei den Händen.

»Kateshi«, sagte Laena nach einer Weile besorgt. »Du hast Heimweh, nicht wahr? Und du sorgst dich um deinen Cachil: mehr noch als vor seiner Nachricht.« Ich seufzte und nickte.

»Ich habe Angst um ihn«, entgegnete ich schleppend.

»Erzähl mir von ihm«, bat Laena. »Und von Inkowitch. Bitte!« Ich musste lächeln ob der Art, in der sie die ihr fremden Namen aussprach.

Ich erzählte und erzählte ihr alles, was mir einfiel; und Laena lauschte. Bevor die Dunkelheit hereinbrach, bereitete sie ein Abendessen für uns zu; und ich erzählte noch immer. Mit ihr an meiner Seite wurde mein Herz endlich wieder leicht wie eine Feder. Dass Cachil es tatsächlich geschafft und mir geschrieben hatte! Fast glaubte ich es nicht. Ich betrachtete die drei Zeilen wieder und wieder und dankte Mahori. Ich hatte in Oló meine Heimat gefunden, mein Naru war wohlauf und ich selbst frei unter blauem Himmel - wahrlich: Ich dankte Mahori.

»Laena«, sprach ich dann mit Nachdruck. »Ich liebe dich.« Die fremden Worte fielen aus meinem Mund wie Perlen. Sie sammelte eine jede von ihnen auf und gab sie mir zurück. Dann küsste sie mich.

Als Dilei verschwunden war, gingen wir schwimmen. Ich hatte nur Augen für ihre fließenden Bewegungen und verdammte dieses Mal das Kleid, das ihre Silhouette verbarg.

Danach wickelte sie sich in meinen Mantel und legte sich in meinen Arm. Wir sprachen darüber, ins Erlenthal zu fahren und Kinder zu haben: viele kleine, die so schöne Stimmen hatten wie sie. Ich würde uns ein Häuslein bauen: hier am See, mit einer Weide von Blättern wie Tränen als Zentrum; und wir würden immerzu zusammen sein. Wir verrieten uns Geheimnisse - die tiefen Schätze unseres Herzens - bis ich glaubte, unsere Seelen würden miteinander verschmelzen.

Mitten in der Nacht brach für eine Stunde ein Tosen und Rauschen von Gewitter los, dass wir eng beieinanderliegend dennoch kein Wort des anderen mehr verstanden.

Als der Himmel wieder still war und wir immer noch nicht schlafen konnten, holte Laena ihre Lyra hervor und ließ sich von Heros[*] küssen.

Still zu liegen
Nur zu schauen
In deinen Augen
Was da liegt

In Spiegeltiefen
Himmelsbrauen
Hat sich staunend
Der See verliebt.[†]

[*] Altliloisch für: »der Gesang«. *Heros* ist im liloischen Mythos das Numen des Erschaffens und offensichtlich ebenfalls eine Gestalt der Vorwelt, die die Phing aus Oló mit den Menschen gemein haben.

[†] Von Oló, Laena 3971. *Blätter im Wind. Still zu liegen.* Seite 9. Aus dem Lentischen übertragen von E.K.G. [AV]

Larens Last

Mit dem nächsten Tag begann ich wieder, den Kurs für Fortgeschrittene bei Me Nebe zu besuchen. Er ignorierte mich völlig und ich mühte mich, Eventi zu verstehen - oder träumte mich meiner Mühe müde zu den Nächten, die ich meistens mit Laena am See verbrachte.

Sie brachte mir so viel Eventi bei, wie es unsere wertvolle Zeit zuließ. Bald konnte ich ganz passabel schwimmen und sie einige Dichtungen Singas auf Liloisch vortragen. Doch so schön die Nächte mit Laena auch waren - nicht allein Nebes Desinteresse, auch Larens Antworten stellten mich auf eine harte Probe in Geduld und Mühsal: So wahr die Worte des Weisen auch sein mochten, so schwer waren sie - schwer und weich.

Am Tag nach Cachils Nachricht klopfte ich träge an die Tür des Perpet: dank des wenigen Schlafes und der langweiligen Lektion Me Nebes. Während ich meine Frage stellte: »Welcher Weg ist meiner?«, sah ich ein Feuer in Larens Augen aufflackern, das ich bis dahin noch nicht bemerkt hatte.

»Eine unendliche Zahl an Wegen liegt übereinander«, antwortete er unvermittelt. »Die Zukunft ist mehr als ein Wort. Sie ist eine Wahrscheinlichkeit.« Er schien unsere Konversation mehr und mehr zu genießen - und mir lag diese Art der Konversation. Fast schon wollte ich mich in Sicherheit wiegen, bestaunte insgeheim die Leichtigkeit unseres Spieles - da fügte er hinzu: »Kateshi: Sag deiner Freundin, der Versuch sei zwecklos«, und schloss die Tür.

Laena schwieg lange, nachdem ich ihr die Worte Larens wiederholt hatte. Wir lagen auf den Bäuchen unter den Weiden, die Ellbogen aufgestützt.

»Weißt du, was er damit meint?«, fragte ich sie.

Sie zuckte mit den Schultern und runzelte die Stirn. Ihre Füße strampelten hin und wieder in der Luft; ihre Locken fielen ihr ins Gesicht.

Dann schüttelte sie plötzlich den Kopf und seufzte. »Ich kann auch nur raten«, meinte sie - doch ich spürte, dass sie sehr genau wusste, was Laren ihr damit sagen wollte.

Der nächste Tag - der siebente Tag, da ich an der Tür des Perpet stehen sollte - begann mit einem Gewitter, das sich bis in die frühen Abendstunden halten würde. In Me Nebes Unterricht genoss ich den Regen, denn durch ihn klang die Stimme des Lehrers gedämpft. Als ich jedoch mit fliehenden Schritten zum Haus des Al-Perpet stürzte und zwischen den Platanen die Dunkelheit anbrach, wünschte ich mir, er würde wenigstens so weit nachlassen, dass ich meine eigenen Worte wieder verstünde. Auch mein Klopfen konnte ich durch das herabdonnernde Rauschen kaum hören.

Die Tür indes blieb verschlossen. Zuerst dachte ich, der Perpet würde wegen des Gewitters nicht bemerken, dass ich vor seinem Heim stand. Da das Tosen aber etwas nachließ und mein Klopfen immer noch keine Wirkung zeigte, kletterte ich kurzerhand auf einen nahe stehenden Baum, von dem ich die Tür gut im Blick behalten konnte. Ich hatte genug Geschichten von Schülern gelesen, die sich ihre Lektionen verdienen mussten - und so wartete ich geduldig: ahnend, dass der Perpet ebendies von mir verlangte.

Meine Geduld zahlte sich aus. Laren öffnete die Tür erst nach einigen Stunden. Ich sprang rasch vom Baum und verneigte mich vor ihm. Er blickte ernst drein. »Nun - Kateshi - hast du Ruhe«, begrüßte er mich.

Ich verneigte mich wieder. »Vielen Dank, Perpet Laren«, gab ich zurück. »Welcher Weg führt mich zur Erkenntnis?«, fragte ich ihn.

Er seufzte und schüttelte den Kopf: so als bereute er seine Antwort, noch bevor er sie mir gegeben hatte. »Viele Wege führen zur Erkenntnis«, antwortete er.

Laena war ganz zerstreut, als ich endlich zu ihr kam. Sie saß auf ihrem Bett und bereitete sich auf den Abend vor, da wir beide im Nuns mit ein paar Freunden verabredet waren.

Ich erzählte ihr freudestrahlend, dass Laren mich hatte Geduld lehren wollen - und dass das also nur heißen konnte, er hatte schon längst damit begonnen, mich zu unterrichten, und würde sicher nicht so schnell damit aufhören.

Sie nahm für einen Moment die Hände von den Saiten und legte sie um mein Gesicht. Ihre Lippen auf meinen schmeckten süß.

Später im Nuns beobachtete ich ihre geschickten Finger, während Frowin und ich über dieses und jenes plauderten. Laena spielte gerade eine Weise, bei der ich selbst mitsingen konnte: so oft hatte sie diese schon für mich spielen müssen.

»Hast du denn schon ein Geschenk für Laena?«, fragte Frowin und riss mich aus meinen Gedanken.

Ich schaute ihn verdutzt an.

Seine Augen weiteten sich vor Schreck angesichts meiner versteinernden Miene. »Ach: Das hat wohl niemand für nötig gehalten, dir zu erzählen! Laena hat bald Geburtstag! In zwölf Tagen, um genau zu sein.«

»In zwölf Tagen?«, wiederholte ich nervös. »So bald schon?«

Frowin nickte gewichtig.

»Und was schenkst du ihr?«, fragte ich ihn.

Frowin grinste breit und beugte sich zu mir, dass nur ich ihn hören konnte. »Ich habe das letzte Mal, als die Schiffe da waren, etwas Wachs getauscht: in verschiedenen Farben! Laena kann daraus phantastische Kerzen ziehen!«

Ich staunte nicht schlecht. Meine Daumen zeigten nach oben; meine Augen wanderten wieder zu Laena. Ich konnte mir gut vorstellen, dass ihre goldenen Hände auch dieser Tätigkeit die ihr ureigene Leidenschaft einhauchten.

»Ich hab eine Idee!«, rief Frowin plötzlich und beugte sich wieder vor. »Du könntest ihr Blumen schenken. Das heißt, du *musst* ihr Blumen schenken!«, riet er mir.

»Blumen?«, hakte ich nach. Anscheinend die nächste Sitte, die mir fremd war.

»Ja!«, beteuerte Frowin. »Blumen bedeuten alle etwas Unterschiedliches. Wünschst du einem Kranken Genesung, schenkst du *Akila,* zur Geburt eine *Nelu* - und in deinem Fall würde ich zu einer einzigen roten *Kaash-Ba* raten: der Königin der Blumen. Das ist eindeutig.« Ich schaute ihn mit großen Augen an. Er missdeutete meinen Blick. »Das bedeutet Liebe«, fügte er rasch hinzu.

»Du scheinst ein Blumenexperte zu sein«, bemerkte ich anerkennend.

Frowin lächelte verhalten und nickte. Offensichtlich hatten wir soeben ein Gebiet betreten, in dem er sich nicht nur auskannte, sondern das er mit Inbrunst pflegte.

»Und welche schenkst du ihr?«, fragte ich ihn.

»Eine *Mala* natürlich«, antwortete er sofort. »Und, wenn ich sie finde« - er hob den Zeigefinger - »ein paar blaue *Allika!*«

»Und das bedeutet?«, fragte ich interessiert.

»Die Mala ist ein starkes Symbol der Freundschaft - und auch Verschwiegenheit: Ich meine, dass ich ihre Geheimnisse stets gut bewahre. Und mit der Alika wünsche ich ihr, dass die Quelle ihrer Inspiration nie versiegen möge!« Ich verheimlichte meine Bewunderung nicht.

»Und das wird Laena verstehen?«, fragte ich ihn.

Frowin lachte. »Laena versteht das. Mit Sicherheit! Und wenn sie es nicht versteht, liest sie in mir. Du kennst das ja«, antwortete er. Ich nickte vorsichtig und dachte über seine Worte nach.

Frowin streckte sich fröhlich.

»Nun komm schon«, forderte ich ihn auf. »Erzähl mir mehr! Ich will wissen, was es mit dieser Blumensprache auf sich hat, die du so mühelos sprichst.« Seine Augen leuchteten.

Als Laena und ich müde nach Hause trotteten, schwirrte mir der Kopf von hunderten Pflanzennamen und deren Bedeutung. Nicht nur die Art der Blume, auch ihre Farbe und Anzahl bestimmten den Inhalt der Botschaft, die man mit ihr überbrachte. Und als wäre das nicht genug, ergaben sich in der Kombination unterschiedlicher Arten, Farben und Zahlen zusätzliche Nuancen und Gewichte.

Laena lehnte sich an meinen Arm und umschloss meine Hand fest mit ihrer. Ich trug ihre Lyra.

»Ich könnte die meisten deiner Lieder nun mitsingen!«, flüsterte ich stolz.

Sie streichelte meine Hand, hob den Kopf und hauchte mir einen Kuss auf die Wange.

»Frowin hat mir erzählt, dass du bald Geburtstag feierst«, hob ich nach einer Weile an. »Verrätst du mir denn, wie alt du wirst?«

Laena kicherte verhalten.

»Langsam frage ich mich, ob in deiner Lyra eine Arznei verborgen ist, die duselig macht«, sprach ich weiter.

Nun lachte Laena laut auf, schlug sich jedoch sogleich die Hand vor den Mund. Dann schmiegte sie sich fester an mich. »Nein - ich bin nur glücklich«, erwiderte sie.

Dennoch hielt ich es für angebracht, sie ins Bett zu bringen. Sie beobachtete mich ernst, während ich die Decke über ihren Körper zog und darauf achtete, dass sie warm und geborgen lag. Schließlich streichelte ich über ihr Haar und betrachtete ihr schönes Gesicht. Ich konnte nicht widerstehen. Unser Kuss war lang und innig; sie schmeckte süß und wunderbar. Sie hielt mich fest. Ich wollte nicht gehen und sie mich nicht gehen lassen.

»Kateshi«, sagte sie nur. Ich zog mich aus - die Hose freilich behielt ich an - und legte mich zu ihr. Sie hüllte mich in ihre Decke und barg den Kopf an meiner Brust. Ich umschlang sie mit meinen Armen.

Während Me Nebe sich am nächsten Tag in einer langen Rede über die korrekte Verwendung funktioneller Substantive ergoss, grübelte ich unablässig über ein passendes Geschenk für sie nach.

Wahrscheinlich war selbst meine Frage an Laren von dieser Suche durchdrungen. Er ließ mich wieder warten: länger als zuvor - gleichwohl es diesmal nicht so stark regnete. Ich harrte auf dem Baum nicht weit von seiner Tür aus und ignorierte meinen knurrenden Magen.

Mit der Sonne zog Mittag vorüber. Die zweite Hälfte des Tages begann mit einem leichten Nieseln. Da der Perpet endlich öffnete, war ich durchnässt und sehr hungrig. Ich hastete zu ihm, bevor er die Tür wieder schließen konnte.

Trotz seiner freudestrahlenden Miene schien er mir fernzubleiben. Als würde eine unsichtbare Mauer zwischen uns bestehen, konnte ich kaum auf ihn zugehen. Auch seine herzlichen Grüße brachten jenen meiner Gedanken nicht zum Schweigen.

»Kann ich Wahrheit überhaupt finden?«, fragte ich ihn herausfordernd.

»Du besitzt sie längst«, antwortete er unbeirrt.

Auf Laenas besorgte Miene antwortete ich nur: »Das ist noch nicht ausgestanden«, und wechselte rasch die Kleider, bevor unser Besuch zum Abendessen erschien.

In dieser Nacht schlief ich wieder bei ihr, genoss die Wärme ihres Leibes und lauschte ihren Atemzügen, während ich schlaflos auf den Morgen wartete.

Wieder goss es aus Kübeln. Ich versuchte mich in Nebes Unterricht daran zu erfreuen, mittlerweile immerhin die einfachsten Sätze zu verstehen - wusste ich doch, was mir gleich beim Perpet bevorstand.

Die Wartezeit gestaltete sich diesmal jedoch nicht so langweilig wie die Tage zuvor. Zwar fror ich in unbequemer Haltung auf dem Baum vor der Hütte: durchnässt bis auf die Knochen, hungrig und müde - dennoch glitt der Nachmittag lautlos in den Abend über. Meine Sinne hatten eine wachsame Gestalt angenommen, als stünden meine Gedanken neben mir und warteten ihrerseits nur darauf, mit mir zu sprechen. Noch bevor sich die Tür öffnete, wusste ich, dass der Perpet unmittelbar vor ihr stand.

Seine freundlichen Augen erkannten mich.

»Darf ich Euch zwei Fragen stellen?«, fragte ich hoffnungsvoll: ermutigt von der merklich schrumpfenden Distanz zwischen uns.

Er grinste und schüttelte energisch den Kopf. »Nein«, war die Antwort. »Du willst Tiefe statt Breite.«

Laena bemerkte die Veränderung sofort. »Heute ist etwas passiert!«, rief sie und musterte mich neugierig.

Ich zuckte mit den Schultern. »Der Perpet hat mir das Ren gezeigt, glaube ich«, erklärte ich ihr, »- obwohl er mich nur hat warten lassen.«

Sie klatschte in die Hände. »Oh ja!«, rief sie.

Ich konnte ihre Freude nicht teilen. Zweifel nagten an mir. Auch das konnte ihr nicht entgehen.

Wir kuschelten uns ins Bett und sie strich mit ihrer Hand über mein Haar. »Was bedrückt dich?«, flüsterte sie liebevoll. »Es läuft doch mit dem Perpet ganz gut - viel besser, als ich gedacht hätte!«

Ich seufzte. »Ich kann es immer noch verspielen. Nun, da ich ihm näherkomme, sehe ich auch die Mauer deutlicher«, erklärte ich.

Laena nickte verständnisvoll.

Ich seufzte wieder. »Aus irgendeinem Grund nimmt er keinen Schüler an«, fügte ich hinzu.

»Er ist kein Me«, gab Laena zurück. Ich betrachtete sie nachdenklich.

»Und welche Frage soll ich ihm als nächstes stellen?«, fragte ich sie - doch Laena wusste darauf keine Antwort.

Tief Luft holend forderte ich also die Antwort von Laren ein. »Welche ist die richtige Frage?«, stellte ich meine und versuchte, nicht allzu verwirrt auszusehen. Der Perpet hatte mir unverzüglich die Tür geöffnet, kaum dass das dumpfe Geräusch von Knochen auf Holz verklungen war.

Er grinste und zwinkerte mir zu. »Ebendiese!«, rief er und winkte mir nach, da ich dankend verschwand.

Eine Nacht am See, in der ich mich mit Laena darüber beriet, warum seine Antworten zunehmend rätselhafter wurden, und einen Morgen bei Me Nebe später erhielt ich eine ganz ähnliche Antwort. Ich fragte: »Wie werde ich ein Phing?«

Laren erwiderte grinsend und nickend: »Ebenso!« - aber immerhin ließ er mich auch diesmal nicht warten.

»Langsam verstehe ich, was er meint, wenn er sagt, er sei kein Me«, meinte ich zu Laena, während sie mir zeigte, wie ich aus Asche und Holz einen solchen Stift anfertigen konnte, wie ihn Mandai mir für die Nachricht an Cachil gereicht hatte. Die verbrannten Überreste unserer Lagerfeuer mussten in den zierlich gefertigten Holzstift gepresst werden, was mir nicht gleich gelingen wollte.

Laena versuchte mich aufzumuntern. »Ich glaube trotzdem, dass du deinem Ziel sehr nahe bist«, sprach sie und betrachtete mich eindringlich. Ihre blauen Augen leuchteten.

»Ich will mich ja nicht beschweren«, lenkte ich ein. »Ich meine nur: Der Perpet lehrt mich nichts. Er wartet.«

Laena lachte ob meiner missmutigen Miene. »Oho - du bist sehr ungeduldig, mein lieber Kateshi!«, säuselte sie. »Noch viel ungeduldiger, als ich dachte.«

Ich schwieg.

»Du und Zacharias - ihr passt gut zusammen!«

Ich horchte auf.

»Er ist stur und jähzornig«, führte sie aus, »und obwohl er in einer Stadt aufgewachsen ist, mag er das weite Land mehr als sie. Außerdem ist er sehr jung, sehr ungeduldig und sehr schnell gelangweilt. Und er streitet sich wohl lieber mit einem guten Freund als mit einem Feind.«

Das genügte mir. Wie zur Bestätigung ihrer Ausführungen warf ich den unfertigen Stift beiseite und schnappte sie mir. Laena lachte und prustete, während ich zwischen unserem Gekabbel immer wieder ihre Worte wiederholte: »Stur und jähzornig? Ungeduldig? Streiten?« Sie hatte mir nichts entgegenzusetzen, da ich sie freilich nicht zu Atem kommen ließ.

Endlich ergab sie sich. »Genug!«, stieß sie mühsam hervor. Ich hielt sie fest und lauschte ihren Beschwichtigungsversuchen mit Genugtuung.

»Ich habe Recht - und du weißt das!«, lachte sie und wand sich los. Dann warf sie sich auf mich und ließ meinen Verstand mit einem Kuss schmelzen.

»Merkst du, wie geduldig ich nun bin?«, fragte ich flüsternd.

Sie strich mit der Hand über mein Gesicht und küsste mich wieder. »Damit also kann ich dich zähmen«, gab sie ebenso flüsternd zurück.

Schließlich stand mir der zwölfte Tag beim Perpet bevor. Im Unterricht, der wie ein Nebelschleier an mir vorbeizog, hier und da ein paar Tropfen aus verständlichen Sätzen und Wörtern fallen lassend - in Nebes morgendlichem Unterricht beschloss ich, den Pfad unserer zunehmend spitzfindigen Gesprächsführung zu verlassen und dem Perpet geradeheraus eine persönliche Frage zu stellen. Ich hatte zu meiner eigenen Überraschung sehr viel mehr Erfolg damit als mit allen anderen Fragen bisher, sodass es mir plötzlich blind vorkam, überhaupt in einer Dimension von Erfolg gedacht zu haben.

Laren öffnete gleich, als ich klopfte.

»Es ist schön, Euch zu sehen, Perpet Laren!«, begrüßte ich ihn.

Zum ersten Mal seit Tagen tauchte Dilei Oló in goldenes Grün; mein Gemüt strahlte wie der Himmel.

Der Perpet nickte zustimmend. »Und es ist schön, dich zu sehen, Kateshi!«, erwiderte er.

Ich räusperte mich. »Bitte verzeiht mir meine Frage heute. Ich habe kein Recht auf eine Antwort und ich würde verstehen, wenn Ihr mir diesmal keine geben wollt.«

Der Perpet wartete und lachte. »Nun bin ich gespannt«, sagte er.

»Warum seid Ihr kein Me?«, fragte ich ihn.

Er stutzte und schaute mich scharf an. Er zögerte.

Dann lachte er wieder. »Darüber muss ich nachdenken«, meinte er. »Warte hier!« Er verschwand nach drinnen und schloss die Tür.

Ich blieb, wo ich war. Es fiel mir nicht ein, auf dem Baum in der Nähe Platz zu nehmen. Ich zweifelte daran, ob es eine gute Entscheidung gewesen war, dem Perpet diese Frage zu stellen. Ich hatte ihm nahekommen wollen - nicht zu nahe. Dennoch spürte ich, dass es gut war - dass nun zwischen uns kein Raum mehr lag. Mein Herz klopfte, da ich ihn hinter der Tür wahrnahm: ein kurzes Haareraufen, ein kurzer Zweifel, der über sein Gesicht huschte.

Er öffnete sie ruckartig und tat einen tiefen Atemzug.

»Komm rein«, sagte er dann.

Er öffnete sie weit und ich trat vorsichtig nach drinnen. Die Hütte roch alt: sehr alt nach modrigem Holz und gutem Wein, nach Sonnenschein und dunklen Regennächten. Als der Perpet die Tür schloss, war es ganz still.

Er führte mich in ein großzügiges Zimmer, das mit üppigen Strohmatten gefüllt war. In der Mitte stand ein kleiner, runder Tisch, auf dem ein Becher ruhte. Durch zwei kleine Fenster schien Sonnenlicht, doch zum Staunen brachten mich die hölzernen Wände. Sie waren über und über mit bunten Papieren geschmückt: große und kleine, schrille und stille. Der Perpet bedeutete mir, mich auf den Boden zu setzen, und verschwand durch die Tür.

Zuerst konnte ich nur meinen eigenen Atem und das Geräusch des raschelnden Strohs vernehmen, doch je länger ich da saß und wartete, desto deutlicher erreichte mich die zarte Melodie dieses Bilderzimmers. Die Papiere zitterten leise im lauen Wind, der ab und an durch die Fenster hauchte; der Boden ächzte unter der Last seiner Wände, die wie krumme Beine eine hohe Decke trugen; und es war mir, als würden die Zeichnungen und Farben miteinander wispern. Wiederum eine Präsenz, die ich zu ignorieren nicht imstande war: nach Moshas Wald und Laenas See nun die Hütte des Al-Perpet.

Laren kam wieder und hielt zwei Becher und einen großen Krug in der Hand. Er balancierte alles auf den kleinen Tisch und goss ein. Ich schwieg nach wie vor: versunken in das Geheimnis der Farben und Formen an den Wänden.

»Hübsch, nicht wahr?«, sprach der Perpet freundlich und reichte mir einen Becher. Als ich nichts antwortete, fügte er hinzu: »Du staunst ja immer noch!«

Ich räusperte mich. »Ja: Es ist - ich finde es nur - es tut mir leid -«

Der Perpet lachte. »Du brauchst dich nicht zu entschuldigen, Kateshi«, sagte er und folgte meinem Blick auf ein rot gesprenkeltes Papier, dessen Formen sich zu ändern schienen, während ich es betrachtete.

»Was ist das?«, fragte ich vorsichtig.

»Zeichnungen«, erwiderte der Perpet und lehnte sich zurück. »Formen und Farben aus meditativem Rausch, Geschenke von Phing, die übers Meer gefahren sind, letzte Bilder der Meister des Ren, Selbstbildnisse von Kindern - Vieles findet sich hier ein.«

Ich trank einen Schluck aus dem Becher. Es war nichts anderes als der feinste Honigwein, der meine Kehle hinab rann.

»Vielen Dank, Perpet Laren, dass Ihr mir das zeigt. Das ist - vielen Dank«, stammelte ich. Hier war nicht nur eine Präsenz. Es waren hunderte.

Laren lachte. »Doch das ist nicht so neu für dich, wie es dir jetzt vorkommt«, sagte er und trank. »Was fühlst du?«, fragte er mich und füllte unsere Becher wieder auf.

Ich schluckte. »Ähm -«, murmelte ich, »- vor allem Verwirrung und - Dankbarkeit.«

»Dankbarkeit«, wiederholte er. »Das sind die vielen Phing, die du spürst und die dich verwirren; und es ist meine Entität, die dich dankbar macht. Das Ren lehrt dich, ein Fluss zu sein, in dem Geben und Nehmen eines sind. Du hörst ihre Stimmen. Höre ihnen zu!« Er seufzte. Ich verstand kein Wort. »Das ist nicht schlimm«, lachte er wie zur Antwort auf meine unausgesprochenen Gedanken. »Schau nach draußen in den Sonnenschein«, sagte er dann und deutete auf die Fenster. Ich folgte seinem Blick.

Es tat gut, etwas Bekanntes zu sehen. Etwas Urbekanntes: eine lautlose, uralte Energie, die durch meine Adern floss. Es beruhigte meinen aufgewühlten Geist.

»Besser jetzt?«, fragte der Perpet warmherzig.

»Ja«, gab ich zurück - meine Stimme klang fester.

Der Perpet räusperte sich. Ich schaute in sein freundliches Gesicht und wartete gespannt darauf, was nun kommen mochte.

»Du hast mich gefragt, warum ich kein Me sei; und du liegst nicht richtig darin, von mir keine Antwort einzufordern - denn ebendiese schulde ich dir.« Er machte eine Pause. »Wenn ich dir überhaupt eine schulde, dann diese. Ich habe mit dem Al-Perpet gesprochen, denn er ist mein Meister und ich bin sein Schüler. Das bin ich: ein Schüler: der Schüler: der Perpet. Der Al-Perpet lehrt mich und ich lehre niemanden, denn ich bin kein Me.

Der Antwort des Al-Perpet wegen auf meine Frage - nämlich der, ob ich dir deine beantworten muss oder sollte oder darf - sitzen wir hier und trinken Wein. Und weil ich kein Me bin, weiche ich vor deiner Frage aus, warum ich keiner sei; und daran siehst du und sehe ich, warum ich kein Al-Perpet bin - doch nicht, warum ich kein Me bin.«

Er holte tief Luft und schaute mich an. Zwischen uns gab es nichts mehr, das uns trennte. Seinem Gesicht konnte ich einen verborgenen Skrupel ablesen, doch mehr noch verriet mein Herz mir, dass meine Frage schwer auf ihm lastete und dass hinter dieser Last schwarzes Wasser lag.

»Ich habe vielleicht die falsche Entscheidung getroffen - das wäre die einzig wahre Antwort, die ich dir geben muss; und damit du sie wirklich verstehst - wie du alle anderen Antworten wirklich verstanden hast - muss ich ausholen und dir einen Blick in meine Tiefen gewähren. Ich denke zum einen, deine Augen können so gut sehen, und zum anderen, dein Herz kann so gut sehen.«

Obwohl seine Worte so rätselhaft anmuteten, offenbarte sich mir ihr Sinn ohne mein Dazutun.

»Ja - natürlich, Kateshi: ein Fluss«, warf der Perpet plötzlich ein. »Oder fließendes Wasser - wie du es am liebsten hast.«

Er leerte seinen Becher in großen Zügen; dann stellte er ihn ab, faltete die Hände und sah zu Boden.

»Es gibt - wie du bestimmt bemerkt hast und was dennoch keiner bestimmten Tradition folgt - nur einen Me in Oló. Immer - es sei denn, der alte nimmt sich einen neuen und zeigt ihm, was es heißt, ein Me zu sein. Und es gibt Freundschaft in Oló und manche Freundschaften halten das Erwachsenwerden nicht aus.

Nebls, den du nur als Me Nebe kennst - Nebls und ich waren solche Freunde und unsere Freundschaft musste viel aushalten, bis sie endlich zerbrechen durfte.«

Laren hob den Blick. Es war, als würde ich in die Wunde seines Herzens schauen können.

»Er und ich sind gleich alt - und gleichen Geistes Kind sind wir. Mein Vater und sein Vater sind Brüder und wie Brüder waren Nebls und ich. Wir taten alles gemeinsam und das meiste, was ich zum ersten Mal erlebte, erlebte ich mit ihm. Und wir teilten alles miteinander. Zwei seelenverwandte Phing, die immer im Gespräch gemeinsam auf der Suche blieben. Und wie wir alles teilten, teilten wir auch den einen Wunsch: Me zu werden und Me zu sein.

Kinder - Kateshi - sind wertvolle Geschöpfe; und sie zu lehren, ist eine große Aufgabe; und stets lernt der Lehrer durch sie. Ich will nicht sagen, dass Nebls aus einem falschen Grund Me werden wollte, doch er wollte es aus einem anderen Grund als ich; und unser letzter Me - Me Nilen: der Vater unserer beider

Väter - befand meinen Grund für sinnreicher als den Nebes. Und er wählte mich.«

Laren seufzte. »Wenn du jetzt denkst, dass dies einen Keil zwischen uns trieb, liegst du nicht falsch - doch unsere Freundschaft hielt. Sie hielt Nebes Neid und meinen Triumph aus.«

Laren griff sich seinen Becher, goss sich ein, trank ihn aus und holte wieder tief Luft.

Er lachte plötzlich. »Herrje - ich wünschte, ich könnte zum Al-Perpet gehen und ihn diese Geschichte für mich erzählen lassen!«, rief er und raufte sich die Haare.

Er sammelte sich und fuhr fort: »Wir teilten alles miteinander. Und so teilten wir auch und leider die Liebe zu einer Frau: *Kalea.*«

Sowie er ihren Namen aussprach, fuhr ein heißer Schauer durch meinen Körper und bis in meine Finger- und Zehenspitzen, als wäre ich durch glühende Luft gesprungen. Ich zuckte zusammen und spürte mein Herz rasen.

»Ja, Kateshi: Ich teile mich mit dir!«, erklärte Laren lächelnd. »Und wärest du hier aufgewachsen und hättest das Ren dir einverleibt wie den Schutz deiner Mutter, hättest du die Wahl: Du könntest dich herausnehmen und deine Tür schließen, wie wir es tun. Doch deine Tür ist offen und so kann ich in dir lesen, wie Laena es nur zu gerne tut!« Er lachte und steckte mich an. »Du kannst jederzeit gehen, wenn du willst!«, bot Laren mir an.

Ich schüttelte den Kopf. »Nun bin ich schon einmal durch Eure Tür getreten - nun möchte ich nicht gehen«, antwortete ich.

Laren nickte und durchbohrte mich mit seinen Blicken. »Kalea war sehr schön«, fuhr er fort. »Und mehr noch: Ihre Seele war sehr schön. Sie liebte den Himmel und die Erde, denn sie waren ihr Spiegelbild; und ich liebte sie mehr als den Himmel und die Erde. Und sie entschied sich für mich. Und ja - auch das hielt unsere Freundschaft aus.«

Laren legte eine Pause ein und wurde ernst. »Ich muss dir gestehen: Ich war kein guter Gewinner. Ich genoss meinen Triumph über meinen Freund, dessen Freundschaft stärker war als sein Neid. Und ich hielt mich für einen, der sich sein Glück verdient hatte. Ich brüstete mich mit der Schönheit meiner Frau und der Wahl meines Großvaters.« Das Gesicht des Perpet füllte sich mit Scham. Es wurde ganz still im Zimmer. Die Bilder an den Wänden raschelten nicht mehr.

Ich beobachtete Laren und sah ihn vor mir, wie er sich verhielt: hochmütig und eitel. Und ich sah auch in sein Herz: liebevoll in seinem Wesen und hungrig nach Anerkennung.

»Ja: Ich war alles dies«, sprach er leise, »- nur eines nicht: demütig.«

Er sank in sich zusammen.

»Eines Abends trafen sich meine Frau und ich mit Nebe in einer kleinen Bucht. Kalea war schwanger und mein bester Freund sollte es als Erster erfahren. Im Laufe des Abends brach ein heftiger Streit zwischen Nebe und mir aus; und Kalea, die dazwischen gehen wollte, stürzte mit dem Kopf auf einen Stein und fiel in das schwarze Meer. Nebls und ich sprangen hinterher, doch sie steckte im Sand fest. Es dauerte eine Ewigkeit, bis wir sie aus dem Wasser gezogen hatten. Und als wir sie aus dem Wasser gezogen hatten -«

Er brach ab und tat ein paar tiefe Atemzüge.

»Ein paar Tage später brachte ich sie - begleitet von meiner Familie - in Moshas Wald, bettete sie auf ein Bett aus Blumen und bedeckte sie mit einem Kleid aus Blumen.

Ich versuchte, mein Leben wieder aufzunehmen, doch die Leere ertrug ich nicht; ich floh. Ich verschwand, zog allein umher, streunte durch Oló wie ein wildes Tier und lauschte der Stimme meiner Frau und der Stimme meines Kindes in Moshas Wald. Und ich lernte Demut.

Hilfe hätte ich bitter nötig gehabt und Hilfe hätte es für mich gegeben, doch Schuld und Stolz ließen mich umherirren, bis ich endlich bereit war, Hilfe anzunehmen. Ich kam zur Hütte des Al-Perpet - denn seine war weit von den anderen entfernt - und ich zerbrach beinahe an der Aufgabe meiner Einsamkeit. Ich hatte verlernt, meine Türen zu schließen. Der Al-Perpet begrüßte mich, als hätte er auf mich gewartet. Er wusch mich, kleidete mich; und er ertrug meine Tränen - jede einzelne!

Bald besuchte ich meine Familie. Mein Großvater Nils war inzwischen gegangen und Nebe war Me geworden. Er und meine Schwester hatten eine Familie gründen wollen, aber sie und ihr Kind -

Nebls und ich teilen alles: auch dies.

Nur eines - Kateshi - eines teilen wir nicht: Nebe ist ein Lehrer und ich bin ein Schüler. Ich entschied mich, Perpet zu sein, und darum bin ich kein Me. Ich habe vielleicht die falsche Entscheidung getroffen«, endete er.

Ich schwieg. Seine Geschichte war so traurig, dass ich nicht wusste, was ich darauf erwidern konnte.

Irgendwann trank ich meinen Becher aus und sah die Bilder an den Wänden reihum an. »Ich denke nicht, dass Ihr die falsche Entscheidung getroffen habt«, sagte ich leise. Der Perpet schwieg und lauschte. »Zwar verstehe ich jetzt, warum Ihr mich das Ren nicht lehrt. Aber ich denke, Ihr hättet gar keine falsche Entscheidung treffen können. Oder eher: Gleich welche Entscheidung Ihr getroffen hättet, Eure Bestimmung hätte sich Bahn gebrochen. Zumindest hoffe ich, dass das so ist.« Meine Worte erschienen mir so naiv wie die eines Kindes und ich verstummte.

Der Perpet lachte plötzlich. »Zuerst einmal wird es Zeit, dass du mich beim Namen nennst, Kateshi. *Ihr* und *Eure* - *du* und *deine!* Wahrscheinlich sehe ich älter aus, als ich bin«, murmelte er und zwinkerte. »Und außerdem -«, fuhr er fort, »- nein: nicht naiv. Du glaubst also daran, dass du und ich und die anderen etwas wie eine Bestimmung haben?«, fragte er. Ich nickte vorsichtig.

Dann entwischte mir ein verstohlenes Lachen. »Zumindest hat mein Naru sich reichlich bemüht, diese Saat in mir zu säen!«

Laren lachte. »Und er hatte offensichtlich Erfolg damit!«

Dann sah er mich eindringlich an. Sein Blick durchstieß mich, dass mein Lächeln erstarb.

»Ja: Ich glaube auch an etwas wie Bestimmung«, sprach er langsam. »Und wir beide sind dafür wohl recht gute Beispiele.«

Meine Gedanken wanderten an all den Umständen vorbei, die mich nach Oló gebracht hatten, und blieben bei Laena hängen: Und ich stimmte ihm schweigend zu.

Laren seufzte tief. »Nun, Kateshi - bist du zufrieden mit der Antwort auf deine Frage?«, erkundigte er sich.

Ich nickte. »Vielen Dank dafür. Ich weiß, dass es bisher die schwerste war; und ich bin immer noch der Ansicht, dass Ihr sie mir nicht schuldig gewesen wärt!«

»Bisher«, wiederholte Laren augenzwinkernd und hob den Zeigefinger. »Aber kein *Ihr* und *Euch* mehr - abgemacht?«

»Abgemacht«, wiederholte ich, während Laren mich zur Tür brachte. »Und vielen Dank für den Wein!«, sagte ich, bevor ich mich verabschiedete und nachdenklich nach Hause lief.

Mir konnte er nichts vormachen. So sehr er sich auch bemüht hatte, nach seiner Geschichte einen aufgeräumten Eindruck zu hinterlassen: Ich spürte nur allzu deutlich den dunklen Schatten auf seinem Gemüt. Laren hatte in wenigen Sätzen für mich zusammengefasst, was der Schlüssel seines Wesens war - und er hatte völlig Recht: Ich konnte meine Türen nicht schließen.

Während ich durch den Wald von Platanen nach Hause lief, gärten seine Worte in mir. Zu Hause angekommen verkroch ich mich in mein Bett und weinte in die Kissen. Und ich empfand etwas Neues, Unbekanntes, das mich ängstigte: Larens Präsenz oder - wie er es ausgedrückt hatte - seine Entität verschwand nicht aus meinem Bewusstsein. Ich hielt an ihr fest, ohne zu wissen, wie; und es war mir, als könnte ich ihn durch den Raum hindurch hören, sehen und fühlen. Sein Schmerz drückte schwer auf meine Brust.

Obgleich ich darum rang, keinen Laut von mir zu geben: Bald kam Mandai herein und sah nach mir. Zuerst versuchte ich, meine Tränen zu verstecken, doch ihre liebevolle Fürsorge ließ mich Vertrauen fassen und beruhigte mich. Sie half mir auch, zu mir zurückzufinden.

Nachdem ich mich wieder gefangen hatte, ging ich ihr zur Hand, verbrachte den Nachmittag in Zidans Werkstatt und arbeitete an dem Geschenk für Laena, das ich für ihren Geburtstag ausersehen hatte.

Zidan und ich schreckten auf, als wir von der Tür das übliche Klopfen vernahmen - Zidan konnte seine Tochter allerdings noch rechtzeitig davon abhalten, die Werkstatt zu betreten.

»Bis zu deinem Geburtstag - meine Liebe - ist meine Werkstatt für dich tabu!«, rief er mit Nachdruck. »Muss ich dich jedes Jahr daran erinnern?«

Laena grinste schelmisch und drückte ihrem Vater einen Kuss auf die Wange. Dann schnappte sie sich meinen Arm und entzog mich der Zuständigkeit ihres Vaters.

Natürlich verbrachten wir den Abend und die Nacht am See und natürlich schüttete ich ihr mein Herz aus, das sie so fest in Händen hielt.

Und als ich am nächsten Tag wieder vor der Hütte des Al-Perpet stand, war ich ruhig und still. Gleich, welche Antwort ich heute von ihm bekommen sollte - ich hatte bereits alles von ihm bekommen, was ich mir wünschen konnte.

»Werdet Ihr mich je das Ren lehren?« Meine Stimme klang fest: gefasst; ich musste diese letzte Frage stellen.

Der Perpet reagierte nicht so, wie ich erwartet hatte. Er verschränkte die Arme vor der Brust und schüttelte den Kopf. »Wenn du so fragst, kann ich dir leider keine Antwort geben. *Abgemacht?*«, meinte er.

Ich begriff. »Wirst du mich je das Ren lehren?«, korrigierte ich. Ich tat mich schwer damit, die Höflichkeiten fallen zu lassen.

Der Perpet legte die Hände auf meine Schultern und fixierte mich mit seinem Griff und seinen Augen. »Bist du dazu bereit?«, fragte er eindringlich.

Mein Herz tat einen Satz. Ich starrte ihn entgeistert an. Dass er mich nun selbst entscheiden ließ, war süß und bitter. Denn nun, da ich die Wahl hatte, erkannte ich, dass meine Wahl keinen Einfluss nahm.

Was gestern geschehen war, hatte mir eindrücklich enthüllt, dass Laena von Anfang an richtig gelegen hatte: Ich musste mir das Ren nicht aneignen, um Phing zu sein oder in Oló leben zu können - ich war Kateshi, der Junge von draußen, und ich musste nicht lernen, meine Türen zu öffnen, sondern durfte lernen, sie zu schließen.

Ich wand mich innerlich, wog ab. Der Perpet beobachtete meinen Kampf genau. Er wartete. War ich bereit?

Endlich brach ich das Schweigen: »Ich weiß nicht. Kann ich das überhaupt wissen, ohne es versucht zu haben? Und muss ich es überhaupt versuchen? Der Grund, weswegen ich es erst unbedingt wollte, ist nicht mehr. Ich weiß zwar, es würde mich bereichern, mich reifen - doch jetzt will ich auch, dass es dich bereichert. Jetzt will ich es aus Neugier und Lust«, sprach ich und bot meine Gedanken seiner Kritik bereitwillig feil. Kein rasender Wissensdurst, kein unbändiger Hunger auf alles Unbekannte waren es, die mich nun trieben. Keine Verzweiflung mehr, sondern Behutsamkeit.

Der Perpet entließ mich aus seiner Fessel. Er nickte zufrieden. »Du bist jederzeit willkommen, Kateshi, wenn du einen guten Wein trinken oder ein ehrliches Gespräch führen willst. Wenn du Sorgen hast oder Kummer, die du nicht teilen willst. Und auch, wenn du eine Antwort auf eine Frage willst, die dir in den Kopf oder das Herz gefallen ist. Du hörst: Dein Wille ist der Schlüssel zu jedem Samen, den du trägst.«

Erleichterung und Dankbarkeit fluteten auf mich ein. »Ich danke dir für alles, Perpet. Ich habe viel gelernt von dir!«, sagte ich.

Laren lachte. »Und ich von dir!«, rief er, zwinkerte mir zu und winkte zum Abschied.

Nach dem Mittag wertete ich mit Laena diese dreizehn Tage bei Laren noch einmal gründlich aus, und welche Entwicklung sie genommen hatten. Sie lief mit mir an der Hand durch den Wald der Erkenntnis, denn ich hatte sie gebeten, mir die Stellen im Wald zu zeigen, wo verstorbene Phing mit Blumen bedeckt auf Blumen zur Ruhe gebettet wurden.

Laena führte mich tief in das Herz des Waldes. Die Bäume hier wurden immer höher und dicker und ich staunte mit offenem Mund. In den rotbraunen, teils hohlen Stämmen hätten Laena und ich bequem Platz gefunden. Und je weiter wir ins Innere des Waldes vordrangen, desto gigantischer wurden sie!

Laena schaute sich ihre Stämme genau an und hielt schließlich vor einem herrlichen Exemplar, dessen Holz in der Sonne rötlich schimmerte.

»Hier ist es«, sagte sie und deutete auf ein kleines, mit hölzernen Dübeln am Stamm befestigtes Schild.

Die Lettern darauf konnte ich nicht lesen, denn der lentischen Schrift war ich nicht Herr, doch Laena las mir vor.

Sonnenschein in deinem Herzen
hast du meine Nacht erhellt,
wie du nun die Sonne hütest
für mich in der nächsten Welt.

Hier ruhen Kalea und Lore[*]

Laena erklärte leise: »Die Familie sucht sich eine *Dendron*[†] aus, deren Stamm schon hohl ist, und schmückt ihr Inneres mit Blumen aus. Dann wird der Körper hineingebettet und mit Blumen bedeckt. Einige der Blumen wachsen an und

---

[*] Aus dem Lentischen übertragen von E.K.G. [*Lore* ist ein beliebter Mädchenname in Oló und bedeutet »die Sonne«.] [AV]

[†] Lentisch für: »gigantischer Baum«.

vermehren sich, deshalb blühen an den Füßen der Dendron so viele Arten von Blumen aller Farben.« Ich schaute mich um und betrachtete die farbenfrohen Blumenkränze um die massigen Stämme.

»Es sieht tröstlich aus«, sprach ich. »Und fühlt sich friedlich an.« Laena nickte.

»Du hast mir nie erzählt, wie die *Menschen*[*] sich um diejenigen kümmern, die schon in die nächste Welt gegangen sind«, bemerkte sie.

»Ganz unterschiedlich«, erwiderte ich. »Da, wo ich herkomme, geben wir sie der Erde. Aber es gibt auch nicht solche Bäume in Inkowitch.« Laena runzelte die Stirn.

Wir schwiegen.

»Deshalb meiden so viele den Wald, stimmt's?«, fragte ich. Laena nickte erneut und umklammerte meine Hand noch fester.

»Aber nicht nur deshalb. Es ist Moshas Wald. Seinetwegen dürfen wir hier sein«, fügte sie hinzu.

Wir liefen noch eine Weile zwischen den riesigen Dendron umher und Laena las mir ihre Schilder vor, bis der Abend nahe war.

Auf dem Rückweg trieb uns keine Eile. Hand in Hand hingen wir unseren Gedanken nach. Ich überlegte, am nächsten Tag wieder zu Perpet Laren zu gehen. Ich hatte das Gefühl, als gäbe es dort noch etwas für mich zu tun.

Beim Abendessen genoss ich still die Stimmen meiner Familie, die lachten und erzählten. Es war so schön, bei ihnen zu sitzen und Speis und Trank zu teilen.

In der Nacht kam Laena zu mir und bat darum, bei mir schlafen zu dürfen. Ich wickelte sie ohne Zögern in meine Decke und schlief von dem Geruch ihres duftenden Haares und dem Geräusch von Timos ruhigen Atemzügen behütet ein.

Im nächsten Kurs bei Nebe stellte ich überrascht fest, dass ich mittlerweile - und offensichtlich ohne es bisher bemerkt zu haben - die syntaktische Struktur von Eventi durchschaute. Zwar blieben mir die meisten Aussagen noch ein Rätsel, doch lag das schlichtweg am mir fehlenden Wortschatz.

---

[*] Eventi und Lebenisch für: »Menschen«.

Ein viel größeres Problem überschattete jedoch jäh diesen glücklichen Umstand: Wenn ich noch immer kein einziges lentisches Wort schreiben konnte - wie sollte ich dann den Brief für Laena verfassen, der für ihren Geburtstag bestimmt war?

Nachdem mich diese Erkenntnis in Nebes Unterricht wie ein Blitz getroffen hatte, beschloss ich, alle Anstrengungen von nun an auf die Vorbereitung dieses wichtigen Tages zu richten - mochte das auch heißen, dass ich bis dahin weniger mit ihr unternehmen konnte. Ich verabschiedete mich nach dem Unterricht von Laena und verabredete mich mit Frowin zum Mittagessen, damit er mir anschließend bei der Lösung meines Problems behilflich sein konnte. Mein bester Freund verstand die Dringlichkeit dieser Angelegenheit sofort, obgleich ihn mein spätes Erkennen amüsierte.

Meine Füße traten den Weg zu Laren indes wie von selbst an. Der Perpet wirkte ganz und gar nicht überrascht, als er mich vor seiner Tür begrüßte. »Was kann ich für dich tun, Kateshi?«, fragte er freundlich.

»Ich bin hier, weil du nach mir gerufen hast«, sagte ich. »Ich möchte etwas für dich tun. Was kann ich für dich tun?«

Ein Schmunzeln huschte über Larens Gesicht. »Du kannst tatsächlich etwas für mich tun«, sagte er. »Der Al-Perpet hat mit mir gesprochen. Er möchte, dass ich dich das Ren lehre. Was du also für mich tun kannst, ist, das Ren zu lernen!«

Ich schaute ihn verdutzt an. »Wirklich?«, fragte ich ungläubig. Eine stille Freude keimte in mir auf.

Der Perpet nickte. »Ja!«, erwiderte er.

»Du hast also die Erlaubnis bekommen?«, fragte ich. Die Freude gönnte sich einen zaghaften Sprung.

»Nein - eher die Auflage«, lachte Laren. »Du bist scheinbar meine nächste Prüfung.«

»Wann und wo fangen wir an?«, fragte ich. Laren grinste breit.

»Morgen Früh - eine Stunde vor Sonnenaufgang - hier«, antwortete er knapp. Ich sprang in die Luft, nachdem seine Tür ins Schloss gefallen war.

Am nächsten Morgen jedoch, als ich im Dunkeln darauf wartete, dass er mich einließ, war meine Begeisterung einer aufreibenden Aufregung gewichen. So verzweifelt hatte ich darauf gehofft, dafür gerungen und darum gefragt, bis mein starrsinniger Kopf der Duldsamkeit Raum gegeben hatte, dass ich nun, da Laren und mir die erste Stunde bevorstand, wie ein gespannter Bogen ausharrte.

Laren ließ sich Zeit, bis er mir öffnete; und er freute sich, mich zu sehen. Er führte mich durch die Hütte des Al-Perpet in einen weitläufigen Raum, den er mir als den *Raum* vorstellte - das Zentrum der Hütte des Al-Perpet: den Übergang zwischen Innen und Außen, zwischen Ruhe und Anspannung, Körper und Geist.

»Wenn du deinen Fokus verlierst, kannst du ihn in diesem Raum wiederfinden«, erklärte er. »Die Meister des Ren füllen ihn mit Richtung, Kraft und Leben. Wenn die Sonne morgens aufgeht, fallen ihre Strahlen durch Gestern und Morgen bis zu dir - du wirst es sehen.« Er deutete nach vorn.

Gegenüber der Tür, durch die wir eingetreten waren, besaß der Raum keine Wand und kein Fenster, sondern öffnete sich zu einem kleinen Garten, dessen schattenhafte Umrisse ich in der Dunkelheit kaum wahrnehmen konnte. Es roch nach feuchter Erde und frischem Grün. Vögel zwitscherten bereits laut und riefen nach der Sonne.

In der Mitte des Raumes befand sich ein großer Tisch: umringt von bequemen Bänken und Sesseln, die zum Setzen einluden. Der Perpet wies mich an, ebendies zu tun, und versorgte uns mit Krügen frischen Wassers.

Dann rieb er sich die Hände. »Nun denn«, begann er. »Was weißt du vom Ren bisher?«, fragte er.

Ich sammelte meine Gedanken und berichtete ihm alles, was Laena mir vom Ren erzählt hatte und wie ich die Phing des Morgens bei ihren mir so fremden Leibesübungen beobachtet hatte. Er runzelte heftig die Stirn, während ich ihm beschrieb, wie Laena mir auf dem Weg zu meinem ersten Besuch in Moshas Wald gezeigt hatte, welch Kraft in der Ausübung des Ren stecken konnte. Ich erwähnte auch, dass sie bereits versucht hatte, mir davon etwas beizubringen - und dass wir beide kläglich daran gescheitert waren.

Als ich geendet hatte, seufzte Laren tief. »Zuerst einmal: Ja - es ist wahr - das Ren trägt in sich eine große Kraft und du kannst sie gegen etwas wenden. Doch du solltest es nicht. Das ist so, als würde ein Vogel seine Stimme dazu benutzen, den Baum zum Einsturz zu bringen, in den er sein Nest gebaut hat. Nur, weil man Macht besitzt, sollte man sie nicht missbrauchen, um sein Ziel zu erreichen - und sei es nur die Demonstration von Überlegenheit.

Laena ist sehr talentiert und dabei sehr intuitiv. Wir beide müssen jedoch einen anderen Weg wählen, wenn du wirklich etwas lernen willst.« Ich nickte zustimmend.

»Und es stimmt«, erklärte er weiter, »dass das Ren eine Form der Lebensführung ist. Eine, die wir in Oló längst nicht mehr hinterfragen, weil wir sie noch vor dem Laufen und Sprechen aufsaugen - halte das, wie du willst: Ich weiß, du bist ein Fragensucher; und ich denke, es ist nicht das Schlechteste, eine Frage daran zu stellen. Ich sage dir nur, dass du wenigen deinesgleichen hier begegnen wirst. Doch vielleicht ist es genau das, was du in Oló liebst.«

Wieder einmal fühlte ich mich von ihm durchschaut - geradezu ertappt - nun aber war es kein unangenehmes Gefühl. Er schaute mich scharf an, doch um seine Augen spielte ein wohlwollender Zug.

»Genug der Vorrede!«, rief er dann fröhlich. »Wir fangen direkt an - hab ich mir gedacht. Mit dem Einfachsten: Ich zeige dir, was es mit diesen Übungen - wie du sie nennst - auf sich hat. Und du wirst sehen: Je besser du sie beherrschst - je besser also dein Körper versteht - desto besser versteht dein Geist.«

Er erhob sich und trat mit mir an den Rand des Raumes. Die kühle Nachtluft wehte herrlich um unsere Nasen.

»Zumindest hoffe ich, dass das so funktioniert«, meinte er zu dann zu mir. »Du bist vermutlich der Erste, der so spät damit beginnt -«

»Ich vertraue dir«, erwiderte ich. »Einen Versuch ist es jedenfalls wert!« Laren nickte.

Dann zeigte er mir, von welchen Übungen - wie ich sie nannte - er gesprochen hatte. Seine fließenden Bewegungen füllten den Raum und durchdrangen mein Bewusstsein. Er bewegte sich langsam, als würde er von einem leichten Wind durch Luft und Erde geweht. Er stand nicht mehr auf dem Boden - seine Füße hielten den Boden und verbanden ihn mit dem nackten Himmel. Je länger ich ihm zusah, desto deutlicher sah ich sein Wesen: eine schimmernde Silhouette vor der nachtschwarzen Dunkelheit lebloser Materie.

Schließlich brach er ab und kehrte sich mir wieder zu. Er schnaufte und schwitzte. Ich war tief bewegt und zweifelte daran, ihn jemals nachahmen zu können.

»Oh nein, Kateshi«, sprach er keuchend und stützte die Hände auf den Knien ab. »Nicht nachahmen. Du wirst deine eigene Regung finden und ich helfe dir dabei.« Er holte tief Luft. »Puh - wer hätte gedacht - es ist wahnsinnig anstrengend, dich einzubeziehen, musst du wissen. Aber wenn ich dich nicht bewege - wie solltest du die Hingabe sehen«, murmelte er.

Nachdem er wieder zu Atem gekommen war und einige tiefe Züge Wasser getrunken hatte, ließ er mich die Haltung einnehmen, mit der die ersten Bewegungen begannen.

Was soll ich hier lügen: Wir kamen am ersten Tag - und auch an vielen darauffolgenden Tagen - nicht über diese Haltung hinaus. So einfach und anmutig es ausgesehen hatte, so schwierig und verwirrend war es für mich, der ich kein leerer Kelch mehr war und vierzehn mal zwölf und drei Monde gesehen hatte und eher hungrig denn ruhig war.

Zuletzt saßen wir am Rand des Raumes, als die ersten Strahlen der Sonne durch den Himmel brachen und den verwunschenen Garten in goldenes Licht tauchten. Die Zeit flutete auf mich ein und ich schloss die Augen. Mit meinem Atem wurden meine Sinne überspült: Ich hörte, sah, roch, schmeckte und fühlte den morgenduftenden Tag, der sich wie ein zartes Kleid auf die Welt legte. Eine Weile saßen wir so: schweigend und die müden Körper ausruhend.

Dann zeigte mir Laren den kleinen Garten. In einem kleinen Teich schwammen winzige Fische; knorrige alte Bäume hatten sich unerschütterlich in die Erde geflochten, ihre zerzausten Kronen von flatternden Vögeln besungen. Am Boden wuchsen wilde Kräuter und Blumen, deren farbenreiche Blüten ein durchdringendes Summen und würzigen Wohlgeruch verbreiteten. Es gab keine Wege in dem kleinen Garten, jedoch viele versteckte Steinkreise, die - teils von Moos bedeckt, teils in den Strahlen der morgendlichen Sonne glitzernd - erahnen ließen, dass dieser Fleck Leben behütet wurde.

Laren ließ mich noch eine Weile den kleinen Garten genießen und bereitete ein Frühstück für uns vor. Am alten Tisch essend und trinkend ging mir alles durch den Kopf, was Laren zu mir gesprochen hatte. Die Hütte des Al-Perpet war wie ein Hort der Kraft, dessen Energie meine Speicher auffüllte.

»Jetzt weißt du auch, warum ich diesen Ort nicht verlassen konnte«, erklärte Laren mir schmatzend.

Ich schaute ihn prüfend an. »Aber das ist es nicht allein, oder?«, gab ich zu bedenken. »Ich nehme nicht nur mit - ich bringe auch hierher.« Laren nickte vielsagend und kaute zufrieden weiter.

Wir schwatzten und scherzten noch eine Weile; dann verließ ich Laren und die Hütte des Al-Perpet und lief voller Tatendrang zu Me Nebes Unterricht.

Am See

Ich war nun vollauf damit beschäftigt, alles für Laenas Geburtstag vorzubereiten. Ich arbeitete in Zidans Werkstatt mit seiner Hilfe an dem Geschenk, das ich ihr überreichen wollte, ließ mir von Frowin das Schreiben beibringen und suchte nach seiner Anleitung einen Ort, an dem die Kaash-Ba wuchsen: die Königinnen unter den Blumen. Je näher Laenas Geburtstag rückte, desto mehr geeignete Geschenke kamen mir in den Sinn, für die ich tragischerweise keine Zeit mehr finden konnte.

Jeden Morgen verbrachte ich bei Laren, der mir ein guter Lehrer war - und dennoch blieben meine Fortschritte aus: Das Ren stellte mich tatsächlich vor die größte Herausforderung bisher; und nie wieder musste ich eine solche Anstrengung aufbringen, mir etwas Unbekanntes anzueignen. Mein Körper schmerzte von den Übungen und Laren reduzierte unser Pensum - von der Regelmäßigkeit konnten und durften wir beide aber nicht abrücken.

»Dein Körper und vielmehr noch dein Geist werden sich nur daran gewöhnen, wenn wir täglich zusammen arbeiten«, erklärte er.

Und obgleich das Ren mir so viel abverlangte, liebte ich das neue Ritual: Laren - oder Lars, wie er mir freundschaftlich anbot - war ein phantastischer Gesprächspartner, der mich jeden Tag bereicherte. Die meditative Anstrengung nach der körperlichen, die Ruhe des Gartens und das stets reichhaltige Frühstück ließen mich erfrischt und fröhlich in den Tag starten.

Wenigstens die Nächte verbrachte ich mit Laena: meist am See, wenn es nicht allzu stark regnete. Sie konnte ihren Geburtstag kaum erwarten und ich tat mein Bestes, diese Erwartung noch zu schüren. Ich wusste von beinahe jedem Geschenk, das sie bekommen würde, und blieb steinhart, wenn sie um einen Hinweis bettelte.

Endlich war der große Tag herangekommen: Laenas sechzehnter Geburtstag, der 1.2.7.3971 und mein fünfzigster Tag in Oló. Ich rannte vom Perpet nach

Hause - ohne Frühstück, kurz nach Sonnenaufgang - und traf Timo, Mandai und Zidan, die auf mich gewartet hatten. Wir weckten Laena zunächst mit einer Reihe von Geburtstagsliedern, deren Text und Melodie ich freilich eifrig gelernt hatte, mit Sträußen von Blumen in der Hand. Sie umarmte jeden Gratulanten schlaftrunken und glücklich, bevor sie mit geschlossenen Augen in die mit Blumen und Girlanden geschmückte Küche geführt wurde.

Hier standen auf dem Esstisch ihre Geschenke, umwickelt mit bemaltem Papier, in der Mitte ein dunkler Kuchen, auf dem eine winzige Kerze thronte. Zuerst musste sie einen Wunsch formulieren: im Stillen, ohne ihn auszusprechen! dann die Kerze auspusten. Erst danach durfte sie ihre Geschenke auspacken.

Ich beobachtete sie und konnte mir mein Grinsen nicht verkneifen. Ich sah ihr an, dass sie es nicht besonders mochte, im Zentrum aller Aufmerksamkeit zu stehen.

Mit roten Ohren und zerzausten Haaren freute sie sich über jedes ihrer Geschenke: Von Mandai erhielt sie ein kleines Gefäß mit einer milchigen Salbe, die herrlich duftete, von Timo ein kleines Buch, das für ihre Lieder und Gedichte bestimmt war, von Zidan ein dazu passendes Set filigran verzierter Stifte und von mir schließlich einen kleinen hölzernen Schlüssel, den sie interessiert musterte, weil sie sich nicht vorstellen konnte, zu welchem Schloss er wohl gehören sollte.

Zu jedem Geschenk gab es eine Karte mit den besten Glückwünschen für das neue Lebensjahr: Mandais und Timos Karte jeweils aus gestärktem Papier, die mit farbigen Zeichnungen dekoriert waren, Zidans Karte aus hauchdünnem Holz mit geschnitzten Glücksbotschaften; und meine Karte war ein Brief, den ich sie bat, erst später zu öffnen.

Als alle Geschenke ausgepackt und jeder Gratulant nochmals umarmt war, machten wir uns gemeinschaftlich über den Geburtstagskuchen her, der selbstverständlich ganz ausgezeichnet schmeckte.

Dann trödelten und blödelten Laena und ich so lange herum, dass wir zu tun hatten, rechtzeitig zum Unterricht zu kommen. Timo hatte bereits am Vortag eine Erklärung seiner Mutter bei Me Nebe abgegeben, dass er wegen des Geburtstages seiner Schwester etwas später zum Kurs erscheinen würde.

Hier regnete es für Laena wiederum viele Glückwünsche und Umarmungen. Me Nebes Unterricht verflog rasch; und wir bummelten nach einem Schwatz mit diesem und jenem Freund munter nach Hause. Laenas strahlendes Gesicht stellte den goldenen Sonnenschein in den Schatten.

Sie versuchte, mir auf dem Heimweg zu entlocken, wofür ich ihr einen Schlüssel geschenkt hatte und was in meinem Brief für sie stand. Es fiel mir leicht, sie auf die Folter zu spannen, denn ich verstand mich mittlerweile auf einige raffinierte Kitzeleien - musste heimwärts allerdings auch einige Male von meinen Fähigkeiten Gebrauch machen, um ihren wiederholten Fragen zu entgehen.

Zu Hause halfen wir tatkräftig bei der Vorbereitung der Festlichkeiten, unterbrochen nur von einem leichten, doch darum nicht weniger vortrefflichen Mittagessen. Und es sollte eine herrliche Feier werden!

Als eine halbe Stunde vor Sonnenuntergang die ersten Gäste eintrafen, hatten wir das Haus und den Garten mit bunten Papierlampions, Girlanden, Blumen und kerzenerleuchteten Laternen geschmückt. Überall prangten behagliche Lichter. Die Luft war erfüllt vom Duft verlockender Köstlichkeiten: eine Ahnung der Leckerbissen, die Mandai für den heutigen Tag gezaubert hatte.

Laena begrüßte fein herausgeputzt und aufgeregt ihre Gäste, nahm Geschenke und Gratulationen entgegen und bedankte sich artig für jede Aufmerksamkeit, mit der man sie erfreuen wollte.

Timo und ich wuselten umher und verteilten Getränke und erste Häppchen, um die Wartezeit bis zur Eröffnung der Tafel zu verkürzen. Der Kleine entpuppte sich als wahrer Meister der Bewirtung: Er versorgte dreimal so viele Gäste wie ich in der gleichen Zeit und schien seine Aufgabe offensichtlich besonders zu genießen.

In der Zwischenzeit ging die Sonne unter und Zidan entfachte ein großes Lagerfeuer im Garten, wo sich gleich einige Freunde unseres Alters niederließen und ihre Eltern drinnen und sämtliche herumstreunende Geschwister nicht mehr beachteten.

Schließlich verteilten Timo und ich auf Anweisung Mandais in kleinen Krügen die Spezialität des Hauses - nämlich ihre legendäre Fischsuppe - womit jeder über die bevorstehende Freigabe des Festessens informiert wurde. Man versammelte sich um das lodernde Feuer draußen, da die Krüge geleert waren.

Laena sprach ein paar Worte des Dankes, bekundete ihre Freude über die Anwesenheit aller Gratulanten, dankte auch ihrer Mutter, ihrem Vater, Timo und mir für die Ausrichtung dieser Feierlichkeit und blies schließlich zum Sturm auf das Abendessen. Nachdem wir alle unsere Kelche gehoben und auf das Geburtstagskind angestoßen hatten, ergossen wir uns in Wellen auf die angebotenen Delikatessen und verschrieben uns deren Vernichtung.

Doch das war nicht so leicht. Zwar gab ich mein Bestes, einen neuerlichen Rekord der Menge aufzustellen, die ich auf einmal verdrücken konnte - das Abendessen blieb dennoch reichlich. Frowin und ich lieferten uns bis tief in die Nacht hinein einen Wettkampf darin, denn glücklicherweise blieb die Tafel bis zum Ende des Geburtstagsfestes aufgestellt - wer schlussendlich gewann, weiß ich jedoch nicht zu sagen.

Als der erste Hunger gestillt und die meisten Erwachsenen schon gut angeheitert waren, wurden die Instrumente herausgeholt. Mit Gesang und Tanz feierten wir im Schein der Laternen; Gelächter und Geklatsche breitete sich um unser Haus aus und Indu trug unsere Stimmen bis hinauf zu den Sternen.

Laena selbst spielte natürlich auch mit. Sie stimmte ein Lied nach dem anderen an, entlockte wie in Rage den zitternden Saiten die beliebtesten Melodien und beobachtete dabei glücklich die sich wild drehenden Gäste, bevor sie ihre Lyra für eine Weile beiseitelegte und mit mir an der Hand ein paar flotte Tanzschritte aufführte. Ich war mittlerweile so versunken in die Musik, dass meine Füße wie von selbst ihren straffen Rhythmus hielten.

Währenddessen kümmerte sich Timo immer noch fleißig darum, dass niemand auf dem Trockenen sitzen musste. Er versorgte uns mit allerlei flüssigen Erquicklichkeiten - und zu meiner Freude auch mit jenem würzigen Getränk, das ich mit Frowin in der Bucht bei den Klippen getrunken hatte: *Hord*.

Irgendwann verabschiedete sich unser Trommler - das heißt, er legte sich betrunken ans Feuer und konnte nicht mehr weiterspielen - und ich übernahm verantwortungsbewusst seinen Posten. Es war eine herrliche Sache, mit Laena gemeinsam zu spielen, und eine herrliche Nacht. Ich schlug mit den Händen einen schnellen Rhythmus auf einen Holzwürfel, der eben dafür gemacht war, und wippte im Takt mit den Füßen.

Nach einigen Stunden ausgelassenen Feierns verschwanden die Gäste nach und nach; Zidan löschte das Feuer, trug den müden Timo ins Bett und legte sich mit Mandai schlafen; Laena besah sich glücklich ihre Geschenke. Ich küsste und umarmte sie und konnte mir nicht vorstellen, mich jetzt einfach ins Bett zu legen.

»Wollen wir noch zum See gehen?«, flüsterte sie leise. Ihre blauen Augen schauten erwartungsvoll zu mir auf.

Wir packten noch etwas von den übrig gebliebenen Speisen und Getränken ein, schnappten uns ihre Lyra und liefen dann gemütlich durch die Nacht.

Am See angekommen ließen wir uns nieder - bedeckt vom Sternenzelt - und werteten den Tag und den Abend aus. Bevor Laena zu frieren begann, entfachte ich ein kleines Feuer und wickelte meinen Mantel um sie.

»Nun verrate es mir«, bat sie endlich und nahm meine Hand. »Wofür ist der Schlüssel?« Ich lächelte verlegen.

»Jetzt darfst du den Brief lesen, wenn du willst«, erwiderte ich. Sie funkelte mich ungeduldig an und holte meinen Brief aus ihrem Kleid.

Darin hatte ich ihr geschrieben, dass dieser Schlüssel die Tür zu unserem gemeinsamen Heim in ferner Zukunft öffnen sollte, dass er also nicht ohne Grund unsere Initialen trug und dass sie mit ihm längst mein Herz geöffnet hatte. Ich ließ meine Zeilen mit ein paar aufrichtigen, lyrischen Versen ausklingen.

Gern wäre ich das Gras,
das deinen Schritt federt,
gern das Wasser,
das deine Kehle hinab rinnt.
Gern wäre ich dein Trost
in einer dunklen Stunde,
gern das Wort
aus deinem schönen Mund.

Lass mich dein Spiegel sein,
in dem deine Seele
*ihr Abbild findet.**

Laena las ihn durch und ließ ihn in ihren Händen langsam in den Schoß sinken.

Mein Herz schlug heftig. Ich wartete nervös auf ein Zeichen, das mir sagte, ob ich ihr zu nahe getreten war.

Sie betrachtete mich lange und still. Dann sagte sie: »Das ist so schön, was du mir geschrieben hast - ich kann es fast nicht glauben.«

* E.K.G. 3971. *Dein Spiegel.* Aus dem Lentischen übertragen von E.K.G. [AV]

Ich nahm meine Hände und legte sie um ihr Gesicht. »Ich danke dir für alles, Laena«, flüsterte ich. »Du hast meine Welt schön gemacht. Ich meine alles genau so, wie ich es dir geschrieben habe.« Ich küsste sie ausdauernd und zärtlich.

Sie erhob sich ohne ein weiteres Wort, kehrte mir den Rücken zu, lief ein Stück zum See und zog sich ihr Kleid über den Kopf. Dann glitt sie - nackt und geräuschlos - den Hügel hinunter und in das kalte Wasser.

Ich genoss ihren Anblick atemlos: die dunkle, makellose Haut, die sich über ihren Hintern spannte, die schlanke Taille und das sanfte, wallende Haar, das sich über ihren Rücken ergoss. Ihre ebenmäßig geformten Schenkel, die sich voller Anmut bewegten. Ich betrachtete sie unverwandt, als würde ich träumen. Es war tatsächlich das erste Mal, dass ich eine Frau ohne ihre Kleider bestaunen konnte; und ich verlor mich in ihrem Anblick.

Ohne nachzudenken, tat ich es ihr gleich: befreite mich von den lästigen Kleidern und folgte ihr ins dunkle Wasser. Ich schwamm zu ihr. Sie umarmte meinen Kopf und wir küssten einander. Unsere Körper schmiegten sich aneinander. Ich spürte ihre warme Haut durch das kalte Wasser des Sees, ihre Brüste an meiner Brust.

Erst als sie zu zittern begann, konnten wir voneinander lassen und huschten tropfend zurück zum Feuer. Wir legten uns auf das Gras eng beieinander und wärmten uns an der Hitze der Flammen. Wir rollten uns in meinen Mantel ein.

Ich küsste ihr Gesicht, ihren Hals, fuhr mit den Fingern durch ihr feuchtes Haar und streichelte ihre Hände. Aus ihren blauen Augen leuchtete Hingabe. Ich strich mit den Händen über ihren Rücken und drückte sie an mich. Sie küsste mich immer wieder: meine Hände, meine Lippen. Ich lauschte ihrem Atem ganz nah an meinem Ohr und ließ mich von ihrer Umarmung stärken. Die Schatten der Nacht gingen vorüber, bis das Feuer erlosch und wir fest umschlungen einschliefen.

Ich wachte auf, als die ersten Sonnenstrahlen mein Gesicht kitzelten, bemerkte, dass ich schon viel zu spät für die morgendliche Weisung bei Lars war - und dachte nicht daran, aufzuspringen und zu ihm zu rennen. Ich betrachtete Laena, so gut ich konnte, ohne sie zu wecken: ein stilles Labsal am frühen Morgen. Sie roch noch nach Wein und Musik, nach Lagerfeuer und einem nächtlichen Bad. Ihre Haut fühlte sich noch immer phantastisch an. Und sie sah im Hellen noch schöner aus.

Ich wurde Dileis Blick gewahr und verfluchte ihn. So gern ich den Morgen in ihren Armen genossen hätte - ich musste in den Schatten flüchten. Natürlich hatten wir gerade in dieser Nacht nicht unter den schützenden Weidendächern geschlafen. Ich löste mich vorsichtig aus ihrer Umarmung, griff meine Kleider und zog sie rasch unter der nächsten Baumkrone über. Dann stahl ich mich wieder zu ihr.

»Laena«, flüsterte ich liebevoll und küsste sie wach. Sie tauchte seufzend aus den Tiefen des Schlafes auf. »Laena: meine Liebe - ich muss zum Perpet gehen«, sprach ich.

Sie schlang die Arme um mich. »Warte noch kurz«, murmelte sie. Sie schmiegte ihren nackten Körper an mich und hielt mich fest. Ich wehrte mich nicht. Wir schlossen an die gestrige Nacht an.

»Ich muss gehen«, sprach ich und küsste sie immer wieder.

»Ich rufe Zacharias: Bis er kommt, kannst du noch bei mir bleiben«, sprach sie schlaftrunken und öffnete allmählich die Augen. Dann griff sie verlegen nach ihrem Kleid und verbarg damit ihre bloße Haut vor mir. Auf ihre Wangen schlich sich ein rötlicher Schimmer, der nicht von den nach und nach heißer werdenden Strahlen der Morgensonne herrührte. Sie tastete mit den Augen mein Gesicht ab: um die Lippen ein befangenes Schmunzeln, als würde sie nach einem Indiz für mein Urteil suchen.

Ich strahlte sie an. Ich schämte mich nicht, denn ich trug meine Kleider zweifelsfrei wieder.

»Hast du gut geschlafen nach diesem aufregenden Tag?«, fragte ich sie, um sie von ihrer Verlegenheit abzulenken.

Doch es gelang nicht. »Und nach dieser aufregenden Nacht«, fügte sie an. Sie verlieh ihrer Verlegenheit die Schärfe der frischen Erinnerung und verwandelte sie so zur Phantasie des noch Kommenden. Ich grinste und schwieg.

Wir küssten uns wieder: und das bis Zacharias ungeduldig schnaubte. Mühsam ließ ich von ihr, schwang mich auf seinen Rücken und preschte schleunigst zu Perpet Laren.

Er öffnete mir kauend, nachdem ich keuchend und schuldbewusst geklopft hatte. »Komm rein«, meinte er lässig und wies auf das üppige Frühstück. »Ich weiß schon: Laena hatte Geburtstag - da musst du mir nichts erklären«, schmatzte er und nahm meine Entschuldigung vorweg. »Setz dich und iss - du hast doch bestimmt Hunger. Heute fangen wir einfach nach dem Frühstück an«, murmelte er und trank.

Ich bedankte und entschuldigte mich dennoch mit Nachdruck. »Ich habe komplett verschlafen, Lars: Das tut mir leid und soll nicht wieder vorkommen«, sprach ich und bediente mich an den saftigen Honigwaffeln und dem heißen Kakao.

»Wird es bestimmt«, gab er entspannt zurück. »Feste soll man schließlich feiern, wie sie -«

Er hielt plötzlich inne und fixierte mich.

»Moment«, rief er dann und lächelte vielsagend.

Ich errötete.

»Alles gut«, wiegelte Lars ab. »War es denn eine schöne Feier?«

»Geradezu spektakulär«, antwortete ich und gab mir reichlich Mühe, mich von den Gedanken an den See nicht allzu sehr ablenken zu lassen.

Die nachfolgende Unterweisung des Perpet war vergnüglich und ich grottenschlecht. Wir hatten beide viel zu lachen.

In Me Nebes Unterricht war ich ebenso abgelenkt und unkonzentriert. Ich beobachtete Laena unverwandt und blendete die Stimmen der anderen ganz und gar aus, sodass mir auch Nebes Frage entging, die er offenbar an mich gestellt hatte.

Erst, da im Kurs Stille einkehrte und ich merkte, dass der Me auf einmal neben mir stand, entzog sich mein Geist mühsam der Traumwelt.

»Kateshi?«, forderte Me Nebe mich auf. Der drohende Unterton in seiner Stimme ließ mir die Nackenhaare zu Berge stehen. Es war das erste Mal, dass er eine Frage an mich richtete - und ausgerechnet heute hatte ich kein bisschen vom Unterricht mitbekommen.

»Würdet Ihr Eure Frage noch einmal wiederholen, bitte, Me Nebe«, sprach ich unsicher. Meine Ohren liefen rot an, da er so nah bei mir stand und alle auf meine Antwort warteten.

»Noran: Würdest du die Frage für Kateshi wiederholen?«, gebot er meinem Sitznachbarn laut seufzend.

»Was ist der Unterschied zwischen einem funktionellen ungeschlechtlichen Substantiv und einem verbbezogenen geschlechtlichen Substantiv bezüglich der Auxiliarbildung des Passivs?«, sagte Noran und stieß mich unter dem

Tisch an. Er deutete unauffällig auf das Blatt vor sich: *beide Temp. Mod. Vollv.* stand da hastig gekritzelt.

»Es gibt keinen: Tempi und Modi werden bei beiden über das Vollverb gebildet«, antwortete ich.

»Und wie?«, fragte Me Nebe weiter.

»Über die Flexion prädikatstarker Verben«, erwiderte ich.

»Und worin unterscheiden sich dann Passiv und Aktiv im vorliegenden Fall?«, fragte Me Nebe erneut.

»Ähem - über die Stellung des Auxiliars im Satz«, erwiderte ich und hoffte, dass er nun von mir lassen würde.

»Korrekt«, sagte er. »An der *Stellung* des Auxiliars im Satz - nicht an der *Flexion* des Auxiliars - erkennt man bei funktionellen ungeschlechtlichen -« Er lief langsam zwischen den Tischen nach vorn. Meine Aufmerksamkeit schwand.

»Danke«, zischte ich Noran erleichtert zu und versuchte den Rest der Stunde wenigstens mit halbem Ohr zuzuhören. Dass Me Nebe scheinbar plötzlich meiner Anwesenheit gewahr geworden war, beunruhigte mich - und das zu Recht, wie sich bald herausstellen sollte.

Von dieser Stunde an richtete er im Kurs immer wieder Fragen an mich, die ich glücklicherweise meistens beantworten konnte. Den anderen entging jedoch nicht, dass er neuerdings mich so gern ins Kreuzfeuer nahm.

»Ich verstehe nicht, warum er dich auf dem Kieker hat«, meinte Frowin eines Nachmittages, den wir mit einigen Freunden an den Klippen verbrachten. Es regnete nicht mehr so oft und das Wilde Meer lag ruhig. Frowin schniefte und ließ sich von Dilei trocken lecken. Die anderen stimmten ihm zu.

»Du benimmst dich ja sogar im Kurs!«, meinte einer der Jungen. »Ich meine: Du störst nicht mal oder so.« Er erntete Zustimmung.

Ich indes dachte nicht weiter darüber nach. Ich zog Kraft aus den Stunden bei Lars. Ich lernte bei ihm so viel, dass es mir den Unterricht beim Me vergalt; und das war es nicht allein. Der Perpet beschenkte mich mit einer respektvollen Aufmerksamkeit, die mich in meinem Wesen bekräftigte und bestärkte, mir meine Eigenarten zwar aufzeigte und sie mich hinterfragen ließ, jedoch ohne mich zu richten.

Die wahre Ablenkung von den zunehmenden Unannehmlichkeiten des Unterrichtes bei Me Nebe allerdings waren die Nächte mit Laena. Wir verbrachten nun, da die regenreichste Zeit des Jahres langsam verebbte, so gut wie jede am See. Was verlor ich mich tagsüber in Träumen über die vergangene oder kommende Nacht, was war mir die Dunkelheit eine Oase des Tages!

Dabei schliefen wir kaum, sondern küssten uns unablässig. Es kam uns nicht mehr in den Sinn, beim Schwimmen im See etwas anderes als die nackte Haut zu tragen, und auch sonst schienen unsere Kleider sich ungewöhnlich rasch unserer Körper zu entledigen, sobald wir an unserem geheimen Ort angelangt waren. Laenas Lieder bekamen eine ganz neue Dimension, wenn sie sie mir nur mit ihrer Lyra bekleidet vortrug. Und die vielen Worte, die mir zufielen, um ihre Schönheit und meine Liebe zu beschreiben, brachen beinahe unter ihrem neuen Gewicht. Ja - wahrlich: Mein größter Schatz ist die Liebe! Doch tanzten wir den Reigen nicht bis zum Schluss - nein: Wir kosteten die Inbrunst unserer Entfaltung aus.

Wenn wir im Nuns spielten, übernahm ich immer häufiger die Rolle des Trommlers. Ich fand Gefallen daran, dem Spiel ihrer Finger mit meinen Händen einen Takt zu geben; und überhaupt entdeckte ich in diesen Nächten das Vergnügen, mit meinen Händen den Takt zu spielen: Nach den Abenden im Nuns trafen sich in Laena Zärtlichkeit und Leidenschaft auf eine ganz besondere Weise.

Während ich also des Nachts Laenas Impulsivität aufsog und mit meiner Hingabe würzte, verstand ich am Tage immer besser Eventi. Mittlerweile stellte mir Me Nebe seine Fragen nur noch in jener Zunge, und ich antwortete ihm ebenso.

Ich konnte nun auch den Gesprächen des Kurses folgen - und das gefiel mir ganz und gar nicht. Denn Nebes Zurechtweisungen kamen mir oft genug harsch und herabsetzend vor, seine Gesprächsführung angriffslustig, seine Argumentationsketten schwach. Ihm fehlte die Weitsicht Larens und die Güte Cachils: Ich begriff, warum Me Nilen sich damals für Lars als seinen Nachfolger entschieden hatte.

Eines Morgens beim Frühstück in der Hütte des Al-Perpet brachen meine Gedanken zu Nebes Unterricht hervor. Ich hatte für Lars und den Al-Perpet einen großen Korb voller Pilze mitgebracht; der Morgen kündigte einen herrlichen Tag an. Bis jetzt hatte ich mich mit Verlautbarungen meines Unmutes über Me Nebe aus gutem Grund zurückgehalten - die Vorfälle des letzten Tages jedoch wühlten meinen Sinn auf.

»Ich verstehe jetzt immer besser Evendi«, begann ich langsam. »Ich kann dem Unterricht von Me Nebe jetzt schon ganz gut folgen.«

Der Perpet quittierte meine Worte mit einem anerkennenden Blick. »Du lernst recht schnell, nicht wahr?«, fragte er zwischen zwei Bissen. Wir aßen frische Mangos und tranken heißen Kakao; dazu gab es jede Menge Honigwaffeln.

Ich nickte verlegen. »Zumindest das, was man in Büchern lesen kann«, gab ich glucksend zurück.

Der Perpet zwinkerte mir zu.

»Ich habe manchmal den Eindruck, dass er nicht besonders *gerecht* bei uns ankommt - und sich auch nicht darum kümmert«, meinte ich vorsichtig.

Laren horchte auf. »Du musst kein Blatt vor den Mund nehmen, nur um mich zu schützen«, sagte er.

»Ich finde, er ist ungerecht«, meinte ich darauf. »Er *ist* ungerecht. Er bestraft diejenigen, die ihre Aufgaben nicht erledigen oder die neuen Wörter noch nicht beherrschen, indem er sie vorführt. Das stört mich!«

Laren runzelte die Stirn. »Das klingt so, als hättest du keine Ahnung von Strenge«, gab er zu bedenken. »Nebe ist vielleicht nicht ungerecht - er ist bloß streng. Warum stört dich das so?«

Ich schüttelte den Kopf. »Er ist nicht bloß streng. Strenge ist berechenbar. Er ist es nicht. Und es stört mich, weil -« Ich suchte nach Worten. »- weil es einfach ungerecht ist«, schloss ich.

Lars lehnte sich zurück und verschränkte die Arme hinter dem Kopf. »Hm«, seufzte er. »Und was wirst du dagegen unternehmen?«, fragte er nachdenklich.

Ich stutzte. Mit dieser Frage hatte ich nicht gerechnet. »Was kann ich denn dagegen unternehmen?«, fragte ich ihn.

Er schüttelte lachend den Kopf. »Das kann ich dir nicht sagen«, erwiderte er.

Später am Morgen grübelte ich mit vor Wut und Scham rotem Kopf über meinen Einfluss auf die Ungerechtigkeiten des Me, während der Unterricht zäh dahinplätscherte - gespickt mit spitzen Bemerkungen über diese und jene Antwort der Schüler und zu Boden gerichteten Blicken.

Als es endlich vorbei war, kochte ich vor Ärger.

»Was ist los?«, fragte Laena mich auf dem Rückweg, da ich kein Wort herausbrachte.

Mein Kopf schwirrte von schlagfertigen Kommentaren, mit denen man seiner Unsachlichkeit hätte begegnen können - wären sie einem im passenden Moment nur eingefallen! Ich schüttelte zornig den Kopf.

»Du bist ja ganz aufgeregt«, meinte Laena besorgt und legte ihren Arm um meine Schulter. Sie musste sich arg verrenken, um so hoch zu reichen. »Komm schon: Erzähl mir davon!«, bat sie liebevoll.

»Dieser Kurs treibt mich in den Wahnsinn!«, brach ich aus. »Er ist so ungerecht!« Ich ballte die Hände zu Fäusten. »Je mehr ich verstehe, desto weniger mag ich ihn. Warum tut er das? Warum ist er so gemein zu den Leuten, die nicht so schnell sind?«

Laena musterte mich. »Ich weiß«, sagte sie leise.

»Aber warum tut denn niemand was dagegen?«, fragte ich sie.

»Was soll man denn dagegen tun?«, gab sie zurück. »Er ist nun mal ein Me und eine Autoritätsperson.«

Ich schüttelte erneut heftig den Kopf. »Das ist überhaupt kein Argument und spielt überhaupt keine Rolle«, entgegnete ich wütend.

Laena drückte mich fester an sich. »Kateshi - du bist ja so wütend«, meinte sie verwundert. »So habe ich dich ja noch nie erlebt.«

Ich ergriff ihre Hand, doch ihre Worte konnten meinen Zorn nicht mildern.

»Ja: Ich bin wütend. Was schert es ihn überhaupt, ob jemand seine Aufgaben lösen kann oder nicht? Ich meine - es ist doch jedem selbst überlassen, ob er sich an seinem Unterricht beteiligen will! Wir haben doch schließlich die Wahl - oder haben wir die nicht?

Und nebenbei: Seine Aufgaben sind nicht besonders zielführend. Das meiste sind hirnrissige, unbefriedigende Wiederholungen, die uns anscheinend zu Tode langweilen sollen!« Ich legte eine Pause ein. »Lars wäre wirklich der bessere Me gewesen«, schloss ich dann.

Laena hatte sich mein Geschimpfe ruhig angehört und betrachtete mich unverwandt von der Seite.

»Aber Laren ist Perpet«, sprach sie leise, »und Nebe ist Me. Nebe ist nicht so schlecht, wie es dir vorkommt. Er ist verletzt und einsam.«

»Es ist höchst unprofessionell, das an seinen Schülern auszulassen«, wetterte ich.

Laena runzelte die Stirn. »Du weißt nichts von seiner Last«, schalt sie mich sanft, »und du urteilst so hart. Das ist auch nicht gerecht.« Ich schwieg. Laena hakte sich bei mir ein.

Ich seufzte und musste einsehen, dass sie Recht hatte. »Ja - das stimmt. Auch ich bin ungerecht«, gab ich zu. »Und das will ich nicht sein.«

Laena hauchte mir einen Kuss auf die Wange. »Nein - das passt gar nicht zu dir«, meinte sie zärtlich.

Ich hob wieder an: »Ich kenne das eben anders und verstehe sein Konzept nicht. Trotzdem stört es mich, wenn einer von uns allein im Kreuzfeuer steht - aus welchem Grund auch immer. Man sollte jedenfalls nicht diejenigen schlechter behandeln, die schlechter sind. Das hat nichts mit Gerechtigkeit zu tun. Das ist Gerechtigkeit *vor Marduc!*«

Meine Stimme war ruhiger geworden; sie zitterte nicht mehr. Laenas ausgleichendes Wesen leitete meine Wut um. Sie fragte mich, was ich mit der Gerechtigkeit *vor Marduc* meinte; und ich erzählte ihr von den Errungenschaften unseres größten Helden, bis wir zu Hause waren.

Am nächsten Morgen im Kurs jedoch flammte meine Wut erneut und ebenso heiß auf. Ole hatte sich vor der Stunde beim Me entschuldigt, die geforderten Aufgaben nicht erledigt zu haben, und wurde nun dennoch Aufgabe für Aufgabe nach der Lösung befragt. Jedes kleinlaute *»Ich weiß nicht«* klang immer hohler in meinen Ohren, bis mir bei der achten Aufgabe der Geduldsfaden riss.

Nebe, der mich dank meiner raschen Auffassungsgabe mittlerweile anscheinend mochte, reagierte wohlwollend auf meine Meldung, da er irrtümlicherweise annahm, ich wollte die Lösung präsentieren.

Stattdessen sprach ich mit vor unterdrücktem Groll rauer Stimme: »Me Nebe, bitte verzeiht meine Unhöflichkeit, doch ich finde es respektlos, wie Ihr mit Ole umgeht.«

Es wurde augenblicklich still im Kurs. Die Köpfe der anderen drehten sich zu mir um; Nebe lächelte amüsiert.

»Nun - Kateshi«, erwiderte er selbstgerecht, »- Respekt muss man sich verdienen.«

Er wollte sich von mir abwenden, doch ich sprach weiter: »Ich widerspreche. Jeder hat ein Anrecht auf Respekt!«

Nebe erstarrte. »Da sind wir wohl unterschiedlicher Meinung. Hier werden alle respektiert, die mit Einsatz und Leistung ihren Wert unter Beweis stellen.«

Ich sprang auf. »Der Wert eines jeden besteht unabhängig von seinem Einsatz oder seiner Leistung!«, rief ich.

Nebe durchmaß mich mit abschätzigen Blicken. »Setz dich«, befahl er leise, doch ebenso wütend.

Ich setzte mich und wartete auf eine Antwort. Von den verblüfften Blicken der anderen und Nebes verächtlicher Miene war ich rot angelaufen.

Nebe dachte nicht daran, auf meine Worte zu reagieren. Er fuhr fort, Ole zu schikanieren, doch dieser gab seinerseits keinen Laut mehr von sich. Alle warteten gespannt darauf, wie der Schlagabtausch zwischen dem Lehrer und mir wohl ausgehen würde.

Ich konnte vor Zorn kaum noch sehen; mein Herz trommelte wild gegen meine Brust und ich meldete mich wieder. Nebe fixierte mich.

»Kateshi«, befahl er drohend, »- was geht es dich an, wie ich mit Ole spreche? Etwas anderes als deine Lösung möchte ich nicht von dir hören!«

Ich sah auf mein Blatt und ratterte meine Ergebnisse herunter. Noch bevor Nebe diese bewerten konnte, fügte ich an: »Und es geht mich etwas an, wie Ihr mit Ole sprecht, da ich ja hier sitze und zuhören muss!«

»Was fällt dir ein, an deinem Lehrer Kritik zu üben?«, rief Nebe und schlug auf den Tisch.

Ich blieb hart. »Als Schüler ist es meine Pflicht, Kritik zu üben!«

»Ole hat meine Anweisungen ignoriert und die von ihm geforderten Leistungen nicht erbracht!« Er schrie fast. »*Das* ist respektlos! Jeder bekommt, was er verdient!«

»Und das ist nur zum Schein gerecht!«, entgegnete ich.

»Und *du* bist respektlos!«, bellte er.

»Das bin ich, weil das scheinbar die einzige Sprache ist, die Ihr versteht!«, gab ich zurück. Meine Angst vor ihm wuchs - doch meine Entschlusskraft, mich endlich gegen seine Schikanen zu stellen, war stärker.

»Gut. *Das genügt*«, sprach er schließlich, dass mir das Mark in den Knochen gefror. »Du bist ein egozentrischer Störenfried und ein aufgeblasener Tugendbold, und beides möchte ich in meinem Unterricht nicht haben. *Geh!*«

Ich packte meine Sachen und verschwand.

Laren erblasste, als ich ihm am nächsten Morgen erzählte, was sich im Unterricht ereignet hatte. »So habe ich das eigentlich nicht gemeint vorgestern«, stammelte er.

Mein Gesicht wurde heiß. »Ich habe überhaupt nicht damit gerechnet, dass es so ausgehen könnte«, murmelte ich. Mittlerweile schämte ich mich für die Eskalation unserer Auseinandersetzung und die Rolle, die ich darin gespielt hatte - obgleich ich keinen Zweifel an der Notwendigkeit meiner Einmischung in die Methoden des Me hegte. »Was er zuletzt gesagt hat - er wird mich wohl nicht wieder in den Unterricht einschließen«, murmelte ich weiter.

»Oh nein, wahrscheinlich nicht«, gab Laren zurück. »Was er gesagt hat zu dir, war verletzend.«

»Und leider wahr«, meinte ich trübsinnig.

»Nein, nein«, insistierte er. »Das hat er nur im Zorn gesprochen: das letzte Mittel seiner Autorität. Es ist nicht das Schlechteste, seinen Schikanen Einhalt gebieten zu wollen.« Ich schwieg und sagte nichts. »Möchtest du denn überhaupt wieder in den Kurs?«, fragte Laren vorsichtig. Ich zuckte mit den Schultern.

»Lars - bitte sei ehrlich zu mir: Bin ich ein egozentrischer Störenfried und ein aufgeblasener Tugendbold? Oder siehst du etwas Ähnliches in mir? Du siehst mich doch: Also sag es mir«, bat ich ihn aufrichtig.

Laren schüttelte den Kopf. »Natürlich nicht - aber Nebe ist nicht dumm. Er weiß, womit er treffen kann: und natürlich trägst du Ansätze davon in dir. Egozentrisch - wer von uns ist das nicht? Es heißt, die Welt dreht sich nur um dich; und die Welt dreht sich nur um dich! Egozentrisch, weil du es nicht ertragen hast, wie er mit Ole spricht. Ein Störenfried: freilich - denn den Kurs gestört hast du und Nebe hast du verstört.

Aufgeblasen -« Er lachte. »Es ist ziemlich aufgeblasen, ihm sagen zu wollen, was dir nicht passt, während du doch ein Schüler und er doch ein Lehrer ist und älter als du: älter, doch nicht unbedingt weiser, kompetenter, doch nicht unbedingt klüger. Und es wirkt jedenfalls aufgeblasen - ganz gleich, ob du es bist oder nicht - wenn du ihm zeigst, dass er kein Wortgefecht gegen dich gewinnen kann.«

Ich wollte etwas einwenden, doch Laren fuhr fort: »Und ein Tugendbold! Herrje - ein Tugendbold: ja. Was soll schlecht daran sein? Wärst du keiner, würdest du mich wohl nicht fragen, ob du einer bist.«

»Ich wollte überhaupt nicht -«, begann ich mich zu verteidigen, »- ich wollte nicht gewinnen oder seine Autorität in Frage stellen - ich wollte nur, dass er endlich aufhört, meinen Kameraden so übel mitzuspielen!«

Laren hob die Hände. »Ich weiß, du wolltest nicht«, entgegnete er. »Aber du *hast*. Du hast mich schließlich gefragt. Erträgst du die Wahrheit nicht?«

Ich ballte die Hände zu Fäusten. »Ich ertrage die Wahrheit - sonst wäre ich kaum hier«, erwiderte ich stur.

Laren legte seine Hand auf meine. Sie entkrampfte sich augenblicklich. Er hatte fast die gleiche Wirkung auf meinen Zorn wie Laena.

»He, Kateshi: Du hast hier keine Feinde. Du hast überhaupt keine Feinde. Und weniger Schuld trägst du als er an eurem unerfreulichen Gespräch. Du bist weder ein egozentrischer Störenfried noch ein aufgeblasener Tugendbold - das kannst du mir glauben. Ich würde dich jedenfalls nicht belügen, damit du dich besser fühlst«, sprach Laren. Er packte mich an der Schulter und schaute mich eindringlich an.

Damit konnte ich mich besser fühlen. Ich atmete auf.

»Und du musst zugeben«, fügte er an, »dass seine Worte schon eine gehörige Portion Erfindungsreichtum vermuten lassen.« Er grinste und steckte mich an.

Dann wurde er wieder ernst. »Eines jedoch musst du mir sagen: Möchtest du überhaupt wieder in den Kurs? Oder gibst du dich schon mit mir zufrieden?«

Ich zuckte wieder mit den Schultern. »Ich möchte schon zurück in den Kurs«, antwortete ich zögernd. »Zumindest, bis ich so gut Evendi spreche und schreibe, dass ich mutiger sein kann, wenn ich mit Laena zur Perlenküste fahre.« Laren nickte verständnisvoll.

»Ich spreche mit Nebls«, sagte er dann.

Ich schaute ihn überrascht an. »Das würdest du tun?«, fragte ich gerührt. »Aber du musst das nicht für mich tun!«

Laren wischte mit der Hand durch die Luft, als wollte er meinen letzten Einwand beiseite fegen. Ich dankte ihm herzlich. Er lehnte sich zurück.

»Weißt du«, hob er an, »- wenn du jetzt sowieso nicht zum Unterricht gehst, könnten wir unser Lehrstück heute etwas ausdehnen. Wenn wir das Frühstück beiseite geräumt und noch etwas geplaudert und verdaut haben, geht es in die zweite Runde. Was hältst du davon?« Ich hielt es für eine glänzende Idee - wohl wissend, dass ich die zusätzliche Zeit mit dem Perpet bitter nötig hatte.

Leider sollte es noch viele Stunden dauern, bis ich die verletzenden Worte des Me - oder vielmehr deren Wirkung - an den Strom meiner Zeit abgeben konnte und sie aus meiner Haltung und Regung verschwunden waren.

Abends am See erzählte ich Laena von Larens Angebot, Nebe zu bitten, meinen Ausschluss aus dem Kurs zu überdenken. Sie streichelte mein Gesicht und lächelte mild ob meiner Erklärung, unsere Fahrt schließlich langfristig vorbereiten zu müssen - wozu selbstverständlich auch das sichere Beherrschen der Sprache gehörte, in der wir an der Perlenküste verstanden werden konnten.

Wir lagen eng beieinander: erschöpft, da wir den ganzen Nachmittag auf den Bäumen Moshas verbracht hatten. Laena kletterte genauso gern wie ich; und mit ihr von Wipfel zu Wipfel zu springen machte einen Heidenspaß - erst recht in Moshas Wald, wo die Bäume hoch und dicht genug dafür standen.

»Ich glaube sogar, wir würden uns jetzt schon ganz gut verständigen können«, meinte sie sanft und küsste mich. Aus ihren herrlichen Augen strahlte mir Abenteuerlust entgegen. Ich nickte.

»Trotzdem schadet es nicht, wenn wir darin so viel Übung bekommen, wie wir kriegen können«, gab ich zurück.

Laena hielt mich fest und küsste mich. Sie wand ihren Körper um meinen; ihre seidige Haut streichelte meine. Leidenschaft entbrannte mich erneut, nachdem sie glücklicherweise während unseres Gespräches über Me Nebe etwas abgeklungen war. Laenas Augen konnte ich den Wunsch nur allzu gut ablesen; und sie begehrte, wonach auch ich mich sehnte.

Doch ich zögerte. Es hatte eine Zeit gegeben, da mein Interesse am weiblichen Geschlecht entflammt war und mein Naru mir bereitwillig jeden Aufschluss gegeben und jeden Text verschafft hatte, der meinen Wissensdurst hatte stillen können. Und obgleich ich inzwischen verstanden hatte, dass das Heiraten in Oló anders als bei uns dem ersten Kind und der ersten gemeinsamen Bleibe folgte, hielt ich es für keinen guten Zeitpunkt, mit Laena schon ein Kind zu bekommen. Und ich wusste, wie Frauen schwanger werden konnten - ich wusste es nur zu gut.

»Laena: Ich will -«, hob ich an und erschrak. Mein Mund sprach aus, was in meinen Gedanken spukte.

Laena spitzte die Ohren. »Was willst du?«, fragte sie und schaute mich erwartungsvoll an.

Ich lachte verlegen und hoffte, sie würde meine Worte einfach vergessen. Doch sie vergaß sie nicht.

Sie seufzte. »Ich möchte, dass wir weitergehen«, flüsterte sie und küsste mich wie zur Bestätigung ihrer Worte: tatsächlich jedoch, um meine Antwort hinauszuzögern.

Ich entdeckte fassungslos, dass meine Vernunft dahinschwand: und eine viel kraftvollere und urtümliche Stimme an ihre Stelle trat, die mir riet, ihrem Wunsch Folge zu leisten. Im letzten Aufbäumen der Besonnenheit wisperte ich: »Aber vielleicht wirst du schwanger. Dafür ist es noch zu früh.«

Laena bewegte sich wieder. Ein geheimnisvolles Lächeln breitete sich auf ihrem Gesicht aus. »Nein«, erwiderte sie ebenso leise. »Ich werde nicht schwanger. Ich nehme etwas dagegen.«

Ich blitzte sie an. »Was nimmst du dagegen?«, fragte ich sie.

»Den Tee, den ich morgens trinke«, gab sie flüsternd zurück.

»*Der* sorgt dafür, dass du kein Kind bekommst?«, hakte ich nach. Jegliche Besonnenheit hatte sich aus dem Staub gemacht.

»Ja«, flüsterte Laena.

Wir schwiegen.

»Kannst du dir vorstellen, Vater zu sein?«, fragte sie dann.

Ich schloss die Augen. Ich dachte an unser gemeinsames Heim. Wir könnten die Zimmer um die Weiden herumbauen: niedrig und durch überdachte Stege miteinander verbunden. Wir mussten jedenfalls schon vorher grob planen, wie viele Zimmer es werden sollten. Ich sah ihm Geiste vier, fünf Kinder herumspringen. Wir würden ihnen, sobald sie gehen konnten, das Schwimmen beibringen müssen - so nah am See. Alles andere wäre leichtsinnig. Ich stellte mir vor, meine Hand auf ihren Bauch zu legen, in dem unser Kind wuchs. Ich spürte seine Bewegungen und flüsterte ihm durch seine warme Decke zu, wie sehr seine Mutter und ich uns auf ihn oder sie freuten und wie sehr mich dieses *oder* quälte, da ich endlich wissen wollte, wer zu uns geschickt worden war.

Ich öffnete die Augen. »Ja: Ich denke schon«, flüsterte ich zurück. »Mit dir auf jeden Fall. Aber nicht gleich. Wir sollten erst mit der Familiengründung loslegen, wenn wir uns entschieden haben, ob wir in Evandeyn bleiben oder wieder zurück nach Oló kommen wollen.«

Laena lachte laut los. »Das klingt ja so, als hättest du alles schon geplant!«, rief sie überrascht und bedeckte mein Gesicht mit Küssen.

»Naja - man sollte sich schon etwas im Planen üben«, erwiderte ich geschäftig. Dann fiel ich in ihr Lachen ein und umschloss ihr Gesicht mit meinen Händen. »Was meinst du: Kannst du dir vorstellen, Mutter zu sein?«, fragte ich und beobachtete sie gespannt.

Sie hörte auf, mich zu küssen, und fuhr mit den Augen an meinem Gesicht entlang. »Ja«, antwortete sie. »Wenn du der Vater bist.« Sie streichelte geistesabwesend mit der Hand über meine Schulter. Ihr Blick war plötzlich voller Traurigkeit - einer Traurigkeit, die ich in ihrer Tiefe nicht ermessen konnte.

»Laena - was ist los?«, fragte ich besorgt.

Sie erschrak, als hätte ich sie aus einem Traum geweckt. Sie schüttelte verwirrt den Kopf. »Ich weiß nicht«, erwiderte sie mit erstickter Stimme. »Ich habe eine große Traurigkeit in mir; ich weiß nicht, warum sie gerade jetzt wieder nach oben kriechen muss«, erklärte sie niedergeschlagen.

Ich umarmte sie und drückte sie fest an mich. »Ich liebe dich«, flüsterte ich. »Spiel mir etwas auf deiner Lyra!«

»Jetzt gleich?«, fragte sie verwundert.

»Ja: jetzt gleich«, bat ich nachdrücklich. Laena löste sich aus meiner Umarmung und holte seufzend ihre Lyra aus dem Kasten.

Eine Weile überlegte sie stumm; dann legte sie die Finger an die Saiten und spielte mir eine bedrückende Weise: ließ ihre Lyra weinen. Ich traute mich kaum zu atmen. Die ersten drei, vier Lieder spielte sie nur - dann drang auch ihre leise, klare Stimme unter den Weiden hervor. Die schneidenden Worte überzogen meine Haut mit einem verwunschenen Prickeln: Heiße und kalte Schauer wechselten sich ab.

Irgendwann verklang die Melodie in der Dunkelheit. Laena schwieg und schaute mich an. Um ihre Lippen spielte ein zartes Lächeln.

Ich schlang sie wieder in die Arme. »Du spielst so schön«, beteuerte ich.

Wir kuschelten noch eine Weile, kugelten uns dabei und ließen uns vom Gras kitzeln; dann entfachten wir ein Feuer und brieten ein paar Fische, die wir mittags von zu Hause mitgenommen hatten. Laenas Haar duftete nach Freiheit und Vertrauen.

Es war spät geworden. Die Flammen prasselten noch, als wir einschliefen.

Laren wartete noch ein paar Tage, bevor er mit Nebe sprach. Er sagte, er müsse den Wogen Zeit geben, sich zu glätten - und auch ich sollte das tun. Eine neuerliche Lektion in Geduld - hätte nicht etwas anderes meine Sinne beherrscht. Ich konnte an nichts anderes mehr denken als an das, was Laena mir am See offenbart hatte, und wurde selbst im Schlaf davon heimgesucht.

Dennoch stürzte ich mich nicht gleich in jenes Wagnis: Ich wollte es zelebriert wissen. Der richtige Augenblick musste es sein, die richtige Stimmung. Ich wusste: Laena war die Frau meines Lebens - diejenige, auf die sehnsuchtsvolle Dichter ein Leben lang warten; und ich wäre ihr bis vor den Thron Orys gefolgt.

Schließlich brach jener Tag an, an dem die Welt ein weiteres ihrer Geheimnisse für mich lüften sollte. Schon der Morgen begann aufregend.

»Ich habe gestern mit Nebe gesprochen«, eröffnete Laren mir beim Frühstück. Wir hatten eine anstrengende Episode hinter uns gebracht: Meine Muskeln schmerzten und ich war empfindlich für meine Umgebung, als wäre sie ein Teil von mir.

Ich schaute Lars erwartungsvoll an. Ich spürte, dass er über den Ausgang seines Gespräches mit dem Me überrascht war, und war gespannt, warum.

Lars ließ mich nicht länger rätseln. »Er wird dich nicht wieder in den Kurs aufnehmen«, erklärte er ohne Umschweife. »Er glaubt, dein Verhalten würde die anderen nur dazu anstiften, es dir gleichzutun.« Er verdrehte die Augen. »Aber er bietet an, dir außerhalb des Kurses Evendi beizubringen.«

Ich starrte ihn an.

»Zwar musste ich mich ziemlich dafür einsetzen«, fügte Lars an, »- dennoch solltest du dir gut überlegen, ob du dieses Angebot annehmen willst. Er wird es dir sicher nicht leicht machen. Er ist immer noch recht aufgebracht.«

Ich dachte nach. »Also eine Art Nachsitzen auf Dauer?«, meinte ich zum Perpet. Er nickte. »Vielleicht würde so alles etwas schneller gehen«, murmelte ich hoffnungsvoll. »Ich danke dir, Lars«, sagte ich dann laut. »Ich überlege mir das - aber ich glaube, ich kann das nicht ausschlagen.«

Laren lachte und schüttelte den Kopf. »Das habe ich mir gedacht. Du bist ein Untertan deines Verstandes!«

Ich stimmte in sein Lachen ein. »Ich bin nur süchtig nach Wissen!«, entgegnete ich zu meiner Verteidigung.

»Geh zu ihm, wenn der Roantag vorbei ist.«

Beim Mittagessen erzählte ich von Nebes Angebot. Alle hielten es für eine gute Idee - nur Timo schüttelte ungläubig den Kopf. »Wollen wir nicht tauschen? Du gehst in meinen Kurs und ich höre auf!«, bot er mir an.

Mandai und Zidan dachten schon darüber nach, womit man dem Me eine Freude bereiten könnte für seine Mühe mit mir. Niemand am Tisch hatte meinen Ausbruch kritisiert oder mich gar gescholten. Zidan meinte, es wäre längst Zeit gewesen, dass ein Schüler den Me in seine Schranken wies. Mandai gab zu bedenken, er sei einfach nicht der Richtige für diese Aufgabe.

Laena funkelte mich bewundernd an. Sie war hingerissen von meiner Courage und schätzte es wert, dass ich nun bereit war, mich ihm erneut zu stellen: für unseren Traum, der so hell in mir brannte.

Wir kümmerten uns am Nachmittag um einige anstehende Hausarbeiten, doch der schwellende Zauber zwischen uns verwandelte jede profane Tätigkeit in Herzklopfen.

Nach dem Abendessen, das Laena und ich schweigend vorbeiziehen ließen, verabschiedeten wir uns von unserer Familie und brachen zum See auf. Der Himmel breitete seinen azurblauen Mantel über uns aus; die Sterne glitzerten tausendfach; und Duru leuchtete voll und rund. Unter den Weiden angekommen ließen wir die Kleider fallen.

Ich betrachtete sie, fuhr mit den Händen durch ihr weiches Haar, an ihrer schlanken Taille entlang und flüsterte: »Du bist das Schönste, was meine Augen jemals sahen. Deine Schönheit überstrahlt selbst die der Sterne.« Laena senkte verlegen den Blick.

Wir gingen schwimmen. Das kalte, schwarze Wasser floss um uns wie der Atem der Nacht; der vergangene Tag fiel aus seiner Fassung. Die Welt begann zu träumen. Ich trug Laena zurück unter die Weiden und bettete sie auf meinen Mantel, der das Mondlicht zurückwarf.

Sie umschlang mich und ließ mich nicht mehr gehen. Ich streichelte mit den Lippen ihre Haut, küsste die Knospen ihrer Brüste: wie gereifte Früchte. Ihre Hände fanden meinen Hals, fanden meinen Hintern, hielten meinen Nacken. Sie fuhr über meine Brauen und meinen Mund und senkte ihre Lippen auf meine geschlossenen Augenlider. Ich küsste ihren Bauch, küsste ihre Schenkel, naschte ihre Tiefe und lauschte ihrem Atem.

Wir drehten uns. Ihr Körper drückte auf meinen; ihr Haar hüllte uns ein. Ich kniff in ihren Hintern. Ihr Mund so nah an meinem Ohr ließ mich erschaudern. Sie hob meine Hände über meinen Kopf, strich über meine Arme, bis sich unsere Finger umschlangen. Ich spürte ihre feuchte Hitze an meinem Bauch.

Sie senkte ihren Schoß. Sie sorgte dafür, dass kein Fetzen Luft mehr zwischen uns kommen konnte. Ihre seidige Wärme, ihr vertrauter Geruch und ihr ersticktes Seufzen bewegten mich.

»Langsam«, keuchte sie.

Ich versenkte mich in einen innigen Kuss. Laena zögerte, erstarrte. Sie schloss mich langsam ein. Ich legte meine Hände an ihre Hüften und beschleunigte, wie wir verschmolzen. Ihren Lippen entwich ein heiserer Laut. Ihre Hände lösten meine.

»Warte«, raunte sie. »Langsam.«

Doch ich konnte nicht warten. Ich bewegte mich in ihr, bis wir ganz eins waren. Meine Blicke tauchten atemlos in ihre tiefblauen Augen; mit den Händen hielt ich ihre Schenkel. Ihr bildschönes Gesicht war dem meinen so nahe, dass ich ihren Atem auf meinem spüren konnte. All meine Träume wurden wahr.

Es dauerte nicht lang und Laena richtete sich auf; sie stöhnte und begann, mich zu reiten. Und es dauerte nicht lang und meine Energie entlud sich in Erschöpfung. Laena hatte gerade erst Gefallen daran gefunden und ich verdammte, keine solche Ausdauer wie die Otrispferde zu haben.

Eine Weile blieben wir noch so: schwitzend und außer Atem; dann legte sie sich in meinen Arm und streichelte mit der Hand meinen Bauch. Wir küssten uns immer wieder und sprachen nicht. Laena begann zu zittern und ich entfachte rasch ein Feuer. Wir wickelten uns in Decken.

In unsere Blicke stahl sich der Schalk: Sie wurden anzüglich und vielsagend. Laena lächelte verschmitzt. Sie seufzte und kuschelte ihren Kopf an meine Schulter. »Aus dir könnte ein gutes Pferdchen werden«, meinte sie frech.

Ich belohnte ihre Dreistigkeit mit ein paar harten Küssen, ließ es mir jedoch nicht entgehen, mit meinen Fingern über ihre Haut zu kitzeln. Sie war noch viel empfindlicher als sonst und lachte schon, kaum dass ich sie berührt hatte.

Ich streichelte ihren Hintern und horchte zufrieden auf ihr wohliges Keuchen. Zwar schlich sich in meine Glieder bereits eine selige Müdigkeit, doch mein Geist war aufgewühlt wie eh und je. Meine Finger tanzten zwischen ihren Beinen, bis nicht nur er satt war und der Klammergriff ihrer Hand um meinen Nacken sich löste.

Ich war derjenige, der diesmal zuerst einschlief.

Jener Abend, der genau eine Mondzeit und einen Tag nach Laenas Geburtstag lag, war der Auftakt zu unserer neuen liebsten Beschäftigung. Laena und ich liebten uns, wann immer wir Zeit fanden; und wenn sie zu wund und ich zu ausgezehrt war, sprachen wir über unsere Liebe. Sie war eine Meisterin darin, mir den Takt vorzugeben - und sie spielte auf mir, als hätte sie nie etwas anderes getan. So leidenschaftlich sie tanzte, so leidenschaftlich liebte sie auch: Und wenn sie tanzte, dachte ich an nichts anderes als an ihre nackte Haut. So kam es, dass der Roantag anbrach - sieben Tage nach besagtem Vollmond - und ich ihren Körper besser kannte als so manche Weide am See.

Es war Brauch in Oló, diesen besonderen Tag auf eine ebenso besondere Weise zu feiern: Neben Blumen und romantischer Zweisamkeit bei Kerzenschein, der wie ein sanfter Sternenhauch in ganz Oló glitzerte, schenkte man der Liebe eine eigens kreierte Süßigkeit aus Kakao und Sahne, die kalt gegessen wurde: ähnlich einem Gebäck ohne Teig.

Laena und ich genossen diesen Tag der Liebe zunächst im Kreise unserer Familie, und wir unternahmen einen herrlichen Ausflug zum Meer. Timo, Mandai und Zidan ritten auf die gleiche Art wie Laena und wir lachten über mich und Zacharias, der übermütig herumsprang und seine Mähne durch die sonnige Luft warf. Der Roantag beschloss das Ende der Regenzeit und strahlte wie ein funkelnder Diamant in das Jahr.

Laena hatte ihrem Bruder eine Süßigkeit gebacken, die nur für ihn bestimmt war; und sie erntete dafür viele Umarmungen und Küsse von ihrem glücklichen Raufbold. Abends, als Timo zu Bett gegangen war, verließen wir Mandai und Zidan, die den zweisamen Abend auf ihre Weise verbringen würden.

Laenas Augen leuchteten, als sie zum See kam, denn ich war vorausgegangen und hatte die Kronen der Weiden mit Laternen geschmückt und unzählige schwimmende Kerzen auf den See gegeben. Eine bunte Decke war unser Tisch, gesprenkelt von den blutroten Köpfen der Kaash-Ba, zwischen denen sich in kleinen Schälchen diverse Köstlichkeiten tummelten, die Laena für uns ausgesucht und zubereitet hatte.

Heute Abend tranken wir Wein, dessen dunkle Farbe unsere Lippen blau färbte. Sein intensiver Geschmack verband sich mit der herben Süße des Kakaos, den Laena für mich zu einem Stern geformt hatte. Darauf war eine Zeile graviert.

Du bist der Grund, dass ich falle, und der, dass ich steige.

Er zerging auf meiner Zunge und ihre Worte drangen voller Genuss in mich ein.

Ich hatte darauf verzichtet, mich für sie in einem Rezept zu verewigen, denn ich wollte sie nicht vergiften - doch ich hatte eine andere Überraschung für sie vorbereitet. Aufregung kroch mir die Kehle hoch, denn ich folgte einem Brauch, den man in Oló nicht kannte und den sie darum vielleicht albern finden könnte.

Wir lagen auf der weichen Decke, umringt von Lichtern und Fackelschein, die Nacht erfüllt vom Duft der Blüten. Sie küsste mir den Kakao von den Lippen.

Ich strich über ihr dunkles Haar. »Es gibt bei uns einen Brauch«, begann ich. »Wenn sich Mann und Frau füreinander entscheiden, dann versprechen sie sich einander. Sie versprechen, einander zu heiraten - und schenken sich zum Zeichen dieses Versprechens einen Ring.« Ich wartete und nestelte nervös in meiner Hosentasche. »Ich weiß, dass in Oló viel später Hochzeit gefeiert wird, doch ich möchte dich trotzdem fragen, ob du eines Tages mit mir Hochzeit feiern möchtest.«

Ich zog einen Holzring aus der Tasche und hielt ihn Laena in der hohlen Hand entgegen. Er war schlicht und glatt: Seine schmale Fassung und sein zierlicher Umfang verbargen, wie viel Mühe in seiner vollkommenen Rundung steckte. Sie nahm ihn sprachlos aus meiner Hand und betrachtete ihn fassungslos.

»Ich hoffe, er stört dich nicht beim Spielen«, sprach ich verlegen. »Ich habe ihn so zart geschliffen, wie ich konnte.« Laena steckte ihn sich an den Ringfinger, als hätte sie schon immer gewusst, wohin er gehörte. »Er ist ein Symbol für meine Liebe, die dich immer begleitet«, sprach ich leise.

Laena seufzte. »Kateshi«, flüsterte sie zur Antwort. »Natürlich möchte ich Hochzeit mit dir feiern. Ich will die Mutter deiner Kinder sein und in deinem Haus wohnen und ich will deinen Ring tragen. Und ich liebe dich dafür: für alles. Ich würde alles für dich tun. Du bist derjenige, auf den ich gewartet habe und für den ich bestimmt bin.«

Was sich an ihre Worte anschloss, davon brauche ich nichts mehr zu schreiben.

Mutproben

Laren hatte mir gesagt, ich solle nach dem Roantag zum Me gehen: und Lebendies hatte ich vor. Der Roantag hatte wie eine Perle im Sand auf einen Finder gewartet und war nun aufgehoben worden. Am Morgen danach ließ ich mir vom Perpet den Rücken für die bevorstehende Konfrontation mit dem Me stärken und blieb bis nach dem Mittagessen bei ihm, um im Anschluss direkt bei Nebe aufzuschlagen.

Das Haus des Lehrers stand in den Wipfeln des Platanenwaldes und war schön und neu. Sein Holz roch nach frischem Harz und hatte eine helle Farbe. Nachdem ich nach oben gekraxelt war und geklopft hatte, hörte ich drinnen energische Schritte und fragte mich, was mich dazu getrieben hatte, hier vor der Tür des Me zu stehen. Er öffnete und musterte mich abschätzig von Kopf bis Fuß. Es kam mir nicht in den Sinn, es ihm gleichzutun.

»Kateshi«, meinte er barsch. »Es überrascht mich, dass du kommst. Was willst du von mir?« Ich hatte einen Kloß im Hals und stellte mir dieselbe Frage.

»Ich möchte mich bei Euch entschuldigen, Me Nebe. Ich wollte nicht respektlos sein. Ich habe im Zorn zu Euch gesprochen, und das war nicht richtig. Es tut mir leid«, gab ich zu. Me Nebe zeigte keine Regung. »Ich weiß, dass Ihr mich aus dem Kurs ausgeschlossen habt, und möchte Euch fragen, ob Ihr mir allein noch etwas Evendi beibringen würdet, damit ich es besser sprechen und schreiben kann.« Ich wartete.

Der Me nahm sich Zeit. Er genoss offensichtlich meine Reumütigkeit. »Hm«, machte er. »Ich bin mir nicht sicher, ob du überhaupt wertschätzen kannst, was ich dir beibringe.«

»Darauf könnt Ihr Euch verlassen«, antwortete ich aufrichtig. »Es ist auch nur eine Frage - ich kann verstehen, wenn Ihr keine Zeit dafür habt oder keinen Sinn darin seht, Zeit dafür aufzubringen.« Ich wartete.

»Zeit habe ich genug«, entgegnete er. »Doch letztlich hängt es von dir ab. Du kannst vorbeikommen und ich bringe dir etwas bei - aber ich habe keine Lust, meine Zeit mit dir zu verschwenden, wenn du auf einen Kampf aus bist.«

So wenig ich ihn auch mochte: Seine Worte trafen mich. »Ich bin nicht auf einen Kampf aus. Ich wäre Euch dankbar, wenn Ihr mir die Gelegenheit geben würdet, Euch das zu beweisen«, erwiderte ich.

Nebe seufzte; dann nickte er langsam. »Komm morgen um diese Zeit wieder her: Dann bekommst du deine Gelegenheit«, sagte er.

Also stand ich am nächsten Tag wieder vor seiner Tür: beladen mit Papieren und Stiften und mit klopfendem Herzen. Ich hatte mir vorgenommen, ihn nicht zu erzürnen und ihm dennoch nicht nach dem Mund zu reden. Dass mir dieses Kunststück gelingen würde, daran zweifelte ich.

Me Nebe ließ mich ein und führte mich an einen langen Tisch, an dessen Stirnseiten jeweils ein Schemel wartete. Er bedeutete mir, mich zu setzen, und nahm seinerseits Platz. Um seine Mundwinkel spielte ein triumphierendes Lächeln: Er fühlte sich geschmeichelt, dass ich seine Unterweisungen nicht nur freiwillig auf mich nahm, sondern sie nicht missen wollte. Ich ließ ihn in diesem Glauben und ignorierte, dass mehr Wahrheit darin lag, als ich zuzugeben bereit war.

Nebe begann in einer langen, ermüdenden Rede über die grammatikalischen Eigenheiten punktierter Substantive und löcherte mich derweil immer wieder mit Fragen über die bisher behandelten Nomen. Er ließ mich einige Sätze übersetzen und schloss mit einer Vokabelliste, die ich bis zum folgenden Tag parat haben sollte.

Die nächsten Stunden verliefen ganz ähnlich. Me Nebe war streng und erwartete viel; er forderte mich - was mich nicht weiter kümmerte - doch er gab mir auch stets viele Aufgaben für zu Hause mit, wofür mir meine wertvolle Zeit zu schade war. Ich erledigte sie meist hastig nach dem Frühstück beim Perpet, während Laena mit den anderen im Kurs saß. Ich untergrub seine Autorität kein zweites Mal; und da er nichts von meiner Flinkheit ahnte, gelang es mir, mit minimalem Zeitaufwand den Musterschüler zu spielen, den er haben wollte. Tatsächlich lernte ich allein bei ihm viel schneller Eventi als jemals im Kurs und war mir sicher, die richtige Entscheidung getroffen zu haben.

Wenn ich nicht bei Nebe oder Lars Unterricht nahm, sammelte ich für sie Pilze und Beeren, fing Fische oder schöpfte neues Papier. Laena half mir dabei.

Mit ihr wurde jede Arbeit zum Vergnügen. Wir lachten und liebten uns oft, stromerten quer durch Oló und genossen das schöne Wetter. Der See war unsere nächtliche Oase, das Haus ihrer Eltern unser Ruhehort. Laena trug meinen Ring.

Viel Zeit verbrachten wir mit Frowin, trafen uns mit ihm zum Schwimmen und Angeln und feierten ausgelassen seinen Geburtstag, zu dem ich ihm natürlich neben ein paar Samen auch einen großen Strauß Blumen schenkte. Laena beriet ihn in Liebesdingen. Mit mir philosophierte er über die unberechenbare Komplexität des weiblichen Geschlechtes. Ich unterstützte ihn in dem Vorhaben, einen großen Blumengarten anzulegen; und er zeigte mir, wie man von den Klippen sprang.

So vergingen die von Sonnenschein und gelegentlichen Schauern verwöhnten und klaren, sternenschweren Nächten gekrönten Tage, bis in Oló ein weiterer Höhepunkt des Jahres vorbereitet werden wollte: das Blumenfest und darum die Ankunft der Schiffe von der Perlenküste.

Vierzehn Tage vor Beginn besagten Festes wurde ganz Oló plötzlich von einer Welle geschäftigen Treibens in die Vorbereitungen gespült, als wäre ihm eben erst eingefallen, dass das Blumenfest nahte.

»Zu spät, wie jedes Jahr«, murmelte Laena mir kopfschüttelnd zu, während wir uns gemächlich auf dem Platz, wo Ruijan gefeiert wurde, einfanden. Der Planungsauftakt wurde freilich als Festauftakt begangen.

Wir beluden unsere Teller zunächst mit geräuchertem Fisch und Gemüse und labten uns an Wein und Musik, bevor sich die ersten Diskussionen über die diesjährige Ausgestaltung der Feierlichkeiten bildeten. Indessen anfangs noch dieser und jener Verbesserungsvorschlag im Raum stand, einigte man sich zu späterer Stunde auf die herkömmliche Weise, das Blumenfest zu begehen, und verabschiedete einander zufrieden und in unterschiedlichem Grade angetrunken.

Die nächsten vierzehn Tage verbrachte das Phingdorf in ungewöhnlich harter Arbeit. Ich hatte mich denjenigen angeschlossen, die sich um das Herrichten der Unterkünfte für die Phing aus dem Erlenthal kümmerten, denn so konnte ich den störenden Mantel wenigstens ab und an ablegen. Die wundersamen Höhlen in der Bucht nahe der Klippen, von denen wir am liebsten ins Meer sprangen, mussten gesäubert, mit Vorräten bestückt, mit Lichtern geschmückt und mit bequemen Strohmatten und Hockern aus geschlagenen Baumstämmen gefüllt werden. Als das getan war, half ich beim Transport aller Güter, die wir sonst zum Handeln und Feiern benötigen würden.

Mit dem Näherkommen der Schiffe wuchs unser aller Aufregung: meine zuvorderst. Es würde das erste Mal sein, dass ich Phing kennenlernte, die nicht aus Oló kamen - und ich war gespannt darauf, ob ich mich mit ihnen schon in ihrer Sprache zu unterhalten vermochte.

Da die ersten Kinder die Fahnen von den Klippen aus sehen konnten, die von der Ankunft unserer fernen Freunde zeugten, war alles bereitet: Die Unterkünfte waren behaglich eingerichtet, die Stege repariert und erneuert, die begehrten Handelsgüter bereitgelegt. Die Küste strahlte über eine Linie von vierhundert Pferdelängen von einer einzigen, drei Fuß breiten, prächtigen Blumengirlande; Holz für hunderte Lagerfeuer war aufgetürmt und die größte unterirdische Höhle der Bucht zu einem einladenden Festsaal herausgeputzt worden.

Drei Schiffe legten an. Der Kapitän des größten und Ausrichter der ganzen Fahrt wurde auf dem Steg von Gereon begrüßt. Ich konnte nicht hören, was sie sprachen, doch ich sah die ausladenden Handbewegungen der beiden und vermutete, dass Gereon unsere Gäste herzlich willkommen hieß.

Frowin, Laena und ich lagen mit ein paar anderen Phing unseres Alters auf dem warmen Stein der Klippen - auf einem der unteren Vorsprünge - beobachteten und kommentierten das Geschehen aus der Entfernung. Es war kurz nach Mittag und wir gähnten vom herrlichen Sonnenschein und der Schufterei der letzten Tage. Obschon ich zuerst aufgeregt gemustert hatte, was sich unten ereignete, fielen mir nach wenigen Minuten, in denen die Seeleute unermüdlich Kiste um Kiste hin und her schleppten, die Augen zu. Laena hatte ihre Hand mit meiner verschlungen. Die letzte halbe Mondzeit waren wir kaum dazu gekommen, unserer Zweisamkeit nachzugehen.

In vielerlei Hinsicht hatte uns die bevorstehende Ankunft der Schiffe aus dem Alltag gerissen: Der Unterricht bei Me Nebe war ausgefallen; kaum ein Phing war seinen gewohnten Tätigkeiten nachgekommen; und die meisten schliefen schon seit Tagen in den Höhlen der Bucht. Einzig meine Stunden bei Laren, zu denen wir uns vor Sonnenaufgang in der Hütte des Al-Perpet trafen, hielten mich in den lieb gewonnenen Ritualen - und ich wollte mir zum Dank dafür etwas Besonderes für ihn ausdenken.

Mein Nachmittagsschläfchen währte nicht lange, denn bald entdeckte uns ein Erwachsener und scheuchte uns nach unten, beim Ausladen der Waren behilflich zu sein. Nervös stiegen wir die Felsen hinab und stellten uns in einer Reihe auf.

Der Kapitän begrüßte uns mit einem Handschlag. Die stechenden Augen unter seinen buschigen Brauen musterten uns nur flüchtig. Er war klein und stämmig; sein breiter Rücken und sein wettergegerbtes Gesicht ließen vermuten, dass er Zeit seines Lebens weniger Stunden an Land denn auf dem Wasser verbracht hatte. Er wies uns in knappen Sätzen den Schiffen zu. Ich verstand ihn.

Die Besatzung freute sich redlich über die Hilfe: Die schmutzigen Gesichter der Seemänner strahlten, als wir zu ihnen stießen. Ich lief vorsichtig über eine schmale hölzerne Brücke auf das Deck des Schiffes, das ganz hinten am Steg angelegt hatte.

Obwohl das Wilde Meer ruhig lag, schwankte das Schiff, wenn eine kräftige Welle an seine Seite schlug. Ich betrachtete unsicher das dicke, alte Tau, mit dem es am Steg befestigt war, und hoffte, es würde den Kräften der Natur standhalten. Die mächtigen Masten - nun ohne Segel nackt im Wind - ragten steil in die Höhe. Ich wandte den Kopf und sah den winzigen Ausguck: das weite Auge des Schiffes. Das Holz knarzte und knackte im Rhythmus der Wellen. Ich erkannte gleich, dass mich die Schifffahrt nicht reizte - wohl aber wäre ich liebend gern auf den hohen Ausguck geklettert und hätte den stürmischen Seewind genossen.

Ich lief einem Seemann hinterher, der mich zu sich winkte und gleich begann, auf mich einzureden. Ich verstand nicht alles, was er zu mir sagte, doch sofort, dass er gerne mit mir plauderte. Er hieß Maro und erzählte, er hätte das erste Mal auf dem Schiff nach Oló angeheuert und wäre mehr als dankbar darüber, da der Kapitän Korl sehr wählerisch mit der Besatzung verführe. Die Überfahrt hierher sei gefährlich und malerisch schön zugleich gewesen; und er wäre gespannt auf das legendäre Blumenfest der Phing des Menschenlandes und die Klippensprünge der jungen Phing, die seiner Ansicht nach jede Überfahrt zur See an Verwegenheit in den Schatten stellten.

Er fragte mich aus, wer und welchen Alters ich wäre, welche Waren ich gerne tauschen würde und womit und wofür. Ich stand ihm Rede und Antwort, während wir die schweren Kisten gemeinsam aus dem muffigen Laderaum hinaus in die Sonne und weiter in eine der Höhlen schleppten. Ich gab zu, dass ich nur ein paar Spielereien aus Holz tauschen könnte: kleine Apparaturen zum Spielen für Kinder, die ich für Zidan konzipiert und gezeichnet und die er mit seinen goldenen Händen zum Leben erweckt hatte. Alles das, womit man einer Frau eine Freude bereiten könnte, würde ich dafür nehmen - und er lachte zustimmend. Und Hord natürlich: das leckerste Getränk der Welt.

»Hord und eine Frau! So ist es recht!«, rief er und grinste mich schief an.

Ich erzählte ihm, dass ich nicht aus Oló käme und dies auch mein erstes Blumenfest sein würde. Da staunte er.

»Bei den Menschen bist du aufgewachsen?«, fragte er ungläubig und schüttelte den Kopf. »Und trotzdem so ein netter junger Mann?« Ich zuckte mit den Schultern und antwortete nichts. »Naja«, brummte er dann. »Du wirst es ja besser wissen als ich - aber man weiß nichts Gutes über die Menschen. Kümmern sich nur um sich selbst: und selbst das nicht mal richtig. Nur im Kriegen - im Kriegen und Töten scheinen sie gut zu sein!« Ich schluckte und sagte nichts dazu.

Als die Schiffe leer geräumt waren, fasste ich mir ein Herz und fragte den gesprächigen Seemann, ob ich einmal auf den Ausguck des Schiffes klettern und mir die Bucht von oben anschauen dürfte.

Maro kicherte. »Springt ihr nicht erst morgen von den Klippen? Aber sicher, sicher - wenn du willst und dir zutraust: kletter rauf. Ich frag den Kapitän.«

Derweil Maro zum Kapitän lief und für mich um Erlaubnis bat, suchte ich fieberhaft nach Laena, denn ich wollte diesen Spaß mit ihr teilen. Sie half gerade, die Wannen für die schmutzigen Seeleute mit Wasser zu füllen. Ich entriss sie den anderen und führte sie an der Hand zum hinteren Schiff.

Ich deutete mit dem Finger zum Ausguck. »Wollen wir da raufklettern?«, fragte ich sie hoffnungsvoll.

Sie zog die Augenbrauen nach oben. »Dürfen wir das denn?«, gab sie zurück.

Ich nickte. »Maro fragt gerade für uns«, erwiderte ich zuversichtlich. »Schau: Da kommt er und sieht nicht aus, als würde er ein Verbot mitbringen.« Laena betrachtete mich still und schmunzelte.

Als Maro Laena erblickte, zwinkerte er mir vielsagend zu. Seine Daumen zeigten nach oben. »Also: Wenn du dich traust, darfst du mit deiner Freundin in den Kübel klettern. Aber passt auf beim Klettern - der Wind da oben ist stark! Und im Kübel ist kaum Platz für zwei!«, mahnte er uns.

Laena schaute zu mir auf und schüttelte nachdenklich lächelnd den Kopf. »Na komm«, meinte sie schließlich und kletterte voran und an den rauen Seilen hinauf. Ich folgte ihr so, dass ich sie hätte halten können, wäre sie fehlgetreten.

Je höher wir kamen, desto stärker wurde der Wind und desto heftiger wackelte das Seil. Die letzte Hürde, vom Seil in den Ausguck zu kommen, war die anstrengendste; und ich kletterte zuerst hinein und zog sie herauf. Wir landeten quer im Kübel und nutzten die Zeit, bis das heftige Schwanken nachließ und wir uns aufrichten konnten, für einen zärtlichen Kuss.

Ich hatte mich nicht getäuscht. Die Aussicht von hier oben war herrlich und atemberaubend schön. Die ganze Küstenlinie leuchtete von den Farben der Blumen; die Klippen ragten wie die Finger der Erde in den Himmel und weit über das stürmische Meer hinaus. Wir konnten durch die Masten der anderen Schiffe die winzigen, herumwuselnden Punkte in der Bucht und weitere auf den Klippen darüber sehen. Zur anderen Seite lag unser geliebtes Meer in seiner ganzen gewaltigen Pracht. Gischt schäumte wie der Auswurf des Windes, der salzig und frisch um unsere Nasen blies.

Ich umfasste Laena von hinten, schützte sie gegen die ungestümen Kräfte und hielt sie warm. Sie kuschelte sich dankbar an mich. Wir betrachteten das Glitzern der Wellen und lauschten den klagenden Schreien der Sha-En, die über unseren Köpfen kreisten und sich in die Weiten des Horizontes warfen.

»Ich wünschte, auch ich könnte fliegen!«, stieß ich aus. Ich schaute gen Himmel und fragte mich, wie weit ich noch nach oben steigen müsste, um ihn zu erreichen. Dann lachte ich und drückte Laena umso fester an mich.

Wir wagten den Abstieg vor Kälte zitternd am hin und her peitschenden Seil und atmeten erleichtert aus, als wir das Deck des Schiffes unter den Füßen wussten. Meine Knie fühlten sich so an, als wären sie mit Butter gefüllt: Der Weg nach unten war härter und gewagter als der nach oben gewesen.

Von Maro war keine Spur mehr zu sehen: Er hatte sich mit seinen Kumpanen nach oben über die Bucht begeben, wo Badezuber mit frischem, salzfreiem Wasser auf sie warteten. Derweil wusch man die Kleider der Seeleute und legte sie zum Trocknen ins grüne Gras. Solange das Blumenfest währte, sollten die Gäste in unsere Tracht gehüllt sein.

Bis der abendliche Festakt beginnen würde, waren noch gut drei Stunden Zeit - und Laena und ich beschlossen, uns bis dahin zu verkrümeln und ein wenig Zärtlichkeit zu genießen. Und wir waren beileibe nicht die Einzigen mit diesem Vorhaben: Die Ankunft der Phing aus dem Erlenthal glich einem Genuss reiner Wiedersehensfreude, und die meisten Seemänner waren mit den Phing Olós schon länger vertraut. Daher dauerte es eine Weile, bis wir ein schattiges Plätzchen fanden, an dem wir ungestört sein konnten.

Schließlich ließen wir uns im Gras nieder, labten uns aneinander und schliefen nackt unter den weißen Blüten Nashnenas, die uns vor den Blicken Dileis schützten, bis es höchste Zeit war, zur Bucht zurückzukehren.

Als wir sie erreichten, drang schon Musik vom sandigen Grund hinauf zu den Felsen. Wir stiegen rasch hinab und mischten uns unter unseresgleichen. Die Sonne würde gleich untergehen; das erste große Lagerfeuer wurde soeben entfacht.

Laena schaute bei den Musikern vorbei und meldete an, nun jederzeit jemanden ablösen zu können. Ich studierte derweil das Angebot an Speisen und Getränken, erspähte und merkte mir jene Pfannen und Töpfe, die mit den leckersten Köstlichkeiten gefüllt waren, vor.

An den Fels gelehnt warteten bereits hölzerne Spieße auf die hungrigen Anwesenden: teils mit noch rohen Fischen bestückt, teils mit einem schlauchlangen Teig umwickelt, der seine diffizile Würze erst über einem Lagerfeuer wohlduftender Hölzer entfalten würde. Mittlerweile wohl dufteten auch die Seeleute; ihre weißen Gewänder leuchteten wie die unsrigen über den feinen Sand.

Ich half dabei, den herzhaften Teig auf die Spieße zu verteilen. Laena kam zu mir und brachte mir einen Krug Hord, den ich gierig trank.

Da alles bereitet war, hatte Duru Dilei schon abgelöst. Alle Lagerfeuer waren entzündet, die Höhlen behaglich erleuchtet; der Duft von Gebratenem und süßem Gebäck stieg in die Dunkelheit und vermischte sich mit einer Brise salziger Seeluft, die mild durch unsere Haare fuhr.

Gereon und Kapitän Korl standen auf einem Podest - Arm in Arm, jeweils einen Krug in der Hand - bereit. Einige kräftige, dumpfe Schläge einer unserer

Trommler sicherten ihnen Aufmerksamkeit. Sie sprachen ein paar Worte allgemeiner Freude über die Ausrichtung des diesjährigen Blumenfestes, dankten allen Phing aus Oló, dieses vorbereitet, und allen Phing des Erlenthales, den gefahrvollen Weg auf sich genommen zu haben, und eröffneten den vergnüglichen Abend mit einem Seemannslied, das ich von Laena kannte und in das bald alle einstimmten. Der folgende laute Beifall erstarb rasch, denn nun galt es, Speis und Trank und Musik und Tanz zu genießen.

Ich schnappte mir zwei der Spieße und begann, sie über den Flammen zu drehen. Frowin tat es mir gleich: Er stellte sich mit einem Kuchenspeer in jeder Hand bewaffnet neben mich.

»Wann geht denn das Feuerwerk los, mein Bester?«, fragte ich ihn.

Er grinste. »Ein paar Stunden musst du dich noch gedulden«, antwortete er mir.

Unsere Gesichter wurden heiß vom Feuerschein. Ein paar Kinder planschten noch entgegen der Order ihrer Eltern im flachen, schwarzen Wasser. Ich hörte ihre ausgelassenen Rufe und überlegte, zu späterer Stunde selbst noch einmal schwimmen zu gehen.

»Bist du bereit für morgen?«, fragte Frowin augenzwinkernd.

Ich zuckte mit den Schultern. »Mal schauen«, gab ich bloß zurück.

Er wollte mir motivierend auf die Schulter klopfen und ließ dabei beinahe einen Spießkuchen verbrennen. Wir lachten.

Laena tauchte auf und brachte mir meinen Krug Hord. Auch für Frowin hatte sie einen dabei. »Wenn ich dir deinen Krug den ganzen Abend hinterhertragen soll, musst du mit mir tanzen und für mich trommeln, so oft und so lange ich will!«, forderte sie. Frowin und ich lachten laut ob der Verhältnismäßigkeit ihres so ausgleichenden Gerechtigkeitssinnes. Ich erwiderte mit dem inzwischen knusprig braun gebackenen Teig einer meiner Spieße und bestach sie somit erfolgreich.

Wir aßen und tranken ausdauernd - Frowin und ich freilich ausdauernder - und gesellten uns dann in die Festhalle zu einigen Seemännern. Ich brannte darauf, ihre Geschichten von der wilden See und dem fernen Erlenthal zu hören, der Perlenküste, die ihren Namen zu Recht trug, und der funkelnden Festung, in der der Fürst des Erlenthales zu residieren pflegte.

Anders als bei den Menschen wurden und werden die achtzehn Fürsten Eventins in unterschiedlichen Zeitabständen von einem illustren Kreis adeliger Familien gewählt, zu der auch die Familie Karus - meiner Mutter - gehörte. Zu der Zeit, da ich im Festsaal von Oló saß und lauschte, kümmerte sich noch immer Zennon der Kaliz um die politischen Belange des Erlenthales, dem Beyn-En Doph inbegriffen war. Ebenjener lag seit geraumer Zeit im Streit mit den Menschen. Warum, konnte hier keiner sagen - und ich hütete meine Zunge, preiszugeben, wie viel mich mein Naru über die Pläne und Beweggründe der Mächtigen gelehrt hatte.

Ein noch größeres Geheimnis hütete ich ebenfalls, und es tragen zu müssen wurde mir unangenehm, je länger die Gespräche in der Residenz des Fürsten weilten, nämlich dass Zennon - sollte man Naru Cachil Olibat Glauben schenken, was ich inzwischen tat - nämlich dass Zennon der Kaliz mit mir verwandt, ja gar mein Onkel war. Ich dankte in Gedanken wiederum dem Perpet Laren, das Ren nun immerhin so weit verinnerlicht zu haben, dass meine Pforten nicht für jedermann offen standen. Außerdem war ich ausnahmsweise froh, dass Laena nicht mit mir am Tisch saß.

Die Berichte von der anderen Seite des Krieges zu hören, war bestürzend. Cendos Unbarmherzigkeit kannte nicht nur in seinem eigenen Land, sondern auch darüber hinaus keine Grenzen. Er ließ alles töten, was er konnte; es gab keine Gefangenen, keine Verhandlungen und keine Aussicht auf Frieden. Keine Welle an Boten, die der Zorn Zennons ins Land der Menschen aussandte, kehrte zurück. Ich wusste, dass sie Gelir nie erreicht hatten, denn die Fingen mussten auf Geheiß des Elminé unter Strafe liquidiert werden. Als Laena kam und mich keuchend mit sich zog, weil ich endlich mit ihr tanzen sollte, war ich traurig und wütend und hoffte nicht nur Cachils wegen, dass sein Plan aufgehen würde.

Laena legte ihre Arme um mich und streichelte mich mit ihren Blicken. »Oh mein lieber Kateshi - was hast du gehört? Was erfahren, das dich so traurig macht?«, fragte sie mich und hob die Stimme ganz nah an mein Ohr: über Musik und Gesang hinweg.

»Nichts, was ich nicht schon wusste«, beruhigte ich sie und rang mir ein Lächeln ab.

Doch sie ließ sich nicht täuschen. »Erzählst du es mir bald?«, fragte sie. Ich nickte. »Ich habe gespürt, dass etwas nicht stimmt«, fuhr sie fort. »- dass es dir nicht gut genug geht für ein solch herrliches Fest.« Ich streichelte ihr Haar und wusste keine Antwort.

Sie griff mich bei den Händen und begann, mit mir zu tanzen. Ihr schönes Gesicht war von Leidenschaft erfüllt, ihr ganzer Körper von Lebendigkeit und Melancholie hin- und herbewegt. Ich ließ mich auf sie ein. Meine trübsinnigen Gedanken entschwanden in die Nacht. Der Sand brannte von unseren Füßen: in der Hitze des Gesanges lodernd.

Nach einer Weile lösten wir beide zwei Musiker ab, die eine Pause vom Spielen nötig hatten. Ich trommelte ebenso hingebungsvoll mit den Händen den Rhythmus, wie ich zuvor Laena herumgewirbelt hatte. Schließlich gab sie ihren Platz auf und gönnte Fingern und Stimme Ruhe vor der Aufführung, um die Gereon sie gebeten hatte - was sie jedoch nicht davon abhielt, vor meinen wachsamen Augen weiterzutanzen.

Es dauerte nicht lang und Gereon führte sie - ihre Lyra an sich gepresst - auf das kleine Podest. Die Musik verstummte. Gereon kündigte uns und insbesondere unseren Gästen eine ausnehmend talentierte Lyrikerin an, und Laena spielte ihr neuestes Stück, das sie eigens für diesen Anlass geschrieben hatte.

Stechend finde ich das Land,
sehnt sich dein Fuß nach hartem Grund.
In den Sternen steht dein Weg,
folgst du mutig Hand und Mund.

Weiße Augen fahren dir
wie Strahlen durch die Dunkelheit.
Aus meinen Lungen blas ich Wind,
der dich zum Hafen schneidend treibt.

Erblickst du mein Gefieder einst:
ein Schwarz des Allerschwärzest -
erzittre nicht vor meinem Blick!
Rufe laut: Useres!

So schwarz mein Weib, so weiß bin ich.
Ein Pfeil ist meine Hand.
Useres bläst zum Segel mir
das leuchtende Gewand.

Auf meinem Rumpf trag ich dich weit
in Meeres Salz und Süße.
Die Welt gehört dem Seemann frei,
der Flossen hat statt Füße!

Erblickst du meinen Schreckensschlund
zum Ungeheuerschlingen:
Ueses - merk dies' Namens Kraft!
*An ihn sollst du dich binden!**

Es schien, als schallten wahrhaftig die Stimmen Ueses' und Useres' in der Bucht wider. Die Gäste klatschten staunend. Das Lied hatte seine Wirkung nicht verfehlt: eine vollkommene Schöpfung für ein unberechenbares Publikum.

Laena spielte noch ein paar weitere ihrer Lieder - unter anderem auch *Die Weise der Lyne* - bis man sie endlich entließ. Sie kam mit schwitzenden Händen und vor Anspannung rotem Kopf zu mir und atmete erleichtert aus.

»Ein Abbild der stürmischen See!«, kommentierte ich die raue Melodie und die derben Worte bewundernd. Laena strahlte.

Gleich darauf begann Frowins Feuerwerk mit einem tosenden, farbenfrohen Knall. Ganz im Zeichen unseres Festes leuchteten allerlei prächtige Blumen aus Feuer am Himmel, die sich in immer neue Formen und Farben verwandelten. Laena schmiegte sich an mich und schaute verträumt in die Nacht. Die Lichter schimmerten auf ihrem gelösten Gesicht und in ihren bezaubernden Augen wider.

Nach dem Feuerwerk - da Frowin wieder zu uns gestoßen war - legte ich dankbar meine Arme um beide und meinte: »Ich kann mich sehr glücklich schätzen, unter solch begnadeten Künstlern zu leben, wie ihr sie seid.« Ich wurde unter Umarmungen begraben.

---

* Von Oló, Laena 3971. *Blätter im Wind. Ueses und Useres.* Seite 19. Aus dem Lentischen übertragen von E.K.G. [AV]

Bis spät in die Nacht feierten wir - von der ein oder anderen notwendigen Stärkung unterbrochen - und legten uns schließlich, da die Flammen erloschen und die Füße müde waren, in eine der Höhlen zur Ruhe.

Am nächsten Tag wurde gehandelt. Während ich an einer Honigwaffel kauend zunächst ein morgendliches Bad im säuselnden Meer nahm, schaute ich ehrfürchtig zu den Klippen hinauf: denn diese galt es heute - am Nachmittag - zu bezwingen. Das Feilschen und Tauschen indes bereitete mir weniger Vergnügen, als ich gehofft hatte. Zwar gab es unter den ausgestellten Waren allerlei Schönes zu entdecken, doch war die schiere Fülle eine Flut für die Sinne.

Immerhin konnte ich pünktlich zum Mittagessen äußerst zufrieden mit meiner Ausbeute sein: Ich hatte vornehmlich solche Gegenstände erworben, die ich nicht selbst anfertigen konnte, die hübsch anzusehen waren und darum als feine Geschenke taugten; drei, vier Fässer Hord hatten sich außerdem dazugesellt. Ich verstaute meine Schätze vorsichtig in einem eigens dafür vorgesehenen Beutel, auf den Mandai meinen Namen gestickt hatte, und legte ihn zu den anderen in den Handwagen unserer Familie.

Laenas Beutel war noch leer. Beim Mittagessen fragte ich sie, was es damit auf sich hatte.

»Ich kann mich einfach nicht entscheiden!«, erklärte sie verzweifelt.

»Kann ich dir helfen?«, bot ich an.

Sie schüttelte den Kopf. »Leider bist du der Letzte, der mir helfen sollte!«, gab sie unmissverständlich zurück.

Da Laena also beschäftigt war, trollte ich mich zu Frowin, der auf den Klippen schon mit seinen Aufwärmübungen begonnen hatte. Ich tat es ihm gleich.

»Hast du Angst?«, fragte er mich geradeheraus. Ich nickte. »Du packst das!«, meinte er motivierend.

»Warum hast du keine Angst?«, fragte ich ihn.

»Oh - da irrst du dich ganz gewaltig!«, erwiderte er und kam näher, sodass ihn niemand außer mir hören konnte. »Ich verrate dir jetzt ein Geheimnis, Bruder - und das ist nur für deine Ohren bestimmt: *Alles* fürchte ich.«

»Alles?«, hakte ich ungläubig nach.

Frowin nickte. »Alles«, wiederholte er. »Und am meisten das Feuer.«

Ich schüttelte lachend den Kopf, da ich glaubte, er erlaube sich einen Spaß mit mir. Doch er blieb ernst. »Wirklich?«, fragte ich noch einmal.

Er nickte wieder. »Wenn dich nichts kaltlässt, kannst du dir alles zutrauen!«, meinte er. »Zumindest so erkläre ich mir, was ich nicht verstehe. Denn verstehen kann ich es selbst nicht«, schloss er.

Ich dachte über seine Worte nach. Sie ergaben Sinn, obwohl sie der Legende der Zwölf widersprachen. Die Beschreibung der Phing aus selbiger Feder hatte mir ebenfalls nicht viel geholfen, bis ich nach Oló gekommen war - vermutlich konnte man der Legende gar nicht trauen.

Ich schaute Frowin dankbar an und schätzte es als Ehre, dass er mir sein Geheimnis anvertraut hatte. Ich wiederholte ihm besagte Stelle über die Willar und wir zuckten beide lachend die Schultern ob des rätselhaften Textes.

»Vielleicht hat es auch gar nichts damit zu tun, dass ich ein *Villéren** bin«, murmelte Frowin schließlich leise.

Es dauerte nicht lang, da gesellten sich die anderen Jungen zu uns, denn es war Tradition in Oló, als junger Mann seinen Mut unter Beweis zu stellen und wenigstens ein Mal im Jahr einen Klippensprung zu wagen: Je kunstvoller der Sprung, desto begeisterter das Publikum. Die Höhe entschied über die Anzahl an Figuren, die sich aneinanderreihen ließen - ganz zu schweigen vom Schneid, den sie erforderte.

Unten im Sand hatten sich unsere Freunde von der Perlenküste und die meisten aus Oló bereits versammelt, um dem wagemutigen Spektakel beizuwohnen. Die Klippenspringer hatten sich aufgewärmt und ein paar Probesprünge absolviert, die schon mit einigem Beifall entlohnt worden waren. Meine Muskeln fühlten sich locker, mein Körper geschmeidig an, als wir mit der Vorführung begannen: perfekte Voraussetzungen also für eine gelungene athletische Darbietung.

Wir starteten auf einer der unteren Vorsprünge und schraubten uns von fünf Metern Höhe mit knapper Versetzung in die Luft: wie die Streben eines Fächers. Natürlich setzte sich unsere Vorstellung nicht aus wahllosen Sprüngen zusammen, sondern folgte einer Choreographie. Diese war so konzipiert, dass die Zuschauer einen Springer nach dem anderen bewundern konnten, während der gerade Gesprungene genügend Zeit hatte, die Klippen erneut zu bezwingen. Stufe für Stufe wuchs die Darbietung in die Höhe, bis wir schließlich ganz oben angekommen waren und die letzten, kühnsten Sprünge bevorstanden.

---

* Eventi für: »Willar«.

Mein Herz trommelte immer wilder, je näher ich aufrückte. Ich erinnerte mich an alles, was Frowin mir gezeigt und erklärt und mit mir geübt hatte und versuchte, das Zittern unter Kontrolle zu bringen. Dass der härteste Sprung als letzter zu meistern war, da ich schon in Anstrengung der vorigen schwitzen und keuchen musste, tat sein Übriges.

Schließlich stand ich vorn - die Zehen noch an den Fels klammernd - und schaute auf das gierige, tiefe Wasser hinab. Die Phing unten waren klein. Ich spürte ihre Blicke auf mir ruhen: einem undeutlichen Fleck, der über dem Horizont schwebte.

Eine Brise fuhr mir durchs feuchte Haar und ich verwandelte in beherzter Geste mein Zögern in den Abstoß. Den ersten Moment in freier Luft staunte ich ungläubig über meinen eigenen Mut; dann bewegte sich mein Körper wie von selbst: Vorwärtssalto, Schraube, Arme strecken, Gleichgewicht finden, Arme an die Brust, Rotation, Schraube, Rückwärtssalto und wie ein Pfeil ins Wasser tauchen.

Das Meer schlug mich, als ich es berührte; und es zog mich gewaltsam nach unten, bevor ich meinen langen Weg zur Oberfläche in Angriff nehmen konnte. Zug um Zug kam ich der Luft näher, bis mein Kopf endlich die Wasserdecke durchstieß.

Als ich zum Sand schwamm, fühlten sich meine Arme und Beine wie heißes Wachs an. Ich schniefte und schwitzte und wurde anerkennend von denjenigen abgeklatscht, die ihren Sprung bereits absolviert hatten. Zugegeben: Den nächsten Springern schaute ich kaum zu, da ich noch immer nicht fassen konnte, tatsächlich meinen Mut gefunden zu haben.

Der letzte Sprung und Abschluss unserer Vorstellung kam von Frowin. Selbst von hier unten konnte man sehen, dass er sich kräftig vom Fels abstieß, um die Höhe ganz und gar ausnutzen zu können. Er vollführte eine einzige, nicht enden wollende Reihe eleganter Bewegungen in der Luft, dass meine Augen kaum folgen konnten. Selbst sein Eintauchen war vollkommen: Als hätte man einen Speer in den tiefen Grund gestoßen, verschwand er im Meer.

Es regnete tosenden Applaus. Frowin kam zu uns geschwommen und wurde von den Springern umarmt. Die gesamte Vorstellung war ein voller Erfolg gewesen. Ich klopfte ihm heftig auf die Schulter, während sich sein nasser Körper an meinen ebenso nassen Anzug presste, und flüsterte ihm ein paar herzliche

Dankesworte zu. Er gratulierte mir zu meinem *ersten richtigen Sprung* - wie er ihn nannte.

Die Zuschauer liefen zu uns und lobten unsere Vorstellung und ihre Inszenierung, in die wir so viel Zeit und Kraft gesteckt hatten. Zu Recht galten die meisten Gratulationen Frowin, der unsere Darbietung konzipiert hatte.

Im allgemeinen Durcheinander bemerkte ich kaum, dass Laena sich an mich herangepirscht hatte. Gerade als ich gehen wollte, um mich umzuziehen und Mantel, Handschuhe und Socken anzulegen, erblickte ich sie: wie sie mit leuchtenden Augen und meinen Kleidern auf dem Arm dastand und wartete, dass ich ihrer gewahr wurde.

Ich dankte ihr kleinlaut. Ich wusste, dass sie von der Tradition des Klippenspringens nicht viel hielt - und die Unfälle, die sich dabei schon ereignet hatten, mussten ihr Recht geben. Sie ließ mich meine Kleider wechseln und trat dann dicht an mich heran.

»Nun bist du also ein junger Mann aus Oló, wie du es sein wolltest«, sprach sie und umarmte mich fest. Sie zitterte. »Ich hatte Angst um dich«, flüsterte sie. »Ich bin so unendlich froh, dass dir nichts passiert ist: mein lieber, lieber Kateshi!« Sie ließ mich los und gratulierte den anderen.

Ich wartete auf sie und empfing meinerseits noch viele anerkennende Schulterklopfer der Männer und Umarmungen der Frauen; Zidan und Mandai drängelten sich mit stolzgeschwellter Brust zu mir.

Timo sprang auf mich zu und klammerte sich an mich; dann rief er laut und mit ehrfurchtsvollem Blick: »Das ist mein Bruder: Hell wie ein Stern schießt er ins Wasser!« Ich grinste ihn an und fuhr ihm dankbar durch die braunen Locken.

Auch Maro kam zu mir und klatschte in die Hände. »Wahnsinn!«, stieß er aus. »Wahnsinnig seid ihr Jungen aus Oló! Wahnsinnig und unübertroffen!«

Laena ergriff meine Hand und wich den restlichen Tag und die folgende Nacht nicht von meiner Seite.

An diesem Abend wurde wieder gefeiert, obgleich weniger ausufernd und ausdauernd als in der Nacht zuvor.

Nachdem Erwachsene und Kinder endlich eingeschlafen waren, huschten Laena und ich mit unseren Freunden wie Schatten über den Sand, zerpflückten leise die lange Blumengirlande und banden die Stücke um Reling und Masten der Schiffe, um Steuerrad und Ruder, Seile und Hängematten. Bis tief in die Nacht forderte uns das schmückende Werk; und da es getan war, sank ich in tiefen Schlummer.

Die Sonne entblößte am Morgen für alle Augen unsere nächtliche Heimlichkeit. Die Schiffe leuchteten nun in einer duftenden Farbenpracht, die die Seemänner auf ihrem Weg nach Hause noch einige Tage lebhaft an Oló erinnern sollte; und nie war das alte Holz so herrlich geschmückt wie an diesem letzten Tag des Blumenfestes.

Ich ließ mich noch immer erschöpft, aber glücklich von ihm wach küssen und besah mir die ebenso müden Gesichter der anderen. Laenas Haar stand in alle Richtungen ab, und sie gähnte, während sie ihren Kakao trank.

Heute herrschte die gedankenvolle Stimmung des Abschiedes, welcher gewissenhaft vorbereitet werden wollte. Den Seemännern konnten wir dabei kaum zur Hand gehen und kümmerten uns stattdessen um das Aufräumen der Höhlen und Herrichten der Bucht. Wir beluden die Handwagen und schafften alles das, was nicht mehr benötigt wurde, zurück an Ort und Stelle. Nach der letzten gemeinsamen Mahlzeit am späten Nachmittag waren die Spuren unseres Festes beinahe ganz von der Bucht getilgt.

Sowie alle satt waren, wurde eine Zeremonie abgehalten, die den Schutzpatronen der Seeleute - Ueses und Useres - galt. Man dankte ihnen und rief sie an, die kommende gefährliche Heimfahrt mit dem Rumpf Ueses' und dem Wind Useres' zu begleiten, dem Auge Useres' und dem Schlund Ueses' zu schützen und zu leiten. Es war eine andächtige Stunde vor Sonnenuntergang und ein besinnlicher Abschied, bei dem manche, die einander lieb gewonnen hatten, einige Tränen vergossen.

Schließlich, da die Dunkelheit allmählich über den Sand zu kriechen begann, legten die Schiffe von der Perlenküste und mit ihnen unsere Freunde aus dem Erlenthal in die hereinbrechende Nacht ab.

Wir entzündeten ein letztes, riesiges Feuer auf den Klippen und winkten den Schiffen mit weit gestreckten Armen. Der Schein der Flammen leuchtete Kapitän Korl und seiner Mannschaft noch ein paar Meilen, bis die Schatten auch ihn schluckten.

Das Blumenfest war vorüber und Oló nahm seinen üblichen Betrieb wieder auf. Zwei Tage nach dem Abschied von den Schiffen aus dem Erlenthal wurde Me

Nebes Kurs wieder besucht, der seit den Vorbereitungen für das Blumenfest geruht hatte, und auch ich setzte meine Stunden bei ihm fort.

Die jüngeren Kinder waren nach dem Aufenthalt der fremden Phing besonders motiviert, deren Sprache zu lernen. Timo verzweifelte, da er die Erklärungen Nebes nicht immer so gut verstand, wie er es gern gehabt hätte, und so half ich ihm ab und an bei seinen Aufgaben. Seine dankbaren Augen wogen meine Zeit und Mühe allemal auf - und ich erkannte bald, wie viel Freude mir darin lag, die rätselhaften Worte des Me für ihn zu entschlüsseln.

Die Weisungen bei Lars hatten wir lediglich für die drei Tage des Festes pausiert, und nach der ersten erholsamen Nacht außerhalb der Höhlen lief ich wieder vor Sonnenaufgang zu ihm.

Bis auf den Umstand, dass unsere Reserven an eingelegtem Fisch erschöpft waren und für die nächsten drei Mondzeiten auch nicht aufgefüllt werden sollten, nahm das Leben in Oló seinen gewohnten und geliebten Lauf.

So gerne ich vergessen hätte, welche Nachrichten die Seemänner vom Erlenthal mitgebracht hatten und welches ungute Gefühl mir dabei die Kehle hochgekrochen war - Laena vergaß nicht. Sie fragte mich wenige Tage später am See nach der Ursache meiner unangenehm berührten Miene am Tisch des Festsaales. Die Sonne hatte sich bereits verabschiedet und wir schauten hinunter auf den glitzernden See, der das Sternenlicht spiegelte.

Ich wusste, dass es keinen Sinn hatte, sie anzulügen oder ihr die Wahrheit zu verschweigen. »Ich weiß nicht, ob ich dir das erzählen kann«, murmelte ich und seufzte. Das Herz schlug mir augenblicklich bis zum Hals, kaum dass sie ihre Frage ausgesprochen hatte.

Sie blickte mich bestürzt an. »Ist etwas Schlimmes passiert?«, fragte sie ängstlich.

Ich schüttelte den Kopf. »Nein - schlimm ist es nicht. Es ist nur schwer zu glauben«, antwortete ich.

»Im Glauben bin ich gut«, wandte Laena ein und lächelte. Ich schaute in ihre tiefen blauen Augen und konnte nicht umhin, ihr im Stillen zuzustimmen.

Ich räusperte mich. »Ich weiß, ehrlich gesagt, selbst nicht, ob ich es glauben kann«, begann ich und legte eine Pause ein.

»Vielleicht kann ich dir sogar dabei helfen, es zu glauben«, meinte Laena. »Wenn du es mir erzählst.« Ihre unschuldige Neugier rührte mich.

Ich überwand mich. »Weißt du - als ich von Inkowitch aufgebrochen bin und mein Naru mich verlassen hat«, sprach ich in die Dunkelheit, »da hat er mir zum ersten Mal erzählt, dass ich ein Phing bin, weil meine Mutter Phing war. Ich konnte ihm das bis zuletzt nicht glauben: bis du mich nach Oló gebracht hast. Ich konnte das nicht glauben, weil ich nicht glauben konnte, *wer* meine Mutter gewesen sein soll - und ich weiß nicht recht, ob ich es jetzt glauben soll.« Ich suchte nach Worten.

»Mein Vater und meine Mutter haben sich in Eldir kennengelernt: im Königshaus«, fuhr ich langsam fort. »Mein Vater diente dort und ist beim Großen Streich umgekommen. Auch meine Mutter ist dabei umgekommen - und sie soll Karu der Kaliz gewesen sein: die Schwester Zennons, des Fürsten des Erlenthales.«

Laena schwieg.

»Ich weiß nicht, ob das stimmt - aber ich bin traurig darum, denn Zennon, der doch mein Onkel sein könnte, führt Krieg gegen die Menschen, weil sie ihm Karu, die meine Mutter sein könnte, genommen haben. Und ich weiß, dass der Elminé diesen Krieg niemals beenden wird, weil er jeden Kampf gewinnen muss, damit er auf dem Thron Arans bleibt.«

Laena legte ihre Hand auf meinen Arm und streichelte ihn. Ich beobachtete, wie sie über meine Worte nachdachte. Ihr Blick war nach unten gerichtet. »Du stammst also aus einer adeligen Familie«, sagte sie schließlich und schaute mich erwartungsvoll an.

Ich zuckte mit den Schultern.

Sie wurde ernst. »Ich verstehe, dass du traurig darüber bist. Du bist ein Phing und du bist ein Mensch - und Phing und Menschen streiten sich, dass Blut fließt. Wie sollten dann deine beiden Gemüter miteinander Frieden schließen?«

»Genau!«, rief ich: dankbar, dass Laena so gut verstand und noch besser in Worte fassen konnte.

Doch sie schüttelte lachend den Kopf. »Du bist noch immer so blind, mein lieber Kateshi!«, sprach sie eindringlich. »So blind wie am ersten Tag! Kein Abbild musst du sein davon, was in der Welt geschieht. Du kannst ein *Vorbild* sein und du bist blind, weil du nicht sehen kannst, dass du ein Vorbild bist.«

»Hm«, gab ich widerspenstig zurück.

Laena packte mich und fing an zu lachen. Sie suchte meinen Blick. »Wärest du doch niemals zum Perpet gegangen und hättest du doch niemals begonnen, das Ren zu studieren! Jetzt kann ich kaum noch in dich gehen, wenn du mich nicht lassen willst!«

Darüber musste auch ich lachen. »Mir gefällt das so viel besser!«, erwiderte ich grinsend. »Sonst langweilst du dich doch mit mir.«

Sie schüttelte heftig den Kopf. »Nein, nein! Du bist zu kompliziert, als dass ich mich mit dir langweilen könnte«, beteuerte sie. »Aber gut - ich weiß ohnehin genau, warum dir meine Worte nicht gefallen haben, obwohl du weißt, dass sie wahr sind: Du kannst es nicht glauben. Du glaubst deinem Naru nicht, dass Karu deine Mutter war - auch wenn du jetzt sicher in Oló bist.«

Ich nickte.

Laena seufzte. »Ich kann nichts tun oder sagen, dass du glaubst - und selbst wenn ich es könnte: Ich wollte es nicht. Doch ich kann dir dies sagen: Nichts, was du mir bisher von deinem Cachil erzählt hast, lässt mich glauben, dass er dich je anlügen würde oder wollte; und wenn er es getan hat, dann bestimmt aus Unwissenheit«, schloss sie.

Ich nickte befreit. »Eigentlich möchte ich auch gar nicht an den Worten meines Naru zweifeln. Mein Herz spricht dasselbe zu mir, was du eben zu mir gesprochen hast«, meinte ich erleichtert.

»Eher fragen solltest du dich«, hob Laena noch einmal an, »warum du solch eine Angst davor hast, zu sein, was du bist. Oder - wegen deiner Mutter - was du sein könntest.«

Wir schwiegen eine Weile - die Hände umschlungen - und schauten wieder auf das von Sternenlicht leuchtende Wasser.

Dann murmelte Laena: »Aber ich sollte meinen Rat selbst beherzigen, den ich so leichtfertig gebe. Auch ich fühle diese Angst in mir.«

Ich runzelte die Stirn. »Aber du bist das lebendigste Wesen, das ich kenne«, gab ich zurück. »Wenn jemand keine Angst davor hat, dann du! Und du bist so schön und liebenswert, talentiert und herzlich - jeder in Oló hält Großes auf dich!«

»Diese Lebendigkeit habe ich mir hart erkämpft«, antwortete sie leise.

Wieder war es mir, als säße neben mir mehr als ein junges Mädchen: eine alte, unzähmbare Kraft lang vergangener Tage. Fast war ich gewillt, vor ihr zurückzuweichen, doch ich hielt stand. Ich war ihr gewachsen.

Laena blitzte mich an. »Ich zeige dir etwas«, flüsterte sie. »Eines meiner Geheimnisse.« Ich versank in ihrem durchdringenden Blick und fragte mich, was sie meinen konnte.

Über unseren Köpfen begann es zu regnen. Leise erst - ein feines Nieseln zuerst, das nach und nach zu einem Plätschern dicker Tropfen heranwuchs. Ich wollte näher an den Stamm des Baumes rücken, doch Laena hielt mich zurück.

Sie fasste mich an der Hand und zog mich unter der Weide hervor. Fast augenblicklich waren wir durchnässt bis auf die Haut. Gerade wollte ich sie fragen, was das bedeuten mochte - da hob sie die Hand und gebot mir zu schweigen. Der Regen erstarb plötzlich. An seine Stelle trat ein lauer Wind, der uns in die nassen Kleider fuhr. Es dauerte keine zwei Minuten und sie waren getrocknet.

Laena schaute mich entschuldigend und erwartungsvoll zugleich an: wie an jenem Tag, da sie mit mir das erste Mal Moshas Wald betreten hatte, oder an jenem Morgen nach ihrem Geburtstag. Sie lauerte auf ein Urteil.

Ich begriff und schluckte ängstlich. »Das warst du?«, fragte ich aufgeregt.

Sie nickte vorsichtig.

»Du hast den Regen gebracht und ihn wieder verschwinden lassen?«, fragte ich weiter.

Sie nickte erneut.

Plötzlich brach ich in Lachen aus.

Laena musterte mich verunsichert.

Ich schüttelte den Kopf. »Die Menschen träumen seit jeher davon, das Wetter zu beherrschen - und es bleibt ein Traum«, erklärte ich. Und das wohl seltenste Talent eines Phing. Ich legte die Hand an die Stirn. Soeben hatten sich die Grenzen des Möglichen verschoben.

»Es tut mir leid«, sagte Laena verzeihungsheischend. »Ich mache das normalerweise nicht mehr, seit ich es bewusst lenken kann.«

Wir setzten uns wieder an den Stamm.

»Wer weiß davon?«, fragte ich sie.

»Meine Eltern, Frowin, der Al-Perpet und der Perpet. Und jetzt du«, antwortete sie sofort.

Wir schwiegen.

Dann seufzte ich und ergriff ihre Hand. »Ich fürchte, ich bin dir nicht gewachsen«, stellte ich fest.

»Oh doch, mein lieber Kateshi«, sprach sie leise. »Ganz recht: Du *fürchtest*. Doch es gibt nur einen wesentlichen Unterschied zwischen uns: Ich bin schon ein paar Schritte weiter als du.«

Ich nickte.

»Denn ich habe auch weniger Zeit«, wisperte sie.

Ich nahm sie in die Arme und küsste ihr die Tränen vom Gesicht.

Einige Tage später sollte ich wiederum Zeuge ihrer urtümlichen Kraft werden, die sie so beklommen zu verbergen suchte. Ich kam von meiner Stunde bei Me Nebe und trottete erleichtert nach Hause, da diese endlich vorbei war. Auf dem Weg hörte ich von Weitem einen Streit und erkannte die eine Stimme darin als die Laenas.

Ich beschleunigte meine Schritte und lauschte aufmerksam. Offenbar ging es um mich. Ein Phing, kaum älter als Laena, den ich ohnehin nicht besonders leiden konnte, beleidigte mich mit diesem und jenem Spruch, während Laena mit ruhiger Stimme widersprach. Je näher ich kam, desto deutlicher konnte ich hören, was sie sprachen.

»Gerade du, Laena, solltest erkennen, dass du tief gesunken bist. Schau dich an: Statt dir einen aus Oló zu nehmen - und ich weiß, dass viele dich gern nehmen würden - läufst du nun als Hure dieses Weißen herum.«

Es war, als hätte man in meinem Kopf ein Feuerwerk explodieren lassen. Ich stürmte auf den Idioten zu und wollte ihm meine Faust ins Gesicht schlagen - und ich muss wahrscheinlich nicht erklären, warum mich dieses plötzliche Bedürfnis überkommen hatte. Er erstarrte und duckte sich, denn er war ein Feigling, dem der Mut fehlte, mir seine Beleidigungen persönlich vorzubringen; und ich packte ihn mit der linken Hand und hob die rechte.

Doch weiter kam ich nicht. So schwungvoll ich ausholte und so kräftig ich auch zuschlagen wollte - meine Faust blieb schweißgebadet in der Luft hängen.

»Hör auf damit«, sagte Laena leise; und ich ließ schnaufend die Hand sinken und lockerte meinen Griff um sein Hemd.

»Lass sie in Ruhe!«, sprach ich zitternd vor Wut und Anstrengung, jene Kraft, die mich zurückhielt, zu überwinden.

Der Phing brach in Gelächter aus, warf Laena einen anzüglichen Blick zu, meinte: »Siehst du? Denk mal darüber nach!«, und verschwand endlich.

Laena machte kehrt und lief zügigen Schrittes davon. Sie hielt den Kopf gesenkt. Ich versuchte, ihre Hand zu nehmen, doch sie entzog sich mir.

»Laena! Warum hast du mich zurückgehalten? Er hatte es verdient!«, sprach ich atemlos.

»Hatte er«, stimmte sie leise zu. Sie wischte sich die Hand über die Augen. »Du hättest dich nicht einmischen sollen«, warf sie mir vor.

»Was?«, rief ich ungläubig. »Aber hast du denn nicht gehört, was er gesagt hat?«

»Ich habe alles gehört«, erwiderte sie. »Und du hättest dich nicht einmischen sollen.«

»Aber ich wollte dich doch nur beschützen!«, rief ich.

Sie hielt an. »Aber ich brauche keinen Beschützer!«, rief sie zurück. »Und ich brauche niemanden, der sich für mich schlagen will! Es war mein Streit: *mein Streit* - und deinetwegen konnte ich ihn nicht zu Ende bringen, wie er hätte zu Ende gebracht werden sollen!« Sie weinte und lief wieder los.

Ich versuchte erneut, ihre Hand zu ergreifen und sie zum Stehen zu bringen. Doch sie riss sich los.

»Lass mich in Ruhe«, sprach sie leise.

Ich blieb widerwillig stehen und beobachtete fassungslos, wie sie vor mir davonlief. So aufgewühlt ich war, musste ich zunächst ein paar Mal tief Luft holen, bevor ich entscheiden konnte, was als Nächstes zu tun war.

Dann lief ich nach Hause. Ich wollte Zidan oder Mandai oder Timo oder irgendjemandem erzählen, was da gerade passiert war, doch keiner der drei war daheim anzutreffen.

Nach einem kurzen Moment der Besinnung rauschte ich wieder nach draußen und rannte zu Frowin. Es tat gut, meine Wut in den Boden zu treten, bis ich ganz und gar aus der Puste war.

Frowin arbeitete im Garten, als ich zu ihm stieß. Er schaute auf. »Was ist passiert?«, fragte er und musterte mich argwöhnisch.

»Ich muss mit dir reden. Jetzt gleich«, erklärte ich.

Er verschwand mit mir nach drinnen, ließ mich am Tisch Platz nehmen und schenkte mir und sich selbst einen großen Krug Hord ein. Ich ließ ihn unberührt. Dann erzählte ich ihm von dem Streit, den ich mitbekommen hatte, und wiederholte ihm jedes Wort, das der Andere zu Laena gesagt hatte.

Frowin war schockiert. Er schlug mit der Faust auf den Tisch und empfand eine ebensolche Wut wie ich bei den herabsetzenden, bösartigen Beleidigungen jenes Neiders.

»Ich kenne ihn«, raunte Frowin. »Und ich weiß, dass er schon länger eindeutiges Interesse an Laena gezeigt hat. Sie musste ihn oft abblitzen lassen, bevor du gekommen bist. Und jetzt, da du da bist, neidet er dir ihre Liebe.«

»Er hat mit ihr gesprochen, als wäre sie ein Gegenstand. Ein hübsches Schmuckstück vielleicht, das er gerne sein Eigen nennen würde. Wie eine Trophäe. Mich sonstwie zu beleidigen ist das eine, doch Laena derart herabwürdigend zu behandeln -«

»Und wie ging es weiter?«, fiel Frowin dazwischen.

Ich berichtete ihm ausführlich, wie ich ihn hatte zur Rechenschaft ziehen wollen und was danach passiert war.

Frowin nickte verständnisvoll. »Und jetzt seid ihr selbst wütend aufeinander auseinandergegangen«, schloss er. Ich barg das Gesicht in den Händen.

»Warum hat sie mich denn zurückgehalten? Und warum konnte sie mich überhaupt zurückhalten? Je näher ich ihr komme, desto eher habe ich das Gefühl, dass sie mehr ist, als sie zu sein scheint.«

Frowin seufzte und klopfte mir auf die Schulter. »Das ist sie«, stimmte er mir zu. »Und wir beide könnten unser Leben lang das Ren studieren und würden doch nie eine solche Kraft erlangen, wie Laena sie besitzt. Aber warum sie dich zurückgehalten hat -« Frowin zuckte mit den Schultern. »Ich verstehe jedenfalls, warum du auf ihn los bist. Ich hätte auch große Lust, ihm die Fresse zu polieren«, meinte Frowin grimmig und ließ die Fäuste knacken.

Wir tranken und amüsierten uns über die erschrockene Miene dieses Feiglings, da ich ihn gepackt hatte. Später half ich Frowin im Garten und bewunderte dessen Schönheit. Im verglimmenden Nachmittag trottete ich nach Hause.

Ich erzählte Mandai und Zidan, die inzwischen heimgekehrt waren, von dem Streit und lauschte ihren Ermutigungen. In meine Wut hatten sich nun einige Bedenken gemischt. Mochten seine Worte auch noch so verletzend gewesen sein - einen Funken Wahrheit konnte ich darin erkennen. Ich fügte mich nicht so gut in meine neue Heimat ein, wie ich es gern gehabt hätte, denn mein

Menschsein haftete an mir wie meine weiße Haut; und dass ich mich mit Frowin so gut verstand, dem es ähnlich ging wie mir, kam nicht von ungefähr. Mit den meisten anderen hatte ich kaum etwas zu tun.

»Aber Laena ist ebenso außen vor wie du«, erklärte Mandai mir. »Du hast sie nicht aufwachsen sehen - doch ich kann dir sagen: Mehr als ein Mal mussten wir den Rat des Al-Perpet einholen. Was glaubst du, warum sie so gern an die Perlenküste fahren will? Sicher nicht wegen der Perlen!« Zidan stimmte seiner Frau zu.

»Außerdem solltest du nicht hadern damit, was du bist«, sagte er. »Von allen Dingen, die du ändern kannst, gehört das nun gerade nicht dazu. Und alles, was ist und lebt, hat Bedeutung. Das solltest du von Laren doch mittlerweile begriffen haben.« Ich nickte und dankte beiden für ihre erbauenden Worte.

Hatte ich erst gehofft, Laena würde bald nach Hause kommen, erstarb meine Hoffnung mit Einbruch der Dunkelheit. Beim Abendessen überlegte ich, was zu tun wäre. Ich wollte nichts lieber, als mich wieder mit ihr zu vertragen - gleichwohl wusste ich auch, dass sie Zeit für sich allein brauchte. Doch meine Überlegungen fanden ein jähes Ende. Sie rief mich.

Einem plötzlichen Impuls folgend ließ ich mir die Reste des Abendessens von Mandai zusammenpacken, schnappte mir Laenas Lyra und lief zum See. Als ich zu ihr kam, lag sie im dunklen Gras und schaute in die Sterne. Ich stellte alles ab und setzte mich zu ihr.

»Laena«, sprach ich dann. »Bitte sei nachsichtig mit mir. Es tut mir leid, dass ich mich nicht beherrschen konnte.«

Sie öffnete ihren Arm und bedeutete mir, mich hineinzulegen. Ich tat es.

»Ich liebe dich«, flüsterte sie. »Aber ich brauche keinen Beschützer.«

»Ich weiß«, antwortete ich aufrichtig. Da ich in ihre blauen Augen schaute, merkte ich, wie schmerzlich ich diesen Anblick vermisst hatte.

»Deine Milde ist es, die dich stark macht«, sprach sie weiter, »- nicht deine Wut.« Ich seufzte und schloss die Augen.

Die ganze Nacht sprachen wir darüber, was geschehen war; und Laena berichtete mir traurig von all den Dingen, die sie sich hatte anhören müssen, bevor ich dazugestoßen war. Wir trösteten einander und waren gemeinsam zornig.

»Ich wollte es allein zu Ende bringen«, murmelte sie. »Aber jetzt ist es auch dein Streit. Ich wollte nicht, dass du dich einmischst. Denn es ist eine Sache zwischen mir und ihm, die schon lange besteht - lange, bevor du zu mir gekommen bist.«

Ich nickte einsichtig. »Frowin hat mir alles erzählt«, erwiderte ich tonlos.

Wir versicherten einander, dass wir zusammengehörten: gleich, was ein anderer dazu denken oder sagen mochte; und wir schliefen Hand in Hand und eng aneinander gekuschelt unter der schützenden Krone einer der Trauerweiden ein.

Tags darauf stand ich Laren Rede und Antwort, der gleich bei meinem Eintreten bemerkt hatte, dass etwas nicht stimmte. Zwar war ich erleichtert ob unserer versöhnlichen Nacht, doch verstand ich noch immer nicht, wie Laena mich hatte zurückhalten können und wie sie den Streit stattdessen hatte beenden wollen. Und ich war niedergeschlagen, dass ein Phing aus Oló so schlecht von ihr dachte und sie besitzen wollte.

Laren zog die Augenbrauen hoch, während er zuhörte, und murmelte schließlich: »So ist das: Talent weckt Neid und bei manchen leider das Verlangen nach Eigentum.«

Ich seufzte und fragte ihn, was ich tun könnte, um in Zukunft solcherlei Konfrontationen zu vermeiden.

Laren wog ab. »Eine schwierige Frage«, meinte er, »auf die ich selbst keine Antwort weiß. Aber vielleicht -« Er brach ab und sah mich geistesabwesend an. Es kam mir so vor, als würde er durch mich hindurchsehen.

»Ich zeige dir etwas!«, rief er dann und sprang auf. Ich stellte mich zu ihm. »Du solltest mittlerweile genug Erfahrung haben, damit umzugehen«, erklärte er.

Er ließ mich meine Haltung annehmen, die wir beide in mühevoller täglicher Arbeit inzwischen tatsächlich gefunden hatten, und legte seine Hand auf meine Augen, sodass ich nichts mehr sehen konnte.

»Atme tief ein!«, forderte er mich auf, und ich folgte.

Plötzlich verschwand der schwarze Schleier vor meinen Augen und ich sah etwas: den Garten des Al-Perpet bei strahlendem Sonnenschein!

»Alles gut?«, fragte Laren.

»Ja!«, rief ich verwundert und versuchte, nach dem Bild zu greifen. Es verschwand.

Laren lachte. »Du musst in deiner Haltung bleiben - sonst funktioniert das nicht«, erklärte er. »Fokussiere, was du siehst, und höre auf meine Stimme!«

Ich nahm meine Haltung wieder ein und wartete. Erneut erschien das Bild vor meinen Augen.

»Ich zeige dir jetzt, was ein Phing tut, wenn er etwas hört oder sieht, das er nicht hören oder sehen will.«

Das Bild veränderte sich: Laena stand plötzlich da und vor ihr der Andere. Meine Wut regte sich. Das Bild verblasste.

Laren nahm die Hand von meinen Augen und schaute mich scharf an. Er keuchte vor Anstrengung. »Wenn du dich nicht raushältst, wirst du nichts sehen! Streng dich mehr an und konzentrier dich!«, gebot er streng. Ich nickte folgsam.

Laren holte tief Luft und legte seine Hand erneut vor meine Augen. Sofort sah ich Laena, wie sie mit dem Anderen sprach. Sie wirkte ruhig und entgegnete ihm ohne Unterlass.

Doch die Szenerie veränderte sich wieder: Die Farben wurden intensiver, die Stimmen lauter. Ich spürte die Kraft, die von ihr ausging: wie sie sich gegen die Worte des Anderen stemmte. Eine pulsierende Kraft, die ihn beinahe erreicht hatte. Plötzlich erstarb das Bild, und ich sah nichts mehr als die dunklen Innenseiten meiner Lider.

Laren stützte sich mit beiden Händen auf den Knien ab und atmete schwer.

»Was hast du da gerade gemacht?«, fragte ich aufgeregt und neugierig.

»Ich habe meine Entität mit deiner verbunden», brachte er mühsam hervor, »und zwar sehr direkt diesmal, dass du auch wirklich siehst.«

Ich war sprachlos und reichte dem Perpet etwas zu trinken.

Er dankte mir und sprach weiter: »Und bevor du mich fragst: Ja, ich bringe dir bei, wie du deine Grenze ziehst, wenn ein Streit droht - denn das hast du gerade gesehen: einen Grenzwall, einen Rahmen, ein Verneinen.«

Ich dankte ihm und wollte fragen, ob er mir auch zeigte, wie ich jemandem Bilder schicken könnte - doch er kam mir zuvor und lachte. »*Bilderschicken* ist eine schöne Umschreibung. Aber das kannst du schon längst.« Ich blieb still.

Laren stellte seinen Becher beiseite und klatschte in die Hände. »Auf geht's!«, rief er.

Wiederum ließ er mich meine Haltung einnehmen, doch diesmal führte er - anders als üblich - meine Hände: die eine vor meine Brust, die andere seitlich versetzt auf Höhe meiner Hüfte. Er stellte sich mir gegenüber und legte seine Handflächen auf meine.

»Es ist wichtig, dass sich unsere Hände die ganze Zeit berühren - also: Lass deine an meinen!«, wies er mich an und begann, sich zu bewegen.

Anfangs verlor ich ihn ein paar Mal aus meinem Sinn und unsere Hände lösten sich. Er hielt mich an, bei ihm zu bleiben. Ich fokussierte seine Präsenz intensiver und lauschte dem Fluss seiner Bewegung in mir nach. Jene unvergleichliche Dimension der Anstrengung tat sich wie üblich bei der Ausformung meines Sinnes auf.

Es dauerte lang, bis wir den Gleichklang fanden. Je präziser ich mich auf ihn einließ, desto klarer spürte ich die Kraft, die von ihm ausging. Er schwitzte und lächelte. Ich hielt kaum noch stand.

Schließlich nickte Laren zufrieden und ließ von mir. Wir gönnten uns eine Pause, tranken und kamen zu Atem.

»Das hat doch ganz wunderbar funktioniert«, kommentierte der Perpet glücklich. »Ich bin selbst immer im Zweifel, ob das so glückt, was ich mir vorstelle.«

Ich grinste - eine Antwort konnte ich mir jedoch noch nicht abringen. Es war die eine Sache, sich auf einen anderen Phing einzulassen, doch eine ganz andere, wieder zu sich selbst zu kommen. Ich fühlte mich offen und verletzlich: der Natur preisgegeben - wie der Raum in der Hütte des Al-Perpet, der zum Garten hin keinen Schutz kannte. Wiederum dankte ich Mahori und dem Al-Perpet, dass Perpet Laren und nicht Me Nebe vor mir stand.

Lars musterte mich aufmerksam und legte seine Hand an meine Schulter. »Alles klar? Machen wir weiter?«, erkundigte er sich. Ich nickte vergnügt und begegnete seiner Achtsamkeit mit Freude.

Nun galt es, unter seinen wachsamen Augen und fruchtbaren Anweisungen meiner Regung eine neue Wendung zu verleihen, eine lang vertraute Kraft in körperliche Form zu gießen, eine Abgrenzung zu formulieren. Larens lenkende Worte wurden knapper und fordernder, je länger wir damit beschäftigt waren; und er musterte mich streng und maß jede meiner Bewegungen mit Bedacht.

Einmal dem Fluss jener Eindringlichkeit nachgegeben, zeigte meine Ausdrücklichkeit Wirkung - und endlich wurde mein Körper weicher, stärker.

Gerade als ich dachte, ich würde nun verstehen, befahl er mir, die Augen zu schließen, und legte seine Hand abermals auf meine Lider. Er verlangte von mir - wie an jedem Morgen - meine Bewegungen ins Geistige zu verlagern; und ich verlieh meinem Sinn die Macht über meine Bewusstheit. Nun sah ich mich selbst hinter meinen geschlossenen Lidern; und aus mir strahlte ebenjenes Verneinen, von dem der Perpet gesprochen hatte.

Wir übten weiter und noch, als die Sonne längst aufgegangen war; und während des späten Frühstücks konnte ich meine Bewunderung nicht länger verbergen. Meine Stimme hatte ich freilich wiedergefunden. »Es ist unglaublich, wie gut du bist, Lars!«, sprach ich ehrfürchtig.

Der Perpet lachte verlegen. »Meinst du?«, fragte er fröhlich.

Ich nickte ernst. »Ja!«, erwiderte ich mit Nachdruck. »Ich weiß gar nicht, wie ich dir genug danken kann, dass du mir all das zeigst und beibringst. Ohne dich würde mir so viel entgehen!«

Laren legte den Kopf schief. »Nein - nicht entgehen«, widersprach er nachdenklich. »Nur nicht bewusst werden. Du tust das alles schon - nur steigt es nicht bis in dein bewusstes Sein auf.«

Ich schwieg und traute mich noch nicht, jene Frage zu stellen, die mir auf dem Herzen brannte. Längst hatte ich darüber nachgedacht, womit ich in Oló zukünftig am liebsten meine Zeit verbringen würde - nach der Zeit mit meiner Familie natürlich. Laren betrachtete mich gespannt, doch er nahm mir diesmal nichts vorweg.

»Geht es dir jetzt besser? Hat dir geholfen, was wir heute ausprobiert haben?«, fragte er mich fürsorglich.

Ich nickte dankbar. »Ich verstehe jetzt, was Laena mit ihrem und meinem Streit gemeint hat und wie sie ihren hatte beenden wollen. Und ein wenig auch, wie sie mir Einhalt gebieten konnte«, erklärte ich. »Und auch meine Wut ist verschwunden: aufgelöst in Konstruktivität.«

Laren grinste und klopfte mir anerkennend auf die Schulter. »Weißt du, mein lieber kleiner Perpet«, sprach er dann und streckte sich genüsslich, »- das ist es doch, was wir hier tun wollen: ein wenig unseren Sinn schärfen, unsere Gemüter erhellen und uns an den Freuden des Frühstücks laben.«

Moshas Wald

Später bei Nebe versuchte ich, das eben Erfahrene in bewusste Tat umzusetzen. Die Gelegenheit dafür bot sich an, denn dank der verlängerten Unterweisung des Perpet musste ich mir die Lösungen meiner Aufgaben eben in dem Moment zurechtlegen, da der Me danach fragte.

Es war zwar nicht das erste Mal und klappte üblicherweise auch ganz gut - doch diesmal verlangte Nebe, der meine Nachlässigkeit wohl gewittert haben musste, die niedergeschriebenen Vorbereitungen zu sehen. Als ich kleinlaut zugab, mich nicht vorbereitet zu haben, wurde er sehr zornig. Er warf mir vor, die Vereinbarung zwischen uns gebrochen zu haben, und schickte mich verärgert nach Hause. Bevor seine Bitterkeit mich erreichen konnte, stellte ich mich gegen sie und verließ ihn zwar schuldbewusst, doch nicht geschlagen.

Noch lange musste ich meine mangelnde Sorgfalt ausbaden, denn mit der nächsten Stunde, da ich ihm artig die nachgeholten Arbeiten vorzeigte, wuchs zu meinem Bedauern das Pensum an Aufgaben für daheim. Ich ahnte schon, dass ich von Me Nebe noch einiges zu erwarten hatte, obgleich ich mir nicht vorstellen konnte, was mich erwarten sollte.

Die betrübliche Angelegenheit hingegen - den Streit zwischen Laena, mir und dem Anderen - hielt ich fälschlicherweise für abgeschlossen. Laena hatte noch einmal mit ihm gesprochen und ihre Sache damit beendet, doch er wollte keine Ruhe geben. Er fing an, sich lautstark über den Niedergang der jungen Frauen aufzuregen, und zog Laena als Beispiel heran, wo er nur konnte. Er erfand haarsträubende Lügen über mich, die ihm glücklicherweise niemand glaubte, nur um sie zu demütigen und herabzusetzen. Dabei verhielt er sich noch immer feige: Er pflegte seine üble Nachrede nur, wenn Laena und ich nicht dabei waren, und bedachte uns ansonsten mit missgünstigen Blicken. Laena suchte erneut das Gespräch, doch mit ihr allein gab er sich als Ehrenmann und wiegelte alles ab, was man ihr zugetragen haben mochte.

Ich derweil brodelte. Auch ich hatte zunächst versucht, mit ihm zu sprechen und mich mit ihm zu vertragen, doch er bewegte sich kein Stück.

So sehr ich mich auch mühte, meine Grenze zu ziehen - Laenas Tränen eines Nachts am See rissen sie mit Gewalt nieder. Wieder hatte er vor den anderen über sie als die Hure eines Menschen geredet und angekündigt, wenn ich erst wieder bei den Menschen wäre, würde ich nicht zurückkehren und Laena schon erkennen, welchen Fang sie mit mir gemacht hätte. Und *er* würde dann nicht derjenige sein, der sie nähme - denn die Vorstellung, dass sie von einem Menschen berührt worden war, musste einen jeden doch anekeln.

Ich tröstete sie, so gut ich konnte, und verbarg, welchen Plan ich inzwischen schmiedete. Wenn er von den Menschen so wenig hielt, wollte ich ihn *nicht* eines Besseren belehren.

Nach meiner Stunde bei Nebe lief ich zum Haus seiner Eltern, das fast ganz unter der Erde lag, und klopfte. Ich fragte seinen Vater nach ihm, der mir die Tür geöffnet hatte, und wartete.

Schließlich erschien er: seine geringschätzige Miene wie einen Schild angelegt. Ich griff ihn und schlug ihm meine Faust so hart ins Gesicht, dass mich der Schmerz selbst durchzuckte wie ein glühender Speer. Er hielt sich die Nase, blutete und gaffte völlig schockiert zu meinem grimmigen Gesicht hinauf.

»Sie gehört der Musik und dem Regen - vielleicht Wind und Mond - aber ganz sicher nicht mir und nicht dir«, sprach ich. »Und wenn du deine Klappe nicht hältst, komme ich wieder. Dann machst du Bekanntschaft mit meiner Linken. Und jetzt geh dich waschen, denn gerade wurdest du von einem Menschen geschlagen.«

Die allgemeine Begeisterung für meine Art der Problemlösung hielt sich arg in Grenzen. Ich hatte ihm die Nase gebrochen; und Mandai, die ihn darum behandeln musste, bedachte mich mit einer moralisierenden Standpauke. Sie warf mir vor, kein gutes Vorbild für meinen jüngeren Bruder zu sein, und meinte, dass mein Ausbruch in furchtbarem Widerspruch zu meinem Wesen stünde. Zidan sagte nichts dazu. Laren erblasste, als ich ihm zähneknirschend und einigermaßen schuldbewusst von dem Vorfall erzählte.

Nur Frowin lachte triumphierend und befand meine Reaktion für die einzig richtige. Er versicherte mir, es wäre ohnehin nötig gewesen; und ich wusste, dass er in seiner Impulsivität ebenso gern zugeschlagen hätte.

Laena erschrak, als sie davon erfuhr, doch nach dem ersten Schrecken konnte ich ihren Augen einen Funken Erleichterung ablesen - und tatsächlich: So verwerflich mein Ausbruch auch gewesen sein mochte - keiner stellte seine Geringschätzung für Laena oder mich nunmehr zur Schau.

»Auch du kannst dich natürlich auf mich verlassen«, scherzte ich Frowin zu. »Auch für dich schlage ich mich, sollte es einmal nötig werden.« Frowin lachte schadenfroh und klopfte mir verpflichtend auf die Schulter.

Wir genossen den Nachmittag zu zweit auf den Klippen, lagen von der Anstrengung der letzten Sprünge lang und hatten zur Erholung schon ein Fass Hord geleert.

Laena war zu Hause: Sie lag nieder und wollte niemanden sehen. Sie blutete und kämpfte mir argen Schmerzen. In Gedanken wich ich ihr nicht von der Seite. Ich dachte darüber nach, wie ich ihr helfen könnte, doch mir fiel nichts Gescheites ein. Zu wenig Erfahrung hatte ich noch in dieser Sache, und es schien mir unangebracht, sie gerade jetzt danach auszufragen.

Ich schaute gierig auf das glitzernde Wasser und sehnte mich nach einem knusprigen Fisch. Frowin seufzte erschöpft und hielt sich den Bauch. Vier große Feste wurden in Oló über das Jahr gefeiert - und zwischen Blumen- und Fischfest, das als Nächstes anstehen sollte, wurde kein Fisch gefangen oder gegessen: eine bittere Entscheidung zum Wohle der Bestände.

Noch eine Weile lagen wir auf den warmen Felsen; dann schlenderten wir gemütlich nach Hause und verabschiedeten uns. Frowin würde ich spätestens am morgigen Vormittag zum Allno der Tochter einer seiner Vettern wiedersehen, zu dem auch meine Familie eingeladen war.

Daheim angekommen schlich ich mich vorsichtig in Laenas Zimmer. Zidan und ich hatten mein Bett neben ihres gestellt, sodass wir endlich auch in unserem Haus beisammen schlafen konnten und Timo sein Zimmer wieder für sich allein hatte. Ich ließ mich leise auf dem Boden neben ihrem Kopf nieder und beobachtete sie. Sie schlief.

Ich überlegte, die Aufgaben für Nebls zu erledigen, zu denen ich morgen nicht kommen würde - und entschied mich dagegen. Laena war sehr blass. Ich fragte mich, ob es an mir läge, dass sie nun so mit der Natur kämpfen musste, und beschloss, Mandai bei Gelegenheit danach zu fragen. Ich seufzte. Sie erwachte und lächelte müde.

»Habe ich dich geweckt?«, wisperte ich und streichelte sie; und sie schüttelte den Kopf.

Nach dem Abendessen brachte ich etwas Suppe an ihr Bett und lauschte die ganze Nacht ihren unruhigen Atemzügen. Als sie aufwachte, weil es wieder schlimmer wurde, füllte ich ihren Lederbeutel mit frischem heißen Wasser und schmiegte mich wärmend an ihren Rücken. Erst kurz bevor ich sie verließ und mich zum Perpet aufmachte, war sie wieder eingeschlafen.

Lars suchte in der Dunkelheit meinen Blick, während er mir die Tür öffnete, und ich seufzte zur Antwort.

Die Stunde verlief ausnehmend unfruchtbar, bis der Perpet schließlich kopfschüttelnd innehielt und seinerseits seufzte. »Du stehst dir heute selbst im Weg. Erzähl schon, warum.«

Ich wischte mir den Schweiß vom Gesicht und betrachtete nachdenklich den noch immer in Schatten gehüllten Garten des Al-Perpet. »Laena geht es so schlecht und ich frage mich, ob ich die Schuld daran trage«, gab ich ihm zur Antwort.

Er musterte mich stirnrunzelnd. Ich entschied mich, ihm Eintritt zu gewähren, statt alles auszusprechen, was mir im Kopf umherging. Er fuhr sich mit der Hand durch das Haar. »Was sagen denn Mandai und Laena dazu?«, fragte er.

»Sie meinen beide, es hätte nichts mit mir zu tun«, gab ich zurück. »Es sei natürlich. Aber das eine hat mit dem anderen nichts zu tun, denke ich.« Lars nickte.

»Ich verstehe überhaupt nichts von Heilkunst«, sprach er. »Aber ich insistiere darauf, dass es nichts mit deinem Menschsein zu tun hat, denn darin bin ich mir sicher. Das ist es doch, was dich zweifeln lässt.«

Ich nickte.

Laren klopfte mir erbauend auf die Schulter. »Ich sehe es in deiner Regung, in allem, was du tust und bist, dass du ein Mensch bist. Du denkst vielleicht: Es ist ein Makel, entzwei zu sein - und du würdest dich immer zerrissen fühlen: hier und dort. Doch in deiner Regung und Haltung liegt etwas anderes. Darin bist du nicht entzweit.«

»Nein?«, hakte ich hoffnungsvoll nach.

Laren schüttelte nachdrücklich den Kopf. »Nein«, sagte er.

Wir schwiegen.

»Ich bin sehr glücklich hier«, hob ich schließlich an. »So glücklich, wie ich es noch nie zuvor war. Trotzdem fehlt mir etwas. Ich weiß nicht, was es ist - doch ich vermisse es.«

Die glühenden Augen des Perpet durchleuchteten mich. »Du musst mich nicht anlügen aus Angst vor meinem Urteil«, entgegnete er scharf. »Natürlich weißt du, was dir fehlt.« Ich erstarrte. Er war bezwingend wie eine Naturgewalt.

»Ja - schon«, gab ich schleppend und verlegen lachend zu. »Das Nachdenken fehlt mir. Das Fragen und die Suche. Ich bin noch nicht angekommen.«

Laren lächelte. »Die Phing der Perlenküste fuhren einst an den Klippen des Wilden Meeres entlang. Sie warfen Anker und fanden einen Ort der Rast. Oló wurde nicht gegründet - es wurde entdeckt. Auch du darfst dich hier ausruhen«, erklärte er.

Ich tat einen tiefen Atemzug, nickte und nahm meine Haltung ein. Wir fuhren fort; und als ich den Perpet kurz nach Sonnenaufgang und diesmal ohne Frühstück verließ, sagte ich: »Du meinst, du verstündest nichts von Heilkunst - doch du heilst mich.«

Beim Allno fehlte von Laena jede Spur und Mandai erklärte mir, sie fühle sich noch nicht wohl genug für einen solch vergnüglichen Anlass.

Tatsächlich verging der Vormittag sehr vergnügt. Frowin und ich aßen viel und es wurde gesungen und getanzt. Die Kleine, derentwegen wir das Allno feierten, wurde herumgereicht, bewundert, bestaunt, geherzt.

Auch ich durfte sie in die Arme nehmen und schaute mir ihr niedliches Gesicht und die kleinen Hände ganz genau an. Sie duftete nach dem Beginn einer neuen Zeit, nach Wärme und Liebe; und ich wünschte mir, Laena wäre bei mir. In Gedanken suchte ich sie und nistete meinen Sinn ganz und gar bei ihr ein.

Genau sechs Monate war die Kleine nun alt; und wir feierten heute den ersten Tag, an dem sie ohne die bergenden Arme eines Phing unsere Erde berühren sollte. Dass meine Familie dabei zugegen war, obwohl wir mit dem kleinen Mädchen keine Verwandten teilten, war ihrer schweren Geburt geschuldet, die nur dank der fähigen Fürsorge Mandais hatte einigermaßen glimpflich verlaufen können.

Betrunken von den Träumen an zukünftige Tage lief ich später zu Me Nebe und klopfte noch in Gedanken an meine eigenen Töchter und Söhne versunken an seine Tür. Er ließ mich ein und Platz nehmen und ich hörte ihm kaum zu, derweil er mit seiner Stunde begann.

Als plötzlich Stille einkehrte und ich ihrer gewahr wurde, fing ich seinen harten Blick ein. »Die Aufgaben von voriger Stunde«, wiederholte er tonlos auf meine fragende Miene.

Ich nickte und versuchte, nicht rot anzulaufen, während ich mit Bedacht meine Aufzeichnungen hervorkramte und rasend überlegte, welches beschriebene Blatt Papier ich ihm vom Tischende wedelnd als die Lösungen verkaufen konnte. Schließlich hatte ich die mir aufgetragenen Aufgaben gefunden und nickte zuversichtlich in seine Richtung.

Zu meinem Bedauern erhob er sich und kam zu mir. »Das sind die Aufgaben?«, fragte er und lieh sich das Blatt Papier von meinem Tisch.

Ich nickte. Selbst meine Ohren waren heiß.

»Und wo sind die Lösungen?«, fragte er und reichte mir das zitternde Blatt.

»Ähem«, machte ich und wühlte in meinen übrigen Notizen. »Hier«, rief ich darauf und gab ihm ein Papier, das ich zwar in der letzten Stunde beschrieben hatte - das man jedoch nicht als die Lösungen benannter Aufgaben bezeichnen konnte.

Er prüfte es und meinte: »Nein: Das sind sie nicht.«

Ich nahm ihm das Papier ab und kramte erneut in meinem Stapel. Me Nebe konnte unsagbar geduldig sein, wenn er eine Verfehlung witterte.

»Ähem - ich glaube, ich habe sie daheim vergessen«, log ich und krönte meine Lüge mit einem fadenscheinigen Angebot. »Ich könnte sofort gehen und sie holen, wenn Ihr erlaubt.« Ich schaute zu ihm auf.

Er hatte die Arme verschränkt und fixierte mich gnadenlos. »Ich glaube eher, du hast dir die Aufgaben nicht einmal angesehen, seitdem ich sie dir aufgetragen habe«, sprach er leise. Seine drohende Stimme jagte mir einen Schauer über den Rücken.

Plötzlich schlug er mir seine Hand so hart ins Gesicht, dass ich alle seine fünf Finger noch auf der Wange spüren konnte, als er sie längst gesunken hatte.

»Geh und hol deine Lösungen«, befahl er zornig.

Ich stand wie benommen auf und machte mich mit klopfendem Herzen davon. Auf dem Weg nach Hause überschlugen sich meine Gedanken. Noch nie hatte mich jemand geschlagen: schon gar nicht mein Naru. Warum war er auf meine Lüge eingegangen, wenn er sie durchschaut hatte? Ich versuchte fieberhaft, mir die eben kurz überflogenen Aufgaben zusammenzureimen. Vielleicht konnte ich, wenn ich mich beeilte, schnell auf ein Papier von Mandai ein paar Lösungen schmieren. Ich rannte los und kam keuchend zu Hause an.

Laena ging es etwas besser: Sie saß nun immerhin in Schlafsachen am Feuer in der Küche.

»Keine Zeit für Erklärungen«, meinte ich und wehte an ihr vorbei zum Arbeitszimmer Mandais.

Diese schaute ebenso verdutzt drein wie Laena, nachdem ich an ihre Tür geklopft hatte, und reichte mir ein Papier und einen Stift, als ich sie danach fragte. »Solltest du nicht beim Me sein?«, rief sie mir hinterher, während ich davon- und zurück in die Küche stürmte.

»Geht es dir besser?«, unterbrach ich mein eigenes Gemurmel und horchte erleichtert auf Laenas zufriedenstellende Antwort, indessen ich ein paar Sätze auf das unschuldige Papier klatschte. Dann rauschte ich wieder von dannen und lief zum Me.

Er hatte die Beine überschlagen und die Hände gefaltet, da ich eintrat und meinen Zettel bei ihm abgab. Ich versuchte, mein schuldbeladenes Gewissen zu verbergen, doch es gelang nicht. Nachdem er mich angewiesen hatte, mich erneut zu setzen, nahm er mich ins Verhör, ergoss sich in einer zermürbenden Rede über das Lügen und die Wahrheit und predigte mir schließlich seine liebste Triade aus Disziplin, Leistung und Einsatz. Erst und nachdem ich das Doppelte der üblichen Zeit abgesessen hatte, entließ er mich mit einer ganzen Ladung an neuen Aufgaben in den Nachmittag.

Jene Ohrfeige und deren unschickliche Umstände waren der Auftakt eines höchst unerfreulichen Kreislaufes. Die Menge an zusätzlichen Übungen, die er mir aufgehalst hatte, war kaum zu bewältigen - erst recht nicht, da ich so viel Besseres, Wichtigeres und Vergnüglicheres zu tun hatte, als mich an seiner Erziehung zu ergehen.

So musste ich mir in der nächsten Stunde erneut eine Lüge einfallen lassen, um seiner Strafe zu entgehen - was sich als die schlechteste Idee herausstellte: Das Lügen gehörte nicht unbedingt zu meinen Stärken. Ich kassierte eine Schelle, saß länger bei ihm, als ich wollte, und musste zusätzlich zu den neu gestellten Hausaufgaben die bereits geforderten nachholen. Meine Bereitschaft dafür ergab leider mit der Mächtigkeit an Hausarbeiten eine prachtvolle Hyperbel, wie ich in keinem meiner verlorenen Bücher eine bessere hätte finden können.

Seine verbale Züchtigung fortan mit einer physischen zu verbinden, war die Konsequenz; und bis zum Fischfest etablierte sich darin eine Regelmäßigkeit. Er schlug mich häufig und ich wehrte mich nicht, da ich die ersten Male sehr wohl verstanden hatte, wie er dazu gekommen war. Mir fiel nicht ein, ihn einfach nicht mehr zu besuchen; und ich sprach nicht darüber. Weder Laren noch Laena bemerkten etwas davon - sowie ich Me Nebes Maßnahmen zur Gewöhnung schob - und das irrtümliche Gefühl, es verdient zu haben, ließ meinen Sinn nicht aufwühlen.

Sicher ging Letzteres mit einer weiteren, ebenso unerfreulichen Wendung einher, die ich bislang von meiner Erzählung ferngehalten habe - nun jedoch nicht länger verbergen will: der Missgunst der anderen. Dass ich die Dreistigkeit besaß, sowohl bei Perpet Laren als auch bei Me Nebe Privatstunden zu nehmen, war den meisten anderen Schülern und manchen Erwachsenen ein Dorn im Auge. Man munkelte, ich würde mich für einen Besseren halten als sie und wäre darum arrogant und eingebildet.

Keiner von denen, die mich mit ihrem Neid straften, verstand, dass es mir schlicht ein Bedürfnis war, meinen Geist an seine Grenzen zu führen, und dass mich bloße Neugier trieb, zu erkunden, was hinter dieser Grenze liegen mochte.

Ich war deswegen sehr betrübt; und immer wieder musste ich mit Laren, Frowin und Laena darüber sprechen und mir ihren Rat einholen. Trotz ihrer einfühlsamen Worte versuchte ich vor ihnen zu verheimlichen, wie schwer es mir fiel, auf meine Studien zu verzichten.

So gönnte ich mir nach dem Abendessen einen Moment ruhigen Seufzens, in dem ich auf dem Bett saß und in die Leere starrte. Es war der Abend vor dem Fischfest und ich würde den morgigen Sonnenaufgang nicht meditierend auf dem Boden der Hütte des Al-Perpet, sondern angelnd auf einem Boot verbringen. Me Nebes Unterricht konnte mich nicht befriedigen; und ich fragte mich, ob ich in Oló wirklich dauerhaft einen Platz finden konnte. So sehr ich mich auch mühte, mich einzufügen - etwas, das ich noch immer nicht zufriedenstellend greifen oder benennen konnte, schloss mich aus.

Laena kam herein und setzte sich neben mich. »Du grübelst ja wieder«, flüsterte sie scharfsinnig zur Antwort auf mein müdes Lächeln.

Ich streichelte mit der Hand durch ihr Haar und betrachtete nachdenklich ihr vollkommenes Gesicht. »Wir sollten wirklich zur Perlenküste fahren, wenn ich meinen Cachil besucht habe«, murmelte ich.

Sie nickte; dann schmiss sie mich rücklings auf die Matratze und legte sich auf mich. Sie küsste mein Gesicht.

»Ich weiß, was dir hilft«, flüsterte sie schließlich und holte ihre Lyra hervor. Bis Timo nebenan zu Bett ging, spielte sie für mich, und derweil sickerten meine Tränen in die Kissen.

Wir kuschelten uns unter die Decken und sie hielt mich. Sie schwieg so lange, dass ich schon glaubte, sie wäre eingeschlafen - da fragte sie leise: »Warum lernst du so gern?«

Ich zögerte. Es war nicht so leicht, darauf eine Antwort zu finden. »Es gibt so vieles -«, entgegnete ich schleppend, »- so viele Geheimnisse, so vieles zu wissen. Dass so viele Köpfe lange, bevor ich geboren wurde, so vieles erforscht haben: Daran will ich teilhaben.« Ich brach ab und stellte fest, dass meine Worte nicht die ganze Wahrheit trafen. »Eigentlich ist es gar kein Wollen - eher ein Müssen: wie Essen und Schlafen. Ein Weilchen kann ich schon darauf verzichten, aber wenn ich zu lange darauf verzichte, werde ich krank«, murmelte ich schließlich und hoffte, Laena würde diese Erklärung genügen.

»Das verstehe ich«, seufzte sie, streckte sich und umschloss mich fester.

Genug war darüber gesagt in jener Nacht; und genug soll nun darüber gesagt sein.

Noch vor dem Morgengrauen aufzuwachen und mich aufzumachen, fiel mir nicht schwer, denn ich war dank der Weisungen des Perpet daran gewöhnt - Laena jedoch verschlief für gewöhnlich selbst den Sonnenaufgang, und es war eine Herausforderung, sie noch vor diesem munter zu bekommen.

Tatsächlich konnte man noch nicht von der Früh sprechen, als wir fünf gähnend zu dem Angelplatz ritten, an dem der erste Teil des Fischfestes begangen werden sollte. Wir bedauerten zweierlei: dass unser Heim so weit vom Meer weg stehen musste und dass die Angelei so früh beginnen musste.

Da wir die vielen kleinen Anglerboote und die vielen von einem Bein auf das andere tretenden Phing erblickten, verflog allerdings jede Müdigkeit. Die Sonne blitzte hinter unseren Rücken auf, überzog das Meer mit einem sanften Glänzen und tauchte Phing und Boote in goldenes Morgenlicht.

Hatte ich zuerst geglaubt, das Angeln würde eine ernste Angelegenheit werden, musste ich mich freilich gern eines Besseren belehren lassen. Wir beluden die Boote zunächst mit jeder Menge Waffeln, Kakao und Wein und fuhren dann - ein Boot nach dem anderen - hinaus aufs Meer. An Land ließen sich derweil ein paar Phing von der Sonne bescheinen, während sie darauf warteten, dass die ersten erfolgreichen Boote zurückkämen und sie diese ablösen könnten.

Ich saß mit Frowin in einem Boot. Vom Ufer drang Musik herüber und ich bildete mir ein, Laenas Lyra ganz deutlich unter den anderen Instrumenten herauszuhören. Solange wir uns am Frühstück gütlich taten, ließen wir die Angelruten wackeln und zappeln - aber als es nur noch galt, Wein zu trinken, fingen wir einen Fisch nach dem anderen. Bald war unser Eimer voll und schwer von den schleimigen Tieren und wir kehrten zufrieden an Land zurück.

Frowin ruderte Zug um Zug und ich feuerte ihn an. Ein Boot in einiger Entfernung nahm ebenfalls gerade Kurs auf das Ufer und lieferte sich offensichtlich ein Wettrudern mit uns. Ich erspähte Timo und Zidan darin und schrie selbst gegen die treibenden Rufe meines kleinen Bruders an. Frowin und ich erreichten das Ufer um Haaresbreite als Erste und mein Freund brach zusammen. Er legte sich schnaufend in den Sand und ließ mich unseren Fang zu den anderen schaffen.

Timo sprang zu mir und rief: »Jetzt möchte ich mit dir angeln fahren!«

Ich grinste. »Ich habe aber eben nicht gerudert und gewonnen«, wandte ich ein - Timo ließ sich davon jedoch nicht beirren.

»Mein Vater ist jetzt müde«, entgegnete er und deutete auf Zidan. Auch dieser lag lang. Sein Schweiß tropfte in den Sand.

Ich half Timo, ihren Eimer zu den anderen zu tragen. Etwas weiter im Land - da, wo der schimmernde Sand in eine niedrig stehende Wiese übergegangen war - hatte man die Örtlichkeiten für das bevorstehende große Fischessen vorbereitet. Die ersten knusprigen Fische waren schon zubereitet und ihr Duft ließ mir das Wasser im Mund zusammenlaufen. Ich lief ein wenig neugierig umher, tat mit diesem und jenem einen Schwatz und hoffte insgeheim, schon eines der vielversprechenden Tierchen abgreifen zu können - gewissermaßen als Kostprobe.

Plötzlich tauchte Timo neben mir auf: jeweils einen Handspieß in der Rechten und Linken. »Für unsere Ruderer zur Stärkung«, erklärte er und rannte davon.

Ich folgte ihm, fragte: »Wie hast du das denn angestellt?«, und bedauerte, nicht selbst auch gerudert zu haben.

Es war ein herrlicher Vormittag. Immer wieder fuhr ich mit meinen Lieben hinaus, brachte Eimer und Eimer voller Fisch an Land, beobachtete voller Vorfreude, wie unsere fähigsten Köche diese einlegten, brieten und mit Teig umwickelt buken, und betrachtete staunend weit draußen in den Wellen die unzähligen dunklen Boote mit ihren schwatzenden, lachenden Anglern darin. Da der erste dieser unfreiwillig Freundschaft mit dem Wasser schloss, war das salzige Nass zum Baden freigegeben und wir sprangen inbrünstig in die kühlenden Fluten.

Nach dem festlichen Mittagessen traten all jene, die sich nicht auf einer der Decken in der Wiese ein Nickerchen gönnen wollten, zum Wettbootspringen an: dem Spiel des Fischfestes.

Wir banden alle Boote zu einer langen Schlange aneinander, die weit hinaus aufs Meer ragte, und beklatschten übermütig jeden Spieler, der am Ufer startend in rasender Geschwindigkeit von Boot zu Boot sprang. Kräftig wiederholte unser Chor für jeden Wettkämpfer währenddessen das Lied vom Fliegefisch: eine alberne, alte Weise. Der Schnellste gewann. Jeder hatte nur einen Versuch. Wer ins Wasser fiel, schied aus.

Das Spiel war spaßig; und auch dieses Jahr wurde ein Sieger gekürt, der nicht ich war - doch an den Rekord von Norle vor sechsunddreißig Jahren reichte keiner heran. Zeit und Name der Siegerin - diesmal eine junge Frau in Larens Alter - trug man zum aktuellen Jahr in ein dickes Buch, in dem auch die Regeln und Anweisungen zum Aufbau verzeichnet waren, und überreichte es nebst *Nikomuks Metronom* - dem unabhängigsten aller Taktgeber - und zwei hölzernen Ringen Gereon zur sicheren Verwahrung.

Mit der Siegerehrung war unser Fischfest zu einem erfolgreichen Abschluss geführt worden, und nach ein paar andächtigen Liedern zur Huldigung des gewaltigen Meeres, dem Abbau und Aufräumen aller Utensilien und einer im Allgemeinen herzlichen Verabschiedung ging ein jeder wieder seiner üblichen Wege.

Abends am See beschlossen Laena und ich, am nächsten Tag wieder in Moshas Wald klettern zu gehen. Wir lagen satt und zufrieden auf meinem Mantel im Gras und betrachteten das Sternenlicht am Himmel. Es war eine klare, eine malerische Nacht.

»Ins Nuns müssen wir auch mal wieder«, murmelte Laena.

Ihr Haar roch nach duftschweren Blütenkelchen. Sie hatte sich etwas von der Salbe, die sie zum Geburtstag von ihrer Mutter geschenkt bekommen hatte, in die braunen Locken geknetet. Ich konnte nicht umhin, mein Gesicht an ihrem Hals zu vergraben, und pflichtete ihr bei.

»Es war heute wieder so schön, dir beim Spielen zuzusehen«, sprach ich. »Wenn wir erst durchs Erlenthal ziehen, wirst du überall berühmt für deine Lieder. Die Leute werden sich nach deiner Stimme verzehren.« Laena seufzte. Die Nacht wurde kälter und wir zogen uns unter die Weiden zurück.

Tags darauf half ich dem Perpet bei einigen Arbeiten im Haushalt, bis ich zum Me lief und mir von ihm wieder eine Standpauke abholen durfte. Zu Hause schlang ich eilig mein spätes Mittagessen hinunter und verschwand dann in den Wald, in dem Laena bereits auf mich wartete.

Einmal Moshas unergründliches Reich betreten, umfing mich erneut jene mächtige Präsenz, die meine Bewusstheit beinahe verdrängte. Auf dem Pfad zu unserem Treffpunkt konnte ich mich ihr nicht erwehren und wurde mit jedem Schritt tiefer in den Wald gezogen.

Meine Füße wurden so schwer, dass ich mich für einen Moment auf einen umgestürzten Baumstamm setzen musste, um Atem zu holen. Ich füllte meine Brust mit dem Odem dieses alten Waldes, mühte mich, wenigstens im Geist Laena zu finden - doch es misslang. Jene pulsierende Kraft, die der Perpet als Entität zu bezeichnen pflegte, verstellte meinem wühlenden Sinn jede Suche. Ich wurde zur Ruhe gezwungen.

Ich versuchte in meiner Erinnerung zu kramen, ob der Perpet mir für eine solche Situation schon etwas geraten haben mochte, versagte jedoch auch hier.

Mir wurde die Kontrolle versagt. Weder spürte ich die Sohlen auf dem weichen Waldboden, noch konnte ich dem Geräusch meines Atems lauschen.

Eine andere Erinnerung flutete auf mich ein. Ich war wieder in Inkowitch, brütete am Schreibtisch über dem Beweis zur Irrationalität der Kreiszahl. Ganz und gar versunken in meine Arbeit wusste ich zugleich von meiner Reise nach Oló, von der Begegnung mit Laena und dem Abschied von Tilius. Eine jüngere Version meiner Person mit dem Wissen und der Erfahrung von diesem Tag in Oló in Moshas Wald. Dennoch - die Abfolge der Minuten konnte ich nicht beeinflussen; und obwohl ich ebenjenen Beweis inzwischen viel schneller aufgestellt haben konnte, überlegte ich lange. Lange genug, um zu bemerken, dass jene Kapazität, die ich damals tatsächlich für das erste Erleben zu besetzen gehabt hatte, nun frei war.

Ich richtete sie auf meine Schreibhand, die zitternd über den Papyrus huschte, auf den Geruch der Tinte und das trübe Licht in meinem kleinen Zimmer. Staunend stellte ich fest, dass ich kaum mehr entscheiden konnte, ob das noch immer eine Erinnerung war oder nicht eher gerade jetzt passierte.

Ich legte den Pinsel beiseite und nahm wehmütig das kleine Büchlein in die Hand, das aufgeschlagen auf meinem Tisch lag. Der ledrige Einband wellte sich fast von den Seiten. Zu einigen Beweisen und Übungen waren Notizen an den Rand gekritzelt, die nicht von mir stammten. Ich blätterte gedankenverloren darin und spürte dem Gefühl meiner Daumen am vergilbten Pergament nach. Es fühlte sich vertraut an: wie zu Hause. Ich fuhr fort.

Es klopfte an der Tür. Noch bevor Cachil sie geöffnet hatte, wusste ich von seiner sorgenvoll bewegten Miene.

»Bitte entschuldige, wenn ich dich störe, Gabegi«, hob er an. »Kommst du gut voran?« Der Klang seiner Stimme drang mir bis ins Mark. Ich nickte sprachlos.

Er lächelte. Sein Gesicht wurde aufgebrochen von Güte. Ich betrachtete ihn nachdenklich: die schweren Ringe unter seinen Augen, die Sorgenfalten. In seinem Blick lag - verborgen und dunkel - ein matter Schmerz: ein stumpf glimmender Speer. Darüber strahlte Hoffnung.

»Darf ich Euch etwas fragen, Naru?«, sprach ich und wunderte mich über den hellen Klang meiner Stimme. Cachil nickte. »Seid Ihr auch wohl? Ihr seht so müde aus!«, sprach ich weiter. Über das Gesicht meines Naru fuhr ein stummer Jammer.

»Ja: Ich bin wohl. Ich habe nur schlecht geschlafen letzte Nacht«, entgegnete er. Seine Miene hatte sich gefangen - seine Augen indes konnten mich nicht täuschen.

Ich stand auf und ging zu ihm. Ich war viel kleiner als er. »Erzählt mir doch, warum. Vielleicht kann ich Euch helfen!«, bohrte ich nun.

Da Cachil keine Anstalten machte, die Tür loszulassen und ganz in mein Zimmer zu treten, bot ich ihm einen Platz auf meiner Matte an und setzte mich selbst darauf. Zögernd nahm er mein Angebot an.

Er erzählte mir von seiner Traurigkeit und dass er Angst hätte, er könnte mich verlieren. »Immerzu muss ich daran denken, wie ich deinen Vater verloren habe«, murmelte er. »Ich vermisse ihn sehr.«

»Ich vermisse ihn auch«, gab ich zurück.

Ich fiel ihm um den Hals und erstickte ihn beinah. Es sollte ihn trösten. Er streichelte meinen Rücken: Mit seinen Händen schien er meinen ganzen Rumpf umfassen zu können.

»Dein Vater war ein besonderer Mensch«, flüsterte er. »Er hat dich sehr geliebt.«

»Und Euch auch«, fügte ich hinzu. Ich ließ ihn los.

Cachil lächelte wieder. »Umso schöner ist es doch, dass sein Sohn und ich uns so gut verstehen«, sprach er schließlich und fuhr mir durchs Haar.

»Ihr braucht keine Angst haben, Naru: Ich passe schon auf mich auf! Und ich passe auch auf Euch auf!«, versicherte ich.

Cachil lachte. »Das tust du«, gab er zurück.

»Wer bist du?«

Ich erschrak. Mit einem Wimpernschlag saß ich wieder in Moshas Wald. Die Erinnerung zerrann. Ich öffnete und schloss meine Hände, bewegte meine Zehen und sprang auf. Ich hatte Mühe, in meinen Körper zurückzukehren.

»Wer bist du?«, fragte eine glockenhelle Stimme ganz nah an meinem Ohr.

Ich erschrak wieder: heftiger noch als zuvor - und schaute mich um. Niemand war hier. Ich lief umher und blickte mich um: Ich war allein.

»Wer bist du?«

Vielleicht war es meine eigene Stimme, die ich hörte? Ich hätte den Wald nicht allein betreten sollen.

»Wer bist *du?*«, ging ich zum Angriff über. »Oder sollte ich eher fragen: *Was* bist du?«

Es kicherte und raschelte um mich. Meine Augen konnten nichts sehen. Ich stürzte in einen nahe stehenden Busch, aus dessen Richtung ich das Rascheln vernommen geglaubt hatte. Ich wühlte darin, riss mir die Handflächen auf - doch nichts lauerte im Busch.

Ich versuchte mich zu beruhigen. Wahrscheinlich war es meine eigene Stimme gewesen: eine Finte meines Verstandes, mich aus der Erinnerung ins Hier und Jetzt zu holen. Wahrscheinlich hätte ich mich sonst darin verloren. Wahrscheinlich spielten meine Sinne ihm nun einen Streich.

Wieder hörte ich jene Frage: lauter diesmal als zuvor. Ich hockte mich auf den Waldboden, legte die Handflächen auf die Augen und fokussierte meine eigene Entität. Doch ich entglitt.

Etwas stieß mich von hinten an und ich fiel um. Mein Gesicht drückte sich in die harte Erde. Ich drehte mich um und packte zu, doch meine Hände griffen ins Leere. Wieder hörte ich ein Kichern und glaubte nicht mehr daran, einer eigens beschworenen Illusion zu folgen. Etwas hier war mit mir: etwas, das meinen Sinn überstülpte und mir das Ren raubte.

»Wer bist du?«, fragte ich - doch noch während ich meine Frage aussprach, wusste ich die Antwort.

Es konnte nur Mosha sein.

»Mosha«, hob ich an. »Verzeih, dass ich deinen Wald heimgesucht habe. Ich habe das offensichtlich ohne Erlaubnis getan. Was kann ich tun, dass du mich loslässt?«

Es wurde still. Ich hielt inne. War es verschwunden? Hatte es mich losgelassen?

Plötzlich fuhr ein stechender Schmerz in meine Hand. Aus der linken Handfläche troff Blut und benetzte die Erde unter mir. Ich untersuchte sie verblüfft und fürchtete mich davor, noch einmal verwundet zu werden.

Es war ein Biss. Er schmerzte stärker, je länger ich ihn betrachtete. Er hielt mich bei mir.

Noch bevor ich mich dazu entschließen konnte, nach Hause zurückzukehren, stieß Laena zu mir: ihr Gesicht von Furcht verzehrt. Sie kniete sich zu mir und nahm meine Hand in ihre.

»Was ist denn passiert?«, rief sie panisch. »Ich habe dich rufen hören und dich gesucht. Was ist mit deiner Hand passiert?«

Ich versuchte sie zu beruhigen, doch der zunehmende Schmerz benebelte meine Sinne.

»Ich fürchte, ich bin Mosha begegnet«, murmelte ich. Laena verblasste.

Sie ließ meine Hand los und barg nun mein Gesicht in ihren Händen.

»Nein - nein - du darfst nicht einschlafen!«, rief sie. »Ich kann dich nicht nach Hause tragen! Du musst wach bleiben!«

Sie half mir auf. Taumelnd fanden meine Füße Grund. Laena stützte mich. Wir liefen langsam durch den Wald.

»Halt die Hand nach oben!«, keuchte sie, doch sie wurde zu schwer.

»Ich kann sie nicht mehr bewegen«, raunte ich müde.

Von dem Biss, der noch immer blutete und blutete, zogen sich nun feine blaue Linien über meinen Arm, die hell schimmerten. Was sie erreichten, wurde taub.

Laena packte meinen Arm und hielt ihn nach oben: Sie erblickte die blauen Linien und schrie auf.

»Wurdest du etwa vergiftet?«, rief sie. »Kateshi, du musst mir jetzt sagen, was passiert ist, bevor du die Besinnung verlierst!« Ich konnte förmlich sehen, wie der Schweiß aus ihren Poren rann.

»Mosha hat mich gebissen«, murmelte ich und schleppte mich weiter ans Waldesende.

Laena schluchzte jetzt. »Oh nein - es tut mir so leid! Ich hätte dich niemals hier allein lassen sollen!«

Ihre Augen wurden größer und größer, als sie sah, wie schnell sich die blauen Linien ausbreiteten.

»Bist du noch da?«, fragte sie und schüttelte mich.

Ich konnte sie kaum noch hören. Die Taubheit hatte nun beinahe meine Schulter erreicht.

»Ich bin bei dir«, raunte ich.

Meine Hand hatte zu bluten aufgehört, doch der stechende Schmerz nahm weiter zu, dass ich erbrechen musste. Laena hielt mich fest und rief etwas.

Ich stand wieder auf und wir liefen weiter: Das Waldesende war schon in Sicht. Noch ein paar Schritte und Moshas Wald läge hinter uns. Die blauen Linien streckten sich inzwischen bis zu meinem Hals.

»Was passiert mit mir?«, ächzte ich und stolperte. Wir entkamen dem Wald.

Laena schleifte mich weiter - so sie konnte - bis meine Beine schließlich ganz und gar versagten. Einzig meine Stimme war noch zu gebrauchen. Mir kam in den Sinn, sie so lange zu benutzen, wie es mir möglich war.

»Hier hast du mir zum ersten Mal meinen Namen gesagt - weißt du noch?«, fragte ich sie.

Sie nickte. Tränen rannen ihr über die Wangen und mit den Händen streichelte sie meine, um mich wach zu halten.

»Wenn du einschläfst, kann ich dir nicht mehr helfen«, schluchzte sie.

»Ich fühle mich nicht mehr. Ich verliere«, waren meine letzten Worte, bevor ich das Reich meines Bewusstseins vollends verließ. Ich verlor nicht die Besinnung - vielmehr tauchte ich tiefer in sie hinab.

Ich war wieder im Wald: Ich stand in seiner Mitte. Die massigen Stämme um mich wirkten bedrohlich. Meine Brust fühlte sich an, als wäre sie mit siedend heißem Blei gefüllt. Eine Schwere drohte mich niederzudrücken, als lastete die Wucht der Welt auf ihr. Ich konnte kaum atmen.

In einiger Entfernung sah ich Laren, dessen versteinertes Gesicht viel älter wirkte, als er jetzt sein konnte. War das eine Erinnerung an die Zukunft?

Laren betrachtete still die Blume in seinen Händen; er hielt sie wie einen kostbaren Kelch. Sie schimmerte im Sonnenlicht.

Ein verhaltenes Hämmern zog meinen Blick zum Stamm, an dessen Laren zugewandter Seite gerade ein Schild aus Holz angebracht wurde. Die Worte darauf kannte ich nur zu gut. Sie schnitten wie Peitschenhiebe in meine Kehle.

Ich sah auf meine Hände und stellte mit Schrecken fest, dass es nicht meine waren. So ich das erkannte, schlug ein Blitz glühender Angst in mich ein, verdrängte den dumpf dröhnenden Schmerz zwischen meinen Rippen und ließ mich los.

Ich hockte zwischen den Ästen einer alten Dendron. Sonnenlicht brach durch die Blätter und fiel meterweit nach unten auf die Erde. So weit oben in den Bäumen war ich noch nie gewesen.

Ich glaubte, Laenas Stimme zu hören - doch ihre Worte waren mir fremd. Sie war nirgends zu sehen.

Ich blieb sitzen, bis das Mondlicht hereinbrach. Durch die blätterbeladenen Zweige konnte ich sein fahles Gesicht erkennen. Kühle Hände von Wind streichelten über meine Silhouette.

Ich dachte daran, nach Hause zu gehen - und erwachte zu Hause.

Wieder in meinem eigenen Körper zu sein, war ein himmlisches Gefühl.

Laena weinte neben mir; sie sah so aus, als hätte sie seit Tagen nicht geruht.

»He - was ist denn los?«, fragte ich sie krächzend. Als sie begriff, dass ich wach war, fiel sie mir um den Hals und schluchzte lauter.

Ich untersuchte meinen Arm und stellte beruhigt fest, dass die blauen Linien verschwunden waren. »Sie sind verschwunden«, murmelte ich; und Laena nickte, während sie sich noch immer vor Tränen schüttelte.

Der Biss war vollständig verheilt, doch durch die Haut schimmerte nun - mitten in meiner Handfläche - ein blasses blaues Glühen. Feine Narben schlängelten sich darum.

»Was ist das blaue Zeug? War das ein Gift?«, fragte ich sie.

Laena schüttelte den Kopf. »Der Al-Perpet sagt: Das ist *Moshas Licht*«, antwortete sie.

»Der Al-Perpet?«, gab ich zurück. »War er hier? Wie lange war ich weg?«

»Er war hier und hat dich angesehen«, erklärte Laena. »Wir dachten, du würdest nicht mehr zurückkehren.« Ihre Stimme erstarb. Sie schlug die Hand vor ihr Gesicht und verbarg es vor mir. Ich zog sie an mich und drückte sie fest an meine Brust. Ihr Weinen war schlimmer als jede Begegnung in Moshas Wald.

»Alles ist gut«, tröstete ich sie. »Ich fühle mich gut«, versicherte ich ihr.

»Du fühlst dich gut?«, hakte sie nach. »Der Al-Perpet hat gesagt, du würdest wieder zurückkehren und dich gut fühlen.« Ich nickte und erkannte überrascht, dass ich mich besser fühlte als jemals zuvor. Alles um mich herum schien klarer, intensiver: als hätte die Welt ein paar zusätzliche Farben erhalten. Laena war so unfassbar schön.

»Was hat er noch gesagt?«, fragte ich sie - dann merkte ich endlich, dass jetzt nicht der richtige Zeitpunkt war, darüber zu sprechen: nicht für sie. Ich lud sie unter meine Decke ein und barg sie in meinen Armen. Das Schluchzen ebbte langsam ab. Ich streichelte über ihre Wangen, bis sie ganz ruhig wurde und schließlich einschlief.

Ich brütete über dem, was geschehen war, betrachtete meine Hand und drückte auf den Narben herum. Das blaue Licht wurde weder heller noch dunkler; es schimmerte durch meine Hand wie durch einen Schirm aus Pergament.

Mandai kam herein und nickte mir erleichtert zu.

»Sie schläft«, flüsterte ich mit Blick auf Laena.

Ihre Mutter seufzte, als würde sie die Last des letzten Tages mit ihrem Atem an die Zeit abgeben. »Lass sie schlafen«, wisperte sie. »Es wird endlich Zeit, dass sie schläft und zur Ruhe kommt.« Sie nahm sich einen Schemel und setzte sich zu mir.

Es erinnerte mich an meine ersten Tage in Oló: Ich war im selben Zimmer erwacht, in dem Laena nun in meinen Armen die Erschöpfung übermannt hatte.

»Möchtest du etwas essen oder trinken?«, fragte Mandai leise.

Ich schüttelte den Kopf. »Später vielleicht. Erzähl mir, was passiert ist«, bat ich sie.

Sie räusperte sich und erzählte: »Ich war gerade dabei, eine Essenz aus Dalinsamen zu ziehen, als Laena rief. Zidan und ich sind beide gleich zu ihr gestürzt - wir hatten keine Wahl: So bezwingend habe ich sie schon sehr lange nicht mehr rufen gehört. Aber bevor wir zum Waldrand kommen konnten, ist sie uns entgegengeprescht: dich im Arm auf Zacharias' Rücken. Er war wohl schon in der Nähe und schneller als wir. Ich vermute, du selbst hast ihn gerufen, als du noch im Wald warst.«

»Wenn ich ihn gerufen habe, dann habe ich das jedenfalls nicht bewusst getan«, unterbrach ich sie.

»Das sicher nicht - aber Laena hat davon gesprochen, du hättest sie gerufen im Wald. Darauf hat sicher auch Zacharias reagiert - immerhin habt ihr eine intensivere Bindung zueinander als so mancher Phing und so manches Tier.

Und als ich Laena sah, wusste ich gleich, dass etwas Schlimmes im Wald passiert sein musste. Ich habe sie selten so schuldbeladen und aufgelöst gesehen. Sie hat etwas von Mosha gestammelt und dass er dich gebissen habe.

Nun bin ich zwar der Heilkunst verschrieben - solcherlei geht jedoch über meine Kunst hinaus. Das blaue Leuchten hatte bereits deinen ganzen Körper erfasst und deine Haut mit einem Netz aus Licht überzogen. Es hat tatsächlich wie ein Gift ausgesehen, gegen das ich kein Heilmittel kenne oder besitze.

Timo ist gerannt und hat den Al-Perpet geholt.« Mandai seufzte. »Nun; es war nicht das erste Mal, dass wir seine Hilfe gebraucht haben. Doch diesmal glücklicherweise hatte er guten und erfreulichen Rat für uns:

Mosha hat dir kein Leid zugefügt - er hat dir geholfen. Mosha ist ein Beschützer und das Leuchten sein Schutz. Du würdest bald aufwachen - hat der Al-Perpet gemeint - wenn du aus dem Wald gefunden hättest, und es würde dir nicht schaden. Er hat sogar gemeint, du hättest länger im Wald bleiben sollen nach seinem Biss: Dann hätte er beenden können, was er begonnen hatte. Laena hatte ihn wohl unterbrochen. Doch ihr ist nichts vorzuwerfen - ohnehin nimmt sie nun eine Schuld auf sich, die sie nicht tragen müsste.« Wir schauten beide auf Laenas erschöpftes Gesicht. Ich drückte sie fester an mich.

»Wie lange hat es gedauert, bis ich aufgewacht bin?«, fragte ich flüsternd.

»Genau einen Tag«, gab Mandai zurück. »Der Perpet hat dich auch besucht. Ach - schau, wer da kommt!«

Durch die offene Tür trat zuerst ein keuchender Timo und dahinter Laren, der lächelte, als er mich erblickte. Mandai verließ uns und nahm Timo mit, nachdem dieser sich vergewissert hatte, dass ich wirklich wohlauf war.

Der Perpet nahm Mandais Platz ein und untersuchte meine Hand interessiert. »Geht es dir gut?«, fragte er.

Ich nickte. »Merkwürdigerweise sogar sehr gut«, entgegnete ich.

Laren fixierte mich. »Es wäre merkwürdig, wenn es nicht so wäre«, antwortete er.

Er beschrieb mir den Verlauf der Ereignisse aus seiner Sicht; ich füllte die Lücken mit meinen Erlebnissen und gemeinsam suchten wir nach den fundamentalen Fragen.

Nach einer langen Pause des Schweigens murmelte der Perpet schließlich: »Du solltest morgen auf jeden Fall wieder zu mir kommen. Einige Rätsel haben wir nun zu lösen, die Mosha uns aufgetragen hat.«

Ich nickte. »Die beiden wesentlichen Fragen sind: Wovor hat er mich geschützt und warum brauchte ich seinen Schutz«, fasste ich zusammen.

Mittlerweile war meine ganze rechte Seite, auf der Laena lag, eingeschlafen. Ich schälte mich vorsichtig aus den Laken, ohne sie zu wecken, und zog mich um. Dann verließ ich mit Lars das Krankenzimmer.

Er wollte sich gerade verabschieden, da bot Mandai ihm an, zum Essen zu bleiben - ein Angebot, das er niemals ausschlagen würde. Also schlangen wir gemeinsam Mandais köstliche Fischsuppe hinunter, tranken Honigwein und gönnten uns jeder zwei Stücke Apfelsinenkuchen zum Nachtisch.

Ich wollte Mandai beim Aufräumen und Abwaschen helfen, doch sie scheuchte mich nach draußen, wo sie bereits unseren Badezuber mit frischem Wasser vorbereitet hatte. Ich sank langsam in das kalte Nass, tauchte mit dem Kopf unter und öffnete die Augen.

Durch das klare Wasser hindurch schimmerte das blaue Leuchten meiner Linken umso heller. Wieder drückte ich daran herum, untersuchte die feinen Narben und ergründete, ob sich die Haut anders anfühlte als sonst, doch mich traf keine Erkenntnis.

Zum Abendessen weckte ich Laena zärtlich, die dennoch hochschreckte und mich mit weit aufgerissenen Augen musterte. Erst da sie ganz wach war, reckte sie sich und folgte mir traumtänzelnd in die Küche, wo Mandai bereits alles vorbereitet hatte. Zidan und Timo saßen ebenfalls bereit.

»Endlich sitzt du wieder an unserem Tisch«, sprach Laenas Vater in die Runde, bevor er seinen Löffel in die Hand nahm und Suppe schaufelte.

Ihm wurde beigepflichtet; und wir sprachen den ganzen Abend über das, was sich in Moshas Wald ereignet hatte und wie es zu deuten war. Wir redeten Laena gut zu, die sich von dem Schrecken längst noch nicht erholt hatte und sich für ihre mangelnde Umsicht im Wald schämte - wofür sie freilich herben Widerspruch erntete.

»Ich hätte es trotzdem besser wissen müssen«, schloss sie leise. Ihre Augen füllten sich wieder mit Tränen.

Allmählich beschlich mich das Gefühl, dass hinter ihrer Reaktion auf die Umstände noch etwas anderes lag, das keiner von uns zu sehen imstande war. Ich beschloss, mich darüber mit Frowin zu besprechen, der sie immerhin fast so gut kannte, wie ihre Familie es tat.

Laena und ich gingen zeitig zu Bett, denn sie hatte einiges an Schlaf nachzuholen und ich wollte sie nicht allein lassen. Ich hielt sie die ganze Nacht im Arm und lauschte zufrieden ihren gleichmäßigen Atemzügen.

Ich selbst fand keinen Schlaf. Ich wälzte im Kopf alles herum, was mir bei der Entwirrung Moshas Rätsels dienlich sein könnte, und bewegte es in meinem Sinn. Ich fragte mich auch, was Cachil wohl zu alldem sagen und welchen Weg er beschreiten würde, um der Wahrheit näher zu kommen.

Bevor der Morgen graute, verließ ich mein Bett und meine Liebe und verschwand zum Perpet. Der dunkle Pfad lag ausgebreitet vor mir wie ein Mantel aus Schatten. Die ersten Vögel besangen schon den bald beginnenden Tag.

Nachdem der Perpet und ich den Nachmittag zuvor so viele Worte gewechselt hatten, ließen wir nun das Ren über die Ereignisse sprechen. Dennoch waren wir bis zum Frühstück noch zu keinem befriedigendem Ergebnis gekommen.

Der Perpet seufzte nachdenklich, während er sich den Mund mit Beeren stopfte. »Ich glaube«, murmelte er schließlich, »ich glaube, viel interessanter ist, was davor geschehen ist. Ich meine deine Erinnerungen oder was es war, das dich durch die Zeit reisen ließ.«

Ich nickte. »Ich will mit Laena noch darüber sprechen«, erklärte ich, »und sie fragen, ob sie so etwas kennt aus dem Wald.« Laren pflichtete mir bei.

Dann holte er tief Luft und sprach: »Ich glaube, du wirst nicht darum herumkommen, noch einmal in den Wald zu gehen und Mosha zu suchen.« Ich nickte ernst.

Laena war überhaupt nicht begeistert, als ich wenige Tage später meinen Mut raffte und ihr davon erzählte, wieder Moshas Reich aufsuchen zu wollen. »Bitte warte doch noch damit!«, bat sie inbrünstig.

»Aber worauf soll ich denn warten?«, gab ich harsch zurück und bereute meine Worte sogleich. »Halt: Ich verstehe. Ich soll nicht mit einer Macht spielen, die ich nicht besitze. Und Mosha ist zwar ein Schützer, aber kein ungefährlicher. Erst recht nicht, wenn er es gerade für nötig hielt, mich zu beschützen, und ich mich in seinem Schutz beinahe verloren hätte«, sprach ich.

Der Ausdruck in ihren Augen verwandelte sich von Hilflosigkeit zu Dankbarkeit. »Du beginnst ja tatsächlich zu sehen«, murmelte sie erleichtert.

»Aber irgendwann muss ich wieder in den Wald gehen«, fuhr ich fort.

»Ich weiß«, stimmte sie zu. »Aber dafür ist noch nicht die Zeit. Du musst mir versprechen, nichts zu überstürzen.«

»Du verlangst also von mir, dir *Geduld* zu versprechen«, erwiderte ich gequält.

Sie nickte bestimmend - dann lächelte sie. »Du hast mir schon so vieles von dir versprochen!«, brachte sie vor.

»Na gut«, ächzte ich. »Ich warte.« Sie atmete befreit auf. »Aber nicht ewig«, fügte ich an.

Noch viele Tage lang bereute ich, ihr so vorschnell meine Geduld zugesichert zu haben; und obendrein erstarrte der Perpet ebenso, als ich ihm von Laenas Auflage berichtete.

»Ich habe nicht gemeint, dass du sofort in den Wald rennen sollst!«, rief er mit Nachdruck und befand Laenas Rat und die Macht, die dieser über meine Taten hatte, für einen Segen.

Fürwahr begriff ich damals nicht, dass Laena mir am besten half - doch immerhin war ich dankbar für den Einblick in ihre Gedanken, den sie mir gewährte. So eröffnete sie mir nach ein paar Stunden ausgelassenen nächtlichen Schwimmens, dass der Wald der Erkenntnis ähnliche Visionen für sie bereithielt, wie sie auch mich ereilt hatten - nur dass sie sich bei ihr auf die Zukunft statt auf die Vergangenheit bezogen.

»Es ist, als würde Moshas Präsenz allein mein Zweites Gesicht verstärken«, gab sie leise zu, während sie sich am Feuer wärmte. »Ich sehe dann viel klarer und deutlicher, wenn ich bei ihm bin.«

»Hast du Angst davor, ich könnte etwas sehen, das ich nicht sehen sollte?«, fragte ich geradeheraus. Über viele Gespräche mit Frowin hinweg war diese Frage übrig geblieben.

Laena schaute mich an. Ihren Augen konnte ich den Schrecken ablesen. Sie füllten sich mit Tränen.

»Etwas, das noch kommen wird, oder etwas, das schon war?«, fragte ich weiter. Frowin hatte mir nicht nur ein Mal gut zureden müssen, dass ich auch diese zweite Frage stellte, gleichwohl Laena sie nicht hören wollte.

»Beides«, antwortete sie mit erstickter Stimme. Ich schloss sie in die Arme.

»Es tut mir leid«, flüsterte ich. »Ich musste das wissen.« Ihre Tränen rührten mich. »Egal, was es ist - ich werde dich immer lieben«, beteuerte ich aufrichtig.

Mein Trost schlug fehl. »Es wird dich zerstören«, murmelte sie.

Moshas Licht

Dem, was sich bei Mosha ereignet hatte, war also zunächst Genüge getan; und die folgenden Tage und Mondzeiten vergingen in der üblichen Vergnüglichkeit des alltäglichen Laufes. Die heißeste Zeit des Jahres stand bevor und es geschah weiter nichts Ungewöhnliches. Häufig spielten Laena und ich im Nuns und trafen uns noch häufiger mit den Jungen und Mädchen unseres Alters, um uns feierlich zu betrinken und unsere Füße und Stimmen an die neuesten Lieder zu gewöhnen. Das Kuchenfest wurde gefeiert und mit ihm die Erde und ihre Früchte, die uns nährten und in Fülle leben ließen. Für die jüngeren Phing war es das liebste der vier Feste Olós, da vom Kuchenfest bis zu Ruijan kein Unterricht stattfand.

Nur sechs Tage später wurde ich fünfzehn Jahre alt und genoss überglücklich und etwas beschämt das erste Fest anlässlich meiner Geburt. Der Brauch des Schenkens an Geburtstagen erinnere einen wachen Verstand daran, dass das Leben ein Geschenk sei, erklärte mir Laren. Er hatte gleich erkannt, dass es mir nicht so leichtfallen würde, die Geschenke der anderen anzunehmen.

Dabei wäre es ein schlimmes Vergehen gewesen, die Aufmerksamkeiten meiner Familie aus irgendeiner falschen Bescheidenheit heraus weniger auszukosten, als sie es verdient gehabt hätten: Da war zunächst der verzierte Trommelwürfel von Zidan und das Fass Hord von Timo, die beide ihren ersten Auftritt schon abends am Lagerfeuer erleben durften.

Laena entlockte mir einen Ausruf der Begeisterung, als ich das kleine Büchlein auspackte, in das sie meine liebsten Lieder und Gedichte geschrieben hatte - und einige neue, deren poetische Kraft mich staunend beflügelte. Mehrmals am Abend rang ich mit mir, die Gäste allein zu lassen und mich zum Lesen zurückzuziehen.

Das außergewöhnlichste Geschenk jedoch erhielt ich von Mandai, die uns vieren am Morgen grinsend und händereibend eröffnete, endlich die Formel gefunden zu haben, die meine weiße Haut und die heiße Sonne versöhnen sollte. Es handelte sich um einen beachtlichen Tiegel, gefüllt mit einer hellen Salbe. Wenn ich diese auf meiner Haut verteilte, würde sie längst nicht mehr so schnell vom Sonnenschein brennen, verkündete die Heilerin.

Natürlich probierte ich Mandais Kreation sofort aus - und tatsächlich: Selbst wenn ich für eine halbe Stunde ganz und gar unbedeckt in Dileis Blick umherlief, nahm ich keinen Schaden.

»Ich habe seit deiner Ankunft vor fast einem Jahr daran gefeilt«, offenbarte uns Mandai und quittierte unsere Bewunderung ihrer Kunst und Verschwiegenheit mit einem verschmitzten Lächeln.

Die Nacht meines Geburtstages verbrachte ich mit Laena am See und zwang sie, mir die neuen Gedichte und Lieder vorzutragen, die sie für mich geschrieben hatte. Ich begriff mein unfassbares Glück, in der Bekanntschaft einer solch inspirierenden Künstlerin schwelgen zu dürfen.

Unfassbar war auch, welche Wendung meine Zeit im letzten Jahr genommen hatte. »Vor genau einem Jahr war meine letzte ruhige Nacht in Inkowitch«, sprach ich leise.

Laena beobachtete mich aufmerksam. »Da wusstest du noch nicht, dass du Phing bist und zu mir gehörst«, erwiderte sie mit Bedacht.

Ich nickte nachdenklich; dann reckte ich mich gähnend und sank ins Gras. »Tilius war an jenem Abend bei uns und aß mit uns. Wir sprachen über den Krieg und die Bemühungen des Elminé, die Eldan zu vernichten.« Ich seufzte. »Tilius war noch nicht fort.«

Wir schwiegen.

»Wenn du willst -«, sprach Laena schließlich zögernd, »- wir könnten für ihn einen Platz suchen im Wald.« Ihre Worte gefielen mir.

»Darf ich denn schon wieder in den Wald gehen?«, fragte ich augenzwinkernd.

»Nein - eigentlich noch nicht - also warten wir damit noch lieber«, schmunzelte sie. Die Schatten der Nacht spielten in ihrem Haar.

»Ich frage mich, wie es jetzt wohl aussieht in Gelir und dem ganzen Land«, sprach ich nach einer Weile. »Ob es noch Eldan gibt im Menschenland.« Ich hoffte still auf eine Antwort, die mir keine Schauer über den Rücken jagen mochte. »Und ob es meinem Cachil auch gut geht«, fügte ich noch leiser hinzu.

Laena streichelte geistesabwesend über meinen Arm. Sie lag neben mir auf dem Bauch, den Kopf auf die Hand gestützt und mich nachdenklich betrachtend.

»Eigentlich ist es gut, dass wir uns getrennt haben«, gab ich endlich zu. »Ich denke, wir würden uns jetzt oft streiten. Es hatte schon angefangen. Wir würden kämpfen, miteinander ringen.«

Ich merkte, dass Laena nicht verstand, wovon ich redete.

»Ich habe viel darüber gelesen: über Männer und solche, die es gerade werden. Über den Streit der Jugend mit dem Alter. Ich habe mir immer vorgenommen, dass es bei Cachil und mir nicht so wird, doch ich konnte es nicht vermeiden.«

Es war nicht nur das erste Mal, dass ich darüber sprach, sondern auch das erste Mal, dass ich es mir so deutlich eingestand.

»Ich glaube, Cachil wusste das und hat es auch gespürt«, fuhr ich einsichtig fort. »Und vielleicht hat er auch gespürt, dass ich frei werden muss für eine neue Zeit und eine neue Familie.«

Laena nickte. »Ja, das glaube ich auch«, stimmte sie zu.

In jener Nacht am See, die ich in Dankbarkeit - bald meine Liebe in den Armen, bald schlafend unter der Krone einer Weide - verbrachte, verweilten Cachils Gedanken ganz und gar bei mir. Er lebte und es ging ihm nicht gut und er hoffte, dass es mir besser ginge - doch davon konnte ich nichts wissen, denn seine zweite und letzte Nachricht sollte ich erst in mehr als einem Jahr erhalten.

Doch wie die Zeit es gut mit mir meinte, hatte ich in Oló einen neuen Mentor gefunden; und dieser feierte am 11.1.15. Geburtstag. Es gab zwar im Haus seiner Mutter nur eine kleine Feier - ich aber war eingeladen und schenkte dem Perpet neben ein paar Flaschen Honigwein eine Handvoll Farben, die ich von den Phing Eventins ergattert hatte und mit denen er das Bilderzimmer um einige Bilder mehr bereichern konnte. Sie leuchteten intensiv und rochen nach Kunst.

Genau eine halbe Mondzeit später jährte sich meine Ankunft in Oló, und meine Familie beschloss kurzerhand und trotz meiner Einwände wiederum ein Fest auszurichten - ich glaube, sie feierten einfach gern. Zu diesem Anlass blies ich Laenas Wünsche in den Wind und ließ mir die Haare schneiden.

»Stell dir nur vor, ich würde sie so kurz tragen wollen!«, schimpfte sie, als sie mich erblickte - doch während sie mit der Hand über meinen Kopf strich und prüfte, wie viel der Schere tatsächlich zum Opfer gefallen war, konnte mir ihr schelmisches Grinsen nicht entgehen. Natürlich hatte ich darauf geachtet, dass sich ihre Finger immer noch darin verfangen konnten. Dennoch versuchte sie mich nun zu überzeugen, mir wenigstens einen flachen Bart stehen zu lassen - so er denn wüchse - und ich willigte der Hoheit über mein Äußeres beraubt ein.

Offensichtlich war ich nicht allein mit meinem Schicksal. Da die Hochzeit derjenigen Kusine Zidans, die erst in diesem Jahr das erste Kind geboren hatte, mit dem Vater des Kindes bevorstand, diskutierten Mandai und Laena beinahe bei jedem Abendessen die Stile und Farben unserer Gewänder und wie sie diese schneidern wollten. Timo, Zidan und ich schauten hilflos vom einen zum anderen, den uns fremden Begriffen und der ebenso fremden Leidenschaft der beiden Frauen ausgeliefert.

Als der Tag jener Hochzeit jedoch angebrochen war und Laena mir endlich und gehörig aufgeregt dabei half, die festliche Kleidung anzulegen, staunte ich nicht schlecht über die schmucke Montur, die sie und ihre Mutter da angefertigt hatten. Ich wartete mit Timo und Zidan fertig geschniegelt und gestriegelt auf die beiden Damen. Verblüffte Blicke wurden getauscht.

Endlich betraten die Frauen des Hauses die Küche. Mandai sah phantastisch aus - doch ihre Schönheit erblasste neben der ihrer Tochter. Ich konnte nichts anderes tun, als Laena anzustarren, während diese freudestrahlend zu mir sprang - und den ganzen Tag würde ich wohl nichts anderes tun.

»Geht's los?«, fragten Mandai und Laena im Chor und lachten.

Ich ergriff Laenas Hand auf dem Weg zur Zeremonie, schwieg jedoch.

»Ist alles gut?«, fragte diese besorgt. Sie war fürchterlich aufgeregt und freudig erregt zugleich: eine explosive Mischung.

Ich warf ihr einen scheuen Blick zu. Ihre blauen Augen blitzten mich an. Ihr Kleid in der gleichen Farbe ließ sie strahlen und funkeln. Es war mit echten weißen Blüten geschmückt und wallte um ihre Hüften bis zu den Knien: geradeso, dass ich immer wieder einen Blick auf ihre Schenkel erhaschen konnte. Passend dazu trug ich einen fließend weißen Anzug, der mit blauen Blüten veredelt war.

»Ihr gebt ein sehr schönes Paar ab«, rief Mandai. Laena bedankte sich und ich nickte.

»Ich finde keine Worte, die dir gerecht würden«, flüsterte ich Laena zu, die errötete.

Schließlich erreichten wir die grasbewachsene Lichtung, auf der das Zeremoniell stattfinden sollte. Sie war mit Lampions und Blumenbuketts eingefasst: eine verzauberte Welt, die wir durch die Bäume betraten.

Links und rechts von einem breiten Gang waren Schemel angeordnet, auf denen schon einige Gäste Platz genommen hatten. Begrüßungsworte und Küsse wurden getauscht; die allgemeine Erregung flimmerte schier in der Luft. Allmählich ahnte ich, dass die Hochzeiten in Oló die wahren Höhepunkte sein mussten - vielleicht nicht nur in Oló.

Am Ende des Ganges - dort, wo die Blicke der Gäste sich sammelten - stand der Perpet unter einem Kranz aus Kaash-Ba. Ich entfernte mich von meinem Platz und grüßte ihn.

»Du siehst gut aus«, stellte er unverblümt fest. Ich sah, dass seine Hände zitterten.

»Du auch«, gab ich zurück. Er trug eine rote Robe: sehr feierlich und sicher der Blickpunkt der Anwesenden.

»Ich bin wahnsinnig nervös«, flüsterte er mir zu und atmete hörbar aus.

»Ist das etwa deine erste Hochzeit?«, fragte ich.

»Nein - natürlich nicht«, erwiderte er.

»Es wird schon alles gut gehen«, versuchte ich ihn zu beruhigen.

Er nickte, doch meine Worte verfehlten ihre Wirkung.

»Das ist doch ein bisschen so wie das, was du mit mir immer machst«, erinnerte ich ihn.

Er nickte erneut. Ich klopfte ihm auf die Schulter und verschwand wieder auf meinen Platz.

Mittlerweile hatten sich alle geladenen und einige ungeladene Gäste eingefunden und auf die ihnen zugewiesenen Schemel begeben. Laena packte meine Hand, kaum dass ich mich gesetzt hatte. Schweigen senkte sich über die Lichtung. Die Spannung wuchs ins Unermessliche.

Endlich begann eine zarte, lyrisch anmutende Melodie hinter unseren Köpfen. Der hypnotische Klang senkte mich in Andacht und bewegte mein Herz. Er floss grazil durch die Zeit, schwoll an und verflocht sich in eine Weise feierlicher Besinnlichkeit. Als hätte man uns eine unwiderstehliche Bestimmung gegeben, erhoben sich die Gäste und wandten die Köpfe zum Eingang der Lichtung.

Von dort kamen - Hand in Hand und mit schimmernden Augen - jene Frau und jener Mann, derentwegen wir heute Hochzeit feierten. Sie wanderten im Takt der Musik zwischen den Gästen entlang und nach vorn zum Perpet. Unsere Blicke folgten ihnen.

Hatte ich geglaubt, Laenas Kleid wäre das schönste, das ich jemals zu sehen bekommen würde, so hatte ich mich getäuscht. Das Kleid der Braut war ganz und gar aus Blumen. Sie leuchteten in den Farben der späten Nachmittagssonne und erfüllten die ganze Lichtung mit ihrem Duft. Der Aufzug ihres Mannes überdies stand der Zierde seiner Frau in nichts nach.

»Im Lichte der Abendsonne«, hob der Perpet an, als beide bei ihm angelangt waren, »grüße ich euch, die ihr euch entschieden habt, den irdischen Bund in einen spirituellen zu verwandeln, und eure Gäste, die sich eingefunden haben, diesen Bund zu besiegeln.«

Wir setzten uns. Die Musik erstarb; Stille kehrte ein. Das Brautpaar und der Perpet blieben stehen.

»So wie die Schönheit der Blumen, die euch heute kleiden« - seine Stimme drang voll und fest durch die Lichtung; scheinbar hatte sich seine Nervosität gelegt; zumindest hörte man seiner Stimme diese nicht mehr an - »endlich ist, sind eure und unsere Leben und die unserer Kinder und Kindeskinder endlich. Einzig eure Liebe währt ewig, so ihr sie nährt.« Ich warf Laena einen kurzen Seitenblick zu, deren tiefblaue Augen ihn gebannt erwiderten.

»Ich frage euch daher«, sprach der Perpet ernst, »kraft meiner Stimme und im Namen all derer, die im Buch der Bücher offenbart sind, ob ihr - Samu und Nurin - eure Namen, eure Gäste als Zeugen, im Buch der Bücher manifestieren wollt und euren Bund zu den Bünden derer, die im Buch der Bücher offenbart sind, in die Ewigkeit tragen wollt.« Der Perpet hielt inne; dann drehte er sich um.

Da er sich uns und dem Brautpaar wieder zuwandte, hielt er ein Buch in den Händen, das in rote Leinen gewoben war. Er schlug es auf.

»Willst du - Samu - mit deinem Namen im Buch der Bücher deine Liebe zu Nurin bezeugen und deinen Namen offenbaren und euren Bund in die Ewigkeit tragen?«, fragte er mit schneidender Stimme die Braut.

Ich spürte die Welle an Kraft, die von ihm ausging, und mein Herz schlug schneller. Es war, als würde er mit seinen Worten tatsächlich den Willen der Braut auf die Probe stellen. Fast glaubte ich, sie könne nicht antworten - denn mir schnürte es die Kehle zu - doch dann vernahm ich ein ebenso festes und durchdringendes »Ja!«

Der Perpet richtete seine Worte nun an den Bräutigam: »Willst du - Nurin - mit deinem Namen im Buch der Bücher deine Liebe zu Samu bezeugen und deinen Namen offenbaren und euren Bund in die Ewigkeit tragen?«

Mein Herz schlug so heftig, dass ich glaubte, Laena musste es hören. Ich fürchtete fast die Gewalt des Perpet, die er sonst so mühelos zu verhalten schien. Ein tiefes »Ja!« schallte über die Lichtung und ich atmete auf.

Das Brautpaar schrieb etwas in das rote Buch und der Perpet schloss es feierlich.

»Ihr erhaltet nun die Gelegenheit, die ersten Worte aneinander zu richten«, sprach er.

Die beiden drehten sich einander zu und fassten sich an den Händen.

Samu räusperte sich und hob mit belegter Stimme an: »Mein lieber Nurin« - sie seufzte - »als Kind habe ich immer von meiner Hochzeit geträumt: von dem schönsten Tag in meinem Leben. Heute, da sich dieser Traum endlich erfüllt, wünsche ich und hoffe ich, dass uns noch viele schönste Tage bevorstehen.

Vor fünf Jahren, als ich mich in dich verliebt habe, hätte ich niemals damit gerechnet, dass du mich erhörst - und nun stehen wir hier und feiern mit unserer Familie und dem Perpet unsere Hochzeit« - sie legte eine Pause ein - »und zugegeben: Ich konnte mir nicht vorstellen, wie du im Aufzug eines Bräutigams aussehen würdest.«

Die meisten Gäste lachten, denn Samu sprach ihnen aus der Seele: Der Bräutigam war leidenschaftlicher Imker und kaum ohne die traditionelle Kleidung anzutreffen.

»Ich hoffe und wünsche mir, dass wir unserer Perle noch ein Brüderchen oder ein Schwesterchen schenken können«, fuhr sie fort, »und ich danke dir und deinen Eltern, dass ich mein Leben mit dir verbringen kann; und ich hoffe, dass wir beide noch viel Zeit dafür haben«, schloss sie.

Bevor der Bräutigam mit seinen Worten begann, küsste er die Braut. Laena und ich grinsten uns an. Es war die einzig anständige Erwiderung.

Dann räusperte auch er sich. »Meine liebe Samu«, fing er an, »ich glaube, dass ich nicht ganz falsch damit liege, wenn ich sage, dass mich heute jeder Mann hier und jede Frau um dich beneidet« - er musste tief Luft holen - »und ich danke zunächst dem Perpet für den Vollzug unserer Hochzeit und den Gästen für ihr Erscheinen« - er nickte dem Perpet und dem Publikum zu; dann richtete er die Augen wieder auf seine Braut - »und ich danke dir, meine liebe Samu, dass du nicht lockergelassen hast und mir blindem Jungen, der ich damals war, die Augen geöffnet hast.

Du schenkst meiner Welt jeden Tag neue Farben und wenn ich morgens aufwache und erkenne, dass du neben mir liegst, muss ich mich manchmal kneifen, weil ich denke, ich träume.« Seine Stimme zitterte und er brach ab. Von der Braut war ein Schniefen zu hören.

»Und du hast uns -«, schloss er nun, »- du hast uns unsere wundervolle Tochter geschenkt, für die ich dir unendlich dankbar bin. Ich liebe dich.«

Das Paar küsste sich wieder und die Gäste wischten sich die Augen. Auch über Laenas Wangen rannen ein paar stumme Tränen, die sie bewegt lächelnd abwischte. Ich gab ihr einen Kuss auf die Wange.

Braut und Bräutigam kehrten sich wieder dem Perpet zu und reichten ihm jeweils eine Hand. Die Aufmerksamkeit der Gäste war ihm sicher.

»Nun - schließlich - möchte ich alle Gäste bitten, alle guten Wünsche, die sie für das Brautpaar hegen mögen, zu sammeln, auf dass ich als Perpet diese Wünsche kraft des mir verliehenen Platzes in eurer Mitte verdichten und wortlos dichten kann«, sprach der Perpet und schloss die Augen.

Zuerst wollte ich ebenfalls die Augen schließen, doch dann siegte meine Neugier. Während ich selbst meine Wünsche an das Brautpaar sammelte und auf den Perpet lenkte - nämlich immerwährende Liebe und ein langes, gesundes Leben - erfasste mich ein Beben, als würde die Energie in spürbaren Wellen zwischen uns pulsieren. Manche hatten die Augen geschlossen, andere den Kopf gesenkt und die Hände gefaltet.

Die Miene des Perpet war hochkonzentriert: Ich konnte ihm förmlich die Anstrengung vom Gesicht ablesen, wie ich die Entität des Brautpaares beinahe zu sehen imstande war. Die spirituelle Kraft und vertrauensvolle Zuversicht unserer Gemeinschaft hier auf der Lichtung rissen mich mit sich; und ich badete in ihnen.

Ich schaute auf meine Hände. Aus meiner Linken leuchtete das blaue Licht heller als sonst: Es schimmerte sogar durch die Vorderseite hindurch. Ein Glühen, das von einem wärmenden Gefühl begleitet wurde: gleich den ersten Strahlen der Sonne auf der nachtschweren Haut am Morgen. Ich erkannte atemlos, dass dies das Ren sein musste: der Inbegriff des Ren und die unmittelbare Erfahrung des Ren.

Den Blick nach vorn richtend sah ich den Perpet aufflackernd und die Hände vom Brautpaar lösend. Die Gäste atmeten auf: Ihre Wünsche waren angekommen.

Der Perpet erhob zum letzten Mal seine kräftige Stimme: »Heute schmücken wir uns mit Endlichkeit und morgen kosten wir die Ewigkeit. Wir feiern die Zeit, um sie zu verlieren, und ergötzen uns an irdischem Gefühl, von jenem, das weiter ist als unsere Existenz, erfasst zu werden.« Mit diesen Worten schloss der Perpet die Zeremonie und die Hochzeit war vollzogen.

Eine neuerliche Musik begann, deren einzelne Töne bald in der flirrenden Luft hingen, bald sich zusammennahmen und zu einem einzigen Rund gossen.

Der Perpet ging voran und verließ durch den Gang zwischen den Schemeln die Lichtung: seine rote Robe wehend in der lauen Abendbrise. Das Brautpaar folgte ihm. Wir erhoben uns und beobachteten klatschend den Auszug des Paares.

Der Rhythmus des Hochzeitsliedes wurde zunehmend frischer: lebendiger - und es dauerte nicht lang, da fielen die ersten Stimmen in seine Melodie ein. An den Pforten der Lichtung, die wir Gäste nun ebenfalls verließen, standen Phing mit großen Körben in den Händen und ließen Blüten auf uns regnen. Unsere Schar - angeführt vom Perpet und umrahmt von Musikern - lief keineswegs schweigend zur nächsten Lichtung, sondern besang die Liebe in einem einzigen, nicht enden wollenden Lied aus unzähligen Stimmen; und wir sangen noch immer, als wir längst angekommen waren.

Wir stellten uns zu einem Kreis um das Brautpaar und hielten es mit wohlwollenden Blicken fest. Ich betrachtete die ansehnlich gekleideten Gäste ringsum, während ich meine Stimme eifrig zu den anderen hob. Es war eine schöne Gesellschaft.

Meine Linke glühte noch immer heller als sonst. Ich fing Larens Blick auf, der sie von Weitem interessiert musterte. Seine Augen bedeuteten mir, dass wir zu gegebener Zeit darüber sprechen sollten; und ich glaubte nicht, dass jene Wärme, die sie noch immer durchströmte, vom Klatschen herrührte.

Das Lied endete nach einem denkwürdigen, vielstimmigen Finale in einem Sturm aus ebenso jubelnden Händen. Die ersten Gäste stürzten sich auf das Brautpaar und überhäuften es mit Gratulationen und Umarmungen.

Ich wartete mit Laena darauf, der Braut und dem Bräutigam meine Wünsche ebenfalls in Worte zu fassen. Ihre Gewänder dufteten herrlich, wie ich benebelt feststellte, als wir endlich vor ihnen standen. Samus Gesicht leuchtete vor Freude und Nurin musste sich immer wieder die Augen wischen.

Da die beiden noch länger damit beschäftigt waren, Gratulationen entgegenzunehmen, war für die Gäste bereits ein Büfett vorbereitet worden, an dem der erste Hunger gestillt und mit den Umstehenden geplaudert werden konnte. Ich gesellte mich zu Lars, dem man trotz seines feierlichen und geradezu einschüchternden Aufzuges ansehen konnte, dass es ihm schmeckte. Er beriet mich bei der Auswahl der Speisen und beeilte sich, die eigens zusammengestellten hinunterzuschlingen.

»Ich muss das Buch gleich zum Al-Perpet bringen«, erklärte er schmatzend auf meine fragende Miene, »und die Robe ablegen - dann komme ich wieder.«

»Darf ich es sehen?«, fragte ich neugierig, doch der Perpet schüttelte den Kopf.

»Wenn du selbst einmal Hochzeit feierst, wirst du es sehen«, grinste er.

Ich strahlte und nickte heftig.

»Oder Perpet wirst«, fügte er an und räusperte sich; dann verschwand er zwischen den Hochzeitsgästen von der Lichtung.

Mittlerweile war die Dunkelheit hereingebrochen und Fackeln wurden entzündet. Braut und Bräutigam aßen und tranken ein wenig, doch man sah ihnen an, dass ihnen danach noch nicht wirklich zumute war. Sie wichen einander nicht von der Seite.

Ich suchte Laena und fand sie ihre Lyra spielend und singend zwischen den Musikern. Sie deutete mit dem Kopf auf meinen Trommelwürfel, der für mich bereitlag; und ich gesellte mich zu der kleinen Truppe Klangkünstler. Mit meinen Schlägen erhielten die Lieder noch mehr Schwung; und die ersten tanzhungrigen Gäste ließen sich mitreißen.

Wir spielten und spielten und spielten den ganzen Abend; und ich konnte meine Augen nicht von Laena lassen, die mit geschlossenen Lidern - einen zarten Schweißfilm auf der Haut - sang und spielte, als wäre sie eben dafür geschaffen worden.

Einige weitere Traditionen der Heirat - lustige und ernste - begleiteten den besonderen Abend; und erst, als der Morgen graute und beinahe alle Gäste samt dem Brautpaar verschwunden waren, kam Laena zu sich und verließ mit mir die Lichtung und die Musik. Sie rieb sich die Augen und klammerte sich an mich, während wir durch den morgendämmernden Tag hindurch nach Hause liefen. Timo, Zidan und Mandai schliefen; und ich war heilfroh, den Holzwürfel und Laenas Lyra endlich abstellen zu können.

Wir fielen ins Bett und verschliefen Frühstück und Mittagessen; und Mandai versorgte uns mit Kuchen und Kakao, da wir endlich erwacht waren. Ich war ausnahmsweise froh, den Tag nicht mit einer Stunde beim Perpet begonnen zu haben.

Laena seufzte. »Hach: War das schön!« Sie saß am Tisch in der Küche - einen Fuß auf den Schemel gestellt - und schaute mit verträumtem Blick und einem Stück Kuchen in der Hand in die Leere.

»Wie lange wart ihr denn gestern noch da?«, fragte Mandai, die schon das Abendessen vorbereitete. Sie sah nicht minder müde aus.

»Die Sonne ging gerade auf«, antwortete ich und gähnte.

Mandai nickte und murmelte: »Die Musiker sind immer die Letzten.«

Dann setzte sie sich zu uns an den Tisch und goss sich selbst einen Becher Kakao ein.

»Hat es dir gefallen?«, fragte sie an mich gewandt - doch noch bevor ich etwas erwidern konnte, stürmte Timo herein, als wollte er unsere gediegene Gemächlichkeit mit der eigenen Energie neutralisieren.

Er schleppte einen riesigen Korb voller Blaubeeren mit sich; und sein blau verschmierter Mund ließ darauf schließen, dass nicht alle Beeren den Weg vom Strauch in den Korb gefunden hatten.

Wir dankten ihm für sein unerwartetes Sammlerglück und die Bereitschaft, den Fund so großzügig mit der Familie zu teilen; und er bat mich im Gegenzug, mit ihm etwas Eventi für den Unterricht beim Me zu üben. Ruijan rückte näher und Timo wollte den Beginn von Nebes Lehrstunden für sich selbst gut vorbereitet wissen.

Natürlich konnte ich nicht ablehnen; und bis zum Abendessen half ich ihm mit ein paar gemeinsam gestellten Aufgaben. Er begriff rasch, was ich ihm erklärte, und an seinen unzähligen Fragen konnte ich ablesen, dass er wirklich gern Eventi lernen wollte, doch seine sprunghafte Konzentration und die unwirschen Anweisungen von Me Nebe verstellten ihm zuweilen wahres Verständnis.

Mir selbst schwante ebenso nichts Gutes von meinen Stunden beim Me, die ich bald wiederaufnehmen würde.

Nach Ruijan, mit dem das alte Jahr rauschend verabschiedet und das neue mit donnergrollendem Feuer, den Stimmen der Meeresgeister, willkommen geheißen wurde - nach Ruijan, als ich die erste Stunde nach neunzig Tagen wieder beim Me saß, wusste ich auch, warum: Er langweilte mich.

Ich hätte nun eigene Abhandlungen in Eventi verfassen können; und gleichwohl mein Wortschatz sich längst nicht befriedigend ausnahm: Me Nebes Vokabular indes konnte mich nicht mehr bereichern und seine ganze Person bereicherte mich keineswegs. Ich wusste, dass ich noch weit genug davon entfernt war, eine Profession in einer der wichtigsten Sprache der Phing zu erreichen, und seufzte tief angesichts der Erkenntnis, dass Nebls ebenso weit davon entfernt war. Ich verglich ihn mit Cachil und ich verglich ihn mit Lars und beides war ein Fehler.

So wie meine Bereitschaft, ihn zu besuchen, schwand, schlug er mich: und meine Abneigung wuchs. Hochmut krallte nach mir und ich wehrte ihn ab, doch wäre mir dies um einiges schwerer gefallen, hätte der Perpet nicht mit solcher Fürsorglichkeit meinen wühlenden Geist beflügelt.

Stets saßen wir nach dem Frühstück beisammen und sprachen über die Rätsel der Welt und die Herausforderungen unserer Zeit. Neuerdings fanden wir Gefallen daran, Parallelen zwischen den Mythen Olós und den Mythen des Menschenlandes festzustellen; und bald nahmen wir uns dazu ein paar Papiere und schrieben abwechselnd die Legenden unserer Völker nieder. Wenn unsere Schreibhände müde waren, lauschte der Perpet fasziniert meinen leidenschaftlichen Ausführungen zur Mathematik oder zeigte mir auf, wohin uns das Ren als Nächstes führen sollte.

Laenas Geburtstag ging vorüber und mein Körper brannte von den Züchtigungen Nebes; und dann kam der Roantag, den ich mit Laena wie im Traum verbrachte, an dem ich ihr flüsternd dankte, dass sie mich nach Oló geholt hatte, denn hier gehörte ich hin: zu ihr und zu den Wiesen und Klippen, den Vögeln und Festen und Phing.

Nur eines war mir über und das wollte ich nun ändern und so beschloss ich, nach dem Roantag zum Me zu gehen und mich in allem Anstand von ihm zu verabschieden und für die vergangenen Lehrstunden zu bedanken. Viele Gespräche mit meiner Familie waren dem vorausgegangen, bis ich endlich die Gewissheit erlangt hatte, meiner Zeit Herr auch darin über sie entscheiden zu dürfen.

Die frei gewordenen Stunden investierte ich ganz und gar in ein neues Projekt, das ich auf Larens Rat hin bereits begonnen hatte: die *Norshan neirob Shorla* - die *Elemente reiner Mathematik:* eine grundlegende Einführung in die Beziehungen mathematischer Begebenheiten. Es trifft sich, dass ich mein erstes zusammenhängendes Werk auf Lentisch verfasste und zudem über jenes titelgebende Thema - und es erklärt wohl genug, wessen Geistes Kind ich bin.

Bis zum Blumenfest hatte ich reichlich damit zu tun, zunächst geeignete Namen und Bezeichnungen für Elemente und Eigenschaften zu finden, für die es im Lentischen noch keine Begrifflichkeiten gab. Ich entlehnte die meisten der Alltagssprache und nahm interessante neue Wörter des Eventi, die ich von den Seefahrern beim Blumenfest aufschnappte, überdies hinzu.

Zu besagtem Fest gab es ein herzliches Wiedersehen mit den bekannten Gesichtern; und Maro staunte wiederum über unsere Klippensprünge. Dieses Mal fuhren sogar zwei Phing von uns mit den Seeleuten davon übers Meer: ein junges Pärchen, das mich an Laena und mich in nicht allzu ferner Zukunft erinnerte. Der Abschied voller Tränen und Zuversicht am letzten Tag der Feierlichkeiten offenbarte für jeden die gewaltige Herausforderung, der sich Fahrende und Zurückbleibende stellten; und kaum eine Art des Mutes habe ich mehr bewundert.

So hätte das Jahr gewiss glückselig dahinplätschern können - wäre ich nur nicht selbst allzu beschwingt gewesen von meiner Entscheidung in der Sache mit Me Nebe und dem Mut, den diese umzusetzen verlangt hatte. Gleichsam siegessicher in meiner Entscheidung besuchte ich also eines Nachmittages -

ohne Laena oder dem Perpet Bescheid zu sagen oder sie gar um Rat zu fragen - Moshas Wald. Es war mir nicht wohl dabei, einerseits auf Papier groß darzulegen, was ich zu wissen glaubte - andererseits feige ein Geheimnis zu ignorieren, dessen Antwort doch vor meiner Tür lauerte.

Schon als ich den ersten Fuß in seinen Wald setzte, begann meine Hand heller zu glühen und steigerte sich darin, je weiter ich in das Herz des Waldes vordrang. Ich wollte bis zu den riesigen Dendron gelangen, denn dort war die Präsenz des Hüters zweifelsfrei am stärksten zu spüren.

Seine unzähligen Stimmen drängten sich mir gewaltig auf; es war kein Leichtes, noch einen Fuß vor den anderen zu setzen. Lange bevor ich an meinem Ziel ankam, musste ich ruhen und ließ mich auf den schattigen Waldboden nieder. Hier und da tummelten sich ein paar Gräser, deren Grün mir in die Augen stach. Ich schloss sie.

Allmählich verwandelte sich das Glühen meiner Linken in einen stechenden Schmerz, der sich rasch bis in meine Fingerspitzen ausbreitete und nun zu meinem Ellbogen hinaufkroch. War es ein Fehler gewesen, wieder herzukommen?

Meine Hand ballte sich zur Faust. Ich konnte sie nicht mehr öffnen. Mühsam schlug ich die Augen auf und sah durch meine geschlossenen Finger hindurch, dass die Handfläche im Rhythmus jenes schneidenden Stechens pulsierte. Mein Blick verlor den Halt und jedes Bild.

Ich tauchte neben Cachil wieder auf, der gut gelaunt mit mir durch Kalaote stapfte. Er war viel größer als ich.

»Freut Ihr Euch auf den kleinen Filius?«, hörte ich mich sagen.

Cachil schaute lächelnd zu mir herab. »Fast so sehr wie auf ein Bad«, antwortete er.

Meine Füße waren müde vom Laufen. Wir hielten vor der Tür eines schönen, großen Hauses an und Cachil klopfte.

Das musste wieder eine Erinnerung sein, die mich gefangen hatte. Ich betrachtete meine kleinen Füße, meine kleinen Hände und erschrak angesichts der feinen, blau schimmernden Narben auf meiner Linken. Die erste Ahnung eines Stechens durchfuhr sie. Weder Cachil noch Tilius, der nun an die Tür gekommen war und uns einließ, schien davon etwas zu bemerken.

Verbeugungen und Begrüßungsworte wurden ausgetauscht; und Tilius führte uns in ein Badezimmer, wo eine Wanne heißen Badewassers wartete. Es duftete nach Seife. Cachil stieg zuerst hinein. Ich betrachtete durch das breite

Fenster staunend die grasenden und springenden Pferde auf der Koppel. Wie lange würde es diesmal dauern, bis ich wieder zu mir zurückkäme: an den Nachmittag in Moshas Wald?

Nachdem Cachil sich gewaschen hatte, stieg ich in die Wanne und fuhr unter Wasser an den blauen Linien entlang. Ich versuchte mich an den Schmerz zu erinnern, der eben in Moshas Reich so heiß und schneidend meine Linke beherrscht hatte und nun so weit von mir entfernt war wie meine eigene Gegenwart.

Es gelang. Er kehrte mit einer Wucht zurück, die mir im dampfenden Badewasser den Atem nahm - und mich jäh zurückschickte in den Wald der Erkenntnis, wo er sofort erstarb. Das Zurückkommen glich dem ersten Atemzug nach einem Klippensprung: befreit und erleichtert und die Kontrolle zurückgewinnend.

Inzwischen war ich ganz und gar auf dem Waldboden in mich zusammengesunken. Dunkelheit lag schon ringsum - wie viele Stunden hatte ich hier wohl gelegen? Meine Hand leuchtete noch immer hell und leuchtete mir den Weg; und sie stach mich nicht mehr. So schnell ich konnte, lief ich hinaus und nach Hause.

Jener Nachmittag war keineswegs so befriedigend verlaufen, wie ich zuerst gehofft hatte; und ich musste noch viele Erinnerungen im Wald sammeln, bis ich endlich verstehen konnte, wozu Mosha mir seinen Schutz verliehen hatte. Ich ging in den Wald, um Antworten zu finden - und ich fand Antworten, die sich zu einem einzigen stimmigen Bild vereinen ließen: nämlich dass Mosha mir einen Anker gegeben hatte. Laenas Anker war ihre Kraft und der Larens seine Trauer - doch ich war in noch keinem so groß, als dass ich darauf hätte zurückgreifen können: einmal von der Präsenz des Unbestimmbaren berührt.

Sobald ich das erkannt hatte, wurden meine heimlichen Ausflüge in den Wald zu einer verheißungsvollen Reise in meine Erinnerungen, deren Verlauf ich mehr und mehr bestimmen konnte. Es war, als würde ich meine Kindheit noch einmal erleben; und selbst die erste Zeit in Oló sah ich nun mit anderen Augen.

Schließlich konnte ich nicht mehr an mich halten und erzählte Laena, welche neuen Erkenntnisse ich im Wald erlangt hatte. Sie schürzte zunächst die Lippen, und ihre Augen funkelten zornig - doch Neugier siegte bald.

»Dann führt er dich in die Vergangenheit und mich in die Zukunft«, sinnierte sie fasziniert. Ich nickte begeistert. Plötzlich schüttelte sie schnaubend den

Kopf. »Ich kann es nicht fassen, dass du das vor mir geheim gehalten hast!«, sprach sie mit gerunzelter Stirn.

»Vielmehr fasst du es nicht, dass ich das vor dir geheim halten *konnte!*«, widersprach ich und grinste. Sie rollte mit den Augen.

»Was sagt denn der Perpet dazu?«, fragte sie.

Der Perpet reagierte gelassen, da ich ihn in meine Erkundungen einweihte.

»Ich weiß längst Bescheid«, lachte er auf meine irritierte Miene hin. »Dass du so lange damit gewartet hast, in den Wald zu gehen - das ist bemerkenswert.«

»Und was sagst du zu meinen Erfahrungen?«, unterbrach ich ihn.

Er kniff die Augen zusammen. »Denen solltest du trauen. Allerdings - ich frage mich, ob wir hier nicht etwas verwechseln. *Masho* ist die Erinnerung - *Mosha* die Erkenntnis. Vielleicht trägt das eine nur das Kleid des anderen? Wie auch immer -«

Er fuhr mit der Hand durch die Luft, als würde er damit seine Gedanken ordnen.

»Ich habe selbst viel Zeit im Wald verbracht und hatte Visionen, die deinen sehr ähnlich sind. Und auch von anderen Phing hört man das.

Laena scheint die Einzige zu sein, deren Bilder von den unsrigen abweichen; und bestimmt haben ihre nichts mit Moshas Gewalt zu tun - oder es sind die einzigen, die mit seiner Gewalt verschmelzen. Sie mögen weniger ein Spiegel der Zukunft als einer der Zeit selbst sein. Jedenfalls solltest du aufpassen, dich darin nicht zu verlieren.«

Ich hatte noch seine warnenden Worte im Ohr, als ich wenige Zeit später ein weiteres Mal den Wald der Erkenntnis betrat.

Diesmal wagte ich mich tiefer vor als sonst, streifte zwischen den Dendron umher und strich mit den Fingerspitzen an den Rändern der Blütenkelche entlang. Hätte ich es nicht besser gewusst - ich hätte geglaubt, die Stimmen der Bäume sprächen zu mir. Ein Flüstern, ein Munkeln lag in der Luft und auf der Erde.

Erinnerungen griffen nach mir und ich entzog mich ihnen und das blaue Leuchten hielt mich fest. Heute war ich aus einem anderen Grund hergekommen.

»Mosha«, sprach ich laut und bestimmt und spürte dem Gefühl von Macht nach, das sein Name in mir löste. »Ich komme mit einer Frage zu dir: Wer bist du?«

Meine Stimme hallte nach und es wurde still. Weder raschelte ein Blatt, noch sang ein Vogel. Ich legte die Hände an die Ohren, um zu prüfen, ob ich taub war - doch ich konnte mein eigenes Blut noch rauschen hören. Im Wald hätte man einer Stecknadel beim Fallen lauschen können. Meine Hand glühte, als hätte ich einen Stern mit ihr gefangen.

Vor meinen Augen und hinter dem Licht erschien eine Gestalt: klein und gehörnt, mit krallenbesetzten Händen und spitzen Zähnen - eine unsagbar hässliche Kreatur, deren Stimme ich erkannte, als sie mir antwortete: »Einer von zweien bin ich und wer bist du?«

»Ich bin Kateshi. Was heißt *einer von zweien?*«, erwiderte ich atemlos: ungläubig, dass eine solch plumpe Frage den Beschützer hervorgelockt haben konnte.

»Mein eitler Zwilling bin ich nicht; einer von zweien bin ich und wer bist du?«, antwortete er und trat einen Schritt zurück, den ich auf ihn zuging.

»Ich bin der, dem du dein Licht gegeben hast; und wer ist dein Zwilling?«, gab ich rasch zurück. Tausende Fragen brannten in meinem Kopf.

Er lächelte matt - falls man das so nennen kann: Jedenfalls zeigte er mir ein paar seiner scharfen, gelben Zähne.

»Du! Du!«, rief er laut und fing an zu kichern, bis er sich den Bauch hielt vor Lachen. »Du bist der, der nach mir sucht und vor mir flieht!« Ich wich zurück.

Er lachte lauter und wilder; sein Gelächter schallte von den mächtigen Stämmen wider, dass mir angst und bange wurde. Sein Gesicht verzog sich zu einer widerlichen Fratze; seine Stimme wurde dunkler und kräftiger, bis er schließlich raunte: »Doch ich bin nicht leicht zu fangen und nicht zu behalten. Und alles musst du mir hingeben für mein Licht!«

Plötzlich verschwand er vor meinen Augen, nur um unmittelbar vor mir wieder aufzutauchen. Ich erschrak und wollte ihm entkommen, doch er stieß mit seiner Hand an meine Brust und an meinen Kopf und rief: »*Das* möchte ich von dir haben und *das* möchte ich von dir haben!«

Seine Berührungen durchzuckten mich mit einem Schmerz, der mich in die Knie gehen ließ.

Er hockte sich vor mich. »Aber das habe ich schon von dir«, flüsterte er.

Seine Stimme nahm wieder einen freundlichen Klang an, doch ihr bedrohlicher Unterton ließ mich erschaudern. Sein Gesicht wurde schöner: ein geradezu harmloses Lächeln breitete sich darauf aus. Seine Augen funkelten mich an.

»Überall kannst du mich finden«, sprach er leise. »Überall.«

Mit einem Augenzwinkern verschwand er.

Ich blieb auf dem Boden, um zu Atem zu kommen.

Unverhofft erschien an derselben Stelle, an der Mosha eben noch mit mir gesprochen hatte, eine blau leuchtende Kugel, deren Vollkommenheit mein Verlangen weckte. Ich starrte hilflos in ihr Inneres: nicht fähig, auch nur einen Finger zu rühren oder gar die Augen von ihr abzuwenden. Sie war klein - kaum so groß wie ein Augapfel - und strahlte so hell, dass ich glaubte, von ihrem Licht zu erblinden. Dennoch senkte ich den Blick nicht: Ich konnte es nicht.

Sie entfernte sich von mir. Mein Atem ging schneller.

»Nein«, ächzte ich. Ich war bereit, jede Anstrengung auf mich zu nehmen, die blaue Kugel zu besitzen, sie zu berühren, sie wenigstens zu betrachten - denn ich wusste, was sie bedeutete.

Ich erhob mich mühevoll und setzte meine Füße in Bewegung: die Hände ausgestreckt. Das Licht entglitt mir; ich rannte schneller: das zunehmende Dröhnen und die Warnungen meines Körpers nicht beachtend. All meine Verzweiflung trieb mich voran, bis ich ihr schließlich nahe genug war.

Sie verschmolz mit mir.

Was nun geschah, überwältigte jede Ahnung, obgleich nicht unvermutet. Ein Riss tat sich in mir auf, als würde mein Körper entzweigespalten, den Biss Moshas und seine Schläge ins Tausendfache potenziert - und selbst mein Sturz in Eldir und seine Folgen reichten nicht hieran. Ich schrie den ganzen Wald zusammen und meine Schreie wurden in der Luft erstickt. Die ganze Grausamkeit Moshas offenbarte sich mir.

Diesmal verlor ich mich nicht und ich tauchte auch nicht hinab in ein seliges Vergessen oder ein umfassendes Bewusstsein. Ich blieb in mir gefangen und zerfloss zugleich in alle Sinne, die mich hielten. Ich rief nach Laena.

Es dauerte nicht lang und es dauerte eine Ewigkeit, bis sie kam. Sie stürzte zu mir: das Gesicht angstverzehrt - und begann selbst zu schreien. Sie legte die Hände auf meine Brust und schien diese daran hindern zu wollen, sich der Haut zu entledigen.

»Ich zerspringe, Laena: Ich zerspringe!«, schrie ich und wünschte mir, ich könnte wie zuvorderst meine Augen schließen und mich vergessen in einem Traum aus Sein.

Laena zog die Hände zurück und starrte sie mit schockiertem Blick an. Sie strahlten. Sie legte sie wieder auf mich, presste sie auf mich und unterdrückte selbst gequält einen Aufschrei. Ich wand mich. Es half nichts.

»Kateshi!«, rief sie. »Kateshi!«

Ich versuchte, meinen Blick in ihre Augen zu versenken, doch er entglitt.

»Sieh mich an!«, rief sie und hielt mit den Händen mein Gesicht fest. »Was siehst du?« Ihre blauen Augen spiegelten unseren geliebten See.

»Den See«, antwortete ich.

»Geh hinein!«, befahl sie mir - und als meine Lider fallen wollten, energischer: »Geh hinein!«

Ich gehorchte. Allmählich versickerte der Schmerz darin.

An seine Stelle trat eine unvergleichliche Leere. Laena und ich atmeten langsamer und schrien nicht mehr. Sie ließ mein Gesicht los und sank zur Seite.

Ich lag eine Weile so da: ohne mich zu bewegen - bis ich glaubte, ich könnte es nicht mehr; dann befühlte ich mit den Händen vorsichtig meine Brust.

»Du bist heil«, sprach Laena matt. »Und nicht tot.«

Mein Körper war tatsächlich makellos und unversehrt.

Laena richtete sich auf und fixierte mich finster. »Aber gleich wirst du ganz und gar nicht mehr heil sein, wenn ich mit dir fertig bin!«, warnte sie mich. Ich schluckte und nickte.

Ich wollte zu ihr rutschen, doch es gelang noch nicht. Wir schwiegen und mussten zu Atem kommen.

Ein Raunen lief durch den Wald; die Baumkronen schüttelten sich und schliefen dann weiter.

Ich kroch erschöpft zu ihr. »Laena, es tut mir leid«, fing ich schleppend an - doch sie hob die Hand, als wollte sie meine Worte abwehren.

»Du bist ein unglaublich leichtsinniger -« Sie suchte nach dem passenden Begriff; er fiel ihr nicht ein. Sie ließ die Hand sinken. Es war ein Streit in Zeitlupe: sie und ich zu angestrengt, um einen klaren Gedanken fassen zu können. »Du bist -«, hob sie erneut an und verstummte wieder.

»Ich bin alles, was du sagen willst«, keuchte ich.

»Du weißt schon, was da gerade passiert ist? Ich habe dir das Leben gerettet!«, rief sie zornig.

»Ich weiß«, erwiderte ich kleinlaut. »Und ich danke dir dafür. Es tut mir leid.«

Laena schnaubte. »Du dankst mir dafür.« Sie atmete schwer. Sie begann zu weinen. Ich wollte sie in den Arm nehmen, doch sie stieß mich von sich weg. »Komm bloß nicht auf den Gedanken, ich würde deinetwegen weinen«, schluchzte sie und durchleuchtete mich mit vor Wut glühenden Augen. Ich schüttelte den Kopf und wusste, dass es eine Lüge war.

»Bitte verzeih mir«, flüsterte ich. »Bitte sag mir, wie ich es wiedergutmachen kann.«

Sie ging nicht darauf ein. Ich wollte wenigstens ihre Hand nehmen, doch sie entzog sie mir.

»Fass mich nicht an!«, rief sie, dass ich zusammenzuckte - und dann schluchzte sie heftiger. Erneut zerriss es mich, obgleich diesmal aus einem anderen Grund. »Sonst bist du so gewieft darin, viele Worte zu bemühen - und jetzt fällt dir nichts ein!«, wies sie mich zurecht. »Du könntest mir wenigstens erklären, warum du dich mit einem Wesen anlegen musstest, das deinen Verstand so weit übersteigt, dass du es dir gar nicht vorstellen kannst!« Ihre Tränen versiegten; die Zornesfalten in ihrem Gesicht ließen mich erzittern.

Ich dachte nicht darüber nach, ihr die Wahrheit zu sagen - ich hatte keine Wahl. »Ebendarum musste ich ihn suchen«, antwortete ich. »Ich suche doch schon immer nach ihm.«

Laena schniefte und verschränkte die Arme. »Du bist süchtig!«, stellte sie vorwurfsvoll fest.

»Ja: Das bin ich«, gab ich ohne Zögern zu. »Und auch nach dir bin ich das.« Sie schüttelte zwar heftig den Kopf, doch der Blick, den sie mir zuwarf, war schon etwas milder.

»Ist dir überhaupt schon etwas aufgefallen?«, fragte sie und musterte missbilligend meine Brust.

Ich schaute an mir herab und glaubte, durch den Stoff meiner Kleider ein schwaches blaues Schimmern wahrzunehmen.

Ich zog das Oberteil über den Kopf und erstarrte. Durch meine Haut hindurch schien - wie sonst zuweilen in meiner Linken - ein blasses blaues Glühen wie ein glimmendes, fernes Licht. Als ich meinen Körper weiter untersuchte, sah ich, dass er ganz und gar in ein permanentes Schwelen übergegangen war.

»So kann ich unmöglich rumlaufen!«, stieß ich aus. Es war nicht vorstellbar, mich dermaßen gezeichnet unter meinesgleichen zu mischen.

Laena schnalzte mit der Zunge. Offensichtlich hielt sie dies für eine gerechte Folge meiner Leichtsinnigkeit.

»Meine Mutter wird dir sicher helfen können«, stellte sie mir in Aussicht.

Ich sah sie an und fing ihre neugierige Miene auf. Sie war hin- und hergerissen zwischen dem Wunsch, sich meine äußerliche Veränderung näher zu betrachten, und der Weigerung, ihre Distanz aufzugeben, die sich ihn zu erfüllen sie kosten würde. Ich beobachtete ihr Ringen gebannt.

Ich wollte die Gelegenheit nicht verstreichen lassen und mein Quantum beitragen, dass die Waage ihrer Entscheidung sich in die wahrhaftig nicht verdiente, doch ersehnte Richtung neigte.

»Bitte, Laena: Lass mich dir nahe sein!«, flehte ich unbeholfen. Tatsächlich wirkte meine Wortgewandtheit mir abhandengekommen, auf die ich mich sonst so gern verlassen hatte.

Laena zwängte mir einen Kuss auf. Ich hatte ihre Neugier falsch interpretiert - und auch ihre Distanz. Die pure Not trieb sie in meine Arme.

Wir liebten uns auf dem knisternden Waldboden, hastig und verzweifelt: als hätten wir nicht geglaubt, uns je noch einmal lieben zu können.

Danach schlug sie mit der Faust auf die Erde und brach in Tränen aus. Sie vermischten sich mit meinen. Wir hielten uns fest umklammert: der unbarmherzig entzweienden Zeit eine Macht entgegenstellend, die jene nicht überwinden konnte.

Und dann liebten wir uns wieder, viel langsamer und heftiger diesmal: innehaltend, zögernd, Angst und Schmerz aushaltend. Ich fühlte mich verletzlicher als der zarteste Halm, vom Hauch Indūs gebrochen, und stärker als Mosha selbst.

Längst war die Nacht zwischen den Bäumen hervorgekrochen. Mein Körper schimmerte in der Dunkelheit.

Laena rührte sich auf mir. Ihre herrlichen Augen blitzten mich an. »Wir gehen jetzt zum Perpet«, beschloss sie und richtete sich auf.

»Jetzt gleich?«, hakte ich nach. »Aber es ist schon dunkel!«

»Jetzt gleich!«, beharrte sie und zog sich ihre Kleider über. Ich tat es ihr nach. Sie duldete keinen Widerspruch.

Wir verließen den Wald und atmeten beide erleichtert auf. So bereichernd Moshas Präsenz zuweilen sein konnte - nicht nur seine fesselnden Stimmen verhießen Gefahr.

»Wollen wir nicht vorher noch zu Hause vorbeischauen?«, schlug ich vor. Ich hoffte darauf, dass wir uns - erst zu Hause angekommen - mit Mandai und Zidan im Gespräch verstrickten, sodass es nicht lohnen würde, danach noch den Perpet aufzusuchen.

Doch Laena schüttelte den Kopf. »Wir gehen *jetzt* zum Perpet«, wiederholte sie bestimmt. »Und dann kannst du ihm auch gleich deine Frage stellen, die dir schon so lange auf der Zunge brennt. Denn wenn du sie ihm jetzt nicht stellst - fürchte ich - wirst du es nie tun.« Ich nickte. Mein Herz pochte wild.

Ich ergriff Laenas Hand. Ich konnte meine Dankbarkeit darüber kaum in Worte fassen, dass sie nicht nur solches Nachsehen mit mir hatte, sondern auch genau wusste, was zu tun war. Wie sollte ich mich ihr nicht fügen?

Es dauerte eine Weile, bis der Perpet die Tür öffnete; und er wirkte einigermaßen überrascht, uns beide hier zu sehen. Da er mich jedoch erblickte und dem Schimmern gewahr wurde, das von mir ausging, weiteten sich seine Augen - und er verstand.

Er ließ uns ein und führte uns in das Bilderzimmer. »Wir müssen leise sein«, murmelte er auf dem Weg dahin. »Der Al-Perpet füllt gerade den Raum.«

Laren brachte uns drei Kelche und einen Krug Wasser. Wir tranken es gierig. Er sah nervös aus.

»Was ist passiert?«, fragte er leise - und ich war mir sicher, dass ihm die Antwort schon schwante. Dennoch erzählte ich in aller Ausführlichkeit von den jüngsten Ereignissen in Moshas Wald und ließ keinen Zweifel an meiner impulsiven Rolle darin.

Der Perpet reagierte allerdings ganz und gar nicht so schockiert, wie ich befürchtet hatte. Stattdessen zuckte er mit den Schultern.

»Es war nur eine Frage der Zeit, bis das geschehen musste«, erklärte er und bedachte mich mit einem scharfen Blick. »Ich habe dir schon oft gesagt, dass du ein Untertan deines Verstandes bist.«

Laena nickte und schaute mich ebenso kritisch an wie der Perpet. Ich sah mich von den beiden redlich in die Ecke gedrängt.

Der Perpet löste seine Fessel. »Dennoch: Ich habe dir auch gesagt, es sei nicht das Schlechteste, an das Ren eine Frage zu stellen«, fuhr er fort. »Und keiner in Oló wird wohl je so nahe an Mosha herangekommen sein, wie du es bist.«

Laena nickte wieder und ihr Blick wurde weicher. Milde und Liebe überzogen ihr Gesicht mit ihrer Schönheit.

Der Perpet lächelte. »Und du nimmst nicht nur mit - du bringst auch hierher«, schloss er.

Ich räusperte mich. »Da es nun einmal so weit gekommen ist«, hob ich vorsichtig an, »dass ich der Erkenntnis Verführung auch hier erlegen bin -«

Sowohl Laena als auch der Perpet wussten, worauf ich hinauswollte - doch das machte es mir nicht minder schwer, die Ablehnung des Perpet zu riskieren.

»- und mich diesmal dabei in eine Gefahr für Leib und Leben begeben habe wie noch nie zuvor -«

Beide legten die Köpfe schief.

»- und ohne Laenas Hilfe und die deine -«

Ich brach ab, da ich nicht mehr wusste, wie ich meinen Satz überhaupt begonnen hatte.

»Ich habe darüber nachgedacht, was ich in Oló will und mit meinem Leben will«, begann ich von vorn, »- und vielleicht auch, warum ich nach Oló gekommen bin. Und ich bin zu dem Schluss gekommen - und daher will ich dich fragen - aber ich verstehe natürlich, wenn du Nein sagst -«

Laren und Laena hielten die Luft an.

»- dass ich Perpet werde, irgendwann«, schloss ich endlich.

Ich runzelte die Stirn und fragte mich, ob Laren aus meinem Gestammel heraus überhaupt verstanden haben konnte, worauf ich hinauswollte.

Laena und der Perpet stießen beide heftig die Luft aus.

Dann lachte er und klatschte. »Das war wohl die schwerste Frage, die du bisher stellen musstest«, gab er zu bedenken; und ich lachte selbst und gab ihm Recht.

Dann wurde er ernst. »Auch ich habe darüber nachgedacht«, fing er an, »- und wahrlich: Es gäbe in Oló wachere Phing, die den Weg zum Al-Perpet beschreiten könnten.« Er deutete vage auf Laena.

Nun war ich derjenige, der die Luft anhielt.

»Allerdings ist der Perpet ein Schüler und der Al-Perpet ein ebensolcher und ich weiß, dass es schon solche gab, die das vergaßen oder nicht mehr wissen wollten. Daher sage ich *Ja* - denn dein Verlangen und deine Bewusstheit um dein Nichtwissen zeichnen dich als einen aus, der den Weg zum Al-Perpet antreten sollte. Doch spüre ich in meinem Sinn - so tief, wie ich dein Wesen spüre -, dass dir eine Lektion in Demut noch aussteht, die dich prüfen wird.«

Laena seufzte wiederum tief.

»Welche das ist und wie sie aussieht, davon weiß ich nichts«, fügte Laren an und hob entschuldigend die Hände.

Ich hörte ihm kaum mehr zu. Ich badete in seiner aufrichtigen Annahme. Auf mein Gesicht stahl sich ein Grinsen, das der Perpet bald spiegelte.

»Oho - mit dieser Antwort habe ich heute jemanden glücklich gemacht!«, wandte er sich an Laena, die mich von der Seite zufrieden musterte.

Ich stand auf und verbeugte mich artig vor dem Perpet. »Das hast du«, versicherte ich. »Und ich danke dir dafür. Ich werde alles geben, ein guter Perpet zu sein«, versprach ich.

»Daran zweifle ich nicht«, gab der Perpet zurück.

»Schon allein, da du von einer Gefahr für deinen Leib und dein Leben sprichst und deine Seele und deinen Sinn vergisst, lässt diesen Weg für dich fast unvermeidbar werden«, murmelte Laena, und Laren lachte zustimmend.

Auf dem Rückweg vom Perpet schmiegte ich mich erleichtert an sie.

»Du glaubst gar nicht, wie froh und erleichtert ich nun bin!«, sprach ich zu ihr; und sie küsste mich liebevoll.

»Das ist es übrigens, was ich damals meinte auf dem Weg zum Meer, was du mitgebracht hast: dein Verlangen«, erklärte sie leise.

Ich schaute sie vielsagend an. »Noch immer ungestillt«, gab ich ihr zurück.

»Das auch«, warf sie mir zu.

Ich streckte mich. »Wollen wir jetzt wirklich nach Hause gehen?«, fragte ich sie. »Ich habe keine Lust, die ganze Geschichte heute noch mal zu erzählen. Andererseits habe ich wahnsinnigen Hunger.«

Laena hatte die passende Antwort: »Wir haben am See noch genug zu essen: selbst für dich. Also wollen wir zum See gehen? Ich denke auch: Um deine Blauäugigkeit kannst du dich morgen kümmern.« Sie grinste und versuchte mir zu entwischen, doch ich packte und kitzelte sie. »Außerdem leuchtet sie uns durch die dunkle Nacht«, fügte sie unter atemlosem Kichern hinzu.

Am nächsten Tag beim Mittagessen, da die ganze Familie zu Tisch versammelt war, fasste ich mir ein Herz und erzählte - von Laenas teils hilfreichen, teils vorwurfsvollen Ergänzungen unterbrochen - die ganze Geschichte erneut. Es war gut, das Erlebte mit den anderen zu teilen, denn während ich wiederum in der Rückschau hindurchging, ließ sich der Schrecken zähmen.

Nachdem ich geendet hatte, schüttelte Timo den Kopf. »Du bist verrückt!«, rief er bang und klammerte sich an mich. Laena pflichtete ihm, ohne zu zögern, bei.

Auch Zidan konnte man die Bestürzung im Gesicht ablesen. »Wäre Laena nicht gewesen -«, murmelte er und schluckte.

Mandai schließlich schwieg. Sie überlegte schon rasend, wie sie mein neues blaues Problem lösen könnte, und verschwand unmittelbar nach dem Mittagessen in ihr Arbeitszimmer.

Zidan indes konnte sich nicht sofort wieder in die Werkstatt begeben; er schien die gestrigen Ereignisse seinerseits erst verdauen zu müssen. Während wir also die Küche herrichteten, löcherte er mich und Laena mit weiteren Fragen und umarmte seine drei Kinder eines nach dem anderen zur eigenen Beruhigung. Dann gluckste er: »Immerhin kannst du jetzt Laena rufen - und auch jeden anderen, nehme ich an.« Ich nickte nachdenklich.

»Aber du musst doch auf dich aufpassen!«, schloss Timo flehentlich. Ich nickte wieder.

Mandai stürmte in die Küche und verlangte nach meiner Person. In ihrem surrenden, nach Kräutern duftenden Zimmer musste ich ihr einiges wiederholen, was sie sich eifrig notierte. Dann verkündete sie, sich mit dem Al-Perpet beraten zu müssen, und entließ mich. Die Herausforderung, mir für dieses spezielle Problem ein wirksames Mittel zur Verfügung zu stellen, nahm Mandai nicht nur an - jene erfüllte die Heilerin gar mit Begeisterung.

In der nächsten Zeit hatte ich viele ihrer Arzneien auszuprobieren, von denen leider keine den erwünschten Effekt erzielte. Sie schmeckten scheußlich und schienen überhaupt keinen Einfluss auf das blaue Leuchten zu haben. Dennoch unterzog ich mich stoisch jedem neuerlichen Versuch, denn mein permanentes Schimmern konnte und durfte mich nicht für immer zeichnen.

Auch mit dem Perpet arbeitete ich daran, dieses mit meinem Sinn einzudämmen, es in meinem Geist zu fangen oder wenigstens an einer Stelle meines Körpers zu binden, wie zuvorderst in meiner Hand. Dass das Leuchten meiner Linken sich in seiner Intensität bereits angepasst haben konnte, ließ uns glauben, es musste mit meinem Sinn verbunden sein; und wir arbeiteten jeden Tag viele Stunden daran.

Mittlerweile blieb ich den ganzen Vormittag bei ihm, rannte für das Mittagessen nach Hause und ließ mich im Anschluss wieder von ihm unterweisen. Wenn Erschöpfung mich übermannte, schrieb ich weiter an den *Norshan* oder half ihm bei dieser und jener Tätigkeit im Haushalt. Der Al-Perpet hatte gehörig zu tun, den Raum nach Einbruch der Dunkelheit wieder zu füllen.

Laena bestand darauf, dabei zu sein, wenn ich Frowin von den Ereignissen in Moshas Wald erzählen würde: Sie wollte meinen Bericht im richtigen Tonus gewürzt wissen.

Mein bester Freund freute sich lebhaft darüber, dass ich Perpet werden dürfte, sobald die Zeit reif wäre; und er sinnierte: »Das ist für dich wohl die härteste Prüfung, der du dich überhaupt stellen könntest. Ich meine die Askese zur Vollendung des Al-Perpet natürlich.« Wir lachten zwar - doch jeder von uns dreien wusste, dass viel Wahrheit in seinen Worten steckte. »Aber wird das überhaupt gehen - ich meine mit euch beiden?«, fragte Frowin dann ernst. Laena und ich sahen uns an.

»Naja -«, fing ich schleppend an, »Perpet zu sein schließt eine Familie zu haben nicht aus.« Laena stimmte zu. »Wenn wir genug vom Erlenthal haben, kommen wir wieder zurück nach Oló. Der Perpet hat gesagt, dieser Weg soll keine Einschränkung sein, sondern eine Bereicherung. Daher -« Ich zuckte unbekümmert mit den Schultern. »Vielleicht werden es dann fünf statt sechs Kinder - aber ansonsten bleibt alles wie geplant«, schloss ich grinsend. Laena und Frowin lachten laut.

»Solange alles nach Plan läuft, ist alles gut«, scherzte sie und legte ihren Arm um meine Schulter.

Trotz meiner unbekümmerten Planerei beschloss ich, tags darauf Laren um Rat zu fragen, ob ein Leben als Perpet und vor allem als Al-Perpet tatsächlich mit einer Familie vereinbar wäre. Ich wartete wie üblich vor Morgengrauen an der Tür seiner Hütte - doch diesmal wartete ich länger als sonst. Da Laren mir schließlich öffnete, sah er zerzaust und müde aus, als hätte er die Nacht kein Auge zugetan und erst gegen Morgen etwas Schlaf gefunden.

Ich schaute ihn prüfend an. »Was ist los?«, begrüßte ich ihn und trat ein. Er schnaubte und erwiderte aus trüben Augen meinen forschenden Blick nicht. Er verbarg sich vor mir.

Bis zum Frühstück gab er sich alle Mühe, unsere Lehrstunde wie gewohnt verlaufen zu lassen, doch mir konnte nicht entgehen, welche Distanz sich zwischen uns gestellt hatte. Seine Grenze blieb präsent; und sie wies jede Vertrautheit zurück.

Zum Frühstück fragte ich ihn wieder: »Warum sind wir uns heute so fern? Habe ich dich in Worten oder Taten verletzt?«

Laren schüttelte missmutig den Kopf. Es gefiel ihm offensichtlich nicht, dass ich ihn darauf ansprach. »Ich möchte mich heute bloß nicht mit dir teilen: Das ist alles«, murmelte er.

»Das habe ich schon bemerkt«, sagte ich. »Aber warum?«

»Hör auf zu bohren!«, fuhr er mich an - und dann etwas milder: »Ich möchte nicht darüber sprechen.« Ich betrachtete ihn sorgenvoll. Er sah wirklich furchtbar aus.

»Wenn du doch darüber sprechen willst, höre ich dir gern zu. Egal, worum es geht«, bot ich ihm an.

»Danke«, brummte er und leerte seinen Wein in einem Zug. Es war der 7.1.13. und ein Tag vor dem Todestag Kaleas.

Olós Schatz

Das Fischfest hatte ich wie im Jahr zuvor mit Mantel und Handschuhen begehen müssen: einerseits, weil ich das blaue Schimmern verbergen wollte, andererseits, weil es mich derart empfindlich für Dileis Blick hatte werden lassen, dass selbst Mandais Salbe nicht helfen konnte. Nun, da es bis zum Kuchenfest nicht mehr lange hin war, vollbrachte die Heilerin endlich einen Durchbruch hierin: Und sie nannte es das *Kasimir*.

Das ekelhafte Gesöff glomm ebenso bläulich wie meine Blauäugigkeit und waberte unheilvoll in seinem Glasgefäß vor sich hin, während ich noch darüber nachdachte, es mir einzuverleiben. Doch schon nach der ersten Dosis zeigte es Wirkung: Das Schimmern wurde blasser.

Mandai erklärte mir aufgeregt, endlich die Formel gefunden zu haben, meinen Sinn direkt anzusprechen und Moshas Witz mir nun beherrschbar zu machen. Schier endlose Beratungen mit dem Al-Perpet waren dafür nötig gewesen; und dem Kasimir wohnten nicht ohne Grund einige Parallelen zum Essall inne, die mir Mandai stolz aufzählte.

Ich erfuhr sie am eigenen Leib: Das kleine Fläschchen überwältigte mich nach dem Trinken mit einer solchen Müdigkeit, dass ich nichts anderes tun konnte, als zu Bett zu gehen. Es linderte jeden Schmerz und ließ mich derart erfrischt erwachen, als hätte der Wind selbst im Schlaf durch meine Gedanken gefegt.

Der Geschmack des Kasimir allerdings war mit nichts Widerlichem zu vergleichen; und obwohl ich ihn mir noch heute aus der Erinnerung auf die Zunge rufen kann, weiß ich ihn in seiner Abscheulichkeit doch nicht zu beschreiben. Glücklicherweise musste ich das Kasimir nur sieben Tage einnehmen; und fortan war mir nichts mehr von meinen Erlebnissen in Moshas Wald anzusehen.

Wie sein Witz von meinem Antlitz verschwand, erreichte ich unter den wachsamen Augen und bestimmenden Weisungen des Perpet endlich eine unmittelbare Verbindung zwischen meinem Sinn, der das Ren hielt, und meinem Anker, dem blauen Leuchten. Mosha konnte mir nun ohne seine physische Präsenz immerhin nicht mehr das Ren rauben - obgleich ich ihm freilich ausgeliefert wäre, würde ich nur die Konfrontation mit ihm suchen. Am Nachmittag begab ich mich zuweilen in den Wald und stärkte meinen Anker in Erinnerungen und Träumereien dieser; und ich forderte Mosha kein zweites Mal heraus.

Es traf sich also, dass ich zum ersehnten Kuchenfest ganz ohne den lästigen Mantel draußen herumspringen konnte, und ich vermochte Mandai und dem Perpet nicht genug dafür zu danken.

Timo öffnete schon mit einem strahlenden Lächeln die Augen, da ich ihn weckte; und er sprang vor Freude in die Küche zum Kuchenbacken. Der erste Kuchen, den wir buken, glich eher einem süßen Brot und wurde der Tradition nach als erster gebacken. Er bestand aus Mehl, Mandeln, getrockneten Trauben, einigen Gewürzen und viel Butter: ein nahrhaftes, reichhaltiges Gebäck für Reisen, die die Phing in Oló kaum unternahmen, oder bei Krankheit, die die Phing in Oló kaum traf - und daher ein beliebter Schmaus an verregneten Nachmittagen.

Heute regnete es nicht - und das war gut so - denn nachdem wir unseren mit Schichten von pudriger Süße überzogenen *Zidash* ausreichend bewundert hatten, verließen wir das Haus und streiften gemeinsam auf der Suche nach geeignetem Obst für die kommenden Kreationen durch die nähere Umgebung. Obwohl Mandai und Zidan immer wieder stehen blieben und sich in dieses und jene Gespräch mit den anderen Müttern und Vätern der Familien, die es uns gleichtaten, verwickeln ließen, waren wir mit unserer Ausbeute zufrieden.

Den ganzen Tag über wurde gebacken, verziert, ausprobiert, genascht; und es fand die ein oder andere Mehlschlacht statt. Die Küche war nie so weiß wie an diesem Tag; und zu unseren Kuchenkleidern gesellten sich einige neuerliche Beerenflecken.

Timo rieb seine Schwester schließlich mit Mehl ein und zerschoss sich vor Lachen darüber, dass wir nun endlich zusammenpassen würden.

Die Küche heizte sich auf, denn das Feuer zum Backen blieb geschürt; und ein herrlicher Duft strömte aus ihr und durch die geöffneten Fenster nach draußen.

Ich genoss diesen Tag der Familie ausgiebig und sog die fröhliche Stimmung in mich auf wie ein Schwamm.

Am Nachmittag - zur neunten Stunde des Tages - sprachen wir ein Gebet und dankten darin *Muvar,* der Erde, dass sie uns nährte und so reich mit ihren Früchten beschenkte. Dann holten wir ein Geschenk für unsere *Muvam* zum Dank hervor, die ihren Kindern Laena und Timo das Leben geschenkt, sie geborgen und geboren hatte. Es war eine flaumige Decke, die wir vier mit bunten Tieren und Blumen bestickt hatten, und deren weicher Stoff sich sanft an die Haut schmiegte.

Ich dachte an meine Mutter: Karu - und ich schloss Frieden mit Cachil, der ihren Namen so lange vor mir verborgen hatte. Laena drückte sich an mich; und in die besinnliche Stunde mischte sich wieder der Spaß. Wir stopften uns mit süßen Plätzchen und Nussecken voll, wuschen uns im kühlen Badewasser das Mehl von den Gesichtern und gingen erst, da die Küche wieder aufgeräumt und sauber war, zu Bett.

Wenige Tage später feierte ich meinen Geburtstag und bekam von Laena einen Schlüssel, dessen Bedeutung ich nur zu gut verstand und den sie mir an einem Band um den Hals legte. Bald darauf konnte ich mir endlich einen kurzen Bart stehen lassen, stärkte unter der fordernden Fürsorge Larens das Ren in mir und sprang mit Frowin von den Klippen. Laena und ich träumten nachts am See von den Abenteuern, die uns in Eventin bevorstehen würden; und liebend gern gab ich dem Spiel ihrer Lyra im Nuns den Takt.

Alles war so, wie es sein sollte - bis mir eines Abends nach dem Schwimmen im See ein Gedanke kam, den ich in meiner Planerei bisher verdrängt hatte: »Laena«, hob ich nervös an. »Was soll ich machen, wenn mein Cachil mir keine Nachricht mehr schickt?«

Laena schwieg und lehnte sich an mich; von ihrem nassen Haar tropfte Wasser ins Gras.

Die Vorstellung, ihm könnte in Eldir doch etwas zugestoßen sein, schnürte mir die Kehle zu. Und wie schrecklich wäre es, mein ganzes Leben auf eine Nachricht von ihm zu warten - und nie eine zu bekommen? Längst hatte ich mich darauf versteift, ihm noch einmal Lebewohl sagen zu können und mich zu vergewissern, dass es ihm gut erging. »Mein Herz sagt mir, dass er am Leben ist«, fuhr ich fort.

Laena lächelte. »Nein - nicht dein Herz«, sagte sie leise. »Hast du denn schon versucht, ihn zu erreichen? Seine Türen müssten offen stehen für dich.«

»Ähm - daran hab ich noch nicht gedacht«, gab ich zurück.

»Versuch es jetzt«, forderte Laena mich auf.

Ich versuchte es. Ich suchte nach ihm in Eldir - noch glaubte ich, es wäre einfacher, ihn zu finden, wenn ich wusste, wo er war.

Ich fand ihn. Es schien, als strahlte seine Entität zu mir und ich könnte fühlen, was er fühlte. Ich stöhnte auf. »Mein armer Cachil!«, rief ich. »Ach könnte ich doch bei ihm sein und ihm helfen!«

Laena musterte mich besorgt.

Ich blieb bei ihm. »Wenn er doch auch hierherkommen könnte!«, stieß ich aus und barg das Gesicht in den Händen.

Laena tröstete und zwang mich, ihr zu erzählen, was sich mir soeben offenbart hatte. Ich tat es.

»Doch er hat mir auch eine Nachricht geschickt«, schloss ich müde. »Und ich glaube, sie wird bald ankommen.«

Ich hatte mich nicht getäuscht. Am späten Nachmittag des 12.2.4. - es war nicht mehr lange hin bis Ruijan - verließ ich Oló und suchte die ganze Höhle, die schon zum Menschenland gehörte, nach einem verräterischen Fetzen Pergament ab.

Die Höhle war größer, als ich sie mir vorgestellt hatte, und stockfinster. Bald legte ich die Fackel beiseite, die mir Zidan mitgegeben hatte, und ließ mir von Moshas Licht helfen.

Statt einer Nachricht von Cachil entdeckte ich einen Menschen, der zusammengekauert auf dem harten Stein saß. Mein Blick fiel auf sein Abzeichen und ich hüllte mich unverzüglich in Dunkelheit.

Doch er hatte mich bemerkt. »Wartet, bitte!«, krächzte er in perfektem Liloisch. Seine Stimme klang dünn wie die eines Kranken.

Ich entschied, dass er mir in seinem Zustand keine Gefahr sein konnte. Meine Linke schimmerte wieder: gerade hell genug, dass ich mir den Mann betrachten konnte. Seine Augen weiteten sich, da er mich erblickte, und ich konnte nicht sagen, ob es vor Schrecken oder Verblüffung war. Er musste ebenso haarsträubende Geschichten über Oló und die Fingen darin gehört haben wie alle Menschen.

Er sah furchtbar aus. Sein Gesicht war eingefallen, als hätte er tagelang nicht gegessen und getrunken und nicht geschlafen. Ich kniete mich zu ihm.

»Was tut Ihr denn hier, mein Herr?«, fragte ich ihn und wurde der Freude meiner Zunge gewahr, endlich wieder in meiner Muttersprache sprechen zu können.

Er antwortete nicht und streckte mir einen Zettel entgegen: knitterfrei und sauber - vermutlich das Einzige an ihm. Ich nahm ihn entgegen.

»Für Delii«, murmelte er und wiederholte es, bis ich das kleine Stück Pergament endlich genauer ansah.

Die Handschrift Cachils stach mir selbst im trüben Licht meiner Linken schmerzhaft ins Auge.

Der Mann packte meinen Arm. »Anit Eret Abando«, sprach er mit letzter Kraft, »erinnert Euch an meinen Namen.«

Ich ließ mein Licht heller scheinen und packte ihn meinerseits. Das fein gewebte Zeichen der Anit prangte auf seiner Brust. »Ihr wartet hier und ich hole Euch etwas zu essen und zu trinken!«, beschloss ich und bekräftigte meine Worte, dass er sie auch wirklich verstand.

Noch während ich mit ihm sprach, rief ich Zacharias und spurtete zurück durch den Wald und nach Hause. Ich erklärte Mandai, die gerade das Abendbrot zubereitete, dass ich einen kranken und kraftlosen Menschen mit Cachils Nachricht in der Höhle gefunden hätte und ihm nun wenigstens etwas Essen und Trinken bringen wollte; und die Heilerin griff nach ein paar ihrer Arzneien und folgte mir, der ich auf Zacharias voran, die Taschen voller Lebensmittel zur Höhle ritt.

Ich fand ihn nicht gleich wieder, ignorierte jede wohlgemeinte Warnung meines Verstandes und leuchtete dank Moshas kräftigem Licht die Höhle aus.

Der Anit war nur mehr ein blasser Schatten. Ich stürzte zu ihm und stellte erleichtert fest, dass er noch lebte. Seine Augen starrten mich geistesabwesend an.

Ich befahl ihm, etwas Wasser zu trinken, und stützte seinen Kopf, indessen ich die gefüllte Wasserblase an seine Lippen hielt. Er trank.

Ich bot ihm auch etwas zu essen an: Zidash und Waffeln - doch selbst Beeren und Fisch wollte er nicht zu sich nehmen. Er war zu schwach.

Mandai stieß bald zu uns. Die Fläschchen und Tiegel klirrten in ihrer Tasche. Sie befühlte seine Stirn, prüfte seinen Puls und stellte ihm mit meiner Hilfe ein paar Fragen.

»Er ist nicht mehr bewusstseinsklar«, erklärte sie mir - beruhigte mich jedoch: »ein Erschöpfungszustand vermutlich. Gib ihm noch etwas Wasser und sag ihm, wir müssen ihn ausziehen und untersuchen.« Der Anit war ohnehin außerstande, sich zu wehren.

Wir entkleideten ihn behutsam und inspizierten seinen Körper auf Verletzungen und Verfärbungen. Mandai ging sehr zügig und geschickt vor. Während ich in meiner Nervosität kaum klar denken konnte, war sie geradezu die Personifikation konzentrierter Ruhe.

»Wie ich gedacht habe«, murmelte sie, da wir ihm seine Kleider wieder überzogen. »Erschöpfung. Wahrscheinlich hat er einige Tage lang nicht gegessen, geschlafen und getrunken. Ein nahezu perfekter Anwendungszweck des Esall.«

Sie klapperte in ihrer Tasche herum und fischte schließlich ein kleines, gläsernes Gefäß heraus. Im Lichte Moshas schillerte es silbern. Mit geübter Hand flößte sie dem Menschen die Arznei ein. »Das wird ihn schlafen lassen und seine Kräfte zurückbringen. Er wird danach ganz bestimmt wieder essen und trinken wollen«, erläuterte sie inzwischen.

Ich nickte. »Ich bleibe bei ihm, bis es ihm wieder besser geht«, entschied ich und sah zu, wie Mandai seinen Körper auf den Stein bettete.

»Aber dafür gibt es nun keinen Grund mehr«, erwiderte Mandai überrascht. »Er wird nun genesen.«

»Aber ich habe mich noch nicht für die Nachricht bedankt«, gab ich zurück und streckte den Fetzen Pergament in die Luft.

Mandai legte den Kopf schief. »Gut - ich gebe dem Perpet Bescheid«, bot sie an und lief zurück nach Hause.

Zacharias, der das ganze Schauspiel in einiger Entfernung skeptisch betrachtet hatte, schnaubte nun und verlangte meine Aufmerksamkeit. Ich ging zu ihm und kraulte ihn hinter den Ohren; und dann schickte ich ihn wieder zurück zu seiner Herde. Ich versprach ihm, eine Banane für ihn bereitzuhalten, wenn wir uns das nächste Mal sehen würden.

Ich setzte mich wieder zu dem Menschen auf den Boden und las endlich Cachils Botschaft. In seinen kritzeligen Ziffern kodiert stand da:

Eda Gelir ķanad.
Gid hemois húl 9.1.12.3973.
*Anol gid gabed.**

Da war sie also. Die Aufforderung, meinen alten Naru in Gelir zu besuchen.

Ich ließ sie sinken und strich nachdenklich an den Narben meiner Hand entlang. In kaum einem dreiviertel Jahr also würde ich ihn wiedersehen. Dann könnten Laena und ich schon zum Blumenfest des übernächsten Jahres nach Eventin segeln - allerdings wäre das Jahr darauf gewiss der passendere Zeitpunkt. Von Oló nach Gelir musste ich eine Mondzeit einplanen: rechtzeitig aufbrechen, um nicht zu spät zu kommen. Das war sicher großzügig bemessen - doch von Inkowitch nach Kalaote allein hatte ich auch viel mehr Zeit benötigt als angedacht.

Als die Nacht endgültig hereinbrach, kam Laena zu mir. Sie hatte die Reste des Abendessens bei sich und erklärte, sie wolle bis zum Morgen bei mir bleiben. Ich machte mich dankbar über die reichliche Kost her und ließ alles, was für den Anit bestimmt war, unangetastet.

Laena war erleichtert über die Nachricht Cachils oder vielmehr über die Tatsache, dass ich sie erhalten hatte. Sie musterte mich und schmunzelte, während ich ihr alles aufzählte, was die Botschaft meines alten Naru für uns bedeutete.

»Es sieht ihm gar nicht ähnlich, so vage zu bleiben«, gab ich schließlich leise und sorgenvoll zu bedenken. »Dass er mir weder einen genauen Treffpunkt nennt noch eine Zeit, kann nichts Gutes heißen. Denn wenn du meinst, ich würde gerne planen, solltest du ihn erst kennenlernen.«

Laena legte ihren Kopf auf meine Schulter. »Vielleicht weiß er ohnehin, wie er dich finden kann in Gelir«, meinte sie. »Oder er wird dich vor Gelir schon aufgabeln.«

»Oder er hält es für zu gefährlich, deutlicher zu werden«, murmelte ich und hielt diese Erklärung für die wahrscheinlichste. Immerhin hatte er keine Antwort von mir eingefordert. »Naja - wie auch immer - wenn der Anit wieder wach und klar ist, wissen wir mehr darüber«, kündigte ich an. »Ich will mit ihm reden, wenn es ihm besser geht.«

---

* Altliloisch für: »Komm nach Gelir. Ich erwarte dich am 9.1.12.3973. Achte auf dich.«

Die restliche Nacht beobachtete ich ihn, vergrub mich in eigene Gedanken, wartete. Laena schlief - meinen Arm als Kissen - bald ein; und ich streichelte und küsste sie. Es würde nicht so leicht werden, sie für ein paar Tage zu verlassen - schon gar nicht für zwei oder drei Mondzeiten.

Als der Morgen graute, schlief der Mensch noch immer; und Laena und ich begannen uns zu sorgen, ob ihm das Essall auch gut bekommen wäre. Doch er atmete gleichmäßig und tief. Die zweite Stunde des Tages war schon um, da er sich endlich regte und allmählich erwachte.

Ich begrüßte ihn freundlich: »Guten Morgen, Herr Anit! Ich hoffe, es geht Euch besser!«

Er erschrak und rieb sich die Augen. »Träume ich noch immer?«, murmelte er und wagte es nicht, Laena oder mir in die Augen zu blicken.

Ich versuchte ihn zu beruhigen: »Jetzt seid Ihr wach und munter - doch als ich Euch hier fand, ging es Euch sehr schlecht. Erinnert Ihr Euch daran?« Ich zeigte ihm die Nachricht Cachils. Er nahm das Pergament vorsichtig in die Hand. Im gedämpften Licht der Höhle fiel es ihm anscheinend schwer, die Ziffern zu erkennen, und so lieh ich seinen Augen kurz und unbemerkt etwas von Moshas Leuchten.

Kaum hatte er begriffen, worum es sich handelte, streckte er es mir wieder hin, so als hätte er sich daran verbrannt. Nun schaute er mir nicht einmal mehr ins Gesicht. Ich verstand erschüttert, welche Angst die Menschen mittlerweile in der Gewalt hatte, und was sie mit ihnen anrichtete. Ein glühender Zorn auf Cendo ergriff mich und ich hatte Mühe, mich von ihm nicht überwältigen zu lassen.

Stattdessen richtete ich mein Wort wieder an den Anit: Ich musste wenigstens dafür sorgen, dass er meinen Dank annahm und aß und trank. »Ich möchte Euch meinen Dank aussprechen, dass Ihr mir diese Nachricht überbracht habt. Ich kann nur ahnen, welche Gefahren Ihr auf Euch genommen habt, und möchte Euch bitten - auch wenn es mitnichten Eurem Schneid genügt - wenigstens unsere Speisen zum Dank anzunehmen«, sprach ich und wies auf diese, welche Laena und ich auf dem Stein vor ihm ausgebreitet hatten.

Er verneigte sich und schwieg. Offenbar wollte er ausharren, bis ich ihm etwas reichte. Ich schnitt eine dicke Scheibe vom Zidash ab und gab sie ihm, dazu die bis oben gefüllte Wasserblase. Er verneigte sich wieder und aß sie schneller, als ich es je gekonnt hätte. Dann wartete er. Er gab keinen Laut von sich.

Laena verstand - obwohl die meisten meiner Worte ihr Rätsel geblieben sein mussten - besser als ich, welche Unsicherheit den Anit umtrieb; und nach meiner erfolglosen Aufforderung, er solle sich bedienen, übernahm sie die Verantwortung, ihn mit Speis und Trank zu versorgen. Er aß und trank gierig; und seine Kräfte kehrten zusehends zurück. Mandai hatte Recht behalten.

Erneut startete ich einen Versuch, mit ihm ins Gespräch zu kommen. »Kennt Ihr Cachil Olibat, den Verfasser dieser Nachricht?«, fragte ich.

Der Anit warf mir einen scheuen Blick zu. Er nickte.

»Könnt Ihr mir etwas von ihm erzählen? Geht es ihm gut?«, fragte ich weiter.

Der Anit öffnete den Mund, um etwas zu sagen, schloss ihn jedoch gleich wieder. Hatte das Essall ihm etwa seine Stimme geraubt?

Ich schaute verzweifelt zu Laena, die ihn sorgsam betrachtete. »Meinst du, das Essall ist daran Schuld?«, fragte ich sie leise und auf Lentisch.

»Das glaube ich nicht«, antwortete sie. »Er hat furchtbare Angst - siehst du das denn nicht?« Ich seufzte und dachte nach.

»Ob er meinen Dank verstanden hat?«, wollte ich wissen.

Laena nickte. »Oh ja: Das hat er, denke ich«, sprach sie.

Plötzlich senkte der Anit seinen Kopf zu Boden. »Bitte verschont mich und meine Familie«, murmelte er heiser.

Ich runzelte die Stirn. Natürlich war mir sein Name - insbesondere der Name seiner Familie - nicht entfallen; und mir war auch nicht entfallen, dass es derselbe wie der des Elminé war. Dass dieser Anit sich einerseits überhaupt noch so nennen durfte und andererseits für meinen Cachil eine geheime Nachricht überbracht hatte, der aus einem ganz bestimmten Grund nach Eldir gekommen war, entschlüsselte mir seine Worte freilich - doch war ich ganz und gar der Falsche, an den er diese Worte richtete.

»Ich bin kein Richter«, erwiderte ich nach einer Weile. »Und ich bin der Letzte, vor dem Ihr Euch fürchten solltet.«

Der Anit hielt noch immer den Kopf gesenkt. Ein erstickter Laut entwich seiner Kehle. »Mein Bruder ist vom Wahnsinn übernommen«, raunte er mit kehliger Stimme.

Ich hielt die Luft an. Ich hatte nicht erwartet, mit dieser Vertraulichkeit bedacht zu werden.

»Wir sehnen uns verzweifelt nach einem Ende seiner Herrschaft«, schloss er kaum hörbar.

Ich räusperte mich und schaute hilflos zu Laena.

»Du bist ein sehr mutiger Mensch«, sprach diese zu ihm. Ihr holpriges Liloisch entspannte die Konversation. »Bitte nimm unser Essen mit, wenn du nach Hause zurückkehrst. Wir haben es für dich hierhergebracht.«

Der Anit hob den Kopf und schaute sie an. Er nickte. »Ich danke Euch«, antwortete er und verbeugte sich tief; dann wandte er sich in noch immer gebückter Haltung mir zu. »Bitte behaltet meinen Namen. Ich bin nicht wie mein Bruder. Bitte erinnert Euch an mich, wenn die Zeit gekommen ist.«

Plötzlich fiel es mir wie Schuppen von den Augen: Vielleicht war er derjenige, der mich in Gelir abfangen und zu Cachil bringen würde - doch darüber sprechen konnte er nicht.

Ich nickte und neigte ebenfalls das Haupt; Laena tat es mir nach kurzem Zögern gleich. »Das werde ich«, antwortete ich und sah zu, wie Laena ihm dabei half, unseren Proviant in seinen Taschen zu verstauen.

Schließlich fand ich ein paar Worte des Abschiedes: »Ich wünsche Euch eine sichere Heimreise und danke Euch wiederum, Anit. Ich werde Euch keine Antwort für Cachil Olibat mit auf den Weg geben - außer dieser, dass ich ihn vermisse und Euch und ihm Glück wünsche.«

Der Anit wagte es noch immer nicht, mich anzublicken.

Ich erhob mich zusammen mit Laena und sprach: »Möge Áslep Euch leiten!«, bevor ich durch die Höhle zurück nach Oló lief.

Im Wald angekommen stieß ich einen Seufzer aus. »Das war vielleicht ein merkwürdiges Gespräch«, meinte ich zu Laena und gähnte. Sie nickte und fasste meine Hand.

»Hast du die Nacht denn überhaupt geschlafen?«, fragte sie liebevoll und streichelte meinen Arm. Ich schüttelte den Kopf.

»Aber es war schön, dass du gestern noch zu mir gekommen bist«, erwiderte ich. »Ich kann mir überhaupt nicht mehr vorstellen, ohne dich zu sein.«

»Ich mir auch nicht«, gab sie traurig zu.

Wir liefen schweigend, Hand in Hand durch Moshas Wald, in Gedanken bei unserem Abschied verweilend, der von ferne drohte. Schließlich blieb ich stehen, nahm ihren Kopf in meine Hände und küsste sie. Sie umklammerte mich fest.

»Du solltest nicht allzu traurig sein, bis es so weit ist«, meinte sie leise.

»Du auch nicht«, gab ich zurück.

»Es wird ja nicht zu lange sein«, sprach sie weiter und hatte das Gegenteil im Sinn. Dennoch nickte ich. »Du *musst* nach Gelir zu deinem Cachil!«, drängte sie. Ich fühlte mich ertappt.

»Natürlich«, sprach ich über meine Zweifel hinweg.

»Vielleicht kann ich dich auch begleiten«, schlug sie hoffnungsvoll vor.

Ich packte sie an den Schultern, als wollte ich sie vor einer Gefahr warnen. »Auf keinen Fall!«, rief ich. »Phing sind Freiwild da drüben!«

Laena gab nicht so schnell auf. »Aber dann könnte ich deinen Cachil auch kennenlernen. Und etwas mehr vom Menschenland sehen - das wäre doch auch etwas. Und wir müssten uns nicht trennen«, versuchte sie mir ihre Idee schmackhaft zu machen.

Ich schüttelte heftig den Kopf. »Nein«, beharrte ich mit Nachdruck. »Vertrau mir: Ich kenne das Menschenland und alles, was darin vorgeht, besser als du. Es ist wirklich zu gefährlich. Außerdem verpasst du nichts. Ich kann dich da draußen nicht beschützen!«

Laena riss sich wütend los. Zornesfalten überzogen ihr Gesicht. »Wie oft denn noch?«, rief sie schneidend. »Du musst mich nicht beschützen! Denn im Gegensatz zu dir brauche ich keinen Beschützer!« Ihre blauen Augen funkelten mich an, dass mir das Mark in den Knochen gefror. »Ich bin weder so blind noch so leichtsinnig wie du!«, fuhr sie nicht minder energisch fort. »Ich kann auf mich selbst aufpassen - und das besser als du!« Wahrscheinlich würde sie mir die Geschichte in Moshas Wald noch ewig vorhalten.

Ich versuchte ihre Mauern zu umgehen. Ich konnte sehen, was hinter ihnen lag. Die Vorstellung, von mir getrennt zu sein, schlug sie ebenso nieder wie mich - und sie nutzte jeden Strohhalm, ihr zu entgehen. »Laena, warte: Das weiß ich doch. Mir käme doch niemals in den Sinn, dass du einen Beschützer brauchst! Ich halte dich doch nicht für schwach - wie könnte ich!

Aber: Vertrau mir doch hierbei. Ich weiß schreckliche Dinge über das, was hinter den Mauern von Eldir vor sich geht. Und ich kenne die Menschen. Wenn sie erst herausfinden würden, dass du Phing bist - und das kannst du nicht verstecken - dann könntest du dir selbst nicht mehr helfen. Dann könnte dir niemand mehr helfen!«, sprach ich verzweifelt. »Ich kann dich nicht verlieren.«

Laena kam wieder ein paar Schritte näher; sie umarmte mich fest. Dann schaute sie zu mir auf. »Du bist ein Angsthase«, flüsterte sie zärtlich: ein schelmisches Lächeln im Gesicht.

»Du auch«, gab ich gleichsam leise zurück und ließ meine Hände an ihrer Taille kurz zucken. Sie unterdrückte ein Kichern und behielt die Fassung.

»Wenn du jetzt auf die Sache im Wald anspielen musst -«, wisperte sie mit hochgezogenen Brauen.

»Wie könnte ich!«, grinste ich.

Wir seufzten beide und schlangen die Arme umeinander. Sie legte ihren Kopf an meine Brust; und mein Kinn kratzte über ihr Haar. Schließlich trotteten wir gemütlich nach Hause.

Dort angekommen überlegte ich, heute nicht mehr zum Perpet zu gehen, sondern mich stattdessen ins Bett zu legen und etwas Schlaf nachzuholen. Mandai hatte das Frühstück für uns stehen lassen. Sie selbst war zusammen mit Timo im Dorf unterwegs.

Wir erzählten Zidan von der merkwürdigen Begegnung mit dem Anit und ich übersetzte ihm auch die Nachricht Cachils. Zidan seufzte nachdenklich. »Du musst gut auf dich aufpassen, Junge«, murmelte er gedankenverloren. Laenas Augen flehten mich an.

Wir kuschelten uns gemeinsam in die Betten. Ich streckte mich genüsslich: Solch ein freier Tag hatte gewiss seine Vorteile. Wir schliefen miteinander: traurig und auch ein wenig wütend auf Mahori; und einzig Laenas Zärtlichkeit konnte mich trösten.

»Ich hätte nicht gedacht, dass mich die Nachricht meines alten Naru so hart treffen könnte«, flüsterte ich irgendwann ehrlich. Laena zeichnete mit dem Finger die Konturen meines Gesichtes nach.

Plötzlich füllten sich ihre Augen mit Tränen. »Ich schon«, offenbarte sie mir mit erstickter Stimme.

Ich kannte sie mittlerweile gut genug, um zu wissen, dass hinter ihren Worten mehr lag, als ich hören konnte. »Ich werde dich nicht dazu drängen, mir zu erzählen, was du siehst - doch wenn du im Zweifel darüber bist, ob du es mir erzählen solltest, versichere ich dir, dass ich es ertragen kann«, versprach ich leise.

Sie lächelte erschöpft zur Antwort. »Mein lieber Kateshi«, sprach sie und küsste meine Stirn. »Ich liebe dich.«

Leider überschattete unser bevorstehender Abschied, der freilich noch weit in der Zukunft lag, unsere gemeinsame Zeit und mein ganzes Befinden in Oló. Es würde so schwer werden, die geliebte neue Heimat zu verlassen - wie mir immerzu traurig und auch ein wenig verblüfft im Kopf umherging - dass es mich manchmal überkam und ich mich in den Duft Olós und seine Farben eingrub und darin nistete wie ein Vogel.

Laena und ich ersannen immer wieder Schlupflöcher, damit wir uns vielleicht doch nicht mehr trennen mussten, doch sie blieben Phantasien. Sie beharrte darauf, dass ich nach Gelir zu Cachil gehen sollte, und ich darauf, dass sie nicht mit mir kommen konnte.

Lars beobachtete mein Ringen gespannt, verbot sich jedoch jeden Rat, den ich nicht von ihm verlangte. Tatsächlich kam es mir so vor, als würde er insgeheim etwas aushecken - vielleicht um den vorläufigen Abschied zu erleichtern: mir eine Sicherheit dazuzugeben, die mich daran erinnern sollte, hier willkommen zu sein.

Frowin schließlich schien als Einziger wahrhaft begeistert. Seine Augen leuchteten fasziniert, kaum dass ich ihm von dem Menschen in der Höhle erzählte; und er bereute sichtlich, nicht dabei gewesen zu sein.

Bald schlug er sich mit der Faust in die Hand. »Ich begleite dich!«, verkündete er und strahlte. »Ich muss die Prüfung zum Anit ablegen!«

Ich stützte den Kopf niedergeschlagen auf die Hände. »Das ist lieb von dir«, hob ich müde an. »Aber erstens ist es zu gefährlich, weil du ein Phing bist, und zweitens werden keine Eldan mehr ernannt - im Gegenteil: Sie werden ausradiert.« Ich war es allmählich müde, diesen Umstand immer und immer wieder wiederholen zu müssen.

Frowin jedoch schüttelte den Kopf. »Aber, aber, mein bester Freund«, widersprach er lächelnd. »Da du ja ebendies bist und mich in dein Vertrauen gezogen hast, weiß ich, dass etwas geschehen wird in Eldir. Wenn du also überhaupt deinen Cachil treffen kannst, dann kann ich auch die Prüfung zum Anit ablegen!« Seine Logik war mir allzu offensichtlich einer Richtung zugeneigt, daher blieb ich ihm die Antwort schuldig.

Abends am See lag ich auf dem Gras: an einer Feige kauend, das Sternenfunkeln betrachtend. Ein Feuer prasselte gemütlich vor sich hin; sein Schein wärmte mich von der Seite.

Laena hatte ihre Lyra in der Hand und murmelte hin und wieder ein Wort, notierte einen winzigen Buchstaben auf das Stück Papier vor sich und schlug Saiten an. Sie schrieb ein Lied; und ich durfte bei ihr sein. Seit der letzten Nachricht Cachils hatte sie sich unentwegt von Heros küssen lassen müssen.

»Frowin möchte mich begleiten«, sprach ich in die Nacht. Laena reagierte nicht. »Was hältst du davon?«, fragte ich sie.

»Ihm hast du nicht gesagt, du könntest ihn nicht beschützen«, grummelte sie zur Antwort. Wieder erklangen ein paar Akkorde, die sie gleich korrigierte.

Ich seufzte. »Er ist beinahe besessen davon, Anit zu werden«, sprach ich weiter.

»Oló braucht einen guten Anit«, gab Laena zurück.

Ich stöhnte. »Warum begreift denn hier keiner den Ernst der Lage?«, murmelte ich zu mir selbst.

Laena legte die Lyra beiseite und beugte sich über mich. »Du begibst dich auch in diese Gefahr«, mahnte sie mich. Schon erwartete ich einen neuerlichen Beweis ihrer Überredungskunst, mit dem sie mir ihre Begleitung wiederum ans Herz legen wollte - doch stattdessen wurde ihre Stimme sanft. »Ich weiß, dass du uns nur beschützen willst«, meinte sie ehrlich. »Und ich weiß auch, dass du gar nicht anders kannst, als uns zu beschützen. Aber wer beschützt dich auf dieser Reise?« Ich schaute in ihr schönes Gesicht.

Sie legte ihre Hand an meine Wange und küsste mich; und dann nahm sie ihre Lyra wieder in die Hand. Die zarten Klänge drangen durch die Nacht. Sie schüttelte den Kopf und lachte und malte die nächste winzige Letter auf das dunkle Papier.

»Soll ich dir etwas von Moshas Licht leihen? Der Flammenschein verdirbt dir doch bloß die Augen«, bot ich an.

»Der Perpet möchte nicht, dass du das tust - das weißt du doch«, brummte sie und wiederholte rasch die Folge der letzten Akkorde. Das Lied formte sich allmählich in der flirrenden Luft und überzog meine Haut schon jetzt mit einem Schauder.

»Ist das für Ruijan?«, fragte ich und richtete mich ein wenig auf.

»Nein - nur für uns«, erwiderte Laena. »Und jetzt sei still, damit ich es vollenden und lernen kann.«

Ich sank zurück ins Gras und hob den Blick zum funkelnden Himmel. Laenas gestaltwerdende Inspiration floss durch die Dunkelheit und ließ meine Gedanken wandern. Ana musste einfach einen Aran herabsenden: Das würde all unsere Probleme lösen. Ich grinste und schlug mir diese Vorstellung aus dem Kopf. Ich glaubte nicht an die alten Legenden: Geschichten, die die Menschen sich erzählten, um ihre moralische Integrität zu aktualisieren, ihre Beziehung zu sich und zur Welt darin festzuschreiben.

Laena war mit ihrem Erguss zufrieden und ich durfte ihr Lied im Ganzen und selbstredend wie üblich als Erster hören. »Es ist nur eine ganz kleine Weise«, kündigte sie an. Sie versuchte immer, meine Erwartungen zu senken, damit ich nicht enttäuscht wäre. Ein rötlicher Schimmer überzog ihre Wangen, den ich selbst im trüben Licht unseres kleinen Feuers sehen konnte.

Spiel nicht
mit meinem Herz.

Der Wind spielt
mit deinem Haar.

Die Dunkelheit spielt
mit deinen Augen.

Die Sonne spielt
mit deiner Haut.

Spiel nicht
mit meinem Herz.

Bewege mein Herz
in deinem Antlitz.

Spiel nicht
*mit meinem Herz.**

---

* Von Oló, Laena 3973. *Lyrik vielleicht. Spiel nicht.* Seite 5. Aus dem Lentischen übertragen von E.K.G. [AV]

»Ich spiele nicht mit deinem Herz«, flüsterte ich, da ich die Stimme endlich wiedergefunden hatte.

»Nein«, antwortete sie. »Nur die Zeit tut es.«

Natürlich schrieb sie noch etwas für Ruijan, bevor wir es feierten, und wie jedes Jahr fing sie damit recht spät an. Der Geschichte um *Monak und Era,* die viel mit unserer Legende von *Lusai und Nanniba** gemein hatte, widmete sie vier Tage, die sie allein am See verbrachte.

Ich streunte in diesen vier Tagen und Nächten ziellos umher und wusste nichts mit mir anzufangen. Lars nahm mich unter seine Fittiche, dass ich mich in die Arbeit mit ihm stürzen konnte und seitenweise den *Norshan* frönte - aber selbst das war nur eine missglückende Ablenkung.

Da Laena endlich nach Hause zurückkehrte, war sie ausgeglichen, doch erfüllt von Melancholie. Nach vielem Betteln durfte ich schon vor Ruijan teilhaben an ihrem Werk und fühlen, dass der süße Schmerz ihrer Einsamkeit keine Frage des Wollens war.

»Sie werden begeistert sein!«, rief ich aus, während mir stumme Tränen die Wangen hinab liefen. Auch Laena war bedrückt, obgleich erleichtert über meine wohlwollende, bewegte Resonanz - und ich lag richtig darin: Nachdem sie ihr Stück zu später Stunde in der Nacht des Jahreswechsels vorgetragen hatte, konnte ich den Gesichtern der umstehenden Phing ablesen, dass es ihr bestes und zugleich traurigstes Werk gewesen sein musste.

Frowin schloss sie fest in die Arme, kaum war sie vom Podest heruntergesprungen, und ich konnte nicht hören, was er ihr sagte. Die beiden kamen zu mir - die Arme umeinander gelegt - der ich zusammengesunken auf meinem Schemel saß. Nach dem zweiten Hören dämmerte mir, dass sie mehr über mich und sich gesungen hatte als über Monak und Era: umso klarer, da sie nun in ihrer ganzen, zerbrechlichen Kostbarkeit vor mir stand.

Frowin ließ uns allein und holte uns frische Getränke. Hinter uns erklang wieder Musik, doch mir war nicht nach Tanzen zumute. Laena sagte nichts; sie kraulte mir durchs Haar und blickte sich um. Irgendwann erhob ich mich und nahm ihre Hand. Wir schwiegen.

---

* Altliloisch für: »die Wehmut«.

Frowin kehrte zurück: drei große, bis an den Rand gefüllte Becher in seinen Händen balancierend.

»Auf uns drei!«, rief er schließlich laut: in den Augen ein neckisches Blitzen.

Wir stießen unsere Becher in die Höhe und aneinander. Frowin bekleckerte sich das Hemd.

»He - nicht so hart stoßen!«, wies er mich grinsend zurecht und leckte sich glucksend die Flüssigkeit von der Hand.

Laena prustete in ihren Becher und schüttelte den Kopf; aus meiner Brust löste sich ein Lachen. Ich klopfte Frowin dankbar auf die Schulter und Laena kicherte noch immer. Sie leerte ihren Becher als Erste und ließ ihn in der Hand kreisen.

»Unersättlich, deine Kleine!«, stellte Frowin fest.

»Du hast genug getrunken, mein Bester!«, gab ich zur Antwort, entriss Frowin sein Hord und kippte es selbst in einem Zug hinunter.

Wir lachten, schlugen die Hände zusammen und trollten uns, den Rest der Nacht zu vertanzen.

Am späten Nachmittag des nächsten Tages stöhnte Laena missmutig auf: »Morgen geht der Unterricht wieder los.« Sie lag nackt im Gras und gähnte, während die Sonne ihr das Wasser des Sees von der Haut leckte.

»Geh doch nicht mehr hin!«, schlug ich vor. »Frowin geht ab diesem Jahr auch nicht mehr hin - hat er mir erzählt.«

Laena gab einen undeutlichen Laut von sich. »Ein, zwei Jahre vielleicht noch«, murmelte sie. »Hast du dich denn nun entschieden, ob du Frowin mit nach Gelir nimmst?«, fragte sie dann.

Ich zuckte mit den Schultern. »Noch nicht«, erwiderte ich ausweichend. Ich wollte nicht ständig daran erinnert sein, Oló noch in diesem Jahr für eine Weile verlassen zu müssen.

»Du solltest ihn mitnehmen«, riet Laena mir. »Du würdest ihm damit einen großen Gefallen tun - und mir wäre wohler, wenn ich wüsste, dass du nicht ganz allein im Menschenland umherirrst.«

»Ich lasse mir mit der Entscheidung noch Zeit«, antwortete ich verschlossen.

Tatsächlich ließ ich mir mit der Entscheidung noch Zeit - und diese Zeit nutzten Frowin und Laena ausgiebig, mir zu raten, welche die richtige sei. Bald umging ich jedes Gespräch über meine Reise nach Gelir und verdrängte sie, so gut es ging, aus meinem Kopf - bis schließlich der Perpet darüber mit mir sprechen sollte.

Das Blumenfest war gerade vorbei, wir trafen uns für die erste Stunde seit der erzwungenen dreitägigen Pause und meine Gedanken kreisten um jene beiden Schwestern, die mit den Schiffen aus dem Erlenthal zurückgekehrt waren. Ihre glücklichen Gesichter, die Erleichterung in ihren Augen, wieder Heimatboden unter den Füßen zu wissen, die Freude, Verwandte und Freunde gesund wie eh und je wiederzusehen, zeigten mir nur zu deutlich, was Cachil mir abverlangte.

»Er kann nicht wissen, dass du hier nun zu Hause bist«, riss mich Lars aus meinen Grübeleien, indessen wir schweigsam kauend beim Frühstück saßen.

Ich warf ihm einen verblüfften Blick zu und nickte.

»Und sicher bereut er es noch immer, dich so abrupt von sich geschickt zu haben«, fuhr er fort.

Ich nickte wieder. »Seine Gedanken sind oft bei mir«, erwiderte ich zögernd. »Ich fühle es.«

Wir aßen still weiter.

»Ich möchte ihn auch besuchen«, gab ich dann zu. »Und ich werde ihn besuchen. Ich habe nur ein schlechtes Gefühl dabei. Und ich bin im Zweifel, ob ich mich von Frowin begleiten lassen sollte.«

Der Perpet seufzte. Ich verschwieg meine Gedanken zu Laena und er wusste das.

»Auch wenn deine Freunde versuchen, dich zu überzeugen«, erklärte er, »triffst du diese Entscheidung allein. Eines jedoch solltest du nicht vergessen: Es ist weitaus angenehmer, eine solche Reise zusammen mit einem Freund anzutreten.« Die scharfen Augen des Perpet durchleuchteten mich; seine Worte fuhren wie ein Pfeil durch mich hindurch. Das letzte Mal, da sich jemand bereiterklärt hatte, mich auf einer solchen Reise zu begleiten, hatte er diese Bereitschaft bitter bezahlen müssen.

»Ich kann Frowin nicht verlieren«, gestand ich endlich. Der dünne Klang meiner Stimme erschreckte mich.

Der Perpet seufzte wieder. »Du solltest mit ihnen darüber sprechen«, empfahl er mir unmissverständlich. »Mit beiden.«

Ich tat es. Ich traf Frowin und Laena zu einem Gespräch bei ihm zu Hause und erklärte beiden ernst, worin der Grund für meine abwehrende Haltung lag. Ich hatte die konkreten, die abscheulichen Einzelheiten dessen, was vor den Stadtmauern Capuls geschehen war, nie mit ihnen geteilt, um sie nicht zu belasten - und nun waren sie schockiert ob jener Grausamkeit, jener sinnlosen Auslöschung eines menschlichen Lebens. Und sie verstanden mich so gut, dass ich mich fragte, warum ich ihnen nicht eher die gesamte Wahrheit erzählt hatte.

Den ganzen Nachmittag sprachen wir darüber und diskutierten die Frage, ob ich nun allein oder mit Frowin nach Gelir aufbrechen sollte. Wir wogen das Für und Wider gegeneinander ab. Ich klärte die beiden über alles auf, was ich über die Zustände in Eldir wusste, und beschrieb nüchtern das geltende Recht, sollte einem Menschen in Lilotopien ein Phing in die Hände fallen.

Laena gestand sich selbst ein, dass sie ihr Phingsein nicht verbergen konnte - und drängte mich umso mehr, Frowin mitzunehmen. »Du warst selbst noch nicht wieder richtig draußen, seit du hier bist. Wie kannst du wissen, dass *du* dein Phingsein nun verbergen kannst?«, sprach sie. Ich schmetterte ihren Einwand gekonnt ab: Nichts leichter würde mir fallen als das.

Frowin ließ sich von der drohenden Gefahr nicht abschrecken - nun, da er ihr Ausmaß zu kennen glaubte - im Gegenteil. »Du brauchst ebenso jemanden, der auf dich achtet!«, beharrte er.

Wir aßen gemeinsam zu Abend und kamen noch immer zu keiner Lösung. Meine eigene Sturheit erstaunte mich. Solange ich die Streitfrage nicht losgelöst von Tilius' Schicksal betrachten konnte, war ich nicht imstande, mich zu einer Entscheidung durchzuringen.

Schließlich tat ich einen Beschluss. »Ich werde in Moshas Wald gehen und für Tilius eine Dendron auswählen. Und dann treffe ich eine endgültige Entscheidung.« Beide respektierten meine klaren Worte und waren mit ihnen einverstanden.

»Ich begleite dich!«, beschloss Laena.

»Nein«, erwiderte ich bestimmt. »Ich gehe allein.«

Sie widersprach nicht.

Zwei Tage später lief ich durch Moshas Wald: ein kleines Schild aus Holz in der Hand. Ich hatte es mit Zidans Hilfe angefertigt. In der anderen Hand trug ich einen kleinen Korb voll Blumen, die ich auf den Wiesen Olós gesammelt hatte. Ich nahm mir Zeit und sog die Präsenz des Hüters in mich auf. Ich suchte die Dendron für Tilius sorgsam aus. Die hohen Kronen schüttelten sich, als eine Brise in sie fuhr.

Schließlich entschied ich mich für einen hoch und gerade gewachsenen Baum, in dessen fernen Blättern der Sonnenschein funkelte. Ich stellte meinen Korb beiseite und besprach das kleine hölzerne Schild mit einem Spruch des Dankes und der Trauer.

Dann schlug ich es in den massigen Stamm der Dendron. Die Zeilen darauf hatte ich auf Liloisch verfasst: der Muttersprache von Jenas Tilius Otris und mir.

Selten treffen sich im Menschen
Tatendurst und Edelmut -
jedoch deine Taten sprechen:
Du warst groß von solchem Blut.

Im Herzen Indūs ruht Jenas Tilius Otris

Die Lettern waren ebenmäßig geformt.

Ich bedeckte den Boden um den Stamm mit Blumen und streute ein paar Blumen ins Innere. Die Dunkelheit darin ließ mich blind werden und raubte mir fast den Atem.

Als es getan war, hielt ich inne. Ich spürte, wie die Worte auf dem Schild sich in der Luft des Waldes verfingen, mit ihr aufstiegen und fielen. Die Dendron glänzte im milden Licht. Ich kniete nieder und sprach die Gebete, die wir sprechen, wenn wir die Seele eines Menschen Indu übergeben, und solche für einen guten Freund; und ich fügte ein paar eigene hinzu.

Nun war Tilius nach den Sitten der Menschen aus Lumina und denen der Phing aus Oló von der Erde verabschiedet - mein Abschied jedoch war noch nicht vollzogen. Ich setzte mich auf den Boden und senkte den Blick und dann lieh ich mir die Augen der Erinnerung. Ich durchlebte erneut unsere letzten Tage und ging durch die schwarzen Tore Capuls.

Als ich wieder bei Laena daheim war, wusste ich, wie ich zu entscheiden hatte. »Sofern Frowin noch immer bereit ist, mit mir nach Gelir zu kommen, darf er mich begleiten«, sprach ich zu ihr.

Mein bester Freund war natürlich noch immer bereit, mit mir zu kommen; und er atmete erleichtert auf ob meiner Entscheidung. »Dass du eine solche

Unbeirrbarkeit in dir trägst, hätte ich nicht gedacht«, gab er augenscheinlich fasziniert zu. »Ich wäre an deiner Stelle längst eingeknickt unter Laenas und meinen vorzüglichen Überredungskünsten.«

Ich runzelte die Stirn. »Ich bin genauso überrascht wie du, mein Freund«, offenbarte ich ihm versonnen.

»Ich nicht«, mischte Laena sich ein. »Ich weiß längst, dass dein Eigensinn selbst meinen in den Schatten stellt!« Sie lächelte spöttisch.

Ich wollte den beiden darlegen, welches Zusammenspiel der Argumente mich letztlich dazu bewogen hatte, einzulenken - doch sie mochten es nicht hören.

»Dass du alles bis ins Letzte durchdacht hast, bevor du es beschließt, weiß ich auch!«, erklärte Laena - und Frowin nickte zustimmend. Er trommelte mit den Fingern auf die Tischplatte und strahlte; Laena konnte sich ihr Grinsen nicht verkneifen.

»Ich sehe: Ihr seid redlich vergnügt wegen meines Beschlusses«, konstatierte ich. Ein Stein, dessen Gewicht mir eben erst bewusst geworden war, fiel von meiner Brust; und ich tat einen tiefen Atemzug und lachte; und den Rest des Tages verbrachten wir in gewohnter Eintracht und Fröhlichkeit.

Fortan begannen Frowin und ich, unser Abenteuer vorzubereiten - stets unterstützt von ein paar hilfsbereiten Krügen Hord. Zidan und Mandai befanden unseren Entschluss für gut; und die Mutter von Frowin, die zu ihrem einzigen Kind eine innige Verbundenheit pflegte, freute sich für ihn über die Gelegenheit, seinen Lebenstraum verwirklichen zu können.

Der Perpet hielt sich wiederum mit einer Meinung zurück - war er es doch, der mir den nötigen Anstoß gegeben hatte, das Schicksal Tilius' von einer Entscheidung für die Zukunft zu trennen. Wiederum bewunderte ich seine Fähigkeit, mich zu lehren, ohne dass ich es bemerkte.

Etwas anderes indes hatte ich auch nicht bemerkt, nämlich dass der Perpet noch eine Überraschung für mich bereithielt. Eines Morgens beim Frühstück räusperte er sich nervös und bat mich, am Abend zusammen mit Laena bei ihm vorbeizuschauen.

Unaufhaltsam, wie die Wellen des Wilden Meeres sich an die Felsen drückten, waren die Tage vorgerückt: Das Datum unserer Abreise hatte sich still und heimlich näher geschlichen. Jede freie Minute hatte ich mit Laena verbracht, mich in ihrer Anmut und Kunst gesonnt und jedes ihrer Worte, jede ihrer Gesten in mich aufgesogen, als wären sie das eigentliche Proviant.

Dass wir diesen Abend nun mit dem Perpet teilen sollten, wunderte mich, da er mich wie kein anderer dazu angehalten hatte, trotz der sorgfältigen Planung jener Reise nicht zu viel Zeit an das Kommende zu verschwenden.

»Der Perpet möchte uns beide heute Abend sehen«, eröffnete ich Laena während des Mittagessens. »Er möchte irgendetwas mit uns besprechen wegen meines Aufbruches.« Laena zuckte mit den Schultern: Auch sie konnte sich nicht ausmalen, warum er nach uns beiden schickte.

Daher standen wir am Abend - die Sonne ging gerade unter - Hand in Hand ein wenig verwirrt vor seiner Tür, als er sie uns mit einem gespannten Lächeln öffnete.

»Herein, herein«, begrüßte er uns.

Wir durchquerten die Hütte des Al-Perpet und ließen uns im Garten zwischen Steinkreisen und wilden Büschen nieder. Laena blickte sich genussvoll um. Die letzten Strahlen der Abendsonne berührten unsere Gesichter und das Grün ringsum.

Der Perpet war sichtlich aufgeregt. »Fragt mich nicht, wie ich auf diese Idee gekommen bin«, hob er an. »Aber - was haltet ihr davon, eure Namen schon ins Buch der Bücher zu tragen?«

Ich starrte ihn eine Weile verdutzt an: zweifelnd, ob ich ihn auch richtig verstanden hatte. »Hätte der Al-Perpet denn nicht etwas dagegen?«, hakte ich nach.

Lars lächelte. »Das Buch der Bücher ist Sache des Perpet«, sprach er. Seine Augenbrauen zuckten.

»Aber widerspricht das denn nicht den Sitten?«, fragte ich weiter.

Der Perpet raufte sich unruhig die Haare und schaute Laena an. »Sicher irgendwie«, stammelte er. Dann sammelte er sich. »Deshalb meine ich ja: Fragt mich nicht, wie ich darauf gekommen bin. Seit ich davon weiß, dass du Oló verlässt, spukt mir diese Idee im Kopf herum; und ich habe lange darüber nachgedacht, ob ich euch dieses Angebot unterbreiten kann und sollte. Ich glaube - ehrlich gesagt -« Er zögerte. »Ich weiß nichts über die Menschen, außer dem, was du mir von ihnen erzählt hast. Längst hättet ihr den Bund der Ehe geschlossen, würdet ihr in Inkowitch leben.« Ich musste lächeln. Der Klang des ihm fremden Namens kitzelte in den Ohren.

»*Einen* Menschen kenne ich gut«, fuhr der Perpet fort, »und ich weiß, dass es dir guttun würde, Oló mit diesem Schatz zu verlassen. Die Sitten der Menschen - deine Sitten - liegen dir näher am Herzen, als du siehst.« Ich liebte es, den Perpet mit den richtigen Fragen aus der Reserve locken zu können.

Ich warf Laena einen Blick zu, den sie erwiderte. Sie strahlte. Ich ergriff ihre Hand.

»Würdest du mit mir dieses Ritual begehen?«, fragte ich sie.

Sie nickte heftig, brach zwei kleine Blümchen vom Boden ab und steckte sie mir und sich selbst ins Haar.

»Eigentlich bin ich zu jung für diesen Bund: Kein Talan würde mich trauen«, murmelte ich. »Bitte, Perpet: Lass Laena und mich unsere Namen ins Buch der Bücher tragen. Ich bitte dich darum.«

Lars stieß einen Seufzer aus. Die Anspannung wich aus seinem Körper - nur um gleich danach wiederzukehren. Sie hatte sich verwandelt.

Sein Gesicht leuchtete golden in der Dämmerung: Es spiegelte Dileis müden Blick, der nach und nach der Dunkelheit floh. Zwischen den Büschen erhoben die Tiere der Nacht allmählich ihre surrenden Stimmen. Ein Zirpen und Zischen war unsere Hochzeitsmusik. Vom Teich klang ein leises Plätschern herüber; die Fische reckten ihre Mäuler zum Himmel, den fallenden Tag zu verabschieden. Vögel verstummten. Die Blätter des knorrigen Baumes, der uns am nächsten stand, klirrten noch ein Mal in der Luft: Dann wurden sie still.

»Im Lichte der Abendsonne«, begann der Perpet leise, »grüße ich euch, die ihr euch entschieden habt, den irdischen Bund in einen spirituellen zu verwandeln, und alles Leben, das sich eingefunden hat, diesen Bund zu besiegeln.« Noch immer hielt ich Laenas Hand: Ich hielt sie ganz fest.

»So wie die Schönheit der Blumen, die euch heute kleiden« - Duru blitzte am Himmel auf: sein abnehmender Rund noch blass am purpurnen Himmel - »endlich ist, sind eure und unsere Leben und die unserer Kinder und Kindeskinder endlich. Einzig eure Liebe währt ewig, so ihr sie nährt.« Der Perpet senkte den Blick. Ein Schatten drang aus seinen Augen, den er - schwarz und schwer - sonst vor der Welt verbarg.

»Ich frage euch daher«, sprach er und sah uns wieder an, »kraft meiner Stimme und im Namen all derer, die im Buch der Bücher offenbart sind, ob ihr -

Laena und Kateshi - eure Namen, die Zeit als Zeugin, im Buch der Bücher manifestieren wollt und euren Bund zu den Bünden derer, die im Buch der Bücher offenbart sind, in die Ewigkeit tragen wollt.«

Der Perpet hob das rote Buch vom Gras, schlug es auf und hielt es uns entgegen. »Willst du - Laena - mit deinem Namen im Buch der Bücher deine Liebe zu Kateshi bezeugen und deinen Namen offenbaren und euren Bund in die Ewigkeit tragen?«, fragte er sie mit Bedacht.

Hätte Laena meine Hand nicht immer noch so fest umschlossen - ich hätte das Weite suchen müssen. Nicht, weil ich mich jäh anders entschieden haben könnte, sondern weil jenes feine Netz, das sich plötzlich zwischen den beiden aufspannte, meinen Geist und alles Leben in mir überstieg und mich zu überstülpen drohte. Ich hielt die Luft an und wandte den Kopf ab, als könnte ich Schutz suchen vor der berstenden Gewalt neben mir. Wie sollte ich seine Frage nur beantworten können - stellte er sie mir erst - wenn ich schon dem Ringen Laren und Laenas nicht gewachsen war?

Meine Liebe indes nahm sich Zeit, schien mir; und sie kostete ihre Antwort aus wie den Kelch edelsten Weines. »Ja«, flüsterte sie fast - und ich konnte ihrer Stimme anhören, dass sie lächelte. Der Perpet atmete schwer vor Anstrengung. Sowie er mir den Kopf zukehrte und mich ansah, bemerkte ich seine geröteten Wangen und den Schweiß auf seiner Stirn.

Sein Blick stach in meine Augen und hielt sie fest. Er sprach: »Willst du - Kateshi - mit deinem Namen im Buch der Bücher deine Liebe zu Laena bezeugen und deinen Namen offenbaren und euren Bund in die Ewigkeit tragen?«

Ein Strudel aus Gedanken zog mich in den finstersten Winkel meiner Tiefe. Ich sah Laena vor mir: alt und grau, ihre Gesundheit und ihren Lebensmut an die Jahre verkauft, keine Kinder, die sie Mutter nannten. Danach Laena, wie sie mit dem Anderen ging: Arm in Arm und ihm Küsse zuwerfend, wie er sie schlug und sie eine Hure schalt. Und ich sah Laena: langsam verblassend in meinen Armen, eine Oase der Schönheit und Jugend, die versiegte und nichts als den Schmerz meiner Leere zurückließ. Ich ballte die Linke, die nicht ihre Hand hielt, zur Faust und sagte der Zeit grimmig den Kampf an.

Die Augen des Perpet wurden wieder klarer; seine schneidende Stimme klang noch in meinen Ohren nach. »Ja!«, antwortete ich beinahe wütend und nicht lächelnd.

Der Perpet reichte uns das rote Buch; und zuerst schrieb Laena ihren Namen hinein. Dann nahm ich es in den Schoß. Das alte Papier war vergilbt und dünn: Die Namen darin konnte ich kaum lesen. Schnörkelige, verwachsene Lettern krallten sich rußfarben in die Fasern. Laenas Name war noch frisch. Ihn hier geschrieben sehen zu dürfen, befreite mich ganz und gar von den angstvollen Trugbildern und füllte mein Herz an mit Milde.

Das Zwischenblatt raschelte, als ich mit ruhiger Hand meinen Namen eintrug. Auch das Datum schrieb ich dazu und legte dem Perpet das Buch der Bücher dankbar in die Hände. Er schloss es. Das rote Leinen schmiegte sich um die Seiten, hüllte unser beider Namen ins dauernde Kleid und band sie aneinander.

»Ihr erhaltet nun die Gelegenheit, die ersten Worte aneinander zu richten«, sprach der Perpet.

Laena und ich sahen uns an. Ihre herrlichen Augen schimmerten. Das Licht Dileis verschwand aus dem Garten und das Gras schlief ein; die ersten Sterne entzündeten sich am Himmel. Laena flüsterte mir etwas zu, das nicht der Perpet und kein Tier ringsum hören konnte - und es hat seinen Grund, dass ich ihre Worte hier nicht wiederholen mag. Moshas Licht ergriff mich gleißend, während ich zu ihr sprach: ebenso leise und ehrlich; und ich hatte Mühe, es zu verhalten.

Schließlich reichten wir dem Perpet unsere Hände. Im Widerschein des blauen Leuchtens sah ich seine Augen funkeln: ein stilles Lächeln auf den Lippen. Er war glücklich ob seiner Entscheidung, dieses Ritual für uns zu vollziehen.

»Nun - schließlich - möchte ich alle Tiere und Pflanzen, die eure Gäste sind, bitten, alle guten Wünsche, die sie für das Brautpaar hegen mögen, zu sammeln, auf dass ich als Perpet diese Wünsche kraft des mir verliehenen Platzes in eurer Mitte verdichten und wortlos dichten kann«, sprach er und schloss die Augen.

Ich tat es ihm nach. Sowie die Bilder verklungen waren, spürte ich Larens und Laenas Hand deutlicher: warme Flecken auf meiner Haut. Ihre Hände bebten - und meine zitterten.

Der Garten des Al-Perpet, der auch ohne ein lebensbejahendes Ritual wie dieses seine Kraft und Freude unablässig der Zeit und allem in ihr abzugeben schien, strömte durch die Hand des Perpet auf mich ein, floss durch mich hindurch und traf sich zwischen Laena und mir. Hatten mich nach der Frage des

Perpet noch die Schatten einer unheilvollen Zukunft geplagt, wurde ich nun von den Wünschen an diese gefangen genommen. Unsere Sinne erhoben sich über die Endlichkeit des Lebens: wie ein Vogel, der den Sternen ankündigt, bald zu ihnen zu fliegen.

Da ich die Augen wieder öffnete, sah ich noch den blitzenden Schein des Ren: eine schillernde Manifestation von Moshas Schutz, den ich rasch verhüllte.

Laren strahlte. In die gereifte Stunde schloss er ruhevoll: »Heute schmücken wir uns mit Endlichkeit und morgen kosten wir die Ewigkeit. Wir feiern die Zeit, um sie zu verlieren, und ergötzen uns an irdischem Gefühl, von jenem, das weiter ist als unsere Existenz, erfasst zu werden.«

Laena küsste mich; dann umarmte sie den Perpet und dankte ihm für dieses wunderbare, unerwartete Geschenk.

Ich hatte Mühe, Worte zu finden, die ihm gerecht wurden. »So dankbar bin ich dir nun, dass ich nicht mehr verstehe, warum ich dich nicht eher darum bat«, sagte ich und legte meine Arme um ihn. Er drückte mich fest an sich. »Auch dich werde ich sehr vermissen, mein lieber Lars«, murmelte ich ihm zu.

»Und ich freue mich schon auf deine Rückkehr«, erwiderte er. »Wann werdet ihr nun genau aufbrechen, du und Frowin?«

»Am dreizehnten: in vierzehn Tagen«, antwortete ich ihm.

Er nickte gedankenverloren. »Genieß sie!«, sprach er.

»Das habe ich vor«, bekräftigte ich seinen Rat.

Den Perpet verlassend liefen Laena und ich nachdenklich durch die duftende Nacht. Es war selbstverständlich, dass wir nun zum See gehen würden, und bedurfte keiner Worte. Ich legte meinen Arm um sie und schaute in ihr grinsendes Gesicht hinab.

»Du freust dich«, stellte ich fest. Sie nickte heftig, blieb stehen und schmiss mich unverfroren ins Gras. Wir kugelten uns und lachten.

»Was hältst du davon, wenn es unser Geheimnis bleibt?«, fragte sie und musterte mich gespannt.

Ich legte den Kopf schief und wickelte eine Strähne ihres nussbraunen Haares um den Finger. »Wenn du unser Geheimnis bewahren kannst –«, entgegnete ich und zweifelte daran, dass sie es könnte. Ihre empörte Miene war mir Antwort genug.

Wir zogen gemütlich zum See, schwammen im erfrischenden Wasser herum und stellten dann missmutig fest, dass wir ihre Lyra nicht mitgenommen hatten.

Ich rief Zacharias, ritt nach Hause und brachte außer ihrem geliebten Instrument noch eine einzelne, blütenweiß schimmernde Perle mit, die an einer filigranen Halskette aus weichem, geflochtenem Leder befestigt war. Ich hatte sie beim Blumenfest von den Seemännern erworben und seitdem darauf gewartet, sie ihr zu schenken.

»Eigentlich wollte ich sie dir zum Geburtstag schenken«, erklärte ich, während sie die Perle still und staunend betrachtete. »Aber ich bringe dir ganz bestimmt ohnehin etwas mit aus Gelir. Außerdem ist sie ein schönes Hochzeitsgeschenk - dachte ich.« Jedes Mal, wenn ich Laena eine Freude bereitete, ertränkte mich der Moment, kurz bevor ich über das Gelingen dieser Freude Gewissheit erlangte, in Verlegenheit.

Natürlich wurde auch dieses Mal meine Verlegenheit rasch obsolet, nachdem Laena mein Geschenk ausreichend bewundert hatte. »Sie ist ja wunderschön!«, flüsterte sie fassungslos und hielt die Perle in die Luft. Sie spiegelte das Licht von Mond und Sternen.

Laena bat mich, ihr die Kette um den Hals zu binden; und ich tat es. Kein geringerer Schmuck wurde ihr gerecht - gar kein Schmuck wurde ihr gerecht. Dennoch stand sie ihr hervorragend, wie ich zufrieden feststellte: unterstrich ihre zarte Anmut und zierte die dunkle Haut ihres schlanken Halses.

Laena wog die Perle in den Fingern, dann schaute sie mich an: die saphirblauen Augen von einer verborgenen Beklommenheit überschattet. »Ich habe gar kein Hochzeitsgeschenk für dich«, murmelte sie traurig.

Ich lachte - hatte ich schon befürchtet, es gäbe einen anderen Grund für ihr Unbehagen: einen wichtigen. »Aber das ist doch nicht schlimm!«, rief ich und küsste sie. »Du bist mein Geschenk!«

Doch das sollte nicht so bleiben.

Sieben Tage später lagen wir wieder am See und genossen einen späten Nachmittagsbissen; es war noch hell.

Laena war mir schon den ganzen Tag über rastlos vorgekommen; und ich hatte es mir betroffen mit meiner nahenden Abreise erklärt. Nun räusperte sie sich unsicher. »Erinnerst du dich noch, als ich dir von dem Tee erzählt habe, den ich morgens immer trinke?«, fragte sie.

Ich runzelte die Stirn. »Der verhindert, dass du schwanger wirst?«, hakte ich nach. »Klar.«

Laena nickte, kaute und schluckte. »Es gibt auch noch andere Arzneien dafür«, sprach sie weiter.

Ich überlegte, wohin dieses Gespräch führen könnte. Vielleicht vertrug sie den Tee nicht mehr und wollte nun mich bitten, etwas gegen die Zeugung einzunehmen. »Verträgst du ihn nicht mehr?«, fragte ich geradeheraus. »Wir können auch tauschen sozusagen, wenn du möchtest.«

Laena schüttelte sacht den Kopf. »Es gibt - soweit ich weiß - keine Arznei für Männer. Zumindest kennt meine Mutter keine«, meinte sie.

»Oh« - meine Neugier war geweckt. »Vielleicht hat sie es bloß noch nicht gefunden! Vielleicht etwas, das den Samen unfruchtbar macht: irgendein Kraut vielleicht.«

»Vielleicht«, gab Laena geistesabwesend zurück. Dann wuselte sie mit der Hand durch die Luft, als wollte sie nach ihrem vorigen Gedanken greifen. Sie seufzte. »Ich wollte eigentlich sagen, dass jedes Mittel dafür versagen kann. Kateshi: Ich glaube, ich bin schwanger.« Sie war nicht erleichtert darüber, es nun ausgesprochen zu haben; und sie sah mir auch nicht in die Augen.

Ich riss den Kopf herum und verlor meinen Blick im glitzernden Wasser des Sees. »Du bist schwanger und gerade jetzt muss ich gehen. Und dich allein lassen«, stieß ich aus. »Dass das gerade jetzt passieren muss!«

Laena war ganz still. »Es tut mir leid«, meinte sie leise.

Ich blieb nicht leise. »Es tut dir leid?«, fragte ich ungläubig. »Bist du verrückt?«

Ich nahm ihr Gesicht in meine Hände und zwang sie, mich anzusehen. Hinter den Zweifeln entdeckte ich ein verhaltenes Entzücken: eine geradezu geknechtete Euphorie in ihren tiefblauen Augen. Ich fegte ihre Zweifel mit meinem Lachen beiseite: befreite ihre Seligkeit, die mit dieser Nachricht einherging.

»Das ist das Beste, was uns passieren kann«, prophezeite ich mit geschwellter Brust. »Der erste Schritt von sieben!«

Laena lachte und schüttelte den Kopf. Ich konnte förmlich sehen, wie sich ihre Last löste.

»Ich dachte, fünf!«, begann sie zu diskutieren.

»Wir wollen uns jetzt nicht darüber streiten«, bestimmte ich großherzig und senkte meinen Kopf auf Höhe ihres Bauches. »Deine Mu ist nämlich gut darin, mit deinem Ma zu streiten«, waren meine erste Worte zum Kleinen.

Laena stieß lachend meinen Kopf von sich. »Du spinnst: Es kann dich nicht hören«, prustete sie.

»Hörst du - und sie hält deinen Ma immerzu zum Narren«, fuhr ich fort.

Dann wickelte ich sie in meine Arme. »Seit wann weißt du es schon?«, fragte ich ernst.

»Ich weiß es noch nicht«, wisperte sie und fuhr mir mit der Hand durchs Haar. »Aber ich fühle es. Ein Leben, das in mir wächst und sich teilt. Seit heute Morgen fühle ich es - meine Mutter hingegen hat es mir gestern schon angesehen.«

Ich bedeckte ihr Gesicht mit Küssen.

»Du kannst es auch schon fühlen, wenn du willst«, entdeckte sie mir.

Ich legte ihren Bauch frei und meine Hand darauf. Er zitterte von ihrem Lachen. »Doch nicht *so* fühlen!« Sie schüttete sich aus und nahm meine Hand in ihre. »Seine Türen stehen offen«, flüsterte sie mir zu.

Ich schloss die Augen. Ich musste suchen und wühlen, doch dann fand ich es: ein zerbrechliches Sein, einen verborgenen Sinn. Ich öffnete die Augen.

»Ich gehe nicht zu Cachil! Ich bleibe hier!«, entschied ich mit Nachdruck.

Laena widersprach ebenso energisch: »Du musst zu deinem Cachil gehen!«

»Aber ich kann dich nicht allein lassen!«, entgegnete ich.

Laena ließ sich nicht beirren: »Denk doch daran, was dein Cachil gerade in diesem Moment auf sich nimmt und wie er durchhält, um dich wiederzusehen. Wenn du ohne Nachricht nicht bei ihm erscheinst, wird er glauben, du seist nicht mehr, und seine Traurigkeit wäre grenzenlos. Das kannst du nicht verantworten! Und außerdem bist du nicht allzu lange fort. Bis du wieder da bist, ist das Kleine noch nicht um die Hälfte gereift. Dann habt ihr immer noch genug Zeit, euch aneinander zu gewöhnen, bevor du es in deinen Händen hältst.«

Ich seufzte. »Ich bleibe höchstens zwei Tage bei Cachil, dann komme ich zurück«, brummte ich.

»Frowin muss die Prüfung zum Anit ablegen«, wandte Laena ein.

»Sollte er sie überhaupt ablegen dürfen, wovon ich nicht ausgehe«, gab ich zurück, »wird er sie nicht bestehen, fürchte ich.«

Laena stimmte mir bedauernd zu.

»Aber genug davon - unterhalten wir uns lieber über etwas Wichtiges«, hob ich erneut an - ich wollte meine bevorstehende Abreise nun umso inbrünstiger von mir schieben. »Unterhalten wir uns über *Namen.*«

Laena ächzte gequält; dann hüllte sie sich in Schweigen. Melancholie senkte ihre feinen Schwingen auf sie herab. Ich betrachtete sie und wartete gespannt.

»Nein«, raunte sie schließlich und holte tief Luft. »Die meisten Kleinen müssen ihr Leben noch vor der fünften Mondzeit zurücklassen. Bitte lass uns wenigstens bis dahin warten, bevor wir es bei seinem Namen nennen.«

Ich runzelte die Stirn. »Du meinst, vor der vierten«, korrigierte ich sie.

Laena wiederholte: »Vor der fünften.«

»Ich habe gelesen, vor der vierten.«

»Ich weiß, vor der fünften.«

Ich legte eine Pause ein. »Wie lange dauert denn eine Schwangerschaft *deiner Meinung nach?*«, fragte ich sie.

Sie starrte mich an: einen Anflug von Zorn auf ihren zuckenden Lidern. »Sie dauert um die dreihundert Tage. Bei den Phing. Vielleicht ist es bei den Menschen anders.«

Ich staunte. »Tatsächlich!«, gab ich zu. »Bei den Menschen gerade so dreißig Tage weniger.«

Laena genügte mein Irrtum als Entschuldigung nicht. *»Deiner Meinung nach«,* ahmte sie mich nach. Ich kitzelte sie; sie verzieh mir.

»Vielleicht bleibt es gerade bei uns, wenn wir es beim Namen nennen«, erwog ich, ihre Haut zur Besänftigung mit federleichten Küssen überziehend.

Laena räkelte sich im Gras, zog sich ihr Kleid langsam über den Kopf und seufzte zustimmend.

Die letzten Tage, bevor ich Oló verließ, sprachen wir über nichts anderes als über unser Kleines - und natürlich konnte ich nicht an mich halten und wollte seinen Namen so früh wie möglich wissen. Wir einigten uns darauf, dass es einen liloischen Namen tragen sollte, wäre es ein Junge, und einen lentischen oder einen des Eventi, wäre es ein Mädchen.

Letzterer war schnell gefunden. Laena schlug mir *Karu* vor - den Namen meiner Mutter - und nach anfänglichem Zögern befand ich ihn für gut.

»*Kateshi, Karu* und *Laena.* Das klingt schön«, sinnierte sie.

Für einen Jungennamen konnten wir uns jedoch nicht entscheiden. Ich hatte Laena alle männlichen Namen des Liloischen aufgezählt, die mir einfielen, und wir waren bei *Tarek* und *Teku* hängen geblieben - Laena konnte sich den einen, ich mir den anderen besser vorstellen.

»Kateshi, Tarek, Laena«, sprach sie mir vor. »*Tarek* passt einfach besser!«

»Aber *Teku* ist weniger ein Zungenbrecher für seine lentischen Freunde«, gab ich zu bedenken.

Laena hob drohend den Zeigefinger. »Du wirst wohl kaum den Namen unseres Kindes davon abhängig machen, ob er den Leuten gefällt!«, wies sie mich zurecht. Ich grinste, äffte sie nach und senkte meine Lippen auf ihre Hand, mit der sie noch immer streng auf mich zeigte.

Selbstverständlich konnten wir dieses Geheimnis nicht für uns behalten; und ich erzählte es mit klopfendem Herzen dem Perpet: sein Urteil erwartend.

Diesem blieb die Luft im Halse stecken. »Das ist recht früh!«, stellte er fest, da er die Stimme wiedergefunden hatte. »Ob ich wohl dazu beigetragen habe mit unserem Ritual neulich?«

Ich grinste. »Das kann schon sein!«, antwortete ich. Der Perpet zwinkerte.

Auch unser bester Freund sollte davon erfahren; und so ließ ich mich von Laena begleiten, die letzten Details unserer Reise mit Frowin zu besprechen. Er ahnte nichts von der brisanten Nachricht, mit der wir ihn gleich überraschen wollten.

Als wir drei zu Tisch saßen, offenbarte ihm Laena, dass die Keimzelle unserer Zweisamkeit bald vor eine Herausforderung gestellt werden würde.

Frowin stöhnte auf vor Verblüffung. »Respekt!«, rief er und klopfte mir auf die Schulter. »Du hast es tatsächlich geschafft!«

Laena verschränkte die Arme vor der Brust und starrte missbilligend vom einen zum anderen.

»Es war auch nicht so leicht, wie du denkst«, stieg ich auf seinen Spaß ein.

Er grinste: »Ich hab mich ohnehin schon gefragt, wann ihr loslegen wollt: Immerhin habt ihr mit sechs davon noch einiges vor euch!«

»Fünf!«, warf Laena ein; Frowin und ich überhörten sie.

»Alles eine Frage der Planung!«, sprach ich: der siegesgewisse Klang meiner Stimme dröhnte in meinen Ohren.

Frowin und ich ließen die Rollen fallen; wir besänftigten die werdende Mutter und er gratulierte uns ernst.

»Dann werde ich noch besser auf ihn aufpassen müssen«, sprach er zu Laena. »Und wir werden fliegen, um schnell wieder bei dir zu sein.«

Laena nickte dankbar. Ich sah ihr an, dass sie ihre Traurigkeit, mich gehen lassen zu müssen, zu verbergen suchte - doch sie trug eine dürftige Maske.

»Mir geht es genauso wie dir«, flüsterte ich ihr zu, nachdem wir uns auf den Heimweg begeben hatten.

Sie unterdrückte die Tränen und legte ihren Arm um mich. »Lass uns nicht davon reden«, bat sie mich.

Unser letzter Abend am See verging wie im Traum und ebenso schnell.

Ich verabschiedete mich am Tag der Abreise von Perpet Laren, dankte ihm für die vergangenen Stunden und ließ die unvollendeten *Norshan* bei ihm, dass er sie sicher verwahrte.

Den Nachmittag verbrachte ich mit Laena auf der weichen Strohmatratze unseres Bettes. Alles war vorbereitet; Zacharias hatte schon Abschied von seiner Herde genommen und wartete nun unruhig auf den ersten Hufschlag unseres Abenteuers. Zidan arbeitete in der Werkstatt: Sein Klopfen und Hämmern konnte ich jedoch nur erahnen. Mandai kümmerte sich mit Timo zusammen um das Abendmahl, denn sie hatte sich meinetwegen diese Tradition des Menschenlandes zu Herzen genommen; und sie war froh über die Ablenkung. Mit Frowin war ich in ein paar Stunden verabredet; er würde mich auf Aneijo - einer gescheckten Stute - treffen, wo der Wald Moshas begann; und dort würde unsere Reise beginnen.

Laena weinte nicht, obgleich mich ihre Augen selten so traurig angeschaut hatten. Wir lagen nackt beieinander und taten nichts, außer unsere Blicke zu erwidern. Als Mandai zum Abendessen rief, hatte ich keinen Hunger. Ich konnte kaum etwas essen.

Die erste Stunde nach Sonnenuntergang war vorüber und ich verabschiedete mich von Mandai, Zidan und Timo; Laena hatte vor, mich noch ein Stück zu begleiten. Ich lief mit ihr an der Hand und Zacharias im Schlepptau zum vereinbarten Treffpunkt.

Frowin war schon da: Er prüfte gerade das Gepäck seiner Stute. Sie schlug mit dem Schweif und konnte es wie Zacharias kaum erwarten, loszupreschen. Laena umarmte Frowin lange und schweigsam und er streichelte sie aufmunternd. »Ich werde gut auf ihn Acht geben«, versprach er ihr.

»Wir sind doch bald zurück«, versuchte ich sie zu trösten. Doch sie brach in Tränen aus.

»Warte noch kurz!«, bat sie und ließ mich nicht los. »Ich muss ihn dir nur noch ganz kurz entführen«, sagte sie zu Frowin. Sie zog mich in den Wald, bis Frowin uns nicht mehr sehen und hören konnte.

Wir zerrten uns die Kleider vom Leib und liebten uns. Ihre Tränen verwandelten meine Haut in ein Flussbett. Schließlich ebbte ihr Schluchzen ab. Die Zeit schritt unbarmherzig voran. Ich zog die Kleider wieder über und nahm sie in die Arme. Ich küsste sie und sprach: »Ich gehe jetzt. Ich liebe dich« - und ging.

Frowin saß auf dem Waldboden und pfiff eine traurige Melodie. Als er mich sah, sprang er auf sein Pferd. Er wusste, was mir im Kopf umherging. Ich schaute nach, ob sich ihr Liederbuch noch immer in der Brusttasche meines Gewandes befand, und saß selbst auf. Aneijo und Zacharias trugen uns in die Nacht und jenseits des Waldes.

Ich sollte nie wieder nach Oló zurückkehren.

Über die Autorin

Linda Pastoors, Jahrgang '90, schreibt und lebt im Herzen von Sachsen. Sie studierte Medien- und Kommunikationswissenschaften in Leipzig und Halle an der Saale und ist Gründerin des Lyram Verlages. Mit ihrem Debüt »Elreminé« legt sie das erste Buch eines mehrbändigen Werkes phantastischer Literatur vor, das sich ganz dem Leben und Schaffen des Menschenkönigs Kateshi widmet - demjenigen König, der in seinem ersten Königsjahr den Großen Krieg entfesselte, indem er einer Diplomatin den Kopf abschlug ...

LYRAM®